NARBENSOHN

NARBENSOHN

Mika D. Mon

www.MikaDMon.de

Unser Licht gegen die Dunkelheit

1

Ich stand im Innenhof des viergeschossigen, an einigen Stellen schon mit Moos bewachsenen Backsteingebäudes. Es war von zwei Stacheldrahtzäunen umschlossen. Die kleinen Fenster waren mit Metallgittern gesichert und ab und an lugte eine Satellitenschüssel aus ihnen hervor. Es war Anfang Juni und dicke Quellwolken standen am Himmel. Sie tauchten die Umgebung in ein erdrückendes Grau und nur vereinzelt ließen sie schwache Sonnenstrahlen durchdringen. Ich schloss meine Arme fester um meine Unterlagen. Die letzten Wochen war ich oft hier gewesen, doch noch immer hatte ich mich nicht an den Anblick gewöhnt. Obwohl ich hier ein- und ausgehen konnte, wie ich wollte, überkam mich ein beklemmendes Gefühl, wenn ich dieses Gebäude betrat. Doch was führte mich eigentlich in eine JVA?

Da ich schon immer meine Freizeit damit verbracht hatte, in die Fantasiewelten von Büchern einzutauchen, war für mich früh klar, dass ich Autorin werden wollte. Neben meinem Germanistikstudium hatte ich mit den Recherchen zu meinem ersten Manuskript begonnen. Ich hätte zwar genug Geschichten aus meinem eigenen Leben zu Papier bringen können, doch mein Debüt sollte etwas ganz anderes werden: Ich wollte die Menschen zu Wort kommen lassen, denen man sonst kein Gehör schenkte. Jene, die von allen verachtet und aufgegeben worden waren. Zu dem Zweck war es mir gestattet worden, einige Gefangene dieser Justizvollzugsanstalt zu interviewen.

Bisher hatte ich vor allem mit Kleinkriminellen Gespräche geführt, die jedoch bald wieder zurück in ihr Leben gehen und weiterhin Teil der Gesellschaft sein würden. Ganz gleich, was sie getan hatten. Doch heute würde ich einen Schritt weitergehen. Ich würde die Welt von jemandem kennenlernen, der viel mehr Schuld auf sich geladen hatte. Mehr, als den lokalen Supermarkt zu bestehlen oder Steuern zu hinterziehen. Der Mann, den ich heute treffen würde, hatte mit seinen eigenen Händen ein Leben beendet. Er war ein Mörder.

Gleich würde ich einer Person gegenübersitzen, die eine kaltblütige, unmenschliche Tat begangen hatte. Diese Vorstellung jagte mir einen kalten Schauer den Rücken hinunter.

Doch ich hatte mir dieses Thema nicht ausgesucht, um jetzt wie ein zitterndes Häufchen Elend vor ihm zu sitzen. Ich hatte mich dazu entschieden, weil ich die Gedanken und Empfindungen solcher Menschen nachvollziehen wollte. Weil ich sie verstehen wollte. Ihnen ein Gesicht geben. Eine Stimme. Manche würden mich sicher für einen naiven Gutmenschen halten und vielleicht hatten sie damit auch recht. Doch ich weigerte mich einfach, immer nur das Schlechte zu sehen. Ich wollte mich auf das Gute konzentrieren.

Ich atmete die kalte Luft ein, ehe ich mit gestrafften Schultern auf die winzig wirkende Eingangstür zuging.

„Na, Kleines", begrüßte mich die vertraute Stimme des Justizvollzugsbeamten, der mich bisher jedes Mal in Empfang genommen hatte.

„Hallo, Daniel", grüßte ich ihn zurück und boxte ihm gegen den Bauch. Ich hatte ihm schon tausendmal gesagt, dass er mich nicht so nennen sollte. Er lachte.

„Du kannst zur Leibesvisite bei Tanja durchgehen."

„Ja, Sir!", sagte ich und salutierte aus Scherz.

Daniel konnte nicht viel älter sein als ich, denn obwohl er groß und kräftig gebaut war, hatte sein Gesicht noch sehr weiche Züge. Diese konnten selbst von seinem dunkelblonden Stoppelbart nicht vertuscht werden. Wir hatten uns auf Anhieb gut verstanden und ein lockeres Verhältnis zueinander. Vielleicht musste man in einer Einrichtung wie dieser aber auch etwas Humor haben, um nicht auf Dauer durchzudrehen.

Tanja war eine Frau mittleren Alters und eher von schweigsamem Gemüt. Mit fachmännischen Griffen durchforstete sie meinen Körper nach spitzen Gegenständen, Waffen und anderen verbotenen Dingen. Letztendlich konnte ich wie immer passieren.

Nun kam die normale Prozedur: vorne auf, hinten zu, vorne auf, hinten zu. Am Ende hatte ich so zusammen mit Daniel unzählige Sicherheitsschleusen und Türen passiert. Er brachte mich in das Besucherzimmer, in dem ich bisher alle meine Gespräche geführt hatte. Es war alles wie immer. Also kein Grund, nervös zu sein.

Verdammt, doch, ich war total nervös! Um ehrlich zu sein, ging mir der Hintern ganz schön auf Grundeis. Als ich mich auf den Stuhl setzte und meine Unterlagen vor mich auf den Tisch legte, bemerkte ich, dass meine Hände schon ganz feucht waren. Ich wischte die Handflächen an meiner Jeans ab und strich mir die Haare hinters Ohr. Ich hätte mir doch lieber einen Haargummi mitnehmen sollen.

Wieso war ich überhaupt so aufgeregt? Es war ja nicht das erste Mal, dass ich hier saß und mit einem Gefangenen reden würde. Abgesehen davon: Er war ein Mensch und kein Monster. Um genau das zu zeigen, war ich hier! Meine Gedanken wurden von Geraune auf dem Flur unterbrochen. Ich sah Daniel fragend an. Dieser zuckte nur mit den Schultern. „Ich schaue mal nach!", sagte er und verließ den Raum.

Meine anfängliche Angst wich brennender Neugierde. Ich lauschte angestrengt und vergaß meine Aufregung. Plötzlich wurde die Tür wieder aufgeschlossen und Daniel betrat das Zimmer. Er hielt einen Mann fest am Arm gepackt. Dieser hatte seinen Kopf gesenkt und trug dunkelblaue Sträflingskleidung. Der Kragen war durch frische Blutflecken dunkel verfärbt. Daniel ließ den Insassen auf dem Stuhl mir gegenüber Platz nehmen, hielt ihn jedoch weiter fest.

„Reiß dich zusammen, Liam. Du willst doch nicht auf den letzten Metern noch alles aufs Spiel setzen!", ermahnte er ihn verzweifelt, seufzte und warf mir einen kurzen Blick zu. Als ein weiterer Beamter mit leichten Schweißtropfen auf der Stirn und einem gestressten Gesichtsausdruck zu uns stieß, verabschiedete sich Daniel mit einem Nicken.

Für einen Moment herrschte eine bedrückende Stille in dem Raum. In dieser konnte ich hören, wie der Sträfling angestrengt die Luft in seine Lungen sog. Es dauerte eine Weile, bis ich meinen Mut zusammengenommen hatte und ihn ansprach.

„Herr ...", ich machte einen absichernden Blick auf meine Notizen, „... Winterfeld? Ist alles in Ordnung?"

Als er endlich seinen Kopf hob und ich sein Gesicht sehen konnte, stockte mir der Atem. Ich hatte mir einen Mörder ganz anders vorgestellt!

2

„Sieht es so aus, als wäre alles in Ordnung?“, fragte er mit vollkommen ruhiger Stimme, obwohl sein Atem nach wie vor schnell ging.

„Okay, Herr Winterfeld“, überging ich seine unfreundliche Begrüßung einfach, „ich bin Helena Weiß.“

Ich war versucht, ihm meine Hand entgegen zu halten. Doch aus meinen vorherigen Gesprächen wusste ich, dass Berührungen untersagt waren. Zu groß war die Gefahr, dass so heimlich Gegenstände ausgetauscht werden konnten. Also beließ ich es bei einem freundlichen Winken. Er bewegte seine Arme hinter seinem Rücken, als wolle er die Geste erwidern, und ich vernahm ein metallisches Rasseln. Da wurde mir bewusst, dass er im Gegensatz zu den Leuten, mit denen ich bisher hier geredet hatte, Handschellen trug. Bisher waren alle Gefangenen ohne Fesseln zu meinen Interviews gekommen. Es konnte nicht daran liegen, dass er ein Schwerverbrecher war, denn laut meinen Informationen würde er ja bald vorzeitig entlassen werden. Und das konnte nur bewilligt werden, wenn von ihm keine Gefahr mehr ausging. Also konnte es nur mit dem Tumult zusammenhängen, den ich eben gehört hatte.

Mit einem steifen Lächeln auf meinen Lippen begann ich, das Papier meines Notizblockes zwischen meinen Fingern zu reiben. Ich konnte mir nicht helfen, aber seine Gegenwart löste in mir ein Unwohlsein aus. Ob es daran lag, dass ich wusste, dass er einen Menschen getötet hatte?

Sein Blick wich keine Sekunde von mir ab. Das trug nicht gerade dazu bei, mich zu beruhigen. Irgendwie wirkte er wie ein Raubtier vor seiner Beute. Seine Augen waren blau und stechend. Fast wie gefrorenes Wasser in den Bergen. Trotz seines jungen Gesichtes schienen sie bereits viel gesehen zu haben und dunkle Schatten lagen unter ihnen. Seine dunkelbraunen Haare waren kurz geschnitten und sein Dreitagebart unter der Lippe blutverklebt. Die gerade Nase und die hohen Wangenknochen ließen ihn wie eine Statue wirken.

Niemals hätte ich mir einen Mörder so vorgestellt. Wenn man die Gefahr ignorierte, die er ausstrahlte, war er sogar tatsächlich attraktiv. Das blaue Hemd spannte sich um seine breiten Schultern. Er musste viel Zeit mit Sport verbringen. So wie die meisten, die viel Zeit in Gefangenschaft verbrachten.

Sein starrer Blick wurde mir zunehmend unangenehm. Als würde er mich fixieren. Auf etwas lauern. Wenn er mich weiterhin so ansah, würde ich gleich mit einem Herzinfarkt umfallen.

„Warum sehen Sie mich so an?“, fragte er und unterbrach damit meine Gedanken, in denen ich mir schon ausmalte, wie er gleich über den Tisch sprang und mich angriff. Aber zum Glück waren seine Hände ja gefesselt und der Wärter stand nur wenige Schritte von uns entfernt. Diese Gewissheit half mir, mich ein wenig zu beruhigen.

„Dieselbe Frage könnte ich Ihnen auch stellen. Vielleicht bin ich einfach überrascht. Sie scheinen verletzt zu sein“, sagte ich. Bevor ich jetzt meine Checkliste abarbeite, wollte ich wissen, was vor der Tür los gewesen war.

„Das hat Helena Holmes gut festgestellt“, wandte er trocken ein. Ich grinste. Er sah mich an, ohne dass auch nur ein Zucken in seiner Mimik erkennbar war und er machte auch keine Anstalten, mein Lächeln zu erwidern. Also fielen meine Mundwinkel wieder nach unten. Der war ja wirklich ein Herzchen.

„Und was hat Mister Watson zur Aufklärung dieses Falles beizutragen?“, erwiderte ich und glaubte, nun doch kurz ein amüsiertes Funkeln in seinen Augen zu erkennen.

Er lehnte sich auf dem Stuhl zurück und zuckte erneut mit den Schultern. „Leute wie ich sind hier halt nicht gerne gesehen.“

„Leute wie Sie?“, hakte ich nach, „Sie meinen Mörder?“

„Ich bin kein Mörder“, korrigierte er mich ruhig, „ich habe niemanden ermordet. Es war Körperverletzung mit Todesfolge. Das ist ein juristischer Unterschied und sicherlich auch ein menschlicher.“

„Ein Mensch ist tot. Was ist denn in Ihren Augen der Unterschied?“, hakte ich nach.

„Was hat das mit meiner Meinung zu tun?“, fragte er und taxierte mich erneut mit seinem Blick. „Ein Mord ist ein komplexes Thema, es gibt viele Faktoren, die darauf Einfluss nehmen, ob eine Tötung ein Mord ist oder nicht. Das hängt von der Art, aber vor allem auch von dem Motiv ab, mit dem der Täter handelt. In der Regel ist es Mord, wenn es heimtückisch und aus niederen Beweggründen passiert. Bei einem Totschlag dagegen sieht das Opfer, was passiert und hat theoretisch die Möglichkeit, sich zu wehren. Zum Beispiel kann ein Mann, wenn er seine Frau schlägt und damit tötet, nur wegen Totschlags verurteilt werden. Die Frau, die ihren Mann vergiftet, weil sie nicht die Kraft dazu hat, ihn frontal mit physischer Gewalt zu töten, jedoch wegen Mordes. Die Frau wird für ihre Tat viel länger einsitzen als der Mann, obwohl das Ergebnis das gleiche ist: Ein Mensch ist tot. Das klingt unfair, aber so ist die Gesetzeslage eben. Und das ist auch nur die Spitze des Eisberges. Wenn Sie es genau wissen wollen, studieren Sie Jura."

Ich hob beide Augenbrauen und blickte ihn an. Eigentlich hatte ich wissen wollen, was der emotionale Unterschied für ihn war. Doch er erklärte mir das, weil er davon ausging, dass ich die Abstufung nicht kannte. Offenbar hielt er mich für ein ahnungsloses Küken. Mit einem aufgesetzten Lächeln sah ich zu meinen Notizen und machte die ersten Stichpunkte:

– Arrogant und herablassend

Doch anstatt mich zu rechtfertigen, beließ ich es dabei. Sollte er von mir halten, was er wollte.

„Woher wissen Sie das alles?" Ich wartete ab, was er noch zu sagen hatte. Immerhin war er einer der Protagonisten in meinem Buch. Es ging genau darum, was er dachte. Wie er war. Und was ihn dazu gemacht hatte. Ich musste nicht lange warten, bis er mich seine angreifende Art erneut spüren ließ.

„Denken Sie, ich sitze hier den ganzen Tag nur herum und drehe Däumchen? Denken Sie, ich habe mich mit meinem Fall und meinem Anwalt nicht genaustens auseinandergesetzt?", fragte er gereizt.

– Unhöflich

Notierte ich schmunzelnd. Ich nahm ihm sein Benehmen nicht übel. Was auch immer vor der Tür passiert war, musste ihn aufgewühlt haben. Vielleicht war es sogar wegen mir gewesen. Natürlich war das nicht der beste Start für unser Gespräch und der Zorn musste immer noch in ihm brodeln. So schnell würde sich das Adrenalin im Körper nicht abbauen.

„Sind Sie zu jedem Ihrer Besucher so unhöflich? Ich dachte, Sie sollen bald entlassen werden", gab ich ihm zu bedenken, „sie könnten etwas freundlicher mit mir umgehen. Ich bin nicht Ihr Feind, Herr Winterfeld, ich bin Ihre Freundin", versuchte ich mich zu versöhnen.

„Jetzt klingen Sie wie meine Therapeutin. Aber Sie haben recht. Entschuldigt, Mylady, ich würde ja reumütig Eure Hand küssen, aber mir sind die meinen leider gebunden", höhnte er und klapperte abermals mit seinen Handschellen. Ich warf ihm einen strafenden Blick zu, der ihm ein amüsiertes Funkeln entlockte. Ich löste meinen Blick von ihm und sah auf meine Notizen.

– Zynisch

– Will das letzte Wort haben

Liam Winterfeld reckte sein Kinn etwas nach vorne und versuchte über den Tisch hinweg einen Blick auf meine Unterlagen zu erhaschen. Ich zog meine Hand etwas zur Seite, um ihn lesen zu lassen. Bisher stand nur negatives auf dem Zettel mit dem Titel „Liam Winterfeld – 9 Jahre wegen Körperverletzung mit Todesfolge". Seine Augen kniffen sich leicht zusammen und sein Unterkiefer schob sich vor. Es gefiel ihm nicht, was er las.

„Die letzten sieben Jahre hier haben wohl ihre Spuren hinterlassen. Hier wird nicht so viel Wert auf Freundlichkeit gelegt", erklärte er daraufhin etwas netter und leckte sich das trocknende Blut von der Lippe.

– Einsichtig

Notierte ich und blickte dann wieder auf. Als ich auf die Wunde in seinem Gesicht sah, erinnerte ich mich an meine Frage, deren Antwort er mir noch schuldig war.

„Was macht Sie denn nun zu jemandem, der hier ungern gesehen ist, wenn es nicht die Art Ihrer Straftat war?"

„Die meisten Insassen kommen eher aus ärmlichen Verhältnissen und sind deswegen überhaupt erst straffällig geworden. Da ich aus der Oberschicht komme, empfinden sie mich als Außenseiter. Oder sie können einfach keine Klugscheißer leiden." Bei dem letzten Satz hob er einen Mundwinkel, ohne dass dieses Lächeln seine Augen erreichte.

„Sie halten sich für einen Klugscheißer?", fragte ich mit hochgezogener Augenbraue.

„Sie doch auch", gab er schulterzuckend zurück und blickte mich wissend an.

„Chapeau", ich hob unschuldig meine Hände, „und für was halten Sie mich?"

Sein Gesicht war wie eine undurchschaubare Maske. Obwohl er ab und an zynische Sprüche zum Besten gab, wusste ich nicht, was wirklich in ihm vorging. Amüsierte er sich oder nahm er mich vielleicht sogar nur aufs Korn? Dennoch hatte ich das Gefühl, dass vielleicht auf eine lockere Weise mehr aus ihm herauszukriegen war. Vielleicht würde ich so das wahre Gesicht dieses Mannes kennenlernen können.

„Für ein junges Ding, das davon träumt, eine Disneyprinzessin zu sein und zum ersten Mal so einem heißen Kerl wie mir gegenübersitzt", erklärte Herr Winterfeld, während sein Mundwinkel zu einem selbstgefälligen Grinsen heraufzuckte.

Hätte ich „arrogant" nicht bereits notiert, hätte ich es spätestens jetzt getan. Aus diesem Grund unterstrich ich das Wort noch ein Mal so auffällig, dass er es auf jeden Fall sah.

„Seien Sie froh, dass Sie gefesselt und wehrlos sind, sonst hätte ich meinen Kuli als Wurfdolch benutzt", sagte ich mit einem provokanten, aber amüsierten Grinsen.

„Ah, ein Ninja sind Sie auch noch, Prinzessin", provozierte er mich zurück.

„Eine Ninja-Prinzessin-Autorin", korrigierte ich ihn und er hob mit einem „Oh" die Augenbrauen.

„Und worüber schreiben Sie? Heiße Typen im Knast?"

„Na ja, da sind Sie bisher der Einzige", das war so ehrlich, dass ich selbst kurz schockiert über meine eigenen Worte war. Vielleicht war das eine Spur zu intim gewesen. Liam sah mich einen Moment einfach nur schweigend an, dann wandte er tatsächlich seinen Blick von mir ab und sah nach unten auf meine Notizen. Ich musste lächeln. Wer hätte gedacht, dass ich mir mit dieser Aussage keinen überheblichen Konter einfuhr? Ich hätte gewettet, dass er sich jetzt aufplustern würde wie ein Pfau und sich bestätigt fühlte. Doch er sah einfach schweigend weg.

–Schüchtern?

Notierte ich.

„Also, worüber schreiben Sie?", wich er aus. Vielleicht war es jetzt an der Zeit zu dem eigentlichen Grund meines Besuches zu kommen. Wir hatten genug belanglose Neckereien ausgetauscht. Auch wenn ich tatsächlich Gefallen daran gefunden hatte und sogar die Tatsache für eine Weile verdrängt hatte, dass ich einem gefährlichen Mann gegenübersaß. Tatsächlich hatte ich sogar begonnen, mich etwas wohler zu fühlen.

„Ich bin der Ansicht, dass viele Straftäter zu Unrecht und viel zu schnell von der Gesellschaft abgeschoben und fallen gelassen werden. Wie Sie eben schon angedeutet haben, sind manche einfach hungrig oder wissen es nicht besser. Ich will zeigen, dass hier nicht nur schlechte Menschen sitzen, dass nicht jeder Gefangene ‚böse' ist, sondern jeder seine Geschichte, seinen Hintergrund hat. Und dass sie sich ändern können. Es wird ein Buch, das helfen soll, euch Ausdruck zu verleihen. Also auch Ihnen. Es ist quasi auch Ihr Buch. Gibt es etwas, dass Sie gerne sagen möchten, etwas, was jeder wissen soll?"

Ich hob meine Brauen und sah ihn fragend an. Meine eigenen Worte erfüllten mich mit Stolz und ich fühlte mich gut. Als wäre ich eine strahlende Ritterin.

„Tut mir leid, dafür bin ich der Falsche", antwortete Liam ausweichend. Er wirkte angespannt. Hinter seinem Rücken knackste etwas. Seine Finger?

„Wi...", begann ich, als die Tür aufgedrückt wurde und Daniel mich prompt unterbrach.

„Tut mir leid, Helena. Wir müssen die Sitzung heute etwas früher beenden. Wegen des Vorfalls eben herrscht hier etwas Unruhe und wir müssen den Affenzirkus erst mal in den Griff kriegen. Du kommst besser an einem anderen Tag wieder", sagte er mit fester, aber entschuldigender Stimme. Ohne eine weitere Aufforderung stand Liam auf und ging auf den Beamten zu. Dieser nahm den Insassen schweigend und mit dankbarem Blick entgegen, indem er ihm eine Hand auf die Schulter legte. Die beiden Männer gingen vor mir, während ich eilig meine Notizen zusammensuchte und zurück in die Ledermappe legte. Wir verließen das Besucherzimmer und Daniel drehte sich um, um die Tür hinter mir abzuschließen. Als wir schließlich den Korridor hinabgingen, kamen uns zwei Beamte entgegen, die gerade eine Gruppe Häftlinge zurück in ihre Zellen eskortierten. Woher sie kamen oder wohin sie gingen, wusste ich nicht. Ein mulmiges Gefühl beschlich mich, als die Blicke der Sträflinge an mir auf und ab wanderten, als wäre ich ein Stück Fleisch im Löwenkäfig. Als könnte ich mich verstecken, hielt ich meine Mappe vor mich und versuchte, möglichst unauffällig wegzuschauen.

„Na Heidi, hattest du deinen Spaß mit der kleinen Fotze?“, ertönte die kratzige Stimme eines der Insassen. Heidi? Stöhnend schloss ich meine Augen. Primitives Volk. Und eben hatte ich noch so gut über diese Menschen gesprochen.

Einer der anderen lachte und ich hörte ein klatschendes Geräusch. Welche Geste er machen musste, konnte ich mir – auch ohne es zu sehen – gut vorstellen.

„Ruhe!“, herrschte Daniel die Gruppe an.

„Ist ja klar, dass die Reichen sich die teuersten Nutten leist...“ Die Stimme des Mannes erstarb, als Liams Körper plötzlich vorschnellte.

3

„Herr Winterfeld!“, rief ich erschrocken.

In letzter Sekunde bekam Daniel Liams Handschellen zu fassen und hielt ihn fest. Die Ketten rasselten. Ein tiefes Raunen ging durch die Schar der Männer.

Liam stand nun bedrohlich nah vor dem Mann, der uns die Beleidigungen zugerufen hatte. Dieser Widerling trug einen schwarzen Oberlippenbart und tiefe Falten zogen wie Krater durch sein Gesicht. Die schmalen Lippen hatte er verzogen und die Nase gerümpft, während er Liam verächtlich in die Augen starrte.

Ich hörte nicht, was die beiden Männer sprachen. Alles, was ich vernahm, war ein leises Zischen. Was sagte Liam zu ihm?

„Beherrsch dich, Liam! Bist du verrückt, deine Freilassung wegen so etwas aufs Spiel zu setzen?“, bellte Daniel aufgebracht.

Angestrengt zog er ihn wieder zurück und stieß ihn dann vor uns her, den Gang entlang. Die anderen Beamten waren damit beschäftigt, die nun wild fluchende Schar von Insassen unter Kontrolle zu bringen.

„Warum bringt ihr sie hier lang?“, wandte sich Daniel im Vorbeigehen aufgebracht an seine Kollegen. „Wir hatten doch besprochen, dass ich mit Herrn Winterfeld und Frau Weiß hier entlang komme!“

Die anderen Wärter gaben ihm keine Antwort, da sie damit beschäftigt waren, ihre Schützlinge zu zähmen.

Mein Puls raste immer noch. Es waren zwar noch zahlreiche weitere Wächter anwesend, doch die Stimmung im Korridor war aufgeladen. Für einen Moment hatte ich schon vor meinem geistigen Auge gesehen, dass hier ein Aufstand und eine Massenprügelei ausbrach und ich mit gebrochener Nase irgendwo in einer Ecke landete. Wenn es nur die Nase war und nicht viel schlimmer …

Meine Gedanken wurden unterbrochen, als wir an der Schleuse ankamen, an der Daniel Liam Winterfeld an einen anderen Beamten übergab. Der kleine, untersetzte Mann mit tiefliegenden Augen nahm ihn entgegen und nickte uns schweigend zu. Liam trat ohne Gegenwehr in völliger Ruhe durch die Tür. Von seiner Eskalation vor wenigen Momenten war ihm nichts mehr anzumerken.

Kurz bevor sich die Schleusentür schloss, kreuzten Liams einnehmende Augen meinen Blick und hielten ihn gefangen. Erst der schwere Stahl des Türflügels mit dem kleinen Sichtfenster durchbrach den Moment. Mit einem tiefen, dumpfen Hall fiel die Tür ins Schloss.

„Tut mir leid“, entschuldigte Daniel sich heute zum vermutlich hundertsten Mal, „Liam, also Herr Winterfeld, hat schon lange keine Probleme gemacht. Sonst hätten wir ihn nicht mit dir reden lassen. Alle psychologischen Gutachten sprechen absolut für ihn und ich verstehe nicht, wieso er jetzt solche Rückschritte macht. Seine Führung war ausgezeichnet. Anders hätte man die vorzeitige Haftentlassung niemals durchbekommen. Es war auch nicht geplant, dass du auf andere Gefangene triffst. Erst recht nicht auf die, mit denen er vor eurem Gespräch schon in aneinandergeraten ist. Ich weiß nicht, was da schiefgelaufen ist. Vermutlich ein Missverständnis zwischen mir und meinen Kollegen“ verzweifelt schüttelte er seinen Kopf und hob kurz die Schultern. Auch wenn er streng mit den Insassen umging, war er im Herzen ein guter Kerl. Er tat alles dafür, dass jeder Einzelne von ihnen ab hier den richtigen Weg beschritt.

Ich müsste ihn auf jeden Fall in den Danksagungen erwähnen!

„Ich weiß nicht. Beim Gespräch war er ...“, nett konnte man das ja nicht nennen. Ich überlegte, „... besonnen und ruhig. Und ich habe auch nichts Böses gesagt!“ Ich hob die Hände, um meine Unschuld zu zeigen.

Daniel lachte auf. „Das hätte ich dir auch nicht unterstellt. Trotzdem müssen wir mal schauen, ob wir noch ein Gespräch zulassen können. Sein Verhalten gefährdet seine Freilassung.“

Das wollte ich ganz sicher nicht. Dennoch missfiel mir der Gedanke, unsere Interviews zu beenden, ohne dass ich herausgefunden hatte, warum Liam Winterfeld einen Menschen getötet hatte. Ich hatte noch so viele Fragen. Nicht nur die, die auf meiner Liste standen. Um ehrlich zu sein, brannten mir die persönlichen sogar viel mehr auf der Zunge. Wer war er? Wieso hielt er sich für den Falschen, um ein Wort an die Menschen außerhalb der JVA zu richten? Wie konnte so ein kluger, attraktiver Mann im Gefängnis landen? Warum hatte er die Tat begangen? Es war mir ein

Rätsel. Er war mir wirklich ein Rätsel. Ein aufregendes Rätsel. Denn obwohl er offenbar gutachterlich für ungefährlich erklärt worden war, umgab ihn eine bedrohliche Aura. Spürte nur ich sie? Ließ ich mich von dem Gedanken, dass er jemanden umgebracht hatte, zu sehr einnehmen? Doch gerade ich sollte um Neutralität bemüht sein.

„Oh nein, es gibt noch so viel, das ich wissen muss!“, warf ich ein, „das Ganze war doch wirklich nicht Herr Winterfelds Schuld. Klar, er hat sich provozieren lassen, aber eine Strafe bekommen sollten die Kerle, die ihren Mund nicht halten konnten. Er war wirklich offen im Gespräch und hat mich zu keiner Sekunde bedroht oder einen gefährlichen Eindruck gemacht“, log ich.

Daniel seufzte resigniert und legte mir die Hand auf die Schulter. „Ich schaue, was ich für dich machen kann und schreibe dir dann, in Ordnung?“

Seine Geste und seine Worte beruhigten mich und ich atmete tief durch. „Danke“, nuschelte ich und ließ mich anschließend von ihm zum Ausgang begleiten. Zum Abschied boxte ich ihm freundschaftlich gegen den Oberarm und spürte noch beim Hinausgehen sein schelmisches Grinsen im Rücken.

Meine Schritte führten mich quer über den Parkplatz zu meinem bunten Polo. Und mit bunt meinte ich wirklich bunt. Ich hatte ihn von meinem Vater zum bestandenen Abitur geschenkt bekommen, damit ich zur Uni fahren konnte. Laut seiner Aussage hatte er absichtlich ein so auffälliges Auto gewählt, weil ich damit besser von anderen gesehen würde. Außerdem wollte er nicht jedes Mal, wenn er einen liegen gebliebenen Polo sähe, Angst haben müsste, dass ich es bin. Also fuhr ich nun eine mehrfarbige Schrottkarre, die ich trotz ihrer Zicken sehr liebte. Ich warf die Ledermappe durch die geöffnete, gelbe Tür auf den Beifahrersitz, bevor ich selbst umständlich hineinkletterte. Auf meinem zwanzigminütigen Weg nach Hause ging mir das Gespräch mit Liam Winterfeld immer noch durch den Kopf und ich beschloss, zu Hause dringend nach ihm zu googeln. Ich hatte erst heute Morgen von Daniel die Information bekommen, wen ich interviewen würde und hatte noch keine Gelegenheit gehabt, mich über ihn zu informieren.

Ich lenkte den Wagen in die Einfahrt unseres Grundstücks und fuhr unter den Carport vor unserem kleinen Einfamilienhaus. Der graue Skoda meines Vaters stand auch bereits dort, also würde ich nicht allein daheim sein. Eilig nahm ich meine Unterlagen vom Beifahrersitz und stiefelte den schmalen, hell gepflasterten Weg zu der Eingangstür hinauf. Wir wohnten in einem ruhigen Viertel der Stadt, das wenige Fahrminuten vom Zentrum entfernt war. Die Nachbarschaft war klein und man kannte sich untereinander. Ich kramte meinen Hausschlüssel aus der Handtasche und balancierte ungelenk die Notizen in meinen Armen, während ich aufschloss.

„Bin zu Hause!“, rief ich in den engen Flur hinein und sah von hier aus, dass im Wohnzimmer der Fernseher lief. Mein Vater antwortete mir irgendetwas, was ich nicht verstand.

„Nee, ich esse später!“, erwiderte ich auf gut Glück und sprintete die gewendelte Holztreppe hinauf. Mit dem Rücken schloss ich die Tür hinter mir, warf mein Zeug auf mein Bett und klappte direkt den Laptop auf.

Ungeduldig trommelte ich mit meinen Fingern auf meinem uralten Eichenschreibtisch herum. Das Notebook brauchte wie immer viel zu lange, um hochzufahren. „Ein ... horn ... kotze“, murmelte ich konzentriert, während ich mein Passwort in den Anmeldebildschirm tippte und wartete, dass Windows endlich startete. Ich öffnete den Browser und rieb mir gedanklich die Hände. „So Google, verrate mir alles über ‚Li... am Win... ter... feld‘.“ Zufrieden schlug ich auf die Entertaste und wartete gespannt darauf, was mir das Internet offenbaren würde.

4

Gleich beim ersten Eintrag sprang mir die Headline „21-Jähriger ermordet Zuhälter brutal in seiner Wohnung“ entgegen. Ich klickte auf den Link und überflog den Artikel nach Informationen über Liam.

„Am Abend des 23. Juni 2010 wurde der 28-jährige Sebastian C. in seiner Wohnung in Blabla kaltblütig ermordet. Bla, bla, bla ... die Polizei wurde von der Freundin des Opfers alarmiert, die die Leiche mit dem noch anwesenden Täter fand ... Bla, bla, bla ... geht derzeit von einer Tat aus Eifersucht aus.“ Eifersucht? Ich legte meinen Zeigefinger an meine Lippen und rollte mit meinem Schreibtischstuhl einige Zentimeter zurück. Nachdenklich kniff ich meine Augen zusammen. 2010 war Liam also 21 gewesen, dann musste er jetzt ... streng dich an, Gehirn! „... 28 sein!“, presste ich angestrengt hervor, als wäre es eine Geburt und keine einfache Rechenaufgabe gewesen. Da der Artikel sonst nichts weiter hergab, scrollte ich hinab zu den Kommentaren:

– Hoffentlich bekommt er lebenslänglich und wird nie wieder freigelassen. (*user2127*)

– Was für eine sinnlose Tat! RIP Sebastian. (*Nightwatch18*)

– Wieso? War doch ein Zuhälter. Umso besser! (*-AngelCass-*)

– Habt ihr die Bilder auf rotten.com gesehen? (*Slaugther666*)

– Eintrag von Redaktion gelöscht

Daraufhin folgte ich dem geposteten Link zu der erwähnten Website und schlug mir die Hand vor den Mund. Mit zusammengekniffenen Augen drehte ich den Kopf zur Seite und bereute es, jemals meiner Neugierde gefolgt zu sein. Obwohl ich sofort reagiert hatte, war das blutige Bild in mein Gedächtnis gebrannt. Von dem Gesicht des Toten war kaum noch etwas zu erkennen. Mit einer ungeheuren Wut und Gewalt musste gnadenlos auf ihn eingeschlagen worden sein. Mit einem flauen Gefühl in der Magengegend und leichtem Schwindel klappte ich den Laptop wieder zu.

Verdammt.

Ich stand von meinem Schreibtischstuhl auf und lief eine Runde durch mein Zimmer, um mich wieder zu beruhigen. Nachdem ich mir mehrfach mit den Händen über das Gesicht gestrichen hatte, ließ ich mich nach hinten auf mein Bett fallen und starrte unter die Holzdecke. Obwohl ich bereits zwanzig war, lebte ich noch in meinem alten Jugendzimmer. Das Geld, das mein Vater mit seiner Firma verdiente, reichte aus, um unser Haus und unsere beiden Autos zu finanzieren. Für Luxus blieb uns weder Geld noch Zeit und um ehrlich zu sein, fehlte mir auch das Interesse daran. Worauf ich wirklich stolz war, das war mein großes Bücherregal. Dieses erstreckte sich über die gesamte Längsseite des Zimmers und war vollgestopft mit diversen literarischen Werken. Von Fantasy über Drama bis Sachbuch fand sich hier alles, was mich interessierte oder irgendwann mal interessiert hatte. Besonders liebte ich die Bücher von H. P. Lovecraft. Auch wenn Horror sonst nicht mein Genre war, schaffte er es dennoch, mich in seinen Bann zu ziehen. Die Art, wie er schrieb, inspirierte mich unheimlich und war sicherlich einer der Gründe, warum ich selbst Autorin werden wollte.

„Helena!", riss mich das Gebrüll meines Vaters von unten aus meinen Tagträumen.

„Ja?", schrie ich zurück.

„Helena!", er hatte mich offenbar nicht gehört.

„JA?!"

„Helena!!!", augenrollend hievte ich mich aus meinem Bett und riss meine Zimmertüre auf.

„Was denn??", brüllte ich das Treppenhaus hinab und sah ihn durch die Sprossen hindurch in der Küchentüre stehen.

„Schrei doch nicht so!", maßregelte er mich und ich verkniff mir jeden Kommentar über Hörgeräte, „willst du nicht endlich mal was essen? Komm, wir warten!" Eigentlich war das ungute Gefühl in meiner Magengegend immer noch nicht ganz verschwunden. Doch wenn ich nachdachte, hatte ich seit heute Morgen nichts mehr gegessen und eigentlich ließ ich nie eine Mahlzeit ausfallen. Nie!

„Was gibt es denn?", fragte ich neugierig, während ich langsam die knarzende Treppe hinabging. Dass mein alter Herr gekocht hatte, grenzte ohnehin an ein Wunder, denn normalerweise war ich diejenige, die das Essen auf den Tisch stellte und sich um den Haushalt kümmerte.

„Königsberger Klopse“, antwortete mein Vater und ich hob verwundert meine Brauen. „Hast du gekocht?“

„Nein, Bofrost. Ich habe aufgewärmt“, verkündete er stolz und wir betraten zusammen die kleine Küche, in der mein jüngerer Bruder bereits wartete. Mürrisch hatte er seine Stirn in Falten gelegt und funkelte mich unter seinem schwarz gefärbten Schopf hervor an. Er war sechs Jahre jünger als ich und in der Blüte seiner Pubertät. So wie ich hatte er die blaugrünen Augen unserer Mutter geerbt, denn Vaters waren braun wie Schokolade. Das, was wir beide von ihm geerbt hatten, waren allerdings die haselnussbraunen, lockigen Haare.

„Na, lässt du dich auch endlich mal blicken?“, fuhr mich mein Bruder an. Ich zerwühlte mit einer Hand kommentarlos seine Frisur, ehe ich mich auf meinen Stammplatz neben ihm niederließ.

„Warst du wieder bei den Knackis?“, fragte er dann, während er sich eine unglaubliche Portion Essen auf den Teller schaufelte.

„Jap“, antwortete ich knapp und schöpfte mir selbst Essen auf den Teller. Nachwürzen war nicht nötig, da mein Vater grundsätzlich alles versalzte. Aber trotzdem musste ich zugeben: Es war lecker. „Super aufgewärmt, Papa“, lobte ich ihn, woraufhin er mit einem Grinsen stolz auf seinen eigenen Teller blickte. Nachdem ich einen weiteren, großen Bissen heruntergeschluckt hatte, wandte ich mich wieder meinem Bruder zu.

„Wie läuft es in der Schule? Was hat es bei der Englischarbeit gegeben?“

„Schule ist wie immer.“

„Und?“, hakte ich nochmal nach.

„Was und?!“

„Na, die Englischarbeit!“

„Das geht dich gar nichts an!“ Sein Tonfall war genervt und wütend.

Ich legte mein Besteck auf den Tisch und drehte mich vollkommen zu ihm.

„Florian! Ich bin deine große Schwester!“

„Ja, aber nicht meine Mutter!“, rief er zornig und richtete sich auf. Dann verließ er mit stampfenden Schritten die Küche.

„Flo!“, ich warf einen hilfesuchenden Blick zu meinem Vater. Dieser schloss nur die Augen und schüttelte den Kopf. „Lass ihn einfach. Es ist nicht deine Schuld, Helena“, sagte er mit leiser Stimme.

Er stocherte mit seiner Gabel abwesend auf dem Teller herum. Auch wenn ich selbst wusste, dass es nicht an mir lag, ging es mir schlagartig schlecht. Zu solchen Situationen kam es immer wieder und wir hatten alle Hände voll zu tun, um unsere kleine Familie zusammenzuhalten. Meistens gelang uns das auch recht gut, aber Rückschläge waren dennoch jedes Mal schwer zu verkraften. Für meinen alten Herrn allerdings noch schwerer als für mich. Er wirkte um Jahre gealtert, als er den Blick nach unten richtete und die Stirn plötzlich voller Sorgenfalten war. Ich hatte das Gefühl, dass sein kurzes, dunkles Haar in der letzten Zeit viele graue Stellen bekommen hatte. Er arbeitete sehr viel, um unser Leben zu finanzieren und die Selbstständigkeit mit seiner Firma forderte ihn sieben Tage die Woche. Das Vibrieren meines Handys riss mich aus meinen trüben Gedanken. Wer schrieb mir um die Uhrzeit? Ich zog es aus der Hosentasche und warf einen neugierigen Blick darauf.

Es war eine Nachricht von Daniel:

Guten Abend, Kleines. Gute Nachrichten. Der Direktor gibt Liam noch eine Chance. Das ist aber die Letzte! Sag ihm also, dass er sich benehmen soll. Wann kommst du vorbei?

Ohne dass ich es beeinflussen konnte, breitete sich ein Grinsen auf meinen Lippen aus und Erleichterung erfüllte mich.

„Na, was grinst du denn so?“, fragte mein Vater und ich musste selbst amüsiert über mich schmunzeln. „Ist es ein Junge?“

„Schon – aber nicht das, was du denkst. Es geht um die ‚Knackis‘“, antwortete ich und spürte, wie mein Appetit sich wieder regte.

5

Die nächsten Tage waren vollgestopft mit Vorlesungen, Erledigungen für den Haushalt und abendlichem Lernen für die bevorstehende Klausurphase. So verging die Zeit wie im Flug, bis ich meinen Polo abermals auf dem Parkplatz der JVA abstellte. Dann brachte ich die Ausweiskontrolle und die Leibesvisitation hinter mich und ging zusammen mit Daniel in Richtung des Besucherzimmers.

„Wird es jetzt Konsequenzen für Herrn Winterfeld geben?", fragte ich ihn, während er hinter uns eine Flurtür schloss.

„Nein", antwortete er, „ich habe den Verantwortlichen erklärt, dass er nur Opfer der Provokation war, auch wenn er auf so etwas natürlich nicht anspringen sollte. Liam, also Herr Winterfeld, ist leider mit keinem sehr langen Geduldsfaden gesegnet. Daran wird er arbeiten müssen, wenn er wieder draußen ist. Sonst sehe ich ihn schneller wieder, als ihm lieb ist. Er bekommt schließlich den Rest seiner Strafe nur auf Bewährung ausgesetzt."

„Du setzt dich ganz schön für ihn ein, oder?", wollte ich wissen. Ein sanftes Lächeln legte sich auf die Lippen des Beamten. Er sah mich nicht an, sondern blickte einfach weiter geradeaus.

„Wir sind gleichzeitig hier angekommen. Vor sieben Jahren hatte ich meinen ersten Tag und er wurde hierhin gebracht. Wir kennen uns schon sehr lange und verstehen uns auch ziemlich gut", erklärte er und ich stellte fest, dass er dann doch schon ein paar Jahre älter sein musste als er aussah. „Klar, er hat seine Aggressionsprobleme, aber selbst die hatte er zunehmend in den Griff bekommen. Ich würde behaupten, dass wir Freunde sind."

Ein dickes Grinsen stahl sich auf mein Gesicht und ich kniff ihn in die Seite. „So süß!", quietschte ich und war erstaunt darüber, wie schrill meine Stimme sein konnte.

„Lass mich!", murrte Daniel mit leicht geröteten Wangen und fuchtelte nach mir wie nach einer lästigen Fliege. Während ich noch dümmlich vor mich hinlachte, erreichten wir den Besucherraum.

Eben dieses Lachen blieb mir im Hals stecken, als der Blick eines stechenden Augenpaars mich durchbohrte.

Liam saß bereits auf dem Stuhl vor dem Tisch. Der zugeteilte Wächter stand positioniert an seinem Fleck und ich wie ein Eichhörnchen im Scheinwerferlicht in der Tür, nicht sicher, ob ich mich totstellen oder so tun sollte, als wäre nichts. Ich räusperte mich und entschied mich für Letzteres.

„Guten Tag, Herr Winterfeld“, grüßte ich ihn freundlich und setzte mich.

„Was gibt es denn so Witziges?“, fragte er mich forsch und zerstörte damit mein Vorhaben, meinen peinlichen Auftritt einfach zu übergehen. Aber da ich nicht auf den Kopf gefallen war, nutzte ich die Chance, den schwarzen Peter an Daniel weiterzureichen.

„Herr Schumacher hat mir nur gerade seine Liebe zu Ihnen gestanden“, höhnte ich mit einem schelmischen Grinsen. Hinter mir hörte ich, wie sich der Beschuldigte, mit der Hand vor die Stirn schlug und vor mir sah ich, wie Liam interessiert und belustigt die Augenbrauen hob.

„Ich warte beim Eingang“, sagte Daniel und tat das einzig Sinnvolle: Flüchten.

„Ich liebe dich auch!“, rief Liam ihm zu, kurz bevor sich die Tür hinter ihm schloss, und lachte dann. Es klang unheimlich rein. Irgendwie unschuldig. Ein wunderschönes Lachen, welches mir im ersten Moment die Sprache raubte. Als sich sein Blick von der Tür löste und auf mich richtete, wurde er schlagartig wieder ernst. Was zur Hölle …?

„Können Sie mich nicht leiden?“, fragte ich und spürte, wie durch diese Vermutung ein Stechen durch meine Brust zog. Ich fühlte mich missverstanden. Abgelehnt, obwohl ich nur Gutes wollte. Liams Mimik lockerte sich wieder, als er mein betretenes Gesicht bemerkte.

„Doch. Ich mag es bloß Sie zu verunsichern.“

Ich musterte ihn einen Moment lang und gestattete mir, die Erleichterung zu akzeptieren, die sich in mir breitmachte. Mit einem schelmischen Blick schrieb ich die Notiz:

-Psycho

ganz offensichtlich in meine Unterlagen und schenkte ihm dann ein angriffslustiges Lächeln.

Liam lehnte sich auf seinem Stuhl zu mir vor, was mich unwillkürlich dazu brachte, ein wenig zurückzuweichen. Wenn er so nah kam, fühlte ich mich durch seine starke Präsenz bedrängt. Ich hatte das Gefühl, dass die bedrohliche Aura dann besonders schwer auf mir lastete.

„So ... Ein Psycho. Was glauben Sie, warum ich hier bin?“, raunte er leise und sah mich einige Momente intensiv an. Ich erstarrte fast. Mit einem Augenzwinkern lehnte er sich wieder zurück. Seine Worte riefen die Bilder, die ich ergoogelt hatte, erneut in meinen Kopf. Plötzlich fragte ich mich, wie ich dazu kam, so unbeschwert mit ihm zu sprechen.

„Sie sind hier, weil Sie den Kopf eines Mannes zu Brei geschlagen haben!“, brach der Schock von meinem Internetfund aus mir heraus und ich sah, wie Liam im ersten Moment schluckte. Dass ich so direkt war, hatte er sicherlich nicht erwartet.

„Sie haben es also gesehen?“, wollte er wissen. Es war mehr eine Feststellung, als eine Frage, dennoch nickte ich.

„Ich habe Sie gegoogelt, Herr Winterfeld“, erklärte ich, „Was ich dort gesehen habe war nahezu unmenschlich. Was haben Sie sich dabei gedacht? Es war so brutal, so... blutrünstig. Womit haben Sie auf ihn eingeschlagen?“, sprudelten die Worte aus mir hervor, wie frisches Wasser aus einer Quelle. Ich wollte es einfach verstehen. Verstehen, was ihn zu dieser Tat getrieben hatte. Was in ihm vorgegangen war! Ich konnte mir einfach nicht vorstellen, dass jemand einen anderen Menschen einfach aus Spaß so zurichten würde. Vielleicht war ich naiv. Vielleicht verleugnete ich damit die Grausamkeiten kranker Geister.

„In so einer Situation denkt man nicht wirklich nach“, Liam legte seine Hände auf den Tisch und schob sie zu mir nach vorne. Moment mal, Hände?! Diesmal hatte man auf die Handschellen verzichten können, da es keinen Aufstand gegeben hatte. Normalerweise konnten sich die Gefangenen frei bewegen, täglichen Tätigkeiten nachgehen. Ausbildungen machen, Sporttreiben und alles andere, was ihnen dabei half, wieder ein geregeltes Leben führen zu können. Gefängnisse in Deutschland waren nicht so, wie man sie aus amerikanischen Serien im Fernsehen kannte. Es wurde viel Wert auf höflichen und freundlichen Umgang gelegt. Die Insassen waren hier keine Geiseln. Sie waren viel eher Patienten.

„Schön, dass sie nicht ..."

„... gefesselt sind? Diesmal gab es auch keinen Aufstand auf dem Flur. Sie sind mein Besuch, da werde ich doch nicht in Handschellen hergebracht."

„Schön ...", sagte ich lächelnd. Mein Blick richtete sich wieder auf seine Handrücken. Was wollte er mir damit sagen? „Sehen Sie genau hin", wies er mich an, als er das Fragezeichen sah, das mir deutlich im Gesicht stehen musste, „sehen Sie die Narben?"

In der Tat befanden sich feine, weiße Linien auf seinen Knöcheln. Ich betrachtete eingehend seine Hände. Sie waren groß und äußerst kräftig. Wie Waffen. Als mir das bewusst wurde, stockte mir der Atem.

„Sie haben ihn ... mit Ihren Händen ...", brachte ich ungläubig hervor. Die Bilder der Website fanden ihren Weg zurück vor mein inneres Auge und mein Magen begann, Purzelbäume in meinem Bauch zu schlagen. All das Blut, diese gnadenlose, unmenschliche Zerstörungswut, die sich wie eine Explosion in dem Gesicht des Opfers ausgebreitet hatte. Dazu waren diese Hände in der Lage gewesen? Die Haare an meinen Armen und in meinem Nacken hatten sich bereits aufgestellt und mein Puls raste, als würde ich rennen. Meine Handinnenflächen wurden feucht vom Angstschweiß und ich umklammerte meinen Kugelschreiber fester, mit dem ich eigentlich Notizen machen wollte.

Warum? Warum hatte er so etwas Schreckliches getan?

6

„Schockiert?“, fragte Liam und ich atmete tief ein. Irgendwie musste ich versuchen, die Bilder aus meinem Kopf zu bekommen. Ich wollte zwar ein Buch über Gefängnisinsassen schreiben, das bedeutete jedoch nicht, dass ich so abgebrüht wie eine Forensikerin war. Ich hatte nicht jeden Tag mit zerfledderten Leichen zu tun. Ich war zwanzig Jahre alt und studierte Germanistik und nicht Kriminalistik.

„Ein wenig“, gab ich zu, „ich bin einfach zart besaitet.“

Jetzt wurde es aber Zeit, dass ich mich zusammenriss und das tat, weswegen ich hier war. Die ganze Sache ging mir näher als sie sollte. Ich setzte mich aufrechter hin, ordnete meine Notizen vor mir und die Gedanken in meinem Kopf. Ich reckte mein Kinn, straffte die Schultern und festigte meinen Blick auf den Insassen mir gegenüber.

Es brachte nichts, einen Hehl daraus zu machen, dass mich das alles schockte. Liam hätte mich ohnehin durchschaut, das zeigte allein sein wissender Blick und seine rhetorische Frage.

„Wieso musste dieser Mann sterben, Herr Winterfeld?“

„Ich habe ihn gehasst“, antwortete er erstaunlich zügig. Doch das schien offenbar noch nicht alles zu sein, „er hat etwas Unverzeihliches getan.“

„Was kann so schlimm sein, dass man dafür sterben muss?“, fragte ich ihn und drückte die Spitze des Kulis angespannt auf das Papier. Was würde ich als Nächstes über ihn notieren können? Doch er lehnte sich schweigend auf seinem Stuhl zurück und löste seinen sonst starren Blick von mir, um sich im Zimmer umzusehen.

„War es aus Eifersucht?“, fragte ich. Das war zumindest das, was das Internet ausgespuckt hatte.

Meine Aufmerksamkeit wurde nun wieder auf seine Hände gelenkt, als ich sah, wie er diese zu kneten begann und schließlich mit seinen Daumen die Mittelfinger herabdrückte, bis ein fürchterliches Knacken zu hören war.

„Ich möchte nicht darüber reden, Fräulein Weiß." Die Art, wie er meinen Namen aussprach, ließ mir einen Schauer über den Rücken jagen und ich beschloss, dieses Thema vorerst auf sich beruhen zu lassen. Immerhin sollte das hier kein Verhör werden, sondern ein Interview.

„O. K., dann zu einem anderen Punkt." Ich war froh, die Situation entschärfen zu können, „Was haben Sie vor Ihrer Haft gemacht? Waren Sie schon fertig mit der Schule? Haben Sie gearbeitet?" Auch Liam schien sich bei diesen banalen Fragen etwas zu entspannen, denn sein Blick richtete sich wieder auf mich.

„Na ja, um ehrlich zu sein, bin ich recht früh auf ‚die schiefe Bahn' geraten. Ich habe gestohlen, gedealt, verbotene Substanzen zu mir genommen und mit Prostituierten geschlafen", erzählte er mir mit einem Schulterzucken und ruhiger Stimme, als wäre es das Normalste auf der Welt, „ich habe auch keinen wirklichen Schulabschluss gemacht, muss ich gestehen. Es regnete Vorladungen für meine Eltern und Verweise. Generell hatte ich ein Problem mit Autoritäten. Ich prügelte mich auf dem Schulhof, klaute Geld und geriet schließlich an die falschen Leute. So nahm das Schicksal seinen Lauf. Meine Abschlüsse konnte ich ja zum Glück hier, während ich meine Strafe absaß, nachholen."

Ich notierte mir alles und sah ihn dann dennoch fragend an.

„Wieso haben Sie Geld gestohlen? Ich dachte, Sie kommen aus besseren Verhältnissen?"

„Das hatte verschiedene Gründe. Mal war es der Kick, mal hatte es derjenige verdient, mal brauchte ich es einfach. Nur weil ich aus gutem Haus komme, bedeutet das nicht, dass mir meine Eltern ein viel höheres Taschengeld gegeben hätten. Mein Vater war geizig und meine Mutter lebte im Luxus und hätte für mich auf nichts verzichtet."

Ich legte meine Stirn in Falten, als ich versuchte, die Emotionen hinter seinen Worten zu erkennen. Vergeblich. Er schien dabei vollkommen ruhig und distanziert zu sein. Wie immer. Diese Maske beherrschte er perfekt.

„Kommen Ihre Eltern oft zu Besuch?"

Er schüttelte den Kopf. „Nein, gar nicht. Wir haben nicht das beste Verhältnis zueinander."

„Wer kommt Sie denn dann besuchen?" Mitgefühl schlich sich ungewollt in meine Stimme. Er musste doch trotz seiner Tat irgendwelche Verwandten und Freunde haben. Oder hatten sie ihn alle deswegen fallen gelassen?

„Eine junge Autorin", antwortete er und auf seinen Lippen bildete sich ein mildes Lächeln, das zum ersten Mal auch seine Augen erreichte. Seine Lider mit den langen, dunklen Wimpern schlossen sich minimal und ein leichter Glanz war in ihnen zu erkennen.

Verdutzt blinzelte ich einige Male. War ich denn die Einzige? Und im Endeffekt war ich sogar nur wegen meines Buches hier und nicht als eine Freundin. Bei dem Gedanken an den Hintergrund meines Besuches fiel mir meine Frage und seine ausweichende Antwort von unserem letzten Gespräch wieder ein:

„Warum sind Sie nicht der Richtige?", fragte ich scheinbar wie aus dem Nichts und Liam schien überhaupt nicht zu wissen, was ich meinte und kräuselte seine Brauen.

„Sie meinen, weil ich einsitze?", fragte er, „aber bald bin ich ja frei. Vielleicht bin ich dann ja der Richtige, wenn es Sie abschreckt, dass wir uns bisher nur ab und an im Besucherraum sehen konnten."

Den Verwirrtheits-Ball hatte er mir wieder zurückgeworfen. Ich versuchte angestrengt zu verstehen, was er von mir wollte, doch am Ende kam nur ein nicht sehr intelligentes „Wie bitte?" über meine Lippen.

Liam schmunzelte belustigt.

„Sie haben gefragt, warum ich nicht der Richtige bin. Und abgesehen davon, dass ich im Gefängnis sitze und ein Menschenleben auf dem Gewissen habe, bin ich intelligent, gebildet und attraktiv. Also durchaus kein schlechter Fang."

Nun fiel sogar bei mir der Groschen. Er fiel So laut und scheppernd, als wäre er direkt auf einen Gong gefallen, sodass nun selbst jeder chinesische Mönch Bescheid wusste. Augenblicklich spürte ich, wie meine Wangen und Ohren heiß wurden. Mein Gesicht musste rot leuchten, wie eine Ampel.

Räuspernd machte ich einen weiteren Strich unter dem

‚- Arrogant'

von unserem letzten Gespräch und versah es mit einem dicken Ausrufezeichen.

Weil ich aber nicht wieder die arme Maus sein wollte, die sich von dem selbstbewussten Kerl überrumpeln ließ, antwortete ich: „Na ja, um einer Ninja-Prinzessin-Autorin das Wasser reichen zu können, muss man eben schon mehr sein als kein schlechter Fang." Ich zwinkerte ihm nun meinerseits zu, was ihn tatsächlich dazu veranlasste, nach rechts wegzublicken. Also strich ich das Fragezeichen bei 'Schüchtern' durch.

„Bei unserem letzten Gespräch habe ich gesagt, dass das Buch, das ich schreibe, auch ihres ist und Sie gefragt, ob Sie etwas haben, was Sie der Öffentlichkeit gerne mitteilen möchten. Daraufhin sagten Sie, dass Sie nicht der Richtige dafür sind und unser Treffen wurde unterbrochen. Ich habe mir danach noch lange Gedanken gemacht, was Sie damit gemeint haben könnten. Was lässt Sie glauben, dass Sie der Falsche sind, um die Stimme der Straftäter zu sein?"

Liams stechende Augen durchbohrten mich mit ihrem intensiven Blick. Seine Iris sprang kaum merklich von rechts nach links und zurück, während er mein Gesicht still musterte. „Weil ich kein guter Mensch bin, Frau Prinzessin. In mir werden Sie nicht das finden, was Sie suchen", hauchte er dann.

7

„Ich suche auch nichts, ich will die Wahrheit zeigen und ich glaube, dass Sie dafür genau der Richtige sind“, erwiderte ich und konnte sein Unbehagen deutlich sehen. Sein Blick verlor schlagartig die Intensität, mit der er mich angesehen hatte und ich bemerkte, wie er die Schultern, beinahe schützend, etwas anhob. Er lehnte sich dabei zurück, fast als würde er sich mir so entziehen wollen. Doch dieser Verlust seiner sonst so coolen und abgeklärten Art hielt nicht lange an. Seine Körperhaltung änderte sich, als er sich wieder aufrichtete, dabei den Rücken kurz durchstreckte und sich wieder nach vorn zu mir lehnte. Unter dem Tisch knackste etwas. Ich vermutete, dass es seine Finger waren, da ich dieses Verhalten an ihm schon mal bemerkt hatte und psychischer Stress vielleicht ein Auslöser dafür war.

„Gut Prinzessin, ich bin sehr gespannt, was die Wahrheit ist. Doch viel Zeit, sie herauszufinden, haben Sie nicht mehr, da es unser letztes Gespräch sein wird.“ Sagte er und ließ die Schultern kurz kreisen, „in Kürze werde ich entlassen.“

„Schon?! Wirklich? Schon das Letzte?“, entfuhr es mir und er entgegnete mir mit einem vorwurfsvollen Blick. „Also, ich freue mich für Sie, ich wusste nur nicht, dass Sie so bald schon entlassen werden würden. Sonderlich viel habe ich ja noch nicht über Sie herausgefunden. Aber ...“, ich kaute nachdenklich auf meiner Lippe herum und fragte mich, ob ich ihm den folgenden Vorschlag wirklich unterbreiten sollte. Wollte ich das wirklich?

„Wir können uns doch draußen treffen, in einem Café oder so“, schlug ich vor, bevor meine Zweifel mich davon abhalten konnten. Dies überraschte nicht nur ihn, sondern auch mich selbst. Hatte ich gerade wirklich einem Mörder, Entschuldigung, Totschläger ein Date vorgeschlagen? Draußen, ohne Handschellen und Wachmänner?

„Wollen Sie das wirklich?“, fragte er dieselbe Frage, die auch ich mir gestellt hatte, als ob er diese Vorstellung unrealistisch fände. Ich nickte mit einem aufmunternden Lächeln.

„Ja. Das will ich sogar sehr gerne. Immerhin machen Sie ein ganz schönes Rätsel um sich und Helena Holmes will jeden Fall lösen. Ich weiß noch nichts über die Hintergründe Ihrer Tat. Ich weiß nicht, was sie empfinden. Ob sie es bereuen, ob sie die Tat bis heute verfolgt. Und vielleicht finden wir gemeinsam ja doch noch die ein oder andere gute Seite an Ihnen."

Wieder schwieg er einen Moment lang und sah mit einem Lächeln auf den Lippen herab auf seine großen, vernarbten Hände. Liam beugte sich schließlich herunter und hob etwas vom Boden auf. Es war so klein, dass er es mit beiden Händen umfassen und somit verstecken konnte. Verwirrt sah ich von diesen hinauf in sein Gesicht, in welchem noch immer ein Lächeln zu sehen war. „Ich wollte es Ihnen eigentlich zum Abschied geben", sagte er, ehe er eine aus Holz geschnitzte Figur offenbarte. Sie war gerade mal so groß wie ein Spatz, aber viel schmaler und zeugte von unglaublichem, handwerklichem Geschick. Dargestellt war eine Frau mit langen Haaren und einem altgriechisch anmutenden Gewand. Man konnte sogar ihre kleine, spitze Nase erkennen und ihren schmollenden Mund.

„Wer ist das?", fragte ich, während ich noch voller Bewunderung das Kunstwerk betrachtete.

„Das ist Helena, die Tochter von Zeus und Leda. Sie war so schön, dass jeder Mann sie besitzen wollte und ein ganzer Krieg um sie ausbrach. Sie ist Ihre Namensgeberin." Vorsichtig schob er die kleine Figur zu mir hinüber und ich nahm sie behutsam in meine Hände, strich mit den Daumen über das teils sehr scharfkantige Holz, das herb und harzig roch. Es war erstaunlich. Diese Geste kam so unerwartet und zeigte, dass er sich nach unserem Gespräch noch Gedanken über mich gemacht haben musste. Vielleicht konnte er mich ja doch gar nicht so schlecht leiden wie ich glaubte. Ohne dass ich es wollte, breitete sich ein warmes Gefühl in mir aus. Ein Gefühl der Freude. Der Anerkennung.

„Woher wissen Sie das und woher können Sie so etwas?"

„Ich hatte viel Zeit", sagte er schulterzuckend und als wäre es überhaupt keine Leistung, die große Bewunderung verdiente. Das sah ich allerdings ganz anders. Am liebsten hätte ich ihn für diese süße Geste umarmt, ganz gleich wie distanziert und gefährlich er wirkte.

Stattdessen sah ich ihn mit funkelnden Augen an und brachte ein leises „Danke!" über meine Lippen. Liam lächelte zufrieden. Es kam mir vor, als hätten wir, obwohl es erst das zweite Mal war, dass wir uns sahen, Riesenschritte aufeinander zu gemacht. Dass dieser Mann mir mit so einem persönlichen Geschenk eine Freude bereiten würde, hätte ich mir am Ende unseres letzten Treffens niemals erträumt.

-Aufmerksam

notierte ich in meine Unterlagen und stellte fest, dass das bisher die einzige durchweg positive Eigenschaft war, die ich aufschreiben konnte.

„Leider habe ich kein Geschenk für Sie", sagte ich und hob entschuldigend meine Schultern. Liam machte eine wegwerfende Geste mit der Hand.

„Sie beschenken mich mit Ihrer Anwesenheit. Es ist schön, dass nach all den Jahren doch noch Besuch zu mir kommt. Und dann auch noch weiblicher. Ich bin ein Glückspilz."

Liams Lippen formten ein charismatisches Lächeln. Scheinbar schien er nur schüchtern zu sein, wenn er selbst das Zentrum der Aufmerksamkeit war. Ansonsten war er ziemlich offensiv. Doch ich glaubte nicht, dass er ehrliches Interesse für mich hegte. Für ihn war das alles ein Katz- und Mausspiel. Etwas, das ihn erheiterte, seine letzten Tage hier versüßte. Nachdenklich blickte ich auf die Holzfigur. Möglicherweise unterschätzte ich ihn und in ihm steckte mehr, als ich bisher vermutet hatte. Wie jeder Mensch hatte er sicher seine guten Seiten, auch, wenn er sie selbst nicht mehr sehen konnte. Er war ein fallengelassener Sohn, der nicht einmal Besuch von seinen Eltern bekam. Er hatte früh eine kriminelle Laufbahn eingeschlagen und sein Leben bald zerstört, als er einen Mann umbrachte und dafür ins Gefängnis kam. Was gab es schon, worauf er stolz sein konnte? Was gab es schon, was ihn etwas Gutes in sich sehen lassen konnte?

„Bereuen Sie Ihre Tat, Herr Winterfeld?", wollte ich wissen, denn zuletzt hatte er gesagt, dass sein Opfer es verdient hatte. Liam drehte seinen Kopf zur Seite, atmete tief ein und begann mit einem abwesenden Lächeln, seine Hände zu kneten. Die Frage schien ihm unangenehm zu sein. Dabei hatte ich gedacht, jetzt eine ganz eindeutige Antwort zu hören.

„Ich hatte nicht beabsichtigt, ihn zu töten", antwortete er, ohne mich anzusehen, „ich hatte damals einen Blackout. Ich kann mich nicht einmal mehr daran erinnern, wie ich es getan habe", gestand er.

„Hätten Sie nicht in solch einem Fall in die Psychiatrie gemusst?“, fragte ich und drehte den Kuli zwischen meinen Fingern.

„Mein Anwalt hat das zum Glück verhindert. Ich bin nicht verrückt. Ich hatte nur ein Aggressionsproblem“, erklärte er. Das Problem war mir ja bekannt und ich glaubte nicht, dass er es inzwischen vollkommen überwunden hatte.

„Ein Aggressionsproblem mit Blackout?“, fragte ich mit schmalen Augen.

„Haben Sie selbst psychische Probleme, Fräulein Weiß?“, wollte er wissen, ohne mir zu antworten. Perplex hob ich meine Augenbrauen. Diese Frage konnte ich nicht so einfach beantworten. Wie fast jeder hatte auch ich mein Päckchen zu tragen, doch konnte man das als *psychisches Problem* bezeichnen?

„Nun, Herr Winterfeld, zumindest habe ich noch niemanden umgebracht, in meiner Kindheit keine Tiere gequält und ich glaube auch nicht, dass ich sehr schwermütig bin. Also urteilen *Sie* über mich. Habe ich welche?“

Ich sah ihn neugierig an.

Liam musterte mich eine Weile lang schweigend.

„Nein, Sie sind sicher perfekt. Herzensgut und mit einer rosaroten Brille, durch die Sie die Welt sehen, immer auf der Suche nach der nächsten armen Seele, der Sie helfen können.“

Während er das sagte, lächelte er wieder dieses Lächeln, das seine Augen nicht erreichte und aussah wie eine Maske. Ich schürzte meine Lippen und musste zugeben, dass er teilweise recht hatte. Ich war alles andere als perfekt, aber der zweite Teil seiner Überlegung war nicht von der Hand zu weisen.

„Herr Winterfeld, es wird Zeit“, meldete sich eine unbekannte Stimme zu Wort und riss mich aus meinen Gedanken. Liam sah zu dem Wärter hinauf und nickte ihm zu, ehe er sich wieder an mich wandte.

„Sie haben es gehört. Noch eine letzte Frage an mich, bevor ich bald in die Freiheit entlassen werde?“

„Guter Punkt! Was werden Sie als Erstes tun, wenn Sie wieder draußen sind?“

„Ich such mir ‘ne Frau.“

„Wofür?“

„Zum Heiraten, Prinzessin. Zum Heiraten." Plötzlich überkam mich das starke Bedürfnis, ihm den Mittelfinger zu zeigen, doch ich besann mich eines Besseren und bedachte diese Aussage nur mit einem giftigen Blick und einem Räuspern.

„Ich bin halt auch nur ein Mann und kann nicht darauf warten, dass eine Ninja-Prinzessin-Autorin bei mir vorbeigeritten kommt." Mit diesen Worten richtete er sich auf und ich tat es ihm gleich. Es war schade, dass unsere Gespräche an dieser Stelle vorerst ein Ende haben würden. Doch ich würde am Eingang meine E-Mail-Adresse für ihn hinterlegen, damit er sie bei seiner Freilassung bekam. Ob er sich dann bei mir melden würde oder nicht, blieb letztendlich ihm überlassen. Wenn er mir schrieb, hatte ich die Möglichkeit erst einmal schriftlichen Kontakt mit ihm zu haben, bevor wir uns treffen würden. Natürlich war mir nach wie vor mulmig bei dem Gedanken daran, ihm ohne Wächter und ohne gesicherte Umgebung gegenüberzusitzen. Allerdings war er ein Mensch wie jeder andere. Er hatte seine Strafe abgesessen. Sein Leben wurde quasi resettet. Neu geladen. Er würde es schwer genug haben, mit Vorurteilen und Ablehnung konfrontiert werden. Ich jedoch wollte nicht so sein. Liam trat gemeinsam mit dem Beamten um den Tisch herum, sah diesen kurz an und wartete auf eine Bestätigung in Form von einem Nicken. Er hielt mir die Hand entgegen. Mit einem Herzschlag bis zum Hals ergriff ich sie. Sie war angenehm warm und stark, aber hielt meine so behutsam, als wäre sie ein kleiner Vogel, den er vorsichtig am Wegfliegen hindern wollte und der unter seiner Berührung zerbrechen könnte. Unsere Blicke kreuzten sich ein letztes Mal, ehe wir unseren Griff voneinander lösten und nur noch ein verblassender Hauch seiner Wärme auf meiner Haut zurückblieb. Ich sah ihm hinterher, wie er aufrecht und mit ruhigen Schritten dem Wärter aus dem Raum folgte.

„In dir steckt nichts Gutes, hm?", sagte ich zu mir selbst, während mein Blick hinab auf die kleine Holzfigur in meiner Hand wanderte und sich meine Mundwinkel unwillkürlich nach oben hoben.

Kurz darauf betrat Daniel den Raum, um mich in Empfang zu nehmen und zurück zum Ausgang zu begleiten.

„Diesmal ist es besser gelaufen", erzählte ich ihm, „schade, dass meine Interviews mit ihm ein Ende haben." Ich verstand, wieso sich Daniel mit Liam angefreundet hatte.

„Keine Sorge, Kleines. Wir finden einen neuen Straftäter für dich, den du mit deinen Fragen löchern kannst", grinste der Beamte und stieß mich mit seinem Ellbogen etwas zu kräftig an, sodass ich gegen die nächste Wand taumelte.

„Autsch! Pass auf", jammerte ich, während ich mir meinen Oberarm rieb, um die Schmerzen zu lindern. Einen kleinen, frechen Bruder war ich gewohnt, aber mit der brachialen Liebe eines Großen kam ich noch nicht ganz klar.

„Danke, Daniel, für alles, was du für mich und die Insassen tust", sagte ich, als wir beim Haupteingang ankamen, und schenkte ihm ein liebevolles Lächeln. „Es sollte viel mehr Leute wie dich in dieser Welt geben."

Verlegen kratzte er sich am Hinterkopf und schob mich zur Tür, bevor ich noch mehr rührseligen Kitsch quasseln konnte.

„Fahr vorsichtig, Helena."

„Mach ich, bis demnächst, Daniel!"

Während ich zu meinem Auto lief, verflog das Grinsen auf meinen Lippen langsam wieder. Nachdem ich die rote Fahrertür zugezogen hatte und die Stille des Cockpits mich umfasste, fühlte ich mich plötzlich einsam und niedergeschlagen. Es kam mir vor, als hielte eine unsichtbare Gestalt meine Brust fest umschlossen und versuchte, mir das Atmen zu erschweren. Um die negativen Gedanken abzuschütteln, drehte ich die Musik extra laut auf und fuhr kurz darauf mitgrölend vom Parkplatz. Zu Hause würde ich mir eine Tafel Schokolade zu Gemüte führen, danach wäre ich wieder die fröhliche Helena, so, wie es sein sollte!

Zwanzig Minuten später parkte ich wie immer unter unserem Carport, mit dem Unterschied, dass Papas Wagen heute fehlte. Sicher musste der arme Mann wieder Überstunden schieben. Ich beschloss, dass ich den beiden Herren heute eine extra leckere Mahlzeit kochen würde, um unseren Streit von letztens wiedergutzumachen. Seitdem hatten mein Bruder und ich nicht mehr wirklich miteinander gesprochen.

Obwohl ich gerade dabei war, meine gute Laune wiederzufinden, beschlich mich plötzlich ein ungutes Gefühl, als ich die zwei Stufen zu unserer Haustür hinaufging und diese öffnete.

„Flo?", rief ich in den Hausflur hinein, doch ich erhielt keine Antwort. Seine Schuhe lagen ungeordnet auf der Fußmatte und ich stellte sie fluchend zusammen. Hundertmal hatte ich ihm schon gesagt, dass irgendwann mal einer drüberfällt und sich etwas bricht. Zumindest bewiesen sie mir, dass er zu Hause sein musste.

„Florian!“, versuchte ich es erneut und diesmal lauter, falls er wieder seine Kopfhörer anhatte. Als abermals keine Antwort die Stille im Haus durchbrach, stiefelte ich die Treppe hinauf. Es war Zeit, dass er aufhörte, mit mir zu schmollen wie ein Kleinkind. Konnten wir uns nicht endlich wieder vertragen?

„Florian, ich...“, mir blieben die Worte im Halse stecken, als ich die Zimmertür öffnete und seinen regungslosen Körper auf dem Teppich liegen sah.

8

„Florian!“, rief ich, als der Schock gleichzeitig heiß und kalt durch meinen Körper fuhr und das Adrenalin mich zum Handeln brachte. Ohne nachzudenken warf ich alles, was ich in meinen Händen trug, alle Notizen und Unterlagen beiseite und rannte auf ihn zu. Mit über das Parkett schlitternden Knien kam ich neben meinem Bruder zum Halten und versuchte ihn aufzuwecken. Ich drehte ihn auf den Rücken und rüttelte an seinen Schultern. Das Weiß in seinen verdrehten Augen verhieß jedoch nichts Gutes. Er rührte sich nicht.

„Fuck“, keuchte ich und fuhr mir durch die Haare. Was sollte ich tun? Als ich mich umsah, um nach meinem Handy zu suchen, fiel mir die leere Wodkaflasche ins Auge. Sie war eine Armlänge von ihm weggerollt und hatte sich an den Füßen seines Schreibtischstuhls verkeilt. War das der Grund seiner Ohnmacht? Dabei hatte er doch mit eigenen Augen gesehen, wie so etwas enden konnte.

Ich fand mein Handy an der Tür neben meinen Unterlagen und wählte mit zitternden Händen den Notruf. Das Freizeichen erklang ein, zwei Mal, dann hörte ich eine kurze Bandansage, ehe sich eine männliche Stimme meldete:

„Notruf Leitzentrale.“

„Hier ist Helena Weiß, mein Bruder liegt bewusstlos in seinem Zimmer. Ich glaube, er hat zu viel Alkohol getrunken“, sprach ich deutlich, aber so schnell es ging.

„Wo wohnen Sie denn?“, fragte der Mann am anderen Ende der Leitung, und ich gab ihm die Adresse unseres Hauses durch.

„Gut“, sagte er, „der Rettungsdienst ist auf dem Weg zu Ihnen. Haben Sie die Atmung kontrolliert?“

Ich lehnte mich über meinen Bruder und hielt mein Ohr an seinen Mund und die Nase. Erleichtert stellte ich fest, dass ein warmer, kaum merklicher Hauch über meine Haut streifte.

„Ja, er atmet noch“, antwortete ich.

„Versuchen Sie ihn in die stabile Seitenlage zu legen. Dazu legen sie ihn auf den Rücken."

„Habe ich schon!"

„Nehmen sie seine Hand und legen sie diese auf die andere Seite seines Kopfes, sodass sein Handrücken seine Wange berührt." Ich klemmte mir mein Telefon zwischen Ohr und Schulter und leistete der Anweisung folge. Allein wäre ich dazu niemals in der Lage gewesen. Natürlich hatte ich einen Erste-Hilfe-Kurs gemacht, bevor ich meinen Führerschein gemacht hatte, doch das lag nun auch schon drei Jahre zurück.

„Jetzt stellen Sie sein Bein auf und ziehen ihn daran auf die Seite. Halten sie seine Hand dabei weiter fest!"

Just in dem Moment, indem ich Florian zu mir zog, entleerte sich sein Mageninhalt, der hauptsächlich aus Galle und Flüssigkeit bestand, über seine Hand und auf den Fußboden. Zum Glück konnte durch die Seitenlage nichts in seine Atemwege gelangen. Der beißende, saure Geruch stieg mir sofort in die Nase und löste bei mir ebenfalls Übelkeit aus. Einzig das Adrenalin hielt mich vom Würgen ab. „Sind Sie allein? Ist irgendjemand da, der Ihnen helfen kann?", fragte der Mann vom Rettungsdienst mit seiner ruhigen, abgeklärten Stimme. Anrufe wie dieser lösten sicher längst keinen Stress mehr bei ihm aus – was gut war, denn es reichte ja, wenn ich selbst vollkommen überfordert war. Dass er keinerlei Anzeichen von Besorgnis zeigte, gab mir ein winziges Gefühl von Sicherheit. „Nein, ich bin allein. Unser Vater ist noch nicht zu Hause."

„Bleiben Sie ganz ruhig. Der Rettungswagen wird in wenigen Minuten bei Ihnen sein. Kontrollieren Sie weiterhin seine Atmung und warten Sie, bis der Notarzt eintrifft."

Damit war unser Telefonat beendet und ich verbrachte die nächste Zeit damit, zwischen dem Fenster und meinem Bruder hin und her zu laufen, um abwechselnd nach dem Krankenwagen Ausschau zu halten und seine vitalen Funktionen zu kontrollieren. Noch nie in meinem Leben wurde mir die Relativitätstheorie so bewusst wie in diesen wenigen Minuten, in denen ich so ausharren musste. Sie kamen mir vor wie Stunden. In der Zeit ging mir so viel durch den Kopf aber vor allem die Frage nach dem Warum. Was hatte meinen Bruder dazu gebracht, sich bis zur Besinnungslosigkeit zu betrinken?

Oder war es doch nur ein Unfall gewesen und er hatte sich überschätzt, wie es die Jugendlichen so gern tun?

Mit schnellen Schritten rannte ich die Stufen hinab und riss die Haustür auf. Jede Matte und alle Schuhe, einfach jedes Hindernis, das die Sanitäter aufhalten konnte, schaffte ich natürlich fort. Nur wenige Augenblicke später erblickte ich die Männer in Rot-Weiß, denen ich sofort den Weg zum Zimmer meines Bruders wies.

„Warten Sie hier unten, wir kümmern uns um Ihren Bruder", sagte einer der Sanitäter zu mir, woraufhin ich im Eingangsbereich stehen blieb und die Treppe hinaufsah. Nach wenigen Sekunden begann ich schon wieder hin und her zu laufen, versuchte zu verstehen, was oben gesprochen wurde. Es ging hektisch zu und es fielen viele Fachausdrücke, mit denen ich nichts anfangen konnte. Zum Glück dauerte es nicht lange, bis sie mit meinem Bruder auf einer Trage die Treppe wieder herunterkamen. Ich trat schnell zur Seite und presste mich mit dem Rücken an die Garderobe im Flur, um sie durchzulassen. Der Anblick, der sich mir bot, rief mir den Ernst der Situation noch einmal mit Nachdruck ins Gedächtnis. Sein bleiches Gesicht war mit einer Atemmaske bedeckt und in seinem Arm steckten die Nadeln der Infusionen, die ihn sicher bis in die Klinik stabilisieren sollten. Er sah so fahl aus. So tot. Einer der Männer wandte sich noch einmal an mich.

„Wir bringen ihn ins städtische Krankenhaus, wollen Sie mit uns fahren, oder kommen Sie mit ihrem eigenen Auto nach? Wenn Sie selbst fahren, packen Sie Ihrem Bruder eine Tasche mit Kleidung und Zahnbürste."

„Ich denke, ich fahre selbst, ich will noch unserem Vater Bescheid sagen", antwortete ich und wartete, bis sie das Haus verlassen hatten, um hinter ihnen die Tür zu schließen. Als ich das Schloss hinter mir zuschnappen hörte und einen Schritt zurück in den Flur gemacht hatte, wurde mir mit einem Mal schlecht und schwindelig. Ich musste mich auf die unterste Treppenstufe setzten. Ich vergrub das Gesicht in meinen zitternden Händen, und als der Adrenalinspiegel in meinem Blut wieder abflachte, wurde mir das Geschehen erst richtig bewusst. Ich brach in Tränen aus und fühlte mich auf einmal so hilflos und schwach. Unkontrolliert schluchzte ich, meine Lunge flatterte und ich konnte mich gar nicht mehr beruhigen. Warum hatte er das getan? Warum tat er uns das an? Hatte er aus Mutters Fehlern nicht gelernt?

Papa und ich taten doch alles, um unsere kleine Familie zusammenzuhalten. Hatte ihn der Streit mit mir dazu gebracht, so etwas zu tun? Konnte ich ihm vielleicht nicht genug Halt geben?

Das Geräusch der Tür, die aufgeschlossen wurde, riss mich aus meinen Gedanken. Wie lange ich hier gesessen hatte, konnte ich gar nicht mehr einschätzen. Mein Vater betrat den Flur und in dem Moment, als ich sein vertrautes Gesicht sah, sprang ich von der Treppe auf und rannte in seine Arme. Erneut musste ich mich den Tränen geschlagen geben, die unaufhörlich ihren Weg meine Wangen hinab fanden. Obwohl er im ersten Moment einfach nur verwirrt und schockiert war, umarmte er mich tröstend.

„Großer Gott, Kind, was ist denn los?“ Seine Stimme war belegt, ich konnte seine Angst regelrecht hören. Im Flur lag alles verstreut, dreckige Schuhe waren die Treppe hochgetrampelt und seine Tochter empfing ihn heulend wie ein Schlosshund. Er musste sich das Schlimmste ausmalen. Es dauerte einen Augenblick lang, bis ich die Kraft und den Mut dazu aufbringen konnte, zu ihm zu sprechen.

„Florian liegt im Krankenhaus.“

9

Ich erklärte meinem schockierten Vater, was passiert war und wie ich meinen Bruder vorgefunden hatte. Wir packten eine Tasche mit allem Notwendigen für ihn und machten uns dann sofort auf den Weg ins Krankenhaus. Es war ein fünfstöckiger, weißer Gebäudekomplex mit flachem Dach und einer liebevoll angelegten Parkanlage davor. Im Frühling blühten die Kirschbäume in einem wunderbaren Rosa und umsäumten die verschlungenen Pfade abwechselnd mit tiefhängenden Weiden. Ein ebenmäßig gepflasterter Weg führte in einer minimalen Steigung zum Haupteingang hinauf. Wir durchquerten die zwei großen Glastüren und betraten die große Eingangshalle. Der sterile Geruch und das Hallen der Schritte auf dem alten Steinboden riefen in mir keine schönen Erinnerungen hervor. Wir folgten direkt der Beschilderung in Richtung Notaufnahme und durchquerten lange Korridore mit grauem Vinylboden und unzählbar vielen Türen. An unserem Ziel angekommen, erkundigten wir uns bei der freundlichen Dame am Schalter nach meinem Bruder. Wir wurden gebeten, noch einen Augenblick Platz zu nehmen. Das war in Arztpraxen und Krankenhäusern stets eine Lüge, denn dieser *Augenblick* dauerte meist Stunden. Dafür konnte das Personal natürlich nichts. Der Grund war die mangelnde Anzahl an Ärzten für die große Bevölkerung und der Drang der Menschen, bei jedem Schnupfen zum Notarzt zu fahren. Überraschend schnell wurden wir jedoch in den Besprechungsraum gerufen, in dem der Arzt hinter seinem großen, leeren Schreibtisch saß und auf uns wartete. Er war noch recht Jung, trug einen weißen Kittel, eine dezente Brille mit dünnem, silbernem Rand, hatte schwarzes Haar. Auffällig war eine blasse Narbe, die sich quer durch sein Gesicht zog und auf die ich die ganze Zeit starren musste. Der Mann war so groß und attraktiv, dass ich unruhig auf meinem Stuhl hin und her rutschte. Ein mildes Lächeln umspielte seine vollen Lippen, als er aufstand, um zuerst mich und dann meinen Vater mit einem kräftigen Händedruck zu begrüßen.

„Ich bin Dr. Rosenthal. Herr Weiß, richtig?", fragte er mit tiefer Stimme und wartete auf das Nicken meines Vaters, ehe er weitersprach, „ihr Sohn Florian wurde mit einer schweren Alkoholvergiftung bei uns eingeliefert und ist jetzt in einem stabilen Zustand." Mit einer Handbewegung lud er uns ein, auf den beiden Stühlen vor seinem Schreibtisch Platz zu nehmen und ergriff dann die Akte. „Laut den Rettungskräften vor Ort muss er allein in seinem Zimmer getrunken haben, ist das korrekt?" In Einklang nickten wir stumm und beschämt. Was musste dieser Mann nun von uns denken? „Wir müssen davon ausgehen, dass er sich über die Konsequenzen bewusst gewesen sein muss und allein solch eine Menge Alkohol in seinem Zimmer zu konsumieren, lässt uns leider befürchten, dass es sich hierbei nicht um ein Versehen, sondern um Absicht handelt. Wäre es denkbar, dass es ein Suizidversuch war?"

Aus dem Augenwinkel sah ich, wie Vaters Gesicht alle Farbe verlor. Er sah aus wie eine Kalkwand und auch ich spürte, wie mein Kreislauf absackte. Suizidversuch. Dieses Wort schwebte wie das Schwert des Damokles über unseren Köpfen.

„Wenn er sich erholt hat und entlassen werden kann, würde ich ihn gerne ihn in eine jugendpsychiatrische Einrichtung übergeben. Dort würde man gut für ihn sorgen und bis dahin wird er hier von unserem Psychologen betreut werden. Herr Weiß, ich habe Ihnen bereits einen Termin bei ihm gemacht. Es ist wichtig, dass wir mehr über seine Lebenssituation erfahren, damit er die bestmögliche Hilfe erhalten kann."

Obwohl Florian sicher nicht der erste Jugendliche mit Alkoholvergiftung in einer Klinik war, konnten wir der Befürchtung des Arztes, dass es sich wahrscheinlich um einen Selbstmordversuch handelte, nichts entgegensetzen. Mein Bruder hatte in seinen jungen Jahren schon viel Schlimmes gesehen und erlebt und war in letzter Zeit zunehmend abweisender und zurückgezogener geworden. Er hatte sich verändert und ich vermisste den kleinen, lachenden Jungen, der sich über meine Spaghetti mit Tomatensoße freute und mit dem Badewasser planschte. Der Arzt erklärte uns, dass es noch etwas dauern würde, bis er wieder aufwachen würde. Mein Vater bestand darauf, dass ich nach Hause fuhr, weil ich morgen einen langen Unitag vor mir hatte und mich dringend etwas ausruhen sollte. Außerdem hatte ich noch nichts gegessen und war furchtbar erschöpft. Ich war mir zwar sicher, dass es Papa keinen Deut besser ging, doch er war eben genauso stur wie ich. Ich verabredete mit ihm, dass er bis morgen Abend bei Florian bleiben würde und ich ihn dann nach meinen Vorlesungen ablösen würde. Ich fuhr wieder zurück zu unserem dunklen, leeren Haus, in dem noch alles so lag, wie wir es überstürzt verlassen hatten. Obwohl ich oft allein hier war, kam mir die Stille in der Küche diesmal bedrückend vor, während ich einen Putzeimer fertig machte, um Florians Zimmer zu reinigen. Ich schlurfte die Treppe hinauf und fand die Notizen von meinem letzten Gespräch mit Liam, verteilt über den Holzboden. Einige der Blätter waren zerknickt und dreckig, weil die Sanitäter wohl darübergelaufen waren. Mit schwerem Herzen zog ich eine der Seiten unter dem Türspalt hervor und betrachtete meine Stichpunkte.

Wenige Zentimeter entfernt entdeckte ich die kleine Holzhelena, die er für mich geschnitzt hatte und hob sie behutsam auf. Ich drückte sie gegen meine Brust und irgendwie schenkte sie mir Kraft und Trost. So begann ich schließlich, das Chaos zu beseitigen und fiel am Ende dieses Tages entkräftet in mein Bett. Es dauerte lange, bis ich die Bilder des heutigen Abends aus meinem Gedächtnis verbannen konnte und in einen unruhigen Schlaf fiel, der von den Geistern meiner Vergangenheit heimgesucht war.

10

Die Vorlesungen der nächsten Tage begannen viel zu früh und dauerten viel zu lange, zumindest für meinen übermüdeten Verstand, der sich einfach nicht auf das konzentrieren wollte, was der Professor unten an der Tafel erklärte. Die Bilder meines leblosen Bruders kreisten immerzu vor meinem inneren Auge und vermischten sich mit der Frage, wie es ihm gerade ging. Dazu kam die Angst, dass man ihn uns wegnehmen, unsere kleine Familie auseinanderreißen würde. Nach einigen Tagen saß ich erneut in einer Vorlesung. Sie zog sich wie Kaugummi, und dass ich alle drei Minuten auf mein Handy sah, machte das Gefühl nicht besser. Meine Freunde und Kommilitonen versuchten, mich aufzuheitern, mich abzulenken, doch selbst das konnte mich nicht aus meiner Blase aus Sorgen und Gedanken befreien. Florian war zwar schnell wieder aufgewacht, doch sein psychischer Zustand war alles andere als gut. Ich war keine Therapeutin, doch er musste ziemlich tief in einer Depression stecken. Florian redete wenig, schien uns auch kaum wahrzunehmen. Unsere Gespräche verliefen sehr einsilbig und von seiner Seite ablehnend. Es war wirklich wichtig, dass er bald eine entsprechende Betreuung bekam. Leider würde es noch zwei Tage Dauern, bis er endlich in die passende Einrichtung verlegt werden konnte und so lange sollte er noch im Krankenhaus unter Beobachtung sein. Als die Vorlesung endete und ich endlich den Klapptisch hochdrücken und aus der Bankreihe herausklettern konnte, schienen die letzten Sonnenstrahlen tief durch die Fenster. Die Universität war schon fast menschenleer und wir waren die Einzigen, die noch in Richtung der alten, zweiflügeligen Eichentür des Haupteingangs gingen. Das alte Gebäude hatte hohe Decken und dicke, kalte Steinwände, sodass es hier selbst im Sommer meist so frisch war, dass man sich ein Jäckchen überziehen musste. Es war eine der ältesten Universitäten Deutschlands und das Institut war stolz auf seine lange Geschichte und dass sie die Weltkriege überlebt hatte. Deswegen war an der

Außenwand auch das blau-weiße Zeichen des Denkmalschutzes angebracht. Als ich nach draußen trat, war es noch warm, doch die Luft drückend und schwül. Es war nahezu windstill. Mit zusammengekniffenen Augen sah ich zum Horizont, an dem sich dunkle Wolken auftürmten. Diese würden bald auch das letzte Tageslicht verschlingen. Ob ich dieses Unwetter mit meinem Trübsal hierhergelockt hatte? War das die Gewitterwolke über meinem Kopf? Mit einem unguten Gefühl eilte ich zu meinem Polo und hoffte, dass ich noch vor dem großen Regen im Krankenhaus ankommen würde. Der Innenraum des Wagens hatte sich über den Tag so aufgeheizt, dass mir schon nach kurzer Zeit der Schweiß auf der Stirn stand. Eine Klimaanlage hatte ich nicht und die heruntergekurbelten Fenster ließen nur Fliegen und warme Luft herein. Aber gerade war dieses Luxusproblem mein geringstes. Nach einer Weile auf der Landstraße war mir klar, dass ich nicht mehr trocken ankommen würde und sowie ich zu dieser Erkenntnis gelangt war, klatschte der erste dicke Tropfen auf meine Windschutzscheibe. Es dauerte keine zehn Sekunden, bis aus den vereinzelten Aufschlägen ein ganzes Trommelfeuer wurde, das in meinen Ohren dröhnte. Und meine Scheibenwischer versuchten verzweifelt, die Wassermassen beiseitezuschieben. Ein Wunder, dass ich mit meinen „Pizzaschneider-Reifen“, wie mein Vater sie nannte, überhaupt noch auf der Fahrbahn blieb. Es war schlagartig dunkel geworden, als hätte das Unwetter alles Licht aus der Welt getilgt. Dafür blies nun ein Sturm wütend über die Straßen und ich war froh, als ich die Stadtgrenze passierte und keine Angst mehr haben musste, dass ein Baum auf mich stürzt.

Gott, wie ich so ein Wetter zum Autofahren hasste. Der nasse Asphalt spiegelte so sehr, dass ich die Fahrbahnmarkierungen kaum erkennen konnte und ich musste mich mit zusammengekniffenen Augen weit über das Lenkrad beugen, um mich irgendwie zu orientieren. Was würde ich in dem Moment für ein modernes Auto mit Xenonscheinwerfern geben? Zu allem Überfluss begann meine Frontscheibe zu beschlagen und stöhnend versuchte ich, sie mit meinem Ärmel freizuwischen. An der nächsten Ampel blieb ich stehen und suchte nach den Schildern, die mir den Weg zum Krankenhaus wiesen. Aber irgendwie war ich gar nicht da, wo ich hinwollte. Vermutlich war ich falsch abgebogen. So ein Mist aber auch! Mein Puls begann zu rasen, ob vor Stress oder Wut, keine

Ahnung. Ich entschloss mich, einfach geradeaus weiterzufahren und erkannte dann, dass ich mich schon in der Nähe der Klinik befinden musste. Da hinten ist die Kirche mit der …

Lautes Hupen riss mich aus meinen Gedanken und meinen Blick zurück auf die Straße. Ich sah, dass ein Auto mit Warnblinker wenige Meter vor mir stand. Mein Fuß trat augenblicklich auf die Bremse und vermutlich hatte ich unglaubliches Glück, dass ich nicht in den Kofferraum meines Vordermanns hineinfuhr. Mit rasendem Herzen und zitternden Händen sah ich in den Rückspiegel. Der Transporter hinter mir musste mich gewarnt haben und ich hob meine Hand entschuldigend, wohl wissend, dass mich in der Dunkelheit ohnehin niemand sah. Aber warum staute es sich jetzt plötzlich hier? Vergeblich versuchte ich, an den Autos vorbeizublicken und die Ursache zu finden. Erst als ich die Sirenen näherkommen hörte und bald darauf die Feuerwehr an mir vorbeirauschte, war mir klar, dass es sich um einen Unfall handeln musste oder die Straße war abgesoffen. Das konnte ich jetzt wirklich nicht gebrauchen. Gerade so konnte ich dem Impuls widerstehen, meine Stirn auf die Hupe zu schlagen, stattdessen donnerte ich meinen Handballen auf das Lenkrad und begann genervt und nachdenklich auf meiner Lippe herumzukauen. Ich beschloss, dass ich den Rest auch zu Fuß gehen konnte, dann wäre ich zwar klatschnass, aber wer wusste schon, wie lang ich hier stehen würde. Mein Vater brauchte sicher dringend eine Pause und ich wollte wissen, wie es Florian ging. Vielleicht sollte ich Papa Bescheid sagen. Ich nahm mein Handy und wollte gerade lostippen, als ich feststellen musste, dass ich keinen Empfang hatte. Kack Unwetter. Heut ging aber auch echt alles schief. Zwischen Heulen und Ausrasten setzte ich den Blinker und kurbelte meinen Wagen aus der Reihe, wendete, um einfach in die nächste Straße reinzufahren und dort zu parken. Zumindest glaubte ich, dass es ein Parkplatz war, könnte auch ein Standstreifen oder eine Bushaltestelle gewesen sein. Weil ich nichts anderes hatte, schnappte ich mir die Ledertasche mit meinen Notizen und hielt sie mir über den Kopf. Zum Glück wurde der Regen in diesem Moment auch ein bisschen weniger und ich spurtete los, versuchte dabei, dem Parcours aus Pfützen, so gut es ging, auszuweichen. All meinen Bemühungen zum Trotz waren meine Sandalen kurz darauf klatschnass und schmatzten bei jedem Schritt eklig vor sich hin. „Bah“, fluchte ich und flüchtete mich unter einen

Dachvorsprung. Diesem folgend bog ich um die nächste Ecke in eine kleine Gasse, von der ich glaubte, dass sie eine Abkürzung war. Dass es sich nicht um die Straße handelte, die ich eigentlich meinte, bemerkte ich, als ich eine Art Hof erreichte, der von Gebäuden umringt war. Eines davon schien eine alte Schlachterei zu sein und das andere ein Elektronikladen, welcher um die Zeit jedoch geschlossen hatte. Gitterrollläden vor den Schaufenstern bestätigten dies. Rechts von mir standen einige überfüllte Müllcontainer und ich bekam einen halben Herzinfarkt, als plötzlich eine Katze heraussprang und miauend in einer Einfahrt verschwand. Wo zum Henker war ich hier gelandet? Gerade wollte ich auf dem Absatz kehrt machen, als sich plötzlich ein weiteres Geräusch zu dem Prasseln des schwächer werdenden Regens, dem entfernten Rauschen von Autos und des Windes gesellte. Dumpfes Stimmengemurmel drang an mein Ohr, doch ich konnte nicht verstehen, was sie sagten, bloß, dass eine irgendwie aufgelöst klang. Ich hielt kurz inne, versuchte zu lauschen.

„Bitte", dieses flehende Wort hörte ich nun ganz deutlich, obwohl die Stimme schon fast gebrochen klang, erstickt. Mein Puls beschleunigte sich abermals und ich weiß nicht, welches Pferd mich geritten hat, dass ich nun loslief. Genau auf die Geräuschquelle zu. Das war der Moment, an dem mein Verstand „Stopp, kehr um, du Idiotin", hätte rufen müssen. Doch das tat er nicht. Er schwieg, als wäre er mal eben einen Kaffee holen und würde von nichts etwas mitbekommen. Und so war es mein Körper, der die Kontrolle übernahm und meine Beine dazu veranlasste, weiterzulaufen und erst zu stoppen, als ich eine Gestalt entdeckte. Sie stand mit dem Rücken zu mir. Der schwarze Pullover war durchnässt und klebte glänzend an ihr oder eher ihm – denn die Person war eindeutig männlich, so groß und breit gebaut, wie sie war. Er stand vor einer kahlen Hauswand, an der der Putz schon an einigen Stellen abgeplatzt war, sodass man das darunterliegende Mauerwerk erkennen konnte. Dagegen gedrückt wurde eine zweite Person, deren Beine in der Luft baumelten, strampelten und die versuchte, irgendwie die Hände, welche um ihren Hals lagen, zu lösen.

„Hör auf, bitte", presste das Opfer abermals hervor und, obwohl es dunkel und verregnet war, konnte ich das Weiß in den panisch aufgerissenen Augen erkennen. Wie angewurzelt war ich stehen geblieben und nur langsam wurde mir bewusst, was ich hier gerade erblickte. Mit heftigem Atmen, brennenden Lungen und benebeltem Geist stand ich da und starrte schockiert auf die Situation, als der Fremde den strampelnden Mann langsam niederließ, unbarmherzig weiter zudrückend, bis sein Widerstand immer weniger wurde und letztlich gänzlich erstarb. Achtlos wurde der Körper zu Boden fallen gelassen und der Mann drehte sich in einer vollkommenen Ruhe zu mir um. Er führte die Hände zueinander, knackte seine Finger und kam dann mit großen, schweren Schritten auf mich zu. Ich schlug mir die Hand auf den Mund und riss meine Augen auf. Das, was ich dort gesehen hatte, war so schrecklich, so surreal, als wäre es der Feder von Lovecraft entsprungen. Doch es war keine Fantasie, es war kein Traum und keine Einbildung – es war die blutige Realität.

Mein Puls raste und ich tat das Einzige, was mir in meinen vor Schreck benebelten Verstand kam: Ich drehte um und rannte. So schnell ich konnte, rannte ich.

11

Ich kam nur wenige Schritte weit, als mein Kopf an den Haaren nach hinten gerissen wurde, ich dadurch zurücktaumelte und gegen einen Körper prallte. Wie ein Schraubstock legte sich ein Unterarm um meinen Hals und hielt mich mit gnadenloser Gewalt gefangen. Ich begann zu strampeln, hinter mich zu schlagen, zu kratzen, zu beißen und versuchte vergeblich, mich aus diesem Griff zu befreien, doch alle meine Anstrengungen waren vergebens. Ich war vollkommen panisch und hatte schreckliche Angst um mein Leben. Ich konnte nicht atmen und die Gewissheit, dass ich mich aus dieser Klemme nicht selbst befreien konnte, ließ mir das Blut in den Adern gefrieren. Das hier war mein Ende, es war mein Scheiß Ende! In meinen Lungen begann es schmerzhaft zu brennen und ein starkes Druckgefühl breitete sich in meinem ganzen Schädel aus. Mein Gesicht wurde glühend heiß und vor meinen Augen breitete sich langsam ein schwarzer Schleier aus, der die Welt um mich zu verhüllen begann. Papa, Flo, es tut mir so leid. Verzeiht mir, dass ich euch alleinlasse. Meine Gedanken wurden unsinnig. Wer würde den Müll rausbringen? Wer würde die Handyverträge rechtzeitig kündigen? Hatte ich überhaupt die Fenster geschlossen? Es hatte doch so stark geregnet, was, wenn das Laminat aufquoll? Meine Finger krallten sich mit letzter Kraft in den starken Arm um meinen Hals, bis mich die taube Dunkelheit vollkommen umfing.

Als ich wider Erwarten zu mir kam, schnellten meine Hände sofort zu meinem Hals. Doch dort war nichts mehr, was mir die Luft abdrückte. Tief einatmend setzte ich mich auf und sah mich hektisch um. Ich befand mich in einem Raum, der gerade so groß war, dass das kleine Bett, auf dem ich saß, der Länge nach hineinpasste. Ein altes Holzpult, das etwa die Größe einer Fußmatte hatte und ein schmaler, aber hoher Schrank nahmen den restlichen Platz ein. Übrig blieb nur eine kleine Gasse zu der einzigen Tür, die sich am Raumende befand. Die Wände waren aus Holz, dessen regelmäßiger Braunton ab und an durch ein Astloch unterbrochen wurde und sonst nur wenig Maserung aufwies. Auch der Boden war aus Dielen gefertigt und die staubige Luft roch trocken und harzig. Eine einzelne Glühbirne baumelte an einem schwarzen Kabel von der Decke und spendete spärliches, gelbes Licht, das kaum ausreichte, jede Ecke der Kammer zu erreichen. Die Schleifspuren auf dem Boden verrieten mir auch, dass es noch nicht lange her sein konnte, dass dieser Raum mit den vollkommen unpassenden Möbeln bestückt worden war. Als mein Blick die blau-weiße Blümchenbettdecke entlangwanderte und schließlich meine Füße erreichte, bemerkte ich erst, dass mein Fuß mit einem Stück Wäscheleine an dem unteren Pfosten des Bettes festgebunden war. „Was zur ...“, entfuhr es mir, als ich versuchte, ihn aus der Schlinge zu befreien. Sie war so fest um mein Gelenk gebunden, dass es in meine Haut schnitt und ich nicht einmal mit den Fingern dazwischenkam, um es irgendwie zu lockern. Ich zog kräftig daran und versuchte, es einfach abzustreifen, doch es ließ sich nur schwer bewegen und bald wurde mir klar, dass ich es niemals über meinen Knöchel schieben konnte. Also versuchte ich mein Glück an dem Pfosten, dort lag die Schnur nicht ganz so eng an und ließ sich auf und ab ziehen. Wo zur Hölle war ich hier? Wie war ich hier hingekommen und vor allem, was würde mit mir passieren? Während ich verzweifelt versuchte, den Knoten der Wäscheleine zu lösen, kamen mir die vergangenen Szenen wieder in den Kopf. Ich hatte gesehen, wie ein Mensch getötet wurde. Ich hatte gesehen, wie seine Bewegungen endeten. Ich hatte seinen Todeskampf miterlebt. Einen Kampf, den auch ich gekämpft hatte und dennoch war ich nun hier! Eingesperrt, angebunden wie ein Tier, ohne zu wissen, was mein Entführer mit mir vorhatte. Heiße Tränen stiegen in meine Augen und die Verzweiflung streckte ihre kalten Finger nach mir aus.

„Scheiße!“, schrie ich fluchend, als ich all meine Kräfte mobilisierte und mit dem freien Fuß zornig gegen den Pfosten trat. Krachend löste sich das Holz aus dem Leim und spreizte sich ein Stück von dem Bettgestell ab. Weit genug, dass ich die Leine heraushebeln könnte! „Oh!“, entfuhr es mir überrascht. Wo rohe Kräfte sinnlos walten ...

Plötzlich horchte ich auf. Schwere Schritte näherten sich der Tür. Ich rutschte, die Wäscheleine noch in den Händen, auf dem Bett zurück, bis ich gegen das Kopfteil stieß. Ich hörte, wie ein Schlüssel in das Schloss geschoben und umgedreht wurde. Dann wurde die Klinke herabgedrückt und die Tür mit einem Ruck geöffnet. Eine große Gestalt mit breiten Schultern warf einen bedrohlichen Schatten in den kleinen Raum. Sie trug eine verwaschene Jeans und einen schwarzen Rollkragenpulli, durch den sich die Muskeln abzeichneten. Stechend blaue Augen blickten zuerst auf den demolierten Pfosten und fixierten dann mich.

„Herr Winterfeld?", hauchte ich leise und Erleichterung machte sich in mir breit.

12

„Wie geht es dir, Helena?“, fragte Liam ruhig, ehe er die Tür hinter sich zuzog und sie dann von innen abschloss. Den Schlüssel ließ er anschließend in die Tasche seiner Jeans wandern. Als ich beobachtete, dass ich wieder eingeschlossen wurde und mir bewusst wurde, dass Liam nicht mein Retter in finsterer Stunde war, sondern viel mehr die Ursache meiner Situation, rutschte mir mein Herz in die Hose. Ein flaues Gefühl breitete sich in meiner Magengegend aus. Enttäuschung, Angst und Verständnislosigkeit mischten sich zu einem beklemmenden Cocktail. Durch seine Frage an mein Befinden erinnert, hob ich eine Hand und tastete mit ihr nach meinem lädierten Hals. Mein Kehlkopf drückte und alles fühlte sich rau und gereizt an. Als er einen Schritt auf mich zukam, erkannte ich einen Funken Sorge in seinem Blick und vielleicht auch so etwas wie Reue. Das mochte aber auch einfach nur mein Wunschdenken sein. Er trat unsicher von einem Bein auf das andere und wirkte, als wolle er zu mir und mich näher betrachten. Doch als ich verängstigt noch weiter zurückwich, blieb er stehen.

„Wie soll es mir gehen, nachdem du mich fast erwürgt hast?“, blaffte ich ihn an, warf alle Höflichkeit über Bord und wusste selbst nicht, wo ich den Mut oder die Naivität hernahm, meinen Entführer so anzugehen. Vermutlich war es das Adrenalin oder die Verzweiflung. Vielleicht auch die menschliche Enttäuschung, nachdem ich im Gefängnis eigentlich dachte, wir hätten irgendeine Art Bindung zueinander aufgebaut.

Liam stutzte, doch dann schloss er die Augen und senkte den Kopf, während er ihn leicht schüttelte, als würde er diesen Vorwurf einfach verneinen.

„Ich hatte keine andere Wahl“, behauptete er, was in mir die Wut nur noch mehr aufbrodeln ließ, sogar so weit, dass ich es nun fertigbrachte, auf die Bettkante zu rutschen und aufzustehen. Ich wollte nicht, dass er so weit auf mich herabblickte und ich wie ein Hase in der Grube saß.

„Es geht immer anders, Winterfeld!“, warf ich ihm vor, „du bist gerade erst auf Bewährung freigekommen, solltest dein neues Leben genießen und was machst du? Du hast nichts Besseres zu tun, als deinen nächsten Mord zu begehen und mich zu verschleppen!“ Liam begann seine Hände zu kneten und mit den Fingern zu knacken, während er den Kopf angespannt kreiste. Doch in Rage geredet ließ ich mich nicht davon einschüchtern. „Was glaubst du, wie lange es dauert, bis die Polizei mich sucht und findet? Was dann? Willst du zurück in den Knast? Hat es dir dort so gut gefallen?“

„Halt den Mund!“, brach es aus Liam hervor, der diese Worte wütend durch seine Zähne presste. Er ballte die Hände zu Fäusten und seine Nackenmuskeln spannten sich so an, dass ich vereinzelt die Sehnen und Adern erkennen konnte. Mit einem großen Schritt war er plötzlich ganz nah bei mir und seine Rechte ergriff meinen Oberarm, während er die Linke zum Schlag anhob. Er würde mir mit seinem Handrücken ins Gesicht schlagen. Als wäre ein Hebel in meinem Kopf umgelegt worden, erstarrte ich. Mit vor Schreck geweiteten Augen und bebendem Leib starrte ich meinem Schicksal entgegen, hob die Schultern schützend an und wartete auf den Schmerz. Ich fühlte mich plötzlich in die Vergangenheit zurückkatapultiert. Ich spürte diese altbekannte Angst, die Pein, die Dämonen meiner Kindheit, die mich paralysierten und von denen ich dachte, dass ich ihnen inzwischen entflohen war.

Doch kein Schlag traf mein Gesicht, kein Schmerz fuhr durch meinen Körper, kein Leid wurde mir zugefügt, denn Liam starrte mich ebenso an, wie ich ihn, durchbohrte meinen Blick mit seinen klaren Augen. Er ließ meinen Arm unverrichteter Dinge wieder los. Schweigend drehte er sich um und verließ eilig und immer noch angespannt die Kammer. Als die Tür ins Schloss fiel und ich hörte, wie sich von außen der Schlüssel drehte, sackte ich schluchzend zu Boden. Mit einem Mal überkamen mich meine Emotionen wie eine Sturzflut und drohten mich zu ertränken. Ich wusste nicht mal, ob ich wegen meiner Lage weinte, ob ich weinte, weil ich dem Tod nur um Haaresbreite entkommen war. Ob ich weinte, weil ich Angst hatte oder weil die Bilder aus meiner Vergangenheit wieder so real geworden waren. Ich vergrub das Gesicht in meinen Händen und wartete, bis die Tränen langsam wieder versiegten und nur ein Brennen in meinen Augen und meinem Herzen zurückblieb.

Wieso hatte er mich hierher gebracht? Wieso setzte er seine Freiheit aufs Spiel – nein, warum warf er sie so leichtfertig weg? Früher oder später würde man mich finden. Ob tot oder lebendig, das wusste ich nicht, doch er würde zurück ins Gefängnis müssen. Nachdem er bereits einen weiteren Mord begangen hatte und das kaum ein paar Tage nach seiner Entlassung. Was hielt ihn davon ab, mich auch zu töten? Oder vielleicht hatte er noch ganz andere Dinge mit mir vor. Schreckliche Bilder fanden den Weg in meine Vorstellung. Ich wurde angebunden wie ein Haustier. Was, wenn er mich genau zu einem solchen machen wollte? Folter, Vergewaltigung und andere schlimme Dinge, die ich bisher nur in Horrorfilmen gesehen oder Büchern gelesen hatte. Ich hatte keine Ahnung, wozu Liam in der Lage war oder was in seinem Kopf vorging. Hatte ich im Gefängnis eine rosarote Brille aufgehabt und mich menschlich so in ihm getäuscht? War die kleine Holzhelena einfach eine Lüge gewesen?

13

Wie lange ich auf dem Boden verharrt hatte, konnte ich nicht einschätzen. Nach einiger Zeit hievte ich mich zurück auf das Bett mit dem kaputten Pfosten und diesem widerlich bunten Bezug, der in meiner Situation etwas Surreales an sich hatte. Als würde ich Urlaub auf dem Land machen und sei keine Gefangene eines Psychopathen. Ich lag einfach dort, starrte unter die Holzdecke und um mich von den vielen Fragen in meinem Kopf abzulenken, hatte ich begonnen, die Astlöcher zu zählen.

Plötzlich wurde ich von Geräuschen an der Tür aufgeschreckt und kurz darauf wurde sie aufgedrückt. Ängstlich kroch ich zurück an das Kopfende, zog die Beine an meinen Oberkörper. Ich kniff die Augen etwas zusammen, um trotz meiner kauernden Haltung einen drohenden Blick zu haben. Was mir der bringen sollte – keine Ahnung. Liam betrat die Kammer, und als ich sah, was er in seiner Hand hielt, weiteten sich meine Augen sofort vor Panik und ich drängte noch weiter in meine unsinnige Ecke.

„Oh Gott", stieß ich hervor. Liams Finger umschlossen den Griff eines langen Küchenmessers, das sonst zum Filetieren von Fleisch benutzt wurde. „Bitte tu das nicht! Es tut mir leid, was ich gesagt habe, wirklich!", flehte ich, doch er kam einfach auf mich zu, streckte seine freie Hand nach mir aus. Ich begann zu treten und zu strampeln. Er bekam mein Fußgelenk zu fassen und sein Griff legte sich um es wie eine Schraubzange. „Nein! Bitte!", schrie ich und trat aus Leibeskräften nach dem Arm, der mich festhielt. Gnadenlos wurde ich über das Bett weiter nach vorne gezogen. Wie eine Dampfmaschine donnerte mein Herz in meiner Brust und ich schnappte nach der Luft, die einfach nicht ausreichend in meine Lungen dringen wollte. Liam hob das Messer an und führte es zu meinem Bein, das er trotz meiner Tritte gefangen hielt und ich kniff meine Augen zu, in denen sich brennende Tränen sammelten. Als ich schon den Druck der Klinge an meiner Haut spürte, spannte sich mein ganzer Körper an, verkrampfte sich bis in die letzte Faser, als könne er so den Schnitt abwehren. Ich wollte nicht gefoltert werden, ich wollte keine Schmerzen, kein Leid ertragen. Ich wollte nicht sterben!

Doch nichts geschah. Ich spürte keinen Schmerz. Der Druck löste sich und er ließ mich einfach wieder los. Sofort ergriff ich die Chance, zog meine Beine zurück und kroch wieder nach hinten, so weit wie möglich von ihm weg. Als ich meine Augen öffnete, um zu verstehen, was passiert war, stand er einfach dort. In der einen Hand hielt noch immer das Messer und in der anderen Hand ein Stück gelbe Nylonschnur. Als mein Blick weiter zu meinem Bein wanderte, war die Wäscheleine von diesem verschwunden, nur der rote Abdruck auf meiner Haut war noch zu erkennen. Gähnend langsam begann mein Verstand zu realisieren, was er getan hatte. Noch immer atmete ich heftig und war wieder kurz davor, einfach loszuheulen. Das wurde jedoch sogleich im Keim erstickt, als er abermals den Arm anhob und mit der Spitze der Klinge auf mich zeigte. Sein Gesicht war angespannt und die Lippen leicht zusammengepresst. Die Augenbrauen bildeten eine kleine Furche auf seiner Stirn.

„Rühr dich nicht vom Fleck“, drohte er und ich hätte beinahe hysterisch gelacht. Wohin hätte ich auch laufen sollen? Liam drehte sich von mir weg und holte etwas aus dem Flur.

Es war ein großes Paket, das in Handtücher eingewickelt war. Liam legte es auf dem Pult ab und schlug die Tücher auf. Zum Vorschein kam meine Umhängetasche, deren hellbraunes Leder sich an einigen Teilen durch die Nässe dunkel verfärbt hatte. In ihr hatte ich nicht nur die Notizen für die Uni, sondern auch alles, was ich bei den Gesprächen im Gefängnis mit den Straftätern aufgezeichnet hatte. Und meine Holzhelena. „Das braucht die Autorin sicher. Ich weiß nicht, ob ich alles vor dem Regen retten konnte, aber immerhin“, sagte er daher, als hätte er mich nicht fast erwürgt. Nicht entführt und nicht eben mit einem Messer bedroht. Trotz meiner Wut und Verzweiflung empfand ich nun auch ein unglaubliches Glück, dieses kleine persönliche Etwas bei mir zu haben. Es war paradox, aber ich musste ihn mit einem unglaublich dankbaren Blick anstrahlen, denn sein Mundwinkel zuckte kurz, ehe er die Augen von mir abwandte und sich räusperte.

„Ich habe auch zwei Handtücher im Bad für dich bereitgelegt. Du bist immer noch klamm und vollkommen durchgefroren. Such dir etwas aus dem Schrank aus. Es ist nicht die neueste Mode, die Sachen haben mal meiner Mutter gehört, aber es ist besser als nichts. Dann wirst du dich warm abduschen und die trockene Kleidung anziehen."

Kalte Angst breitete sich in meinem Magen aus. Niemals würde ich mich ausziehen, solange er sich mit mir in demselben Haus befand. Vielleicht würde er sich an mir vergehen, wenn er unnötigen Reizen ausgesetzt war. Unwillkürlich schlang ich meine Arme um meinen Körper, um ihn vor seinen Blicken zu verbergen. Dann schüttelte ich stumm den Kopf.

„Nein."

Liam schloss seine Augen und atmete tief ein.

„Das ist keine Bitte, Helena", sagte er und hob das Messer an, um es mir erneut in das Gedächtnis zu rufen. Ich hatte keine Wahl. Mein Blick wanderte über die schimmernde Klinge und ich malte mir aus, wie er mich damit genauso unmenschlich zurichtete wie den Zuhälter vor Jahren. Warum war ich nur in diese Gasse abgebogen? Warum war ich zu den Stimmen gegangen? Wie war ich nur in diese Lage geraten? Mit bebenden Lippen ergab ich mich und unter dem beobachtenden Blick meines Entführers schlich ich zu dem Kleiderschrank. Ich zog die Tür auf und betrachtete die vielen Blumenkleider und T-Shirts, die sich darin befanden und die allesamt ein paar Nummern zu groß waren. „Ein Kleid, wirklich?", fragte ich mit trockener Kehle. Es schien mir als ob ein wenig Sarkasmus das Einzige war, das mich davon abhielt, den Verstand zu verlieren.

„Willst du jetzt wählerisch sein?", konterte Liam, „du kannst auch nackt rumlaufen, wenn dir das lieber ist. Evas Kleid steht dir sicher fantastisch."

Kaum zu glauben, aber seine kleinen Neckereien lockerten mich ein wenig auf und erinnerten mich an den Liam aus dem Gefängnis, mit dem ich mich eigentlich so gut verstanden hatte. Wenn er nur nicht mit einem Messer in der Hand hinter mir stehen würde. Wenn ich nur nicht seine Geisel wäre.

„Das hättest du wohl gerne", mit diesen Gedanken suchte ich mit Absicht das grässlichste Kleid aus, das ich finden konnte. Es hatte einen braunen Grundton und war von gelben und orangefarbenen Blumen überzogen. Es sah bestenfalls aus wie Omas Tapete aus den Sechzigern. Oder wie ein Topflappen.

„Todschick“, raunte er und ich war mir sicher, dass er den makabren Touch an diesem Wort mit Absicht gewählt hatte. Ich holte eine der ebenfalls zu großen Unterhosen aus der Schublade und ließ jeden BH unbeachtet, da sie ohnehin nicht passen würden. Liam griff nach meinem Handgelenk und zog mich daran hinter sich her aus dem Raum heraus. Wir betraten einen schmalen Flur. Auch hier war alles aus Holz, und als ich den Gang hinabsah, erblickte ich ein großes Fenster. Dahinter sah ich unzählige dicke und dünne Stämme in verschiedensten Brauntönen, Äste, Büsche und dichte Blätterdächer.

„Hier“, sagte Liam und betrat mit mir das beigegeflieste Badezimmer, in dem sich abgesehen von einer kleinen Duschwanne noch eine Toilette mit einem grauenhaften, roten Fellüberzug und ein Waschbecken befanden. Auf dessen Ablage standen zwei Zahnputzbecher. Darin waren eine Zahnbürste in Blau und eine in Rosa, noch welche von der alten Sorte ohne lange X-Borsten oder Gummidings zum Zungenputzen. Gedämpftes, kühles Tageslicht drang durch ein schmales, hohes Fenster über dem Waschbecken und ein kühler Hauch streifte meine Haut durch den geöffneten Spalt. Ein winziger Funke Freiheit. „Benutz das hier“, sagte Liam, der die fürchterliche Angewohnheit hatte, im Imperativ mit mir zu sprechen. Er gab mir eine kleine Tube Reiseshampoo. Dann schloss er die Tür. Allerdings von innen und stellte sich mit verschränkten Armen und mir zugewandtem Rücken davor.

Ich legte meine altmodische Kleidung auf einen Schemel unter dem Waschbecken. Auf diesem lagen auch ein paar alte Frotteehandtücher bereit. Dann starrte ich Liams Rückseite an.

„Ist das dein Ernst?“, fragte ich entsetzt. Wollte er jetzt tatsächlich da stehen bleiben?

„Da ist ein Fenster. Du könntest versuchen zu fliehen“, war seine schlichte Antwort, die von einem Schulterzucken untermalt wurde, „ich guck doch weg.“

„Ich muss aber mal auf die Toilette“, presste ich zwischen den Zähnen hervor und stierte ihn an, als könnte ihn das dazu bewegen, den Raum zu verlassen, „ich weiß nicht, wo ich bin und so sportlich, die hohe Fensterbrüstung hochzuspringen, bin ich auch nicht.“

„Geh einfach aufs Klo oder mach dir in die Hose, aber finde dich damit ab, dass ich hier stehen bleibe.“ Liams Stimme war gereizt und etwas in mir riet mir, den Bogen nicht zu überspannen. Trotz des furchtbaren Schamgefühls klappte ich den Klodeckel hoch, zog meine Hose herab und setzte mich hin. Es dauerte, bis ich es endlich schaffte, mein Geschäft zu verrichten und am liebsten wäre ich einfach im Erdboden versunken – oder mit die Toilette runtergespült worden. So etwas Intimes und Beschämendes hatte ich noch nicht erlebt. Es war eine Sache, aufs Klo zu gehen, während mein Bruder sich die Zähne putzte, wobei das auch mit seiner Pubertät geendet hatte. Es war aber eine andere, wenn der Mann, der dich gewaltsam entführt hat, wenige Schritte entfernt steht und lauscht. Mit einem Kloß im Hals und einem Knoten im Magen schielte ich zur Dusche.

Schließlich zog ich auch meine Socken aus und fasste mir an den Saum meines Pullovers um ihn langsam über den Kopf zu ziehen. Zuletzt fiel auch mein BH zu Boden und ich stand nun vollkommen nackt und schutzlos hinter dem Mann, der mein Leben in seinen großen, mörderischen Händen hielt.

14

Frierend schlang ich die Arme um meinen Körper, um meine Blöße wenigstens in gewissem Maße zu bedecken. Kontrollierte noch einmal, dass sich Liam wirklich nicht umdrehte und ging dann zu der Duschwanne. Ich zog den weißen Vorhang auf, der trotz seines Alters noch künstlich nach Plastik stank und kletterte hinein. Dann drehte ich die zwei Regler der Duscharmatur auf und versuchte Warm- und Kaltwasser aufeinander abzustimmen. Ein dumpfer Schlag ertönte und ließ mich zusammenzucken, ehe ich verstand, dass es sich um den Durchlauferhitzer handeln musste, der über der Toilette an der Wand hing.

„Die Temperatur lässt sich nur schwer einstellen", hörte ich Liams Stimme vom anderen Ende des Raumes, „entweder du erfrierst oder du wirst gekocht wie eine Krabbe." Ich war mir sicher, dass er bei den Worten schmunzelte. In der Tat brauchte ich einige Zeit, bis ich eine halbwegs erträgliche, eigentlich etwas zu warme, Temperatur gemixt hatte. Dennoch tat das heiße Wasser meinen verkrampften Muskeln gut, als es mir über die Schultern und den Rücken hinunterlief, meinen ganzen Körper in eine wohlige Ummantelung schloss. Ich legte meinen Kopf in den Nacken, versuchte auszublenden, dass ich nicht allein war und in welcher Situation ich mich befand.

Noch immer wusste ich nicht, was Liam mit mir vorhatte. Wenn er denn überhaupt etwas plante. Eben hatte er behauptet, keine Wahl gehabt zu haben. Vermutlich hatte ich ihn in der Gasse genauso überrascht wie er mich und er hatte einfach im Affekt gehandelt. Immerhin hatte ich ihn bei einem Mord beobachtet. Natürlich musste er Angst haben, dass ich ihn verriet oder die Polizei rief. Sicher hatte er gedacht, dass ich ihn bei der Tat schon erkannt hatte und wollte nun verhindern, dass ich irgendwem etwas erzählen könnte. Seitdem ich hier aufgewacht war, hatte er mir zwar Angst gemacht, mich jedoch nicht verletzt. Auch wenn ich ständig davon ausging, dass er mir etwas tun wollte. Ich hatte ihn gereizt, beinahe hätte er mich geschlagen, doch letztendlich hatte er es nicht getan. Genauso wenig, wie er mich in der Gasse umgebracht hatte, obwohl es ein Leichtes für ihn gewesen wäre. Es war zu früh, daraus Schlüsse zu ziehen. Aber ich erlaubte mir, die Hoffnung zu hegen, dass ich eine Chance hatte, das hier zu überleben. Wenn ich ihm nur klarmachen konnte, dass ich ihn nicht verraten würde? Er konnte sich nicht ewig hier mit mir verstecken. Wo auch immer wir waren. Wie lange auch immer ich bereits ohnmächtig hier gelegen hatte. Irgendwann würde man mich vermissen und mit einer Suche beginnen. Irgendwann mussten wir von hier fort. Ich musste herausfinden, was er vorhatte. Wie er war. Was sein Handeln lenkte. Nur so konnte ich ihn möglicherweise überzeugen. Liam war sehr intelligent, doch seine impulsive Art konnte er nicht immer kontrollieren und sie schaltete seinen Verstand aus. Zumindest passte das zu dem, wie ich ihn bisher kennengelernt hatte und auch, was Daniel mir über ihn verraten hatte.

Warum Liam direkt nach seiner Entlassung einen weiteren Mord oder Totschlag begangen hatte, war mir nach wie vor ein Rätsel. Hatte er sich wirklich so aufgegeben, dass es ihm egal war, wenn er wieder ins Gefängnis musste? Hatte er wirklich so wenig Respekt vor dem Leben und vor sich selbst? Was waren seine Beweggründe, so etwas Schlimmes zu tun? Ich konnte mir einfach nicht vorstellen, dass er von Grund auf böse war. Dass er als kleiner Säugling schreiend und strampelnd auf die Welt gekommen war, um Schlechtes zu vollbringen. Irgendetwas hatte ihn zu dem gemacht, der er war und ich war mir sicher, dass dort trotzdem noch etwas Gutes war, das hervorgelockt werden musste. Er musste es nur selbst wieder entdecken. Vielleicht gab es da einen Funken Mitleid und Sympathie in ihm, der mein Weg in die Freiheit sein konnte? Wenn ich diesen fand, ließ er mich möglicherweise gehen. Aber selbst, wenn da nichts war, tat ich besser daran, freundlich zu ihm zu sein. Ich hatte kein Interesse daran, seine kurze Lunte zu entzünden und das Pulverfass, das er war, in die Luft gehen zu lassen. Doch ich konnte nicht mein Schicksal von seiner Gnade abhängig machen. Ich musste mir einen Fluchtplan überlegen. Irgendwann würde er mich aus den Augen lassen. Irgendwann würde sich eine Gelegenheit ergeben. Ich musste irgendwie herausfinden, wo wir waren. Irgendjemanden auf mich aufmerksam machen. Großer Gott, wie ging es meinem Vater und meinem Bruder gerade, die vergebens auf mich warten mussten? Sie malten sich sicher die schlimmsten Dinge aus? Als ob unsere kleine Familie gerade nicht genug Sorgen hatte. Was würden sie denken und fühlen, wenn man mein Auto fand und die Leiche, die irgendwo in der Gasse lag, wenn Liam sie nicht beseitigt hatte?

„Kennst du die Duschszene aus Psycho?“, durchbrach Liams Stimme mein Gedankenkarussell und ich blinzelte das Wasser fort, das über meine Augen gelaufen war. „Ja, wieso?“, fragte ich misstrauisch.

„Der weiße Duschvorhang, eine hübsche, nackte Frau und ein Psycho mit Küchenmesser“, erklärte er, „erkennst du die Parallele?“

Ich konnte mich nicht entscheiden, ob mir das Angst machen sollte, oder ob ich es tatsächlich witzig fand, also brachte ich nur ein zögerliches „Hehe ... he ...“ heraus.

„Willst du warten, bis ich mit dem Messer zu dir komme, oder wirst du so langsam auch mal wieder rauskommen?“, fragte Liam und ich drückte mir eilig Shampoo auf die Hand. „Ja, Moment, nur noch Haare waschen“, sagte ich und verteilte das rote, nach Kirsch riechende Gel in meinen Händen, um es in meinen lockigen, braunen Haaren zu verteilen, die mich im nassen Zustand zwischen den Schulterblättern kitzelten, und den Schaum anschließend wieder auszuwaschen.

Ich hörte, wie Liam die typische, schrille Psychomusik nachahmte, um mir etwas Feuer unterm Hintern zu machen. Selbst schuld, wenn er sich eine Frau ins Haus holte und stur mit dem Rücken zu mir im Bad warten wollte.

„Ich mach ja schon!“, rief ich, als ich so schnell es ging das Wasser wieder abdrehte und nach dem Vorhang griff, um ihn wieder aufzuziehen. Dabei wartete ich nicht mehr, bis der Schaum den Weg in den Abfluss gefunden hatte und rutschte ab, als ich gerade ein Bein aus der Dusche hinaussetzen wollte. Mit einem lauten Aufschrei krallte ich mich an dem Vorhang fest, riss ihn samt der Plastikstange, die zwischen die Wände geklemmt war, ab und fiel rücklings zurück in die Wanne. Obwohl ich noch versuchte, mich mit den Händen abzufangen, prallten mein Kopf und meine Ellbogen gegen die Wand und sofort breitete sich ein dumpfer Schmerz in meinem Schädel aus. Eingewickelt in den Duschvorhang lag ich wie ein Käfer auf dem Rücken, halb betäubt durch den Schlag, halb in Panik. Ich wollte nur schnell wieder hochkommen.

„Helena!“ Ich hörte, wie etwas Metallisches über den Boden geworfen wurde und wenige Augenblicke später beugten sich Liams Kopf und sein Oberkörper über den Wannenrand. „Hast du dir weh getan?“ Ohne auf eine Antwort zu warten, griff er nach mir und hob mich samt dem Vorhang hoch. Wie eine durchnässte Braut in einem nach Chemie stinkenden Plastikkleid wurde ich zur Toilette hinübergetragen. Ich war nicht in der Lage mich zu wehren und vermutlich hatte ich vor Scham hochroten Wangen. Er setzte mich sanft auf dem flauschigen, roten Deckel ab und umschloss mein Gesicht mit beiden Händen, um es nach links und rechts zu drehen. Er tastete meinen Hinterkopf ab und seufzte erleichtert, als er kein Blut fand. Vor meinen Augen tanzten bunte Lichter und ich fühlte mich fast wie betrunken. Liam hob etwas vom Boden auf und hielt mir dann das Küchenmesser senkrecht vor die Nase.

„Wie viele Messer siehst du?“, fragte er und sah mir dabei direkt in die Augen. So nah hatte ich seine noch nie betrachten können. Sie waren wie ein Ozean aus wildem Wasser und tödlichem Eis. Hatte der Schlag auf den Hinterkopf mich poetisch gemacht?

„Zwei“, antwortete ich, woraufhin er eine Braue anhob, „zumindest eins und einen messerscharfen Typen.“ Mein darauffolgendes, blödes Lachen gab ihm den Rest und er stand auf. Verdammt, was redete ich da? Der Schlag musste meinen Verstand kurzzeitig ausgeschaltet haben. Vom Schemel nahm er zwei Handtücher, warf sie mir zu, ohne mich anzusehen und stellte sich dann wieder an die Tür.

„Zieh dich an, es scheint dir gut genug zu gehen“, brummte er vor sich hin, doch ich nahm es ihm nicht übel. Dass er schüchtern reagierte, wenn ich offensiv wurde, hatte ich ja bereits im Gefängnis herausgefunden. Es amüsierte mich und ich kräuselte meine Lippen zu einem benebelten Lächeln.

Ich rappelte mich auf, versicherte mich, dass er mich nicht ansah und wühlte mich dann aus dem Vorhang. Ich rieb meinen Körper mit einem kratzigen, ausgewaschenem Handtuch ab. Das andere wickelte ich mir wie einen Turban um meine Haare. Gerade hob ich das Blümchenkleid an, um es mir über den Kopf zu ziehen, als sich die Welt um mich zu drehen begann. Mir wurde schlecht, meine Hände eiskalt und meine Zunge begann zu kribbeln.

„Mir ist irgendwie komisch?“, fragte ich hilflos und vernahm schnelle Schritte, als es sich plötzlich anfühlte, als wäre der Boden unter meinen Füßen verschwunden.

15

Mit einem tiefen Atemzug schlug ich meine Augen auf und sah mich verwirrt in meiner Umgebung um. Es dauerte einen Moment, bis ich erkannte, dass ich in der kleinen Kammer lag und mich erinnern konnte, was passiert war. Ich musste in Ohnmacht gefallen sein. Noch immer drehte sich alles, während es sich in meinem Schädel anfühlte, als würden kleine Zwerge versuchen, Erz abzubauen. Es hämmerte und klopfte, dröhnte und donnerte. Neben dem Bett saß Liam auf dem Schreibtischstuhl, den er zu mir gedreht hatte. Sein Gesicht war sorgenvoll angespannt und sein Blick eine Mischung aus erleichtert und vorwurfsvoll.

„Ist die Prinzessin endlich erwacht?“, neckte er mich und half mir, mich aufzusetzen. Ächzend lehnte ich mich an die Holzwand und musste warten, bis die kleinen Zwerge aufhörten, so emsig zu arbeiten. Ich massierte mir meine Schläfen und die Nasenwurzel in der Hoffnung, dass es Erleichterung schaffen würde.

„Trink das!“ Ich leistete Liams Anweisung Folge und trank ein paar vorsichtige Schlucke aus dem Glas, das er mir reichte. Anschließend hielt er mir einen Schokoriegel unter die Nase.

„Iss das!“

„Ja, Meister Winterfeld. Das Wort ‚Bitte‘ haben sie dir im Knast wohl nicht beigebracht?“, murrte ich, nahm ihm den Riegel ab, pulte ihn aus der braunweißen Plastikverpackung und begann an der kalorienschweren Nuss- und Zuckerbombe zu nagen. Ohne auf meinen bissigen Kommentar einzugehen, fuhr Liam fort: „Du hast ewig nichts zu dir genommen, zu heiß geduscht und dir vermutlich eine leichte Gehirnerschütterung zugezogen. Dein Kreislauf ist im Keller.“

„Ich selbst bin immerhin in der Besenkammer“, kommentierte ich nebensächlich und wurde abermals ignoriert.

„Ich werde gleich für einige Zeit wegfahren. Wir brauchen dringend ein paar Dinge, um uns hier zu versorgen. Immerhin hatte ich das alles so nicht geplant."

„Was hattest du denn geplant?", bohrte ich nach und verengte meine Augen zu schmalen Schlitzen.

„Zumindest nicht, dich zu entführen. Unser erstes Date hatte ich mir auch anders vorgestellt. Nicht, dass ich jetzt dein Kindermädchen spielen muss."

„Krankenpfleger", verbesserte ich ihn, „oder Arzt."

„Du denkst also an Doktorspiele?", ein süffisantes Grinsen erschien in seinem Gesicht und ich sah ihn empört an.

„Nein?!"

„Schade."

Liam erhob sich von dem Stuhl und ging zur Tür. Im Rahmen blieb er noch einmal stehen und sah mich drohend an. Im Gegensatz zu den Momenten unserer Neckereien oder seiner Sorge um meinen Zustand war sein Ausdruck nun wieder hart. Seine Haltung angespannt und seine Miene kalt. Er zeigte mir eindeutig, dass der Spaß nun wieder ein Ende hatte.

„Du kannst hier drinnen machen, was du willst, aber du gehst nicht an die Tür oder versuchst, von hier auszubrechen. Egal, wohin du läufst, ich finde dich." Mit diesen drohenden Worten verließ er den Raum und ich hörte, dass er wieder abschloss. Sobald seine Schritte verhallt waren, traute ich mich aus dem Bett heraus. Als ich an mir herabsah, erblickte ich das grässliche Kleid. Ich war in Ohnmacht gefallen, bevor ich es überhaupt richtig über meinen Kopf gezogen hatte. Liam musste mein Werk also vollendet haben. Das hieß, er hatte mich nackt gesehen und mich angezogen! Ich spürte, wie das Blut in meine Ohren schoss und sie heiß wurden. Gott, war mir das peinlich. Außerdem trug ich noch keine Unterhose, was zumindest hieß, dass er so anständig gewesen war, mir das selbst zu überlassen. Oder er war ein Perversling, der die Vorstellung mochte, dass ich untenrum nichts anhatte. Aus dem Schrank nahm ich mir einen frischen Slip und zog ihn an. Er saß etwas locker und immer wieder musste ich ihn hochziehen, aber es war besser als nichts. Zumindest hatte ich keine Schmerzen. Also hatte er mich nicht vergewaltigt, während ich weggetreten war. Andererseits schätzte ich ihn auch nicht so ein. Doch in den Kopf schauen konnte ich ihm natürlich auch nicht. Und wie wirkte schon der typische Vergewaltiger? Sicherlich gab es da genauso wenig eindeutige Merkmale wie bei einem Mörder. Mit noch nassen Haaren und leicht fröstelnd stand ich nun verloren in der Kammer, die mir inzwischen vorkam wie eine nett eingerichtete Gefängniszelle, und blickte mich um.

„Was jetzt, Helena?“, murmelte ich zu mir selbst und musterte die verschlossene Tür. Liam war sicher bereits fort und ich kannte die Zeitspanne nicht, die mir blieb, bis er zurück war. Ich könnte mich an dem Schloss versuchen, doch was hatte ich dann davon? Sollte ich versuchen, hier auszubrechen und ihm zu entkommen, oder würde ich auf seine Vernunft setzen und ihn davon überzeugen, dass er mich freilassen sollte? Wie groß waren meine Erfolgschancen für eine Flucht und was würde er mit mir machen, wenn er mich wieder einfing? Gerade profitierte ich von unserem lockeren Umgang. Liam hatte scheinbar nicht die Absicht, mir etwas anzutun. Ganz im Gegenteil, er schien sich sogar um mein Wohlergehen zu sorgen. Unsere Beziehung zueinander war wie eine zerbrechliche Seifenblase, die ich besser nicht zerplatzen lassen sollte. Nicht, wenn ich ihn nicht doch noch dazu treiben wollte, härtere Maßnahmen zu ergreifen. Mich wohlmöglich einfach aus dem Weg zu schaffen. Wir wussten beide nicht, wie es jetzt weitergehen sollte, denn ich war offenbar nicht Teil seines Plans gewesen. Ich beschloss, dass es besser war, ihn nicht weiter zu reizen oder wütend zu machen. Nach wie vor wusste ich nicht, wozu er fähig war und der Gedanke, ihm aus seiner verschrobenen Welt zu helfen, manifestierte sich immer mehr in meinem Kopf. Was konnte einen Menschen zu solchen Taten treiben? Es musste einen Grund dafür geben. Wenn ich diesen herausfand, konnte ich eventuell nicht nur mich, sondern auch ihn retten. Ich erblickte die Ledertasche mit meinen Notizen und mein Herz machte einen freudigen Hüpfer. Die gezwungenermaßen freie Zeit konnte ich natürlich nutzen, um an meinem Buch zu arbeiten und endlich mit dem Schreiben zu beginnen. Ich ging an das Schreibpult, öffnete die zwei Metallschnallen, klappte die Tasche auf und zog die Unterlagen, meinen Spiralblock und mein Mäppchen hervor. Anschließend breitete ich alles auf dem Tisch aus und begann zu sortieren. Bei einigen Blättern war die blaue Tinte durch den Regen bis zur Unkenntlichkeit verlaufen und ich konnte nur noch Bruchstücke verwerten oder musste sie aus meiner Erinnerung ergänzen. Als ich wieder Ordnung in meine Unterlagen gebracht hatte, setzte ich mich auf den Stuhl, nahm meinen blauen Lieblingskuli zur Hand und setzte die Spitze auf das Blatt. Eine ganze Weile starrte ich es nur an, während sich Leere in meinem Kopf ausbreitete. Ich hatte mir so viele Gedanken gemacht, was ich schreiben wollte, hatte so viele Interviews geführt. Doch jetzt, wo ich hier saß, wurde mir bewusst, dass mein Buch ganz anders werden würde als vorher geplant. Ursprünglich wollte ich Gefängnisinsassen eine Stimme verleihen, doch nun war ich selbst zur Gefangenen geworden.

Es würde meine Geschichte werden.

16

Die Spitze des Kugelschreibers sauste über das Papier und hinterließ Buchstaben in meiner feinen, geschwungen Schrift, wie sie nur ein Mädchen haben konnte. In Windeseile entstanden Zeilen und Absätze und füllten Seite um Seite mit meinen Gedanken, in Form von unzähligen Wörtern. Ich war selbst erstaunt darüber, wie leicht mir alles von der Hand ging und ich mehr intuitiv schrieb, ohne viel darüber nachzudenken. Als ich mir damals vorgenommen hatte, ein Buch zu schreiben, hatte ich es mir genau so, mit solch einer Leichtigkeit vorgestellt. Doch während meiner Recherchen, und nachdem ich mich genauer damit befasst hatte, war mir klar geworden, dass ein Buch zu schreiben, nicht einfach war. Dass es mit schwerster Kopfarbeit und viel Fleiß verbunden war und nicht so leicht von der Hand ging wie gerade jetzt!

Plötzlich wurde die Tür hinter mir geöffnet und ich wollte Liam mit Freuden verkünden, wie gut es mit meinem zukünftigen Bestseller lief, als ich mich umdrehte und vor Schreck erstarrte.

„Mama?", meine Stimme war dünner, als ich es beabsichtigt hatte.

„Was tust du hier?", herrschte sie mich an. In ihren blaugrünen Augen erkannte ich meine. Ihr Gesicht war alt geworden und die einst vollen Lippen waren nur noch schmale, blasse Striche, die zu einem wütenden Ausdruck zusammengepresst waren. Ihr Körper war noch ausgezehrter, als ich ihn in Erinnerung hatte und wurde von einem weißen, dünnen Stoff umhüllt, der sie gespenstisch erscheinen ließ. Ich konnte die blauen Adern an ihren knochigen Händen durch die fahle Haut schimmern sehen. Sie wirkte beinahe nicht lebendig, doch ihr zorniger Tonfall dafür umso mehr. „Wieso machst du mir nur Ärger? Hast du eine Ahnung, was für einen Stress du mir und deinem Vater machst? Sitzt hier und schreibst irgendeinen Mist." Als sie mit diesen Worten näherkam, konnte ich den Alkohol in ihrem Atem riechen. Ich rutschte mit meinem Stuhl etwas zurück, sodass ich gegen das Pult stieß und einmal mehr in die Ecke gedrängt war. Panik ergriff mich, als sie ihre Hände nach mir ausstreckte.

„Es tut mir so leid, Mama!“, versuchte ich mich zu verteidigen und hob die Hände und Schultern schützend an. „Deine Entschuldigungen bringen mir mein Leben auch nicht mehr zurück, Helena!“, schrie sie, griff fest an meine Schultern und begann mich heftig zu schütteln. Ich kniff die Augen zusammen und hoffte, dass es schnell vorbei war.

„Bitte tu mir nicht weh!“

„Helena?“, riss mich eine raue Männerstimme aus meiner Paralyse und Umnachtung. Noch immer spürte ich eine Hand an meiner Schulter, doch sie war warm und groß und ihre Berührung sanft. Als ich die Augen wieder öffnete, lag mein Kopf auf meinen Unterlagen und mir wurde bewusst, dass ich beim Schreiben eingeschlafen sein musste. Ich drehte mich mit geweiteten Augen um und blickte in Liams Gesicht. Wer hätte gedacht, dass ich bei dem Anblick meines Entführers solch eine Erleichterung spüren konnte? Unversehens richtete ich mich auf und warf mich gegen seine Brust. Ich vergrub mein Gesicht und meine Finger in dem Stoff seines schwarzen Oberteils und betete, dass er mich in diesem Moment nicht fortstieß. Ich wusste nicht, was mich in diesem Moment dazu trieb. Vielleicht war ich völlig von Sinnen oder erschien er mir wirklich als das kleinere Übel? Seine Muskeln spannten sich unter meiner plötzlichen Berührung an und ich hörte, wie er die Luft einsog. Wenige Sekunden verharrte ich so, und als ich den Mut gerade aufgebaut hatte, mich wieder von ihm zu lösen, spürte ich, wie sich seine schweren Arme langsam und behutsam um meinen Körper legten. Wieder berührte er mich, als sei ich eine Porzellanpuppe, die zerbrechen könnte. Wer hätte gedacht, dass er so sanft sein konnte? So hielt er mich einen Augenblick lang fest und auch sein Atem beruhigte sich wieder. Auch ich entspannte mich langsam. Ich konnte sein Herz regelmäßig, aber schnell schlagen hören. War es verrückt, dass ich mich in diesem Moment beschützt und geborgen fühlte? Dass es sich schön anfühlte, die Hände dieses Verbrechers auf meinem Rücken zu spüren. Hände, von denen ich gesehen hatte, wie sie gnadenlos die Kehle eines Mannes zerdrückt hatten? Doch nach wie vor wusste ich nichts über die Umstände. Ich weigerte mich einfach in Liam das Monster zu sehen, das er eventuell war. Ob aus Angst, dass mir diese Erkenntnis die Hoffnung stehlen würde, jemals wieder von hier verschwinden zu können? Oder weil ich wirklich an das Gute in ihm glaubte. Ich hatte keine Ahnung.

„Nudeln oder Reis?", mit dem Ohr direkt an seinem Brustkorb, hörten sich seine Worte ungewöhnlich laut an. „Was?", fragte ich verwirrt. „Ob du lieber Nudeln oder Reis zu Mittag möchtest. Ich habe uns etwas vom Chinesen mitgebracht. Bei den Nudeln ist Hühnchen dabei, bei dem Reis nur Gemüse", klärte er mich auf und langsam lösten wir uns voneinander. Zurück blieb eine kalte Leere.

„Dann nehme ich den Reis", entschied ich. Liam nahm eine Imbissschale mit Aludeckel aus einer Plastiktüte am Boden und reichte sie mir.

„Gabel oder Stäbchen?", fragte er mich, und da ich ihm offenbar zu lange überlegte, gab er mir einfach beides zu meinem Essen. Ich ließ mich mit der Schale auf dem Bett nieder. Als ich den Deckel öffnete, und mir der herrlich herzhafte Duft des gebratenen Reises in die Nase stieg, bemerkte ich erst, wie viel Hunger ich hatte. So entschied ich mich, gierig, wie ich war, für die Gabel. So konnte ich mir die asiatische Speise so schnell wie möglich einverleiben. Liam setzte sich mir gegenüber auf den Stuhl und begann selbst zu essen. Äußerst geschickt führte er die widerspenstigen Nudeln mit den Stäbchen in seinen Mund.

„Warum essen wir nicht in der Küche?", fragte ich zwischen zwei Bissen und er zuckte mit den Schultern.

„Ach darum!", sagte ich zynisch und schob mir die nächste Gabel Reis zwischen die Zähne. Liam hielt inne und sah mich strafend an.

„Ist es erlaubt, erst zu Ende zu kauen, um nicht mit vollem Mund zu sprechen, Eure Hoheit?", giftete er zurück.

„Nun denn, wenn ihr ihn nun geleert habt, so fahret fort!", sagte ich mit erhabenen Handkreisen und nasaler Stimme. Ein kleines Schmunzeln schlich sich auf seine Züge, als er den Blick nach unten auf die Tüte des Chinesen richtete. Er beugte sich hinab und zog eine vor kälte beschlagene Coladose heraus und reichte sie mir. „Vielleicht heute Abend, wenn du dich benimmst. Ich bin noch nicht ganz fertig mit ein paar Vorbereitungen." Gerade setzte ich an, um etwas zu erwidern, doch da sprach er auch schon weiter:

„Helena, eben ... das ...", stotterte er vor sich hin und ich sah ihn stirnrunzelnd aber abwartend an, „hast du von mir geträumt? Dass ich dir etwas antue?“, fragte er unsicher und sah dabei auf sein Essen, in dem er mit den Stäbchen herumstocherte. Er machte sich offenbar Sorgen, dass ich etwas Schlechtes ihm gegenüber empfand. Genau genommen hatte er mir Grund genug gegeben, vor ihm Angst zu haben. Allein, dass er mich hier gegen meinen Willen festhielt, reichte aus. War ihm denn gar nicht bewusst, was das in mir auslöste? Ganz zu schweigen von seinen Ausrastern? Hatte er denn so wenig Ahnung vom Umgang mit anderen Menschen?

„Nein, von meiner Mutter“, antwortete ich etwas verspätet und zwang mich zu einem Lächeln.

„Warum lächelst du, wenn es offenbar nichts Angenehmes ist?“

„Tun wir das nicht alle? Den Schmerz mit einem Lächeln überdecken?“, stellte ich einfach die Gegenfrage und hoffte, dass er das Thema auf sich beruhen lassen würde.

„Lebt deine Mutter noch?“, fragte er und diese Worte durchstachen mein Herz wie ein in Salz getränkter Dolch.

17

„Ich denke schon“, antwortete ich wahrheitsgemäß und blickte nun selbst betrübt auf meine Gabel, „wir haben schon lange keinen Kontakt mehr und das ist auch gut so.“

„Was hat sie dir angetan?“, wollte er wissen und mein Lächeln wurde immer gequälter.

„Ich möchte nicht darüber reden, Liam. Bisher bin ich ganz gut damit gefahren, die Dinge zu verdrängen und diese Taktik will ich eigentlich nicht ändern. Also belassen wir es einfach dabei und genießen unser Essen, okay?“

Ohne ein weiteres Wort darüber zu verlieren, begann er wieder Nudeln aus dem Schälchen zu fischen und akzeptierte so still meine Bitte. Dafür war ich ihm sehr dankbar. Von „genießen“ konnte jetzt allerdings keine Rede mehr sein, und obwohl das eigentlich nicht meine Art war, ließ ich die Hälfte unberührt. Normalerweise war ich nämlich mit einem gesunden Appetit gesegnet und hatte eher ein paar Pfunde zu viel als zu wenig auf den Hüften. Das störte mich allerdings nicht. Essen, speziell Schokolade, war mir einfach wichtiger als mein Traumgewicht.

Als auch Liam fertig war, stand er auf und nahm sich eine zweite Cola aus der Tüte. Mit einem Klacken und Zischen öffnete er das Getränk, setzte es an seine Lippen und ich beobachtete, wie sein Kopf immer etwas weiter zurücksank, je leerer die Dose wurde. Ich sah, wie sich die Sehnen an seinem Hals abzeichneten und sich der Adamsapfel bei jedem Schluck auf und ab bewegte. Das dreckige Grinsen konnte ich mir einfach nicht verkneifen, als er mir diesen Anblick bot.

„Was?“, fragte er, als er fertig war und meinen Blick bemerkte.

„Kennst du die Coca-Cola-Werbung aus den 90er-Jahren?“, fragte ich und schaffte es einfach nicht, meine Mundwinkel unter Kontrolle zu kriegen. „Die hatten aber weniger an als ich“, erinnerte er mich, stellte die Dose ab und griff an den Saum seines Pullovers, um ihn langsam etwas hoch zu ziehen. Zum Vorschein kam der Bund seiner schwarzen

Boxershorts und sein flach trainierter Bauch, an dem sich seine definierten Muskeln als Wölbungen abzeichneten. Doch das war nicht alles, schwarze Linien, Flächen und Texte verliefen zu Kunstwerken zusammen und lenkten meinen Blick über seine Haut. Durch die hochgeschlossene Kleidung, die er bisher immer trug, hatte ich noch überhaupt nicht bemerkt, dass er tätowiert war. Abgesehen von dem gezeichneten Griff einer Pistole, der aus dem Bund hervorlugte, konnte ich auf die Schnelle jedoch nichts Genaueres erkennen, da er seinen Pulli leider schon wieder herunterzog. „Du bist tätowiert?", fragte ich erstaunt und um mich von der Hitze abzulenken, die in meinen Körper gestiegen war.

„Ja, aber es ist noch lange nicht fertig. Ein siebenjähriger Gefängnisaufenthalt kam spontan dazwischen", antwortete er mit einem angehobenen Mundwinkel. Anschließend räumte er die Reste unseres Essens zusammen und packte alles in die Tüte.

„Ich habe draußen noch viel zu erledigen. Deshalb wirst du dich nun wieder eine Weile allein beschäftigen müssen", kündigte er an und zögerte kurz, als er Richtung Tür ging. „Wenn du auf die Toilette musst, ruf einfach nach mir", er leckte sich über die Lippen und begann die Finger seiner freien Hand zu kneten, „oder ... wenn etwas anderes ist."

Mit diesen Worten wurde ich abermals in meinem Zimmer allein gelassen und die Tür verschlossen. Was nun, Helena?, fragte ich mich. Schlafen kam nicht mehr infrage. Zu groß war meine Angst, von weiteren Geistern meiner Vergangenheit heimgesucht zu werden. Eine Weile schrieb ich an meinem Buch, doch sobald mich Müdigkeit überkam, lief ich in dem winzigen Spalt zwischen Tür und Tisch hin und her, um meinen Kreislauf wieder in Schwung zu bringen. Das Dröhnen in meinem Schädel hatte zwar abgenommen, war aber nach wie vor da. Ich versuchte mich nochmals daran, die Astlöcher zu zählen, doch dies schien genauso ermüdend zu sein wie Schäfchenzählen. Immer wieder rieb ich mir die Augen, begann sogar Sit-ups und Kniebeugen zu machen, doch die Zeit tropfte langsam und träge vor sich hin wie ein undichter Wasserhahn. Irgendwann dämmerte ich ein, nachdem ich mich wie ein Embryo auf dem Bett zusammengerollt hatte. Wie lange ich geschlafen hatte, wusste ich nicht. Als ich aufwachte, lag ich noch immer eingerollt da. Ich wusste nicht einmal, welche Tageszeit wir hatten, ob man inzwischen nach mir suchte wie es meinem Bruder oder meinem Vater ging. Dachten sie vielleicht, dass ich sie im Stich gelassen hatte? Dass ich durchgebrannt war? Irgendwann kam Liam herein und brachte mir ein paar belegte Brote und eine Flasche Wasser. In der nächsten Zeit kam er nur selten herein. Er war kurz angebunden, gab mir nur Essen und Trinken oder ließ mich auf die Toilette. Was er draußen tat, konnte ich nicht erahnen. Doch häufig hörte ich ihn geschäftig hin- und herlaufen, vernahm klappernde und klopfende Geräusche sowie Wasserrauschen. Die einzigen Worte, die ich von ihm hörte, waren gelegentliche Flüche über irgendetwas, das nicht funktionierte. Ein paar Mal verabschiedete er sich und erklärte, dass er für einige Stunden wegfahren würde. Das musste bedeuten, dass die nächste Ortschaft nicht sehr weit entfernt sein konnte. Zumindest steigerte das meine Chancen, gefunden zu werden. Doch während Liam fort zu sein schien, blieb eine Flucht dennoch in weiter Ferne. Meine Kammer war wie eine Zelle. Die Wände waren aus massivem Holz und auch die Tür zeigte sich unbeeindruckt gegenüber meinen Versuchen, sie mit Gewalt aufzutreten oder aus den Angeln zu heben. Ich nutzte die Zeit, um an meinem Buch zu schreiben, zu schlafen oder meine steifen Gelenke beweglich zu halten. Irgendwann ergab sich ein Muster, das mir zumindest Aufschluss über die vergangene Zeit gab. Liam brachte mir Frühstück, Liam brachte mir Mittagessen, Liam brachte mir Abendessen. So entfaltete sich zumindest ein kleiner Rhythmus, der jedoch von langen Durststrecken der Eintönigkeit und Einsamkeit geprägt war. Jeder Versuch meinen Entführer in ein Gespräch zu verwickeln wurde abgeblockt. Liam schien keine Zeit für mich oder keine Lust auf mich zu haben. Mit eiserner Mine und kühler Distanz brachte er mir meine Mahlzeiten oder eskortierte mich ins Bad. Dort hatte er inzwischen das Fenster von außen vernagelt, sodass er nicht mehr mit mir in dem Raum bleiben musste. Als ob ich jemals da hochgekommen wäre, geschweige denn hindurchgepasst hätte! Die wenigen Minuten, die ich dort damit verbrachte, das heiße Wasser zu genießen, waren eine Wohltat. Doch nach fünf Tagen, zumindest schätzte ich, dass etwa so viel Zeit verstrichen sein musste, hielt ich die Monotonie einfach nicht mehr aus. Mit der Zeit begann ich sogar, mir einzubilden, dass die Kammer immer kleiner würde und die Wände auf mich zukämen. So langsam wurde ich verrückt. Ich musste was unternehmen. Wenn Liam mir wenigstens ein wenig Gesellschaft leisten und mir die Langeweile vertreiben würde. Wenn ich wenigstens mit ihm im selben Raum sein oder mit ihm zusammen essen könnte. Ich hatte mich damit abgefunden, seine Gefangene zu sein. Ich verstand, dass er mich nicht einfach gehen lassen und riskieren konnte, dass ich zur Polizei lief. Doch diese enge Abstellkammer ohne Tageslicht war nicht länger zumutbar. Mir fiel allmählich die Decke auf den Kopf. So sehr, dass heiße Wut in mir heraufbrodelte. Ärger darüber, dass er mir so etwas antat. Dass er mir meine Freiheit genommen hatte. Gleichzeitig fühlte ich mich schlecht deswegen, denn nun konnte ich mir ansatzweise ausmalen, wie es für ihn all die Jahre im Gefängnis gewesen sein musste. Ich fühlte mich, als sei ich nicht berechtigt, mich über meine Luxus-Apartment-Zelle zu beschweren. Doch war ich unverschuldet hier. Ich hatte niemandem etwas getan, was meinen Zustand rechtfertigte. Im Gegenteil. Ich büßte für Liams erneute Straftat.

„Liam!", rief ich, als ich den Entschluss gefasst hatte, dass ich diese Situation nicht länger ertragen konnte und wollte. Ich hämmerte gegen die Tür, „Liam!!"

Es dauerte nur wenige Augenblicke, bis sich seine schnellen Schritte näherten, ehe er mein Zimmer mit den strengen Worten „Weg von der Tür" betrat.

„Was ist passiert?", fragte er aufgeregt, fasste mich an meinen Schultern. Er sah erst an mir herunter und sich dann in der Kammer um.

„Nichts", antwortete ich, „also nichts Schlimmes. Mir ist so unheimlich langweilig und ich fühle mich alleine. Das Zimmer ist so klein und beengend, dass ich bald einen Lagerkoller bekomme. Ich möchte, dass du mich wenigstens mit herausnimmst!"

Schwer und genervt seufzend ließ er von mir ab, bedachte mich mit einem mahnenden Blick und rollte mit den Augen.

„Ich dachte schon, es sei sonst etwas passiert!", tadelte er mich und seine angespannte Haltung zeigte, wie aufgeregt er gewesen sein musste. „Du sollst mich rufen, wenn etwas Wichtiges ist und nicht, wenn du dich langweilst."

„Das ist wichtig!", betonte ich verzweifelt, „mir fällt hier wirklich die Decke auf den Kopf. Bitte lass mich einfach ein paar Schritte gehen oder dir zusehen, bei was auch immer du machst", forderte ich und versuchte, ihn mit dem herzerweichendsten Hundeblick, den ich aufbringen konnte, zu überreden. Auch wenn mir eher danach war, auf ihn einzuschlagen. Liam gab sich mit einem weiteren tiefen Seufzen geschlagen. „Warte hier“, mit diesen Worten verließ er nur für ein paar Sekunden das Zimmer, um dann mit einem langen Stück der gelben Wäscheleine wieder hereinzukommen. „Gib mir deine Hand“, forderte er mich auf. Ich bedachte ihn mit einem misstrauischen Blick, kniff die Augen zusammen und schüttelte den Kopf.

„Was hast du vor?“, fragte ich, obwohl ich glaubte, die Antwort bereits zu kennen. Ich schluckte.

„Ich stelle sicher, dass du mir nicht davonläufst. Also, selbst wenn du entkommen würdest, hättest du keine Chance. Aber ich habe keine Lust, dich durch den Wald zu jagen. Also her mit deinem Handgelenk oder ich binde es dir um den Hals.“ Seine Worte waren harsch und ohne Geduld. Mein gesunder Menschenverstand sagte mir, dass ich mich in meine Situation fügen und mitspielen sollte, doch in meinem Magen keimte erneut die Wut auf und schürte die Rebellin in mir. Die Rebellin, die schon viel zu lange wie ein Hund im Zwinger saß.

„Was bin ich denn? Dein Haustier oder was?“, platzte es aus mir heraus, ohne dass ich es eigentlich wollte. Ich war übermüdet, verängstigt, hatte eine Gehirnerschütterung, machte mir Sorgen um meinen Bruder und vermutlich war ich nicht mehr im Vollbesitz meiner geistigen Kräfte. „Du kannst mich doch nicht anleinen wie einen Hund! Mich einzusperren ist eine Sache, aber mir auch noch meine Menschenwürde zu nehmen eine andere!“ Zu meiner Frustration, meiner angestauten Wut und dem Gefühl der Ungerechtigkeit mischte sich mein zutiefst verletzter Stolz. „Du sperrst mich hier ein, du bedrohst mich und hast mir nicht einmal im Bad meine Privatsphäre gelassen. Und jetzt soll ich auch noch an einer Leine hinter dir herlaufen? Das ist krank, Liam, krank!!“

Mit einem Mal holte er aus, ballte seine Hand zur Faust und mein Herz blieb stehen.

18

Während ich mit weit aufgerissenen Augen versteinerte, donnerte sein Schlag neben meinem Kopf gegen die Wand. Ich spürte noch den Lufthauch auf meiner Wange. Als meine Knie zu zittern begannen, bohrte sich sein eisiger Blick direkt in meine Augen. Einen Moment lang herrschte eine bedrohliche Stille zwischen uns und ich wagte es nicht, mich zu bewegen. Selbst die Luft hielt ich vor Angst in meinen Lungen gefangen. Liam war so angespannt, dass die Muskeln in seinem Arm, direkt neben meinem Gesicht bebten und ich nur erahnen konnte, wie viel Selbstbeherrschung es ihn gekostet haben musste, den Schlag neben mich gelenkt zu haben. Ich atmete erst wieder aus, als er seinen Arm sinken ließ. Liam ließ die gelbe Schnur achtlos zu Boden fallen, ehe er sich abwandte, den Raum schnell aber schweigend verließ und von außen zuschloss.

Just in diesem Moment gaben meine Knie nach und ich sackte wie ein fallengelassenes Tuch zu Boden. Mir war schwindlig, die Zwerge hämmerten wieder und wie in Trance führte ich meine Hand zu meiner Wange, wo ich immer noch ein leichtes Kribbeln spürte. Er musste mich nur um wenige Zentimeter verfehlt haben. Ich schluckte. Diesmal hatte ich den Bogen wirklich überspannt. Ich war gemein und dumm gewesen. Meine Absicht war es doch, ihm zu helfen und nicht ihm Vorwürfe zu machen. Vermutlich wusste er einfach nicht besser, wie er mit anderen Menschen umgehen sollte.

„Reiß dich zusammen, Helena“, feuerte ich mich selbst an. Als ich glaubte, dass meine Beine wieder aus Knochen und Muskeln bestanden und nicht mehr aus Wackelpudding, erhob ich mich. „Liam!“, rief ich abermals und trat an die Tür heran. Mein Blick wanderte an dem Holz auf und ab. „Es tut mir leid. Ich wollte nicht so fies zu dir sein. Die Situation ist nicht leicht für mich, da ist wohl eine Sicherung durchgebrannt!“ Ob er mich hören konnte, wusste ich nicht. Aber so weit konnte er ja nicht weg sein.

„Entschuldigung, vertragen wir uns wieder, okay? Ich will mich nicht streiten“, und das sagte ich nicht einmal nur, weil ich mich nicht mit meinem Entführer anlegen wollte. Sondern, weil mich der Gedanke, dass er mich jetzt nicht mehr mochte, tatsächlich irgendwie schmerzte. Eine Antwort bekam ich nicht, doch dafür hörte ich seine aufgebrachten Schritte draußen. Ich hörte, wie er auf und ab lief. Mein Blick wanderte im Zimmer umher, weil ich nicht wusste, was ich tun sollte, als er plötzlich an der Stelle hängen blieb, die Liam eben mit seiner Faust getroffen hatte. Das Holz der Wand war an dieser Stelle ein wenig eingedrückt, sodass man die Abdrücke seiner Knöchel sah. Mit so einer Wucht ungebremst gegen die Wand zu schlagen; er musste sich verletzt haben, wenn nicht gar etwas geprellt oder gebrochen. Ich wollte gar nicht darüber nachdenken, was dieser Schlag mit meinem Gesicht gemacht hätte, wenn er mich getroffen hätte. Die Bilder, die ich im Internet von der Leiche des Zuhälters gefunden hatte, kamen mir wieder in den Sinn und so langsam verstand ich, wie Liam es geschafft hatte, ihn so zuzurichten. Gerade, als ich mir diese Gedanken machte, hörte ich von draußen weitere dumpfe Schläge. Ließ er seine Wut nun an weiteren Wänden aus?

„Liam!“, meine Stimme überschlug sich, als ich mit meinen Fäusten gegen die Tür hämmerte. Obwohl mir bewusst war, dass sie verschlossen war und bisher alle Ausbruchsversuche umsonst gewesen waren, rüttelte ich an dem Griff. Da war nichts zu machen, dennoch machte ich verzweifelt weiter, nahm letztlich sogar meine Füße zu Hilfe. Erst ein metallisches Klirren ließ mich in meiner Bewegung erstarren. War das der Schlüssel?

Noch immer hörte ich die Schläge. Ich ließ mich auf die Knie fallen und sah unter dem Türspalt durch. Dort lag tatsächlich das kleine, silberfarbene Etwas, das mich hier eingeschlossen hielt. Die Freiheit war zum Greifen nah und nur das hölzerne Türblatt trennte mich noch davon. Angestrengt überlegte ich, was schmal genug war, um es durch den Schlitz nach draußen zu schieben und den Schlüssel zu angeln. Mein Kuli? Zu kurz. Mein Ringblock? Ich lief zum Pult, als ich von dem Kleiderschrank abgelenkt wurde. Ein Kleiderhaken! Ich riss die Tür auf, zog eines der T-Shirts von einem der drahtigen Haken und eilte zurück zu dem Eingang. Ich legte mich flach auf den Boden, kniff ein Auge zu, um besser sehen zu können und schob den Haken vorsichtig durch den Spalt. Draußen war es inzwischen still geworden. Alles, was ich hörte, war mein rasender Puls und das Schleifen des Bügels über den Boden. Mit zitternden Fingern schaffte ich es tatsächlich den Schlüssel zu erwischen und zog ihn langsam zu mir. Wie bei Dr. Bibber oder dem heißen Draht versuchte ich, nichts zu berühren und ihn dadurch eventuell wieder zu verlieren.

Wenige Sekunden später hob ich den Schlüssel auf. Ich konnte selbst nicht fassen, dass ich das hinbekommen hatte, steckte ihn in das Schloss und drehte ihn um. „Yes!" Mit einem leisen Klicken entriegelte ich die Tür und konnte sie aufziehen. Ich stürzte nahezu aus der Kammer. Dass ich dabei nicht über meine eigenen Füße fiel, war reines Glück. „Liam!", rief ich abermals, als ich mich umsah und dann den Flur entlanglief, auf das große Fenster zu, hinter dem ich zuletzt den Wald gesehen hatte. Ich erreichte ein Wohnzimmer mit einem offenen Backsteinkamin und angrenzender Küche, in der allerhand Einkaufstüten kreuz und quer standen. Auch die Fenstertür nach draußen auf die Terrasse stand sperrangelweit offen. Es wäre ein Einfacheres jetzt einfach hindurch in meine Freiheit zu rennen.

19

Doch was wäre, wenn ich nun die Chance ausnutzen und fliehen würde? Ich wusste nicht, wie ich mich in dem Wald orientieren sollte, in welche Richtung ich laufen müsste, um in die Zivilisation zu gelangen. Geschweige denn, dass ich wusste, wie weit sie entfernt war. Möglicherweise würde es mehrere Stunden dauern und an Waldwegen oder Straßen könnte ich mich nicht orientieren, weil er mich dort sofort finden würde. Also würde mir nur die Flucht durch das Unterholz bleiben. Das mochte gut gehen, solange es noch hell war, doch was, wenn die Nacht kam? Und viel wichtiger die Frage: Was würde er mir antun, wenn er mich einholte und einfing? Würde ein zweiter Schlag wieder an meinem Kopf vorbeiführen? Ich zögerte und mein Blick hing einige Wimpernschläge zu lang an der geöffneten Tür. Dann riss ich mich mit großer Überwindung von ihr los und redete mir ein, dass ich eigentlich keine andere Wahl hatte, als hier zu bleiben. Als ich mich weiter umsah, fand ich Liam wenige Meter von mir. Er saß auf dem Boden, mit dem Rücken an die Wand gelehnt. Die Knie hatte er leicht angezogen und die Arme locker über diese gelegt. Seine Knöchel waren bis aufs Fleisch aufgeschürft und rot. Die Hände zitterten noch und sein Blick war abwesend ins Leere gerichtet. Er bemerkte mich gar nicht. „Oh Kacke!“, stieß ich hervor und eilte auf ihn zu, um mich dann zu ihm herabsinken zu lassen und die Arme um seinen Nacken zu schlingen. Ich zog ihn zu mir heran und strich ihm durch das Haar an seinem Hinterkopf. Regungslos ließ er es geschehen und so wiegte ich ihn und mich ein wenig hin und her, wie man das mit kleinen Kindern tat, um sie zu beruhigen. Ich wusste nicht mal, ob ich das für ihn oder für mich tat. So verharrte ich einige Momente, ehe Liams angenehme Stimme die Stille durchbrach.

„Die Tür steht auf“, stellte er fest.

„Ja, es kommen schon lauter Mücken rein“, antwortete ich und hoffte, dass er nicht bemerkt hatte, dass ich für einen Moment tatsächlich mit dem Gedanken gespielt hatte, wegzulaufen. Ich streichelte seinen Kopf noch immer wie in Trance. „Warum läufst du nicht weg?", fragte er und ich löste mich langsam wieder von ihm, um ihn anzusehen. Er schien aus seiner Paralyse aufgewacht zu sein, denn in seinem Gesicht war nun ein verwirrter Ausdruck zu erkennen. Mein Handeln musste für ihn gegen jede Logik sprechen. Vermutlich hatte er erwartet, dass ich die Gelegenheit ausnutzte. Sollte ich ihm sagen, dass ich einfach nur Angst hatte, dass meine Flucht missglückte und sich meine Situation dadurch noch verschlimmerte? Und war das überhaupt wirklich der Grund? Ich horchte in mich hinein, doch ich fand keine Antwort.

„Du hast mir so einen Schrecken eingejagt! Ich dachte, du tust dir sonst was an!", warf ich ihm vor, ignorierte seine Frage einfach und spürte, wie sich ein Knoten in meinem Magen bildete und ein brennender Kloß in meinem Hals.

„Man ey! Du Arsch!", rief ich, als ich nicht länger verhindern konnte, dass dicke, heiße Tränen meine Wangen herabkullerten. Um ihn zu bestrafen, begann ich kraftlos gegen seine Brust zu schlagen. Für ihn musste sich das anfühlen wie Fliegenpupse. „Warum weinst du denn jetzt?", fragte Liam, der die Welt nicht mehr verstand und hielt sanft meine Handgelenke fest. Er suchte meinen Blick, doch ich sah lieber überallhin, nur nicht zu ihm. Mein Verhalten konnte ich ja selbst nicht wirklich erklären. „Ich bin einfach so. Ich bin unlogisch und emotional und nah am Wasser gebaut, okay? Also lass mich. Ich hab mir einfach Sorgen gemacht. Deine Hände sind verletzt und das ist meine Schuld!", japste ich, „ich hätte das niemals sagen dürfen. Ich wollte dich nicht wütend machen."

Als würde er vom Glauben abfallen, starrte er mich mit weit geöffneten Augen an und begann, sacht den Kopf zu schütteln. „Helena, das ist ganz sicher nicht deine Schuld. Ich hätte dir sonst was antun können. Hast du denn keine Angst vor mir?" Noch immer hielt er meine Hände fest und seine Daumen strichen wohl unbewusst über meine Fingerknöchel. „Doch. Aber ich habe auch Angst um dich", gab ich kleinlaut zu und schniefte.

Liam sah mich ein paar Wimpernschläge schweigend an, dann zuckten seine Mundwinkel belustigt.

„Du bist also eine Heulsuse", neckte er mich und zog mich in seine Arme. Es war verrückt. Obwohl er ein Verbrecher war und nun schon mehrfach kurz davor, mich ernsthaft zu verletzen, fühlte ich mich in diesem Moment nicht bedroht und von Furcht war auch nichts mehr zu spüren. Ich fühlte mich einfach beschützt und geborgen, als ich meine Stirn an seine Halsbeuge legte und die letzten Tränen als dunkle Flecken in seinem Pullover versickerten. Ob das dieses Stockholm-Syndrom war? War ich komisch? „Ich bin halt so, ich kann das nicht verhindern", verteidigte ich mich erneut, „wenn du damit nicht klarkommst, hättest du mich nicht entführen sollen."

„Hast du nicht daran gedacht zu fliehen? Wie bist du überhaupt aus dem Zimmer gekommen?", wollte er wissen. Seine Arme lagen einfach still um mich und sein Brustkorb hob und senkte sich gleichmäßig, während er atmete. Am liebsten hätte ich einfach die Augen geschlossen und wäre so eingeschlafen, mit dem Gefühl, dass Liam mich vor allen Albträumen beschützen würde. Oh je, ob es die Verzweiflung war, die mich so rührselig werden ließ?

„Der Schlüssel ist runtergefallen, ich konnte ihn angeln. Und du hast doch gesagt, du hast keine Lust mich durch den Wald zu jagen. Hast du irgendwo einen Verbandskasten?", wechselte ich das Thema, „wir sollten deine Hände behandeln. Wenigstens auswaschen, einschmieren und verbinden. Wenn es in den nächsten Tagen nicht besser wird, solltest du in ein Krankenhaus. Es könnte geprellt oder angebrochen sein. Wenn nicht sogar ganz kaputt."

„Quatsch, das ist nichts, nur ein bisschen aufgeschürft. Ich mache nachher ein Pflaster drauf", wehrte er ab. Mein Verstand sagte mir, dass ich mich langsam von ihm lösen sollte, damit er nichts Falsches von mir dachte. Aber es ging nicht. Ich wollte nicht von ihm ablassen.

„Ach ja? Wie viele Quadratmeter Pflaster hast du denn?", konterte ich und dachte, ich hätte es ihm damit gegeben.

„Genug, um dir damit den Mund zuzukleben", belehrte er mich jedoch eines Besseren und ich schlug ihm dafür noch einmal gegen die Brust. „Sagst du mir jetzt, wo ich einen Verband finde oder muss ich das ganze Haus durchsuchen?"

„Im Bad", murmelte er und nun hatte ich wirklich keine Ausrede mehr, länger in seinen Armen sitzen zu bleiben. Schweren Herzens regte ich mich. Doch gerade, als ich mich hochhievte, hielt er mich am Arm zurück. Mein Herz machte einen Satz und ich sah ihn verwundert an. Er zögerte.

„Schließ die Tür", sagte er dann, „wegen der Mücken."

Ich reagierte nicht sofort.

„Bitte“, fügte er an und erschlich sich so von mir ein Grinsen. Ich tätschelte ihm den Kopf. „Braver Verbrecher“, lobte ich und entfernte mich schnell von ihm, ehe er auf die Idee kommen konnte, mich für mein loses Mundwerk zu bestrafen.

Als ich auf die Terrassentür zuging, sah ich mich noch einmal genauer im Wohnzimmer um. Wie überall waren die Wände und der Boden aus Holz, ein altes, blau gemustertes Ecksofa stand in einiger Entfernung zum Kamin, vor dem ein typischer, roter Perserteppich lag, der seine besten Zeiten schon hinter sich hatte. An einigen Stellen waren schwarze Flecken durch heruntergefallene Kohle. An den Wänden hingen ein paar Regale, auf denen umgeklappte Bilderrahmen oder Bücher standen. Ansonsten gab es nicht viel, abgesehen von einem alten Riesentrümmer von Röhrenfernseher und einem VHS-Player.

Bei der Tür angekommen, warf ich einen Blick in die Freiheit und atmete die frische Waldluft tief ein. Es roch nach nasser Erde, Harz und Tanne. Ein unbefestigter, hügeliger Waldweg führte vom Haus fort in die Unendlichkeit der Bäume. Durch das dichte Blätterdach sah ich, wie der Himmel sich mit dunklen Wolken zuzog und gerade, als ich die Tür schloss, kam ein starker Wind auf, der mit Widerstand gegen die Scheibe drückte, sodass ich einige Kraft aufbringen musste. Auf Wiedersehen, Freiheit, dachte ich bitter.

Anschließend führte mich mein Weg ins Badezimmer, wo ich den Verbandskasten im Spiegelschrank fand. Außerdem befeuchtete ich noch einen Waschlappen. Bewaffnet mit dem weißen Kasten, kehrte ich zurück und stellte fest, dass Liam es inzwischen bis aufs Sofa geschafft hatte. Er hatte das Gesicht abgewendet und blickte aus dem Fenster, während ich mich neben ihn setzte und die Utensilien auspackte. Um die Wunde zu säubern, tupfte ich sie zunächst mit dem Lappen ab und nahm dann die Jodsalbe aus dem Kasten.

„Achtung, das könnte weh tun“, warnte ich ihn und trug die Salbe vorsichtig auf.

Liam zog die Luft scharf ein, „Ahh, verdammt!“, rief er und ich zuckte erschrocken zurück. „Oh Gott, tut mir leid!“

Ein freches Grinsen erschien auf seinen Lippen und in seinen blauen Augen blitzte der Schalk. „War ein Scherz.“

Ich stöhnte und hätte ihn am liebsten wieder geschlagen, drohte ihm in diesem Fall aber nur mit der Faust. „Irgendwann, Freundchen, irgendwann."

„Was ist das denn?", fragte er und legte seine Hand um meine Faust, „welcher Maus willst du denn damit weh tun?"

„Gib nicht an. Kann ja nicht jeder ein Totschläger sein wie du. Ruhe jetzt und gib deine Hand her", bestimmend griff ich nach seinen Händen und Liam konnte sich meiner Herrschaft nur noch geschlagen ergeben. Ich trug das Jod fertig auf und verband seine Hände nach bestem Wissen. Ich war natürlich keine Krankenschwester, doch meinen Bruder musste ich auch schon das ein oder andere Mal verarzten. Als ich fertig war, betrachtete ich stolz mein Werk.

„Jetzt siehst du aus wie ein Boxer", stellte ich fest.

„Rising up, back on the street, did my time, took my chances. Went the distance, now I'm back on my feet, just a man and his will to survive!", sang er das Titellied von Rocky, und ich musste zugeben, dass er eine wirklich gute Stimme hatte.

„It's the eye of the tiger!", stimmte ich mit ein und wir grölten so lange weiter, bis weder er noch ich wussten, wie der Text weiterging. Lachend stand Liam vom Sofa auf. „Ich war gerade dabei, das Abendessen vorzubereiten. Willst du dich dazu setzen?" Da ich dem Braten misstraute, verengte ich meine Augen und sah ihn schweigend an. Wollte er mich wieder irgendwo festketten?

„Ohne Leine", las er meine Gedanken und ein Lächeln schlich sich auf meine Lippen. „Klar", mit diesem Wort erhob auch ich mich und folgte ihm hinüber zur Küche. Ich setzte mich auf einen Stuhl am Tisch.

Just in diesem Moment kam der Gedanke an meinen Bruder zurück in meinen Kopf. Normal war ich diejenige, die am Herd stand und für die Familie sorgte. Wie ging es Florian gerade und wie verkraftete mein Vater das plötzliche Verschwinden seiner Tochter?

20

„Sag mal, Liam“, begann ich zögerlich, als er die Tüten ausräumte. Zum Vorschein kam unter anderem Toilettenpapier, Getränke, Milch, Cornflakes, Salz, Pfeffer und diverse andere Dinge, die man zum Überleben und zum Kochen benötigte, „kann ich vielleicht mal auf mein Handy schauen? Ich würde gerne wissen, wie es meiner Familie geht.“ Liam hielt in seiner Bewegung inne, schüttelte jedoch recht schnell den Kopf, ohne dabei zu mir zu sehen.

„Aber du verstehst, dass ich mir nur Sorgen mache?“, hakte ich noch mal vorsichtig nach.

„Natürlich“, antwortete er, „aber das geht nicht. Die Polizei hat inzwischen sicher deine Nummer und versucht, uns zu orten. Es muss ausgeschaltet bleiben.“ Nach überzeugenden Worten suchend rutschte ich unruhig auf dem Stuhl umher und begann nun selbst, meine Finger zu reiben. „Florian ist wahrscheinlich in einer psychiatrischen Einrichtung. Er hat unheimlich viel Alkohol getrunken und die Ärzte glauben, es sei ein Selbstmordversuch gewesen. Mein Vater ist ganz allein zu Hause und muss sich nebenbei noch um seine Firma kümmern.“ Liam stand immer noch still da und sah auf die Einkäufe herab, während er mir zuhörte. „Als du mich entführt hast, war ich gerade auf dem Weg ins Krankenhaus. Florian hat keine Mutter mehr, einen vollkommen überforderten, alleinerziehenden Vater und muss jetzt denken, dass seine Schwester ihn im Stich lässt. Ich habe eine Verantwortung zu tr...“

„Helena“, unterbrach er mich und richtete eine Stange Lauch auf mich, „ich habe einen Vorschlag. Du hast Zettel und Stift hier, schreib deiner Familie einen Brief. Schreib ihnen, dass alles zu viel für dich wurde und dass du eine Auszeit brauchst. Dass du einen netten Kerl kennengelernt hast, mit dem du ein paar ruhige Tage verbringen willst. Dass du ihm nichts übel nimmst, aber dass sie dir auch nicht böse sein sollen, weil du schon seit Jahren für sie stark bist und so viel Last auf deinen Schultern trägst. Du führst einen Haushalt, du studierst, du bist Schwester, Tochter und Mutter in einer Person, du willst ein Buch schreiben und kümmerst dich um jeden, nur nicht um dich", zählte er auf und das verschlug mir für einen Moment die Sprache. „Stopp, es geht hier nicht um mich! Es geht um Florian!" „Ja, es geht bei dir immer um andere, Helena. Hörst du mir nicht zu?"

„Doch, aber ..."

„Schreibst du jetzt den Brief, oder nicht?", unterbrach er mich abermals. Ich überlegte einen Augenblick lang. Im Grunde war diese Idee gar nicht schlecht. Ich würde somit zwar meinen Vater nach wie vor mit der Situation allein lassen, aber er müsste sich keine Sorgen mehr um mich machen. Dass ich damit auch Liam in die Karten spielte, war mir natürlich bewusst. Wenn ich dem zustimmte, war die Chance, von der Polizei gefunden zu werden, dahin. Zumindest für die nächste Zeit. Das heißt, ich konnte wirklich nur noch auf seine Vernunft setzten. Vertraute ich diesem Mann schon so sehr? Oder würde mich mein naiver Glaube an das Gute in Liam letztlich doch noch unter die nasse, dunkle Walderde bringen?

„Und woher weiß ich dann, wie es Florian geht?", fragte ich, während ich misstrauisch meine Stirn in Falten legte. Ich hatte unheimlich Angst, dass ich mich von seinen faszinierenden, blauen Augen reinlegen ließ, dass er mich am Ende um den Finger wickelte und meine Gutgläubigkeit ausnutzte. Ich hatte gesehen, was er mit dem Zuhälter gemacht hatte. Ich hatte gesehen, was er mit dem Mann in der Gasse gemacht hatte. Warum lief ich nicht schreiend von ihm weg?

„Das werde ich für dich in Erfahrung bringen", versprach er mir und ich nickte zögerlich. Liam schien zufrieden und stellte eine Packung Lasagneplatten auf den Tisch.

„Ich hätte sie ja selbst gemacht, aber dann würde es länger dauern", erklärte er, legte ein Pfund Hackfleisch, Tomatenmark und andere Zutaten für Lasagne dazu, die wohl unser Abendessen werden sollte.

„Kannst du kochen?", fragte ich verblüfft.

„Stell dir vor", antwortete er, „ich mache es sogar sehr gerne."

„Gib mir die Zwiebeln, die kann ich schon mal kleinschneiden", forderte ich ihn auf, doch Liam schüttelte seinen Kopf.

„Lehn dich einfach zurück und lass doch jemand anderes mal etwas für dich machen", sagte er und ich konnte mir ein Lächeln nicht verkneifen.

„Ohh", machte ich.

„Außerdem heulst du so doch schon genug, oder?", machte er seine netten Worte wieder zunichte und warf mir einen vielsagenden Blick zu, den ich giftig erwiderte.

„Du hast bloß Angst, mir ein Messer in die Hand zu geben, oder?"

Schulterzuckend drehte er sich von mir weg und begann die Zutaten vorzubereiten. Auch die Küche war schon etwas älter, bestand aus einer Eichenarbeitsplatte, rustikalen, cremefarbenen Schränken und einem alten Elektroherd, der aus Zeiten stammen musste, wo man Ceranfelder noch nicht kannte. Liam musste alles geputzt haben, denn es gab weder Staub noch Dreck. Mein Entführer entpuppte sich als vorzüglicher Hausmann.

„Warum hast du dir eben weh getan, Liam?", fragte ich nach einiger Zeit vorsichtig und ich sah, wie er abermals in der Bewegung stockte.

„Ich brauchte ein Ventil für meine Wut", erklärte er erstaunlich ruhig und sachlich, „und da ich dir nicht dein hübsches Köpfchen zertrümmern wollte, musste eben die Wand dran glauben."

„Du meinst deine Hände", korrigierte ich ihn und konnte quasi fühlen, wie er seine Augen rollen musste, „du hast echt ein Aggressionsproblem."

„Ich weiß", sagte er und begann, eine Zwiebel zu hacken. Ab und an rieb er sich mit dem Ärmel über die Augen und ich konnte die Gelegenheit, ihn weinen zu sehen, nicht ungenutzt lassen. Also stand ich auf und trat neben ihn an die Küchenzeile, um sein Profil zu mustern. In der Tat waren seine Augen gerötet und immer wieder bildete sich Flüssigkeit in ihnen, die er schniefend abtupfte. „An diesen Ausrastern solltest du arbeiten, wenn du nicht immer wieder im Gefängnis landen willst", riet ich ihm und ging lieber wieder auf Abstand, als es auch in meinen Augen anfing zu brennen. „Warum hast du den Mann in der Gasse getötet? Es sah nicht aus, als hättest du dort die Kontrolle verloren."

„Ich wollte ihn leiden sehen", antwortete Liam kalt und ich sah, wie sich sein Körper anspannte. Vermutlich würde er nun wieder anfangen, die Finger zu knacken, wenn er nicht gerade beschäftigt wäre. Ich fragte mich, wie weit ich gehen konnte, bis der Punkt überschritten war, an welchem er die Beherrschung verlor. Ich sollte ihn nicht wieder überreizen. Genug der Eskalationen für heute. Doch ich wollte auch nicht jedes unangenehme Gespräch deswegen vermeiden. Also trat ich wieder einen Schritt an ihn heran und legte meine Hand vorsichtig zwischen seine Schulterblätter, versuchte ihn mit dieser Berührung ein wenig zu beruhigen. Allerdings schien er sich nur noch mehr zu verkrampfen und meiner Hand ausweichen zu wollen. Dennoch war seine Anspannung nun eine andere – keine explosive mehr, eher eine unsichere. „Er ist nicht tot", sagte er nach einiger Zeit der Stille. „Aber ich habe es doch gesehen, wie du ihn erwürgt hast", erwiderte ich verwirrt und ungläubig.

„Bist du denn tot?", fragte Liam, während er den Kopf leicht schief neigte und ich begann, meinen zu schütteln.

„Wer war er und warum sollte er leiden?", fragte ich vorsichtig.

„Er war ein sehr schlechter Mensch, der es verdient hat", erklärte er ausweichend, „und er wäre tot, wenn du nicht dazwischen gekommen wärst. Als ich mit dir fertig war, war er verschwunden."

Wow, hatte ich also einem schlechten Menschen das Leben gerettet und mit meiner Freiheit dafür bezahlt? Musste ich mich jetzt gut oder schuldig fühlen? „Liam, dafür gibt es Polizei und Gesetze. Du bist weder Richter noch Henker und auch nicht Gott, der über das Leben anderer Menschen entscheidet, ganz egal, was für böse Taten diese Person begangen hat. Ihnen dafür Leid zuzufügen oder sie umzubringen, macht dich nicht besser", versuchte ich ihm zu erklären und irgendwie machte mich seine Selbstjustiz wütend. Die Welt war nicht so einfach. Man konnte sich nicht einfach nehmen und tun, was man wollte. „Und du bist nicht meine Mutter", sagte er das Gleiche, was auch Florian mir bereits vorgeworfen hatte.

„Dann verhaltet euch nicht wie bockige Kinder!", platzte es wütend aus mir hervor und ich sah, wie sich Liams Augenbraue hob.

„Wer ist jetzt ohne Selbstbeherrschung?", fragte er und ich setzte mich zurück an den Tisch, stieß die Luft frustriert aus. „Warum hast du mich denn dann entführt, wenn ich nicht die Zeugin eines Mordes war, die du unschädlich machen musstest?", wollte ich wissen. „Du warst trotzdem Zeugin eines Verbrechens und ich musste verhindern, dass du die Polizei rufst. Selbst wenn ich dich nur niedergeschlagen hätte, hättest du ihnen von meiner Tat erzählt", erklärte Liam sachlich. „Was?", fragte ich irritiert, „wie denn? Ich wusste nicht, dass du das bist, wie hätte ich dich verraten können?" Er stockte wieder. Diese Nachricht schien neu für ihn zu sein. Offenbar hatte er wirklich gedacht, ich hätte ihn in der Gasse erkannt. Nun war ich hier, weil alles auf einem Missverständnis beruhte, und saß jetzt fest, weil Liam sich nun mit meiner Entführung ein weiteres Mal straffällig gemacht hatte.

„Hast du mal über ein Haustier nachgedacht?" Verdutzt über diesen Themenwechsel, drehte er sich mit gekräuselten Augenbrauen zu mir um. Das Fragezeichen in seinen Augen war kaum zu übersehen.

„Du könntest lernen, Mitleid zu empfinden, dich um ein Leben zu sorgen, anstatt es zu nehmen. Außerdem hättest du etwas, für das es sich lohnen würde, auf freiem Fuß zu bleiben, wenn deine Freiheit dir nicht genug ist", erklärte ich meinen Gedankengang und Liams Mundwinkel hoben sich leicht nach oben.

„Ich hab doch dich."

„Ich zieh aber kein Halsband an", sagte ich fingerwedelnd.

„Nicht mal im Bett?", sein Grinsen wurde schmutzig, und noch bevor ich überhaupt erröten konnte, zerriss ein heftiger Donnerschlag den Moment. Draußen prasselten dicke Regentropfen auf das Blätterdach des Waldes und gegen die Fensterscheiben.

21

Draußen hatte es sich verfinstert und es wirkte dämmrig, obwohl es erst früh am Abend war. Der Wind heulte und rüttelte wütend an den Ästen, wirbelte Laub umher und ließ den Regen gegen die Scheiben peitschen. In der Holzhütte war es tatsächlich ziemlich gemütlich, doch es kühlte stark ab und ich trug wieder nur ein grässliche Kleid. Fröstelnd rieb ich mir die Arme, während Liam die fertige Lasagne in den Ofen schob und einen Moment stolz sein Werk betrachtete. „Ist dir kalt?“, fragte er, als er sich zu mir wandte und mich einen Augenblick lang musterte. Ich nickte. „Auf dem Sofa liegen Decken und ich versuche mal, den Kamin anzumachen“, erklärte er und deutete mit dem Kopf Richtung Feuerstelle. Leicht fröstelnd lief ich hinüber, zog die blaue Decke von der Couch, um mich darin einzuwickeln und mich hinzusetzen. Dabei beobachtete ich Liam, wie er Feuerholz im Ofen stapelte und schließlich entzündete. „Ich haben Feuer gemacht!“, sagte er mit primitiv verstellter Stimme und blödem Grinsen im Gesicht. „Ab jetzt nenne ich dich Liam, Herr der Flammen!“, gab ich zurück und bemerkte, wie hinter ihm dicke Rauchschwaden aus dem Ofen drangen, „soll das so qualmen?“, fragte ich also, während ich meine Augenbrauen krauszog. Liam drehte sich irritiert um.

„Oh fuck!“, fluchte er, als er geistesgegenwärtig eine metallene Kehrschaufel nahm und die bereits brennenden Holzscheite darauf schob. „Mach die Tür auf!“, wies er mich an. Ich sprang auf und öffnete ihm die Terassentür, damit er die Stücke nach draußen in den Regen werfen konnte.

„Sicher ist der Schornstein verstopft“, sagte er und ging nun durch den Flur in Richtung des Vordereingangs der Hütte, „ich brauche eine Leiter. In der Garage müsste eine stehen.“ Überfordert lief ich ihm hinterher. „Du willst doch bei dem Gewitter jetzt nicht aufs Dach!“, empörte ich mich und versuchte, ihn am Handgelenk festzuhalten, doch davon ließ er sich nicht abhalten. Mit Leichtigkeit schüttelte er mich ab und ging zielstrebig weiter.

„Liam!“, mahnte ich ihn, „wir lassen das Feuer einfach aus und kümmern uns morgen darum, wenn das Unwetter vorbei ist. Die Decken reichen doch auch aus.“

Mich ignorierend bog er um die Ecke und betrat durch eine Metalltür die angrenzende Garage, in der ein schwarzer, älterer SUV stand. An der Rückseite war eine hölzerne Werkbank eingebaut, über der unzählige Werkzeuge hingen. An einer anderen Wand befanden sich alte Reifen und ein aufgewickelter Schlauch, welcher zu einem Kompressor am Boden gehörte.

Liam hatte sich die Leiter geschnappt und trug sie nun durch das Haus zur Terrasse. Dabei versuchte er, an so wenig Wänden und Türzargen anzuecken wie möglich.

„Du wartest hier drin!“, befahl er mir mit einem Tonfall, der keine Widerrede zuließ und schloss hinter sich die Glastür. Er trat hinaus in den Regen und verschwand um die Hausecke und somit aus meinem Blickfeld. Aufgeregt begann ich hin und her zu laufen und lauschte, ob ich Geräusche vom Dach hören konnte. Doch der prasselnde Regen und die heulenden Sturmböen übertönten einfach alles. Immer wieder zuckten grelle Blitze über den Himmel, auf deren Donner ich keine Sekunde warten musste. Das Unwetter schien direkt über uns zu sein. Der perfekte Moment für Liam, um auf das Dach zu klettern. Typisch Mann. Ich vernahm ein Scharren im Kamin, und als ich hinsah, konnte ich etwas Ruß, kleine Äste und Laub hinabrieseln sehen. Offenbar hatte Liam es zumindest bis zum Schornstein geschafft. Die Hände wie zum Gebet gefaltet lauschte ich eine Weile angespannt. Der Sturm tobte nun und wehte nicht mehr nur den Regen, sondern auch Teile von Bäumen umher, als hätte das Gewitter seinen Höhepunkt erreicht. Ich trat wieder an die Scheibe heran und konnte nicht anders als vor Schreck laut aufzuschreien, als nicht weit von der Hütte ein Blitz in einen Baum einschlug und ein ohrenbetäubender Knall zu hören war. Doch das war nicht alles, sondern es war auch ein Poltern und Krachen vom Dach zu hören. „Oh Gott, Liam!“, sprach ich panisch zu mir selbst und schlug die Hände vor meinen Mund. War er vom Dach gefallen? Hatte er sich etwas getan? Ich lief erneut zum Kamin, um zu lauschen, doch von oben kam kein Geräusch mehr. Ich musste raus und nach ihm sehen.

Was, wenn er verletzt war? Also entschied ich mich, seine drohenden Worte zu ignorieren und hinauszugehen.

„Aah!“, stieß ich vor Schreck aus.

„Aus dem Weg!“, rief Liam, der vor mir die Tür aufriss und mich beinahe umwarf. Eilig trat ich beiseite, schloss die Tür direkt hinter ihm wieder und drehte mich sofort zu ihm um. Ich sah an ihm herab, ob ich offensichtliche Verletzungen feststellen konnte, doch anscheinend war ihm nichts passiert. Er war nur vollkommen durchnässt, die Kleidung klebte an seinem Körper und einige nasse Strähnen hingen ihm in die Stirn. Vereinzelte Tropfen glitzerten überall auf seiner Haut.

„Ist mir kalt“, sagte er und begann sich seiner triefenden Kleidung zu entledigen. Zuerst warf er den schwarzen Pulli mitsamt des Shirts auf den Boden. Dann öffnete er seinen Gürtel und strich mit Mühe die nasse Jeans von seinen Beinen. Als er dann die Finger an seine Shorts legte, japste ich nach Luft. Hatte er etwa vergessen, dass ich hier stand? „Liam!“, quiekte ich und streckte den Arm aus, sodass meine flache Hand die wichtigen Stellen in meinem Sichtfeld bedecken würde.

„Was?“, fragte er, hielt dabei aber Gott sei Dank inne. „Hast du noch nie einen nackten Mann gesehen?“, zog er mich auf und es dauerte einen Augenblick, bis ich mich so weit gefangen hatte, um etwas zu erwidern.

„Doch, klar. Also nein, noch nicht so! Ich hab einen kleinen Bruder, aber der sieht nicht so ... so ... so ...“

„Männlich aus?“, schlug er vor und schmunzelte dabei sogar ein bisschen.

„Ja, er sieht nicht so männlich aus. Genau!“, stimmte ich ihm zu und ließ vorsichtig meine Hand sinken. Ich traute mich nun, seinen Körper genauer unter die Lupe zu nehmen. Abgesehen von der Waffe bei seiner Leiste und einem Tribal auf der anderen Seite, schlängelte sich dunkler Stacheldraht seinen Arm hinauf und endete wohl irgendwo in seinem Nacken. An der Innenseite seines linken Unterarmes war ein verziertes Kreuz zu erkennen, das darauf schließen ließ, dass er entweder tatsächlich religiös war oder das Motiv einfach gut fand. Ich tippte eher auf Erstes, denn unter seinem Schlüsselbein war der Schriftzug „Vergib uns unsere Schuld“ tätowiert, was wohl ein Auszug aus dem Vaterunser war. Außerdem trug er eine filigrane, silberne Halskette mit einem kleinen, schlichten Kreuz als Anhänger.

Das leichte Grinsen war noch nicht von seinen Lippen verschwunden, als er von seinen Shorts abließ und langsam ein paar Schritte auf mich zumachte. Synchron wich ich zurück, bis ich gegen die Terrassenfenster stieß, deren kalte Oberfläche kaum die aufsteigende Hitze in meinem Körper bekämpfen konnte. Was hatte er denn jetzt vor? Er wollte mich doch sicher wieder ärgern und verunsichern, wie er es so gerne tat, befürchtete ich. Das hatte er im Gefängnis sogar zugegeben. Die Härchen in meinem Nacken stellten sich auf und die Gänsehaut breitete sich überall aus.

„Mache ich dich nervös?", fragte er, während sich seine Augenbraue ein wenig anhob und der Kopf schief neigte. Er streckte einen Arm nach mir aus und platzierte seine Hand neben mir, sodass ich zwischen ihm und dem Glas gefangen war, „gefällt dir, was du siehst?"

„Ist ganz O. K.", antwortete ich so selbstsicher, wie ich konnte, doch meine glühenden Wangen konnten diese Lüge wohl kaum verbergen. Liam wusste ganz genau, was für eine Ausstrahlung er hatte. Das Blut wurde durch meine Adern gejagt und meine Beine fühlten sich abermals an wie Pudding, während mein ganzer Körper zu kribbeln begann. In diesem Moment war ich einfach dankbar für den lauten Regen, der verhinderte, dass er meinen heftigen Herzschlag hören konnte. Als er sich dann auch noch langsam so weit zu mir herablehnte, dass ich schon seinen warmen Atem auf meinen Lippen spüren konnte, blieb mein Herz für einen Moment gänzlich stehen.

22

Mit offenem Mund starrte ich ihn an. Er war so nah, dass ich die Wärme auf meiner Haut spüren konnte, die sein nasser Körper ausstrahlte. Reflexartig hielt ich die Luft an, wagte nicht zu blinzeln oder mich in irgendeiner Weise zu rühren. Noch immer lag dieses anzügliche Lächeln auf seinen Lippen und seine Augen funkelten verführerisch. Mein Herz hämmerte wie wild gegen meine Brust. Küss mich endlich, schoss es durch meinen Kopf und ich wusste nicht, was in mich gefahren war, dass ich so etwas dachte. Es war falsch, verdammt. Er war mein Entführer und kein Traumtyp aus einem der vielen Bücher, die ich bisher verschlungen hatte. Er war Liam Winterfeld, verurteilter Gewaltverbrecher und ich musste es noch mal betonen: mein Entführer! Und trotzdem zog er mich an, wie der Eisberg die Titanic. Ich konnte nur hoffen, dass ich nicht daran zerbrach und unterging. Liams Grinsen verschwand langsam, seine durchdringenden Augen wurden sanfter und sein Blick wanderte nun über mein Gesicht, bis hinab zu meinen Lippen. Warum tat er es nicht endlich? Ich sah, wie er zögerte, wie er mit sich selbst rang. Die Hand neben meinem Kopf ballte sich verzweifelt zur Faust. Verflucht! Sollte ich selbst diesen Schritt wagen? Was ging durch seinen Kopf? Wo war seine Selbstsicherheit hin?

„Ich glaube, die Lasagne verbrennt", sagte er und zog sich eilig von mir zurück. Fluchtartig lief er zum Ofen und zog ihn auf, während ich noch völlig perplex, überfordert und irgendwie auch enttäuscht stehen blieb. Er wedelte den weißen Wasserdampf beiseite und wie so häufig, schien er so tun zu wollen, als sei nichts gewesen. „Geht noch, ist noch kein Kohlebrikett", kommentierte er, während ich am liebsten in Tränen ausgebrochen wäre oder irgendetwas nach ihm geworfen hätte. Ich war wütend, weil ich kein Spielball sein wollte. Ich war wütend auf mich selbst, weil ich mich so leicht um den Finger wickeln ließ. Helena, verrenn dich nicht in einer Sackgasse! Sollte ich jetzt auch so tun, als wär nichts gewesen? Alles mit Scherz und Humor überspielen, wie ich es mein ganzes Leben schon tat? Oder sollte ich ihm zeigen, dass er nicht so mit mir umgehen konnte?

„Deck den Tisch, ich mache noch mal das Feuer an", befahl er mir in seiner gewohnt liebevollen Art, wofür ich in diesem Moment sogar dankbar war, denn endlich rührte sich mein Körper. „Versuch aber bitte nicht, wieder Räucherwurst aus uns zu machen", mahnte ich ihn, ehe ich mich in Bewegung setzte und die Küchenschränke nach Geschirr durchsuchte. Was ich fand, waren alte, weiße Teller, deren gewellter Rand mit blauen Herzchen gesäumt war. „Ach du Schande", sagte ich, als ich diese weitere Kitschsünde in den Händen hielt und mit ihr den Tisch deckte. Besteck entdeckte ich in einer der Schubladen und sogar mit einem Untersetzer konnte ich dienen. Liam hatte es inzwischen tatsächlich geschafft, qualmfreies Feuer zu machen und seinem neuerrungenen Titel als Herr der Flammen gerecht zu werden. Noch immer nur mit nassen Shorts bekleidet, kehrte er zum Küchenbereich zurück. Ich fragte mich, ob er das nun wieder extra machte.

„Willst du dir nicht mal was überziehen? Es wird dauern, bis der Kamin den Raum erwärmt hat", fragte ich zögerlich. Wie sollte ich mich denn aufs Essen konzentrieren, wenn er halbnackt vor mir saß? „Ja, die nasse Hose sollte ich vielleicht mal los werden", pflichtete er mir bei. Gerade wollte ich mit einem Küchentuch nach der Lasagne im Ofen greifen, als ich seine Präsenz dicht hinter mir spürte und er mich mit sanfter Gewalt beiseiteschob.

„Ich mache das, du verbrennst dich noch", sagte er und nahm mir das Geschirrtuch ab. Sollte ich das jetzt süß finden, oder beleidigend, weil er mich für so ungeschickt hielt?

Liam stellte den Auflauf auf dem Tisch ab und ging dann Richtung Flur. So konnte ich einen Blick auf seinen Rücken werfen, der ebenfalls mit Tätowierungen bedeckt war. Auf die Entfernung konnte ich jedoch lediglich eine verzierte Sense erkennen, die von seinem Steiß bis zu seinen Schultern reichte. Dann war er im Zimmer gegenüber meiner Kammer verschwunden.

„Von Wäschekorb hast du auch noch nichts gehört, oder?", rief ich ihm nach. Ich hob seine nasse Kleidung vom Boden und wrang sie über der Spüle aus. Anschließend hing ich sie über zwei Stühle, die ich vor den Kamin zog. „Sei still, sonst komm ich nackt wieder!", hörte ich seine Antwort aus dem Nebenzimmer. Unwillkürlich musste ich grinsen, während ich den Kopf schüttelte. Kurz darauf kam Liam wieder zurück.

„Ernsthaft? Andere Shorts und ein Tanktop?", fragte ich empört, als er so leicht bekleidet am Tisch platz nahm.

„Das ist mein Schlafanzug, außerdem bin ich nicht so eine Frostbeule wie du", entgegnete er schulterzuckend und deutete auf den Stuhl ihm gegenüber.

„Setz dich", forderte er mich freundlich auf und ich leistete seiner Anweisung augenrollend Folge. Liam lehnte sich etwas zur Seite, zog eine halb abgebrannte Kerze zwischen uns, die seit Jahren auf dem Tisch stehen musste, und entzündete sie mit einem Feuerzeug. „Da wir keine schicke Abendgarderobe tragen können, mache ich uns wenigstens etwas romantischen Kerzenschein", erklärte er und ich nickte verstehend. „Candlelight-Lasagne also?"

„Ist doch unser erstes Date außerhalb des Gefängnisses, oder?"

„Weiß nicht, jetzt bin ich doch die Gefangene, oder? Ist also noch genauso wie vorher, bloß umgekehrt", erwiderte ich und konnte es nicht lassen, ihm diesen Seitenhieb zu verpassen. Liam sagte nichts, sondern befüllte schweigend unsere Teller mit der dampfenden Lasagne. Es roch unglaublich gut nach Tomate, geschmolzenem Käse, Kräutern und den Röstaromen des Hackfleisches. Mir lief das Wasser im Mund zusammen, als ich sah, wie sich die Fäden des Goudas zwischen dem Auflauf und dem Pfannenwender spannten, mit dem er die Portionen aus der Glasform nahm. „Hast du Crème fraîche oder Béchamelsoße genommen?", fragte ich und pikste mit der Gabel in meinem Stück herum, damit die Hitze schneller entfliehen konnte.

„Crème fraîche, ich mag die Säure, die sie einbringt", antwortete er. „Lecker, lecker", sagte ich und rieb mir vorfreudig die Hände, „guten Appetit!"

Wir begannen zu essen und genossen eine Weile lang schweigend unser Abendmahl. Apropos Abendmahl. „Sag mal, Liam", begann ich und er sah mich über seine angehobene Gabel hinweg unsicher und abwartend an. Hatte er etwa Angst vor meinen Fragen? „Bist du gläubig? Oder warum hast du ein Kreuz tätowiert und eins um deinen Hals?"

„Ja, bin ich. Manche Lebenssituationen kannst du nicht überstehen, ohne an etwas zu glauben", klärte er mich auf und ich nickte verstehend.

„Was für Situationen meinst du?", fragte ich dennoch.

„Wenn man Hilfe braucht, sie aber nicht bekommt. Glaubst du denn?", stellte er die Gegenfrage und verhinderte so, dass ich weiter herumbohren konnte.

„Ich weiß nicht", antwortete ich ehrlich und zuckte mit den Schultern, „ich habe mich irgendwie nie wirklich damit auseinandergesetzt. Ich bin zwar getauft und konfirmiert, aber glaube ich? Wäre ja schon ein deprimierender Gedanke, wenn nach dem Tod einfach Ende wäre. Sicher gibt es Gott, aber er wird mir bestimmt nicht übel nehmen, wenn ich nicht regelmäßig zu ihm bete oder in die Kirche gehe. Wenn du glaubst, denkst du nicht, dass du mal in die Hölle kommst?"

„Ich habe doch nichts anderes verdient", hauchte er und blickte dabei mit einem bitteren Lächeln hinab auf seinen Teller. Er sagte diese Worte mit so einer verletzlichen Ehrlichkeit, dass es mir die Brust zuschnürte und mein ganzer Bauch sich schmerzhaft verkrampfte.

„Hast du keine Angst?", fragte ich leise.

„Vor dem Tod? Doch."

„Warum handelst du dann in deinem Leben nicht anders? Warum tust du diese schrecklichen Dinge?"

„Weil ich nicht anders kann", offenbarte er mir, sprach jedoch mit einem traurigen Lächeln weiter. „Vielleicht habe ich einfach noch Hoffnung, dass mir meine Taten am Ende doch vergeben werden."

Ich erwiderte darauf nichts mehr, denn ich musste erst mal mit seinem trostlosen Selbstbild fertig werden. Schweigend aßen wir auf und räumten gemeinsam den Tisch ab. Keiner von uns wusste etwas zu sagen und hing den eigenen, trübseligen Gedanken nach. Obwohl sich das Gewitter inzwischen verzogen hatte, wirkte es, als würde weiterhin eine dunkle Wolke über uns schweben. Ich für meinen Teil konnte diese Stimmung nicht mehr länger ertragen und dachte fieberhaft nach, wie ich sie wieder auflockern könnte. Ich war schuld daran, dass unser Candle-Light-Dinner nun eher einem Leichenschmaus geähnelt hatte.

„Verdammt", fluchte Liam, der gerade die Reste in den Müll werfen wollte.

„Was?", fragte ich verwundert.

„Kein Müllbeutel drin. In der Garage müssten noch welche sein“, schnaufte er und wollte gerade losgehen, als ich eine Hand anhob, um ihn aufzuhalten.

„Warte. Ich gehe. In deinem Hemdchen bist du erfroren, bevor du überhaupt ankommst.“ Es war Zeit, mich durchzusetzen und ihn nicht alle Arbeit allein machen zu lassen. Also stapfte ich bereits entschlossen Richtung Flur, damit er gar nicht erst auf die Idee kam, mit mir zu diskutieren.

„Sprach die Frau im Sommerkleid“, hörte ich ihn noch hinter mir murmeln, was ich gekonnt ignorierte. Ich passierte den Flur, in dem sich rechts und links jeweils zwei Türen befanden. Das Bad und meine Kammer kannte ich ja bereits, das andere musste Liams Schlafzimmer sein und die letzte Tür konnte ich nicht zuordnen. Ich bog vor der Eingangstür nach links ab, ging an der leeren Garderobe vorbei und durch die Metalltür in die Garage. Verflucht, hier war es wirklich kalt! Ich legte den Lichtschalter um, woraufhin spärliches Licht den Raum eher mäßig beleuchte.

„Bei den vollen Müllsäcken im Regal!“, hörte ich Liams gedämpfte Stimme aus dem Haus rufen, woraufhin ich auf die fünf grauen Säcke zusteuerte, die hinter dem Wagen unter der Werkbank gelagert waren. Auf dieser befand sich ein kleines Stahlregal, in dem diverse Haushaltssachen waren. Ich wühlte kurz darin herum und fand schließlich die leeren Müllbeutel.

„Shit“, zischte ich, als sie mir aus Versehen aus den Händen rutschten. Zu allem Überfluss rollten sie sich am Boden auf und kullerten zwischen die Säcke unter der Arbeitsplatte. Entnervt stöhnend ging ich auf die Knie, um zwischen dem Müll nach der verloren gegangenen Rolle zu suchen. „Kann doch nicht sein, dass das blöde Ding bis nach China gerollt ist“, schimpfte ich, während ich weiter kroch. Mit einer Hand tastete ich mich im Halbdunkeln voran, als meine Finger plötzlich etwas Kantiges ertasteten, das sich nach hohlem Plastik anfühlte. Verwirrt zog ich es hervor und erblickte eine alte, schwarze VHS-Kassette, die mit einem vergilbten, teilweise abblätternden Etikett beklebt war.

„Liam und Anna“, las ich laut vor.

23

„Wer ist Anna?“, fragte ich mich, während ich die Kassette in meinen Händen drehte. Vielleicht hatte man sie im Müll entsorgen wollen und sie war nun aus einem der Säcke gerutscht. Oder Liam hatte sie vor mir verstecken wollen, damit ich mir nicht die Turteleien zwischen ihm und seiner Ex anschaute? Oder dem privaten Sextape, das sie vielleicht gedreht hatten?! Bei der Vorstellung beider Sachen keimte eine unerklärliche Wut in mir auf. Ich wollte zurückgehen, ihm das Video vor die Füße werfen und ihn zur Rede stellen. Was für ein Blödsinn. Ich war weder seine Freundin noch standen wir in irgendeinem romantischen Verhältnis zueinander. Ich konnte doch nicht einen auf eifersüchtige Ehefrau machen, nur weil ich mir einen Fast-Kuss einbildete.

Dennoch wollte ich jetzt wissen, was es mit dieser Kassette auf sich hatte. Eilig und zornig suchte ich nach der Rolle Müllbeutel und fand sie schließlich eine Armlänge von mir entfernt. Ich stand von dem kalten, dreckigen Boden auf und stapfte zurück ins Haus, wo Liam bereits die Küche in Ordnung gebracht hatte und gerade dabei war, den Tisch abzuwischen.

„Ich dachte schon, du hättest dich doch noch für die Flucht entschieden“, sagte er und anhand seines angespannten Gesichtsausdrucks konnte ich erkennen, dass er nicht glücklich darüber war, wie lange ich für die paar Müllbeutel gebraucht hatte.

Ohne auf seinen Kommentar einzugehen, legte ich die Videokassette auf den Tisch und sah ihn auffordernd an.

„Ist Anna deine Ex?“, fragte ich gerade heraus und kam mir im selben Moment dumm vor, mich so aufzuführen. Ich wollte nicht zickig sein. Ich wollte nicht eifersüchtig sein. Ich hatte überhaupt kein Recht dazu. Und trotzdem war ich es.

Liams Gesicht versteinerte und verlor schlagartig alle Farbe, sodass er einer Kalkwand Konkurrenz machte. Er schluckte.

„Woher hast du das?“, fragte er harsch und ohne auf meine Frage einzugehen.

„Es lag bei dem Müll in der Garage“, verteidigte ich mich, „das musst du doch wissen. Du hast es doch weggeworfen, oder? Wolltest du es vor mir verstecken?“, fuhr ich ihn an und als ich hörte, wie er mit der freien Hand die Finger knacken ließ, verstummte ich augenblicklich. Ich hatte bereits gelernt, dass das kein gutes Zeichen war und eiskalte Angst breitete sich in meiner Brust aus. Liam starrte das Fundstück einige Sekunden einfach nur an, ehe er sie mit einer wütenden Bewegung vom Tisch fegte, sodass sie klappernd über den Boden rutschte und erst bei der nächsten Wand zum Liegen kam. Erschrocken zuckte ich zusammen.

Als Liam um den Tisch herumging, wich ich intuitiv ein paar Schritte zurück, dennoch bekam er mich schmerzhaft an den Oberarmen zu fassen und drückte mich nach hinten, sodass ich mit dem Rücken gegen den Kühlschrank stieß. Hinter mir schepperte es, als das alte Kühlgerät kurz wankte. Obwohl es sich anfühlte, als würde er mir die Arme brechen, versteinerte ich und konnte nichts weiter tun, als ihn mit weit aufgerissenen Augen anzustarren. Daraufhin schlossen sich seine tödlichen Hände um meinen Kopf, als wolle er ihn jeden Moment nach hinten donnern oder mir das Genick brechen. Sein Gesicht war so kalt, so hart, von Wut und Hass gezeichnet, dass ich ihn überhaupt nicht wiedererkannte. Als trüge er eine Maske. Diesmal war es anders, als bei seinen Kontrollverlusten zuvor. Es war nicht, weil ich ihn gereizt hatte, ich war mir sogar sicher, dass dieser Zorn sich nicht gegen mich richtete, sondern gegen eine andere Person. Eine Person, die gerade gar nicht hier war. Und dies schaltete jeden klaren Gedanken in ihm ab. Er war nicht nur kurz davor, mich zu verletzen, er tat es bereits. Sein Kiefer mahlte und ich spürte, dass seine Muskeln zum Bersten gespannt waren. Er war nicht hier. Er war nicht er. Er würde mich töten! Seine Hände drückten immer fester, wie ein Schraubstock um meinen Schädel. Ein dumpfer Schmerz breitete sich in mir aus, der mich fast betäubte. Ich wagte es nicht, mich zu wehren. „Liam“, hauchte ich mit zitternder, gebrochener Stimme. Er blinzelte, als würde er langsam aus einem Traum erwachen und dann, ohne irgendeine Vorwarnung, zog er mich plötzlich in seine Arme. Seine bisher leidbringenden Hände streichelten vorsichtig durch meine Haare und ich spürte, wie er seinen Kopf auf meinen legte. „Es tut mir leid“, flüsterte er, als wir zusammen auf den Boden sackten. Immer wieder wiederholte er diese Worte ganz leise. So, als würde er sich selbst verzeihen können, wenn er es nur oft genug sagte. Erleichterung durchströmte meinen Körper, der wie Espenlaub zu zittern begann. So viele Eskalationen an einem Tag vertrug ich einfach nicht. Vorsichtig hob ich meine Arme und legte sie um ihn, versuchte ihm irgendwie Halt und Trost zu spenden. „Was ist bloß mit dir passiert? Was hat dich so traumatisiert?“, fragte ich verzweifelt. Ich löste mich ein wenig von ihm und griff nach seiner Hand, um sie vorsichtig zu meinem Gesicht zu führen und meine Wange in sie zu schmiegen. Der Verband kratzte rau über meine Haut. Irgendwie wollte ich ihm zeigen, dass seine Hände keine Mordwaffen waren. Dass sie sanft und beschützend sein konnten. „Es ist alles okay, Liam, du hast mir ja nichts getan!“, log ich, meine schmerzenden Oberarme und Schläfen ignorierend. „Aber ich hätte beinah“, erwiderte er und er suchte flehend meinen Blick, „bitte sag mir, dass du mir vergibst.“

„Ich vergebe dir“, versicherte ich ihm und schloss für einen Moment die Augen. Ich verrückte, dusselige Kuh. Ich musste lebensmüde sein. Mein Verhalten widersprach jeder Logik oder Vernunft. Dreimal hätte er mir allein heute fast etwas Schreckliches angetan. Wer weiß, ob es morgen noch bei einem „fast“ bleiben würde? Er war einfach unberechenbar. Ein explosives Fass mit zu kurzer Lunte. Ich kannte ihn ja kaum . Was bildete ich mir überhaupt ein?

„Das Video liegt schon viele Jahre zurück und es ist etwas, das ich am liebsten für immer aus meiner Erinnerung streichen würde. Ich kann dir nicht sagen, was darauf zu sehen ist, denn weder will ich diese Bilder zurück in mein Gedächtnis rufen, noch deines mit ihnen belasten. Aber was ich dir sagen kann, ist, dass meine Kindheit alles andere als einfach und schön war. Mein Vater war kaum zu Hause, belog und betrog meine Mutter in so vielen Dingen. Er erzog mich in dem Gedanken, dass diese Welt keinen Platz für Schwächlinge hat. Er war alles andere als ein guter Mann. Meine Mutter ertränkte ihren Frust in Luxus und viel Alkohol. Weil sie nicht wusste, wohin mit all ihrer Wut und Unzufriedenheit, war ich häufig Opfer ihrer Ausbrüche.“ Er schob mit der freien Hand seine Haare zurück, sodass ich eine feine Narbe an seiner Stirn erkennen konnte. Nur allzu gut konnte ich nachempfinden, was er durchgemacht hatte. „Das war allerdings nur ein kleiner Ausschnitt von dem, was mich zu dem gemacht hat, der ich heute bin. Helena, ich will nichts gut reden. Nichts in der Welt kann meine Taten rechtfertigen oder entschuldigen. Sie sind unverzeihlich."

Liam seufzte tief und schloss für einen Moment seine Augen. Es musste ihm unheimlich schwerfallen, über diese Dinge zu reden und ich war ihm dankbar, dass er sich so öffnete.

„Schon gut", sagte ich und zog ihn an den Händen vom Boden herauf, „danke, dass du mir das alles erzählt hast. Ich weiß nicht, was noch alles passiert ist, aber ich werde dir zuhören, wenn du bereit bist, mit mir zu reden."

„Du weißt, ich habe mich nicht immer unter Kontrolle. Ich will dir nichts tun, das musst du mir glauben, aber es gibt Situationen, da weiß ich nicht, was ich tue. Ich bete zu Gott, dass das nie wieder vorkommt und ich schwöre dir, dass ich nie wieder meine Hand gegen dich erheben will. Aber wenn du noch einmal das Gefühl hast, dass ich nicht mehr ich selbst bin, lauf bitte weg", er sah mich an und plötzlich zuckten seine Mundwinkel, „komm dann aber wieder."

Ich lachte.

„Du willst mich wohl nicht gehen lassen", stellte ich fest und sein Schmunzeln war Antwort genug.

„Hol dir was zum Schreiben und mach dich bettfertig", fand Liam seinen Befehlston wieder und ich war dankbar, dass er wieder er selbst war. Selbst wenn das hieß, dass er mich herumscheuchte wie ein Feldwebel, „wir schlafen heute Nacht im Wohnzimmer vor dem Kamin."

... Wir?

24

Nachdem ich mir die Zähne geputzt, die Haare gekämmt und mir ein langes T-Shirt als Nachthemd angezogen hatte, kehrte ich bewaffnet mit einem Blatt und meinem Lieblingskuli in das Wohnzimmer zurück. Liam hatte bereits die Couch ausgezogen, sodass eine große Liegefläche vor dem Kamin entstanden war und hatte diese mit zwei Wolldecken und Kissen ausgestattet. Das Ganze sah unheimlich gemütlich aus, vor allem mit dem knisternden Feuer im Hintergrund. Dieses spendete nicht nur Wärme, sondern tauchte auch den ganzen Raum in ein rötliches, sanftes Licht. Die langen Schatten tanzten geheimnisvoll im Zimmer umher und draußen hörte ich immer noch das leise Plätschern des anhaltenden Regens. Die Stühle mit seiner trocknenden Kleidung hatte er etwas beiseite geschoben, sodass sie nicht direkt vor dem Feuer standen.

Liam selbst saß bereits auf dem Sofa und klopfte auffordernd mit der flachen Hand neben sich. Mit den Shorts, dem Muskelshirt und der nach wie vor verbundenen Hand sah er noch viel mehr aus wie ein Boxer. Ich zog mein „Nachthemd" noch etwas nach unten, da es mir gerade mal bis knapp unter den Po reichte, und ging zögerlich auf ihn zu. Seine Augen funkelten im Schein des Feuers und ich sah, wie sein Blick an meinem Körper entlangglitt und er mich eingehend betrachtete. Auf der einen Seite zierte ich mich und fühlte mich unwohl, auf der anderen Seite schmeichelte mir sein Interesse aber auch.

Liam pfiff durch seine Zähne, als würde er auf der Straße einem Mädchen hinterherschauen und ich streckte ihm naserümpfend die Zunge raus.

„Ach, halt doch den Mund", kommentierte ich. Aus einem der Regale nahm ich mir noch ein Buch, das sich als große Enzyklopädie der Vogelkunde entpuppte, als Schreibunterlage und setzte mich dann neben meinen Entführer. Sogleich zog ich mir eine der Decken über den Schoß, um meine blanken Beine zu bedecken. Anschließend legte ich mir das Buch und das Blatt zurecht, damit ich den Brief an meine Familie schreiben konnte.

„Schreib: Herzallerliebster Bruder“, begann Liam mir zu diktieren, „ich habe den Mann meiner Träume kennengelernt und bin mit ihm durchgebrannt. Bitte sei mir nicht böse, deine Helena.“

Ich rollte mit den Augen, musste aber trotzdem über seine Worte grinsen. „Das halte ich für etwas unrealistisch“, sagte ich, „da steht die Polizei schneller auf der Matte, als dir lieb ist. Lass mich lieber schreiben.“

Ich setzte den Kugelschreiber an und unter Liams prüfenden Blicken begann ich zu schreiben:

Lieber Papa,

Lieber Flo,

es tut mir leid, dass ihr euch so Sorgen machen müsst. Ich hätte viel früher mit euch reden sollen. Das Studium und die Situation zu Hause, einfach alles, ist mir über den Kopf gewachsen. Ich brauche einfach etwas Zeit, um Kraft zu tanken und alles zu verarbeiten, damit ich dann wieder mit voller Kraft für euch da sein kann. Macht euch keine Gedanken, ich bin nicht allein. Ich habe vor einiger Zeit einen jungen Mann kennengelernt, der sich um mich kümmert, mich versteht und mir auf die Beine hilft.

Flo, ich möchte, dass du weißt, dass ich dir nicht böse bin und ich hoffe, du bist es auch nicht auf mich, weil ich in so einer schweren Lebenslage nicht bei dir bin. Es ist wichtig, dass du dich jetzt auf dich konzentrierst und dir helfen lässt. Das ist keine Schande und keine Schwäche und ich liebe dich, egal, was du tust oder sagst. Wenn ich zurück bin, lass uns unseren Streit einfach vergessen.

Papa, verzeih mir, dass ich dich mit all den Problemen und der Arbeit allein zurücklasse. Du musst dir entsetzliche Gedanken machen und das tut mir unendlich leid! Aber ich versichere dir – ich bin nicht wie Mutter, ich komme zurück, als die fröhliche und starke Helena, die ich immer war. Gib mir nur ein paar Tage oder Wochen Zeit, mich zu besinnen. Die Zeit kann ich außerdem nutzen, um endlich mein Buch zu schreiben. Auch das hilft mir, auf andere Gedanken zu kommen. Ich hab euch lieb. Haltet die Ohren steif und stellt nichts an, während ich weg bin.

Eure Helena

„Perfekt“, lobte mich Liam, als ich fertig war und ihn abwartend ansah, ob es zu seiner Zufriedenheit war. „Prima“, sagte ich, faltete das Blatt und wollte es ihm reichen, sodass er ihn nur noch in einen Umschlag stecken und wegbringen musste, doch Liam schüttelte den Kopf und deutete auf den Couchtisch. „Leg ihn einfach da hin, ich kümmer mich später darum“, wies er mich an und ich legte das gefaltete Blatt Papier, so wie mir geheißen wurde, ab.

Nun war es besiegelt. Ich hatte keine Hoffnung mehr, dass die Polizei nach mir suchen und mich finden würde. Zumindest nicht in der nächsten Zeit. „Leg dich hin“, befahl Liam. Dieser Ton missfiel mir zwar noch immer, doch langmachen war gar keine schlechte Idee. Ich rollte mich wie ein Burrito in die kuschelige Decke ein und bettete meine Wange auf das weiche Kopfkissen, während mein Blick zu dem knisternden Feuer wanderte.

Liam legte sich in einem erstaunlich höflichen Abstand zu mir hin. Er zog die andere Decke halb über sich, ehe er die Arme hinter dem Kopf verschränkte und die Augen schloss. Ich nutzte den Moment, um ihn noch einmal eingehend zu betrachten. Sein Gesicht wirkte einfach unheimlich friedlich, als es so entspannt war. Ich musste zugeben, dass er mir gefiel, wenn er mich nicht gerade herumkommandierte, stichelte oder kurz vorm Ausrasten war. Beim genaueren Hinsehen stellte ich fest, dass die Narben auf seiner Stirn und die an seinen Händen nicht die einzigen waren. Ich fand noch eine feine, weiße Linie an seiner Oberlippe und eine an seinem rechten Wangenknochen. Die Schatten warfen harte Kontraste auf seine Silhouette und die Position, in der er lag, betonte die Muskeln an seinen Oberarmen stark. Ich hätte am liebsten Mal drangefasst, konnte mich jedoch gerade noch zusammenreißen. Auch an ihnen fand ich Narben, die aussahen wie längst verheilte Schnittverletzungen.

„Zählst du meine Narben?“, fragte Liam plötzlich und ich fühlte mich ertappt. Sofort stieg die Hitze in meinen Kopf und ich ließ mich zurück in das Kissen sinken. Zum Glück sah er mich immer noch nicht an und selbst wenn, würde das warme Licht verhindern, dass er die Röte in meinem Gesicht sehen konnte. „Kannst du dich noch an jede einzelne erinnern?“, wollte ich wissen und er zuckte kurz mit den Schultern.

„Ist unwichtig. Viel wichtiger sind *deine* Narben“, er öffnete nun seine Augen und sah unter die Decke. Irritiert legte ich meine Stirn in Falten.

„Hab ich Narben?“

„Die auf deiner Seele“, antwortete er, „die dich nicht schlafen lassen. Warum hat deine Mutter euch verlassen?“

Diese Frage versetzte mir einen schmerzhaften Stich in der Brust. Noch nie hatte ich darüber geredet. Weder mit meinem Vater noch mit meinem Bruder. Selbst meinen Freunden hatte ich nie etwas davon erzählen wollen. Vor langer Zeit hatte ich mir diese Last auf die Schultern gebunden und versucht, ihr Gewicht zu vergessen. Doch Liam hatte sich mir anvertraut und unser Schicksal war so ähnlich. Vielleicht war es Zeit, dass auch ich mich öffnete und ihm einen Einblick in eines der dunkelsten Kapitel meines Lebens gewährte.

25

Liam sah mich abwartend von der Seite an, sein Blick war dabei sanft und geduldig. Es dauerte noch einen Moment, bis ich endlich den Mut hatte zu sprechen. Immerhin waren es keine schönen Kapitel aus meinem Leben und es hatte mich viel Kraft gekostet, sie überhaupt zu verdrängen. Das alles wieder an die Oberfläche gelangen zu lassen, fiel mir schwer. Ich fühlte mich furchtbar verletzlich.

„Meine Mutter war noch sehr jung, als sie mit mir schwanger wurde. Es war ein Unfall, ich war eigentlich noch gar nicht gewollt. Dennoch entschieden sich meine Eltern gegen eine Abtreibung und gaben mir eine Chance. Die Firma meines Vaters vereinnahmte ihn jedoch mehr und mehr, da er ja nun auch noch ein Kind zu versorgen hatte. Großeltern habe ich nur väterlicherseits, doch sie leben weit entfernt und ich sehe sie nur an Feiertagen oder in den Ferien mal. Meine Mutter war die meiste Zeit allein mit mir und verfluchte mich dafür, dass sie die Freiheiten ihrer Jugend so schnell hergeben musste. Ihr ist sehr oft die Hand ausgerutscht, bei den kleinsten Kleinigkeiten schon. Richtig schlimm wurde es allerdings, als sie auch noch zu trinken begann. Da war ich schon älter und sie konnte mich auch mal allein lassen. Mein Vater wusste um ihre Unzufriedenheit und versuchte alles, um es ihr recht zu machen. Er arbeitete so viel er konnte und da ich zu viel Angst davor hatte, ihm davon zu erzählen, dass meine Mutter mich schlug, lief einfach alles so weiter. Als sie zum zweiten Mal schwanger wurde und Vater auf sie einredete, Flo zu behalten, wurde alles nur noch schlimmer. Am Anfang war er noch zu klein dafür, dass sie ihre Wut an ihm ausließ und auch später bekam er zwar schon mal eine Backpfeife, aber wenn es eskalierte, ging ich immer dazwischen. Sie hat immer häufiger und exzessiver getrunken und bald konnte sie es auch vor unserem Vater nicht mehr verheimlichen." Liam sah mich einfach nur eindringlich an. Er hing förmlich an meinen Lippen und hatte dabei eine so ruhige und angenehme Ausstrahlung, dass ich mich etwas entspannte. Nach all der Zeit fiel es mir immer noch nicht leicht, darüber zu reden und ein schmerzhafter Kloß verengte meine Kehle. Ich holte tief Luft, sammelte mich und sprach weiter. „Eines Tages geriet es dann vollkommen außer Kontrolle. Florian war da gerade fünf und ich zehn Jahre alt, und nachdem ich eine harte Tracht Prügel bekommen hatte, betrank sie sich in unserem Haus, bis sie das Bewusstsein verlor." Die Bilder von damals vermischten sich vor meinem inneren Auge mit denen, die sich Tage zuvor gnadenlos in meine Erinnerung gebrannt hatten. Ja, Florian hatte mich sehr an unsere Mutter erinnert, wie sie vor dem Wohnzimmertisch auf dem Boden gelegen hatte. Nicht mehr in der Lage, allein aufzustehen.

„Ich rief einen Krankenwagen, und obwohl der Mann vom Notruf die ganze Zeit durch das Telefon mit mir gesprochen und mich beruhigt hatte, war es mir wie Stunden vorgekommen, in denen ich warten und auf meine Mutter achten musste. Ich selbst war auch im Gesicht verletzt und da mein Bruder nicht allein zu Hause bleiben konnte, sind wir alle drei mit dem Krankenwagen in die Klinik gefahren. Kurz darauf kam auch unser Vater dazu. Er war am Ende, als er von alledem erfuhr und machte sich schreckliche Vorwürfe. Er stellte meine Mutter vor die Wahl. Entweder sie würde das mit seiner Hilfe wieder in den Griff bekommen und in eine Suchtklinik gehen, oder er würde sich von ihr trennen. Als sie aus dem Krankenhaus entlassen wurde, packte sie selbst ihre Sachen und verschwand, ohne ein Wort des Abschieds. Ich glaube, sie war froh, dass alles ans Licht gekommen war. Sie wollte weg von uns. Sie wollte ihr verpasstes Leben nachholen. Ich habe sie nur noch ein letztes Mal vor Gericht gesehen", endete ich und konnte ein trauriges Seufzen nicht unterdrücken. Es hatte mich viel Kraft und Mut gekostet, Liam meine verkorkste Jugend zu erzählen, und ich spürte, dass mich so langsam alles hinab in die Kissen zog. Er schwieg immer noch, sah mich einen Augenblick lang an, ehe er sich wieder auf den Rücken drehte und unter die Decke starrte. Was hatte ich jetzt erwartet, was er tun würde? Hatte ich überhaupt etwas erwartet? Auch ich legte mich nun auf den Rücken, zog dabei die Wolldecke bis zu meinem Kinn hinauf und faltete die Hände auf meinem Bauch.

Seit diesem Tag sorgte ich für den Zusammenhalt der Familie. Kümmerte mich um den Haushalt, half Florian in der Schule und stellte meine eigenen Interessen hinten an. Ich hatte den Platz eingenommen, den meine Mutter nie erfüllt und auch nicht gewollt hatte. Ich war nie zu einem Psychologen gegangen, um das Ganze zu verarbeiten, für mich war der beste Weg immer die Verdrängung gewesen. Doch jetzt, wo ich das alles erzählt hatte und die Bilder aus meiner Vergangenheit plötzlich wieder so real waren, holten mich meine Gefühle wieder ein. Alles, was ich damals durchgemacht hatte. Der Schmerz, die Enttäuschung, die Angst, Wut und Trauer waren in diesem Moment wieder so real wie vor zehn Jahren. Als ich meine Augen schloss und sich heiße Tränen in ihnen sammelten, die ich diesmal jedoch mit aller Kraft zurückhalten wollte, schlossen sich warme, kräftige Finger um meine Hand und hielten diese einfach fest. Als ich die Augen öffnete und den Kopf zur Seite drehte, sah ich, dass Liam noch immer auf dem Rücken lag. Er hatte die Augen mittlerweile wieder geschlossen und zeigte mir seinen Beistand allein durch diese Geste. Er sagte nichts, aber das war auch nicht nötig. Es reichte, dass er für mich da war und seine Hand schenkte mir ein Gefühl von Halt und Sicherheit. Ich schaffte es, die Tränen zurückzuhalten und schloss meine Lider. Behutsam und tröstend strich sein Daumen über meine Fingerknöchel. Er wusste, was ich empfand. Er kannte dieses Leid, wenn nicht sogar noch mehr als ich. Und ich fühlte mich verstanden. Mit dem Knistern des Feuers sowie dem Prasseln des Regens im Hintergrund und dem Gefühl, dass das Päckchen auf meinen Schultern ein wenig leichter geworden war, fiel ich in einen tiefen, traumlosen Schlaf, den ich wohl dringend nötig hatte.

26

Warme Sonnenstrahlen kitzelten in meiner Nase und das Licht streichelte mich sanft aus dem Schlaf. Ich blinzelte, wusste im ersten Moment überhaupt nicht, wo ich war und musste mich erst mal aufsetzen. Verschlafen blickte ich mich um und stellte fest, dass ich noch immer in dem Ferienhaus im Wald war. Im Kamin lagen einige Briketts, die noch leicht rot vor sich hin glimmten und etwas Wärme abgaben, der Platz neben mir auf dem Sofa war leer und die Decke bereits zusammengefaltet. Von meinem lieben Herrn Entführer gab es keine Spur. Langsam rutschte ich vom Sofa und starrte für einen Moment gedankenverloren aus dem Fenster in den Wald. In dem Lichtschein tanzten die Staubpartikel wie Tausende von Sternen und die einzigen Spuren, die das Unwetter gestern hinterlassen hatte, waren einige glitzernde Pfützen und herumliegende Äste. Der Geruch von frisch aufgebackenen Brötchen stieg mir in die Nase und lockte mich in den Küchenbereich. Auch meine Gefühlswelt fühlte sich an wie nach einem Sturm. Es war noch ein wenig chaotisch, doch der Regen hatte alles reingewaschen und der Himmel sich geklärt. Auf dem Tisch fand ich Butter, Aufschnitt, Käse, Nutella und einen Korb mit Brötchen. Gedeckt war nur für eine Person und auf dem Teller lag ein Zettel, auf dem in einer äußerst geradlinigen, kantigen Schrift geschrieben stand:

Guten Morgen Dornröschen,

du hast so friedlich geschlafen, dass ich dich nicht wecken wollte. Ich bin bereits in die Stadt gefahren, um einige Erledigungen zu machen. Iss etwas und schreib dein Buch, stell einfach nichts an und lauf nicht weg – ich finde dich. Bin bald zurück.

Liam

Typisch Liam, dass er selbst in einem „Liebesbrief“ mit Befehlen um sich warf. Woher hatte er das nur? Gleichzeitig war dieser Brief auch ein absoluter Vertrauensbeweis. Wie einfach wäre es, jetzt fortzulaufen, die Polizei zu informieren und diese Hütte ein für alle

Mal hinter mir zu lassen. Doch gerade nach letzter Nacht spürte ich eine Verbindung zwischen uns. Es fühlte sich an, als würden wir uns auf einer ganz anderen Ebene verstehen. Wie zwei Menschen, die einander in die Augen blicken und den Schmerz teilen konnten, der in ihnen lag. Schmunzelnd legte ich den Zettel beiseite und schnitt mir ein Brötchen auf, um es mit Nutella zu bestreichen. Den Käse und die Wurst hätte er meinetwegen gar nicht holen müssen. Wenn auf dem Tisch Schokolade stand, gab es keine Alternative für mich. Am liebsten hätte ich einen Löffel einfach direkt in die Creme gesteckt und ... warum eigentlich nicht? War doch keiner hier. Ich tauchte mein Messer grinsend in das braune Gold und führte es genüsslich zum Mund. Während ich die Kalorien in mich schaufelte, kam mir der Gedanke, dass das die Chance wäre, nach der Videokassette zu suchen. Ich könnte herauszufinden, was Liam vor mir verbarg. Doch sollte ich in seiner Privatsphäre herumschnüffeln? Ich verdrängte diese Idee, räumte den Tisch ab, nachdem ich das Brötchen aufgegessen hatte und faltete meine Wolldecke auf dem Sofa zusammen. Ich machte mich im Bad für den Tag fertig und betrat anschließend meine Kammer, durch deren offene Tür inzwischen auch die Wärme aus dem Wohnzimmer angekommen war. Aus dem Kleiderschrank zog ich wieder ein anderes Kleid, das nicht so fürchterlich aussah, sondern einfach aus schlichter, marineblauer Baumwolle bestand. Dann setzte ich mich an das Pult und begann die Ereignisse der letzten Stunden niederzuschreiben. Obwohl es eigentlich ganz flüssig lief, schweiften meine Gedanken immer wieder zu dem Video. Was war so schrecklich, dass Liam partout nichts davon erzählen wollte? Und wer verdammt noch mal war Anna? Frustriert legte ich den Kugelschreiber wieder hin und trommelte mit den Fingern auf der Holzplatte herum. Es ging nicht anders. Ich musste es einfach wissen.

Wie lange würde ich noch Zeit haben, bis Liam zurückkehrte? Ich hatte keine Ahnung, denn ich wusste ja auch nicht, wie lange er schon fort war, zumal es hier keine Uhr gab. Ich konnte also nur schätzen, dass wir späten Vormittag haben mussten.

Da im Wohnzimmer keine Kassette mehr gelegen hatte, führte mein Weg mich auf Zehenspitzen – keine Ahnung wieso, war ja niemand hier, der mich hören konnte – zu Liams Schlafzimmer. Vorsichtig drückte ich die Tür auf und fand dahinter ein Doppelbett, einen größtenteils leeren Schrank und eine schwarze Sporttasche, die vermutlich Liam gehörte. Auf einem der Nachttische lag ein umgeklapptes Bild und ich nutzte die Möglichkeit, einen Blick draufzuwerfen. In dem silbernen Rahmen befand sich das Foto einer dreiköpfigen Familie. Die Frau hatte eine blond gefärbte Dauerwelle und so weit ich erkennen konnte, grünliche Augen. Sie trug einen bestimmt teuren Designerfummel und war stark geschminkt. Neben ihr stand ein groß gewachsener und breit gebauter Mann in dunklem Nadelstreifenanzug. Er hatte fast schwarzes Haar und besonders herausstechend waren die hellen, blauen Augen. Sein kantiges Kinn und die ausgeprägten Wangenknochen gaben ihm ein strenges und markantes Gesicht. Die Ähnlichkeit zu dem kleinen, vielleicht acht Jahre alten Jungen, mit den leuchtenden Augen und dem irgendwie versteinert wirkendem Gesichtsausdruck war nicht zu verkennen. Das waren also der kleine Liam und seine Eltern. Ein mulmiges Gefühl beschlich mich und machte sich wie eine zähe Masse in meiner Magengegend breit. Alle drei wirkten steif und sahen ernst in die Kamera. Selbst durch das Foto konnte ich spüren, wie viel Unglück hinter ihrer Geschichte steckte. Ein glückliches Familienbild war einfach etwas anderes. Um meine Spuren zu verwischen, legte ich das Bild wieder um und ließ meinen Blick anschließend suchend durch den Raum wandern. Vielleicht wurde ich ja in seiner Tasche fündig. Mein Puls beschleunigte sich immer mehr. Liam konnte jeden Moment wiederkommen und mich erwischen, wie ich in seiner Privatsphäre herumschnüffelte.

Ich zog den Reißverschluss der Sporttasche auf und fand in erster Linie haufenweise Kleidung. Hosen, T-Shirts, Pullis, Socken, Shorts, fast alles in Schwarz. Nachdem ich diese farbenfrohe Garderobe inspiziert hatte, fiel mir ein Zippbeutel auf, in dem weitere kleine Beutel waren, die weißes Pulver oder Tabletten enthielten. Drogen! Schoss es mir durch den Kopf. „Was zum ...“, flüsterte ich. Kaum war er aus dem Gefängnis, schon besaß er wieder solche illegalen Substanzen. Nahm er sie? Verkaufte er sie? Ich hatte keine Ahnung und wusste bloß, dass ich sie unberührt wieder hineinlegen sollte, auch wenn die Versuchung, sie in der Toilette hinunterzuspülen, riesengroß war. Meine Hände tasteten weiter, als ich draußen plötzlich ein Knacken vernahm. Mein Herz blieb stehen und Angstschweiß trat aus jeder Pore. Ich erstarrte in meiner Bewegung und lauschte angestrengt. Nichts. War wohl Einbildung. Also tastete ich weiter und erfühlte in einer der Seitentaschen schließlich etwas Kantiges. Bingo! Es war die Kassette.

Vorsichtig zog ich sie heraus und stellte erleichtert fest, dass sie abgesehen von ein paar Schrammen, keinen weiteren Schaden von Liams Schlag genommen hatte. Früher war eben alles einfach robuster gewesen. Damals konnte man ja auch noch mit einem Handy Wände zerschlagen.

Mit hämmerndem Herzen lief ich zum Wohnzimmer und versuchte den Fernseher und den VHS-Player zum Laufen zu bringen. Technisch versiert, wie ich nun mal bin, schaffte ich es nach einigem wirren Herumgedrücke auf den Tasten der Fernbedienung, beides zu starten und schob die Kassette in den dafür vorgesehenen Schlitz. Mit einem elektronischen Summen wurde sie eingezogen. Als ich auf Play drückte, startete das Video an der Stelle, wo es wohl mal gestoppt wurde. Die Szenen, die sich mir dann boten, ließen mir das Blut in den Adern gefrieren ...

27

Ich sah direkt in die noch jungen, blauen Augen meines Entführers. Er sah geradeaus in die Kamera. Es war eine Großaufnahme seines kindlichen Gesichtes, dessen vollkommen leerer Blick Kälte und Resignation ausdrückte. Dieser Junge, der kleine Liam, der mich aus dem alten Bildschirm ansah, kannte keine Freude. Kannte keine Hoffnung. Kannte keine Liebe.

„Oh mein Gott", flüsterte ich leise und legte mir beide Hände auf die Lippen, während ich mit geweiteten Augen auf die Szene starrte, die sich mir offenbarte, als die Kamera wieder herauszoomte und man einen Kellerraum mit kahlen, grauen Wänden erkennen konnte. Außer einem schwarzem Gitterbett mit weißer Matratze befand sich nur noch ein Stuhl in dem Raum, auf dem ein kleines, verschüchtertes Mädchen saß und ihr Gesicht unter den blonden Haaren zu verstecken versuchte. Sie musste noch ein paar Jahre jünger sein als Liam, der nicht viel älter als acht Jahre sein konnte. „Anna, zieh dich aus", ertönte eine tiefe, befehlende Stimme laut und nah bei der Kamera. Das kleine Mädchen zögerte und blickte unsicher zu dem Jungen hinüber, der immer noch einfach dastand wie eine leblose Puppe. „Liam, hilf ihr", befahl die Männerstimme und ohne einen Wimpernschlag des Zögerns, setzte sich Liam in Bewegung.

Plötzlich hörte ich das Geräusch von Autoreifen, die über den Schotterweg fuhren und das Dröhnen eines Motors. Er war zurück! Scheiße! Eilig und so oft es ging drückte ich auf die Eject-Taste und drehte beinahe durch, als das Gerät die Kassette in aller Seelenruhe noch einmal durchkaute und dann erst langsam ausspuckte. Das Quietschen des Garagentors erklang und mein Herz schlug mir bis zum Hals. Wenn Liam mich erwischte, war ich geliefert. Ich riss die Kassette aus dem VHS-Spieler und schaltete den Fernseher aus, ehe ich durch den Flur zu seinem Zimmer sprintete. Hätte jemand die Zeit gestoppt, hätte ich sicher Usain Bolt Konkurrenz gemacht und einen neuen Weltrekord aufgestellt. Aber hier ging es nicht um eine

Medaille – sondern um mein Leben. So gut es ging, stopfte ich die VHS zurück in das Seitenfach der Sporttasche, schloss alle Reißverschlüsse und betete, dass ich nichts vergessen und keine Spur hinterlassen hatte. Daraufhin hechtete ich zurück in meine Kammer und kaum hatte mein Hintern die Sitzfläche meines Schreibtischstuhls berührt, hörte ich die Metalltür zur Garage aufgehen. Der kalte Schweiß stand mir auf der Stirn und ich versuchte, meinen Atem zu beruhigen, meinen Puls herunterzufahren, mich bloß nicht auffällig zu verhalten.

Gefolgt von einem kratzigen, tapsigen Geräusch, das von wesentlich mehr Beinen herrührte, hörte ich Liams Schritte im Flur.

„Bleib", tönte seine Stimme von draußen und er klopfte höflich an meine Tür, „bist du hier, Helena? Kann ich reinkommen?", rief er und ich atmete noch einmal tief durch, bevor ich „Ja, bin da, komm rein!" antwortete. Kurz darauf wurde die Klinke heruntergedrückt und mein Entführer trat herein. Ich schloss meine Augen und wartete noch zwei Sekunden, bis ich mich mit einem aufgesetzten Lächeln zu ihm umdrehte.

„Hi", krächzte ich und hätte mich am liebsten selbst dafür geohrfeigt. Als Schauspielerin taugte ich wirklich nichts. „Ich habe jemanden mitgebracht", sagte Liam, der das vorfreudige Funkeln in seinen Augen kaum verbergen konnte. Der Unterschied war gewaltig. Die kindlichen Augen, in die ich wenige Sekunden vorher noch geblickt hatte, wirkten so tot. So unendlich traurig. Kein Vergleich zu dem hoffnungsvollen, ungeduldigen Glitzern, das ich jetzt in ihnen erkannte. Er trat an die Seite, schaute in den Flur und machte eine einladende Geste mit der Hand.

„Ja komm!", forderte er eine Oktave höher auf, woraufhin das Tapsen wieder einsetzte und ein Ungetüm von einem Hund in meine Kammer trottete. Ein riesiger Kopf, der halb aus Schnauze und halb aus Stirn bestand, legte sich auf meinen Schoß und eine schwarze, feuchte Nase schnupperte interessiert umher. Aus wunderschönen, braunen Augen wurde ich neugierig betrachtet und ich musste zugeben, dass ich es für einen Moment mit der Angst zu tun bekam, bevor mir bewusst wurde, dass dieser Pitbull mir nichts antun würde. Kaum hatte ich meine Scheu überwunden und wuschelte dem Tier zwischen den Ohren herum, hüpfte es ungelenk an mir herauf und glaubte offenbar, ein kleiner Schoßhund zu sein. Eine nasse Zunge hinterließ eine feuchte Spur auf meinem Unterarm und ich musste unwillkürlich kichern.

„Ja, wer bist du denn?“, fragte ich viel zu quietschig und stachelte den Hund damit offenbar noch mehr an, sich zu freuen. Der Schwanz schlackerte wild umher und schlug immer wieder gegen die Holztüren des Schrankes.

„Das ist Butterfly“, antwortete Liam stellvertretend für den Vierbeiner, „sie ist aus dem Tierheim.“

Das hieß, Liam hatte sich meine Worte tatsächlich zu Herzen genommen. Für mich war das ein Lichtblick. Vielleicht wollte er sich doch ändern!

„Hieß sie schon so oder hast du ihr den Namen gegeben?“, wollte ich wissen, als ich damit zugange war, die Hündin immer wieder von meinem Schoß zu schieben, auf den sie kontinuierlich kriechen wollte.

„Ich habe sie so getauft, nachdem ich sie vor 4 Wochen bei meiner Wiedereingliederung das erste Mal gesehen habe. Sie wurde von Tierschützern verletzt und ausgesetzt vorgefunden. Man wollte sie wohl abrichten. Jedenfalls war sie anfangs sehr bissig, als sie im Tierheim ankam, hatte jedes Vertrauen in die Menschen verloren. Man hat lange mit ihr geübt und schon überlegt, ob sie eingeschläfert werden müsste. Doch dann kamen die Fortschritte und sie ist zu einem richtigen Kuschelmonster geworden. Sie hat den Wesenstest bestanden, aber seitdem sitzt die Arme dort fest, weil Pitbulls schwierig zu vermitteln sind. Sie haben einfach einen schlechten Ruf. Aber als ich sie gesehen habe und sie mit ihren braunen Knopfaugen schwänzchenwedelnd aus dem Zwinger geguckt hat, war es um mich geschehen. Eigentlich hatte ich vorgehabt, einen kleinen Pudel zu holen, damit er die Hütte nicht vollhaart und dir Gesellschaft leisten kann. Tja. Jetzt haben wir ein Kalb.“

Wir. Dieses Wort hallte in meinem Kopf nach und hatte irgendwie einen utopischen Klang.

„Sie wollten dir einen Job im Tierheim besorgen? Und wieso dann Butterfly? Sie sieht ja nun nicht grade aus wie ein Schmetterling“, merkte ich an und die Hündin ließ nun wieder von mir ab, um sich Liam zuzuwenden. Der hatte sich zu ihr auf den Boden gehockt und begann mit ihr zu schmusen.

„Ja, es war Daniels Idee. Vielleicht wollte er genau wie du mir damit einen Sinn im Leben geben. Sie heißt so, weil sie süß ist, aber auch gefährlich. Wie ein Butterfly eben", erklärte er, während er versuchte, ihren Schleckattacken auszuweichen. Jetzt wurde mir bewusst, dass er nicht nur das Insekt, sondern auch das Messer gemeint hatte. „Sie ist jetzt gut erzogen, kennt alle grundlegenden Befehle", schwärmte Liam und gab mir eine Gratisvorführung von Sitz, Platz, Bleib, Männchen und Pfötchen. Beeindruckt klatschte ich in die Hände und Butterfly wedelte aufgeregt noch schneller mit ihrem Schwanz.

„Ich habe noch etwas für dich", sagte Liam und holte aus dem Flur eine Einkaufstüte, die er auf mein Bett stellte. Neugierig erhob ich mich von meinem Stuhl und ging zu ihm hinüber. Abgesehen von meiner frischgewaschenen und getrockneten Kleidung, die ich anhatte, als ich auf dem Weg zum Krankenhaus war, fand ich einen grauen Jogginganzug in meiner Größe, Unterhosen und ein wunderschönes, rotes Kleid, das viel zu chic war, um es in einer Ferienwohnung zu tragen. Als ich zuletzt noch einen Spitzen-BH aus der Tüte zog, konnte ich nicht vermeiden, dass mir die Röte in die Wangen schoss. „Ich war so frei und habe nach deinen Größen geschaut, bevor ich deine Kleidung zur Reinigung gegeben habe", beantwortete er die Frage, die auf meiner Zunge lag, als hätte er meine Gedanken gelesen.

„Wozu ist das Kleid, gehen wir zu einer Gala oder was?", fragte ich scherzhaft und blickte seitlich zu ihm hinauf. Liam kratzte sich überlegend am Kinn, ehe er antwortete.

„Nein, ich dachte einfach, es könnte dir stehen und vielleicht ziehst du es ja zum Abendessen an." Ich kräuselte meine Stirn und schüttelte schmunzelnd den Kopf. „Lass uns eine Runde mit Fly gehen", schlug Liam vor und nach meiner nervenaufreibenden Detektivmission war ich froh, wenn ich etwas Ablenkung bekommen würde. Das Wetter hatte sich gehalten und noch immer wurde die Erde sanft von der Sonne geküsst. Einwilligend nickte ich und stand auf. Angezogen war ich ja bereits und musste nur noch in meine Sandalen schlüpfen. Liam legte der Hündin die Leine an und während sie brav bei Fuß ging, lief ich auf seiner anderen Seite. Als wir das Wohnzimmer durchquerten, warf ich einen verstohlenen Blick zu dem Fernseher und dem Videorekorder und musste mit einem kleinen Schock feststellen, dass ich zwar den Bildschirm ausgeschaltet hatte, dass an dem Videogerät jedoch noch das rote Lämpchen leuchtete.

Verdammt! Ich musste es irgendwie hinkriegen, ihn noch auszuschalten, bevor Liam drauf aufmerksam wurde. Oder ich würde ihm einfach erzählen, dass ich versucht hatte, fernzusehen und ihn dabei versehentlich eingeschaltet hatte. Wir verließen das Haus durch die Terrassentür und standen direkt im Wald. Fly freute sich ihres Lebens und begann, wild umherzuschnüffeln, während wir auf einen kleinen Trampelpfad zuhielten, der sich in vielen Windungen von der Hütte wegschlängelte. Draußen war es warm und die Luft so schwül, dass sich nach wenigen Metern schon ein nasser Film auf unsere Haut legte und die Kleidung an ihr klebte. Liam hatte die Leine an seiner Gürtelschlaufe festgemacht, um sie nicht die ganze Zeit halten zu müssen.

Schweigend schlenderten wir nebeneinander her, bis ich die Stille brach. „Hast du Informationen über Florian und meinen Vater?“, wollte ich wissen. Für einen Moment musste ich dem Impuls widerstehen, wie selbstverständlich nach seiner Hand zu greifen. Verdammt, wir waren doch kein Pärchen! Reiß dich zusammen!

„Ja“, antwortete Liam, ohne mich anzusehen. Sein Blick ging einfach weiter geradeaus und ich hatte das Gefühl, dass er mit den Gedanken ganz woanders war, „er ist in einer psychiatrischen Klinik und wird behandelt. Dein Vater darf ihn dort ohnehin nicht besuchen und geht seiner Arbeit nach.“

Auf der einen Seite war ich erleichtert, dass es zu Hause keine Katastrophen gab, auf der anderen Seite war ich aber auch ein wenig gekränkt, dass es auch ohne mich lief. Hatten sie sich überhaupt an die Polizei gewandt? Hatte bisher irgendjemand nach mir gesucht? „Sonst nichts?“

„Nein.“

„Hast du den Brief abgegeben?“

„Ja, habe ich.“

Liam schien gerade nicht sehr gesprächig zu sein und so gab ich es auch auf, ihn in ein Gespräch verwickeln zu wollen. Stattdessen genoss ich es, draußen zu sein, etwas anderes zu sehen als die Hütte, den weichen Waldboden zu spüren. Es war wie ein winziges Stück Freiheit. So hüllten wir uns abermals in den unangenehmen Mantel aus Schweigen. Doch nach einiger Zeit war es diesmal Liam, der mit seinen ruhigen Worten nicht nur die Stille brach, sondern auch mein Herz aussetzen ließ.

„Du hast es dir angesehen, oder?“

28

Mein Herz rutschte in die Hose und mein Körper konnte sich nicht entscheiden, ob ihm heiß oder kalt werden sollte. Am besten würde ich jetzt einfach in Ohnmacht fallen, dann würde ich den Rest nicht mehr mitbekommen. Vermutlich würde Liams Verstand sich nun wieder in eine rote, betäubende Wolke aus Zorn hüllen, die ihn fernsteuerte und zu den Taten trieb, für die er sich selbst zu verabscheuen schien. Möglicherweise konnte ich jedoch sogar entkommen, wenn ich schnell genug war. Immerhin hatte er mich gebeten zu fliehen, wenn er noch mal drauf und dran war, mir etwas anzutun. Mein Blick huschte zu Butterfly. Sie war als junger Hund abgerichtet worden. Auch wenn man wohl viel mit ihr trainiert hatte, vielleicht war irgendwo in ihr noch der Instinkt. Würde sie mich beschützen, wenn Liam mich angriff? Die Hündin schnüffelte unbekümmert weiter und hatte keine Ahnung von der Klemme, in der ich mich befand. Vorsorglich wollte ich bereits einen Schritt Abstand zwischen mich und Liam bringen, als sich seine Finger plötzlich um mein Handgelenk legten. Unerwarteterweise war diese Berührung jedoch nicht schmerzhaft oder zwingend, sondern es wirkte, als wolle er sich festhalten und nicht mich. Dennoch zuckte ich im ersten Moment zusammen und erwartete das Schlimmste.

„Ekelst du dich jetzt vor mir?", fragte Liam mit belegter Stimme, nachdem ich ihm über meinen Schock keine Antwort auf seine Frage gegeben hatte, ob ich das Video gesehen hatte. Das war jetzt seine Angst? Er rastete nicht aus, wollte mir nichts antun? Irritiert hob ich meine Brauen und den Kopf, sah ihn mit offenem Mund an und war so überfordert, dass mir noch immer die Worte fehlten.

„Bitte sag etwas", flehte Liam, der mit gesenktem Kopf stehen blieb und anscheinend nicht mehr den Mut hatte, mir in die Augen zu starren, wie er es sonst immer tat. „Ich kann verstehen, wenn du mich jetzt hasst."

Diese Worte rissen mich aus meiner verwirrten Paralyse.

„Ich hasse dich nicht!", platzte es sofort aus mir heraus. Der Gedanke, dass er das dachte, erschreckte mich. „Ich empfinde auch keinen Ekel! Warum sollte ich auch?" Ich löste meine Hand aus seinem Griff und fasste nun nach seinen, umschloss sie, so weit es ging, mit meinen Fingern und suchte nach seinem Blick.

„Sieh mich an, Liam", forderte ich ihn auf und nach kurzem Zögern gab er sich einen Ruck. Unsicher hoben sich seine Lider und ich sah so viel Angst und Schmerz in seinen Augen.

„Was dir angetan wurde, ist einfach fürchterlich. An dem, was passiert ist, trägst du keine Schuld! Du warst nur ein Kind, ein hilfloser Junge!", versuchte ich ihm klarzumachen, doch Liam zog ärgerlich die Brauen zusammen und schüttelte den Kopf.

„Ich bin nicht derjenige, der missbraucht wurde. Ich bin nicht derjenige, der wirklich gelitten hat. Ich bin derjenige, der das Leid zugefügt hat!"

„Und das ist weniger schlimm?", fragte ich entrüstet, „du bist kein böser Mensch, da bin ich mir sicher."

Liam lachte trocken und freudlos auf, als wären meine Worte ein unglaubhafter, schlechter Scherz. Wieso konnte er sich nicht einfach für einen Moment durch meine Augen sehen? Ärgerlich blickte ich ihn an. „Wer war der Mann hinter der Kamera? Wer hat euch zu so etwas gezwungen?", fragte ich.

„Mein Vater", antwortete Liam so emotionslos, dass es mir kalt den Rücken hinunterlief. Von der Mutter geschlagen und vom Vater missbraucht. Von diesem riesigen, streng dreinblickenden Mann, den ich auf dem Foto gesehen hatte und der ihm so unheimlich ähnlich sah. Und trotzdem stand er nun dort und suchte die Schuld bei sich. Wie oft wurde er dazu gezwungen? Wie viele Jahre seines Lebens war er dieser leere, kalte Junge, den ich im Video gesehen hatte? Wann hatte er aufgehört, bittere Tränen darüber zu vergießen?

„Liam, das ...", begann ich.

„Ist völlig egal", unterbrach er mich, „die Zeiten sind vorbei und sie rechtfertigen mein Handeln nicht." Er wollte nicht. Er wollte sich nicht vergeben. Vermutlich war es ganz gleich, was ich ihm in diesem Moment sagte, er würde mein Denken nicht hören wollen. Ein verzweifeltes Seufzen entfloh mir und ich wollte ihm unbedingt erklären, wieso er in diesem Fall Opfer und nicht Täter war. Ich setzte an, um etwas zu erwidern, als Liam urplötzlich zur Seite gerissen wurde und wir gerade noch erkennen konnten, wie Fly sich aus dem Halsband wand und einem Hasen hinterherjagte. Vorbei war unser Gespräch.

„Fly! Bleib!“, rief Liam, doch der Jagdinstinkt (oder Spieltrieb?) war in diesem Moment einfach größer und die Hündin verschwand im Unterholz.

„Fuck!“, fluchten wir synchron und rannten ihr hinterher, querfeldein über Büsche, Sträucher und hochwachsende Gräser. Nach kurzer Zeit rannte Liam schon einige Meter vor mir und ein rasselndes Brennen breitete sich in meiner Lunge aus. Ich war vielleicht gut im Wettessen, aber ganz sicher nicht im Rennen. Wie ein Zwerg war ich gefährlich auf kurzen Strecken! Nicht gemacht für einen Hürdenlauf durch den Wald. Der Hase schlug einen Haken und Fly folgte. Somit auch wir. Unsere Hetzjagd endete erst, als das Langohr unter einem Maschendrahtzaun hindurch verschwand und Fly bellend davor zum Stehen kam. Liam erreichte sie als Erster und baute sich vor ihr auf, was sie wohl aus dem Augenwinkel bemerkte und mit geducktem Kopf innehielt. Treudoof und völlig unschuldig schielte sie zu ihm hinauf und er rügte sie mit dem Zeigefinger und tadelnden Worten, die ich nicht verstehen konnte. Als ich schwer atmend ankam und mich auf meinen Knien abstützte, spürte ich Liams belustigten Blick regelrecht auf mir.

„Okay, ich muss tatsächlich keine Angst haben, dass du mir wegläufst. So was Unsportliches hab ich schon lange nicht mehr gesehen. Wenn du auf den Rücken fällst, bist du bestimmt wie ein Käfer, der nicht mehr aufstehen kann.“ Offenbar konnte er sich nicht mehr zurückhalten und begann über seine eigenen Worte zu lachen. Ich war immer noch schwer atmend nach unten gebeugt und zeigt ihm den Mittelfinger „Du bist doch scheiße“, sagte ich, während ich mich endlich wieder aufrichtete und mit gequältem Gesicht meinen Rücken durchstreckte, „ich bin ein normaler Mensch“, verteidigte ich mich, „kann ja nicht jeder eine Sportskanone sein wie du.“

„Sportskanone?“, fragte er und lachte wieder los, „wer sagt denn so was noch?“ Auf der einen Seite war ich froh, dass er wieder anfing, mich zu ärgern, denn das war der Beweis dafür, dass wieder alles okay zwischen uns war. Auf der anderen Seite wollte ich ihn am liebsten dafür schlagen. Wütend funkelte ich ihn an, auch wenn mir gleichzeitig das Herz aufging bei diesem ehrlichen Lachen. Hatte ich ihn jemals Lachen gehört oder gesehen? Es war so schön. So unendlich schön, dass der kleine Junge mit den leeren Augen noch Freude in sich hatte. „Freundchen, werd nicht frech“, warnte ich ihn, das warme Gefühl in meiner Brust ignorierend und er legte mir spielerisch einen Arm um die Schulter.

„Klar, du sitzt auch total am längeren Hebel“, zog er mich sarkastisch weiter auf, während er meinen Oberarm tätschelte. Ich entschied das Blatt noch einmal zu wenden, als ich mich gegen seine Brust schmiegte und mit dem liebreizendsten Augenklimpern zu ihm hinaufsah. „Stimmt, den langen Hebel hast ja du“, säuselte ich und genoss, wie sich seine Augen über diese Zweideutigkeit erschrocken weiteten. Damit hatte er ganz sicher nicht gerechnet. Doch dann wirbelte er mich mit einem Mal herum, sodass ich direkt vor ihm stand und er meinen Körper mit seiner Hand an meinem Rücken gegen sich drücken konnte.

„Du hast meinen Hebel doch noch gar nicht gesehen“, raunte er zurück und hob vielsagend eine Augenbraue. Seine Ausstrahlung hatte sich schlagartig geändert. Nun war es wieder der selbstsichere Liam, der ganz genau wusste, was für eine Wirkung er auf mich hatte. Diese plötzliche Nähe ließ mir den Atem stocken und einmal mehr hatte er es geschafft, mich aus dem Konzept zu bringen. Weil mir nichts Besseres einfiel und ich eine dumme Nudel war, sagte ich:

„Wo sind wir hier eigentlich?“, um damit das Thema zu wechseln. Ich versuchte mich aus seinem Griff herauszuwinden und zu dem Zaun zu sehen, hinter dem eben der Hase verschwunden war. Liam ließ mich nach kurzem Hadern wohl widerwillig frei und folgte meinem Blick.

„Das ist das Waldschwimmbad“, sagte er und jetzt konnte ich auch hinter den vielen Bäumen eine große, grüne Liegewiese und einen angelegten See erkennen. Das Wasser schien still und sauber zu sein und war von großen, dunklen Gesteinsbrocken umrandet. „Hier sind gar keine Besucher“, stellte ich fest und legte meine Hände an die Maschen des Zaunes. „Das Schwimmbad öffnet erst in einer Woche, wenn die Sommerferien anfangen“, sagte Liam.

„Es muss toll sein hier so mitten in der Natur. In der Stadt kenne ich nur die gefliesten Becken mit chlorverseuchtem Wasser.“

Er trat neben mich und als ich zu seinem Profil hinaufsah, erkannte ich ein leichtes Lächeln auf seinen Lippen.

„Willst du rein?“, fragte er.

„Aber es hat doch geschlossen“, verdutzt sah ich ihn an.

„Komm mit“, mit diesen Worten griff er nach meiner Hand und zog mich einfach mit sich. Wir gingen einige Meter den Zaun entlang, bis wir schließlich an ein Tor kamen, das mit dicken Metallketten verschlossen war. Liam drückte das Gitter etwas auf, sodass ein Spalt entstand, der gerade so groß war, dass ich mich mit Fly hindurchzwängen konnte. Ich warf einen letzten, unsicheren Blick zu ihm und wartete auf ein aufforderndes Nicken. „Wirklich? Das ist Hausfriedensbruch“, sagte ich. Und schon wurde ich von seiner Hand einfach hindurchgeschoben. Stolpernd kam ich auf der anderen Seite an und sah mit erschrockenen Augen zu ihm zurück.

„Liam!“, fauchte ich und sah ihn anklagend an, „und was ist mit dir?“

Kaum hatte ich das gefragt, sprang er an dem Zaun hoch, hielt sich an den obersten Maschen fest und schwang sich über die Absperrung, um dann mit einem Satz auf meiner Seite zu landen. Ich hob abfällig eine Augenbraue und zog die Luft tief durch meine Nase ein.

„Angeber“, kommentierte ich und Liam zuckte kurz mit den Schultern.

„Ich weiß doch, dass dir das gefällt“, gab er zurück. Verflucht. Er hatte recht.

Das Schwimmbad war bereits in die Jahre gekommen. Das kleine, weiße Häuschen, das wohl der Kiosk war, hatte seine besten Tage hinter sich und auch bei den Umkleidekabinen bröckelte der moosige Putz. Der See lag dunkel und still in der Einfassung aus naturbelassenem Stein. Ringsum wuchsen Laub- und Nadelbäume und eine Weide lehnte sich tief über das Wasser, tauchte ihre Äste hinein, als wollte sie fühlen, wie kalt es ist. Liam ging kurz zu dem Kassenhäuschen, zog etwas aus seiner Hosentasche und legte es auf die Ablage vor dem verschlossenen Fenster.

„Was machst du da?“, fragte ich verwundert und konnte auf die Entfernung nicht erkennen, was er abgelegt hatte.

„Eintritt bezahlen“, antwortete er und ich konnte nicht fassen, dass er in so einer Situation noch daran dachte. „Los, zieh dich aus. Lass uns ins Wasser gehen“, sagte Liam, während er bereits das schwarze T-Shirt über den Kopf zog und ein weiteres Mal seinen verzierten Körper offenbarte. „Was?!“, gluckste ich erschrocken und schüttelte eindringlich den Kopf. Hatte er vergessen, dass ich nach wie vor keinen BH trug? Niemals würde ich hier vor ihm blankziehen und insgeheim hoffte ich, dass Liam das auch nicht vorhatte. Bei ihm wusste man ja nie. Zu meinem Glück machte er jedoch bei seiner Unterhose halt. Um mich nicht weiter auf Diskussionen mit ihm einzulassen, lief ich bereits zu dem Gewässer. Auf halbem Wege überholte mich nicht nur eine wildgewordene Fly, sondern auch Liam, der ohne Rücksicht auf Verluste in den See lief. Das Wasser spritzte umher, verdrängt von seinem Körper, und flog wie Millionen Funken durch die Luft. Die Hündin konnte ihr Glück kaum fassen, als sie ihrem neuen Herrchen schwanzwedelnd und furchtlos in die Fluten folgte. Für einen Moment blieb ich stehen und sah melancholisch auf das Bild, das die beiden mir boten. Mit reinem Herzen auf die Welt gekommen, waren sie durch ihr Leben gezeichnet, in die falschen Hände geraten und abgerichtet worden. Fallengelassen und verurteilt, hatten beide einen großen Teil ihres jungen Lebens in Gefangenschaft verbracht und nun erfreuten sich beide so unbekümmert ihrer neugewonnenen Freiheit. Es war ein Bild, das mein Herz mit Wärme flutete und es öffnete. Gleichzeitig stach es aber auch wie tausend Nadelstiche, sodass mir die Luft wegblieb. Ich war erfüllt von Zuneigung, Freude und unbeschreiblicher Traurigkeit.

29

„Helena, was ist los? Weniger starren, mehr ins Wasser kommen und schwimmen!“, riss mich Liam aus meinen Gedanken und ich setzte mich in Bewegung. Ich zog mir die Sandalen aus und trat, wohl oder übel noch mit meinem Kleid am Körper, zögerlich in das Wasser.

„Verflucht, ist das kalt“, brachte ich zwischen zusammengebissenen Zähnen hervor und schlang die Arme um meinen Körper, was Liam dazu brachte, mit einem beunruhigenden Lächeln auf mich zuzuschwimmen.

„Wenn du erst mal drin bist, ist es richtig angenehm“, versuchte er mich davon zu überzeugen, weiter ins Wasser zu gehen. Ich schüttelte den Kopf und trat vorsichtshalber schon wieder einen Schritt zurück. Liam hingegen erhob sich aus dem kalten Nass, während ich fasziniert damit beschäftigt war, die Wassertropfen auf seinem Körper zu betrachten. Sie tropften von seinen Haaren in sein Gesicht und bahnten sich ihren Weg über seine tätowierte Brust hinab über seinen Bauch, um dann in den tiefsitzenden, schwarzen Shorts zu versickern. „Ich helfe dir“, mit diesen Worten hatte er auch schon mein Handgelenk ergriffen und zog mich zu sich. Ehe ich mich versah, hatte er seine Arme um mich geschlungen und hob mich von den Füßen.

„Nein! Ah! Liam, lass mich los! Wage es nicht!“, schrie ich und er trug mich gnadenlos zum Wasser, während ich in seinen Armen quietschte, strampelte und um mich schlug. Als uns die Kälte umfing und sich über jeden Zentimeter meiner Haut legte, hörte ich auf mich zu wehren und presste mich stattdessen gegen Liams warmen Oberkörper. Sein Griff wurde daraufhin lockerer und ich drehte mich nun in seinen Armen zu ihm herum. Meine Hände ruhten knapp unter seinem Hals auf seinen Schlüsselbeinen und seine glitten meinen Rücken hinab, strichen sachte über meinen Po und verweilten haltend unter diesem. Diese Berührung überraschte mich so, dass ich sie einfach geschehen ließ. Wie von selbst schlangen sich meine Beine um seine Hüfte und mit sanftem Druck zog er mich noch enger an sich heran. Ich öffnete den Mund, um etwas zu ihm zu sagen, doch mein Kopf war wie leergefegt und das Blau seiner Augen hielt mich gefangen. Die Wassertropfen an seinen langen, dunklen Wimpern reflektierten das Licht und glitzerten wie die Sterne über dem Meer. Ich war so fasziniert von seinem Gesicht, seinen markanten Wangenknochen, seinen geschwungenen Lippen, dass ich beinahe nicht mitbekommen hätte, wie sich diese meinen zögerlich näherten. Sein Blick wanderte an mir herab, blieb an meinem Mund hängen und ich konnte das Herz durch seine Brust wild schlagen hören. Endlich! Ein Glücksgefühl durchströmte mich und schien jeden Millimeter meines Körpers mit einem aufregenden Kribbeln zu füllen. Mein Puls setzte für einen Moment aus, mein Atem stockte. Alles in mir drängte zu ihm hin, und ich entgegnete ihm mit geschlossenen Augen.

„Hey, ihr da! Was macht ihr hier?“, wurde der Moment jäh von einer wütenden Männerstimme unterbrochen und wir stoben erwischt auseinander. Erschrocken blickten wir zu dem Ursprung der Störquelle und erblickten einen erbosten Wärter mit dunkelgrauer Montur und weißem Schnäuzer, der gerade aus einem Technikhäuschen gestapft kam. Seine buschigen Augenbrauen waren eng zusammengezogen, sodass sich seine Stirn wütend kräuselte. Aus seinen zusammengekniffenen Augen funkelte er uns böse an.

„Schnell weg“, rief ich und wir hechteten stolpernd über die Steine aus dem Wasser heraus. Ich schnappte mir meine Sandalen vom Boden, während Liam all seine Sachen aufsammelte.

„Fly, komm!“, rief ich zu der Pitbulldame, die aus dem See heraus bellend auf den Wärter zurannte, der schon zur Abwehr seine Taschenlampe erhoben hatte. Zum Glück machte sie kehrt und rannte zu mir. Am Metalltor angekommen, zwängte ich mich mit Butterfly wieder durch den Spalt und Liam nahm die Abkürzung über den Zaun.

„Hiergeblieben!“, hörte ich die zornige Stimme des Mannes hinter uns. Äste, Steine, Zweige stachen unter meinen bloßen Fußsohlen und erschwerten mir das Laufen ungemein und zu allem Überfluss verhedderte ich mich in einer hochstehenden Wurzel und fiel der Länge nach in das Gestrüpp. Wie ein kleines Kind wollte ich gerade nachsehen, ob ich mir die Handflächen aufgeschürft hatte, als sich zwei starke Hände um meine Taille legten und mich hochhoben. Ich wurde jedoch nicht wieder auf meine Füße gestellt, sondern über eine

Schulter geworfen. Erschrocken quiekte ich auf und sah auf einen nassen Hintern, der zu Liam gehören musste. Ich beobachtete, wie der Wachmann das Tor aufschloss und uns einige Schritte nachsetzte, doch selbst mit mir als Ballast, entfernten wir uns so schnell, dass er die Verfolgung aufgab. Mir war kalt, es war unbequem und seine Schulter stach mir in den Bauch.

„Lass mich runter!“, flehte ich, aber er ließ keine Gnade walten und trug mich immer weiter. „Du bist langsam, unsportlich, hast keine Schuhe an und fällst doch nur wieder auf die Nase“, mobbte er mich und ich gab dem Drang nach, ihm dafür mit der flachen Hand auf den Hintern zu hauen. Diese Bestrafung ließ ihn allerdings nur kurz gehässig auflachen.

„Halt den Ball flach, dein Po ist schließlich direkt neben meinem Kopf und ich habe eine Hand frei“, warnte er und tätschelte unheilvoll meinen Hintern. „Du hast meinen Allerwertesten heute schon genug betatscht!“, konterte ich.

„Da bin ich anderer Meinung.“

Als Liam dann entschied, dass wir weit genug vom Schwimmbad entfernt waren, blieb er stehen und ließ mich endlich herunter. Stöhnend und ächzend kam ich wieder auf meine Füße, nur um mich gleich geschafft nach hinten an einen Baum zu lehnen. Als das Adrenalin langsam meinen Körper wieder verließ, begann ich über das Geschehene zu lachen. Es war aufregend und lustig gewesen. Ich hatte in meinem Leben noch nie etwas Verbotenes getan und auf eine seltsame Art fühlte ich mich frei. Bei dieser Erkenntnis verebbte mein Lachen langsam und ich blickte zu Liam hinauf, der noch dicht vor mir stand und mich lächelnd betrachtete. Ich fragte mich gerade, was dieses merkwürdige Glänzen in seinen Augen bedeutete, als er mich an den Schultern nach hinten gegen den Baum drückte. Plötzlich war er nur noch einen Herzschlag von mir entfernt, lehnte sich zu mir herab und ließ mir keine Möglichkeit mehr zu reagieren. Leidenschaftlich bedeckte er mit seinen warmen, weichen Lippen die meinen und mit einem Mal löste er ein regelrechtes Feuerwerk der Gefühle in mir aus. Mein ganzer Körper kribbelte und eine unglaubliche Hitze durchfuhr rasend schnell und alles verschlingend, wie ein Waldbrand, jede Faser meines Körpers. Ließ mein Innerstes lichterloh in Flammen stehen. Meine Beine versagten ihren Dienst, knickten ein und ich hielt mich an seinem Nacken fest. Er presste mich mit seinem Körper gegen den Stamm und seine Hände wanderten zitternd und sehnsüchtig über meine Haut, an der das blaue Kleid nass und kalt klebte. Jede seiner Berührungen hinterließ einen angenehmen Schmerz, wie süßes Gift, gefährlich und verführerisch. Der Kuss war ungestüm, wild und verlangend. Voller Verzweiflung und Hingabe. Ich kam mir so gewollt und wichtig vor, als sei ich die einzige Hoffnung, an die er sich klammern konnte. Gleichzeitig waren seine Lippen so weich, sein Atem so warm und mein Herz schlug so schnell und schmerzhaft, dass ich befürchtete, es würde gleich einfach aus mir herausbrechen. Um mich herum entstand ein Meer aus tausend Lichtern. Funken sprühten. Meine Welt stand plötzlich Kopf. Drehte sich. Tanzte. In diesem Moment gab es keine Zweifel. Es gab keine Angst. Keine Trauer. Es gab nur ihn und mich. So ergab ich mich wehrlos meinen Gefühlen und erwiderte den Kuss mit intensiver Leidenschaft, als ich ihn dicht an mich heranzog.

30

Die Wärme umfing mich wie ein weicher Mantel. Ich konnte nicht sagen, ob sie von Liams Körper kam, der so dicht vor mir stand, von seinen Armen, die mich umfingen oder von dem Gefühl, das dieser Kuss wie ein Feuer in meinem Inneren lodern ließ. Ich hielt mich an ihm fest, zog ihn dicht an mich heran und meine Finger fuhren durch seine dunklen Haare. Ich wünschte mir, dass dieser Moment niemals enden würde. Dass die Zeit anhielte. Dass die Erde aufhören würde, sich zu drehen. Doch sie hielt nicht an, die Zeiger wanderten weiter und der Moment endete viel früher, als mir lieb war. Der stürmische Kuss wurde zaghafter, erfror langsam wie ein Bachlauf im Winter. Seine Lippen lösten sich von meinen und hinterließen eine sehnsüchtige Kälte. Als ich meine Augen aufschlug, blickte ich direkt in Liams blaue Spiegel seiner Seele, in denen eine verzweifelte Bitterkeit lag, und eine traurige Erkenntnis. Ich wusste nicht, was los war oder was er dachte, bloß, dass dieser Blick nichts Gutes verheißen konnte.

„Liam?", fragte ich zögerlich und er schloss noch einmal für einige Sekunden seine Lider, ehe er einen Schritt zurücktrat und mich freigab. Noch immer waren meine Beine weich wie Brei und drohten nahezu wegzuknicken. Umso dankbarer war ich über den Baum in meinem Rücken, der mir ein wenig Halt gab.

„Wir sollten zurückgehen", sagte Liam und zog sich sein T-Shirt über. Seine Lippen waren zu schmalen Strichen zusammengepresst und seine Stirn lag leicht in Falten. Er wirkte einfach mal wieder unheimlich angespannt. Was zur Hölle hatte ich falsch gemacht? Hatte nur ich diese Leidenschaft gespürt? Dieses Feuer?

„Was?", fragte ich also empört. Wollte er jetzt nach diesem Kuss einfach wütend davonlaufen?

„Zieh deine Schuhe an", herrschte er mich an, „ich habe keine Lust, dich auch noch bis nach Hause zu schleppen."

Mir klappte der Mund auf. Ich konnte überhaupt nicht fassen, wie er sich jetzt verhielt. „Sag mal, welche Laus ist dir denn über die Leber gelaufen?“, blaffte ich ihn an, halb wütend, halb verletzt. Er hielt kurz inne und sah mich an, dann schüttelte er den Kopf.

„Keine, Helena. Es war einfach falsch, okay? Vergessen wir, was gerade passiert ist“, er deutete auf meine Sandalen und hob auffordernd und ungeduldig die Augenbrauen. Ich dachte jedoch im Traum nicht daran, sie jetzt anzuziehen. Stattdessen warf ich sie fluchend nach ihm und stierte ihn anklagend an. „Vergessen?!“, fragte ich entsetzt und mit belegter Stimme, kämpfte mit aller Macht gegen den Kloß an, der sich in meinem Hals bildete, „kannst DU das einfach vergessen?“

„Ich MUSS!“, auch seine Stimme wurde lauter und nun starrten wir uns gegenseitig zornig an, bis er die aufkommende, erdrückende Stille wieder durchbrach, „zieh jetzt deine verfluchten Sandalen an. Ich glaube, du hast vergessen, wer ich bin. Ich bin kein Traumprinz auf seinem scheiß Ross. Ich bin dein verdammter Entführer und wenn du nicht augenblicklich deine Schuhe anziehst, schwöre ich dir, binde ich deine Füße zusammen und hänge dich an einem der Bäume auf!“ Ich stutzte und schluckte. Waren wir jetzt also wieder da gelandet, ja? Bei dem Entführer und seiner Gefangenen? Liam spielte Russisch Roulette mit meinen Gefühlen. Nie konnte ich wissen, woran ich gerade war. Und gerade hatte er mir die Kugel mitten durch das Herz gejagt. Erst entführen, dann küssen und dann vergessen?

Ich setzte mich hin, kämpfte weiter gegen den Kloß und gegen die aufsteigenden Tränen in meinen Augen an und zog mir meine „verfluchten Sandalen“ wieder an. Als ich fertig war, sah ich Liam mit einem provozierenden Blick an, der nichts anderes ausdrückte als „Zufrieden?“.

Das war er anscheinend, denn er wandte sich ab und ging los, seine Hose trug er immer noch in den Händen, weil er sie nicht über seine nach wie vor nassen Shorts ziehen wollte. Während er vor mir lief, konnte ich beobachten, wie er seine Fäuste ballte und die Sehnen und Muskeln an seinem Unterarm hervortraten. Seine Schritte waren so schnell, dass ich das Gefühl hatte, er würde vor etwas flüchten. Vor mir?

Nach einiger Zeit konnte ich nicht mehr mithalten, mir ging die Puste aus und meine Frustration steigerte sich immer weiter, bis das

Fass letztendlich überlief. Fly blickte mich mitfühlend an, als könnte sie das Gewitter, das in mir tobte, spüren. Wenigstens sie war hier auf meiner Seite.

„Warte!", rief ich. Liam hielt an, drehte sich genervt zu mir um. „Was ist denn jetzt schon wieder, Prinzesschen?"

„Das frage ich DICH!", gab ich zurück und blieb stehen, „wir haben uns geküsst!"

„Ich habe doch gesagt, dass wir das vergessen", gab er zurück und angespannt kreiste er mit dem Kopf, hob leicht die Schultern an und knackte mit seinem Nacken.

„Sag mir wenigstens warum! Oder fandest du es nicht schön? Hat es dir nichts bedeutet?", rief ich und suchte verzweifelt nach irgendeiner Reaktion, die mir sagte, dass es nicht so war. Und tatsächlich, mit geschlossenen Augen wandte er den Kopf von mir ab.

„Doch", gab er zu und eine unglaubliche Erleichterung durchflutete meinen Körper, puzzelte mein gebrochenes Herz wieder ein bisschen zusammen.

„Was ist dann das Problem?", fragte ich nun sanfter, einfühlsamer und versöhnlicher. Ich hoffte, dass er mir so ein wenig entgegenkommen würde. Mir eine Erklärung liefern würde.

„Es ist sinnlos. Es ist einfach hoffnungslos. Eine Sackgasse, in der wir uns nicht verrennen dürfen. Für uns gibt es kein Happy End und lieber beenden wir es, bevor es am Ende zu schmerzhaft wird", erklärte Liam auch etwas ruhiger. Nun wirkte er nicht mehr angespannt oder wütend, eher gebrochen. Er sah mich nicht an und es wirkte, als würde eine riesige Last auf seinen Schultern liegen.

„Aber warum? Wenn du dich der Polizei stellst, wirst du eine Weile zurück ins Gefängnis müssen. Aber ich werde niemandem sagen, dass du mich entführt hast. Ich komme dich besuchen. Das verspreche ich dir. So oft man mich lässt. Und irgendwann bist du wieder frei und dann ...", ich stoppte. Und dann heiraten wir? Ziehen wir in ein Häuschen und kriegen viele kleine Kinder? War es das, was ich sagen wollte? Selbst Liam sah mich mit einem mitleidigen Lächeln an, was mir zeigen sollte, wie unglaubwürdig meine Ausführung war. „Ich schwöre es dir", wiederholte ich und legte mir eine Hand aufs Herz, „oder vertraust du mir nicht?"

„Darum geht es nicht, Helena", sagte er dann und ich verstand die Welt so langsam nicht mehr. Was war dann sein verfluchtes Problem?

„Ich werde nicht zurück ins Gefängnis gehen“, er betonte diese Worte, als seien sie ein unausweichlicher Fakt. Etwas, das feststand. Unumstößlich. Ich warf meine Stirn in Falten.

„Aber der Mann aus der Gasse …“, erwiderte ich verwirrt.

„Er hatte es verdient“, presste er hervor, „aber ich werde nicht ins Gefängnis gehen.“

„Was dann?“, fragte ich irritiert. Liam fuhr sich mit einer Hand durch sein nasses, dunkles Haar, es blieb wie nach hinten gekämmt liegen und nur ein paar wilde Strähnen bäumten sich auf und fielen ihm wieder in die Stirn. „Vermutlich werde ich erschossen, wenn die Polizei mich früher oder später sucht, findet und verfolgt. Und da ich nicht kooperieren werde, bewaffnet und gefährlich bin, werden sie mich erschießen, wenn ich versuche zu fliehen“, er zuckte die Schultern und breitete die Arme kurz aus, „das ist zumindest der Plan.“

„Dann lass mich frei, dann wird niemand nach dir suchen!“, entgegnete ich mit aufkommender Verzweiflung.

„Oh, darum geht es gar nicht. Du verstehst das nicht“, er kam mit langsamen Schritten auf mich zu. Seine Augen weiteten sich leicht und ein wahnsinniger Glanz war in ihnen zu erkennen, der mir einen eiskalten Schauer über den Rücken laufen ließ. Die Härchen in meinem Nacken stellten sich auf. Liams Körperhaltung hatte sich abermals geändert. Er war nicht mehr gebrochen, unsicher oder traurig. Stattdessen ging er aufrecht, das schwarze T-Shirt spannte sich um seine Brust, als er tief einatmete und den Kopf anhob, um von oben auf mich herabzusehen. „Ich werde ihn töten“, hauchte Liam, als sei es ein Versprechen.

31

Mein Mund klappte auf und zu wie bei einem Fisch und die Worte wollten einfach nicht über meine Lippen dringen. So sehr hatte mich sein letzter Satz aus der Bahn geworfen. Töten. Dieses Wort hallte wie ein unglückbringendes Echo in meinem Kopf nach. Wieder und wieder.

„Wen?", brachte ich schließlich nur heraus, doch ich vermutete, dass es um den Mann aus der Gasse ging. Immerhin hatte dieser nur überlebt, weil ich ihm dazwischengefunkt hatte. „Meinen Vater. Den Mann, der dieses Monster hier erschaffen hat", sagte er, während er mit einer Hand auf sich selbst deutete, „der mich so kaputt gemacht hat. Der Mich zu einem Mörder gemacht hat."

„Totschläger", verbesserte ich ihn kleinlaut und irgendwie hoffte ich, dass er mich gar nicht gehört hatte. Doch das hatte er, denn er schüttelte den Kopf.

„Ich werde aber einer sein. Ihn werde ich ermorden. Ich werde ihn Foltern und dann langsam zugrunderichten. Genau so, wie er es verdient hat. Und dann wird man mich suchen und finden. Ich werde mich weigern zu kooperieren und sterben. Aber du, liebe, gute Helena, du wirst weiterleben, jemanden finden, der gut für dich ist und ein vorbildliches Leben führen. Irgendwann eine tolle Mutter werden und hoffentlich Fly ein liebevolles Zuhause schenken", sagte er mit einem sanften Blick zu dem Vierbeiner. Dieser saß zu meinen Füßen und hatte keine Ahnung von dem, was wir hier redeten. „Und dann hat jeder das bekommen, was er verdient. Wenn du ab und an ein Gebet für mich sprichst, bevor du zu Bett gehst, dann wird mir vielleicht auch irgendwann vergeben". Liam zwinkerte mir zu und lächelte. Mir hingegen war überhaupt nicht nach Lächeln zumute. Alles, was er mir erzählt hatte, lag schwer wie Wackersteine in meinem Magen. Warum wollte er sein Leben so wegwerfen? Wieso glaubte er, existierte er nur, um diesen Mann zu bestrafen und sich selbst dafür zu opfern? Natürlich. Was sein Vater ihm und anderen angetan hatte, war unverzeihlich, aber umso schlimmer war es, dass er nun auch noch sein höchstes Gut seinetwegen verlieren – nein, wegwerfen wollte. Sein Leben! Ich konnte doch nicht zulassen, dass er sich opferte wie ein gewalttätiger Märtyrer.

„Wir müssen das Video der Polizei zeigen. Auch wenn es jetzt schon lange her ist, werden sie gegen deinen Vater ermitteln und er kann verhaftet und bestraft werden!“, sagte ich und schöpfte für einen Moment neue Hoffnung. Das war doch die Lösung, oder? Wir hatten das beste Beweisstück. Sein Vater würde bestraft werden und Liam blieb am Leben. Doch er lachte bei meinen Worten nur kalt und emotionslos auf. „Was glaubst du denn, wie lange er für diese Taten einsitzen muss? Bei schweren Fällen bekommt man dafür zwei bis fünfzehn Jahre. Und er hat selbst nicht mal was gemacht. Er war doch nur der Kameramann. Die Dinge habe alle ICH getan.“

„Aber er hat dich dazu gezwungen!“, erwiderte ich verzweifelt. „Na und? Das interessiert doch niemanden. Wenn er sich einen guten Anwalt holt und echt Pech hat, bekommt er vielleicht fünf Jahre. Das ist nicht genug. Nicht für mich. Nicht für Anna. Nicht für eines der anderen Mädchen!“, als wäre damit alles gesagt, wandte er sich wieder von mir ab und ging entschlossen los. Nach einem Moment des Zögerns und einem treuen Blick von Fly setzte auch ich mich wieder in Bewegung. Das konnte es doch nicht gewesen sein. Was erwartete Liam von mir? Das ich es einfach so hinnahm, das er einen Menschen umbringen wollte, ganz gleich, was er getan hatte und dass er sein Leben dafür geben würde? Selbst wenn er für den Mord ins Gefängnis kam. Das war doch besser als sterben, oder? Ich verstand diese Todessehnsucht einfach nicht. Mein Leben war auch nie einfach gewesen. Und ja, es gab auch Punkte, an denen ich stehen geblieben war und einen Moment zu lange von der Brücke hinab in die Tiefe geblickt hatte. Doch letztendlich war es nie eine Option für mich. Der Gedanke an meinen Bruder und meinen Vater und welche Vorwürfe und Sorgen sie sich machen müssten, welchen Schmerz und Trauer sie empfinden müssten, war einfach viel größer. Dann hatte ich über mich selbst den Kopf geschüttelt. Wie ich überhaupt so respektlos meinem eigenen Leben gegenüber sein konnte. Es war ein Geschenk. Das einzige, das meine Mutter mir je gemacht hatte. Unsere Familie war auseinandergebrochen. Wegen mir. Wegen dieses Geschenks. Umso wichtiger war es, es zu hüten wie einen Schatz. Verbissen blickte ich Liams Rücken an, während wir endlich wieder auf einen Pfad kamen und nun nicht mehr über heruntergefallenes Laub und Wurzeln stolpern mussten. „Warum hast du deinen Vater nic der Polizei gemeldet?", wollte ich wissen. „Aus demselben Grund, warum so viele Vergewaltigungen nicht angezeigt werden. Anfangs war ich zu jung, verstand es nicht, dann hatte ich Angst und dann meine Schuldgefühle. Und am Ende war mein Hass einfach zu groß. Er soll sterben. Nicht einfach verurteilt werden. Zu diesem Entschluss bin ich gekommen, kurz nachdem ich ins Gefängnis kam."

„Macht er diese Dinge immer noch? Macht er das nun mit anderen Kindern?", hakte ich nach und Liam schnaubte verächtlich.

„Du glaubst ja wohl nicht, dass sein Verstand eine plötzliche Wunderheilung erfahren hat, oder? Weißt du, wie oft er uns hierher gebracht hat? Was für schreckliche Dinge er mich hier mit den Mädchen hat tun lassen?" Ich sah ihn verwirrt an.

„Hier?", fragte ich, als hätte ich mich verhört.

„Ja, hier, in dem gemütlichen Ferienhaus unserer Familie."

Ich schwieg einen Moment und sah auf den Waldboden. „Umso wichtiger ist es doch, dass ihm das Handwerk gelegt wird!"

„Das werde ich bald."

Ich seufzte. Dieses Gespräch führte zu nichts. Auch wenn ich mich fragte, wieso diese Anna auch nie jemanden angezeigt hatte. Lebte sie überhaupt noch? Ich schluckte die Fragen hinunter, die mir auf der Zunge brannten. Es war nicht ratsam, sie jetzt zu stellen. Ich sollte sie mir aufheben für einen Moment, in dem Liam zugänglicher war.

Es dauerte auch nicht mehr lange, da konnte ich zwischen den Bäumen hindurch die kleine Holzhütte erkennen, die im Moment mein Zuhause war. Der Anblick erfüllte mich mit gemischten Gefühlen. Auf der einen Seite waren hier vermutlich schlimme Dinge passiert und auch ich hatte hier das ein oder andere traumatische Erlebnis gehabt. Doch es gab auch schöne Momente. Zum Beispiel das knisternde Feuer im Kamin und Liams haltende Hand. Der Gedanke daran, löste ein unerklärliches Kribbeln in mir aus.

Wir gingen hinein. Butterfly verfolgte nun Liam wie ein Schatten und ich zog mich zunächst in meine Kammer zurück. Ich brauchte einfach etwas Zeit für mich. Während mein Entführer sich in der Küche um das Essen kümmerte, ging ich duschen und zog mir endlich trockene Kleidung und passende Unterwäsche an. Ich kuschelte mich anschließend in meinem neuen Jogginganzug vor das Pult. Ich versuchte, mich abzulenken, indem ich an meinem Buch arbeitete und das, was mir passiert war, in geschriebene Worte fasste.

Für mich war es eine Art Therapie. So konnte ich verarbeiten und meinen Gefühlen Ausdruck verleihen. Es war mein Ventil. Auch beim Abendessen war Liam nicht sehr gesprächig und so ließ ich ihn in Ruhe. Es gab Ofenkartoffeln mit Kräuterquark und Lachs. Dass er diesen so wunderbar rosa und noch leicht glasig hinbekam, zeugte einfach davon, dass er tatsächlich kochen konnte. Nach dem Essen kehrte ich in meine Kammer zurück und verlor mich abermals in meiner eigenen Welt. Einige Zeit später klopfte es an meiner Tür und ich hörte Liams Stimme hinter ihr.

„Willst du nicht bei mir im Wohnzimmer schreiben?", fragte er. Ich hob meine Brauen. Mal kein Befehl. „Nein", antwortete ich und wartete, ob er versuchen würde, mich zu überreden. Doch er akzeptierte meine Antwort und ich hörte, wie sich seine Schritte entfernten. Obwohl ich kein Recht dazu hatte, war ich für einen Moment enttäuscht, dass er es nicht mal versucht hatte. Vermutlich war es schon eine Riesenüberwindung gewesen, mich überhaupt zu fragen und so plagte mich mein schlechtes Gewissen. Dennoch blieb ich stur. Ich tat es ja nicht, um ihn zu bestrafen! Na gut, vielleicht ein bisschen. Vielleicht wollte ich ihm zeigen, dass ich wütend war, dass er sich ans Messer liefern wollte. Dass ich traurig war, dass ich hier offensichtlich die Einzige war, die so dumm war und sich eine gemeinsame Zukunft vorgestellt hatte! Auf der anderen Seite brauchte ich aber auch Zeit, um damit klarzukommen. Mit dem Gedanken, dass er diese rosarote Brille nicht trug. Dass er um jeden Preis zum Mörder werden wollte. Dass er lieber sterben wollte als zurück ins Gefängnis zu gehen. Wenn ich Glück hatte, würde er die Zeit allein nutzen, um darüber nachzudenken, was er mir gesagt hatte und was ich empfinden musste, nachdem ich ihm quasi gestanden hatte, dass ich eine gemeinsame Zukunft sah. Was völlig hirnrissig war. Er war mein Entführer! Und wir kannten uns nur ein paar Tage. Das Mysterium Liam öffnete sich mir immer mehr. Ich hatte eine furchtbar traurige, aber auch hasserfüllte Geschichte entdeckt. Hass gegenüber seinen Eltern, aber vor allem Hass gegenüber sich selbst.

Ich wollte einfach nicht, dass dieser kleine Junge mit den leblosen Augen als solcher im Grab landen würde und ich die Einzige wäre, die Tränen vergoss. Ich wollte nicht, dass das warme, wunderschöne Lachen verging, dass ich heute zum ersten Mal gehört hatte. Ich wollte es behalten. Für immer um mich haben. Verflucht!

Ich stand auf, raufte mir die Haare und warf beinahe meinen Stuhl nach hinten um. Dumme, naive Helena! Egal, wie sehr ich auf ihn einreden würde. Allein mit Worten wäre er wohl nicht von seinem Vorhaben abzubringen. Meine einzige Chance war es, ihm zu zeigen, wie schön das Leben sein konnte. Dass es mehr für ihn gab als all das Leid, den Zorn und die Ungerechtigkeit. Ich beschloss, dass ich um ihn kämpfen musste. Für ihn. Für sein Leben! Und irgendwie auch für das Leben seines Vaters, der eine Strafe verdient hatte – aber eine gerechte, die gesetzeskonform war.

Ich hatte keine Ahnung, wie viel Uhr es war, als ich in mein kleines Bett mit kaputtem Pfosten und Blümchenbezug kroch. Schlaflos wälzte ich mich umher, schaffte es nicht, die kleinen Rädchen in meinem Kopf auszuschalten, die kontinuierlich vor sich hinarbeiteten. Ich hörte, wie Liam ins Bad und dann wohl ins Bett ging, immer verfolgt von Flys ungelenkem Tapsen. Seine Tür ging zu und Stille breitete sich in der Hütte aus. Inzwischen kreisten meinen Gedanken in erster Linie um die Frage, wie es Liam gerade ging. Was dachte er? Was fühlte er? Wie war es, auf seinen eigenen Tod hinzuarbeiten? Einmal war ich kurz davor einzuschlafen, dann hatte ich plötzlich das Gefühl, irgendwo herunterzufallen, zuckte so stark zusammen, dass das Bett wackelte. Weil mein Puls jetzt Marathon lief, war ich wieder wach. Vermutlich war es schon nach Mitternacht, als ich einen Entschluss fasste. Ich wühlte mich aus dem Bett und schlich auf Zehenspitzen aus meinem Zimmer in den Flur. Ich ging zu Liams Schlafzimmer und ohne zu klopfen, öffnete ich leise die Tür.

32

Zunächst hörte ich, wie Fly auf mich zukam. Ich spürte ihre feuchte Nase an meinem Bein, wie sie mich abschnüffelte und wohl sicherstellte, dass ich es war. Durch das Fenster drang kühles Mondlicht, das sich wie ein sanfter, weißer Schleier um Liams schlafendes Gesicht legte. Er atmete gleichmäßig, und als ich näher an ihn herantrat, stellte ich mit blutendem Herzen fest, wie jung und friedlich er aussah. Vorsichtig, um ihn nicht zu wecken, hob ich die Decke an und kroch über die große Doppelbettmatratze zu ihm. Es knarzte leise unter meinem Gewicht und ich unterdrückte ein Fluchen. Mit pochendem Herzen starrte ich ihn in der Dunkelheit an, doch er rührte sich nicht. Ganz langsam und behutsam rückte ich an ihn heran. Ich legte mich neben ihn, platzierte meinen Kopf an seine Schulter und legte meine Hand auf seine Brust. Erst als ich gänzlich in die Matratze gesunken war, traute ich mich, wieder auszuatmen.

„Kannst du nicht schlafen?", das Herz rutschte mir in die Hose und mir wurde schwindelig, als ich seine Stimme so nah an meinem Ohr hörte. Ich biss mir auf die Lippe und kniff kurz die Augen zusammen. Fuck!

„Doch kein Ninja", setzte er nach, „eher ein Trampeltier."

Ich rollte die Augen, musste aber dennoch lächeln. Es tat gut, dass er wieder mit mir sprach, wie er es sonst auch getan hatte. Dass er mich stichelte und ärgerte. Das war der Liam, den ich kennengelernt hatte, mit dem ich gut auskam.

„Ich habe keine Ruhe gefunden", antwortete ich wahrheitsgemäß und konnte nicht verhindern, dass mein Körper sich ganz automatisch gegen seinen presste. Ich suchte seine Wärme und seine Nähe wie ein Ertrinkender die Luft zum Atmen. Ich spürte, wie er den Arm um mich legte und mich leicht gegen sich drückte, was mein Herz dazu veranlasste, einen kleinen Hüpfer zu machen. „Ich habe doch gesagt, dass wir so etwas hier nicht tun dürfen", flüsterte er mahnend. „Dafür hältst du mich aber ziemlich fest", erwiderte ich und im Zwielicht konnte ich erkennen, wie sich ein leichtes Lächeln auf seine Lippen legte. „Ich tue doch immer das, was ich nicht sollte", antwortete er, drehte seinen Kopf zur Seite und ich spürte seine warmen, weichen Lippen, sanft auf meiner Stirn. Mein ganzer Körper wurde von einer Wärme geflutet, die keinen Zentimeter ausließ. Ich spürte es in jeder Fingerspitze, jeder Faser von mir. Für einen Moment schloss ich meine Augen, atmete seinen Duft tief ein und griff in sein Shirt. „Gut", sagte ich schließlich, „ich hatte nämlich auch nicht vor, mich jetzt von dir fernzuhalten, nur weil du Angst hast, dass ich deine Pläne über den Haufen werfen könnte", verkündete ich stolz.

„Das kannst du auch nicht, denn sie stehen bereits fest." Abermals schaffte er es mit seinen Worten, mein Herz zu durchstoßen wie mit einem Dolch. Verstand er nicht, wie sehr mich das verletzte? Es dauerte einen Augenblick, bis ich mich von diesem Schlag erholt hatte. Doch ich hatte mir vorgenommen, mich nicht mehr von Liam emotional zermürben zu lassen. „Dann musst du eben auch damit klarkommen, dass ich alles versuchen werde, um mit dir einen Weg aus der Sackgasse zu finden. Ich werde nichts beenden, nur weil du dich sonst schuldig fühlst. Wenn du schon sterben musst, dann werde ich jede Sekunde genießen, die wir haben. Und du wirst das auch!" Bäm. Jetzt hatte ich es ihm gegeben.

Ich spürte, wie Liams Brust unter meinem Kopf leicht vibrierte, als er stumm zu lachen schien. Er streichelte meinen Arm und jeder Zentimeter, den er berührte, stand in Flammen. Ich begann seine Brust und seinen Arm zu kraulen, und wenn er nur ansatzweise dasselbe fühlte wie ich, würde er irgendwann an seinem Vorhaben zweifeln! Da war ich mir sicher. Er war ein Junge, der nicht wusste, was Liebe war. Ich musste es ihm beibringen. Vielleicht verstand er dann, was es bedeutete zu leben.

„Schlaf gut, Helena", sagte Liam schließlich leise.

„Du auch, Liam", antwortete ich.

Es dauerte nicht lange, da stoppte sein Streicheln und seine Atmung wurde flach und gleichmäßig. Umfangen von Wärme und seinen Armen, von seinem holzig-rauchigen Duft und mit Fly an meinen Füßen, fand auch ich endlich Ruhe und warf mich schließlich in Morpheus' sanfte Arme.

„Ich will nicht mehr", diese Worte rissen mich aus meinem Schlaf und als ich meine Augen aufschlug, stellte ich fest, dass sie von Liam kommen mussten. Sein Gesichtsausdruck hatte sich geändert, die Lippen waren schmerzlich verzogen, seine Augen fest zusammengekniffen und seine Atmung ging schnell und stoßartig. Er schwitzte und ich hörte sein Herz unter mir rasen. Mein schlaftrunkener Verstand begann langsam zu realisieren, dass er einen Alptraum haben musste.

„Papa, bitte, … ich will nicht mehr…lass mich aufhören", er warf seinen Kopf zur anderen Seite, zuckte mit den Beinen. Kämpfte. Im Schlaf. Gegen seine Vergangenheit. Gegen seinen Vater. Ich hatte irgendwo mal gelesen, dass man Leute, die einen Alptraum hatten, nicht wecken sollte. Doch ich ertrug es nicht, ihn in dieser Welt zu lassen, auch, wenn sie nicht real war. Denn sie war es einmal gewesen.

Vorsichtig berührte ich seine Wange, flüsterte leise seinen Namen. „Liam, … es ist alles gut, du bist in Sicherheit. Niemand zwingt dich zu etwas", versuchte ich ihm einzureden und tatsächlich begann er, sich ein wenig zu beruhigen, bevor er letztendlich seine Augen aufschlug. Panisch sah er sich um, schien nicht direkt im Hier und Jetzt zu sein. Er musste sich orientieren, atmete immer noch schnell. „Helena", hauchte er und schluckte, als sei sein Mund ausgetrocknet. Seine Iris huschte immer noch wild umher und seine Augenbrauen waren mittig nach oben gezogen, sodass seine Stirn in Falten lag. Alles an ihm war verkrampft. Seine Lippen, sein Blick, seine Hände, jeder Muskel. „Ich bin da, alles ist gut", beteuerte ich abermals und legte beide Arme um ihn. Ich zog ihn dicht an mich heran und er vergrub sein Gesicht an meiner Brust und starrte in die Dunkelheit hinein. Eine ganze Weile hielt ich ihn so fest, küsste sein weiches Haar und fuhr mit meinen Fingern kleine Kreise auf seinem Rücken. Ich spürte, wie er sich an mich schmiegte und inzwischen war es mir auch egal, dass er hören musste, wie mein Herz so schnell schlug. Immerhin lag sein Kopf direkt an meiner Brust. „Möchtest du mit mir darüber reden?", fragte ich nach einiger Zeit vorsichtig.

„Es gibt nichts zu reden", lehnte er ab und ich unterdrückte ein schweres Seufzen. Er war so ein harter Brocken! Typisch Liam Winterfeld. Der Mann, der nicht redete. Zumindest nicht über sich.

„Du hast es nicht verarbeitet. Hast du es jemals versucht?", hakte ich nach und konnte quasi spüren, wie er fragend die Brauen kräuselte.

„Was soll ich da verarbeiten?"

„Zeig es mir“, forderte ich plötzlich.

„Was?“

„Wo die Videos gedreht wurden. Zeig mir den Raum!“

„Nein“, lehnte er abermals entschlossen ab.

„Hast du Angst?“

„Wovor sollte ich Angst haben?“, antwortete er eingeschnappt. An seinem Stolz konnte ich ihn immer kriegen. Ein süffisantes Lächeln erschien auf meinen Lippen, das er zum Glück ja nicht sehen konnte.

„Dann zeig es mir“, forderte ich abermals und endlich begann er sich zu rühren. Liam löste sich von mir und rückte zu der Bettkante.

„Wie du willst“, sagte er und stand auf, während er in einer entschlossenen Bewegung einen Schlüsselbund von seinem Nachttisch nahm.

33

Liam gab mir Hausschuhe und schlüpfte selbst in seine. Dann führte er mich durch die Hütte und die Terrassentür nach draußen in die Dunkelheit der milden Frühsommernacht. Er schaltete das Blitzlicht seines Handys als Taschenlampe an. Im Wald war es so finster, dass wir gerade bis zum Rand des Lichtkegels sehen konnten, dahinter herrschte absolute Dunkelheit. Nur das leise Rauschen des Windes ging durch die Baumwipfel und ließ die Blätter verheißungsvoll rascheln. Hier und dort knackte ein Ast irgendwo in der Tiefe des Waldes und von weit her erklang der Ruf eines einsamen Kauzes. Nebelschwaden stiegen weiß aus den Schatten hervor, zeugten von dem Regen des Vortags und hüllten die Hütte in eine gespenstische Atmosphäre. Wie weit wohl die nächste Siedlung entfernt war? Wie weit würde ich laufen müssen? Als wir neben einem aufgesetzten Stapel Feuerholz zum Stehen kamen, erkannte ich eine alte Metalltür, an der der graue Lack bereits abgeplatzt war. Liam durchsuchte den Schlüsselbund und als er den richtigen gefunden hatte, schloss er sie auf. Mit einem Knarzen und Quietschen zog er sie auf und leuchtete mit seinem Handy eine lange, schmale Betontreppe hinab. Dann drehte er an einem Schalter an der Wand und mit einem Klacken ging eine einzelne, von der Decke herabhängende Glühbirne an. Wir stiegen die Stufen hinab und ich hielt mich dicht hinter Liam. Mit der Dunkelheit im Rücken und vor uns breitete sich einfach Angst und ein wenig Verfolgungswahn in mir aus. Das Herz schlug mir gegen die Brust und meine Handflächen waren feucht. Obwohl Liam wahrscheinlich das Gefährlichste weit und breit war, suchte ich ausgerechnet bei ihm Schutz. Mit einem lauten Knall fiel die Metalltür oben zu und ich krallte mich quiekend in sein Shirt. „Keine Angst", sagte Liam, „war nur der Wind."

„Ja ja", sagte ich keuchend, „oder der andere Psychokiller, der hier rumläuft. Oder die bösen Geister aus dem Wald. Oder die Blairwitch. Such dir was aus."

„Dann nehme ich den Psychokiller, der hat gegen mich keine Chance", sagte Liam und ich konnte sein Grinsen förmlich hören. Wenigstens hatte einer von uns keine Angst oder zeigte sie zumindest nicht.

Als wir unten ankamen, erreichten wir einen kleinen Flur, von dem eine Tür nach rechts führte und eine geradeaus. Wir steuerten die letztere an.

Vor ihr blieb er stehen und seine Körperhaltung veränderte sich. Er öffnete sie nicht sofort und schien mit sich zu ringen. Seine Nervosität äußerte sich nicht nur in seinem schnellen Atmen, sondern auch darin, dass er wieder begann, mit den Fingern zu knacken. Ich wartete, ließ ihm Zeit, diesen Kampf mit sich auszutragen. Dann hob er seine Hände und öffnete ein dickes Zahlenschloss, das die Tür verriegelt hielt. „Du kennst den Code?", fragte ich zögerlich.

„281188. Mein Geburtsdatum", Liams Stimme war belegt und zitterte leicht. Hier zu sein musste ihn unglaublichem, psychischem Stress aussetzen und doch hielt ich es für absolut richtig, dass wir hierherkamen. Ich weiß, ich war nicht in der Position, das zu verlangen, mit meiner glorreichen Verdrängungstaktik. Auch diese Tür drückte er auf, blieb jedoch draußen stehen und ließ mir den Vortritt. Ich ging in den dunklen Raum hinein, konnte nur so weit sehen, wie das spärliche Licht des Flures drang. Erst als Liam die grellen, flackernden Neonröhren an der Decke einschaltete, konnte ich das Zimmer bis ins letzte Eck erkennen. Geblendet von der plötzlichen Helligkeit, musste ich einige Male blinzeln, ehe sich meine Augen an die neuen Lichtverhältnisse gewöhnt hatten. Als ich mich umsah, erkannte ich das Gitterbett, das ich auch in dem Video gesehen hatte. Es stand an der linken Wand. Daneben befand sich ein Klappstuhl. Die Wände waren jedoch nicht mehr der rohe Beton, sondern mit einer hellblauen Vliestapete bekleidet, die mit kleinen Autos bedruckt war. Der Boden war mit grauem, grobmaschigem Teppich ausgelegt. Die eine oder andere Stelle des Teppichs sah aus, als hätte man versucht, dunkle Flecken mit starker Chemie zu beseitigen und der Geruch von Chlor, Bleiche und feuchtem Stein lag in der abgestandenen Luft. Als ich mich einmal um meine eigene Achse gedreht hatte, blieb mein Blick an Liam hängen. Dieser stand immer noch in der Tür und starrte mit abwesenden, leblosen Augen in den Raum hinein. Es waren dieselben freudlosen Augen, die ich in dem Video gesehen hatte. Die Augen des kleinen Jungen, der zu so schrecklichen Taten gezwungen wurde.

Ich ging zu ihm hinüber, sagte nichts, sondern griff vorsichtig nach seiner Hand, um ihn sachte in das Zimmer hineinzuziehen. Nach kurzem Widerstand gab er meiner Führung nach und trat ein. Ich legte meine Finger um seine.

„Liam?“, fragte ich nun, wollte wissen, ob er überhaupt ansprechbar war.

Er hob den Kopf ein wenig und blickte teilnahmslos in die Ferne, dennoch spürte ich, dass er etwas sagen wollte. Es wirkte, als würde er etwas vor seinem inneren Auge sehen, was gar nicht mehr existierte.

„Wenn ich diese Dinge tat, war er stolz auf mich“, begann er nach einigem Zögern. Er leckte sich über die Lippen, als würde es ihm Zeit verschaffen, „er wollte mich zu einem Mann machen. Einem richtigen Mann, der sich nahm, was er wollte. Der keine Skrupel hatte. Genau wie er.“ Das war so unheimlich krank. Inzwischen war ich sogar der Meinung, dass sein Vater nicht in das Gefängnis, sondern für den Rest seines Lebens in eine geschlossene, psychiatrische Einrichtung musste. Liams Blick wanderte gen Boden.

„Manchmal haben sie geblutet. Ich glaube, das hat ihm besonders gefallen“, seine Stimme war monoton, emotionslos und kalt.

„Wir sind danach, als Belohnung einkaufen gegangen. Ich konnte mir neues Spielzeug aussuchen, alles, was ich mir wünschte.“ Er schwieg kurz, atmete tief ein und wieder aus. In seinen Augen blitzte für einen Moment ein Funken Zorn auf. „Und ich freute mich. Ich verstand nicht, was ich tat, oder dass es eigentlich falsch war. Ich wollte die Belohnungen verdienen. Verstehst du das? Ich wollte, dass er stolz auf mich war, aber je älter ich wurde, desto weniger wünschte ich mir und desto mehr kam der Zweifel auf, ob das alles seine Richtigkeit hatte.“

Ich kniff kurz die Augen zusammen, als ich das hörte. Ich stellte mich dann aber ihm gegenüber, nahm nun seine beiden Hände in meine und streichelte mit den Daumen über seine Fingerknöchel. Es war einfach so furchtbar! So schrecklich, dass ich glaubte, dass es so etwas nur in Horrorfilmen oder Büchern gab. Bisher hatte ich nicht glauben wollen, dass es Menschen gab, die so grausam sein konnten.

„Wann hat das alles geendet?“, wollte ich wissen. Liam starrte nun wieder über meinen Kopf hinweg, seine Hände zitterten, waren eiskalt und schweißnass. „In meiner Pubertät. Als ich sexuelle Erregung empfinden konnte und mein Vater von mir verlangte, diese an Anna auszuleben. Ich begann mich zu wehren. Ich verstand immer mehr, was ich tat. Ich realisierte, dass es falsch war. Anna wollte das nicht. Sie hatte Angst, flehten und weinte. Mir wurde bewusst, dass sie gar nicht verstanden, was ich mit ihr tun wollte. So wie ich noch wenige Zeit zuvor“, erzählte er, „mein Vater wollte das so natürlich nicht akzeptieren, doch als ich anfing, schlechte Noten zu schreiben und mir einen Schulverweis nach dem anderen einhandelte, da war er zunehmend enttäuscht von mir und ließ mich seine Wut spüren. Ich umgab mich mit älteren, Kriminellen, die zwar nicht der beste Umgang waren, aber irgendwie auch in der Lage, mich zu schützen. Die mir Zuflucht gewährten. Dafür musste ich nur deren Drecksarbeit erledigen.“ Ich nickte, hörte ihm einfach nur zu, so wie er, als ich ihm meine dunkelsten Kapitel erzählt hatte. „So lernte ich auch Natascha kennen. Sie war eine Prostituierte und irgendwie suchte ich bei ihr Nähe. Ich bezahlte sie nicht nur für Sex, sondern auch dafür, einfach bei mir zu liegen, meinen Arm zu streicheln und meine Stirn zu küssen, wie es eine Mutter tun würde“, er lächelte, fuhr sich durch die Haare. Offenbar dachte er darüber nach, wie arm und verrückt das war. Ich verliebte mich in sie, sah etwas in ihr, was sie für mich nicht sein konnte. Aber sie hatte einen Freund, ihren Zuhälter. Es war okay für mich. Solange sie glücklich war, dachte ich“, er zuckte mit den Schultern, „aber dann fand ich heraus, dass er nicht nur erwachsene Frauen verkaufte, sondern auch junge Mädchen. Eines Abends kam ich zu ihr, doch sie hatte noch einen Freier und ich musste warten. Er fing mich ab, wollte mir etwas ‚ganz Besonderes‘ anbieten und zeigte mir ein Bild von einem Mädchen, das kaum älter als neun sein konnte. Dann erinnere ich mich an nichts mehr. Als ich wieder zu mir kam, wurde ich von der Polizei abgeführt. Meine Hände schmerzten und waren voller Blut und ich sah in Nataschas enttäuschtes und tränenüberströmtes Gesicht. Danach sah ich sie nur noch zur Aussage im Gerichtssaal. Den Rest kennst du ja.“

Mir fehlten die Worte und das war wirklich selten. Doch es lag wohl daran, dass es einfach nichts gab, was Trost genug gewesen wäre. Nichts in der Welt konnte dieses Elend ungeschehen machen. Niemand konnte ihm sein Leben wiedergeben und umso mehr war das ein Grund für mich, dass es von jetzt an anders laufen musste.

Dass es nicht in seinem sinnlosen Tod enden sollte. Ich musterte sein Gesicht, das so angespannt und abwesend wirkte. Es kam mir vor, als wären die Schatten unter seinen Augen größer als je zuvor und obwohl er das alles noch mal durchleben musste, war in seinen Augen nicht mehr als ein trauriger Glanz zu erkennen. Ich hatte so sehr mit den Tränen ringen müssen, als ich ihm von meiner Mutter erzählt hatte. Er schien das jedoch alles runterzuschlucken. Ich hob eine Hand, während die andere weiter seine festhielt, und legte sie sachte an seine kratzige Wange. Mit dem Daumen streichelte ich vorsichtig über seine markanten, hohen Wangenknochen und die dunklen Schatten unter seinen Augen. Mit schmerzlichem, sehnsüchtigem Gesichtsausdruck schmiegte er sich in meine warme Handfläche. Ich fragte mich, ob er solche Berührungen jemals von seinen Eltern erfahren hatte oder überhaupt von einem Menschen, den er nicht dafür bezahlt hatte. Dieser Gedanke tat mir so weh, ich hatte so viel Mitleid mit diesem Mann und ich fühlte mich nicht mal schlecht deswegen. Wahrscheinlich könnte der Teufel persönlich vor mir stehen und ich würde noch etwas Gutes in ihm finden. Ich seufzte tief und betrachtete seine geschlossenen Augen. „Warum weinst du nie?“, fragte ich leise. Es war mir einfach unerklärlich, wie er all das ertragen konnte, ohne auch nur eine Träne zu vergießen. Liam öffnete seine Lider und blickte nun zu mir hinab, zuckte ahnungslos mit den Schultern und schüttelte seinen Kopf leicht. „Ich weiß es nicht. Ich kann es einfach nicht. Ich konnte es noch nie, seit ich mich erinnern kann.“

„Ich glaube, ich weiß es“, sagte ich und dachte an seine Mutter, von der er auch nur Wut und Ablehnung erfahren hatte. Ein bitterer Knoten machte sich in meinem Hals breit und nahm mir beinahe die Luft zum Atmen. „Als du gemerkt hast, dass niemand kommt, um dich zu trösten, hast du aufgehört zu weinen.“

Meine eigenen Worte schnürten mir die Kehle zu und ließen mir die Tränen in die Augen schießen. Ich versuchte, sie wegzublinzeln, aber vergeblich. Was ihm passiert war, war einfach so schrecklich, dass ich mich nicht zurückhalten konnte. Ich zog ihn zu mir heran, sodass er nicht sehen konnte, wie die ersten Tropfen meine Wangen hinabkullerten. Ich fühlte mich so hilflos. Am liebsten hätte ich die Zeit zurückgedreht und diesen Jungen von hier gerettet und Anna auch. Doch das konnte ich nicht. Ich konnte weder die Zeit manipulieren noch ihm diese Erinnerungen nehmen. Im verzweifelten Versuch, ihm etwas Trost zu spenden, legte ich meine Arme um ihn und ich hörte sein belustigtes Schnauben über mir.

„Meine kleine Heulsuse", sagte er.

„Ich heule einfach für dich mit. Ich hab genug Tränen für uns beide", sagte ich und musste nun selbst sogar ein bisschen über mich lachen. Wenigstens konnten wir dieses fürchterliche Gespräch mit einem Scherz beenden. Plötzlich spürte ich seine Arme um mich und ich wurde hochgehoben. „Hey!", rief ich und schlang meine Beine um ihn, um mich etwas festzuhalten und nicht wie ein nasser Sack an ihm zu baumeln. „Was tust du?", fragte ich irritiert. „Ich trage dich zurück ins Bett. Ich werde heute Nacht deine Wärmflasche sein und du mein Talisman gegen schlechte Träume", erklärte Liam, der seine Hände unter meinem Po verschränkte und mit mir wieder den Raum verließ. Die Tür ließ er einfach offen und unabgeschlossen und das Licht an. Meine Tränen versiegten und zu dem Mitleid, das ich empfand, mischte sich noch ein weiteres Gefühl: Bewunderung. Er hatte all das durchgestanden, überlebt und das vollkommen allein. Es gab nie eine Hand, die seine gehalten und ihm den Weg gewiesen hatte. Trotzdem war er noch hier, setzte sich für mich mit diesen Sachen auseinander und schaffte es letztendlich, mich zu trösten, weil ich es war, die allein bei der Vorstellung schon halb zusammenbrach. Liams Psyche hatte seine Kindheit definitiv nicht unbeschadet überstanden. Doch er war noch hier. Und obwohl es wirkte, als sei er sich selbst ganz egal und würde nur noch für seine Rache leben, hatte ich das Gefühl, dass auch er sich tief im Inneren noch wünschte, irgendwo geliebt zu werden und endlich leben zu können.

34

Alle Stufen, die wir hinabgegangen waren, trug er mich wieder hinauf und stieß oben angekommen die Kellertür lediglich mit dem Fuß zu. Woher er die Kraft nahm, mich schweres Kamel so weit zu schleppen, war mir unbegreiflich. Ich legte meinen Kopf auf seiner Schulter ab und verschränkte die Arme hinter seinem Nacken. Wir schwiegen, genossen einfach nur die Nähe des anderen und waren in unseren Gedankenwelten versunken. Was ich gesehen und erfahren hatte, lag mir schwer im Magen. Die Vorstellung von dem, was Liam passiert war, griff mit einer kalten Hand um mein Herz und drückte schmerzhaft zu. Mir war bewusst, dass es unmöglich war, doch ich wünschte mir nichts sehnlicher, als ihm etwas Last abzunehmen und ihm Trost zu spenden. Als er mit mir das Schlafzimmer betrat, hüpfte eine verzweifelte Fly an uns hoch und gab brummelnde und jammernde Laute von sich, als würde sie uns fragen: „Wo seid ihr gewesen und wieso habt ihr mich so lange allein gelassen?!".

„Ja ja ja", sagte Liam zu ihr und löste für einen Moment eine seiner Hände von mir, um ihr die Stirn zu tätscheln. Dann setzte er sich zusammen mit mir auf das Bett und wir ließen uns zur Seite umfallen. Gemeinsam sanken wir in die weiche Matratze. Die Schlappen strampelten wir einfach von unseren Füßen und sie fielen mit dumpfen Schlägen auf den Holzboden. Liam fischte nach der Bettdecke und hüllte uns beide in sie ein. Ich kuschelte mich an ihn und als ich in sein Gesicht blickte, konnte ich ein zufriedenes Lächeln auf seinen Lippen erkennen. Mir all das erzählt zu haben, sich mit den Dämonen seiner Vergangenheit auseinandergesetzt zu haben und nun dennoch so glücklich auszusehen, war das schönste Geschenk, das er mir hätte machen können.

Ich spürte, wie die grauweiße Pitbull-Dame auf das Bett sprang, sich mit ihrem Kampfgewicht an meinen Füßen niederließ und dort einrollte. Es war schön. Alles so vertraut. Nicht mal Liams Nähe machte mich in diesem Moment nervös. Ganz im Gegenteil: Sie beruhigte mich und es fühlte sich an, als wäre es schon immer so gewesen. Es war, als wären wir eine kleine Familie. Bei dieser Vorstellung blitzten die Gesichter meines Vaters und meines Bruders vor meinem inneren Auge auf. Ich wusste zwar jetzt, dass es ihnen so weit gut ging, dass mein Bruder sich in psychologischer Betreuung befand und mein Vater seiner Arbeit nachging. Dennoch vermisste ich sie und ich wünschte, ich könnte ihnen von all dem erzählen, was mir passiert war. Aber das konnte ich nicht. Nicht jetzt. Nicht, wenn ich wieder freikam. Nie. Nicht, ohne dass Liam dafür bestraft werden würde. „Danke", Liams angenehme Stimme riss mich aus meinen Gedanken und ich sah ihn nun wieder an. „Danke, dass du bei mir bist", wiederholte er und diese Worte lösten einen Wirbelsturm an Gefühlen in mir aus. Ich war nicht freiwillig hierhergekommen, aber ich war aus freiem Willen geblieben und hatte eigenständig den Entschluss gefasst, für ihn da zu sein. Inzwischen war ich mir sogar sicher, dass er mich gehen lassen würde, sollte ich das wirklich wollen. Ich erwiderte nichts, sondern schenkte ihm stattdessen ein sanftes Lächeln, nahm all meinen Mut zusammen und lehnte mich zu ihm vor. Ich hatte keine Ahnung, wie er reagieren würde, ob er das wollte, ob er mich zurückweisen würde, doch mit rasendem Herzen legte ich meine Lippen sanft auf seine.

Liam erstarrte und ich spürte, wie er sich neben mir verkrampfte. Ich schickte ein Stoßgebet zum Himmel. Bitte weich nicht zurück! Inzwischen hatte ich das Gefühl, dass er sanften, liebevollen und vor allem gefühlvollen Berührungen auswich, wenn sie nicht gerade auf sexueller Ebene waren. In der Küche beim Kochen hatte er sich auch nicht von mir anfassen lassen wollen. Doch welchen Kampf auch immer er innerlich austrug, er schien ihn gewonnen zu haben. Denn nach kurzem Zögern erwiderte er meinen Kuss voller Sehnsucht. Abermals glaubte ich, sein Grashalm zu sein, an dem er sich festhielt, um nicht die Klippe hinunterzustürzen, die seine Vergangenheit war. Würde ich auch ausreichen, um der Grashalm zu sein, der ihn am Leben hielt?

Es fiel mir schwer, doch ich beließ es bei diesem sanften, unschuldigen Kuss und löste mich wieder von ihm. Ich blickte ihn an und wartete auf irgendwelche Kommentare oder bissigen Abweisungen. Als jedoch nichts dergleichen kam, schloss ich beruhigt meine Augen.

„Gewonnen“, murmelte ich und hörte ihn daraufhin etwas grummeln. „Auch ein blindes Huhn findet mal ein Korn“, erwiderte er.

„Ich bin also ein Huhn und du bist ein Korn und ich fresse dich?!“, fragte ich verwirrt und er lachte nur leise. „Du bist ein verrücktes Huhn“, gab er zurück, „deinen Entführer zu küssen.“

Da konnte er recht haben. Meinen kaputten, todessehnsüchtigen Entführer. „Du hast doch angefangen“, verteidigte ich mich, „es war Notwehr.“

„Das macht überhaupt keinen Sinn“, entgegnete Liam amüsiert und auch ich musste wieder grinsen.

„Ich mache keinen Sinn, habe ich dir doch schon mal gesagt. Also lass mich.“

„Schlaf jetzt“, befahl Liam anschließend und ich spürte, wie er seinen Kopf leicht über mich schüttelte. Ich drückte mich noch einmal enger an ihn und seufzte zufrieden. An diesem Tag war so viel passiert – ich hatte das Video gesehen, war mit Liam in das Schwimmbad eingebrochen, wir hatten uns unglaublich leidenschaftlich geküsst und danach gestritten. Ich war glücklich, wütend und verzweifelt gewesen. Bin zu ihm ins Bett gekrochen und wir hatten uns gemeinsam seiner Vergangenheit gestellt. Es kam mir vor, als wäre ich heute Achterbahn gefahren und jetzt endlich zu Hause angekommen. Liams Brustkorb begann sich gleichmäßig zu heben und zu senken. Sein leises, regelmäßiges Atmen machte mich schläfrig. Seine Körperwärme und seine Arme hüllten mich wie in Watte ein. So dauerte es nicht mehr lange, bis ich ihm ins Land der Träume folgte. Diesmal jedoch erwarteten uns dort nur gute und keine schrecklichen Bilder mehr.

Ich hatte keine Ahnung, wie viel Uhr es war, als ich am nächsten Morgen die Augen aufschlug. Ich streckte mich ausgiebig und gähnte genüsslich. Trotz Schwierigkeiten einzuschlafen und nächtlichem Ausflug in den Keller fühlte ich mich erholt und fit. Ich tastete neben mich, doch alles, was ich fühlte, war eine leere Kälte auf der Matratze. Von Liam war auch an diesem Morgen keine Spur. Die Bettdecke war zurückgeschlagen und Fly saß mit dem Rücken zu mir vor der Tür und starrte diese an, als könne sie sich dadurch magisch öffnen. Auf dem Boden lagen nur seine Schlafsachen verstreut, und seine Tasche war zerwühlt und stand offen.

„Liam?“, fragte ich, „Fly, hast du ihn gesehen?“ Die Hündin drehte sich zu mir um und sah mich aus ihren braunen Augen flehend an. Sie begann zu winseln und ich wühlte mich aus den Laken. Ich schlüpfte in die Schlappen und schlurfte zur Tür hinaus, wo mich direkt ein kalter Durchzug empfing.

„Liam, wo bist du?“, rief ich abermals, doch alles, was mir antwortete, war das Quietschen der geöffneten Garagentür, die vom Wind auf- und zugedrückt wurde.

35

Als ich auf die Garagentür zuging, stellte ich fest, dass der schwarze SUV verschwunden war und auch das Tor noch offenstand. Liam musste die Hütte in Windeseile verlassen haben. Ohne mir eine Nachricht zu hinterlassen? Ich lief zurück und durchsuchte die Küche, das Wohnzimmer, meine Kammer nach irgendwelchen Zetteln oder Hinweisen von ihm, wo er hin war und warum. Hatte er doch kalte Füße bekommen und war geflohen? War die Polizei vielleicht auf dem Weg hierher? Oder gar seine Eltern? Doch würde er mich wirklich zurücklassen? Das alles ergab in meinen Augen wenig Sinn und ich konnte mir sein Verschwinden einfach nicht erklären. Jedoch war es auch der letzte Beweis für sein bedingungsloses Vertrauen mir gegenüber. Wenn ich fliehen wollte, dann jetzt. Lang konnte er noch nicht fort sein und ich wusste, wo im Wald das Schwimmbad lag. Es wäre ein Leichtes für mich dort hinzugehen und von da aus die Polizei anzurufen. Natürlich tat ich das alles nicht. Weil ich dumm und naiv war und eine rosarote Brille trug, von der ich nur hoffen konnte, dass sie nicht mein Verhängnis sein würde.

Nachdenklich setzte ich mich an den Küchentisch. Ein ungutes Gefühl machte sich in meiner Magengegend breit. Ich konnte mir einfach nicht vorstellen, dass Liam das Haus so überstürzt verlassen hatte, um einen Verlobungsring oder so etwas für mich zu kaufen. Es konnte einfach keinen positiven Grund haben. Irgendetwas Schlimmes musste passiert sein und ich konnte nur hoffen, dass er nicht überstürzt losgegangen war, um seinen Vater zu töten.

So paradox es war, machte ich mir bei diesen Gedanken schließlich einen Toast und bestrich ihn dick mit Nutella. Ich wollte meine Sorge ein wenig gegen die Glücksgefühle ankämpfen lassen, die die Nougatcreme in mir auslöste. Anschließend versuchte ich, mich unter der Dusche von meinen Ängsten und dem mulmigen Gefühl reinzuwaschen. Ich kuschelte mich in meinen neuen Jogginganzug, und weil immer noch weit und breit keine Spur von Liam war, nutzte ich die Zeit um noch einmal einen Blick in das Video zu werfen. Ich wusste ja jetzt, wo es war und nach Liams Erzählungen der letzten Nacht brannte mir die Frage auf den Nägeln, was genau er mit den Mädchen machen musste. Ich ging also ins Schlafzimmer und holte die Kassette aus seiner Sporttasche. Liam und Anna. Was war bloß aus dem Mädchen geworden?

Diesmal hatte ich keine Angst, von Liam erwischt zu werden. Es war doch selbstverständlich, dass ich mehr herausfinden wollte. Und auch, wenn Liam sich inzwischen sehr geöffnet hatte, hatte ich noch keine wirkliche Vorstellung von dem, was tatsächlich passiert war. Nachdenklich ging ich ins Wohnzimmer, fütterte den VHS- Player mit dem Video und setzte mich auf das Sofa. Fly legte sich neben mich und hatte keine Ahnung von den schlimmen Dingen, die in diesem Haus passiert waren. Ich leckte über meine Lippen, die Fernbedienung bereits in meiner Hand und dennoch zögerte ich. Was würde ich alles sehen? Wollte ich es überhaupt sehen? Ich hatte Angst. Trotzdem drückte ich jetzt auf Play. Kurz war nur schwarzweißer Schnee auf dem Bildschirm zu erkennen, ehe das Video wieder ansetzte, wo ich zuletzt gestoppt hatte.

Da war er wieder, der kleine Junge, mit den toten, blauen Augen, und er drehte sich zu Anna um. Sie saß verschüchtert auf dem Stuhl, die Schultern schützend angehoben. Unsicher schielte sie zu Liam. Er kam vor ihr zum Stehen und deutete auf ihr T-Shirt.

„Zieh das aus“, sagte der kleine Junge und als Anna sich nicht rührte, griff er einfach an den Stoff und zog ihn ihr über den Kopf. Die Kleine legte die Arme um ihren dünnen Kinderleib, zitterte und ihre Augen wurden riesengroß.

„Alles“, befahl die Stimme des Kameramanns, der also Liams Vater war. Der Junge griff nun auch nach der Hose von Anna und zog sie samt Slip herab. Das Mädchen wimmerte und versuchte zurückzuweichen, doch es gelang ihr nicht.

„Ich möchte das nicht“, piepste sie mit zitternder, leiser Stimme, sodass ich es kaum verstehen konnte. Verzweifelt versucht sie, ihr Geschlecht mit einer Hand zu verdecken. Ich war mir nicht mal sicher, ob sie verstand, was hier los war, doch sie merkte, dass es falsch war und es schüchterte sie ein. Mein ganzer Brustkorb zog sich zusammen und meine weit aufgerissenen Augen begannen zu brennen. Ich vergaß völlig zu blinzeln.

„Nimm die Hand da unten weg", befahl der Vater in einem Ton, der keine Widerrede duldete und diesmal gehorchte das Mädchen, nachdem sie zusammengezuckt war. Liam fasste ihr an die Knie und drückte ihre Beine auseinander, als sei das eine routinierte Bewegung. Wie oft hatte er das schon machen müssen? Die Kamera zoomte etwas heran, zwischen die Beine des Kindes und ich wandte den Blick ab. Obwohl es nur eine Aufnahme war, hatte ich das Gefühl, ich müsste ihr diese Privatsphäre lassen. Als würde es ihr helfen, wenn ich nicht hinsah. „Streichel sie ein bisschen", forderte der Kameramann auf und Liam bewegte sich halb hinter den Stuhl, sodass sein eigener Körper nicht den von Anna bedeckte. Seine kleinen Hände legten sich an ihren Oberkörper und strichen über ihre Brust, ihren Bauch, hinab zwischen ihre Beine.

Anna wimmerte.

„Bitte aufhören."

Liam blickte geradeaus emotionslos in das Bild. Es war krank. Es war so unendlich krank und falsch, dass mir übel wurde. Seinen eigenen Sohn zu so etwas zu missbrauchen. Pornos von ihm zu drehen und diese dann vermutlich auch noch zu verkaufen oder sich abends heimlich anzusehen, um sich dabei einen von der Palme zu wedeln. Das war das Letzte. Abschaum. Eine unglaubliche Wut kroch mir sauer den Magen und die Speiseröhre hinauf. Ich hatte keine Ahnung, wie ich reagieren würde, wenn Liams Vater mir in diesem Moment gegenübertreten würde. Plötzlich konnte ich seinen Hass verstehen. Seine Wut. Seinen Wunsch nach Rache. Es war falsch, das wusste ich, doch wer würde nicht so empfinden, wenn er so etwas Fürchterliches sah? Liam war der Sohn eines pädophilen Psychopathen. Es wunderte mich nicht, dass er war, wie er war. Plötzlich kam ich mir lächerlich vor mit meinen kleinen Problemchen. Meine Mutter hatte mich geschlagen und die Familie verlassen. Seitdem habe ich die Mutterrolle übernommen. Was war das schon im Vergleich zu dem, was Liam durchstehen musste? Mir war klar, dass Probleme kein Gewicht haben, dass ich das eine nicht mit dem anderen vergleichen durfte und trotzdem kam ich mir miserabel vor. Ich konnte so froh sein, Helena zu sein und nicht Anna.

Es ging nicht mehr. Ich schaltete den Fernseher aus und wischte mir meine heißen Tränen aus dem Gesicht. Ich hatte gar nicht bemerkt, wann ich angefangen hatte zu weinen. Es war so schrecklich. So unendlich grausam, schrecklich und falsch! Ich hatte keine Ahnung, wie lange ich auf den mittlerweile schwarzen Bildschirm des Fernsehers starrte. Es musste doch einen Weg geben, diesen Mann hinter Gitter zu bringen! So jemand durfte einfach nicht frei herumlaufen. Mit zitternden Händen nahm ich die Kassette wieder aus dem Gerät und brachte sie beinahe apathisch zurück ins Schlafzimmer. Gerade als ich sie in der Tasche verstaut hatte, hörte ich das Geräusch eines Motors und durch das Fenster sah ich den schwarzen Wagen über den Waldweg schaukeln. Liam! Er war zurück. Mit den Ärmeln strich ich noch mal meine Wangen trocken und lief bereits in den Flur, um ihn gleich in Empfang zu nehmen. Fly rannte bellend zu mir und begann bereits mit ihrem Schwanz zu wedeln. So wie ich Liam kannte, würde er sofort wittern, was hier in der Luft lag und mich darauf ansprechen. Er war immer so gut darin, mir die Wahrheit von der Nasenspitze abzulesen. Doch diesmal fürchtete ich nicht um mein Leben. Diesmal freute ich mich einfach darauf, ihn gleich in die Arme schließen zu können.

36

Ich war gespannt, wo er gewesen war und warum er so schnell aufbrechen musste. Ich hörte die Autotür zufallen und Liams schwere Schritte, wie er erstaunlich langsam durch die Garage ging.

„Liam?“, rief ich fragend und lief auf die Metalltür zu, als diese mit einem Ruck aufgedrückt wurde.

„Helena, geh zur Seite und lass mich durch“, befahl Liam und ich konnte kaum glauben, was ich sah. In seinen Armen hielt er eine dünne, zerbrechliche Frau mit schlimmen Verletzungen im Gesicht. Ihre Arme hingen regungslos um seinen Nacken. Es dauerte einen kurzen Moment, bis ich auf seine Worte reagierte und ihm Platz machte, damit er sie an mir vorbei ins Wohnzimmer tragen konnte. Ich packte Fly an ihrem Halsband und hielt sie bei mir, damit sie ihm nicht zwischen den Beinen herumsprang.

„Was ist passiert? Wer ist das?“, fragte ich verwirrt und folgte ihnen perplex. Liam antwortete mir nicht, sondern legte die Person vorsichtig auf dem Sofa ab. Sie trug einen weiten, dunklen Kapuzenpullover, in dem sie jedoch nur noch zerbrechlicher aussah. Schwarze Haare fielen über ihre Schultern, doch ein heller, blonder Ansatz war deutlich zu erkennen. Sie hatte ihre Augen geschlossen, schien zu schlafen. Die Hündin rollte sich vor dem Sofa ein, als wolle sie damit ihren Beistand ausdrücken.

„Helena, bring mir eine Wolldecke“, forderte mich Liam auf und ich setzte mich sofort in Bewegung. Ich nahm eine der blauen Decken und reichte sie ihm hastig. Er nahm sie mir ab, breitete sie aus und wickelte sie behutsam um den Körper der Frau. Anschließend setzte er sich selbst auf das Sofa, hob vorsichtig ihren Kopf an und bettete ihn auf seinen Schoß. Sein Blick ging hinab zu ihrem Gesicht. Er presste seine Lippen zusammen und schluckte hart. Als ich seinen Augen folgte und sie nun selbst eingehender betrachtete, stellte ich fest, dass sie einmal eine wirkliche Schönheit gewesen sein musste. Sie hatte eine hübsche Stupsnase, fein geschwungene Lippen und ein zierliches, elfenhaftes Gesicht. Doch nun waren ihre Wangen eingefallen, ihre Lippen rissig und aufgeplatzt und blaue Flecken übersäten ihre Haut. Sie war so dünn, dass sich ihre Knochen deutlich abzeichneten und ich wurde das Gefühl nicht los, dass ich sie irgendwoher kannte. Ich sah, wie Liam ihr sanft eine Strähne aus dem Gesicht strich und plötzlich war es mir klar:

Es war Anna.

Es war das kleine Mädchen aus dem Video, das ich wenige Minuten vorher noch gesehen hatte. Sie lebte noch, falls man das so nennen konnte und jetzt war sie hier. Schlief auf Liams Beinen und ich stand daneben und wusste nicht, was ich machen oder sagen sollte.

„Was ist passiert?", fragte ich erneut und Liam blickte mich nicht einmal an, als er antwortete. Seine Augen waren kontinuierlich auf sie gerichtet.

„Es ist Anna. Sie hat mir eine E-Mail geschrieben. Wie du siehst, war es ein Notfall."

Also hatte ich recht mit meiner Vermutung, wer diese Frau war.

„Soll ich etwas zu trinken holen und etwas zu essen für sie machen?", fragte ich. Anna rührte sich leicht und gab einen leisen, wimmernden Laut von sich. Liam war sofort alarmiert und machte eine abweisende Geste mit der Hand in meine Richtung.

„Nein, geh einfach in dein Zimmer", wies er mich an. Ich konnte nicht fassen, was ich hörte. Schickte er mich jetzt allen Ernstes weg?

„Helena!", ich zuckte zusammen und ohne noch etwas zu sagen, machte ich kehrt und lief in meine Kammer. Mit letzter Kraft unterdrückte ich den Drang, die Tür hinter mir zuzuknallen und warf mich auf das Bett. War meine Reaktion kindisch? War ich egoistisch, dass mich seine Art nun verletzte? Zu sehen, wie Anna auf seinem Schoß lag, wie er so behutsam und liebevoll mit ihr umging, nur Augen für sie hatte, versetzte mir einen tiefen Stich in die Brust. Ich konnte dieses Gefühl nicht kontrollieren und ich hätte mir gewünscht, dass er mich wenigstens darin einweihte, was passiert war, dass er mir die Möglichkeit gab, zu helfen und mich nicht fortschickte wie ein nerviges Kind. Während ich noch dabei war, den bitteren Knoten in meinem Magen zu bekämpfen, hörte ich plötzlich draußen gedämpfte Stimmen.

Hastig stand ich von dem Bett auf, ging zur Tür und presste mein Ohr gegen das Holz, in der Hoffnung, dass ich dadurch irgendetwas verstehen konnte. Doch alles, was ich mit Sicherheit sagen konnte, war, dass Anna Liams Namen schluchzte und sie bitterlich weinte. Mein Herz wurde schwer und ich fühlte mich fürchterlich, dass ich in so einer Situation auch noch Eifersucht empfand. War ich deswegen ein schlechter Mensch? Die Zeit verstrich und alles, was ich hörte, war das dumpfe Murmeln von draußen. Als die Minuten vergingen und meine Lauscherei sinnlos war, legte ich mich zurück auf das Bett. Ich war jedoch zu nichts anderem in der Lage, als unter die Zimmerdecke zu starren.

Ich hatte keine Ahnung, wie viel Uhr es war, als sich Schritte meinem Zimmer näherten und die Tür aufgedrückt wurde. Hoffnungsvoll stand ich auf.

„Liam!", sagte ich und er drückte mir einen Teller in die Hand, auf dem sich dampfende Spaghetti mit Tomatensoße und einer ordentlichen Portion Parmesan befanden. Doch dann ging er wieder, ohne ein Wort zu mir zu sagen oder mich eines Blickes zu würdigen und schloss die Tür hinter sich. Als ich zu allem Überfluss auch noch hörte, wie er von außen abschloss, rutschte mein Herz in die Hose.

„Liam!!", rief ich nun laut, stellte den Teller ab, lief nach vorne und klopfte mit den Fäusten gegen das Türblatt. Das konnte nicht wahr sein! Hatten wir nach all der Annäherung nun wirklich wieder so viele Schritte zurück gemacht, dass ich erneut nicht mehr als seine Gefangene war, die er wie ein Tier in der Abstellkammer hielt? Und das nur, weil Anna plötzlich auftauchte und Liam ihr direkt sein Leben verschrieb?

Eine Antwort bekam ich nicht. Ich wurde einfach ignoriert – natürlich. Was hatte ich auch erwartet? Im Moment war ich einfach nur im Weg und Liam hatte Wichtigeres zu tun, als sich um eine quengelige Helena zu kümmern. Und das meinte ich vollkommen ohne Sarkasmus. Da war ein misshandeltes Mädchen bei ihm, das ihn schon seit seiner Kindheit kannte, mit der er schreckliche Sachen durchmachen musste und sie brauchte jetzt seine Hilfe. Die beiden verband so viel mehr als zwei Tage in einer Hütte und ein paar Interviews im Gefängnis. Ich rührte meinen Teller kaum an, stattdessen nahm ich die kleine Holzhelena aus meiner Tasche und setzte mich mit ihr auf mein Bett. Ich wusste noch genau, wie er sie mir vor gar nicht all zu langer Zeit gegeben hat. Die Helena aus Griechenland, die so begehrt war, dass ein ganzer Krieg um sie ausbrach. Eigentlich verband mich überhaupt nichts mit dieser Frau. Wie war Liam nur auf die Idee gekommen, sie für mich zu schnitzen?

Seufzend lehnte ich meinen Kopf nach hinten gegen die Wand. Ob er und Anna im Gefängnis in Kontakt standen, oder woher hatte sie seine Kontaktdaten? Ich wusste ja nicht mal, ob es stimmte, dass ihn niemand besuchen gekommen war. Vielleicht hatten die beiden immer Kontakt gehabt. Vielleicht waren sie sogar ein Paar! Großer Gott, nein, Helena. Was ein Unsinn. Ich vergrub meine Finger in meinen Haaren. Doch abschalten konnte ich diese irrationalen Gedanken einfach nicht.

Es musste später Nachmittag sein, als sich draußen abermals etwas rührte und kurze Zeit darauf meine Tür aufgeschlossen wurde. Liam trat ein und sah mich mit einem auffordernden Blick an.

„Pack deine Sachen."

37

„Bitte?!“, fragte ich empört, als Liam mir befahl, meine Sachen zu packen. „Warum?“ Mussten wir die Hütte verlassen? Sollte ich jetzt nach Hause gehen?

„Anna wird dieses Zimmer bekommen. Du kommst mit mir rüber, also pack deine Sachen“, er machte eine auffordernde Geste mit der Hand und hob die Brauen. Wieder einmal klappte mir mein Mund auf und ich konnte nicht fassen, wie er mit mir redete und mich behandelte.

„Und wo soll ich hin? Nach Hause gehen, oder was?“, giftete ich ihn an und versuchte zu verstecken, dass ich die kleine Holzhelena in meinen Händen hielt, wie ein kleines Kind seine Lieblingspuppe.

„Das hättest du wohl gerne“, entgegnete Liam und schüttelte mit zusammengekniffenen Augen den Kopf. Er hielt mir seine Hand entgegen, um mir vom Bett aufzuhelfen, doch ich ignorierte sie einfach. Ich schob mich an ihm vorbei und räumte mein Manuskript und meine Notizen zurück in meine Umhängetasche. Auch Holzhelena legte ich vorsichtig hinein. Mehr besaß ich hier ja nicht. Liam wollte mir meine Sachen abnehmen, doch ich warf ihm nur einen vernichtenden Blick zu und zwängte mich an ihm vorbei in den Flur. Von Fly war weit und breit keine Spur. Es mochte Quatsch sein, doch irgendwie kam ich mir auch von ihr verraten vor.

„Und wohin jetzt?“, fragte ich, als ich ratlos stehen blieb, „schlaf ich jetzt auf dem Sofa?“

„Wenn dir das lieber ist“, hörte ich Liams Stimme hinter mir und ich drehte mich fragend zu ihm um.

„Lieber als was?“

„Bei mir“, antwortete er mit einem Kopfnicken in Richtung seines Schlafzimmers.

Was zum ...? War das sein Ernst? Da ich nicht reagierte und ihn nur wütend anstarrte, fasste er mich am Handgelenk und zog mich in sein Zimmer. Die Tür flog hinter mir ins Schloss, und ehe ich mich versah, landete ich mit dem Rücken gegen diese. Liam stützte einen Arm neben meinem Kopf ab und sah mich mit seinen durchdringenden, stechenden Augen an. Mir rutschte die Tasche von der Schulter und fiel mit einem dumpfen Knall zu Boden, während ich nichts anderes machen konnte, als Liam erschrocken anzusehen.

„Was ist los mit dir?“, fragte er und stemmte auch die zweite Hand neben meinen Kopf, als ich versuchte, an ihm vorbeizukommen. Ich wollte mich nicht durch seine Präsenz einschüchtern oder weichkochen lassen. Schließlich wusste er ganz genau, was er tun konnte, um mich aus der Fassung zu bringen. Doch nun war jeder Fluchtweg versperrt und so blieb mir nur der Angriff.

„Was mit mir los ist?!“, fuhr ich ihn an, „du schickst mich in die Kammer, als wäre ich ein kleines Kind, dem man Stubenarrest geben kann. Du schließt mich wieder ein, wie eine Gefangene. Sagst mir nichts, schließt mich aus und dann kommst du plötzlich an und willst, dass ich bei dir schlafe, als wären wir ein Pärchen oder was? Keine Ahnung, was mit Anna passiert ist, es muss schlimm gewesen sein und sie tut mir leid, aber das ist noch lange kein Grund, mich so zu behandeln. Ich wollte nur helfen! Stattdessen gibst du mir das Gefühl, dass ich besser gar nicht hier wäre!“

Ich hasste mich selbst dafür, dass mir nun auch noch die Tränen in die Augen stiegen. Mit Gewalt hielt ich sie zurück, wollte ihm nicht zeigen, wie verletzt ich war. Ich presste die Lippen zusammen und entgegnete seinem durchbohrenden Blick mit all meiner Kraft und Standhaftigkeit. Diesmal war er es, der zuerst aufgab und sein Augenmerk wanderte musternd über mein Gesicht, meine schwer atmende Brust und meine zitternden Lippen. Dann plötzlich zuckte sein rechter Mundwinkel begleitet von einem anzüglichen Augenaufschlag nach oben.

„Du bist eifersüchtig“, stellte er fest und ich schluckte ertappt.

„Ich? Nein, warum sollte ich?“, versuchte ich mich zu verteidigen, und sowie diese Worte meinen Mund verlassen hatten, glaubte ich ihnen selbst nicht. Schwachsinn. Natürlich war ich eifersüchtig. Was glaubte er denn? Als sich unsere Blicke wieder kreuzten, lag plötzlich ein Feuer in dem Blau seiner Augen, das mich verunsicherte und gleichzeitig ein Kribbeln wie kleine Stromstöße durch meinen Körper jagte. Ohne Vorwarnung drückte er mich mit seinem Körper gegen die Tür und bedeckte meine Lippen stürmisch mit seinen. Erschrocken riss ich meine Augen auf, wusste überhaupt nicht, wie mir geschah, als mir heiß und kalt zugleich wurde und Liam meine Gefühlswelt einfach auf den Kopf stellte. Trotz meines Zorns legte ich meine Arme um seinen Nacken und verfluchte meinen Körper für seine Schwäche. Liam war einfach wie Kryptonit für mich. Als ich meine Schockstarre überwunden hatte, konnte ich nicht anders, als den Kuss zu erwidern. Abermals entfachte er ein Feuer in mir, das sich lodernd in meinem Leib ausbreitete, bis ich das Gefühl hatte, lichterloh in Flammen zu stehen. Der Kuss war leidenschaftlich, wild und fordernd. Kaum hatte ich meine Lippen einen Spalt breit für ihn geöffnet, drang seine Zunge in meinen Mund und ich empfing sie mit der meinen. Seine Hände wanderten über meinen Körper, meine Taille, meinen Rücken, meine Hüfte und meinen Po, während ich meine Hände in seinem Haar vergrub und ihn verlangend an mich zog. Schließlich legte er seine Arme um mich und hob mich hoch. Ich schlang meine Beine um ihn und mein Herz setzte für einen Moment erschrocken aus, als ich spürte, dass sich etwas Hartes in seinem Lendenbereich gegen meinen Schritt drückte.

„Liam?", fragte ich, als ich den Kuss kurz unterbrach, doch er ignorierte mich und trug mich hinüber zu seinem Bett. Als mein Rücken die Matratze berührte und sich sein schwerer Körper auf mich legte, keuchte ich leise in unseren Kuss hinein. Er löste ihn, um mit seinen Lippen sanft meinen Hals hinabzuwandern. Liams warme Hände fanden ihren Weg unter das Oberteil meines Jogginganzugs und seine rauen Finger strichen unter den Bügeln meines BHs entlang. Schließlich schob er ihn nach oben über meine Brüste und begann diese zu streicheln und mit sanften Küssen zu übersäen. Es war mir klar, dass ich jetzt die Reißleine ziehen musste, die Notbremse betätigen, bevor es kein Zurück mehr gab. Ich griff nach seiner Hand, um sie festzuhalten, vielleicht sogar abzuhalten. Liam hielt inne und sah fragend zu mir hinauf. Verflucht, sein Blick war so intensiv, so voller Leidenschaft und Lust, dass ich kein Wort herausbekam.

„Ist das dein erstes Mal?", fragte Liam geistesgegenwärtig und ich nickte ganz leicht und langsam. Ich hatte Angst, war aufgeregt und die ganze Situation kam mir so falsch und so richtig zugleich vor. Eben war ich noch wütend und enttäuscht, er hatte mich behandelt wie Dreck und jetzt wollte er mit mir schlafen? Woran war ich hier? Liams rechter Mundwinkel hob sich leicht und sein Blick wurde sanfter. Er rückte wieder etwas zu mir herauf, sodass sein Gesicht direkt über meinem war und sein warmer Atem über meine Wange streifte.

„Du brauchst keine Angst haben. Ich bin ganz vorsichtig", hauchte er, auch wenn sein Brustkorb sich schnell hob und senkte. Er musste sich nur mühsam unter Kontrolle haben. Immerhin war er lange im Gefängnis gewesen und ...

„Seit dem Gefängnis ... hattest du da ..."

„Nein", unterbrach er mich, „hatte ich nicht. Du bist die Erste."

Irgendwie beruhigte mich das ein wenig und ich nickte verstehend. Liam setzte sich auf, griff an den Saum seines schwarzen Shirts und zog es sich über den Kopf, sodass ich nun wieder eine Aussicht auf seinen trainierten, mit Tattoos beschmückten Körper hatte. Wie von allein hoben sich meine Hände und legten sich an seinen Bauch, strichen sanft über seine definierten Muskeln und bis hinab zum Bund seiner Hose. Mit zitternden Fingern begann ich an dem Knopf herumzufummeln, der jedoch einfach nicht aufgehen wollte. Mit einem Lächeln im Gesicht nahm Liam mir die Arbeit ab und öffnete seine Hose. Ich zog sie vorsichtig herab und schluckte, als ich sah, dass sich etwas unter seinen Shorts deutlich abzeichnete. Ich musste ihn so auffällig und mit großen Augen anstarren, dass Liam lachte und mich an den Schultern zurück nach hinten in die Matratze drückte.

„Lass mich einfach machen", sagte er und wieder wanderten seine Hände über meinen Körper. Nachdem er mein Oberteil über meinen Kopf gezogen und mich auch von meinem BH befreit hatte, hakte er seine Finger in den Bund meiner Jogginghose und zog sie langsam herab. Peinlich berührt versuchte ich irgendwie etwas wegzukriechen, doch er hielt mich an meiner Hüfte fest und warf mir einen warnenden Blick zu.

„Hier bleiben", raunte er und mir lief ein Schauer den Rücken hinunter. Ob aus Angst oder Lust – vielleicht ein bisschen von beidem.

„Entspann dich, Helena. Du musst dich für nichts schämen. Du bist wunderschön." Bei diesen Worten sah er mich so aufrichtig an und ich musste meinen Blick mit glühenden Wangen von ihm abwenden.

„Du auch", murmelte ich, als ich mich geschlagen gab und mich endlich einfach fallen ließ. Ich hatte ihm mein Leben in die Hände gelegt, warum hatte ich dann ein Problem damit, das gleiche mit meinem Körper zu tun?

Er zog meinen Slip herab, über meine Beine, sodass ich nun vollkommen nackt, so wie Gott mich geschaffen hatte, vor ihm lag. Liam kroch zu mir herauf und begann erneut meinen Hals und meine Brüste mit federsanften Küssen zu bedecken. Ich spürte seinen Atem und seinen Mund an meinem Bauchnabel und wie er weiter, bis er schließlich zwischen meinen Beinen sein Ziel fand. Seine Lippen glitten vorsichtig über diese empfindliche Stelle, bevor sie diese warm und weich umschlossen. Ein tiefes Stöhnen entfloh seiner Kehle, als er mit seiner Zunge von mir kostete. Ich griff in die Bettdecke neben mir und schloss meine Augen. Seine Hände wanderten unter meinen Hintern, hoben ihn sanft an und die Erregung sammelte sich wie heiße Glut in meinem Unterleib. Ganz automatisch schob ich ihm meine Hüfte entgegen und zeigte ihm, dass ich ihn wollte. Eine Hand ließ von meinem Po ab, streichelte über die Innenseite meines Oberschenkels und fand schließlich den Weg zwischen meine Beine. Während seine Zunge und seine Lippen mich weiter liebkosten, ließ er einen Finger vorsichtig in mich eindringen und wartete erst einen Moment, bis ich mich daran gewöhnt hatte. Jedes leise Keuchen und Stöhnen, das ich ihm schenkte, schien ihn nur noch wilder zu machen. Meine Hand löste sich von der Bettdecke und zerwühlte seine Haare, fasste in sie herein, hielt sich an ihnen fest.

„Oh Gott, Liam!", stöhnte ich, als ich glaubte, fast wahnsinnig zu werden. Mit einem Mal löste er sich von mir, zog seinen Finger aus mir zurück und richtete sich auf, um seine Shorts auszuziehen. Mit lustverhangenem Blick sah er zu mir herab und schüttelte den Kopf.

„Es geht nicht mehr, ich halte es nicht mehr aus", sagte er und spreizte meine Beine, um sich zwischen ihnen schwer auf mich niederzulegen.

„Vorsichtig", flehte ich, als ich bereits spürte, wie er gegen meine Öffnung drückte und Liams Körper mal wieder zum Bersten gespannt war. Ich konnte nur erahnen, wie sehr er sich zurückhalten musste. Was für eine Kraft ihm das rauben musste. Seine Finger krallten sich neben meinem Kopf in das Bett und ich konnte jeden Muskel, jede Sehne an seinen Armen und seinem Hals erkennen. Es machte mir Angst. Er machte mir Angst! Dennoch wollte ich ihn jetzt, hielt das Feuer in meinem Unterleib selbst kaum mehr aus . So war ich es, die sich ihm ein wenig entgegendrückte, sodass er einige Zentimeter in mich eindrang.

„Oh man, Helena", stöhnte Liam und konnte sich nun nicht weiter zurückhalten. Er drückte sich in mich und bereitete mir Schmerz und Lust gleichermaßen. Es fühlte sich gut an, wie er mich ausfüllte, sich gänzlich in mir vergrub und seine Arme um mich schloss. Als ich seine Haut auf meiner spürte und ich das Gefühl hatte, dass unsere Herzen im selben Rhythmus schlugen, fühlte ich mich plötzlich, als wäre ich zu Hause angekommen. Wir teilten so viel Nähe, so viel Gefühl, so viel Liebe, dass es mir die Tränen in die Augen trieb. Einen Moment verharrten wir, ehe er sich langsam in mir zu bewegen begann. Auch ich schlang meine Arme um seinen Brustkorb, hielt mich an ihm fest und genoss die Gefühle, die er in mir auslöste. Die Wellen der Lust, die er durch meinen Körper schickte. Doch lange behielt er dieses vorsichtige Tempo nicht bei. Je mehr ich mich entspannte, je mehr ich mich auf ihn einließ, desto schneller wurde er, bis er schließlich zu harten Stößen überging. Sie waren leidenschaftlich, verlangend und unbeherrscht. Ich konnte nichts mehr tun, als zu stöhnen, mich ihm hinzugeben und mich von ihm immer weiter in Richtung Höhepunkt treiben zu lassen. Die Wollust empfing mich wie eine stürmische See, sie verschlang mich, umhüllte mich und ich fühlte mich wie unter Wasser. Nicht in der Lage zu denken, zu handeln, völlig ausgeliefert ergab ich mich ihrer Übermacht und heiße Wellen durchströmten meinen Körper, als ich kam und mein Innerstes sich eng und zuckend um Liams Männlichkeit schloss.

„Oh Gott", stöhnte er, vergrub sein Gesicht in meinem Haar und stieß noch einmal tief in mich, ehe er sich auch seinem Höhepunkt hingab und lustvoll in mir ergoss. Schwer atmend sackte er auf mich herab und sein Gewicht presste die Luft aus meinen Lungen. Ich keuchte und gab ihm einen Moment Zeit, ehe ich auf seine Schultern klopfte, um ihm deutlich zu machen, dass ich am Ersticken war.

Liam zog sich aus mir zurück und rollte sich von mir herunter. Mit glasigem Blick sah er unter die Zimmerdecke und schob seinen Arm unter meinem Nacken hindurch. Seine Hand legte sich an meinen Oberarm und zog mich zu sich heran, sodass ich mich an seine Brust kuscheln konnte und sein Gesicht von der Seite betrachtete. Die Sonne stand tief am Horizont und tauchte das Zimmer in ein sanftes, rotes Licht. Ich konnte es nicht fassen. Mein erstes Mal. Mit Liam. Meinem Entführer.

Plötzlich vibrierte seine Brust unter mir und Liam begann tief und dreckig zu lachen. Ich kräuselte meine Brauen, setzte mich etwas auf und sah ihn verwirrt an.

„Was?!“, fragte ich gereizt, weil ich schon ahnte, dass jetzt nichts Gutes kommen konnte.

„Stockholm lässt grüßen“, prustete er, halb am Lachen, halb in dem Versuch, sich zu beherrschen.

„Was?“, fragte ich noch mal, weil ich nicht verstand, was er meinte.

„Du bist doch keine Griechin, sondern eine Schwedin und du wohnst mitten in Stockholm, ey“, lachte er weiter, und als mir bewusst wurde, dass er das Stockholmsyndrom meinte, bei dem die Geisel eine romantische Beziehung zu ihrem Entführer entwickelte, begann ich halbherzig auf ihn einzuschlagen.

„Blödarsch“, schimpfte ich und legte mich schnaufend wieder hin.

„Es war sehr schön“, sagte ich schließlich leise und spürte seine Lippen auf meiner Stirn und wie er leicht nickte.

„Ist die Prinzessin also zufrieden mit ihrem Prinzen, ja?“, fragte er.

„Ich dachte, du seist kein Prinz“, erwiderte ich und hob eine Augenbraue.

„Dann eben mit dem schwarzen Ritter, seiner Rüstung aus Tinte, seiner Holzhütte und seinem Pitbull, statt weißem Gaul?“

Ich lachte und nickte.

„Ja, der ist mir sogar lieber als der blonde Typ in goldener Rüstung“, sagte ich und lehnte mich über ihn, um ihm einen sanften Kuss auf die Lippen zu hauchen. Als ich mich von ihm löste, sah ich ihn jedoch vorwurfsvoll an.

„Ich bin trotzdem sauer auf dich, wie du mich behandelt hast“, sagte ich.

„Die Situation hat mich überfordert und ich musste einen Moment mit ihr allein sein, bitte, versteh das“, erklärte sich Liam und ich ließ meinen Kopf grummelnd wieder ins Kissen sinken.

38

Ich konnte es nicht fassen. Dass ich gerade mein erstes Mal mit Liam gehabt hatte. Liam Winterfeld, der Mann, den ich als Insasse im Gefängnis kennengelernt und der mich entführt hatte. Wenn ich an unser erstes Treffen zurückdachte, wie er mir gegenüber so selbstbewusst und überlegen gewesen war und das, obwohl er sogar die Hände hinter dem Rücken gefesselt hatte. Ich konnte seine Augen noch genau vor mir sehen, wie sie mich durchdringend fixierten und ich um jedes Zucken seiner Mundwinkel kämpfen musste. Doch nun, da ich ihn näher kannte, musste ich feststellen, dass es wahrscheinlich nur Show gewesen war. Der wirkliche Liam war unsicher und hatte trotz seiner Wutanfälle eine sehr sanfte, liebevolle und verzweifelte Seite. Er war nicht überlegen. Ganz im Gegenteil. Er sehnte sich so sehr nach einer Hand, die seine hielt. Es war nur wenige Tage her und trotzdem kam es mir vor, als hätte ich diesen Mann unglaublich gut kennengelernt. Mit einem Lächeln blickte ich zu ihm hinüber. Sein Gesicht war in diesen Sekunden entspannt und glücklich – kein Wunder. Wir hatten ja auch gerade Sex gehabt. Oh. Mein. Gott.

Plötzlich hörte ich von draußen ein Bellen. Fly! Sie musste noch bei Anna sein. Ich setzte mich auf und blickte zur Tür, während Liam wie von der Tarantel gestochen aufsprang und sich eilig anzog.

„Wo ist denn Anna?“, fragte ich und suchte nach meinem Shirt.

„Sie war auf dem Sofa noch mal eingeschlafen. Ich schätze, sie ist jetzt wach geworden“, erklärte Liam und ich kräuselte meine Stirn. Klar, wenn Anna wach ist, springst du direkt auf, dachte ich giftig und kam mir für den Gedanken direkt wieder schäbig vor. Woher kam bloß diese schreckliche Eifersucht? Ich rieb mir mit den Händen über das Gesicht und als ich meinen BH am Boden fand, fischte ich danach und zog ihn wieder an. Liam stürzte schon aus dem Zimmer und ich blieb augenrollend zurück. Draußen hörte ich nun Flys Gejaule, als sie sicherlich an ihrem neuen Herrchen hochsprang und ihn dafür rügte, sie abermals zurückgelassen zu haben.

Ich zog mich langsam an, nachdem ich all meine Klamotten wiedergefunden hatte und verließ nach einigem Zögern auch Liams – nein unser! – Schlafzimmer. Als ich das Wohnzimmer betrat, rannte die Pitbulldame auf mich zu, schnüffelte um meine Beine herum und warf sich mir schließlich vor die Füße, in der Hoffnung, gekrault zu werden. Jedoch konnte ich ihr nicht viel Aufmerksamkeit schenken. Anna war wach und saß mit ihren viel zu groß erscheinenden, dunkel unterlaufenen Augen auf dem Sofa. Sie sah mich an, während Liam ihr fürsorglich die heruntergerutschte Decke um die Schultern legte.

Ich blieb stehen und rang mir ein unsicheres Lächeln ab. Wusste Anna überhaupt von mir?

„Hi", sagte ich leise und räusperte mich, weil meine Stimme nur ein undeutliches Piepsen hervorbrachte. Ich wusste nicht warum, aber irgendwie hatte ich Angst vor Annas Reaktion auf mich. Doch entgegen meiner Sorge erschien tatsächlich ein zaghaftes und so liebenswürdiges Lächeln auf ihren Lippen, dass ich mir direkt noch schlechter vorkam.

„Hi", entgegnete sie und ergriffen von neuem Mut ging ich auf sie zu, um ihr die Hand zu reichen. Sie nahm sie vorsichtig an und der Druck ihrer eiskalten, dürren Finger war schwach.

„Ich bin Helena", stellte ich mich vor und mein Lächeln wurde ehrlicher.

„Ich weiß", sagte Anna, mit einem Seitenblick zu Liam, der unschuldig und als hätte er nichts gehört, an der Fernbedienung herumdrückte, wohl mit dem Versuch, das TV-Gerät anzuschalten. „Ich bin Anna. Aber das wirst du sicher auch wissen", fuhr sie fort und ich nickte. Wusste sie, dass ich das Video gesehen hatte? Was hatte Liam über mich erzählt? Wusste sie, dass ich seine Gefangene war, dass er mich entführt hatte?

Liams Fluchen zog unsere Aufmerksamkeit auf sich. Auf dem Bildschirm war nur weißer Schnee zu erkennen und egal, auf welchen Sender er zappte, es änderte sich nicht.

„Scheint, als wäre bei dem Unwetter was kaputtgegangen. Ich geh mal aufs Dach und schaue nach. Ihr bleibt hier und ruft, sobald das Bild da ist", wies er uns an und verschwand im nächsten Moment im Flur, um aus der Garage die Leiter zu holen. Als er letztlich durch die Terrassentür nach draußen entschwunden war und alsbald Schritte auf dem Dach zu hören waren, setzte ich mich neben Anna auf das Sofa.

„Ich möchte dir nicht zu nah treten, also sag mir, wenn dir etwas unangenehm ist und du nicht darüber reden magst, aber was ist denn passiert, dass Liam so überstürzt aufgebrochen ist? Wo kommst du her?“, fragte ich vorsichtig und musterte ihr blasses Puppengesicht in der Hoffnung, darin ablesen zu können, ob ich sie mit meinen Fragen in Bedrängnis brachte. Doch so zerbrechlich Anna aussah, so stark musste ihr Wille sein, denn sie wirkte keineswegs eingeschüchtert oder als wäre es ihr unangenehm, darüber zu sprechen.

„Das Wiedersehen mit meinem Vater ist nicht ganz so glücklich gelaufen, wie ich mir gewünscht hätte“, sagt sie und lächelt bitter, „ich habe Dinge herausgefunden, die ihn nicht sehr erfreut haben. Zudem hatte er noch eine unangenehme Begegnung mit Liam vor ein paar Tagen und wollte seine Wut darüber an mir auslassen.“

„Dein Vater hatte eine Begegnung mit Liam?“, fragte ich irritiert, „was heißt denn, dass es nicht so glücklich gelaufen ist? Ich verstehe nicht ganz ...“

„Ich habe gehört, du bist bei dem Treffen der beiden ein ungebetener Gast gewesen“, erklärt Anna und meine Augen weiteten sich. Annas Vater war der Mann aus der Gasse? War ihre Beziehung zu ihren Eltern genauso zerrüttet wie das von Liam zu seinen? Wusste ihr Vater etwa von den Dingen, die in diesem Keller hier mit ihr gemacht wurden? So viele Fragen schossen mir durch den Kopf und Anna musste es mir regelrecht ansehen können, denn sie antwortete, ohne dass ich etwas fragen musste:

„Balthasar und mein Vater kennen sich gut. Sie sind Freunde, könnte man sagen. Oder Geschäftspartner“, sie zuckte mit ihren knochigen Schultern. Balthasar. Das war also der Name von Liams Vater, von dem Mann hinter der Kamera. Balthasar Winterfeld, allein der Name klang für mich schon bösartig.

„Hat dein Vater von den Sachen gewusst, die ...“, ich wollte es nicht aussprechen und nach wie vor wusste ich nicht, wie viel Anna wusste, dass ich wusste. Doch sie schien nicht erschrocken oder erstaunt.

„... die Liam mit mir machen musste? Die Balthasar in diesem Keller hier gemacht hat? Ja, er wusste davon. Er hat mich sogar selbst hierhin gefahren und Balthasar ermutigt es zu tun.“ Ihr Lächeln war müde und ich war mir sicher, dass sie im Laufe der Zeit gelernt hatte, immer zu lächeln, selbst wenn ihr gar nicht danach zumute war. So wie wir alle.

„Und du und Liam, ihr versteht euch gut?", wechselte sie das Thema und ich nahm diese Wendung dankend entgegen. Dass Liams Vater einen Verbündeten hatte, der seine Tochter für solche Zwecke missbrauchte und dass dieser Mann der Kerl aus der Gasse war, das musste erst mal in meinem Verstand absacken. Aber wen wunderte es schon – diese kranken Geister hatten sicher ein ganzes Netzwerk und waren alle miteinander verbunden wie eine Sekte.

„Ja, meistens", antwortete ich, „wenn er nicht gerade seine verrückten fünf Minuten hat." Unser Gespräch wurde jäh von Tönen aus dem Fernseher unterbrochen, wo uns nun ein Nachrichtensprecher aus dem Ersten entgegenblickte. Anna und ich sahen uns kurz an und riefen dann im Chor: „Liam!!!"

„Funktionierts?", hörten wir seine Stimme von oben.

„Ja! Gestochen scharf!", rief ich zurück.

„Was?", kam es von oben und ich musste lächeln. Fast wie zu Hause.

„JA!", schrie ich.

„Ist das Bild gut?", fragte Liam und ich stöhnte genervt. Konnte der Mann nicht einfach vom Dach klettern?

„JA!"

Das schien zu reichen, denn nun waren wieder knirschende Schritte über uns zu hören. Kurz darauf kam Liam mit stolzem Glanz in den Augen durch die Terrassentür zurück. Die Leiter lehnte er einfach gegen die Wand im Wohnzimmer und stemmte die Hände in die Seiten, während er zum Fernseher sah, in dem gerade die 18-Uhr-Nachrichten liefen. Nach diesen Tagen vollkommen abgeschottet in dieser Hütte war ich regelrecht aufgeregt zu erfahren, was dort draußen in der Welt los war.

Dass ich dort allerdings plötzlich das Gesicht meines Vaters sah, kam so überraschend, dass ich nichts weiter tun konnte, als mit offenem Mund auf den Bildschirm zu blicken. Dort war er und seine Haare wirkten noch grauer als vor ein paar Tagen. Seine Augen waren müde, seine Haut erschreckend fahl und sein Kinn unrasiert. Trotzdem hätte ich ihn unter Tausenden erkannt.

„Was würden Sie Ihrer Tochter jetzt sagen, wenn sie Sie hören könnte?“, fragte die Reporterin und hielt meinem Vater das blaue Mikrofon entgegen.

„Dass ich sie liebe“, antwortete mein Vater, „und dass sie nicht aufgeben soll, egal, in welcher Lage sie sich befindet. Wir werden sie finden. Ich habe die Hoffnung nicht aufgegeben.“ Nun las ich auch den Titel der Nachrichten:

„Ist die 20-jährige Helena W. noch am Leben?“

39

Ich starrte auf den Fernseher. Liam und Anna starrten auf den Fernseher.

„Sie haben also Hoffnung, dass ihre Tochter noch lebt?", fragte die Reporterin und man sah den Schmerz im Gesicht meines Vaters, dessen Augen auf diese Frage hin feucht zu glänzen begannen. Oh nein, Papa! Bitte nicht weinen, das kann ich nicht sehen!

„Natürlich. Sie lebt. Das spüre ich. Sonst hätte sie den Brief für den Entführer nicht schreiben können. Ich würde mir nur wünschen, dass er sich endlich meldet und uns sagt, was er haben will."

„Ist das dein Papa?", fragte Anna und riss ihren Blick von den Nachrichten los. Ohne sie anzusehen, nickte ich. Ein Stechen zog durch meine Brust und ich sprang regelrecht von dem Sofa auf.

„Ich muss nach Hause", hauchte ich tonlos. Liam schaltete den Fernseher aus, obwohl die Berichterstattung noch nicht zu Ende war, und drehte sich zu mir.

„Du gehst nirgendwo hin." Seine Stimme war tief, ruhig und bedrohlich und die Art, wie er einen Schritt auf mich zu machte, ließ mich zurückzucken.

„Du hast ihnen also eine versteckte Nachricht übermittelt, ja? Nachts den Brief ausgetauscht?" Ich wich vor ihm zurück, doch er griff nach meinen Schultern. Seine Augen fixierten mich. Durchbohrten mich. Vor mir stand nicht mehr der liebevolle, sanfte und unsichere Liam – in diesem Moment sah ich den großgewachsenen, einschüchternden Mann auf dem Foto vor mir stehen. Balthasar. Irritiert zog ich meine Brauen zusammen, blinzelte die Tränen fort, die die Bilder von meinem Vater in meine Augen hatten schießen lassen.

„Was? Nein!", verteidigte ich mich, „warum sollte ich so was machen?!"

„Liam ...", Anna war vom Sofa aufgestanden, doch er ignorierte sie. Seine Augen hielten mich gefangen. „Wenn ich hätte entkommen wollen, hätte ich tausend Chancen dazu gehabt. Du hast mich oft genug allein gelassen! Ich hätte dem Wärter aus dem Schwimmbad Bescheid geben können!“, entgegnete ich verzweifelt und schüttelte den Kopf. Verstand er denn nicht, dass ich freiwillig bei ihm geblieben war? Dass ich ihm helfen wollte?

Liam lachte trocken, was mir einen kalten Schauer über den Rücken jagte. Wo war der Mann von eben, in dessen Armen ich mich so geborgen und wohl fühlte?

„Du willst nicht entkommen, du willst, dass die Polizei mich findet und verhindern, dass ich meinen Vater umbringe.“ Der Druck seiner Hände auf meinen Schultern verstärkte sich schmerzhaft, „das hast du doch von Anfang an vorgehabt! Aber ich habe dir bereits gesagt: Ich. Werde. Nicht. Zurück. Ins. Gefängnis. Gehen.“

„Lass sie los, Liam! Du hast mir doch gesagt, dass du ihr vertraust!“ Anna kam zu uns heran, legte ihre Hand auf Liams Unterarm und versuchte, ihn von mir fortzuziehen. Doch sie war viel zu schwach und er schenkte ihr immer noch keine Beachtung.

„Wenn du nicht in der Gasse dazwischengefunkt hättest, wäre Anna überhaupt nicht in dieser Situation! Markus wäre längst tot und ich müsste diese ganze Scheiße hier gar nicht machen!“, warf Liam mir vor. Es war nicht zu fassen. Wie konnte er nur so sprunghaft sein? Seine Launen waren wie das Wetter im April. Mal war er die Sonne und mal der tosende, tödliche Sturm. Mir klappte der Mund auf, ich wusste überhaupt nichts zu erwidern. Nun war ich schuld an Annas Lage?

„Liam! Es ist doch nicht ihre Schuld!“, die Stimme von Anna überschlug sich und Liams Geduldsfaden riss. Er stieß die zerbrechliche Frau mit dem Unterarm von sich weg, sodass sie nach hinten vor das Sofa taumelte. Fly sprang auf und lief bellend auf Liam zu. Sie musste seine Aggression spüren, seine Wut und seinen Willen, uns zu verletzen.

„Denkst du wirklich, ich hätte das so geplant? Denkst du, ich will dich ans Messer liefern?“ Ich hatte keine Lust mehr, mich von ihm einschüchtern zu lassen. Mich von seinen schwankenden Launen umherschubsen zu lassen. Sein Spielball zu sein!

„Was hattest du denn sonst vor? Meine Therapeutin sein? Meine Freundin? Heiraten?“

Ein schallendes Klatschen donnerte durch das Wohnzimmer. Meine Hand brannte wie Feuer und Liams Wange glühte rot. Ich hatte ihm eine Ohrfeige verpasst und starrte ihn wütend und mit tränengefüllten Augen an. Die Wut saß wie ein heißer Klumpen Säure in meinem Magen und ein schmerzhafter Kloß steckte in meiner Kehle.

„Ich wollte dir helfen, Liam. Ich wollte für dich da sein. Dir deine Last von den Schultern nehmen", hauchte ich mit zitternder Stimme. Er starrte mich erschrocken an.

„Denkst du wirklich, ich hätte mit dir geschlafen, wenn du mir nichts bedeuten würdest? Um dich ins Gefängnis zu bringen?", fauchte ich ihn an. Eine Antwort erwartete ich nicht und er gab mir auch keine. Meiner Rage war jedoch noch nicht genug Platz verschafft. „Für so eine Frau hältst du mich? Ich dachte eigentlich, dass du ähnlich fühlen würdest wie ich. Dass da was zwischen uns ist. Aber da habe ich mich wohl getäuscht. Offenbar gefällt dir die Vorstellung, ein Mörder zu sein besser als endlich Liebe zu erfahren!" Meine Unterlippe bebte und mein Atem ging stockend. „Meine Liebe ...", hauchte ich noch, als ich seine Hände von mir schüttelte, die inzwischen nur noch regungslos auf meinen Schultern lagen. Ich drehte mich um und rannte einfach los, Butterfly hinter mir her. Welchen Grund hatte ich noch, hierzubleiben? Ich hatte geglaubt, ihm helfen zu können. Ihn zu retten. Doch Liam wollte nicht gerettet werden. Meine rosarote Brille war zerbrochen und die Splitter drangen schmerzhaft in mein Herz. Die Realität holte mich ein, schlug in mein Gesicht wie eiskalter Wind. Ich fühlte mich so naiv. So dumm. Was hatte ich mir nur dabei gedacht, mich in diesen Mann zu verlieben, der von Anfang an geplant hatte, sein eigenes Leben mit einem Mord zu beenden? Der das Gesicht eines Menschen mit den bloßen Fäusten zertrümmert hatte, der mich entführt und angebunden hatte wie ein Tier? Ich wollte einfach nur noch nach Hause, mich in die Arme meines Vaters werfen und seine beruhigende Stimme hören, die mir sagte, dass alles gut werden würde. Ich hatte die Hütte durch die Eingangstür verlassen, war auf den Waldweg gelaufen und bog irgendwo in das Gebüsch ab, damit Liam mich nicht fand, wenn er mit dem Wagen nach mir suchte. Ich stolperte über das Gestrüpp, Äste peitschten in mein Gesicht, hinterließen rote, brennende Striemen. Doch das war mir alles egal. Ich hatte keine Ahnung, wie weit ich gelaufen war, als meine stechende Lunge mich endgültig bremste. Schluchzend lehnte ich mich an einen Baumstamm und rutschte daran herab, schlang meine Arme um die Knie und weinte bitterlich in diese hinein. Ich fühlte mich einsam und fallen gelassen. Ich fühlte mich von Liam hintergangen und angelogen. Dieser Mann wechselte seine Gesichter wie Masken und ich war mir nicht sicher, ob ich jemals den wirklichen Liam gesehen hatte. Jedes Mal, wenn ich ihm Vertrauen schenkte, wenn ich mich ihm öffnete und wir einen Schritt aufeinander zu machten, musste er es verbocken und zwei Schritte zurück machen. Er war einfach sozial total abgestumpft. Beziehungsinkompatibel. Aber er wusste es eben auch nicht besser. Wie sollte er Liebe schenken, ohne zu wissen, was das war oder wie man damit umging?

Der Einbruch der Nacht stand kurz bevor, doch darum wollte ich mir jetzt keine Gedanken machen. In diesem Moment war ich einfach wütend, unendlich traurig und enttäuscht. Mein Leben stand auf dem Kopf. Meine Gefühle waren in den letzten Tagen Achterbahn gefahren und ich fühlte mich plötzlich unheimlich ausgelaugt. Mein Schluchzen versiegte und ich sah so langsam wieder auf, als ein beunruhigendes Geräusch meine Aufmerksamkeit auf sich zog.

Schritte im Unterholz.

40

„Helena?“, eine sanfte, hohe Frauenstimme drang zu mir durch. Annas zierliche Gestalt trat durch das Gebüsch, sie hatte Schwierigkeiten, Fly, die zielstrebig in meine Richtung zog, an der Leine zu bändigen. In Annas dunkel gefärbten Haaren hatten sich einige Ästchen und Blätter verheddert und an ihrer gekrümmten Haltung konnte ich erkennen, dass sie fror. Obwohl es tagsüber bereits warm werden konnte, kühlte es doch stark ab, sobald die Sonne verschwand. Vor allem im Wald war der Temperaturunterschied deutlich spürbar.

„Anna“, sagte ich erstaunt und sie ließ sich neben mich auf den Waldboden sinken. Fly begrüßte mich mit wedelndem Schwanz.

„Es tut mir leid“, sagte sie leise und legte einen Arm um mich, was mir sofort wieder Tränen in die Augen trieb, „Liam kann so ein Trottel sein.“

Es war unfassbar, wie stark sie war, nach allem, was ihr passiert war, nun hier zu sitzen und für mich da zu sein. Und das, obwohl wir uns kaum kannten. Obwohl sie so geschwächt aussah. Ihre Art rührte mich so sehr, dass ich schon wieder flennen musste. Großer Gott, warum war ich nur so eine Heulsuse?

„Wo ist Liam jetzt?“, wollte ich wissen, „sucht er mich und will mich wieder einsperren oder umbringen?“ Ich musste lachen. Keine Ahnung warum, aber das auszusprechen, klang so surreal. Anna lächelte und schüttelte den Kopf.

„Ich habe ihm gesagt, dass er in der Hütte bleiben und eine kalte Dusche nehmen soll, um runterzukommen und seine Gedanken zu sortieren. Er ist ziemlich impulsiv und ich wollte nicht, dass er sich irgendetwas antut. Es wirkt zwar so, als hasse er die ganze Welt, doch am meisten hasst er sich selbst“, sagte sie sanft und seufzte. Ich nickte leicht und blickte sie von der Seite her an. Langsam ließ ich meinen Kopf auf ihre Schulter sinken und spürte durch ihren Pulli, wie spitz ihre Knochen waren. Wenn sie häufiger Liams Lasagne essen würde, wäre sicher schnell mehr an ihr dran.

„Das heißt, er lässt mich nach Hause gehen?“, fragte ich vorsichtig.

„Wenn du wirklich gehen willst, dann wäre das jetzt deine Chance, ja“, sagte Anna und streichelte mir über den Oberarm. Auf irgendeine Weise fühlte auch sie sich vertraut an. Wie eine Mutter oder große Schwester, „aber ich würde dich bitten, zu bleiben.“

Ich hob meinen Kopf. Sah sie verwirrt an.

„Wenn ihn jemand von seinem Vorhaben abhalten und sein Leben retten kann, dann du“, sagte sie leise.

„Warum nicht du?“, fragte ich.

„Liam und ich kennen uns, seit wir Kinder sind. Wir haben viel zusammen durchgestanden. Aber er sieht mich nicht an wie dich. Wenn er dich sieht, sieht er seine Zukunft, wenn er mich ansieht, nur seine Vergangenheit. Als wir klein waren, hat er mir geschworen, mich irgendwann zu retten, mich aus diesem Schrecken herauszuholen. Unsere Väter sind befreundet und Liam und ich haben auch außerhalb des Kellers ab und zu zusammen gespielt. Er war als Kind sehr ernst und in sich gekehrt und ich hatte einfach nur Angst. Als er dreizehn Jahre alt war und in die Pubertät kam, war ich gerade elf. Ich hatte diese Tortur bereits Jahre hinter mir und ich flehte ihn heimlich in seinem Zimmer an, mir nicht mehr weh zu tun. Das war der Moment, an dem er sich gegen das Spiel unserer Väter zu wehren begann. Liam entkam seinem Vater, ich meinem jedoch nicht.“

„Warum bist du nicht geflohen?“, fragte ich und schluckte. Annas Schicksal war so grausam. Es tat unheimlich weh, ihre Geschichte zu hören. Doch es lenkte mich auch von meinem eigenen Schmerz ab, den ich im Vergleich dazu als lächerlich empfand.

„Meine Mutter hatte früh einen Schlaganfall und brauchte unheimlich viel Pflege. Sie lag im Wachkoma und ich konnte sie nicht einfach zurücklassen. Mein Vater nutzte sie als Druckmittel, drohte mir an, Mama weh zu tun, wenn ich nicht auf ihn hörte oder gar jemandem etwas erzählte. Also blieb ich und ertrug die Qualen. Ich klammerte mich an den Gedanken, dass Liam mich eines Tages retten würde. Je älter er wurde, desto mehr setzte er sich für mich ein. Wir trafen uns heimlich, er stand sogar in Kontakt mit dem Sohn eines Polizisten. Doch letztendlich schaffte er es nie. Die Situation eskalierte und er kam ins Gefängnis. Ich war also wieder allein mit meinem tyrannischen, kranken Vater. Kurze Zeit später verstarb meine Mutter“, Anna schluckte schwer. Über ihr Gesicht huschte ein

Schatten und in ihrem Augenwinkel glitzerte es, „es gab nichts mehr, was mich aufhielt und ich tauchte unter, um meinem Vater zu entkommen. Doch ich konnte mich kaum bei Liam melden, ohne dass ich auffallen würde. Spätestens bei der Passkontrolle hätte man gesehen, dass ich als vermisst gemeldet wurde. Erst als ich mitbekommen habe, dass er wieder entlassen wurde, setzte ich mich erneut mit ihm in Verbindung. Ich hatte keine Telefonnummer, aber ich versuchte es über seine alte E-Mail und erreichte ihn. In all der Zeit habe ich Dinge über meinen Vater herausgefunden, die noch weit über das hinausgehen, was du auf dem Video gesehen hast. Doch ich war unvorsichtig und er kam mir auf die Schliche. Wütend über meine Schnüffelei, mein Verschwinden und Liams Angriff in der Nacht, bekam er mich fast zu fassen. In letzter Sekunde konnte ich Liam schreiben und er holte mich aus meinem Versteck. Ich vertraue ihm. Auf meine eigene Weise liebe ich ihn sogar. Aber ich will, dass er glücklich ist, dass er lebt und ein normales Leben führen kann. Dass er sich ein Häuschen baut und Kinder kriegt."

Sie lachte, als wäre es irrwitzig, sich das zu wünschen, „aber das soll er mit einer tollen Frau wie dir haben. Die ihn rettet, die ihm zeigt, was Liebe ist und nicht mit einem verkorksten Ding wie mir."

„Du bist doch nicht verkorkst!", entgegnete ich erschrocken, „ich kenne dich erst ein paar Minuten, aber du wirkst auf mich wie die stärkste Frau der Welt. Ich bewundere dich, wie du mit alldem umgehst und nicht aufgibst. Du denkst mehr an mich und Liam, als an dein eigenes Wohl."

Schade, dass wir uns unter solchen Umständen kennenlernen mussten, dass wir keine Freundinnen in der Schule waren, die durch dick und dünn gingen. Schade, dass ich sie nicht viel früher getroffen hatte und ihr irgendwie hätte helfen können. Anna betrachtete mich mit mildem, aber ungläubigen Blick. Vermutlich empfand sie sich selbst nicht so, wie ich sie sah. Jetzt konnte ich Liams fürsorgliche, liebevolle Art ihr gegenüber besser verstehen. Anna war wie eine zerbrechliche Puppe aus Glas mit einem Herz aus Gold. Man musste sie behüten und schützen, weil sie selbst gar nicht verstand, wie wertvoll sie war.

„Du denkst also, dass ich bleiben sollte?", fragte ich vorsichtig und Anna nickte.

„Wird Liam nicht furchtbar wütend auf mich sein?"

„Ich glaube nicht, dass sich Liam so schnell noch einmal einer Frau öffnet. Ich wette mit dir, dass er sich gerade in seinen eigenen Arsch beißt, so zu dir gewesen zu sein. Bitte gib ihm wenigstens noch eine Chance. Wenn er es noch einmal so versemmelt, dann kannst du immer noch gehen. Er wird dich nicht weiter gefangen halten, dafür bist du ihm viel zu wichtig."

„Aber meine Familie ...", sagte ich und das Bild meines Vaters tauchte vor meinem inneren Auge auf. Wie er so fertig war, so verzweifelt. Er musste gerade mit der Angst leben, dass seine Tochter in Lebensgefahr war. Wenn nicht sogar tot.

„Dafür werden wir eine Lösung finden, versprochen. Und wenn ich persönlich zu ihm gehe und ihm alles erkläre", versprach mir Anna und ihr weicher Blick beruhigte mich ein wenig. Ich nickte langsam.

„In Ordnung", knickte ich ein und stieß die Luft aus. Einmal mehr hatte ich mich breitschlagen lassen, weil ich einfach zu gutmütig war. Doch wenn ich meinen Zorn für einen Moment ausblendete und mir sein Gesicht vor Augen rief, die kleine Furche zwischen seinen Brauen, wenn er verärgert war, das Zucken seiner Mundwinkel, wenn ich etwas Blödes sagte, über das er innerlich lachte und dieser sanfte Glanz in seinen Augen, der mir verriet, dass so viel mehr in ihm steckte als der Mörder, der er sein wollte. Ach verdammt, ich konnte diesen Mann einfach nicht sich selbst und seinem Schicksal überlassen.

„Dann gehen wir zurück, bevor er allein in der Hütte noch was Dummes anstellt?", fragte Anna und ich lachte. Ja, wer weiß, ob er nicht doch noch versuchte, eine Wand mit bloßen Fäusten zu zertrümmern. Ich erhob mich langsam und reichte ihr eine Hand, um ihr aufzuhelfen. Als wir standen, ließ sie meine Hand jedoch nicht los, sondern hielt sie weiter fest. Ich fühlte mich, als wären wir zu zweit viel stärker als allein.

41

Als wir an der Hütte ankamen und der Kiesweg unter unseren Schuhsohlen knirschte, wurde die Haustür aufgerissen, noch bevor wir sie erreicht hatten. Liam blickte uns mit Schatten unter den Augen entgegen. Seine Haare waren noch nass vom Duschen und hingen ihm in dunklen Strähnen in die Stirn. Er trug wieder diesen hautengen Rollkragenpullover, unter dem sich seine Muskeln deutlich abzeichneten. Je näher wir ihm kamen, desto schneller schlug mein Herz. Ich war mir sicher, klinisch tot zu sein, bevor wir ankamen. Wie würde er jetzt auf mich reagieren? Anna drückte meine Hand, als spürte sie meine Unsicherheit und warf mir einen aufmunternden Blick zu. Wir kamen auf der Treppenstufe unter ihm zum Stehen. Unsere Blicke trafen sich und ich holte Luft, um etwas zu sagen, als er mich ohne Vorwarnung an seine Brust zog. Er schlang seine Arme um mich und ich weitete erschrocken meine Augen. Im ersten Moment spannte sich mein Körper an, als würde er Schmerz erwarten, doch als dieser nicht kam und ich einfach nur festgehalten wurde, entspannte ich mich wieder. Liam vergrub sein Gesicht in meinem Haar und atmete tief ein.

„Verzeihst du mir?“, fragte er leise. Seine Wärme und seine Stimme an meinem Ohr lösten ein heftiges Kribbeln in mir aus, das meinen Körper von Kopf bis Fuß flutete.

„Wenn du dich mal entschuldigen würdest“, grätschte Anna ihm dazwischen und er grummelte leise.

„Es tut mir leid, Helena“, murmelte er und hob seinen Kopf ein wenig, um zu Anna zu sehen, „und es tut mir leid, dass ich dich so grob geschubst habe.“

Ich lächelte sachte und löste mich langsam von ihm.

„Unter zwei Bedingungen verzeihe ich dir“, sagte ich und er sah mich hoffnungsvoll an.

„Alles.“

„Kein Misstrauen mehr. Keine Launen. Ich möchte kein Spielball deiner Gefühle mehr sein. Ich bin hier als dein Gast, nicht mehr als deine Gefangene. Wenn ich gehen möchte, kann ich gehen“, zählte ich an den Fingern auf. Ich hielt ihm meine Hand geschäftlich entgegen. Liam zögerte kurz, dann schlug er ein und hob einen Mundwinkel an.

„Und die zweite?“, fragte er.

„... ich möchte mit meinem Vater reden. Ihn sehen oder telefonieren, irgendetwas. Ich will ihm sagen, dass es mir gut geht und dass das alles einen Grund hat, den ich ihm irgendwann erklären werde. Er macht sich solche Sorgen. Er kennt mich, ich würde unsere Familie niemals im Stich lassen.“ Ich blickte Liam fest in die Augen. Auch diese Bedingung bestätigte er mit einem Nicken.

„Sie kann von meinem Handy aus telefonieren“, lenkte Anna ein und ich sah dankend über meine Schulter zu ihr. „Dann kannst du später mit ihm sprechen. Jetzt wird er sicher noch von den Reportern umringt sein, in Ordnung?“

„In Ordnung“, bestätigte ich.

Hinter uns schickte die Sonne das letzte Licht über die Berge, ehe sie in wenigen Minuten gänzlich verschwinden würde.

Nachdem wir die Fronten geklärt hatten, machte Liam einen Schritt zur Seite, sodass wir alle eintreten konnten. Wir waren kaum ein paar Schritte durch den Flur gegangen, da lief Anna an uns vorbei.

„Ich geh auch mal duschen, dann habt ihr zwei etwas Zeit für euch allein“, sagte sie und zwinkerte mir im Vorbeigehen vielsagend zu. Mir schoss die Röte in die Wangen. Am liebsten wäre ich im Erdboden versunken. Während Anna im Bad verschwand, setzten Liam und ich unseren Weg ins Wohnzimmer fort. Er ließ sich auf das Sofa sinken, fasste mein Handgelenk und zog mich auf seinen Schoß. Sofort schlossen sich wieder seine Arme um mich und ich wurde von seiner Wärme und seinem Duft eingehüllt. Fly machte es sich vor dem Kamin gemütlich, den Liam während meiner Abwesenheit wieder angemacht hatte. Dort streckte sie genüsslich alle viere von sich.

„Warum hast du nicht als Bedingung genommen, dass ich ihn nicht töten soll?“, fragte Liam.

„Weil ich hoffe, dass du zu diesem Entschluss selbst noch kommen wirst“, entgegnete ich, „vielleicht willst du ja doch noch heiraten und Kinder kriegen“, stichelte ich im Scherz und Liams Gesicht zierte plötzlich ein schmutziges Grinsen.

„Kinder kriegen vielleicht nicht, aber mit Kinder machen könnten wir anfangen."

Ich sah ihn erschrocken an. Hatte er etwa wieder Lust? Plötzlich spürte ich seine Hände auf meinem Körper, wie sie sich langsam ihren Weg unter mein Shirt bahnen wollten. Doch ich hielt sie fest und sah ihn schockiert an.

„Liam! Kinder!", rief ich.

Er sah sich verwirrt um.

„Wo?"

„Wir! Also, wir haben nicht verhütet! Wir haben kein Kondom benutzt und ich nehme die Pille nicht, selbst wenn, hätte ich keine hier gehabt!", ich schlug mir die Hände vor den Mund, doch Liam klopfte mir beruhigend auf die Schulter.

„So schnell geht das schon nicht. Dazu müsstest du ja ausgerechnet jetzt in deinen fruchtbaren Tagen sein", er unterstrich seine Worte mit einem unbekümmerten Schulterzucken.

Ich begann, im Geiste nachzuzählen.

„... zwölf, dreizehn. Meine letzte Dingsbums ist jetzt knappe zwei Wochen her."

Ich konnte nahezu sehen, wie sich die Rädchen in Liams Kopf zu drehen begannen und plötzlich schien er ein wenig blasser zu werden. Wir saßen da, starrten und schwiegen uns an.

„Was ist mit der Pille danach?", warf ich schließlich ein. Immerhin war unser Sex noch nicht sehr lange her und ich hatte mal gehört, dass man sie rezeptfrei in der Apotheke bekommen konnte. Doch Liams Reaktion erstaunte mich. Er zog die Brauen zusammen und sah mich ungläubig, nahezu vorwurfsvoll an.

„Du würdest unser Kind töten?"

Ich fiel aus allen Wolken.

„Was? Nein! Natürlich nicht! Ich wäre doch noch gar nicht befruchtet! Das Zeug verhindert doch den Eisprung!", verteidigte ich mich empört. Kind töten. So was konnte auch nur von Liam kommen.

„Sei ehrlich, würdest du Vater werden wollen?", stellte ich die Gegenfrage und fixierte ihn mit meinem Blick.

„Ich würde vor der Verantwortung nicht davonlaufen. Ich würde für euch beide sorgen ...", seine Stimme wurde leiser und weicher. Ich blickte ihn erstaunt an. Ein Kind wäre also ein Grund für ihn, weiterzuleben? Seine Pläne über den Haufen zu werfen?

„Und wie würdest du für uns sorgen wollen? Indem du die Drogen vertickst, die in deiner Tasche sind?“, mein Tonfall war zickiger, als ich geplant hatte. Im gleichen Moment tat es mir schon wieder leid.

„Von Privatsphäre hältst du wohl nicht so viel, oder?“, fragte er, während er eine Augenbraue hob.

„Sagt der Mann, der mir beim Pinkeln zuguckt?“

„Ich habe nicht geguckt.“

„Dann eben gehört! Ist doch auch egal! Sag mir lieber, was du mit den Drogen vorhast! Nimmst du sie? Verkaufst du sie?“, ich sah ihn forschend an. Ich wollte erkennen, wenn er mich anlog.

„Ich hatte vor, sie zu nehmen. Hab ich aber nicht, okay? Thema erledigt.“ Liam lehnte sich genervt zurück und ich musste plötzlich schmunzeln.

„Du zweifelst gerade daran, ob es tatsächlich eine gute Idee war, dich auf mich einzulassen, oder?“ Er rollte die Augen, doch sein Mundwinkel zuckte amüsiert.

„Du bist schon ganz schön nervig“, gab er zu und lehnte sich wieder zu mir vor, sodass sein Gesicht meinem ganz nahe war und ich seinen warmen Atem spüren konnte. „Aber du bist das Beste, was mir jemals passiert ist“, hauchte er und ich spürte, wie mein Herz aufgeregt gegen meine Brust schlug. Liam schaffte es immer wieder, plötzlich solch süßen Sachen zu sagen, die mich vollkommen aus der Bahn warfen. Ich legte meine Lippen sanft auf seine und drückte mich für einen Moment gegen ihn. Meine Finger schoben sich in sein Haar. Liam spannte sich an, doch viel schneller als sonst, ließ er sich auf mich ein und lockerte sich. Ich löste mich von ihm und lehnte meine Stirn gegen seine.

„Und es könnte noch so viel besser sein“, flüsterte ich leise.

42

Die Tür zum Bad wurde aufgedrückt und Anna kam, mit einem der blauen Handtücher als Turban auf dem Kopf, heraus. Auch um ihren Körper war ein Handtuch geschlungen und nun konnte ich viele blaue Flecken und feine Narben an ihrer Haut, an den Armen und ihren Schultern erkennen. Als ich die Tür hörte, flüchtete ich schnell von Liams Schoß und setzte mich unschuldig neben ihn. Ihre blaugrauen Augen huschten zwischen Liam und mir hin und her, als sie das Wohnzimmer betrat. Sie funkelte uns neugierig an.

„Und?", fragte sie, „worüber habt ihr so geredet?"

Ich stand vom Sofa auf und zuckte ganz beiläufig die Schultern, während ich zur Küche hinüberging und nach Flys Futter suchte.

„Och, über unsere Zukunft. Liam will Drogen verkaufen und ich bin vielleicht schwanger."

Ich grinste schelmisch und sah im Augenwinkel, wie Liam sich fassungslos mit einer Hand durchs Haar fuhr und dann den Kopf schüttelte.

Anna fielen fast die Augen aus dem Kopf, als sie das hörte. Sie starrte mich mit offenem Mund an.

„Was?!", quiekte sie und warf dann einen fragenden Blick zu Liam, der nur die Augen rollte und die Schultern zuckte.

„Wir haben vergessen zu verhüten und sie ist sauer auf mich, weil ich Drogen besitze", fasste Liam für Anna zusammen. Die Hündin hatte sich inzwischen von ihrer Stelle vor dem Kamin erhoben und rannte Hals über Kopf auf mich zu, als sie hörte, wie ich die Futterdose öffnete. Sie sprang an mir hoch. Als ich sie über meine Schulter hinweg mahnend ansah, setzte sie sich hin, lediglich ihr Schwanz wackelte weiter wie ein Propeller.

„Und was habt ihr jetzt vor?", fragte Anna verwirrt.

„Also Helena will unser Kind töten", stichelte Liam und ich warf ihm einen vernichtenden Blick zu.

„Will ich überhaupt nicht! Ich habe die Pille danach vorgeschlagen, weil ich dachte, du willst eh sterben und ich soll dann das Kind allein aufziehen oder was?", fauchte ich.

Anna sah zwischen uns hin und her. Dann begann sie zu lachen.

„Also Liam freundet sich gerade mit dem Gedanken an, Vater zu werden und Helena denkt, sie wird alleinerziehende Mutter. Wollt ihr jetzt die Pille holen oder nicht?"

„Nein", antwortete Liam, während ich gleichzeitig „Ja" rief. Wir tauschten Blicke aus und ich seufzte.

„Nein ...", gab ich mich schließlich geschlagen, „es wird sicher nichts passiert sein. Wie groß wäre denn der Zufall, wenn ich von meinem ersten Mal schwanger werden würde?"

„Liam!", keuchte Anna und sah ihn mit großen Augen an, „du hast sie entjungfert?! Du Schuft!" Liams darauffolgendes Lachen war ziemlich dreckig und an seiner Körperhaltung konnte man erkennen, dass er sich jetzt ziemlich toll fand. Mit breiten Beinen nahm er die halbe Couch ein, während er die Arme locker auf die Lehne gelegt hatte. Anna ging auf ihn zu und schlug ihm anerkennend gegen den Oberarm.

„Können wir bitte das Thema wechseln?", stöhnte ich, als ich Fly ihr Fressen hinstellte und sie sich darüber hermachte, als hätte sie seit einer Woche nichts mehr bekommen.

„Liegt es an mir, oder willst du generell keine Kinder?", fragte Liam jedoch, der es einfach nicht gut sein lassen konnte. Ich sah ihn betrübt an.

„Natürlich liegt es nicht an dir. Aber abgesehen davon, dass du sterben willst und wenn nicht das, zumindest wegen Mordes im Gefängnis landen wirst, gehe ich studieren, bin gerade mal zwanzig und hab eigentlich noch andere Pläne als jetzt alleinerziehend zu sein", erklärte ich und legte mir eine Hand auf meinen Bauch, „aber sollte das Schicksal es wollen und da entsteht wirklich etwas, dann werde auch ich vor keiner Verantwortung davonlaufen. Das bin ich nie." Im Muttersein war ich quasi schon geübt, seitdem ich diese Rolle zu Hause übernommen hatte. Außerdem glaubte ich wirklich nicht, dass etwas passiert war.

Mit diesen Worten legte sich Schweigen über uns und Anna entschuldigte sich kurz, um sich anzuziehen. Als sie wieder zu uns stieß, legte sie ihr Handy auf den Küchentisch. Es war kein neumodisches Smartphone, sondern ein altes Nokia, mit dem man nicht mehr machen konnte als telefonieren und simsen und vielleicht Fenster einwerfen, wenn man zielsicher genug war.

„Wie wäre es, wenn du dich jetzt mal bei deinem Vater meldest", schlug sie vor und Liam erhob sich nervös vom Sofa. Er sah alles andere als glücklich aus, doch das war mir egal. Er war es mir schuldig.

„Aber nicht zu lange", mahnte er und setzte sich an den Küchentisch, vermutlich wollte er so viel von dem Gespräch mitbekommen wie möglich.

Ich nahm das Telefon in die Hand und starrte es einen Moment lang an, ehe ich unsere Festnetznummer wählte, weil es die Einzige war, die ich auswendig kannte. Hoffentlich war er überhaupt zu Hause und würde abnehmen!

Ich war noch nie so aufgeregt, zu Hause anzurufen. Nervös leckte ich über meine Lippen und lauschte gespannt auf das Tuten. Schließlich raschelte es in der Leitung.

„Weiß?", meldete sich die tiefe Stimme meines Vaters und ich hätte beinahe wieder losgeweint, als ich sie hörte. Es tat so unheimlich gut. Wie Balsam auf meiner geschundenen Seele.

„Papa! Hier ist Helena", sagte ich und hörte, wie er die Luft einzog.

„Oh Gott, Helena! Wo bist du? Geht es dir gut? Wurde dir etwas angetan?", vermutlich hätte er am liebsten noch tausend weitere Fragen gestellt, aber er hielt sich zurück.

„Hör mir zu, Papa, es geht mir gut und du musst dir keine Sorgen machen!", sagte ich, „ich bin in Sicherheit und mir wurde auch nichts angetan. Die Situation ist kompliziert. Ich habe euch den Brief geschrieben, damit ihr euch keine Gedanken macht. Natürlich stimmen die Sachen nicht, die darin stehen. Aber es ist viel zu komplex, um das alles jetzt zu erklären. Bitte vertrau mir und sag der Polizei, dass sich alles geklärt hat. Das ist wirklich wichtig!"

„Zwingt dein Entführer dich, das zu sagen?", fragte mein Vater mit gedämpfter Stimme. Ich schüttelte den Kopf – als ob er das sehen konnte.

„Nein Papa, ehrlich nicht. Ich bin in etwas hereingeraten, was ich jetzt unbedingt beenden muss. Ich kann es dir jetzt wirklich nicht sagen. Aber ich bin freiwillig hier."

„Aber dein Auto ...", begann Vater.

„Ich war auf dem Weg ins Krankenhaus. Dann ist etwas passiert und ich musste meine Pläne kurzfristig ändern. Ich hätte dir viel früher Bescheid gegeben, aber es ist zu viel passiert. Glaub mir bitte. Mein Handy war leer und ich habe euch den Brief geschrieben, damit ihr euch keine Sorgen macht. Ich dachte, damit wäre die Sache erst mal abgehakt, aber dann habe ich dich im Fernsehen gesehen."

Mein Vater seufzte und ich sah, wie Liam ungeduldig auf seine Armbanduhr tippte, um mir zu verstehen zu geben, dass ich mich mit meinem Gespräch ranhalten sollte.

„Wie geht es Florian?", fragte ich eilig.

„Er hat Angst um dich. Er fühlt sich schuldig für dein Verschwinden."

„Sag ihm, dass ich ihn lieb habe und dass er damit nichts zu tun hat. Ich verspreche, ich bin bald wieder für euch da. Gebt mir noch ein paar Tage."

„Helena ..."

„Bitte Papa, versprich es mir. Ja? Keine Polizei mehr ..."

„In Ordnung. Geht es dir wirklich gut? Sag ‚keine Polizei' wenn du gerade bedroht wirst und Hilfe brauchst."

„Wirklich Papa. Ich hab dich lieb."

„Ich dich auch."

Mit einem tiefen Seufzen legte ich auf und ließ mich geschafft auf einen Stuhl sinken, das Handy noch immer in der Hand. Anna sah mich zufrieden an und Liam blickte weiter nervös auf seine Uhr. Sicher befürchtete er, dass wir geortet würden. Aber ich hatte nicht das Gefühl, dass mein Vater versucht hatte, Zeit zu schinden. Ich griff über den Tisch hinweg nach Liams Hand und drückte diese kurz. Er hob seinen Blick an und seine Mundwinkel zuckten leicht, als wollten sie lächeln, konnten sich aber nicht wirklich dazu durchringen.

„Bist du froh?", fragte er und ich nickte.

„Ja, es tat gut, mit ihm zu sprechen. Ich denke, er hat es verstanden. Sie waren wohl misstrauisch wegen meines Autos, das ja noch in der Nähe vom Krankenhaus stand", erklärte ich. Ich streichelte mit dem Daumen seinen Handrücken. Anna streckte sich zufrieden.

„Alles klar, ich weiß ja nicht, wie es euch geht, aber ich bin furchtbar müde und könnte wirklich eine Mütze voll Schlaf brauchen", sagte sie, „kann ich Fly mitnehmen? Dann hab ich auch jemanden zum Kuscheln", sie zwinkerte uns zu und während ich rot wurde, grinste Liam.

„Klar, ich lass sie noch kurz raus zum Pipi machen, dann bringe ich sie dir", sagte e. Daraufhin hob Anna ihre Hand zum Abschied. Inzwischen war der Abend weiter vorangeschritten und Dunkelheit umfing die Hütte wie ein schwarzer Schleier.

„Gute Nacht, ihr zwei Turteltauben", lächelte Anna, „schlaft gut!"

„Schlaf du auch gut", entgegnete ich und wäre am liebsten erneut im Boden versunken. Am besten grub ich mir ein Loch, in das ich mich immer verkriechen konnte, wenn es peinlich wurde. War es so offensichtlich, dass Liam und ich miteinander flirteten und sich irgendwie mehr zwischen uns entwickelt hatte? Na gut, Anna hatte ja nun wirklich alles mitbekommen. Über Liebesgeständnisse bis hin zu ungeschütztem Sex, was das Allerschlimmste von allem war!

Anna verschwand in der Abstellkammer, die Liam ursprünglich für mich zu einem Zimmer umfunktioniert hatte und Liam ließ Fly kurz raus. Ich machte mich im Bad bereits bettfertig und zog mir mein Schlafshirt an, dann kroch ich in das Bett. Bei dem Gedanken an mein erstes Mal wurde mir warm und mein Puls beschleunigte sich – aber das tat er fast immer, wenn ich an Liam dachte oder ihn sah. So auch, als er kurze Zeit nach mir das Schlafzimmer betrat und seinen Rollkragenpullover mit einer fließenden Bewegung über seinen Kopf zog. Ich hatte nur das Nachtlicht angeschaltet und das schummrige Licht warf intensive Schatten auf seinen Körper, betonte jeden Muskel, vor allem, wenn er sich bewegte und auch die feinen Linien der Sehnen hervortraten.

„Helena", hörte ich Liams Stimme und ich riss meinen Blick von seinem Körper los, um in seine Augen zu sehen. Ein warmer Schimmer lag ihn ihnen.

„Ich liebe dich", hauchte er.

43

„Was?“ Ich starrte ihn ungläubig an. Hatte er das gerade wirklich gesagt? Fühlte er das auch tatsächlich? War Liam Winterfeld in der Lage, so etwas zu empfinden? Zu mir? Mir wurde heiß. Meine Ohren glühten und mein Herz schlug Purzelbäume. Ich musste mich zwingen, ruhig zu atmen, um nicht gleich zu hyperventilieren.

„Ich sag das nicht noch mal“, grummelte Liam, der sich nun auch die Hose auszog und zu mir ins Bett stieg. Er wich meinem Blick aus, zog mich direkt so zu sich heran, dass mein Kopf an seiner Schulter ruhte und ich nicht mehr sein Gesicht sehen konnte.

„Gute Nacht!“, das klang nach einem Befehl. Offenbar wollte er jedem weiteren Gespräch darüber aus dem Weg gehen. „Willst du nicht, dass ich es auch sage?“, fragte ich, seine stumme Bitte ignorierend.

„Das hast du doch schon. Auf deine Weise“, hauchte er und ich hörte anschließend ein leises, belustigtes Schnauben von ihm, „außerdem warst du doch schon seit dem Gefängnis in mich verknallt.“

Typisch! Obwohl er häufig von Selbstzweifeln geplagt war, glaubte er dennoch manchmal, er sei der heißeste Typ der Welt. Gut. Er war schon ziemlich heiß, das musste ich zugeben. Aber manchmal prahlte er eben gern damit. Nichtsdestotrotz hatte er mir gerade seine Liebe gestanden und das war so unfassbar für mich, dass ich überhaupt nicht damit umzugehen wusste.

„Wird sich jetzt etwas ändern?“, fragte ich.

„Was soll sich denn ändern?“, gab er zurück.

„Na ja. Du … magst mich, ich mag dich. Wie geht es jetzt weiter?“

„Du willst wissen, ob wir ein Paar sind?“, fragte er belustigt.

Ich nickte und sah ihn für seinen Tonfall böse an, auch wenn er das nicht sehen konnte. Vielleicht fühlte er ja das fiese Kribbeln meines Blickes auf seiner Haut.

„Würdest du es denn ertragen, mich jahrelang nur im Gefängnis zu sehen?“, stellte er die Gegenfrage und ich wollte meinen Kopf heben, doch er drückte ihn mit seiner Hand schnell wieder runter.

„Ich dachte, du gehst nicht mehr ins Gefängnis? Ich dachte, du willst lieber sterben als das?“, erwiderte ich überrascht, verwirrt und gleichzeitig von neuer Hoffnung ergriffen.

Als er darauf nichts mehr sagte, sondern so tat, als wäre das Gespräch damit beendet, flüsterte ich noch leise:

„Ja, das würde ich.“

Schweigen legte sich über uns und wir hingen beide unseren Gedanken nach, wobei meine eher aus rosa Konfettiregen und lauten, epischen Fanfaren bestanden.

Plötzlich musste ich kichern.

Liams Kopf neigte sich etwas zu mir.

„Hm?“, machte er irritiert, „was ist jetzt schon wieder?“

„Du hast ein umgekehrtes Stockholmsyndrom. Ich nenne es das Winterfeldsyndrom. Klingt doch gut, oder? Der Entführer verliebt sich in sein Opfer.“ Ich gestikulierte theatralisch mit meiner freien Hand. Ich konnte regelrecht fühlen, wie Liam seine Augen rollte.

„Vielleicht bist du ja die wiedergeborene Helena von Troja. Der kann einfach niemand widerstehen“, antwortete er und nun war ich diejenige, die belustigt schnaubte.

„Wers glaubt, wird selig“, kommentierte ich nur und kuschelte mich auf diese süßen, wenn auch nicht glaubwürdigen, Worte hin an ihn. Obwohl Fly erst seit Kurzem bei uns war, vermisste ich ihren schweren Körper zu meinen Füßen schon. Aber dass die Hündin gerade mit Anna schmuste und ihr etwas Schutz und Nähe schenkte, war ein sehr schöner Gedanke. Ich hatte es in meiner Kindheit dank meiner Mutter auch nicht gerade einfach, doch ich konnte unheimlich froh sein, nicht so einen Vater wie Liam oder Anna zu haben. Meiner saß wahrscheinlich gerade zu Hause und zerbrach sich noch den Kopf darüber, was mit seiner Tochter los war und wie er seinem Sohn das Leben lebenswerter machen konnte. Hoffentlich hatte Papa mir Glauben geschenkt. Hoffentlich hielten sich seine Sorgen nun in Grenzen und hoffentlich würde er die Suche mit der Polizei abbrechen. Mit dem Gedanken an meine Familie und mit der Frage, ob Liam tatsächlich einmal ein Teil von ihr sein würde, schlief ich ein.

Als ich am nächsten Morgen aufwachte, war das Bett neben mir bereits wieder leer. Mich beschlich ein ungutes Gefühl und ich hoffte, dass er nur schon Frühstück machte oder eine Runde mit Fly draußen war. Ich streckte mich kurz und rollte mich aus dem Bett. Anschließend zog ich mir meinen Jogginganzug über und lief durch den Flur Richtung Wohnzimmer. Doch die Einzige, die ich hier vorfand, war Anna. Sie stand an der Küchenzeile und ich hörte etwas in einer Pfanne brutzeln. Der Duft von gebackenen Eiern, Speck und frisch getoastetem Brot stieg mir in die Nase. Ich sog die Luft tief ein.

„Hmm, das riecht gut", sagte ich. Anna zuckte leicht zusammen. Ich musste sie erschreckt haben. Sie drehte sich mit einem strahlenden Lächeln zu mir um und ihre blaugrauen Augen funkelten mich an. Fly saß neben ihr am Boden, sah kurz über die Schulter zu mir, doch der Geruch des Essens war verlockender als mich zu begrüßen.

„Es gibt Rührei. Ich habe den Tisch schon gedeckt. Setz dich schon mal. Kommt Liam auch bald?", fragte sie und ich sah mich ratlos um.

„Ich dachte, er sei hier. Im Bett ist er nicht mehr. Das Bad ist auch frei", erklärte ich und wir zogen synchron unsere Augenbrauen kraus.

„Ich schau mal, ob sein Auto noch da ist", kündigte ich an und lief durch den Flur zur Garage. Tatsächlich stand mal wieder das Tor offen und von dem Auto war weit und breit keine Spur. „Oh man, hoffentlich ist er nur Brötchen holen", sagte ich zu mir selbst. Mich beschlich eine schlechte Vorahnung. Wenn Liam plötzlich verschwand, konnte das einfach nichts Gutes bedeuten. „Stell bloß nichts Dummes an", sagte ich zu ihm, auch wenn er es gerade nicht hören konnte.

„Ist weg!", rief ich schon, als ich mich wieder auf den Weg zu Anna machte, deren sorgenvoller Blick meine eigene Sorge auch nicht gerade minderte.

„Dann frühstücken wir jetzt einfach und irgendwann wird er schon wieder kommen", sagte sie und deutete mit dem Pfannenwender auf den Küchentisch. Nachdem ich mich gesetzt hatte, stellte sie ein dampfendes Toastbrot mit Rührei vor mich. Noch einmal roch ich genüsslich daran, ehe ich mich darüber hermachte.

„Boah danke", sagte ich mit vollem Mund und schob schon ein zweites Stück hinterher, obwohl das erste noch gar nicht unten war. Ich bemerkte erleichtert, dass auch Anna mit großem Appetit zu essen begann. Sie war ohnehin so dünn und kraftlos. Vielleicht kam so etwas an sie dran. Fly setzte sich neben uns vor den Tisch und wedelte so heftig mit ihrem Schwanz, dass ihr Po über den Boden rutschte. Ihr Brustkorb bebte, als stünde sie kurz vor dem Winseln und ich musste all meine Willensstärke aufbringen, um ihrem Hundeblick standzuhalten.

„Du bekommst gleich Frühstück, mein Schatz", sagte ich zu ihr, als ob sie mich verstehen könnte. Dann wandte ich mich wieder zu Anna und sah sie nachdenklich an.

„Sag mal", begann ich unsicher, „macht es dir eigentlich nichts aus, hier zu sein? Immerhin sind in diesem Haus schlimme Dinge passiert", es war zwar nicht gerade das beste Thema für einen Gute-Morgen-Chat, aber diese Frage brannte mir schon seit einiger Zeit auf der Seele. Anna hielt inne und tupfte sich den Mund mit einem Stück Küchenrolle ab, ehe sie antwortete.

„Nein, es macht mir nichts aus. Natürlich ist es ein mulmiges Gefühl, hier zu sein. Die meisten schlimmen Erinnerungen habe ich an den Keller, nicht an die Räume hier oben", erklärte sie sachlich, als versuche sie, eine emotionale Distanz zu der Geschichte zu wahren.

„Also glaubst du auch nicht, dass Liams Eltern hier auftauchen könnten?", hakte ich nach und Anna schüttelte den Kopf.

„Was war eigentlich mit seiner Mutter? Wusste sie davon?", fragte ich weiter nach.

„Eva wusste, dass ihr Mann spezielle ‚unorthodoxe Erziehungsmethoden' hatte, die hatte sie selbst ja auch. Ich glaube, es war ihr aber nicht bewusst, wozu er Liam und mich gezwungen hat. Ich weiß generell nicht, wie viel sie von mir wusste. Sie war früher eng mit meiner Mutter befreundet, aber seit deren Schlaganfall, hat sie sich von uns ferngehalten. Oder Balthasar hat sie ferngehalten, das weiß ich nicht."

Anna zuckte leicht ihre Schultern und ich nickte bedächtig. Vielleicht hatte Liams Mutter das Wissen über Balthasars Neigungen ja auch in Alkohol ertränkt?

Ich hatte meinen Toast kaum fertig gegessen, als Fly plötzlich aufsprang und bellend Richtung Flur lief. Kurz darauf war das Geräusch von Reifen auf dem Waldweg zu hören und als auch ich aufsprang und zum Fenster lief, sah ich, wie der schwarze SUV in einer mörderischen Geschwindigkeit über den Schotter bretterte. Liam musste es unheimlich eilig haben, oder er war wegen irgendetwas stinksauer. Anders konnte ich mir diese Fahrweise nicht erklären.

„Kommt er wieder?“, rief Anna und trat wenig später neben mich ans Fenster. Ich sagte nichts, da sie ihn ja nun selbst sah.

Der Wagen bremste erst kurz vor der Hütte ab und wurde anschließend in die Garage manövriert. Durch die getönte Scheibe konnte ich schon den angespannten Ausdruck auf Liams Gesicht erkennen. Was war nur passiert, dass er so aufgebracht zurückkam – und wo war er überhaupt gewesen? Anna, Fly und ich gingen in den Flur, um ihn hier zu empfangen.

44

Wider Erwarten kam er nicht alleine in den Flur der Hütte. „Aus dem Weg, macht mir die Terrassentür auf“, befahl Liam schroff und schob jemanden vor sich her. Der Kopf des Fremden war mit einer cremefarbenen Stoffeinkaufstüte bedeckt. Mit einer Hand im Nacken drückte er den Oberkörper der Person herab und mit der anderen hielt er ihr eine Waffe seitlich gegen die Rippen. Ich wollte fragen, was zur Hölle hier los war, doch ich kannte Liam nun lange genug, um zu wissen, dass ich jetzt keine vernünftige Antwort bekommen würde. Liams Gesichtsausdruck war hart, zornig und seine ganze Körperhaltung aggressiv und angespannt. Anna und ich gehorchten und liefen eilig vor zum Wohnzimmer, um ihm dort die Terrassentür zu öffnen. Die Geisel trug einen dunkelblauen Anzug und ein weißes Hemd. Der Mann jammerte gedämpft in den Stoff der Tüte, als Liam ihm die Pistole in die Seite stieß.

Fly legte ihre Ohren an und fletschte die Zähne, als könne sie die Gefahr spüren, die von dieser Situation ausging. Bellend blieb sie stehen, als wolle sie rufen „Hau bloß ab!“

„Weiter“, knurrte Liam und verließ mit ihm die Hütte, um ihn in Richtung Keller zu bringen. Anna und ich folgten ihnen, blieben jedoch am Eingang der Kellertreppe stehen und sahen uns völlig überfordert an. Anna legte sich eine ihrer dürren Hände vor den Mund und jetzt sah ich auch, dass sie zitterte. Ich griff nach ihrer anderen Hand und umschloss sie mit meiner, als ich spürte, wie kalt diese war. In diesem Moment wollte ich ihr Beistand und Kraft schenken, denn diese Situation schien sie vollkommen fertig zu machen.

„Anna?“, sagte ich leise und trat noch einen Schritt zu ihr heran. Ich hatte das Gefühl, dass der letzte Rest Farbe nun auch noch aus ihrem Gesicht gewichen war.

„Das ist mein Vater“, hauchte sie tonlos und nun konnte auch ich förmlich spüren, wie das Blut in meine Füße sackte.

„Was?“, fragte ich, obwohl ich ihre Worte sehr wohl verstanden hatte. Das war der Mann aus der Gasse? Der, den Liam schon lange getötet hätte, hätte ich nicht dazwischengefunkt? Hatte er ihn hierhergeholt, um hier sein Werk zu vollenden? Wollte Anna auch, dass ihr Vater starb? Wäre es ihr zu verübeln? Ohne noch einen Moment zu zögern, zog ich den kraftlosen Körper meiner neugewonnenen Freundin in meine Arme und hielt sie einfach fest. Ich konnte spüren, wie ihr Körper bebte und ihre Atmung ruckartig ging, während sie versuchte, sich irgendwie zu beruhigen. Ich drückte sie an mich, streichelte ihren Rücken und wollte ihr zeigen, dass ich für sie da war, dass ... ja was? Dass alles gut werden würde? Ich konnte ihr in diesem Moment keine tröstenden Worte sagen, ich konnte ihr nur zeigen, dass sie nicht allein war.

Ein gedämpfter Schmerzensschrei aus dem Keller zog unsere Aufmerksamkeit auf sich und Anna löste sich, noch immer zitternd, von mir. Sie sah mir auffordernd in die Augen.

„Wir müssen zu Liam“, hauchte sie, „wir müssen etwas unternehmen. Ihn abhalten. Die Körperverletzung an meinem Vater bringt ihn lange genug ins Gefängnis. Wenn er ihn umbringt, dann ...“, Anna sprach nicht zu Ende, doch das war auch nicht nötig. Ich nickte zögerlich. Liam hatte mir seine Gefühle gestanden, er hatte mir versprochen, dass ich nicht mehr sein emotionaler Spielball sein würde, und doch hatte ich unheimliche Angst, ihm jetzt zu begegnen. Dem Verbrecher Liam. Dem Liam mit den kalten, gnadenlosen Augen, die aus Hass regelrecht zu Eis erstarren konnten. Meine Hände waren schweißnass, als wir die dunkle Treppe hinabgingen. Anna ging mit schnellen Schritten voran. Ich konnte erkennen, wie ihre Knie und ihre Finger weiter zitterten. Unten angekommen liefen wir durch den kleinen Flur zu dem „Kinderzimmer“. Obwohl ich bereits hier gewesen war, löste der Raum ein unglaubliches Unbehagen in mir aus. Die Vorstellung, welche schrecklichen Szenen sich hier abgespielt haben mussten, schnürte mir die Kehle zu. Dazu diese skurrile, blaue Kindertapete, der abgestandene Geruch der feuchten Luft ...

Liam hatte Annas Vater an Armen und Beinen mit Kabelbindern auf dem Gitterbett fixiert. Die scharfen Seiten schnitten bereits in die Haut des Mannes. Rote Linien waren zu sehen. Ich blieb stehen, während Anna auf Liam zustürzte. Meine Beine waren wie gelähmt, versagten einfach ihren Dienst und meine Füße waren wie angewurzelt. Markus war ein schlanker Mann von durchschnittlicher Größe. Viel schmächtiger als Liam. Sein weißes Hemd hatte sich aus dem Bund gelöst und hing nun knittrig über dem hellbraunen Ledergürtel. Obwohl ich sein Gesicht durch die Tüte nicht sehen konnte, wirkte er im ersten Moment harmlos auf mich. Wie ein gewöhnlicher Geschäftsmann.

„Hör auf Liam! Lass das sein!“, flehte Anna und rüttelte an seinem Arm. Es interessierte ihn nicht. Für ihn musste es sich anfühlen, als würde ein Kleinkind an ihm ziehen, „das führt doch nur zu noch mehr Leid! Du hast versprochen, mich zu retten, aber doch nicht so!“

Liam sagte nichts. Er sah auch nicht zu uns. Sein Blick durchbohrte Annas Vater. Er zog die Tüte herab, warf sie achtlos neben sich. Markus‘ dunkelblonder Dreitagebart war blutverkrustet, seine Lippe aufgeplatzt, die Nase blau und sein rechtes Auge zugeschwollen. Liam hatte ihn bereits übel zugerichtet. Ein Wunder, dass er überhaupt noch bei Bewusstsein war. Oder wieder. Unter all den Verletzungen wirkte auch sein Gesicht überhaupt nicht so ekelhaft, wie ich ihn mir vorgestellt hatte. Er war ganz gewöhnlich. Ein Mann, dem man es nie zugetraut hätte. Vielleicht machte ihn gerade das so gefährlich. Im normalen Leben war er sicher der bemitleidenswerte, freundliche Nachbar, der seine Frau auf so tragische Weise verloren hatte und dessen Tochter immer schon ein Problemkind war. Der schwer arbeitende, alleinerziehende Vater. Bei dem Gedanken keimte Wut in mir auf, wie ein giftiger Spross, der wuchs und wuchs und seine Ranken durch meine Adern wandern ließ. Mir wurde übel und ich ballte die Hände zu Fäusten. Für einen Moment dachte ich sogar: Was auch immer Liam mit ihm vorhat – er hat es verdient. Doch dann schüttelte ich diesen Gedanken schnell von mir. So war unser Rechtssystem nicht. So sollte man nicht denken.

Liam öffnete dem Gefesselten die Hose und zog sie grob herab, sodass der Stoff zerriss und er unten rum entblößt auf dem Bett lag. Seine blassen Beine waren von blonden Haaren bedeckt. Ich versuchte, den Blick von ihm abzuwenden, doch meine Augen rührten sich nicht.

„Was hast du vor?“, fragte Markus entsetzt und sah sich mit seinen grauen Augen im Raum um. Sein Blick huschte panisch umher. Erst jetzt schien er Anna zu sehen und in seinen Blick legte sich Flehen und Verzweiflung.

„Ich bin dein Vater, Anna! Du musst mir helfen!“, rief er mit zittriger Stimme.

„Sie muss überhaupt nichts“, knurrte Liam, der sich kurz hinkniete und unter dem Gitterbett einen grünen Metallkasten hervorzog. Als er dessen rote Schnappverschlüsse öffnete, war ein ganzes Arsenal an verschiedensten Werkzeugen zu erkennen. Er nahm sich einen Schraubenzieher heraus und richtete sich wieder auf.

„Du weißt, was ich deiner Tochter antun musste, oder? Du warst dabei und du hast dir abends diese Videos angesehen, während du es dir gemacht hast, du krankes, verdammtes Schwein.“ Liams Stimme war nur ein tiefes, leises Flüstern, was sie umso bedrohlicher machte.

„Liam!“, rief Anna wieder, die es nun aufgegeben hatte, an ihm zu zerren. Stattdessen stand sie nun ratlos daneben und sah ihren panischen Vater an.

„Anna, Liebes“, hauchte dieser aufgelöst, „du weißt doch, dass ich dich liebe. Du bist doch das Einzige, was ich noch habe.“ Anna schloss ihre Augen, als würden ihr diese Worte körperliche Schmerzen zufügen und wandte ihr Gesicht von ihm ab.

„Wage es nicht, von Liebe zu sprechen!“, Liams Stimme erhob sich voll bebendem Zorn und er schlug dem wehrlosen Mann mit der Rückseite des Schraubenziehers ins Gesicht. Markus stöhnte auf und sein Körper krümmte sich. Die Kabelbinder schnitten tiefer in sein Fleisch. Auch seine Nase begann wieder zu bluten.

Ich zuckte zusammen, wandte nun auch meinen Kopf ab und starrte irgendwo gegen die Wand. Was sollte ich tun? War es richtig, einfach nur hier stehen zu bleiben und Markus Liam zu überlassen? War ich überhaupt in der Lage einzugreifen? Meine Beine zitterten und nach wie vor war ich nicht fähig, mich zu bewegen. Mein Körper fühlte sich taub an, und mein Verstand wie benebelt.

„Freu dich, Markus“, flüsterte Liam, „heute bist du das Kind in meinem Kinderzimmer. Es wird lange dauern und am Ende wirst du mich anflehen, dich endlich umzubringen.“

45

„Liam, das war doch alles die Idee von deinem Vater", krächzte Markus, „ich mache eine Therapie. Ich bin nicht mehr so!"

Versuchte er sich herauszureden und irgendwie Liams Verständnis und Gnade zu erhaschen? Doch Liam hatte dafür nur ein abfälliges Schnauben übrig.

„Sieh in Annas Gesicht!", forderte er und deutete auf das eingefallene, misshandelte Gesicht der eigentlich so schönen Frau, „sieh dir deine Tochter an! So bist du nicht mehr? Hast DU sie nicht so zugerichtet?", auf diese Worte hin, hob Anna zitternd ihre Hände und vergrub ihr Gesicht in diesen.

„Ich war unter Schock! Liam, ich wusste nicht, was ich tat. Ich war nur knapp dem Tode entkommen und ..." verzweifelt und mit gebrochener Stimme wandte Markus sich wieder an seine Tochter. „Es tut mir leid! Hörst du? Es tut mir leid, meine Kleine, ich wollte das nicht, ich will dir nicht mehr wehtun. Bitte, glaube mir, mein Schatz." Endlich drangen die Befehle meines Gehirns wieder an mein Rückenmark und ich setzte mich in Bewegung. Mit drei schnellen Schritten war ich bei Anna, umfasste ihre Handgelenke und zog sie aus dem Raum heraus. Ich führte sie die Treppe hinauf, obwohl sich Anna kraftlos wehrte und versuchte, wieder zurückzugelangen. Am Eingang des Kellers angekommen, drehte sie sich noch ein letztes Mal um und rief:

„Liam, töte ihn nicht!" Dann ergab sie sich und ich konnte sie ins Wohnzimmer bringen, wo uns Fly winselnd begrüßte.

Ich setzte mich mit Anna auf das Sofa und wickelte eine Decke um ihren zitternden Leib, obgleich ich wusste, dass es nicht die Kälte war, die sie so beben ließ.

„Er wird ihn umbringen", stammelte Anna und schüttelte wie apathisch ihren Kopf.

„Wünschst du ihm denn nicht den Tod?", fragte ich leise, setzte mich neben sie und nahm sie in den Arm.

„Ich wünsche mir eine gerechte Strafe für ihn. Aber ich will nicht, dass er stirbt. Er soll mich in Ruhe lassen und niemandem mehr etwas antun können. Das ist es, was ich möchte. Liams und mein Leben war von genug Leid bestimmt. Ich will nicht, dass es so weitergeht.“ Sie schluchzte leise in meine Schulter, doch keine Tränen wollten über ihre Wangen rollen. Ich verstand sie. Nach allem hatte ich meiner Mutter auch nie etwas Schlechtes gewünscht, egal, wie schlimm die Dinge gewesen waren, die sie uns nicht nur physisch, sondern auch psychisch zugefügt hatte. Sie war unsere Mutter. Hatte uns das Leben geschenkt. So wie Markus Annas Vater war. Und wahrscheinlich wünschte sie sich irgendwo tief im Inneren, dass ihr Vater sie trotz allem tatsächlich liebte. Nun lag Markus dort unten und wurde von Liam gefoltert und wir machten uns zu Mittäterinnen, indem wir ihm nicht halfen. Zumindest wegen unterlassener Hilfeleistung würde man uns anklagen können. Liam würde uns alle noch ins Verderben stürzen mit seinem blinden Zorn. Ich verstand ihn ja. Ich verstand seinen Wunsch nach Rache. Doch was würde er am Ende davon haben? Es brachte ihm seine und Anna ihre Jugend auch nicht mehr zurück.

Vom Keller war nichts mehr zu hören und ich fragte mich, was Liam gerade mit Markus anstellen musste. Großer Gott, warum war nur alles wieder eskaliert? Wo hatte Liam ihn überhaupt aufgegriffen? Beim nächsten Mal sollte ich ihn nachts am Bett anbinden, damit er nicht verschwinden und etwas Blödes anstellen konnte. Er ritt sich und uns immer weiter in die Schuld, und wenn wir nicht bald etwas unternahmen, hatte er das Leben eines weiteren Menschen beendet.

„Anna, am besten bleibst du jetzt hier und Butterfly passt auf dich auf. Ich werde noch mal nach unten gehen und versuchen, Liam von seinem wahnsinnigen Vorhaben abzubringen“, sagte ich und löste mich vorsichtig von ihr. Ich klopfte neben sie aufs Sofa, sodass Fly dorthin sprang. Die Hündin drehte sich einmal im Kreis, legte sich dann hin und sah mit geknickten Ohren zu mir auf. Ich streichelte ihren grauen Kopf mit den weißen Flecken um die Augen und dem rosa Punkt auf der nassen, schwarzen Nase. Anna nickte zaghaft, dann sah sie mich flehentlich aus ihren rot geschwollenen und dunkel unterlaufenen Augen an.

„Bitte halt ihn ab, Helena“, ihre Stimme war belegt und ich versuchte, ihr ein aufmunterndes Lächeln zu schenken. Dann wandte ich mich zum Gehen. Gerade in diesem Moment sah ich durch das Fenster, wie Liam zur Terrassentür ging und diese mit dem Ellbogen öffnete. Seine Hände waren teilweise blutbefleckt und selbst auf die Entfernung konnte ich erkennen, wie sein Kiefer angespannt mahlte. Mit großen, erwartungsvollen Augen blickten wir ihm entgegen, als er eintrat, die Tür wieder hinter sich verschloss und sich dann zu uns drehte. Von Markus war keine Spur, er hatte ihn wohl im Keller gelassen. Liams Blick huschte zwischen uns hin und her, doch er sagte nichts, sondern ging schweigend zum Bad. Kurz darauf hörten wir das Rauschen des Wasserhahns.

„Oh Gott", war alles, was Anna über ihre Lippen brachte. Ich war nicht in der Lage etwas zu erwidern, sondern wartete still darauf, dass Liam zurückkam. Als das Wasser wieder versiegte, ließ er jedoch weiter auf sich warten. Ich konnte nur vermuten, dass er entweder wilde Kreise lief oder vorm Waschbecken stand und in sein eigenes Spiegelbild starrte.

Nach gefühlten Stunden hörten wir, wie sich die Tür öffnete und wieder schloss und er mit langsamen Schritten zu uns kam. Ohne uns anzusehen, lief er in die Küche, nahm sich in aller Seelenruhe ein Glas aus einem Hängeschrank und füllte es mit Wasser aus dem Hahn. Weder Anna noch ich sagten ein Wort und es war ein Wunder, dass wir uns überhaupt trauten zu atmen. Liam wirkte ruhig. Besorgniserregend ruhig. Er ging zum Sofa, ließ sich in etwas Abstand zu Anna darauf nieder, nahm die Fernbedienung zur Hand und schaltete das TV-Gerät ein. Der Raum füllte sich mit dem stumpfsinnigen Geschwafel der Vormittagsshows und ich empfand diese Situation als absolut surreal. Als wären wir in einem Film. Das konnte doch einfach nicht echt sein!

Schließlich konnte ich das Schweigen nicht länger ertragen. „Liam?", fragte ich, „willst du nichts sagen?"

Er sah mich nicht an. Reagierte nicht. Blinzelte nicht mal.

„Was soll ich denn sagen? Dass ich ihm die Zähne ausgeschlagen und ihn mit Schraubenzieher und Zange gefoltert habe?" Seine Stimme war ruhig und emotionslos. Ich schluckte. „Dass er geheult hat wie ein Kind? Mich angebettelt hat, aufzuhören?"

„Stopp", flehte Anna kläglich und drückte ihre Hände auf die Ohren, als wolle sie das alles nicht hören.

„Keine Sorge. Er lebt noch und das wird er auch noch ein paar Tage“, sagte Liam kalt.

Ich schüttelte den Kopf und setzte mich auf einen Stuhl am Küchentisch.

„Liam, merkst du nicht, was du Anna damit antust?“, zischte ich und er zuckte kurz mit den Schultern.

„Dann frag nicht nach. Ihr müsst überhaupt nichts davon mitbekommen. Macht euch ein paar schöne Tage hier oben und ignoriert, dass ich ab und an für ein paar Stunden verschwinde. Dann hat niemand von uns ein Problem. Ihr habt nichts gesehen oder gehört. Falls es euch damit besser geht, binde ich euch irgendwo an, sodass ihr nichts unternehmen könnt. Gerade so, dass die Leine bis zur Treppe reicht. Wie wäre das?“

„So einfach ist das aber nicht!“, rief ich empört und ignorierte sein erniedrigendes Gerede über die Leine, weil ich sonst ausflippen würde, „du kannst doch nicht einfach einen Menschen entführen, in den Keller sperren und zu Tode foltern!“

„Er hat es verdient“, war Liams ausgelutschte Antwort darauf „und du siehst doch, dass ich das kann.“ Er lehnte sich kurz zur Seite und zog etwas aus seiner Hosentasche. Kurz darauf legte er ein Handy neben sich auf das Sofa.

„Hier. Ruf doch die Polizei, wenn es das ist, was du willst“, forderte er mich auf. Das reichte. Ich hatte die Schnauze voll. Ich stand auf und ging mit festem Blick auf ihn zu und griff nach dem kleinen, schwarzen Telefon. Dann setzte ich mich damit wieder an den Küchentisch. Sollte ich alldem wirklich jetzt ein Ende setzen? Dafür verantwortlich sein, dass Liam ins Gefängnis kam, dass Markus überleben konnte? In seinem Telefonbuch fand ich diverse Namen, die ich nicht kannte.

Lediglich einer stach mir sofort ins Auge:

Daniel Schumacher. Mein Lieblingsbeamter.

46

Liam sah mich nach wie vor nicht an und das, obwohl ich gerade tatsächlich sein Handy hielt und auf den grünen Hörer drückte. Das Freizeichen erklang und mein Herz hämmerte.

„Helena, nicht“, wisperte Anna, die erschrocken in meine Richtung sah. Erst jetzt hob Liam seinen Blick und wandte seinen Kopf zu mir. Na, mein Lieber, hast du jetzt doch Angst?

„Vertraut mir“, sagte ich lediglich, ehe ein Knistern in der Leitung zu hören war.

„Liam?“, hörte ich Daniels Stimme und ein Lächeln huschte über meine Lippen. Es tat so gut, ihn zu hören.

„Nein, ich bin es, Helena“, sagte ich.

„Helena! Großer Gott! Wo bist du? Was ist dir passiert? Ich habe die Nachrichten gesehen und an deinem Handy geht nur die Mailbox ran“, seine Stimme wurde lauter, schneller.

„Mir geht es gut, mach dir keine Sorgen. Aber ich möchte dich um etwas bitten“, sagte ich und meinte beinahe, seinen verwirrten Blick hören zu können. „Bist du bei Liam?“, fragte er.

„Ja.“

„Hat er dir was angetan?“

„Nein, Daniel. Es ist wirklich alles gut. Hör mir bitte einfach zu, es ist wichtig!“

„Okay“, ich merkte, wie schwer es ihm fallen musste, doch er schwieg nun und schenkte mir seine ungeteilte Aufmerksamkeit.

„Ich bin unverletzt und ich bin freiwillig bei ihm. Aber die Situation ist kompliziert und ich möchte dich fragen, ob du jemandem Zuflucht gewähren würdest. Jemanden, der deinen Schutz dringend nötig hat. Bitte versprich mir aber, dass egal, was ich dir erzähle, du keine Polizei einschaltest, okay?“ Er seufzte. Rang mit sich. Doch die Art, wie er es tat, zeigte mir schon, dass er zustimmen würde.

„In Ordnung. Sag mir, was ich tun kann.“

„Wir werden dir eine junge Frau vorbeibringen. Ihr sind schlimme Dinge zugestoßen und sie ist auf der Flucht vor ihrem Peiniger. Im Moment befindet sie sich bei uns, aber sie ist hier nicht sicher." Im Augenwinkel sah ich, wie Anna ihr Gesicht in ihren Händen vergrub und ihre Schultern bebten. Liam rückte zu ihr hinüber und wollte ihr einen Arm umlegen, doch sie zuckte vor ihm zurück. Letztlich ließ sie sich dann aber doch von ihm in den Arm nehmen. Er wiegte sie sachte hin und her und sah über ihren Kopf hinweg zu mir.

„Oh man, Helena. Natürlich helfe ich euch. Wer hat ihr etwas angetan? Was ist ihr passiert? Wie ist ihr Name?"

„Anna", sagte ich.

„Anna", wiederholte er flüsternd.

„Sie ist verletzt und wurde", ich zog die Luft tief ein, meine Stimme zitterte, „sie wurde als Kind missbraucht. Seit Jahren flieht sie vor ihrem ..."

„Ich weiß", unterbrach mich Daniel. Irritiert zog ich meine Brauen zusammen und stutzte.

„Frag mich bitte nichts. Bringt Anna bei mir vorbei, ich bin zu Hause. Ich werde mich um sie kümmern und ich verspreche dir, ich lasse nicht zu, dass ihr jemals wieder Leid angetan wird." Mir fiel ein unglaublicher Stein vom Herzen. Wenigstens Anna in guten Händen zu wissen, ganz gleich, wie diese Situation enden würde, erleichterte mich ungemein. Was auch immer Liam mit ihrem Vater tun würde, so war wenigstens Anna außer Gefahr und würde sich nicht weiter schuldig machen. Hier mit ihrer Vergangenheit konfrontiert zu werden, war für sie nicht förderlich. Sie brauchte einen Ort, um Kraft zu tanken, ein neues Leben zu beginnen. Während ich weiter um Liam kämpfen würde.

„Danke, Daniel", hauchte ich leise und ich hörte sein belustigtes Schnauben.

„Sag mir nur eins, Helena", bat er mich, „stellt Liam dumme Dinge an?"

Ich presste meine Lippen kurz zusammen und schielte zu Anna und Liam. „Ja", antwortete ich schlicht.

„Er weiß, wo ich wohne. Ich erwarte euch in spätestens zwei Stunden. Wenn ihr nicht kommt, komme ich vorbei und dann bring ich Polizei mit, klar?" Ich nickte.

„Ja, Sir", bei diesen Worten schlich sich ein leichtes Grinsen auf meine Lippen. Auch er musste kurz auflachen. „Bis gleich, Frau Bestsellerautorin", verabschiedete sich Daniel.

„Endlich hast du es gelernt."

„Bei mir ist eben doch nicht Hopfen und Malz verloren."

„Bis gleich, Daniel", sagte ich nun sanft.

„Halt die Ohren steif", mit diesen Worten wurde die Verbindung unterbrochen und ich legte das Handy wieder auf den Tisch.

„Na, genug geflirtet?", giftete Liam, was selbst bei der fertigen Anna ein kleines Lächeln hervorrief.

„Er ist schon ein Schnuckelchen", gab ich mit erhobener Braue zurück und zuckte unschuldig die Schultern.

„Ach", sagte Liam und sah alles andere als glücklich über meine Worte aus. Selbst schuld, wenn er hier einen auf gefühlskalten Psychomörder machte. Dann brauchte er mir jetzt hier nicht mit Eifersucht zu kommen. Ich stand auf und ging auf die beiden zu.

„Habt ihr alles mitbekommen?", fragte ich und sah sie abwechselnd an. Liam nickte und Anna sah noch etwas ratlos aus.

„Ich soll zu jemandem, der mir helfen kann?", fragte sie und ich lächelte, während ich nickte und mich auf ihre andere Seite setzte. Fly schob ich dabei einfach etwas nach hinten.

„Nicht zu irgendjemandem. Sein Name ist Daniel, er ist ein Freund und ein Justizvollzugsbeamter. Wenn dich jemand schützen und dir helfen kann, ein Leben ohne Angst zu beginnen, dann er", sagte ich und Anna sah nun ratsuchend zu Liam.

„Du weißt doch noch, dass ich mit dem Sohn eines Polizisten in Kontakt stand, als wir Jugendliche waren", begann er und nun weitete auch ich meine Augen. Anna nickte. „Das ist er", Liams rechter Mundwinkel hob sich, „du bist bei ihm wirklich gut aufgehoben. Er hat sieben Jahre lang auf mich aufgepasst." Er zwinkerte ihr zu. So langsam schien er aus seiner roten Wolke wieder aufzutauchen. Seine Züge waren wieder menschlicher geworden und er sah nicht mehr aus wie eine in Stein gehauene Statue eines Rachegottes.

Dass Liam meine Entscheidung akzeptierte, sie sogar gut zu finden schien, beruhigte mich. Jetzt mit ihm zu diskutieren, wäre vermutlich nur darin geendet, dass das Fähnchen seiner Laune wieder umgeschlagen wäre.

„Ist das okay für dich, Anna?“, fragte ich und blickte ihr in die Augen. Immerhin konnte ich nicht einfach über ihren Kopf hinweg entscheiden. Wer weiß, ob sie ihren Vater überhaupt mit Liam und mir allein lassen würde. Sie zögerte kurz, dann nickte sie.

„Was ist mit meinem Vater?“, wollte sie dennoch wissen und sah nun verzweifelt zu Liam.

„Lass das mal meine Sorge sein“, sagte er und ich schüttelte den Kopf. Ich versuchte Anna mit meinem Blick zu verstehen zu geben, dass ich mich darum kümmern würde. Natürlich konnte ich ihr nichts versprechen, aber ich würde alles dafür tun, Liam auf die richtige Bahn zu bringen. Ihn abzuhalten. Ein für alle Mal.

„Wir sollten uns beeilen. Wir haben nur zwei Stunden Zeit“, sagte ich schließlich mit einem Blick auf meine nicht vorhandene Armbanduhr.

„Dann sollten wir wirklich los, ich muss nämlich noch etwas erledigen“, lenkte Liam ein und ich fragte mich, welche Dummheiten er nun schon wieder anstellen wollte. Wenigstens wäre ich diesmal dabei und konnte ein Auge auf ihn haben. Vorausgesetzt er kam nicht wieder auf die Idee, mich irgendwo anzubinden.

Er half Anna auf und sie behielt die Decke weiter um sich. Auch Fly erhob sich vom Sofa und folgte uns durch den Flur. Wir zogen uns Schuhe an und stiegen dann allesamt in den SUV. Liam setzte sich selbstverständlich hinters Steuer, Anna ließ ich vorn neben ihm sitzen und die Hündin und ich teilten uns die Rückbank. Zum Glück war Liam im Moment die Ruhe in Person, denn im Gegensatz zu seinem Auftritt von eben, fuhr er jetzt erstaunlich vorsichtig. Dennoch rüttelte uns der unebene Schotterweg tüchtig durch. Die Bäume zogen an uns vorbei und der Gedanke, dass wir bald den Wald verlassen würden, tat gut. Obwohl es nur ein paar Tage waren, hatte ich das Gefühl, ewig keine Stadt mehr gesehen zu haben. Liam schaltete das Radio ein, damit die Stille im Auto nicht so bedrückend war. Witzigerweise machte es die von Disturbed so emotional gecoverte Version von Sound of Silence auch nicht gerade besser. Wir fuhren etwa zwanzig Minuten über Feld-, Wald- und Wiesenwege, bis wir eine vernünftige, geteerte Straße erreichten.

„Wo willst du überhaupt noch hin?“, fragte ich schließlich, als ich mich nach vorne lehnte und zwischen den beiden Vordersitzen hindurch nach draußen schaute.

„Ich habe einen Kumpel. Er saß eine Weile mit mir wegen diverser, krimineller Internetdelikte im Knast. Frag mich nicht, was er genau gemacht hat, mit diesem Computerkram kenne ich mich nicht aus. Ich habe ihn immer als Hacker bezeichnet. Er hat mir irgendwas davon erzählt, dass diese Bezeichnung verunglimpft wird. Aber für mich ist er halt ein Hacker", Liam zuckte mit den Schultern, „sein Spitzname im Knast war einfach nur ‚C'", wobei er den Buchstaben englisch aussprach.

„C wie Cyber?", fragte ich und wieder konnte Liam nur die Schultern heben. „Vielleicht", sagte er verschwörerisch.

„Was willst du von einem Hacker?", hakte ich nach.

„Er soll das Video digitalisieren, damit es nicht nur diese eine Aufnahme gibt, die in den falschen Händen schnell vernichtet werden kann. Außerdem habe ich ihn damit beauftragt, Informationen über meinen Vater zu sammeln. Vielleicht hat er etwas Neues für mich", sagte er, als wir die Stadt näher kommen sahen. Nun erkannte auch ich, wo wir waren. Immerhin war ich hier geboren und aufgewachsen. Jetzt waren wir gar nicht mehr weit von meiner Uni entfernt. Liam fuhr jedoch in eine andere Richtung, tiefer in die Stadt hinein und kam schließlich in einer kleinen Einbahnstraße zum Stehen.

„Kommt mit", sagte Liam, „ich lasse euch nur ungern aus den Augen. Nur Fly wartet besser im Wagen."

Anna ließ ihre Decke zurück, als wir das Auto verließen. Ich streichelte die Hündin noch einmal und versprach ihr, bald zurück zu sein. Wir standen vor einem viergeschossigen Altbau mit mintgrüner Fassade und weißen Akzenten. Das Erdgeschoss war von einer Bäckerei angemietet. Hier hatte ich in meiner Oberstufenzeit tatsächlich ab und an mal mein Frühstück geholt. Klein war die Welt.

Wir gingen zu der dunkelbraunen Holztür und Liam drückte den Knopf der obersten Klingel.

„Ja?", meldete sich eine elektronisch verzerrte Stimme durch die Freisprechanlage.

„Liam hier."

Keine Sekunde später ertönte das Brummen der Türöffnung und wir konnten eintreten. Im Inneren des Treppenhauses war es kalt, unsere Schritte hallten laut auf den Fliesen und es roch nach altem Holz. Wir gingen die knarzende, gewendelte Treppe hinauf, bis wir im obersten Stock angekommen waren. Anna hielt sich dicht bei mir und ich griff nach ihrer Hand, um diese zu halten.

Als wir oben ankamen, öffnete sich bereits eine weitere Tür und ein junger Mann in einfachen Jeans und einem schwarzen, viel zu weiten Kapuzenpulli trat in das Licht des Flurs. Er hatte kurze braune Haare und helle, blaugrüne Augen, die unsicher zwischen Liam, Anna und mir hin- und herhuschten. Offenbar war es ihm nicht sehr angenehm, in so viele Gesichter zu blicken und vielleicht wägte er sogar ab, uns wieder fortzuschicken. Letztendlich nickte er aber in Richtung seiner Wohnung und wir gingen an dem schlaksigen Mann vorbei hinein. Erstaunlicherweise erwartete uns hier keine stinkende Männerhöhle, sondern eine vollkommen normal und aufgeräumt erscheinende Einrichtung. Sein Apartment bestand, soweit ich das erkennen konnte, aus einem Wohn-, Ess- und Schlafbereich und einem weiteren Zimmer, welches sich als technisch voll ausgestattetes Büro entpuppte. Mehrere Bildschirme umrahmten einen großen Schreibtisch. Diverse Gerätschaften befanden sich hier und kreuz und quer liefen Kabel durch den Raum. Wozu das alles war, wusste ich nicht. Aber es sah hochprofessionell aus. Auf dem Bildschirm war jedoch gerade ein Steamaccount geöffnet. Das kannte ich bereits von meinem Bruder. Manchmal spielte ich über seinen Account die Sims. Baute verrückte Häuser, cheatete mir unendlich Geld und dachte mir die merkwürdigsten Wege aus, meine Sims über den Jordan zu schicken. War das merkwürdig?

„Das hier ist Helena, meine Freundin. Und das hier ist Anna“, stellte Liam uns vor. Bei dem Wort „Freundin“ machte mein Herz einen Sprung und ich musste ein dickes Grinsen unterdrücken. Es fühlte sich gut an, doch in der Situation, in der wir uns befanden, auch irgendwie falsch. Es kam mir einfach nicht vor, als wären wir ein Paar. Wir waren Helena und Liam. Der misshandelte Mörder mit den zwei Gesichtern und die naive Studentin mit dem ausgeprägten Helfersyndrom, die sich beide anzogen wie Magneten. Aber passten die beiden wirklich zusammen wie ein Paar?

Der dünne Hacker schob unwohl seine Hände in die Hosentaschen und schenkte uns ein schüchternes Lächeln.

„Ich bin Caleb“, sagte er mit englischem Akzent.

47

„Hi“, antworteten Anna und ich im Chor. C stand also wohl nicht für Cyber, sondern für Caleb. Ob das nun sein echter Name war oder ein weiterer Deckname, wusste ich nicht.

„Setzt euch doch ins Wohnzimmer, während Liam und ich reden. Wollt ihr etwas trinken?“, bot er uns an und da wir ihm keine Umstände machen wollten, lehnten wir dankend ab. Etwas widerwillig setzten wir uns im Wohnzimmer auf das alte, braune Stoffsofa, während Liam bei dem Computerspezialisten in seinem Büro blieb. Viel lieber wären wir dabeigeblieben. Wir hörten, wie die beiden Männer miteinander sprachen, doch viel mehr als ein leises Brummen kam von ihrem Gespräch nicht bei uns an. Von dem Sofa aus konnten wir den Raum jedoch halb einsehen und so erkannte ich, wie Liam Caleb die Videokassette reichte und anschließend selbst etwas von ihm überreicht bekam. Es schien ein USB-Stick oder etwas in der Art zu sein. Liam nickte, klopfte dem anderen kurz auf die Schulter, was diesen etwas zum Zusammenzucken brachte. Caleb zeigte ihm etwas am PC, was ich von so weit weg nicht erkennen konnte. Doch anhand von Liams angespannter Körperhaltung und daran, dass seine Finger knackten, konnte ich erkennen, dass es nichts Schönes sein konnte. Kein Wunder, wenn es um Informationen über Balthasar und Markus ging. Dann redeten sie noch einen Moment, in dem Anna und ich uns fragende Blicke zuwarfen. Keine fünf Minuten später traten die beiden zu uns ins Wohnzimmer und Liam nickte uns zu, während Caleb sich im Hintergrund hielt, als wolle er sich am liebsten verstecken.

„Ich habe alles erledigt“, sagte er und wir standen wieder auf. Liam reichte Caleb zum Abschied die Hand und der brachte uns zu der Eingangstür. Am liebsten hätte ich Liam und Caleb mit Fragen gelöchert: Was hatte er über Balthasar herausgefunden? Wusste er von Liams Vorhaben, seinen Vater und den von Anna zu ermorden? Caleb sah nicht aus wie jemand, der so skrupellos war und über

Leichen ging. Aber manchmal täuschte das vielleicht auch einfach. So wie bei Markus. Wir hatten die Wohnung bereits verlassen und winkten dem Hacker zum Abschied, als dieser noch einmal das Wort erhob:

„Wenn etwas ist, meldet euch bei mir“, sagte er vor allem an Anna und mich gewandt. Wir stutzten einen Moment über das plötzliche, freundliche Angebot, das von Sorge um uns rühren musste. Offenbar war er einfach ein sehr hilfsbereiter Mensch. Als Anna ihn mit einem dankbaren Lächeln anstrahlte, wich er ihrem Blick schnell aus, fuhr sich verlegen durchs Haar und verschwand wie ein aufgeschrecktes Tier zurück in seine Wohnung. Ich schmunzelte in mich hinein und fand ihn auf Anhieb süß.

„Netter Kerl“, kommentierte ich, als wir die Holztreppe nach unten gingen.

„Nicht jeder, der im Gefängnis landet, ist gleich ein mieses Arschloch, das müsstest du doch inzwischen wissen, Helena, oder?“, sagte Liam.

Ich rollte die Augen und äffte Liam hinter seinem Rücken nach, was Anna kurz zum Kichern brachte.

„So war das auch nicht gemeint“, sagte ich dann, „er war halt trotzdem sehr nett!“ Zurück im Wagen sah Fly uns mit großen, verzweifelten Augen an und als wir ins Auto einstiegen, ging das Gewinsel wieder los.

„Ja ja ja, ist ja gut“, versuchte ich sie zu beruhigen, als sie gnadenlos mein Gesicht abzuschlabbern begann. Ihre Zunge schaffte es dabei in jede Öffnung zu flutschen, die sie finden konnte. Besonders gern die Ohren. Ich versuchte, sie von mir zu drücken und nach einer Weile gab sie sich geschlagen. Liam startete den Wagen und fuhr los. „Worüber habt ihr geredet? Was hat er über deinen Vater herausgefunden?“, wollte ich schließlich wissen, als sich Liam wieder in den Verkehr einfädelte und ich die Neugierde nicht länger zurückhalten konnte. Auch Anna sah ihn erwartungsvoll an und er musste seufzen.

„Dinge, mit denen du gar nichts zu tun haben sollst, Helena. Ich weiß, du willst mir nur helfen. Aber ich bin froh, wenn du diese Sachen gar nicht erst erfahren musst“, entgegnete er ausweichend und ich lehnte mich frustriert zurück. Sollte man als Paar nicht durch dick und dünn gehen? Alles teilen? Aber hatte ich wirklich erwartet, dass aus dem verkorksten Einzelgänger und Psychopathen von heute auf morgen ein Vorzeigefreund wurde? Den Zahn konnte ich mir wohl direkt wieder ziehen. Ohne weiter mit ihm zu diskutieren sah ich aus dem Fenster. Wir fuhren durch die Innenstadt und der Verkehr war zäh. Immer wieder wurden wir von roten Ampeln aufgehalten oder von Idioten auf der Straße, die einen Stau bildeten, wo gar kein ersichtlicher Grund war. Mehrfach fluchte Liam, als ihm die Vorfahrt genommen wurde oder die Autofahrer nicht wussten, wozu der Blinker gut ist. Zu allem Überfluss begann es nun auch noch zu nieseln. Doch schließlich hatten wir uns aus der Innenstadt herausmanövriert und kamen in einen idyllischeren Stadtteil, der reines Wohngebiet war. Hier gab es niedliche Reihen- und Einfamilienhäuser mit gut gepflegten Vorgärten. Familienwägen standen in den Einfahrten und Carports. Ein bisschen sah es hier aus wie in meinem Viertel, bloß dass es doch noch etwas gehobener war. Liam bog in eine Spielstraße ab und parkte vor einem Haus.

„Nummer elf", teilte er uns mit und nickte mit dem Kopf auf einen typischen Neubau. Der Putz erstrahlte in einem kräftigen Rot und die Haustür, die Fenster und einige Säulen, die das Vordach des Eingangsbereiches stützten, waren polarweiß. In der oberen Etage befand sich eine riesige Fensterfront, die bis unter das Dach reichte. Ich dachte an die arme Frau, die diese Fenster alle putzen musste.

„Dann heißt es jetzt wohl Abschied nehmen", sagte Liam, ehe er sich abschnallte, zu Anna hinüberlehnte und sie in die Arme schloss. „Er wird auf dich aufpassen. Keine Angst, dir tut nie wieder jemand etwas an, dafür werde ich Sorgen, Anna. Ich halte mein Wort. Ich werde dich retten." Seine letzten Worte waren nur noch ein Flüstern in ihr Ohr, doch ich konnte es verstehen und es bereitete mir eine Gänsehaut, „ … und rächen", daraufhin hauchte er ihr einen Kuss auf die Wange. Es wirkte unschuldig und bedrohlich zugleich. Er besiegelte damit sein Versprechen. Anna nahm sein Gesicht in ihre Hände und sah ihm direkt in die Augen. Auch sie sprach leise flüsternd zu ihm:

„Liam, ich möchte nicht, dass du mir Rache versprichst. Ich wünsche mir, dass du mir versprichst zu leben. Dich um dich selbst und vor allem, um Helena zu kümmern. So eine wunderbare Frau, die dich genau so nimmt, wie du bist, findest du nie wieder. Sorge lieber dafür, dass unsere Väter ins Gefängnis kommen und lass nicht zu, dass sie dein Leben vollkommen zerstören." Anna strich mit ihren Daumen über seine Wangenknochen, betrachtete sein Gesicht einen Moment lang beinahe flehend. „Versprich mir, dass du nicht wirst wie dein Vater", diese Worte schienen Liam sehr zu treffen, denn er konnte ihrem Blick nicht mehr standhalten und senkte seine Lider. Nach einem Moment der Stille, nickte Liam schließlich, löste sich von ihr und schnallte sie ab. Anna öffnete die Autotür und stieg bereits aus, als Liam sich zu mir drehte und mich mit seinem Blick fixierte.

„Jetzt ist vielleicht auch für dich eine gute Möglichkeit, aus der ganzen Sache auszusteigen und ich könnte verstehen, wenn du das tust, aber wenn du das machen solltest", er hielt kurz inne und leckte sich über die Lippen, verschaffte sich somit etwas Zeit, „versprich mir, mein Vorhaben nicht zu durchkreuzen, dafür verspreche ich dir, nicht zu sterben." Sein Mundwinkel zuckte kurz, wie er es so oft tat, wenn er kurz davor war zu lächeln, sich aber nicht ganz dazu durchringen konnte.

„Keine Sorge", sagte ich und sah ihm fest in die Augen. „Ich bleibe bei dir", versprach ich ihm, lehnte mich zwischen den Sitzen hindurch und hauchte ihm einen federleichten Kuss auf die Lippen. Seine in den letzten Stunden nahezu eingefrorene Mimik wurde daraufhin für ein paar Sekunden etwas weicher. Ich lächelte ihn an und unser Moment wurde jäh von einem Klopfen am Autofenster unterbrochen. Annas Gesicht tauchte auf und sie rieb sich die Arme.

„Ihr könnt später knutschen, ich erfriere hier", rief sie durch die Scheibe, sodass ihr Atem einen kleinen, kreisförmigen Beschlag am Glas bildete und ich musste kurz lachen, ehe Liam und ich den Wagen verließen. Fly mussten wir erneut zurücklassen.

Zu dritt stiefelten wir über den gepflasterten Weg zur Eingangstür, neben der zwei Buchsbäumchen standen. Ich hob eine Augenbraue und schüttelte den Kopf. Daniel lebte hier ja schon ein bisschen wie Caesar in seiner römischen Villa. Er wohnte doch nicht etwa bei seinen Eltern? Liam klingelte bereits, während Anna sich schüchtern im Hintergrund hielt. Der Beamte ließ nicht lange auf sich warten. Die Tür wurde geöffnet und es tat so unheimlich gut, Daniel wiederzusehen, auch wenn es ungewohnt war, ihn nicht in seiner Uniform zu sehen. Er trug eine bequeme, schwarze Stoffhose und ein graues T-Shirt mit der Aufschrift ‚*Ich bin Beamter, weil Superheld kein anerkannter Beruf ist*'. Ich musste den Kopf in den Nacken legen, um zu ihm aufzusehen, denn er war ohnehin sehr groß und stand nun auch noch eine Treppenstufe über uns. Seine grauen Augen strahlten, als er mich sah und sofort wurde ich hochgehoben und in eine stürmische Umarmung gezogen. Sein Stoppelbart kratzte an meiner Wange und ich quiekte erschrocken auf.

„Ich bin so froh, dass es dir gut geht, Helena! Lass dich ansehen." Er stellte mich wieder ab und betrachtete mich von oben bis unten. „Arme und Beine sind noch dran", kommentierte er, „kann also nicht so schlimm sein."

Ich lachte und schüttelte den Kopf, dann boxte ich ihm wie so oft gegen den muskulösen Oberarm. „Kommt herein", sagte er dann auch zu den anderen, ging einen Schritt auf Liam zu und schlug ihm freundschaftlich zwischen die Schulterblätter. „Gut, dich draußen zu sehen", sagte er und Liam erwiderte diese Geste.

„So lang, wie es dauert", kommentierte er nur und erntete einen verwirrten Blick dafür. „Wir können nicht bleiben, Daniel, und auch keine großen Erklärungen machen. Aber ich denke, das ist nicht nötig", fuhr Liam fort und legte einen Arm um Anna, um diese etwas nach vorne zu schieben. Vor dem breiten Beamten sah sie noch viel kleiner und zerbrechlicher aus. Sie sackte etwas in sich zusammen und sah unsicher zu ihm hinauf, doch Daniel schenkte ihr so ein herzliches Lächeln, dass sie dieses einfach erwidern musste.

„Danke, dass ich zu dir kommen darf", sagte sie so leise, dass ihre dünne Stimme kaum noch bei mir ankam.

„Ich dachte eigentlich, dass wir uns schon vor etlichen Jahren kennenlernen würden, Anna. Als Liam ins Gefängnis gekommen ist, habe ich versucht, dich aufzuspüren. Aber du warst nicht zu finden. Liam hat mir früher viel von dir erzählt. Du kannst so lange bei mir bleiben, wie du möchtest. Mein Haus ist sowieso viel zu groß für mich allein und meine Ex hat sogar unseren Hund mitgenommen." Er lächelte schief und hielt ihr eine seiner großen Hände entgegen, die sie zaghaft ergriff. Er half ihr die Stufen hinauf und behandelte sie wie die zerbrechliche Glaspuppe, die sie in meinen Augen war.

Die Zwei so zu sehen, ließ mein Herz aufgehen und ich fand spontan, dass sie ein süßes Pärchen abgeben würden.

„Danke, Kumpel", sagte Liam, der kurz die Stufe hinaufging und dem Blonden etwas in die Hand drückte.

„Mach was draus", sagte er und wandte sich dann schon zum Gehen. Daniel blieb mit gekräuselter Stirn zurück und sah in seine Hand. Er ließ das Was-auch-immer in seine Hosentasche wandern und wandte sich dann zu mir.

„Pass auf, dass Liam keine allzu großen Dummheiten anstellt und gib auf dich acht. Komm uns besuchen, so oft du willst. Bin ja oft genug daheim", er deutete auf das Wort „Beamter" auf seiner Brust und grinste frech. Ich nickte und wandte mich dann zu Anna, um diese noch einmal in den Arm zu nehmen. Ich drückte sie fest an mich und auch sie legte ihre Arme um mich. Wir wiegten uns hin und her und es fiel mir schwer, sie gehen zu lassen. Gleichzeitig wusste ich, dass es das Beste war.

„Ich melde mich bei dir, sobald ich wieder ein Handy hab", sagte ich zu ihr, „und ich werde *ihn* retten, versprochen", ich zwinkerte ihr zu und hoffte, dass sie verstand, dass damit nicht nur Liam, sondern auch ihr Vater gemeint war.

„Ich bin froh, dass wir jetzt Freundinnen sind", sagte Anna und sah mich noch einmal aus ihren warmen, blaugrauen Augen an, ehe Daniel ihr einen Arm um die Schulter legte und mit ihr ins Haus ging. Auch ich wandte mich nun ab und eilte zurück zum Wagen, den Liam bereits gestartet hatte.

48

Ich setzte mich in den SUV auf den Beifahrersitz und zog die schwere Tür schwungvoll zu. Noch einmal drehte ich mich um und sah durch das Fenster zurück zu Daniels Haus. Die weiße Eingangstür mit einem Holzherz auf dem „Willkommen" stand, war bereits geschlossen. Ein Stechen zog durch meine Brust und mir wurde bewusst, dass ich Anna jetzt schon vermisste. Ihre großen, blaugrauen Augen und die dünne, sanfte Stimme. Ich konnte ein trauriges Seufzen nicht unterdrücken. Liam ließ den Wagen anrollen und im Augenwinkel erkannte ich eine Bewegung im Flurfenster des Wohnhauses. Ich sah ein blasses, eingefallenes Gesicht, das mich anlächelte.

„Anna", murmelte ich, hob meine Hand und legte sie an die Scheibe des Autos. Auch sie winkte mir sachte zu. Hinter ihr erkannte ich Daniel, der ihr vorsichtig eine Hand auf die Schulter legte und zu uns hinausblickte.

Der Moment war viel zu kurz, als wir uns bereits entfernten und das Fenster immer kleiner wurde, bis ich nichts mehr sehen konnte.

Ich hätte nicht gedacht, dass Daniels und meine Wege sich auf diese Weise wieder kreuzen würden. Als ich ihn im Gefängnis kennengelernt hatte, war er mir auf Anhieb sympathisch gewesen und ich hatte mich in seiner Nähe wohl und beschützt gefühlt, wie bei einem großen Bruder. Umso schöner war es, Anna jetzt von diesen Gefühlen umgeben zu wissen. Daniel war einer von den Guten, da war ich mir sicher. Auch wenn es erstaunlich war, dass er Liam schon vor seiner Haft kannte. So klein war die Welt.

Wir verließen das Wohngebiet wieder und mussten unseren Weg erneut durch die Stadt bahnen. Sowohl Liam als auch ich hüllten uns in Schweigen und ich sah stumm aus dem Fenster. Ob ihm der Abschied genauso schwergefallen war wie mir? Sicher ging es ihm ähnlich. Auf der einen Seite war er vermutlich traurig darüber, Anna gehen zu lassen und auf der anderen Seite froh, sie in Sicherheit zu wissen. Ich werde dich retten, das hatte er ihr versprochen. Und dieses Versprechen hatte er endlich gehalten.

Ich bemerkte, wie der Wagen langsamer wurde und legte meine Stirn irritiert in Falten. Noch hatten wir die Stadt nicht verlassen. Als ich zu Liam sah, erkannte ich, dass wir gerade die alte, gotische Kirche passierten, die die älteste und auch bekannteste unserer Umgebung war. Er blickte hinaus auf den sakralen Bau und ich musterte sein Profil. „Möchtest du rein?“, fragte ich und anstatt mir zu antworten, presste er kurz die Lippen zusammen.

„Dann halt doch an. Ich gehe mit dir.“

Diese Worte schienen ihn zu überzeugen, denn er setzte den Blinker und bog in die Einfahrt des Parkplatzes ab. Da gerade keine Messe war, hatten wir Glück und es gab genügend freie Stellplätze. Liam parkte ein und wir stiegen aus. Ich hob meinen Blick zu den zwei großen Glockentürmen aus dunklem Gestein. Sie waren gekrönt von vielen kleinen Türmchen, die Kreuze auf ihren Häuptern trugen und überall fanden sich die für diesen Baustil typischen Spitzbögen wieder. Ich erkannte dünne Buntglasfenster, die durch viele filigrane Sprossen getrennt waren und so ein zusammenhängendes Bildermosaik ergaben, das die Jungfrau Maria mit dem neugeborenen Jesuskind zeigte. Sie trug rote und blaue Roben und hielt das Baby liebevoll in ihren Armen. Liam blieb ehrfürchtig vor dem großen, schweren, metallbeschlagenen Holzportal stehen und blickte hinauf. Ich trat neben ihn und sah in sein Gesicht, das in diesem Moment ruhig und entspannt wirkte, auch wenn sich eine kleine Sorgenfalte zwischen seinen Brauen bildete. Nach einem kurzen Moment ging ich bereits weiter, stemmte mich gegen einen der beiden Flügel und drückte ihn auf.

„Liam, komm! Du wirst schon nicht in Flammen aufgehen, wenn du eintrittst“, rief ich ihm zu. Er senkte seinen Blick und sah mich vorwurfsvoll an.

„Geh nicht so leichtfertig hiermit um! Das ist ein Gotteshaus“, gab er zurück und ich zuckte kurz mit den Schultern.

„Gott hat mich so gemacht, wie ich bin, dann wird er ja wohl auch mit mir klarkommen. Außerdem ist er sicher froh über jeden Besucher. Jetzt komm!“, ich winkte ihn zu mir und er setzte sich endlich in Bewegung. Mit langsamen Schritten kam er auf mich zu. Als er bei mir angekommen war, griff ich nach seiner Hand, verschränkte meine Finger in seinen und versuchte, ihm so meinen Beistand zu zeigen.

Gemeinsam betraten wir den kleinen Vorraum, in dem sich Liam zunächst mit etwas Weihwasser bekreuzigte. Anschließend traten wir mit hallenden Schritten in das große Mittelschiff, in dem gigantische Säulen nach oben ragten und in einem Spitzbogengeflecht im Deckengewölbe über uns endeten. Rechts und links von uns befanden sich Reihen aus dunkel lackierten Holzbänken und abgesehen von zwei älteren Herrschaften war im Moment niemand anwesend. Ich drückte seine Hand, als ich merkte, wie er sich anspannte. Vermutlich fühlte er den anklagenden Blick von Christus am Kreuz über dem Altar auf sich. Ich fand allerdings, dass er eher mild und gütig schaute. Liam jedoch löste sich von mir und ging auf eine der Bänke zu, um sich kurz zu setzen dann aber hinzuknien. Mit gefalteten Händen, geschlossenen Augen und gesenktem Kopf begann er zu beten. Ich betrachtete ihn einen Augenblick und konnte nicht verhindern, dass sich ein sanftes Lächeln auf meinen Lippen bildete. Es war paradox, diesen tätowierten, unbeherrschten Gewaltverbrecher so demütig zu sehen und doch war es ein schönes Bild. Ich riss mich von ihm los und sah die Bankreihe hinab. Für einen Moment tauchte vor meinem inneren Auge das Bild auf, wie ich im weißen Kleid den Gang hinabschritt, geführt von meinem Vater und vorne am Altar wartete Liam auf mich, in einem schicken Anzug und mit seinem schüchternen Blick, wenn es um Gefühle ging. Ich schüttelte den Kopf, um den Traum zu vertreiben. Oh man, so weit war es schon gekommen. Ich sah mich um. Dann ging ich zu dem rechten Seitenschiff, in dessen hinteren Ende ich einen Ständer mit Opferkerzen sah, zumindest glaubte ich, dass die so hießen. Es war jedenfalls eine Halterung, auf der man kleine Teelichter anzünden konnte. Möglichst leise ging ich hinüber und suchte kurz nach einem Preisschild. Tatsächlich fand ich eins, auf dem 50 ct stand. Stirnrunzelnd schüttelte ich den Kopf. Katholiken, dachte ich mir und entschied, dass ich später wiederkommen und zahlen würde. Also nahm ich einfach eine und zündete sie an.

„Vergib ihm. Hilf ihm auf den rechten Weg“, flüsterte ich leise und stellte sie auf den Kerzentisch. Abgesehen von meiner Kerze, flackerte hier nur noch ein einziges, weiteres Licht.

Plötzlich hörte ich Schritte. Dann spürte ich eine Präsenz und Wärme hinter mir. Liams Duft stieg mir in die Nase und ein Arm streckte sich an mir vorbei. Klimpernd fiel eine Münze in die kleine Box, in die man die Bezahlung werfen sollte.

„Der richtige Weg ist manchmal leider schwer zu finden", flüsterte er in mein Ohr, als er so dicht hinter mir stand. Seine Stimme löste eine Gänsehaut bei mir aus und ich ließ meinen Oberkörper etwas nach hinten gegen seinen sinken. Ich schloss meine Augen, genoss seine Nähe und freute mich, als Liam seine Arme um mich schlang. Ohne mich von ihm zu lösen, griff ich dann jedoch nach einer weiteren Kerze, entzündete sie und stellte sie zu der anderen. Dann nahm ich noch eine. Und noch eine. Und noch eine.

„Was machst du da?", fragte Liam verblüfft und ich hörte, wie er sich ein Lachen verkneifen musste. Offenbar hielt er mich jetzt für verrückt.

„Hör auf, du machst mich arm", weitere Münzen klimperten im Kästchen.

Als ich fertig war, drehte ich mich zu ihm um und sah in seine Augen. Diesmal machte es mir nichts aus, seinem Blick standzuhalten. Ich schenkte ihm ein warmes, liebevolles und vor allem ehrliches Lächeln.

„Die sind da, damit du auch in all der Dunkelheit den Weg finden kannst", hauchte ich leise.

Liam schluckte. Dann zog er mich in eine enge, verzweifelte aber irgendwie auch dankbare Umarmung. Er schmiegte sich an mich, strich durch mein Haar und verharrte so eine Zeit lang.

„Du bist das Licht in meiner Dunkelheit", hauchte er leise an mein Ohr. Eine intensive Wärme breitete sich in meiner Mitte aus. Sie floss durch meine Venen bis in meine Fingerspitzen und hüllte mich in einen Mantel aus Geborgenheit und tiefer Liebe.

Als er sich wieder von mir löste, drehte er sich sofort von mir weg, fuhr sich wild durchs Haar und pustete die Luft aus, als wäre er jetzt fertig mit der Welt.

Ich schmunzelte.

„Liam, wollen wir zurückfahren? Immerhin haben wir einen Gast zu Hause und einen Hund im Auto."

Er nickte, streckte seine Hand nach hinten aus und ich ergriff sie. Er zog mich an seine Seite und gemeinsam kehrten wir zu unserem Wagen zurück.

49

Als wir bei der Hütte ankamen, fühlte es sich fast an, als wären wir „nach Hause“ gekommen. Ich ließ Fly aus dem Wagen, als wir in der Garage parkten. Liam schlug seine Tür zu und steuerte zielstrebig auf die Metalltür Richtung Flur zu.

„Gib Fly ihr Futter und etwas zu trinken. Ihr beiden bleibt oben, ich werde in den Keller gehen und kontrollieren, wie es dem lieben Markus geht. Anschließend gibt es erst mal Mittagessen“, fand Liam seinen altbekannten Befehlston zurück und ich nahm das jetzt einfach mal so hin und verkniff mir ein Augenrollen. Liam war bereits davonmarschiert, als ich mit der Hündin in den Wohn- und Essbereich kam. Da sie schon sehnsüchtig auf ihr Futter wartete und den leeren Napf verzweifelt anstarrte, zögerte ich nicht länger und richtete ihr Mittagsmenü an. Rind mit Karotte. Mhh.

„Lecker, lecker, lecker“, flötete ich und hob meinen Zeigefinger als Geste, damit Fly auf mein „Sitz“ reagierte.

„Guten Appetit, meine Süße“, sagte ich und stellte ihr den Napf wieder hin. Die Pitbulldame machte sich darüber her, als hätte sie seit Tagen nichts zu fressen bekommen und ich betrachtete sie schmunzelnd.

Es dauerte nicht lange, da kam Liam zum Glück auch schon wieder. Er war viel zu kurz verschwunden gewesen, um eine heimliche Foltereinlage gemacht zu haben.

„Und?“, fragte ich.

Er hob die Schultern.

„Er ist noch da und lebt auch noch“, kommentierte er, ehe er direkt an den Kühlschrank ging und ihn öffnete.

Liam schnalzte überlegend mit der Zunge.

„Wie wäre es mit ... einem italienischen Salat?“, schlug er vor und holte bereits grünen Blattsalat und Parmesan aus dem Kühlschrank. Darauf folgten Eier, Schinken, Mozzarella und Tomaten. Ich hatte keine Wahl, also nickte ich.

„Klingt gut“, sagte ich und rieb mir meinen Bauch. Ob das für mich reichen würde? Immerhin war ich ein Gerne-Esser und wenn das Essen nicht aus Kohlehydraten bestand, war ich schnell unleidlich. Liam musterte mich und begann zu schmunzeln.

„Ich mache Pfannkuchen als Nachtisch“, ergänzte er, als habe er meine Gedanken gelesen. Sofort hellte sich mein Gesicht auf und ich war erleichtert.

„Einverstanden“, sagte ich grinsend.

„Prima, dann rufe ich dich, wenn ich fertig bin“, Liam kam auf mich zu und gab mir einen flüchtigen Kuss. Zum ersten Mal fühlte es sich wirklich an, als wären wir ein Paar. Wäre da nicht dieser Kinderschänder in unserem Keller.

Fly stand inzwischen winselnd vor der Terrassentür.

„Oh, ich geh in der Zeit mal mit ihr Gassi, sieht aus, als müsse sie mal“, sagte ich und Liam hatte sich bereits seiner Küche zugewandt. „Mach das“, murmelte er nur. Ich nahm die Leine von dem Garderobenhaken im Flur, klickte sie in das Halsband der Hündin ein und trat nach draußen auf die Terrasse. Von hier aus lief ich ein Stück in den Wald hinein und ließ sie am Boden schnüffeln. Überall schien es unheimlich interessante Gerüche zu geben und es dauerte eine halbe Ewigkeit, bis sie endlich einen geeigneten Platz gefunden hatte, um ihr Häufchen zu platzieren oder ihr Pipi zu hinterlassen. Von hier aus konnte ich die Hütte durch das dichte Stamm- und Blätterwerk kaum mehr sehen, einzig der Blick ausgerechnet auf die Kellertür lag noch frei und ich dachte an den angebundenen Markus, der von Liam sicherlich übel zugerichtet worden war.

Ich kaute überlegend auf meiner Lippe herum. Ich sollte mich besser fernhalten. Liam wäre alles andere als begeistert, wenn ich ohne ihn seinem Gast einen Besuch abstatten würde. Anderseits war ich jetzt ein freier Mensch, der tun und lassen konnte, was er wollte.

Scheiß drauf, dachte ich mir, Liam tat auch ständig unvernünftige Dinge, mit denen ich nicht einverstanden war. Auge um Auge.

Entschlossen stapfte ich durch das Unterholz zurück, bis ich wieder bei der Hütte ankam. Möglichst leise ging ich zu der Tür, die zum Glück nicht verschlossen war und zog sie auf. Als sie ein fieses Quietschen von sich gab, zuckte ich zusammen und sah mich um. Da nichts passierte, knipste ich das Licht an und stieg zusammen mit dem Hund die Kellertreppe hinab. Wieder mal raste mein Puls. Hätte ich eine dieser neumodischen Fitnesstracker, würde mir bestimmt mehrfach am Tag Training angerechnet werden, weil mein Herz ständig Marathon lief. Die kalte, abgestandene Luft hier unten löste sofort ein beklemmendes Gefühl bei mir aus und es kam mir vor, als fiele es mir hier doppelt so schwer zu atmen. Bei der „Kinderzimmertür“ angekommen, war diese jedoch von dem Zahlenschloss verriegelt. Ich wusste, dass Liams Geburtsdatum der Code war und dachte fieberhaft nach. Als ich meine Unterlagen für das Interview mit ihm vorbereitet hatte, hatte ich auch sein Geburtsdatum aufgeschrieben. Ich kniff die Augen zusammen und massierte meine Schläfen.

28.11.1988 sah ich schließlich vor meinem geistigen Auge.

Nachdem ich 281188 an den metallenen Rädchen gedreht hatte, sprang das Schloss auf und ich stieß erleichtert die Luft aus.

Fast ehrfürchtig oder einfach nur, weil ich mächtig Schiss hatte, drückte ich die Tür ganz langsam auf. Zunächst empfing mich Dunkelheit. Liam hatte ihm nicht mal Licht angelassen? Blind suchte ich nach dem Schalter, ertastete ihn und legte ihn um. Flackernd ging die Leuchtstoffröhre an und flutete das Zimmer mit ungemütlichem, kaltem Licht. Ich blinzelte und es dauerte ein paar Wimpernschläge, bis sich meine Augen an die Helligkeit gewöhnt hatten. Dann traf mein Blick auf ihn – den gefesselten Mann auf dem Gitterbett, dessen Hosen immer noch heruntergelassen waren. Gestank schlug mir entgegen. Es roch nach Urin und ich musste kurz die Luft anhalten.

„Großer Gott“, keuchte ich, als ich den Mut fasste und einen Schritt hineintrat. Markus sah sich mit verschreckten Augen um. Sein Gesicht war nass und blutverschmiert. Manches davon alt, braun und getrocknet und anderes rot und frisch. Warum war ich nur hierher gekommen?

„Bitte“, begann Annas Vater sofort zu betteln, „tu mir nicht weh! Es tut mir so leid!“

Ich schwieg und schluckte. Dann trat ich vorsichtig an ihn heran. Fly blieb dicht an meiner Seite, ihr Schwanz und ihre Ohren waren alarmiert aufgestellt und ihre Nase schnupperte wild.

Als er mich erblickte, weiteten sich seine grauen Augen noch mehr. Vermutlich aus Erstaunen und Hoffnung.

„Hallo“, hauchte er, „du bist ein guter Mensch, das kann ich sehen.“

Ich blickte ausdruckslos in sein Gesicht.

„Wie ist dein Name, Liebes? Es tut mir unendlich leid, aber ich kann mich nicht mehr an ihn erinnern. Nimm es mir nicht übel. Aber egal, was ich dir angetan habe, ich bereue es aus tiefstem Herzen. Ich habe mich geändert, das schwöre ich." Er sah mich flehentlich an, neigte sich so weit es ging zu mir, bis die Kabelbinder wieder in seine geschundenen Handgelenke schnitten, „es war sowieso nicht meine Idee. Ich wurde quasi dazu genötigt, diese Dinge zu tun. Ja, es war die Idee von Balthasar, nicht von mir. Er war es von Anfang an!"

Es klang wie eine faule Ausrede.

Er ging also davon aus, dass ich eins seiner Opfer war? Dass er mit mir ... diese Dinge angestellt hatte? Ich ballte meine Hände zu Fäusten. Also war es nicht nur seine Tochter, sondern vermutlich auch andere Mädchen.

„Und du weißt ja, dass man Balthasar besser nicht widerspricht", fügte er noch an und ich begann, langsam und ungläubig meinen Kopf zu schütteln.

„Kind, ich will ja nicht mal, dass du mich befreist, aber könntest du mich bitte auf Toilette lassen? Ich muss so dringend. Das hier ist so ohne Würde. Bitte, wenigstens das. Das kannst du doch sicher verstehen", wisperte er verzweifelt. In mir breitete sich Kälte aus. Ich empfand viel. Wut, Ekel, Fassungslosigkeit aber eins empfand ich nicht: Mitleid.

Ich hätte ihm so viele Fragen stellen können, so viel, das ich wissen wollte, doch ich wusste, dass er seine Antworten so auslegen würde, dass sie mir gefielen und nicht, dass sie der Wahrheit entsprachen. Also ließ ich es und wollte mich gerade wieder umdrehen, als ich Schritte hinter mir hörte. Ich wirbelte herum und blickte in Liams Gesicht. Er starrte mich an, presste den Kiefer so fest aufeinander, dass seine Wangenknochen hervortraten. Ich schluckte.

Fuck.

50

„Du hast hier nichts zu suchen“, presste Liam hervor und stellte sich seitlich hin, um zu mir eine auffordernde Geste raus aus dem Raum zu machen. Ich schüttelte langsam meinen Kopf.

„Nein Liam, ich bin nicht mehr deine Gefangene. Ich kann hingehen, wo ich will und machen, was ich will. Und wenn du hier Leute ankettest, dann ist das auch mein Bier. Wenn die Polizei uns findet, bin ich nämlich mit dir dran. Beihilfe, unterlassene Hilfeleistung, such es dir aus. Vielleicht kriegen wir ja ‘ne gemütliche Zweierzelle“, ich schnaubte wütend. Unsere Abmachung war, dass ich nicht mehr sein Spielball sein würde. Die Zeiten, in denen ich Angst vor ihm haben musste, sollten vorbei sein. Aber sie waren es nicht. Ich hatte Angst. Aber ich würde sie ihm nicht mehr zugestehen.

„Gut“, war Liams schlichte Antwort. Sein Blick war hart und eisig. „Dann bleib hier und sieh mir zu, aber wage es nicht, dazwischenzugehen“

„Was hast du denn jetzt vor?“, fragte ich irritiert. Sollte es nicht Salat geben?

„Na, ich werde ihn ganz sicher nicht zum Mittagessen einladen“, gab er zurück, bückte sich kurz und zog ein Teppichmesser aus der Werkzeugkiste. Er wandte sich zu mir und in dem Moment, in dem er die Klinge herausfuhr, sah er mich an. Ein Lächeln bildete sich auf seinen Lippen und ein weiteres Mal wurde mir klar: Ich hatte einen Psychopathen als Freund.

„Oh Gott“, rief Markus und begann sich heftig auf dem Bett zu winden, „hilf mir, Mädchen! Du kannst doch nicht zulassen, dass er mir noch mehr antut. Ich bin ein Mensch mit Gefühlen, so wie ihr!“

„Liam“, sagte ich und hob beschwichtigend meine Hände an, als sei er ein wildes Tier, das ich zu beruhigen versuchte, „wir wollten gerade Mittagessen. Lass uns wieder rauf gehen.“

Doch auf meine Worte zog er nur eine Augenbraue hinauf. „Du bist doch hier runtergegangen. Außerdem würde ich bei der Polizei aussagen, dass ich dich gezwungen und bedroht habe, also keine Sorge."

Mir klappte der Mund auf und ich runzelte die Stirn.

„Was? Nein! Diese Aussage würde ich widerlegen. Das wäre doch eine Lüge!", sagte ich und Liam schüttelte langsam den Kopf über mich.

„Unverbesserlich, das Weib", das Zucken seiner Mundwinkel zeigte mir, dass mein Liam kurz durchflackerte, doch im nächsten Augenblick war er wieder fort und zurück blieb der Verbrecher, der Entführer, der Mörder.

„Tu mir bitte nichts, hast du denn kein Mitleid? Ich bin nicht böse, ich bin einfach nur krank! Ich brauche Hilfe, Liam. Hilfe!" Markus' Atmung ging stoßweise und die schiere Panik war in sein Gesicht geschrieben. Liam wandte sich ihm zu und verpasste ihm einen heftigen Schlag mit dem Handrücken in das zuqeschwollene, blau und grün angelaufene Gesicht.

„Hilfe brauchst du, ja? Weil du die kleinen Mädchen, weil du Anna so ungern missbraucht hast?", höhnte er, „diese Hilfe kann ich dir geben."

Mit diesen Worten ließ er die Klinge über Markus Bein hinaufwandern, ohne ihn zu schneiden, bis er schließlich in seinem Schritt angekommen war. Ich japste erschrocken nach Luft.

Hatte er vor ihn zu kastrieren?!

„Liam!", meine Stimme war nur noch ein hohes Fiepen, als ich auf ihn zuging, „davon wird er verbluten!"

„Na und? Dann stirbt er eben doch schneller als geplant", sagte Liam gleichgültig, während Markus immer verzweifelter wurde, sich jedoch nicht mehr traute, sich zu bewegen.

„Nein, nein, nein, bitte", hauchte er, als sich seine Augen mit glänzenden Tränen füllten, die schließlich seitlich sein Gesicht hinabliefen und helle Spuren hinterließen, wo sie das Blut und den Schmutz vermischten. Fly begann zu knurren, als sie spürte, was für eine Spannung in der Luft lag.

„Liam, bitte tu das nicht", sagte ich noch einmal eindringlicher, jedoch ruhiger. Irgendwie musste ich zu ihm durchdringen. Zu seiner guten Seite. „Für mich. Und für Anna, sie will das nicht. Tu es für uns, die du liebst!"

Liam hielt in seiner Bewegung inne, nahm das Messer von Markus. Im ersten Moment war ich erleichtert.

Stattdessen wandte er sich nun mir zu und Zorn blitzte in seinen Augen auf.

„Du hast nicht erlebt, was ich erlebt habe. Du hast nicht durchgemacht, was Anna durchmachen musste. Du kennst die Gewalt deiner Mutter, aber weißt du, wie es ist, von denen, die dich lieben sollten, missbraucht zu werden? Nein, das weißt du nicht“, er schüttelte den Kopf, „wenn du niemanden hast, der dich liebt? Dieser Mann hat es nicht anders verdient, dafür, dass er seine Tochter körperlich und seelisch zerstört hat. Dafür, dass er unzählige andere Kinder missbraucht hat. Aber denkst du, diese Kinder leben jetzt noch?“, er lachte trocken, „viel zu gefährlich. Sie könnten doch etwas verraten. Sag mir Helena, denkst du, ein paar Jahre Gefängnis wären ausreichend, um das aufzuwiegen? Um ihn büßen zu lassen?“

„Hör mir zu“, versuchte ich ihn zu beruhigen, denn er redete sich in Rage. Aufgeregt begann er, im Zimmer Kreise zu drehen, hin und her zu laufen. Seine Hände waren angestrengt zu Fäusten geballt, sein ganzer Körper vor Wut angespannt. Gefährlich kreiste sein Kopf, die Finger knackten.

„Nein, du hörst mir jetzt zu“, unterbrach er mich, „wenn er diesen Raum wieder verlässt, ist er ein freier Mann und ich wieder ein Gefangener. Was glaubst du, was er dann macht? Sich reumütig in eine Anstalt einweisen lassen? Oh nein, er wird seine perfiden Spiele weitertreiben, sich neue Opfer suchen, mehr Kinder ihrer Unschuld berauben. Mehr Kindern ihr junges Leben nehmen. Ist es das, was du willst, Helena? Selbst wenn er angeklagt und verurteilt wird, wird es ihn nicht ändern!“

„Ich werde mich ändern, das schwöre ich!“, rief Markus unter Schluchzen, „nie wieder werde ich ein Kind anfassen. Ich werde Anna nie wieder wehtun! Ob du mir glaubst oder nicht, aber sie ist meine Tochter und ich liebe sie trotzdem!“

Mit einem Mal drehte sich Liam zu ihm. „Schweig“, seine Stimme zitterte, war nur ein leises Zischen.

„Liam, du weißt doch, wie dein Vater ist. Ich hatte keine Wahl, ich ... wurde genauso dafür missbraucht, wie du!“

„Was?“, fragte er, als habe er sich verhört.

„Was unterscheidet uns denn? Liam, versteh doch, dass ich ein Opfer bin, genau, wie du."

Alles an Liam spannte sich an, wie bei einem Tier, das zum Sprung ansetzte. Er drehte das Messer in seiner Hand und fasste fest um den Griff, sodass die Klinge nach unten zeigte. Mit schnellen Schritten stürzte er auf Markus zu. Jetzt war es vorbei. Blackout. Er würde ihn töten.

Ohne darüber nachzudenken, ließ ich Flys Leine los und sprang nach vorne. Brachte mich zwischen das Bett und Liam. Schützend hielt ich meine Arme vor meinen Kopf und duckte mich. Bereit für den Schmerz, der mich erwartete.

51

Nichts. Kein Schmerz durchfuhr meinen Körper, stattdessen hörte ich einen erschrockenen, grollenden Aufschrei und ein tiefes Knurren. Als ich meine Augen öffnete und die Arme zögerlich sinken ließ, sah ich, wie sich der graue Pitbull in Liams Arm festgebissen hatte. Die Lefzen waren hochgezogen, kleine Falten auf der Schnauze zu erkennen und die Hündin so in Rage, dass das Weiß in ihren Augen zu sehen war. Immer wieder zuckte ihr Kopf, als würde sie ein Tier reißen. Dickes, dunkles Blut quoll unter Liams schwarzem Pullover hervor. Fly hing in der Luft, Liam hielt sie am Arm nach oben und sein Gesicht war schmerzverzerrt.

Er warf das Cuttermesser zur Seite.

„Fuck“, zischte er. Es dauerte ein paar Momente, bis ich die Situation begriff. Fly hatte die Gefahr erkannt und mich beschützt. In dieser Situation war ihr Herrchen für sie zum Feind geworden.

„Oh Gott“, keuchte ich. Liam biss seine Zähne fest zusammen und versuchte mit der freien Hand, die Schnauze des Tieres von sich zu lösen. Unmöglich.

„Fly! Aus!“, rief ich und lief auf die beiden zu, fasste sie am Halsband und wollte sie wegzerren, doch auch das schien nicht von Erfolg gekrönt zu sein.

„Was soll ich tun?“, fragte ich verzweifelt.

„Nimm eine Zange aus dem Werkzeugkoffer und hebel ihre Schnauze auf“, wies er mich an und ich holte panisch eine Rohrzange aus dem Koffer. Mit zitternden Händen versuchte ich, sie seitlich in das Maul des Hundes zu schieben. Fly knurrte immer noch. Sie war wie in Trance. So wie Liam eben.

Dieser stöhnte vor Schmerzen, als sich die Zähne langsam aus seinen Muskeln und Sehnen zogen. Tatsächlich schafften wir es, sie von ihm zu lösen und ich nahm sofort die Leine in die Hand und zog sie von ihm weg. Die Hündin leckte sich das rot verfärbte Maul, klemmte den Schwanz ein und hielt den Kopf leicht gesenkt. Sie begann nervöse Kreise zu laufen, doch in diesem Moment konnte ich mich nicht weiter um sie kümmern. Liams Wunde musste dringend versorgt werden.

Markus schluchzte noch immer. „Bitte, bitte, bitte", stammelte er vor sich hin, der bittere Gestank von Urin breitete sich erneut in dem Raum aus.

„Komm", sagte ich zu Liam, fasste ihn an seinem Oberarm und zog ihn mit mir. Mit zusammengebissenen Zähnen hielt er vorsichtig seinen verwundeten und stark blutenden Unterarm, während ich ihn die Treppe hinaufführte.

Fly hatte sich wieder beruhigt und Liam auch. Dafür war ich nun aufgebracht. Ich flennte los, weil das Adrenalin aus meinem Körper wich. Fluchend und heulend zog ich ihn ins Bad. Die Hündin ließ ich im Wohnzimmer und schickte sie in ihr Körbchen, was in diesem Fall das Sofa war.

„Setz dich!", befahl ich und deutete auf den Klodeckel mit dem schrecklichen, roten Flauschbezug. Ohne Widerrede ließ er sich darauf sinken. Ich stellte mich vor ihn und deutete ihm, die Arme hochzuheben, dann griff ich an den Saum seines Pullovers und zog ihn ihm über den Kopf. Als der Stoff über die Wunde rutschte, zischte Liam erneut leise.

Anschließend nahm ich den Verbandskasten aus dem Spiegelschrank. Als ich mein Gesicht im Spiegel sah, erschrak ich mich im ersten Moment. Meine braunen Locken waren ungekämmt und die Augen rot geschwollen von den vielen Tränen der letzten Tage. Ohne Mascara wirkten meine Wimpern so hell und kurz und ich fand, dass ich ausgelaugt und müde aussah. Mein eigenes Gesicht war mir so fremd geworden. Ich riss mich von dem Zombie im Spiegel los und öffnete den Verbandskasten. Die Mullbinden waren fast aufgebraucht, immerhin hatten wir bereits vor ein paar Tagen schon welche für seine Hand gebraucht.

Die Wunde sah wirklich schlimm aus. Man sah den Gebissabdruck des Hundes sehr deutlich und immer wieder quoll neues Blut nach, das ich mit einem nassen Waschlappen wegwischte.

„Das muss genäht werden", sagte ich und ich war wirklich froh, dass ich keine der empfindlichen Personen war, denen jetzt schwindelig werden würde oder die bei dem Anblick von Blut in Ohnmacht fielen. Der ganze Boden war bereits vollgetropft und selbst

Liam war ziemlich weiß im Gesicht. Schweiß stand ihm auf der Stirn und ich war unheimlich erstaunt, als er nach kurzem Zögern nickte.

Wow, hatte er doch irgendwo seine Vernunft wiedergefunden?

Dennoch legte ich eine Wundauflage auf den Arm, anschließend das Druckpolster und fixierte es zuletzt mit dem Verband.

„Bist du böse auf mich?“, fragte Liam kleinlaut und ich warf ihm einen vernichtenden Blick zu.

„Wie siehts denn aus?“, giftete ich ihn an. Am liebsten hätte ich ihn gepackt und geschüttelt und ihn gefragt, was in seinem Oberstübchen falsch lief. Doch ich hatte ihm bereits einmal eine gepfeffert und das tat mir jetzt noch so leid, dass ich es nicht wieder tun würde. Auch Liam hatte in seinem Leben bereits genug Gewalt erleben müssen. Von mir sollte er sie nicht erfahren. Ich wollte ihm zeigen, was es bedeutete, geliebt zu werden.

„Es tut mir leid“, flüsterte er und ich schüttelte den Kopf. Das konnte er sich jetzt wirklich sonst wohin stecken. Mit einem Teppichmesser auf einen wehrlosen Menschen losgehen konnte man nicht mit einem „tut mir leid“ entschuldigen.

Ich war kaum fertig mit meinem Kunstwerk, als er plötzlich meine Hände festhielt und mir verzweifelt in die Augen sah. „Es war falsch, was ich getan habe, das verstehe ich. Ich hätte dich verletzen können und das wollte ich nie wieder“, hauchte er.

„Es geht nicht um mich“, erwiderte ich, entzog ihm meine Hände und nun war ich es, die wild durch den Raum tigerte. Ich fuhr mir durch mein verknotetes Haar und sah Liam verzweifelt an.

„Du willst, dass Markus für seine Taten büßt, ja, das will ich auch. Aber du bist doch gläubig, oder? Du bist nicht Gott. Er allein wird ihn nach seinem Tod richten und ich bin mir sicher, der Teufel hat eine extra gemütliche Ecke in der Hölle für Leute wie ihn reserviert! Weder ich noch du sind berechtigt, über das Leben anderer zu entscheiden, ganz gleich, was derjenige getan hat. Markus gehört weggesperrt für den Rest seines Lebens. In eine psychiatrische Einrichtung. 24 Stunden Überwachung. Chemische Kastration. Was weiß ich. Auf jeden Fall gibt es in Deutschland keine Todesstrafe mehr und das musst du akzeptieren. Wieso kannst du nicht aufhören, so egoistisch zu sein?“, fragte ich und sah ihn mit Tränen in den Augen an. Liam schien vollkommen überrumpelt und überfordert. Mit verständnislosen, großen Augen sah er mich an.

„Wo bin ich denn egoistisch?“, fragte er.

„Du denkst an nichts anderes als an deine Rache“, klagte ich ihn an.

„Ich denke an die Gerechtigkeit für all die missbrauchten Kinder!“

„Nein!“, widersprach ich. Ich schüttelte entschlossen meinen Kopf, „das redest du dir ein, Liam. Damit es für dich erträglich ist, damit du deine Taten rechtfertigen kannst. Aber die missbrauchten Kinder, zumindest Anna, möchte, dass ihr Vater lebt. Aber es ist dir egal, was sie fühlt und denkt, weil es sich nicht mit deinen Racheplänen deckt!“

Er musste schlucken. Presste die Lippen zusammen. Sein Blick ging zu Boden. Ich wusste, dass er verstand, dass ich damit recht hatte.

„Was ist mit mir? Was, wenn ich tatsächlich schwanger bin? Ist dir deine Vergeltung wichtiger als deine Zukunft? Als meine Zukunft? Unsere?“ Liam schwieg, sah nicht auf.

„Für dich gibt es jetzt mehr als Tod oder Gefängnis. Liam, es gibt Menschen, die dich lieben“, hauchte ich, als meine Wut langsam verraucht war.

„Ich liebe dich“, sagte ich und atmete tief ein. „Von ganzem Herzen liebe ich dich und ich will dich nicht verlieren.“ Diese Worte kamen von ganz allein über meine Lippen und gleichzeitig schmerzten sie unheimlich in meiner Brust.

Als ich seinen Blick suchte, bemerkte ich ein Glänzen in seinen Augen. Mein Herz zersprang, als sich eine Träne aus seinem Augenwinkel löste, langsam über sein hübsches Gesicht rollte, von seinem Kinn tropfte und sich am Boden mit seinem Blut mischte.

52

Er weinte. Liam Winterfeld weinte. Es war nicht nur das erste Mal, dass ich ihn weinen sah, sondern es war auch für ihn das erste Mal, so weit er zurückdenken konnte. Völlig überfordert stand ich da und starrte ihn an, während er versuchte, sein Gesicht vor mir zu verstecken, indem er den Kopf wegdrehte. Er schluchzte nicht. Die Tränen liefen einfach stumm über seine Wangen.

„Hey, das wollte ich nicht“, brachte ich zögerlich über meine Lippen und ging auf ihn zu. Liam lachte kurz und sah mich immer noch nicht an.

Bei ihm angekommen nahm ich sein Gesicht in meine Hände und strich mit meinem Ärmel über es, um die Tränen zu trocknen. Dann nahm ich ihn in den Arm.

„Ich wollte nicht so böse sein“, ruderte ich zurück, um ihn zu beruhigen.

„Ich weine doch nicht, weil du böse warst, du Dummkopf. Ich weine, weil ich glücklich bin“, erwiderte Liam und ich schüttelte fassungslos meinen Kopf.

„Glücklich?“, fragte ich, während ich ihn weiter festhielt. Er erwiderte die Umarmung mit einer Hand, den verletzten Arm hielt er leicht von sich, damit ich ungeschickter Tölpel ihn nicht ausversehen zerquetschte.

„Es hat mich noch nie jemand geliebt“, sagte er dann.

„Aber du wusstest doch, dass ich das tue, oder? Als du es mir gesagt hast, wolltest du nicht, dass ich es auch sage.“ Ich war verwirrt, aber auch irgendwie glücklich, dass er glücklich war. Verrückt.

„Ich wollte nicht, dass du es sagst, weil du denkst, dass du es in so einer Situation machen musst. Das hier kam ganz allein von dir. Weil es anscheinend so ist. Auch wenn ich das ganz sicher nicht verdient habe und es ganz schön irre ist.“ Wieder lachte er. Die letzten seiner Tränen versiegten.

„Wie gesagt, Helena Weiß folgt keiner Logik, sie ist emotional total nah am Wasser gebaut und neigt zu unvernünftigen Entscheidungen", verteidigte ich mich.

„Aber sie hat auch recht", fügte Liam an, „ich bin egoistisch. Mein Handeln ist falsch und das weiß ich ja eigentlich. Die Wut macht mich blind. All der Hass, den ich in mir gesammelt habe über die Jahre. Angst führt zu Wut, Wut führt zu Hass und Hass führt zu unsäglichem Leid", er zuckte die Schultern und ich löste mich von ihm, um ihn bedröppelt anzusehen. Ich hob meine Braue zweifelnd.

„Alles klar ist, Yoda", sagte ich und tätschelte ihm seinen Kopf, als würde ich an seinem Verstand zweifeln. Was ich auch tat, aber nicht deswegen.

„Helena", begann Liam und ich sah ihn fragend an. „Man lebt für seine Zukunft, oder?", fragte er. Ich nickte. „Bist du meine Zukunft?"

Nun stutzte ich. Konnte ich jetzt schon sagen, ob wir eine gemeinsame Zukunft hatten? Wir kannten uns kaum, andererseits kannten wir bereits die schlimmsten Seiten voneinander. Doch wer konnte jetzt schon sagen, ob unsere merkwürdige Beziehung Bestand hatte? Andererseits begann man jede Partnerschaft mit der Hoffnung, dass sie für immer hielt, nicht wahr?

Wieder nickte ich und Liams Mundwinkel zuckten, schafften es aber diesmal tatsächlich, zu einem Lächeln heranzuwachsen.

„Dann entscheide ich mich für meine Zukunft und gegen meine Vergangenheit", sagte er, „ich werde Markus nicht töten. Wir machen es, wie du sagst, und suchen einen Weg, ihn für lange Zeit ins Gefängnis zu bringen. Und danach werden wir ihn überwachen lassen, sodass er nie wieder jemandem etwas zuleide tun kann."

„Und dein Vater?"

„Das gilt für jeden Menschen. Keine Morde mehr. Keine Gewalt mehr", versprach er und sah mir dabei fest in die Augen.

„Nur noch Liebe?", fragte ich und er rümpfte die Nase.

„Jetzt werd mal nicht kitschig", dann hob er seinen Arm an und nickte Richtung Wunde, „wie sieht es denn jetzt aus mit einem Arzt, oder soll ich verbluten?" Tatsächlich hatte sich der Verband an der einen oder anderen Stelle bereits rot verfärbt und ich sprang schockiert auf.

„Natürlich!", rief ich und drehte mich einmal im Kreis, weil ich nicht wusste, wohin.

„Ganz ruhig, Helena. So schnell sterbe ich schon nicht", beruhigte er mich, aber die Art, wie er schwankte, als er aufstand, schenkte seinen Worten nicht gerade viel Glaubwürdigkeit.

„Okay, erst mal musst du dir etwas anziehen", sagte ich, als mir einfiel, dass er ja oben rum nichts trug.

„Dabei musst du mir wohl helfen", sagte er und hob unschuldig die Schultern, „immerhin bin ich verletzt."

Ich musterte ihn abfällig und hob eine Braue. Dann nahm ich ihn an der Hand und ging mit ihm in unser Schlafzimmer. Ich zögerte jedoch, als wir vor seiner Tasche stehen blieben und sah ihn unsicher an.

„Na los, hast du doch eh schon durchwühlt, also tu nicht so."

Ich räusperte mich scheinheilig und suchte ihm dann ein T-Shirt und eine weite Kapuzenjacke heraus. Er setzte sich auf das Bett, damit ich besser an ihn herankam, und als ich mich vor ihn stellte, funkelte er verführerisch zu mir herauf. Ich versuchte, seinem Blick auszuweichen, konnte aber nicht verhindern, dass das Blut in meinen Kopf schoss und ich nicht wusste, wohin ich schauen sollte.

„Guck nicht so", murmelte ich, „wir haben keine Zeit für so was. Du hast genug Blut verloren."

„Für den da unten reicht es aber gerade noch so", grinste Liam und ich zog ihm schnell das T-Shirt über den Kopf, in dem gerade ganz schön viele Flausen steckten. Mein Geständnis hatte ihn wohl übermütig werden lassen. Mühsam friemelte ich seine Arme durch die Ärmel und bedeckte seinen muskulösen Oberkörper.

„Wir können nicht einfach in ein Krankenhaus fahren. Ich habe gegen meine Bewährungsauflagen verstoßen und du wirst von der Polizei gesucht", sagte er schließlich und ich hielt inne, als ich ihm gerade in die Jacke helfen wollte.

„Wie? Und jetzt?", fragte ich.

„Ich habe noch ‚Kumpels' von früher. Einer von denen ist Arzt und, na ja ... er wird mir helfen, ohne dass wir auffliegen."

Ich seufzte, stimmte dann aber zu. Eine andere Wahl hatten wir wohl nicht, auch wenn ich eigentlich keine Lust hatte, dass Liam da weitermachte, wo er wegen des Gefängnisaufenthaltes aufhören musste.

„Versprich mir eins, Liam", sagte ich, als er aufstand und wir ins Wohnzimmer gingen, um Fly einzusammeln, die nach wie vor brav in ihrem ‚Körbchen' lag, „wenn das alles hier rum ist: keine Drogen, keine Gewalt und keine anderen illegalen Sachen mehr, ja?"

Liam schnaubte und kniete sich zu der Hündin, die ihn sorgsam abzulecken begann, als wolle sie sich bei ihm entschuldigen. Unterwürfig vergrub sie ihr Gesicht bei ihm, ließ die Öhrchen hängen und sah mit einem Hundeblick zu ihm herauf.

„Du lässt einem aber auch keinen Spaß", sagte er zu mir.

Er streichelte Fly und legte seine Stirn für einen Moment gegen ihre. Dann erhob er sich wieder und wir gingen zusammen zum Wagen. Diesmal jedoch hüpfte ich auf den Fahrersitz. Ich kam mir viel zu klein in diesem riesigen Wagen vor, musste mir den Sitz weiter nach vorn stellen und die Spiegel auf meine Größe anpassen.

„Fahr bloß vorsichtig", murmelte Liam neben mir und ich warf ihm einen vernichtenden Blick zu.

„Ich fahre schon lang genug Auto, okay? Und ich hatte die letzten Jahre Übung im Gegensatz zu dir."

„Chapeau", er schmunzelte und ich ließ den Wagen an.

„Sein Name ist Dr. Hideaki Nara und er hat eine Praxis in der Nähe vom Bahnhof. Dort parken wir und den Rest gehen wir zu Fuß", wies er mich an und ich fuhr los.

Es war ganz schön kompliziert, das Auto über den holprigen Waldweg zu lenken und Liam lachte mich aus, als ich quasi mit der Nase schon fast an der Frontscheibe klebte, um einen besseren Überblick zu haben.

„Wenn du so weiterfährst, bin ich tatsächlich noch verblutet, bis wir ankommen", mobbte er mich und ich ignorierte ihn mit gerunzelter Stirn. Selbst als wir auf asphaltierten Straßen angekommen waren, konnte er sich Kommentare wie:

„Helena, gibt es dich auch in schnell?" oder „Wenn du noch langsamer fährst, fahren wir rückwärts" nicht verkneifen.

Kaum hatte ich dann doch mal das Gaspedal gefunden, hielt er sich aber am Sitz fest und tat so, als würde ich aus der nächsten Kurve fliegen. Ein fürchterlicher Beifahrer!

„Was ist Hideaki Nara für ein Name? Klingt wie aus einem Anime", sagte ich, als wir uns der Stadt bereits näherten. In der Ferne kam uns tatsächlich ein Auto entgegen.

„Das liegt wohl daran, dass er Japaner ist", erwiderte Liam, ehe er sich plötzlich in die Tür krallte und anspannte.

Ich sah kurz irritiert zu ihm und dachte, es lag mal wieder an meinem Fahrstil, doch als ich meinen Blick wieder auf die Straße richtete, erkannte ich, dass das andere Auto nur noch wenige Meter entfernt war. Es war silberblau und hatte eine verdächtige, blaue Kennleuchte auf dem Dach. Die Polizei!

53

Mit schweißnassen Händen hielt ich das Lenkrad fest umklammert. Der Streifenwagen rauschte an uns vorbei und ich sah im Rückspiegel, wie er kleiner und kleiner wurde. Der Wagen hielt auf den Wald zu und ich sah Liam panisch an.

„Wollen die zu uns?“, fragte ich schockiert, doch Liam konnte nur ahnungslos mit den Schultern zucken.

„Ich weiß nicht. Ich hoffe nicht“, sagte. Sein Brustkorb hob und senkte sich schnell, während er unruhig auf dem Sitz hin und herrutschte. Den Rest der Fahrt verhielt er sich äußerst angespannt und schweigsam. Abgesehen von den Anweisungen, wo ich langfahren sollte, sagte er kein Wort mehr. Zum zweiten Mal für heute fuhren wir in die Stadt und mussten uns jetzt auch noch durch den Berufsverkehr schlängeln. Am Bahnhof war die Hölle los und erst gefühlte Stunden später und unzählige Nerven weniger hatte ich einen Parkplatz gefunden.

Auch diesmal musste Fly im Auto warten, als wir ausstiegen. Liam führte uns durch die Straßen, hatte seine Kapuze tief in das Gesicht gezogen. Er sah aus wie jemand, der Probleme suchte. Wir hielten bei einem modernen Reihenhaus, das zwischen zwei alten Bauten deplatziert und doch irgendwie passend aussah. Die Fassade war weiß und stand im starken Kontrast zu den dunkel gerahmten, großflächigen Glasscheiben. Auf dem Klingelschild stand „Praxis“ und nachdem Liam auf den Knopf gedrückt hatte, ertönte das Surren der Öffnung. Wir traten ein und nahmen den Aufzug. Liam lehnte sich geschafft an die metallene Innenwand und ich musterte besorgt sein blasses Gesicht.

Als sich die Tür mit einem ‚*Ping*‘ wieder öffnete, legte ich einen Arm um seine Taille, um ihn ein wenig zu stützen. Wir betraten die Praxis. Hier war alles in sterilem Weiß gehalten, lediglich die dunkelbraune Empfangstheke und einige wirklich merkwürdige Kunstwerke an den Wänden bildeten ein paar Farbkleckse. Liam ging auf die blonde Empfangsdame am Tresen zu, die uns mit einem strengen Blick über ihre schwarze Brille musterte. „Ja, bitte?“, fragte sie dann aber freundlich.

„Winterfeld, ich möchte gerne zu Doktor Nara“, sagte Liam und die Frau schaute uns verwirrt an, wollte gerade etwas erwidern, als die Tür eines Behandlungsraums geöffnet wurde und ein kleiner, schlanker Mann in Arztkittel, gefolgt von einer verschnupften Patientin, hinaustrat. Er hatte lange schwarze Haare, die zu einem glatten Pferdeschwanz zurückgebunden waren. Eine riesige Brille mit dünnem Metallgestell bedeckte quasi die Hälfte seines irgendwie flach wirkenden Gesichtes. Im ersten Moment glaubte ich, dass er nicht viel älter als Liam sein konnte, beim genaueren Hinsehen, sah man aber kleine Fältchen um seine Augen und einen leichten Bartschatten, der ihn älter wirken ließ. Als der Arzt Liam sah, hob er verwundert die Brauen.

„Liam“, sagte er und führte die Frau noch zur Theke, damit sie hier ihr Rezept bekam, „komm mit, komm mit. Wer ist deine schöne Begleitung?“, fragte er, während seine mandelförmigen, fast schwarzen Augen mich genau unter die Lupe nahmen. Er schob seine Brille mit einer Hand hoch, obwohl sie eigentlich perfekt saß.

„Das ist Helena, meine Freundin“, verkündete Liam und wir folgten dem Japaner in einen der beiden Behandlungsräume.

Dr. Nara deutete mir, auf einem der beiden Stühle Platz zu nehmen und Liam sank auf die Liege. Er stöhnte erleichtert, als er sich endlich hinlegen konnte.

„Was ist passiert?“, fragte der Arzt, als er den verletzten Arm anhob und mein Verbandsmeisterwerk argwöhnisch betrachtete.

„Wurde von einem Hund gebissen“, erklärte Liam knapp und Hideaki begann, langsam die Mullbinden zu lösen. Selbst er zog die Luft scharf durch die Zähne, als er dann das Ausmaß des Bisses erkannte.

„Das muss ich nähen“, kündigte er an, „wie lang ist es her?“

„Ein, zwei Stunden vielleicht“, antwortete Liam und der Japaner nickte verstehend, bevor er aufstand und an einen weißen Schrank ging. Er kramte kurz darin herum und zog eine Spritze auf. Bevor er sie an Liams Unterarm ansetzte, desinfizierte er die Stelle. Kurz darauf drückte er eine klare Flüssigkeit unter die Haut. Mir wurde schwindelig. Blut ja. Spritzen nein! Also wandte ich lieber meinen

Blick ab und betrachtete den sauber aufgeräumten Schreibtisch, auf dem kein Staubkorn zu finden war. Ich schmunzelte über einen runden, gelben Radiergummi, in dem fünf rote Sterne zu erkennen waren. Na prima, einen der sieben Dragongummis hatte er schon gefunden.

„Schön, dich mal wiederzusehen", sagte Dr. Nara, während er Liams Wunde zu säubern begann.

„Ist lange her. Siehst älter aus", gab Liam zurück und versuchte, nicht das Gesicht zu verziehen. Der Arzt schien ihm sein loses Mundwerk nicht übel zu nehmen.

„Du bist übrigens nicht der erste Winterfeld, der heute hier war", Hideaki blickte über seine Brille hinweg zu Liam. Dieser schloss für einen Moment die Augen und atmete tief ein.

„Was wollte er?"

„Wissen, ob es dir gut geht."

„Und was hast du ihm gesagt?"

„Na die Wahrheit. Dass ich es nicht weiß, weil du nicht bei mir warst." Er begann, die Wunde zu nähen, doch da die Betäubung offenbar zu wirken begann, musste Liam auch keine Schmerzenslaute mehr von sich geben. Stattdessen sah er dem Arzt nun fasziniert bei der Arbeit zu und ich konnte nicht verstehen, wie er da auch noch zugucken konnte. Ich fiel ja von hier aus schon fast in Ohnmacht.

„Ich habe ihm gesagt, dass ich ihm Bescheid gebe, wenn du bei mir warst."

„Okay", sagte Liam, der nun zu mir sah und als sich unsere Blicke kreuzten, war für einen Moment ein kleines Lächeln auf seinen blässlichen Lippen zu erkennen. Ich erwiderte es sacht und warf ihm aus der Ferne ein Küsschen zu, was ihn dazu brachte, verlegen den Blick zu senken, weil er überhaupt nicht damit umzugehen wusste. Mein Schmunzeln wurde breiter.

Dass sein Vater hier gewesen war, fand ich allerdings überhaupt nicht „Okay", sondern eher höchst verdächtig und fragwürdig!

„Sag ihm bitte nicht Bescheid", sagte Liam zum Doktor.

Als Dr. Nara mit seiner Behandlung fertig war und den Arm wieder verbunden hatte, was natürlich eine stümperhafte Arbeit im Gegensatz zu meinem Meisterwerk war, gab er Liam noch eine Spritze.

„So, das war es. Du musst morgen zum Verbandwechseln wiederkommen, oder du lässt es eine freundliche Krankenschwester machen", sagte er mit einem kecken Grinsen in meine Richtung.

„Brauchst du sonst noch etwas? Drogen? Waffen? Organe?", er fragte das mit solch einer Ernsthaftigkeit, dass ich beinahe von meinem Stuhl gekippt wäre.

„Darf ich nicht, hab ich schon, brauch ich nicht", antwortete Liam ebenso trocken und nun sah der Arzt wieder zu mir.

„Ich sehe schon, dir wurden schon wieder Handschellen angelegt, kaum dass du auf freiem Fuß bist."

Liam lachte und schüttelte seinen Kopf. „Sie hilft mir eher dabei, nicht wieder in Handschellen weggesperrt zu werden", sagte Liam und Hideaki klopfte ihm freundschaftlich auf die Schulter.

„Ruh dich noch etwas aus, ich muss zurück und mich um ein paar andere Patienten kümmern, sonst bekomme ich schlechte Bewertungen auf Jameda, wenn ich zu lange Wartezeiten habe. Ich rede mit Tina, dass du keine Karte vorzeigen musst" Der Arzt ging noch einmal zu dem Schrank und nahm einiges an Verbandszeug heraus, welches er mir vertrauensvoll reichte.

„Passt auf euch auf", sagte er noch, ehe er uns zunickte und den Raum verließ.

Wir warteten noch kurz, bis sich Liam bereit fühlte, wieder aufzustehen. Mit meiner Hilfe schafften wir es schließlich zurück zum Auto und der wartenden Fly.

Als wir ankamen, uns setzten und ich einen prüfenden Blick zu meinem Freund(!) warf, bemerkte ich, dass seine Pupillen seltsam klein und die Augen glasig waren.

„Geht es dir gut?", fragte ich besorgt und Liam nickte. Ich konnte mir nicht helfen, aber alle seine Bewegungen wirkten wie in Zeitlupe. Er schien vollkommen entspannt. Absolut untypisch für diesen sonst so geladenen Menschen.

„Bist du auf Droge?", bohrte ich nach. Für wie blöd hielt er mich?

„Drogen, Das ist so ein böses Wort", grinste Liam.

„Also bist du es!", stellte ich wütend fest, „was hat er dir gespritzt?!"

„Alles legal, keine Panik. Es wirkt gegen die Schmerzen und dass ich entspannter bin." Er drehte sich in seinem Sitz leicht zu mir und begann in meinen Haaren herumzuspielen, was mich beim Autofahren furchtbar ablenkte.

„Du bist so schön, Helena. Deine Haare sind so weich“, säuselte er und ich schüttelte ärgerlich den Kopf, „ich mag die Grübchen, wenn du lächelst“, fuhr er fort, „und du bist süß, wenn du rot wirst. Das mochte ich von Anfang an, deswegen habe ich dich so viel geärgert.“ Oh Gott nein, er war wie ein Betrunkener, der im Rausch plötzlich alles erzählen musste. Zugegeben war es tatsächlich süß, was er so von sich gab. Das änderte jedoch nichts dran, dass es mich wütend machte.

„Dein Gesicht hat sich direkt in mein Gedächtnis gebrannt. Deswegen habe ich die Holzfigur für dich gemacht. Du hast so wunderschöne Brüste.“ Vor Schreck trat ich an der Ampel etwas zu fest auf die Bremse, sodass wir alle nach vorne kippten. Selbst Fly fiel hinten vom Sitz.

„Ups“, sagte ich und seufzte schwer. Liam atmete ein, um etwas zu sagen, als ich ihn mahnend ansah.

„Würdest du bitte einfach still sein?“ Dass ich das mal zu ihm sagen würde.

Hoffentlich fand ich den Weg überhaupt zurück zu der Hütte. So oft hatte ich ihn ja jetzt noch nicht gesehen. Als wir die Stadt hinter uns gelassen hatten, war ich ja schon mal erleichtert. Auch den richtigen Feldweg fand ich.

„Bist du jetzt böse auf mich?“, kam es irgendwann von Liam und ich wusste nicht, ob ich lachen oder weinen sollte.

„Nein, Liam. Konzentrier dich einfach und sag mir, wo ich lang muss“, inzwischen war es später Nachmittag und da keine Sonne schien, wirkte es im Wald direkt viel dunkler. „Du musst hier rechts“, sagte Liam an einer Gabelung und ich folgte seiner Wegweisung. Als wir auf den holprigen Schotterweg abbogen, wusste ich, dass wir hier richtig waren und dass es nicht mehr weit bis zur Hütte sein konnte.

„Stopp!“, rief Liam plötzlich, und obwohl er gerade noch in völliger Entspannung wie ein Schluck Wasser auf dem Beifahrersitz gehangen hatte, saß er jetzt kerzengerade.

„Fahr rechts ran!“, befahl er, und weil ich überhaupt nicht wusste, was los war, gehorchte ich.

„Was ist denn?“, fragte ich halb verwundert, halb wütend darüber, dass er mir so einen Schrecken einjagte.

Sein Blick ging starr geradeaus, und als ich diesem folgte, konnte ich die Hütte sehen. Vor ihr stand ein Polizeiwagen.

„Scheiße", hauchte ich. Was sollten wir denn nun machen?

54

Ohne zu zögern lehnte sich Liam nach vorne, öffnete das Handschuhfach und zog dort eine schwarze Pistole hervor. Mit geübten Griffen kontrollierte er die Munition und entsicherte die Waffe bereits.

„Liam!“, zischte ich und sah ihn mit weiten Augen und zusammengezogenen Brauen strafend an. Woher hatte er diese Waffe nun schon wieder?

„Was hast du vor?“

Warum ich das alles flüsterte, konnte ich selbst nicht sagen. Immerhin war die Hütte noch einige Meter entfernt.

„Nur zur Sicherheit“, sagte Liam, „falls die Polizisten das von mir verlangen, werde ich sie theatralisch fallen lassen, versprochen.“ Sein freches Grinsen zeigte, dass er nach wie vor auf Schmerzmitteln war und das alles vielleicht etwas zu locker nahm.

„Wir sollten uns stellen. Ganz egal, ob sie Markus schon gefunden haben oder nicht. Aber wenn wir jetzt anfangen zu lügen, werden wir uns nur noch weiter in die Scheiße reiten“, erklärte ich und versuchte so streng zu klingen, dass Liam sich auf keine Diskussion mit mir einlassen würde.

„Wir könnten auch einfach umdrehen und gemeinsam Richtung Sonnenuntergang fahren. Sie können Markus finden und wir sind längst über alle Berge, suchen uns irgendwo ein neues Hüttchen und ziehen in Frieden unser Kind auf“, sagte Liam und deutete mit der Hand, in der zum Glück keine Waffe lag, auf meinen Bauch.

„Ich bin nicht schwanger. Und nein, das werden wir nicht machen!“ Ich rollte die Augen und schüttelte den Kopf. „Wir gehen da jetzt zusammen hin und wir werden alles in Ruhe erklären. Dann hat das ganze Spiel endlich ein Ende und wir werden gegen deinen Vater und Markus aussagen. Vielleicht können wir dann sogar auf Unzurechnungsfähigkeit plädieren auf Grund deiner Vergangenheit. Wir schaffen das schon. Egal wie es ausgeht, ich bin an deiner Seite“, versprach ich nun sanfter und Liam seufzte tief. Er schloss kurz die Augen und nickte dann.

„Okay. Wenn die mich jetzt festnehmen, weiß ich nicht, wann wir uns wiedersehen können", sagte er und drehte sich auf dem Beifahrersitz zu mir. Für einen Moment sah er mir einfach in die Augen und sein Blick war ungewöhnlich weich. Ein leichtes Lächeln umspielte seine Mundwinkel und eine angenehme Wärme breitete sich in mir aus. Meist hatte ich Kälte und Zorn in seinen Augen gesehen, in wenigen Situationen ein leidenschaftliches Feuer, doch diese sanfte Seite kannte ich erst seit wenigen Stunden. Früher war er meinem Blick immer ausgewichen, wenn es um Gefühle ging. Doch diesmal hatte er den Mut, sich seinem Herzen zu stellen. Oder er war einfach nur auf Drogen.

Er hob eine Hand an und strich mir die Haare hinter mein Ohr, ehe er sie an meine Wange legte. Ich schmiegte mich in sie hinein und schloss meine Augen. Er lehnte sich mir entgegen und ich spürte seinen Atem, der über mein Gesicht strich, ehe sich seine Lippen liebevoll auf meine drückten. Ich hob meine Hände an und vergrub sie in dem Stoff seiner Jacke, hielt ihn bei mir und hätte ihn am liebten nie wieder losgelassen. Beide verharrten wir so, schienen uns nicht lösen zu wollen, verzweifelt, sehnsüchtig, als wäre es ein Abschied. Doch so sehr ich mir auch wünschte, dass die Zeiger der Uhr stillstehen würden, die Zeit verging und schweren Herzens lösten wir uns voneinander. Wieder sah er mir in die Augen und ich hatte das Gefühl, mir sein Gesicht noch einmal ganz genau einprägen zu müssen. Seine langen, dunklen Wimpern, die das Ozeanblau seiner Iris umrahmten, die hohen Wangenknochen, die gerade Nase und die wohlgeformten Lippen, über denen sich diese feine, weiße Narbe befand. Sein Antlitz brannte sich in mein Gedächtnis.

„Ich gehe allein hin", sagte Liam schließlich und riss mich so zurück in die Realität, „wenn du bei mir bist, könnten sie denken, dass ich dich als Geisel halte. Ich stelle mich also allein und führe sie dann zu dir."

Er drehte sich nach hinten und streichelte Fly liebevoll über den Kopf. Die Hündin sah ihn mit traurigem Blick an, vielleicht bildete ich mir das aber auch nur ein.

Liam stieg aus dem Wagen und blieb noch einen Moment in der offenen Tür stehen. Er musste sich leicht bücken, um zu mir ins Cockpit sehen zu können. Ein schiefes Lächeln zierte sein Gesicht.

„Dann endet unser Abenteuer jetzt wohl hier“, sagte er noch, „es war schön und es tut mir leid, wie viele Tränen ich dich gekostet habe. Ich möchte von jetzt an derjenige sein, der sie fortwischt und nicht der, wegen dem du sie vergießt“, er stieß die Luft lachend aus und sah kurz zur Seite weg. „Fuck, das Opium macht mich rührselig“, sagte er, ehe er wieder zu mir sah. Ich musste lächeln und schwieg, weil es selten war, dass er solche Worte an mich richtete, „ich verlasse mich darauf, dass du mich im Gefängnis besuchen kommst. Helena, ich ...“, er leckte sich über seine Lippen, kämpfte mit sich, „ich liebe dich.“ Obwohl ich diese Worte nicht zum ersten Mal hörte, stolperte mein Herz und eine Hitzewelle fuhr durch meinen Körper.

„Ich weiß“, grinste ich, und Liam drohte mir mit dem Zeigefinger.

„Star Wars Zitate sind meine Sache“, mahnte er mich grinsend, „bin trotzdem stolz auf dich. So muss mein Weib sein.“

„Ich liebe dich, Liam“, konnte ich es mir dennoch nicht nehmen lassen, ihm diese Worte mit auf den Weg zu geben. Er sah mich noch kurz an, dann richtete er sich auf und schloss die Tür des Wagens. Kurz darauf sah ich seine großgewachsene Gestalt den Kiesweg auf die Hütte zugehen. Fly begann auf dem Rücksitz leise zu winseln, als sie ihr Herrchen verschwinden sah.

Nervös kaute ich auf meiner Unterlippe herum und trommelte mit den Fingern auf das Lenkrad. War es wirklich eine gute Idee, ihn allein gehen zu lassen? Liam war in Drucksituationen so unberechenbar. Er war bewaffnet. Und er würde sicher behaupten, dass er mich eingesperrt und erpresst hatte, um mich vor eventueller Strafe zu schützen. Doch ich wollte nicht, dass er länger als nötig ins Gefängnis musste.

Ich sah, wie er durch die Vordertür in der Hütte verschwand und konnte es nicht länger aushalten.

„Fly, ich bin gleich zurück, versprochen! Aber ich muss sicherstellen, dass Liam keinen Unfug treibt“, mit diesen Worten kletterte ich aus dem SUV und rannte auf die Hütte zu.

55

Ich drückte vorsichtig die Klinke herab und versuchte, möglichst leise die Tür zu öffnen, damit sich niemand im Inneren erschrak und mich aus Versehen erschoss. Ich trat in die Hütte ein und als ich den Flur hinabblickte, sah ich einen Polizisten mit dem Rücken zu mir stehen. Er war sicher noch einen Kopf größer und breiter gebaut als Liam, der ihm gegenüberstand und nun an dem Beamten vorbei zu mir sah. Panik lag in seinen Augen. Sogar von hier konnte ich erkennen, wie schnell sich sein Brustkorb hob und senkte. Der Polizist dagegen strahlte absolute Ruhe aus.

„Helena, verschwinde!“, rief Liam, doch entgegen seiner Anweisung trat ich einige Schritte näher heran. Der Polizist rührte sich und wollte sich zu mir umdrehen. Plötzlich hob Liam seine Pistole an und zielte auf den Mann vor sich. Er legte eine Hand unter den Griff, um einen möglichen Schuss zu stabilisieren.

„Beweg dich nicht!“, befahl er, doch er wurde ignoriert.

„Liam! Nicht!“, rief ich erschrocken, als er plötzlich den Polizisten bedrohte, „wir wollten uns doch stellen! Es tut uns leid! Was auch immer Herr Winterfeld Ihnen gesagt hat, ich bin freiwillig hier!“

Der Mann in der blauen Polizeiuniform und der darüberliegenden Schussweste, drehte sich dennoch in aller Seelenruhe zu mir um und ließ sich nicht von der Bedrohung aus dem Konzept bringen.

Ich blickte in ein markant geschnittenes Gesicht, mit kräftigem Kinn, hohen Wangenknochen und kalten, stechend blauen Augen, die Liams so ähnlich waren, dass mir der Atem stockte.

„Du musst also Helena sein“, ertönte der tiefe Bass von Balthasars Stimme, die ich bisher nur verzerrt durch den Fernsehlautsprecher gehört hatte. In Wahrheit klang sie noch viel einschüchternder als auf dem Band und sofort schickte sie eine Gänsehaut meinen Rücken hinab. Der Anflug eines selbstsicheren Lächelns umspielte seine vollen Lippen. „Freut mich, dich kennenzulernen.“

Mein Mund klappte auf und jedes Wort blieb mir im Hals stecken. Die Knie zitterten, das Gehirn war wie leer gefegt. Er bedrohte mich nicht, seine Worte waren freundlich und doch weckte er einen Urinstinkt in mir: Flucht. Wären meine Beine nicht wie gelähmt. Und wäre da nicht Liam, der allein dem größten Dämon seiner Kindheit gegenüberstand. Die Hände um den Griff der Pistole zitterten und Liam sah so unheimlich verwundbar aus, egal, wie stark er zu wirken versuchte.

„Was tun Sie hier?“, fragte ich mit belegter Stimme.

„Sprich nicht mit ihm, geh!“, funkte Liam dazwischen, doch Balthasar ließ sich nicht beirren. Sein Blick durchbohrte mich, hielt mein Herz wie mit eisiger Hand gefangen. Ich konnte erahnen, welch schiere Panik die Kinder vor ihm gehabt haben mussten. Die Autorität, die er ausstrahlte, ließ keinen Kompromiss zu.

„Ich habe nach meinem Sohn gesucht. Als er entlassen wurde und sich nicht mal bei mir gemeldet hat, war ich etwas enttäuscht und habe ihn hier vermutet.“ Balthasar hob unschuldig die Schulter. „Er ist wohl nach wie vor ein kleiner Rebell.“

„Warum sollte er? Sie waren nicht ein Mal im Gefängnis und haben ihn nie besucht!“, konterte ich, woraufhin er leise seufzte.

„Welcher Vater ist nicht enttäuscht, wenn sein eigenes Kind solch schlimme Verbrechen begeht? Gerade als Polizist“, verteidigte er sich.

„Red keinen Unsinn“, zischte Liam.

Balthasars Blick fuhr meinen Körper herab und ich kam mir plötzlich nackt vor. Instinktiv schlang ich meine Arme um meinen Leib und versuchte, ihn zu verstecken. Diese Reaktion ließ den Polizisten einen Mundwinkel heben und ich erkannte Liam in seinem Lächeln wieder, was mir augenblicklich einen Stich durch die Brust jagte. Liam war hier nicht das Monster. Sein Vater war es!

„Helena, bitte geh einfach. Ich flehe dich an“, Liams Stimme bebte, so wie sein ganzer Körper.

„Du erschießt ihn doch nicht, oder?“, hauchte ich und Balthasar schnaubte verächtlich.

„Dazu ist er nicht Mann genug“, noch immer waren seine Augen auf mich gerichtet. Er ignorierte seinen Sohn vollkommen. Dass eine Waffe auf ihn gerichtet war, schien ihn nicht zu interessieren und er hatte seine Waffe nicht mal gezogen. Unbeachtet hing sie an der Seite seines Gürtels, genauso wie die Hände, die locker auf seinen Hüften ruhten.

„Da wäre ich mir nicht so sicher", erwiderte Liam auf die provozierenden Worte seines Vaters, „ich hatte lange genug Zeit, um mich auf diese Situation vorzubereiten." Doch eine solche Konfrontation hatte Liam sicher nicht geplant. Der Mord an seinem Vater sollte langsam und heimtückisch passieren, nicht mit einer offensichtlichen Kugel zwischen die Augen. Ob er es wahrhaben wollte oder nicht, sein Vater hatte nach all der Zeit noch einen viel zu großen Einfluss auf ihn und so schnell würde er sich nicht aus diesen Fängen befreien können.

Irgendwie musste ich die Spannung aus dieser Situation holen, bevor sie eskalierte.

„Balthasar, wenn Sie jetzt einfach gehen, wenn Sie sich in Ihr Auto setzen und fahren, dann wird Ihnen nichts passieren und wir vergessen diese ganze Sache hier einfach", schlug ich vor, doch auch dieses Mal lachte der Mann einfach kurz auf.

„Ich habe gar nichts zu befürchten. Ich bin ein Polizist, der von einem flüchtigen Verbrecher mit einer Waffe bedroht wird. Im Gegensatz zu ihm, könnte ich Liam jetzt einfach erschießen. In ein paar Tagen stünde in der Zeitung, dass der Schwerverbrecher Winterfeld in einem dramatischen Showdown von seinem eigenen Vater erschossen werden musste, weil er unkooperativ und gefährlich war. Von der vermissten Helena Weiß fehlt weiter jede Spur. Offenbar ist sie Liams letztes Opfer gewesen", diese Worte ließen mein Innerstes zu Eis erstarren. So offensichtlich drohte er uns mit dem Tod und das, ohne mit der Wimper zu zucken. Dieser Mann war gefährlich und er hatte keine Skrupel, jede Möglichkeit zu seinen Gunsten auszunutzen. Er missbrauchte nicht nur Kinder, sondern auch seine Funktion als Polizist, Freund und Helfer. Er war abgrundtief böse.

„Helena, ich möchte, dass du zum Wagen zurückgehst und zu Daniel fährst. Ich werde ihn so lange hier halten, bis ihr zurückkommt."

Weil diese Aufforderung vernünftig klang, nickte ich langsam und ging vorsichtig ein paar Schritte rückwärts. Ich wusste zwar nicht, ob ich den Weg überhaupt zurückfand. Doch wenn ich Daniel holen würde, hatten wir eine Chance, Balthasar zu überwältigen und ein für alle Mal hinter Gitter zu bringen.

„Liam, wo ist Anna? Wo habt ihr sie hingebracht?“, fragte Balthasar. Liam schnaubte bloß.

Ich trat noch einen Schritt zurück und wollte mich gerade umdrehen, als ich plötzlich mit dem Rücken gegen einen Widerstand traf.

„Helena!“, hörte ich Liam rufen, doch da stülpte sich schon ein Sack über meinen Kopf und ich wurde hinabgedrückt, sodass ich mich vornüber beugen musste.

Ein schriller Schrei entfloh mir, der jedoch dadurch erstickt wurde, dass mir durch den Stoff ein Arm um den Hals gelegt wurde.

„Markus, schaff sie ins Auto“, hörte ich Balthasars Befehl.

„Helena!“, noch einmal Liams panische Stimme. Dann fielen Schüsse.

56

Das Adrenalin rauschte durch meine Adern und die Ungewissheit, von wem die Schüsse kamen, machte mich nahezu wahnsinnig.

„Liam!“, krächzte ich erstickt. Die Vorstellung, dass sein Körper möglicherweise gerade leblos zu Boden sackte, rief die schiere Panik in mir hervor. Ich wollte nicht, dass er starb. Wie war es überhaupt zu so einer schrecklichen Situation gekommen? Ich stolperte mit Markus mit, der mich unbarmherzig weiterzerrte. Nach Leibeskräften versuchte ich, mich zu wehren, doch er hielt mich so geschickt fest, dass ich nur unnötig meine Kraft vergeudete. Als ich vor einigen Tagen Liam in der verregneten Gasse begegnet war, hatte ich gedacht, dass mein Leben jetzt zu Ende sei. Doch dass er nicht das Schlimmste war, das mir passieren würde, hatte ich zu diesem Zeitpunkt niemals geahnt. Erst jetzt befand ich mich wohl wirklich in Lebensgefahr, denn Balthasar und Markus hatten keinen Bezug zu mir, sie waren keine verkappten Opfer, so wie Liam es war. Sie waren die wirklichen Täter in dieser Geschichte, die unzählige Kinder auf dem Gewissen hatten. Eine überflüssige Frau wie ich war lediglich ein weiterer Strich auf ihrer ohnehin schon überfüllten Rechnung. Die Angst lähmte mich, trieb den Schweiß aus meinen Poren und die Tränen in meine Augen. Ich spürte, wie wir die Hütte verließen und hörte den Kies unter unseren Sohlen knirschen. Ich stolperte, schlug mir die Knie auf und wurde gewaltsam wieder auf die Beine gezerrt.

„Weiter“, knurrte Markus und von dem jämmerlichen Geschöpf im Keller war keine Spur mehr. Balthasar musste die Zeit genutzt haben, um ihn zu befreien. Wir waren ja lang genug weg gewesen. Wir gingen jedoch viel zu weit, um bei dem Polizeiwagen anzukommen. Erst viele Meter dahinter blieben wir stehen und ich hörte ein dumpfes Bellen ganz in der Nähe. Ich wurde gegen ein Auto gedrückt und vermutete, dass es sich um Liams SUV handeln musste. Mit ruppigen Bewegungen wurden mir die Hände hinter dem Rücken mit

Kabelbindern zusammengebunden. Die scharfen Kanten des Plastiks schnitten tief in meine Haut und ich wimmerte leise.

Markus entfernte sich von mir und ich hörte, wie eine Tür des Autos geöffnet wurde. Flys Knurren und Bellen wurde lauter, ehe es jäh von einem herzzerreißenden Jaulen und Fiepen unterbrochen wurde. Etwas schlug auf dem Boden auf.

„Fly!“, rief ich entsetzt und wurde daraufhin unsanft am Oberarm gepackt. Ich wurde einige Schritte gezerrt, bis man mir einen Stoß versetzte und ich in den Kofferraum fiel. Meine Schienbeine stießen schmerzhaft gegen die Kanten des Autos und die Tür wurde geschlossen. Ich war gefangen.

„Lass mich frei!“, rief ich, obwohl ich wusste, dass das keinen Zweck hatte.

„Ihr macht alles nur noch schlimmer! Damit kommt ihr nicht durch!“, schluchzte ich verzweifelt. Was hatten sie mit mir vor? Würde ich irgendwo hingerichtet werden und als verrottende Leiche im Wald enden? Wäre ich doch nur mit Liam Richtung Sonnenuntergang gefahren, als er das vorgeschlagen hatte. Was würde ich dafür geben, jetzt seine Hand halten zu können? Doch was war mit ihm? War er verletzt? Lebte er überhaupt noch? Hatte er es geschafft, seinen Vater zu erschießen? Doch dann hätte ich schon längst seine Rufe und seine Schritte gehört, oder? Er würde Markus jagen und überwältigen.

„Bring sie zum Schweigen“, Balthasars tiefe Stimme war leise und dennoch dominant. Wenn dieser Mann sprach, schwieg die Welt. Damit war besiegelt, dass es nicht er war, der von einem Schuss getroffen worden war. Und mein Schicksal ebenso.

Die Fahrertür wurde geöffnet, zumindest glaubte ich das. Jemand setzte sich, das Auto wackelte kurz.

Dann lehnte sich jemand vom Rücksitz aus zu mir, fischte nach mir.

„Nein!!“, rief ich panisch und wollte wegrobben, doch ich wurde am Hals zurückgezogen. Kurz darauf drückte sich etwas Spitzes in die Haut an meinem Nacken. Ein stechender Schmerz breitete sich von dieser Stelle aus und das Letzte, an das ich mich erinnern konnte, war die schiere Todesangst, die von mir Besitz ergriff wie ein tückischer, tödlicher Dämon. Dann wurde ich von absoluter Dunkelheit umfangen.

57

Mein Schädel dröhnte und kleine Zwerge begannen wieder ihren emsigen Bergbau. Unbarmherzig hackten sie in meinem Kopf herum und ließen mir keine Ruhe. Ich spürte etwas Weiches unter mir und als ich meine Augen vorsichtig aufschlug, befand ich mich im Zimmer eines Wohnhauses. Die Wand mir gegenüber war in einem dunklen Violett gehalten, alle anderen in hellgrau. Ich erkannte einen weißen Schreibtisch und das Zimmer war von einem Deckenstrahler erhellt, dessen eine Leuchte direkt in mein Gesicht strahlte und mich blendete, während die restlichen drei in willkürliche Richtungen schienen.

Durch das weiße Sprossenfenster drang kein Tageslicht herein, weil es draußen bereits dunkel war. Wo zum Teufel war ich?

Meine Hände waren weiterhin mit einem Kabelbinder auf dem Rücken gefesselt und ich lag auf der Seite. Mir gegenüber befand sich eine Tür.

„Schön, dass du wach bist", ertönte eine Stimme vom Kopfende des Bettes und ihr dunkler, rauer Klang ließ einen Schauer meine Wirbelsäule hinabfahren. Als ich mich leicht aufsetzte und umsah, erblickte ich die hünenhafte Gestalt Balthasars auf einem Stuhl, den er zum Bett herangeschoben hatte.

„Wo du jetzt liegst, lag auch Anna immer, als ihr Vater nachts zu ihr gekommen ist", hauchte er und ich setzte mich ganz schnell auf. Ich versuchte, auf dem Bett so weit wie möglich von ihm wegzukriechen, was ihm jedoch lediglich ein mildes Lächeln entlockte.

„Hast du Angst?", raunte er.

Ich antwortete nicht, sondern starrte diesen Mann nur aus geweiteten Augen an. Was für eine blöde Frage. Er sah doch, dass ich panische Angst hatte!

Ich lebte noch. Lag nicht irgendwo erschossen im Wald oder im Fluss. Immerhin. Sofort schätzte ich meine Fluchtchancen ab, fragte mich, was mit Liam war, ob es ihm gut ging. Ob er noch lebte? Doch jede Bewegung meines Kopfes wurde mit einem stechenden Schmerz quittiert und vermutlich würde ich nicht mal bis zur Tür kommen. Ich musste kooperieren, das war meine beste Chance. Genauso, wie ich es bei Liam schon getan hatte.

„Du brauchst keine Angst haben“, versicherte er mir. Wers glaubt.

Der Polizist stand vom Stuhl auf und setzte sich nun zu mir auf das Bett. Unter seinem Gewicht gab die Matratze stark nach und als er seine Hand nach mir ausstreckte, wich ich instinktiv zurück. Doch er ließ sich nicht beirren und strich mir fast liebevoll eine Haarsträhne hinter mein Ohr.

„Mein Sohn hat den gleichen Geschmack wie ich. Du bist süß“, seine blauen Augen schienen mich förmlich auszuziehen und zu verspeisen. Ich konnte nur erahnen, was für Vorstellungen in diesem Moment durch seinen Kopf gingen. Seine Fingerspitzen wanderten über meinen Hals hinab zu meinem Schlüsselbein und fuhren spielerisch um meine Brüste herum.

„Woher kennst du Liam?“, fragte er, während ich versuchte meinen Atem flach zu halten und nicht wie am Spieß zu schreien. Er sollte mich nicht anfassen! Er sollte mir fern bleiben!

„Ich kenne ihn aus dem Gefängnis. Ich wollte ein Buch über die Insassen schreiben und ihnen eine Stimme verleihen. Deswegen habe ich Interviews mit ihm geführt“, antwortete ich wahrheitsgemäß und hoffte, dass er es dabei beruhen ließ. „Wo ist Liam?“, wollte ich wissen, doch Balthasar schüttelte den Kopf, während er mit der Zunge schnalzte.

„Nicht so schnell, meine Liebe“, sagte er und ließ seine riesige, warme Hand nun auf meinem Oberschenkel ruhen.

„Was hattest du bei ihm in der Hütte zu suchen? Wie steht ihr zueinander?“

Es kostete mich alle Kraft, nicht wie ein Häufchen Elend unter seinem Blick zusammenzubrechen. Ich versuchte ihm standzuhalten, ihm nicht auszuweichen. Ihm keine Schwäche zu zeigen.

„Ich war sein Gast“, sagte ich und ließ die zweite Frage ebenfalls unbeantwortet.

Balthasar lachte kurz.

„Die Polizei hat nach dir gesucht. Hat er dich entführt?“

Ich presste meine Lippen zusammen. Doch mein Schweigen schien Aussage genug für ihn zu sein.

„Er schläft mit dir und du liebst ihn", stellte er fest und allein mein Blinzeln in diesem Moment verriet mich. Balthasar nickte verstehend.

„Wo ist Liam?", wiederholte ich meine Frage und seine Mundwinkel zuckten kurz. In so vielen Dingen ähnelte er seinem Sohn.

„Wir können einen Deal machen. Ich sag dir, wie es ihm geht und wo er ist und du sagst mir, wo ihr Anna versteckt habt. Markus sagt, sie sei zuletzt bei euch gewesen."

„Was wollt ihr von Anna? Sie hat genug leiden müssen! Lasst sie in Ruhe!"

„Ach Gott, eine Weltenverbessererin." Balthasar rollte die Augen und ließ seine Hand ein Stückchen höher wandern. Ich zuckte. Wollte zurückweichen. Seine Finger griffen drohend in mein Fleisch und hielten mich bestimmend zurück.

„Markus will seine Tochter wiederhaben, reicht das nicht?", fragte er und ich schüttelte den Kopf.

„Anna hat Informationen, die wir dringend brauchen. Keine Sorge, wir wollen ihr nicht wehtun und ich werde auch dir nicht wehtun, wenn du jetzt einfach redest", er zwinkerte mir zu und ich konnte nicht mehr. Ich musste den Blick abwenden. Wenn ich ihnen jetzt verriet, wo Anna war, dann brachte ich sie und Daniel in Gefahr. Liam würde niemals wollen, dass ihr etwas zustieß und wenn sie Informationen hatte, dann waren sie sicher auch für uns nützlich. Unter keinen Umständen konnte ich sie verraten. Ich presste abermals meine Lippen aufeinander und wandte den Kopf von ihm ab. Aus mir würde er nichts herausbekommen!

Ich spürte Balthasars Blick, auch ohne ihn anzusehen. Er senkte seinen Kopf, nachdem er mich eine Weile angestarrt hatte und schnaubte dann ungeduldig.

„Ach Helena, mach es mir doch nicht so schwer. Ich bekomme meine Antworten auf die freundliche oder auf die schmerzhafte Weise, aber ich bekomme sie", abermals hob er seine Hand und strich mir durch das Haar, das auf meinen Rücken fiel. Er lehnte sich zu mir vor und ich kniff meine Augen zusammen. Er zog meinen Geruch tief in seine Lungen. Im Gegensatz zu Liam strahlte Balthasar eine bedrohliche, autoritäre Ruhe aus. Er musste nicht brüllen. Er musste nicht zuschlagen. Ich schluckte und er richtete sich wieder auf.

„Nun gut, wenn du so stur bist, wollen wir mal sehen, was wir aus Liam so herausbekommen. Ich hatte ja gehofft, dass du schlauer bist und ihm die Qualen ersparst.“ Ich spitzte meine Ohren. Das bedeutete, er war noch am Leben!

„Wenn du einen Ton von dir gibst, werde ich dich knebeln, haben wir uns verstanden?“

Der Polizist stand gemächlich auf und schob den Stuhl säuberlich zurück an den Schreibtisch, bevor er zur Tür ging. Als er seine Hand auf der Klinke ruhen ließ, sah er noch einmal zu mir zurück und hob abwartend seine Augenbrauen an. Doch als ich weiter schwieg, verließ er seufzend den Raum. Kaum war die Tür wieder ins Schloss gefallen und der Schlüssel von außen umgedreht, sprang ich vom Bett auf. Mir wurde schwarz vor Augen und das Blut pulsierte schmerzhaft in meinen Schläfen.

„Oh nein, oh nein“, hauchte ich verzweifelt und blickte zum Fenster. Sollte ich es irgendwie einschlagen und so laut ich konnte um Hilfe schreien? Doch wie, mit gefesselten Händen? Mit dem Kopf? Vermutlich würde ich dabei ohnmächtig werden. Und dann würde Balthasar mir sicher die Zunge abschneiden.

Ich hörte neben meinem Zimmer eine Tür knallen. Dumpfes Stimmengemurmel. Ich hielt die Luft an, lauschte.

Und dann erklang ein verzerrter Schmerzensschrei, den ich nur einer Person zuordnen konnte: Liam.

58

Immer wieder hörte ich die dumpfen Schreie aus dem Nebenzimmer. Sie gingen mir durch Mark und Bein und nachdem meine anfängliche Erleichterung darüber, dass Liam noch am Leben war, vergangen war, wuchs die Sorge um ihn. So, wie er schrie, musste er um sein Leben ringen. Ab und an rissen die Rufe ab, erstickten nahezu, nur um kurz darauf von Neuem zu beginnen. Ich wünschte mir, dass ich irgendetwas tun könnte, dass ich ihm irgendwie helfen könnte. Doch mir waren im wahrsten Sinne des Wortes die Hände gebunden. Ich ging erneut zu dem Fenster, dachte fieberhaft darüber nach, wie ich es eventuell öffnen konnte, um zu fliehen. Doch selbst, wenn ich es aufbekäme, wäre unter mir direkt der Hof und ich würde mir zumindest die Beine bei einem Sprung brechen. Ich könnte aus Leibeskräften um Hilfe rufen und hoffen, dass jemand uns finden würde, bevor man uns einfach umbrachte. Oder ich würde mit abgeschnittener Zunge krepieren.

Hilflos lehnte ich meine Stirn gegen die kühle Fensterscheibe, unfähig, irgendetwas zu tun, außer zittrig zu atmen und zu beten. Wenn es Gott wirklich gab, an den Liam so glaubte, vielleicht würde er uns helfen können. Ein Wunder geschehen lassen, denn das war es, was wir jetzt brauchen konnten. Ich hatte keine Ahnung, wie lang ich hier stand und meinen Freund leiden hörte, bis seine Schreie endlich verstummten. Wie grausam war es, seinem eigenen Kind so etwas anzutun? Nicht nur, dass er ihn in seiner Kindheit missbraucht hatte, nun folterte er ihn auch noch? Sein eigen Fleisch und Blut?

Schritte näherten sich der Tür, sie wurde aufgeschlossen und schließlich auch aufgedrückt. Liam taumelte kraftlos in den Raum und sackte wenige Meter von mir entfernt auf seine Knie. Sein Kopf war gesenkt und ich konnte sein Gesicht nicht sehen, aber seine Haare waren nass und dunkelrotes Blut tropfte zu Boden. Er zitterte am ganzen Leib und ich stürzte sofort auf ihn zu.

„Oh Gott, Liam!“, rief ich entsetzt. Rasselnd sog er die Luft in seine Lungen und immer wieder zuckte sein Körper unkontrolliert. Ich vermutete, dass es die Nachwirkungen von Stromstößen waren.

Am liebsten hätte ich ihn sofort in die Arme geschlossen, doch da das unmöglich war, sackte er nur leicht gegen mich.

„Was haben sie dir angetan?“, hauchte ich. Von der Seite sah ich, wie Liam einen Mundwinkel hob.

„Ach Kinderkram“, flüsterte er tonlos und ich konnte nur den Kopf schütteln. Er war einfach niemand, der Schwäche zeigen konnte.

Balthasar stand wie ein bedrohlicher Schatten in der Tür und blickte auf uns herab, wie ein strenger Vater auf seine ungehorsamen Kinder. Wahrscheinlich waren wir in diesem Moment genau das für ihn. Nichts weiter als böse Kinder, die nicht auf das hören wollten, was man ihnen sagte. Die nicht verraten wollten, wo sie die Autoschlüssel versteckt hatten. Aber Balthasar schien, als wäre er sich sicher, dass er es herausfinden würde. Auch wenn er Liam dafür vor meinen Augen totschlagen müsste.

„Genug gekuschelt“, sagte er und seine Stimme ließ mich erstarren. „Helena, steh auf.“

Ich zögerte kurz, doch dann erhob ich mich langsam und sah hinüber zu dem Polizisten, der noch immer seine Uniform trug.

Liam, dessen Hände ebenso wie meine hinter seinem Rücken zusammengebunden waren, kippte zur Seite um, als mein Körper ihn nicht mehr stützen konnte. Mit glasigem Blick sah er an den dunklen Haarsträhnen vorbei, die in seinem blutverschmierten Gesicht klebten. Ich hatte diese toten, freudlosen Augen schon einmal gesehen. Es waren die Augen des kleinen Jungen aus dem Video.

„Liam“, hauchte ich bitter und seine einzige Reaktion auf meine Stimme war ein leichtes Blinzeln.

„Setz dich aufs Bett, Helena.“ Wie ein Roboter, dem man Befehle einprogrammiert hatte, bewegte ich mich auf das Bett zu und ließ mich darauf niedersinken.

„Hast du dir Liam genau angesehen?“, fragte er mich und ich sah noch einmal zu dem am Boden Liegenden hinüber. Langsam nickte ich. Von weiter weg erkannte ich nun auch rote Striemen an Liams Hals, die von scharfen, dünnen Schnüren kommen mussten. Sie hatten nicht nur Blutergüsse, sondern auch Wunden hinterlassen. Was ihm noch alles angetan wurde, konnte ich gar nicht erahnen.

„Willst du mir vielleicht jetzt sagen, wo ihr Anna hingebracht habt? Sag mir, wo ich sie finden kann", seine Stimme war seelenruhig, „und dann muss keiner von euch beiden mehr leiden."

Liams Blick traf meinen und er schüttelte kaum merklich den Kopf. Ich schluckte, dann sah ich seinen Vater wieder an. Sein kalter, gnadenloser Blick hielt mich einmal mehr gefangen. Ich kam mir vor seiner Übermacht so klein vor. So ausgeliefert und hilflos. Doch ich presste meine Lippen zusammen und begann meinen Kopf zu schütteln.

Ich blickte dem Hünen entgegen, als er auf mich zukam. Seine Gestalt warf einen Schatten auf mich und er griff an die Seite seines Gürtels, von dem er nun ein Klappmesser löste. Mit einer fließenden Bewegung klappte er es auf und ich wich mit vor Schreck geweiteten Augen zurück. Ich fühlte mich zurückversetzt in die Situation, als ich ans Bett gebunden war in der Kammer der Hütte und Liam mir mit dem Messer drohte. Doch das hier war nicht Liam, der Mann, der trotz seiner Rachegedanken eigentlich ein gutes Herz hatte, das hier war der Ursprung allen Übels. Der Mann, der seinen Sohn zu einer Marionette gemacht hatte. Balthasar beugte sich zu mir vor und ich stieß einen spitzen Schrei aus.

„Hilfe!", kreischte ich, doch er packte mich am Nacken und drückte mich vorne über. Kurz darauf spürte ich kaltes Metall an meinen Handgelenken. Einen Schnitt. Und meine Hände waren frei.

Balthasar ging ein paar Schritte zurück und sah von oben auf mich herab, als ich überrumpelt, verwundert und ungläubig meine freigemachten Hände anstarrte.

Gerade glaubte ich, das Wunder, um das ich eben gebeten hatte, wäre tatsächlich passiert, als der Teufel vor mir seine Stimme erneut erhob:

„Zieh dich aus."

59

Ich starrte ihn an. „Zieh dich aus“, diese Worte hatte er auch zu Anna in dem Video gesagt und sie hatte ihm keine Folge geleistet. Daraufhin hatte er seinen Sohn dazu gebracht das zu übernehmen, doch Liam war jetzt nicht in der Lage dazu. Unsicher suchte mein Blick in Balthasars Gesicht eine Antwort auf die Frage, ob das alles nur ein Scherz war. Doch die Ernsthaftigkeit, mit der er mich ansah, ließ keine Zweifel zu. Sollte ich kooperieren? Was hatte er mit mir vor? Ich war doch kein Kind mehr, was für ein Interesse könnte er an mir haben?

„Mach schon, oder muss ich dir helfen?“

„Vater“, Liams Stimme war schwach, flehentlich und Balthasar schien ihn einfach zu ignorieren. Stattdessen zog er sich abermals den Stuhl vom Schreibtisch heran und ließ sich darauf sinken, während er eine auffordernde Geste in meine Richtung machte. Sollte ich mich weigern? Ich hatte solche Angst, dass er Liam etwas antun würde. Mein Herz schlug mir bis zum Hals und ich könnte nicht mal in Worte fassen, was für eine unglaubliche Demütigung und Scham ich empfand, als ich langsam meine Hände an den Saum meines Pullovers legte und ihn so langsam, wie nur möglich nach oben zog. Ich versuchte Zeit zu gewinnen. Vielleicht würde mir eine Lösung einfallen, vielleicht könnte Liam sich etwas erholen. Vielleicht würde ein Wunder passieren.

Als ich das Oberteil von meinem Kopf zog und neben mich sinken ließ und nun nur noch der Spitzen-BH, den Liam mir gekauft hatte, meine Brüste bedeckte, sah ich wie Balthasar zufrieden lächelte. Sein Blick glitt gierig über meinen Körper und ich hatte das Bedürfnis mich sofort wieder zu bedecken.

„Was hast du vor, Vater?“, schaltete sich Liam abermals ein. Balthasar ließ sich nach hinten gegen die Lehne sinken und löste seinen Blick nicht ein einziges Mal von mir, auch nicht, als er seinem Sohn antwortete.

„Ich werde das mit ihr tun, wozu du nicht mehr in der Lage bist", sagte er, „jetzt die Hose, Helena", wandte er sich wieder an mich.

Oh Gott, bitte nicht, schoss es mir durch den Kopf, als ich mit zitternden Fingern auch nach dem Bund meiner Jogginghose griff und diese Stück für Stück hinabzog. Ich wollte nicht. Alles in mir schrie danach, es nicht zu tun. Mich zu wehren. Doch was war die Konsequenz? Ich konnte diesen Kampf niemals gewinnen.

Liams Vater atmete genüsslich ein und wieder aus und ich wandte meinen Blick von ihm ab.

„Fass sie nicht an!", rief Liam nun, der es irgendwie schaffte, seine letzten Kräfte zu mobilisieren und sich auf die Beine kämpfte. Wackelig und wankend blieb er stehen und stellte sich seinem Vater blutverschmiert entgegen, um mich von ihm abzuschirmen.

Als Balthasar nun gezwungen war, seinen Sohn anzusehen, musterte er diesen kurz, ehe sein Mundwinkel interessiert zuckte.

„Wollen wir es machen wie früher? Und du fasst sie für mich an?", fragte er und hob eine Augenbraue herablassend an.

Liams Körper verkrampfte sich, seine Hände hinter dem Rücken ballten sich zu Fäusten und zitterten vor Anspannung. Ich hörte, wie seine Zähne aufeinander knirschten und vermutlich wäre er seinem Vater am liebsten ins Gesicht gesprungen. Doch auch Liam musste einsehen, dass er im Moment unterlegen war und rein gar nichts ausrichten konnte. Genau wie früher. Als kleiner Junge.

„Mach mit mir, was du willst, aber lass Helena da raus", knurrte Liam und Balthasar lachte kurz auf.

„Vielleicht fängst du ja noch an zu reden, wenn ich deine Freundin vergewaltige", sagte er schulterzuckend und richtete sich vom Stuhl auf. Nun überragte er seinen Sohn um einen Kopf und dieser musste zu ihm hinaufsehen. Balthasar schob ihn zur Seite, als sei er nichts und Liam hatte Mühe, sich überhaupt auf den Beinen zu halten. Er taumelte an den Kleiderschrank und drehte sich zu uns um.

Sein Vater dagegen kam auf mich zu und ich drückte mich, so gut es ging, nach hinten gegen die Wand. Bitte nicht! Diese Worte hallten in meinem Kopf wieder und wieder, doch sie erreichten meine Lippen nicht. Obwohl alles in mir danach schrie zu fliehen, wegzulaufen, so viel Platz zwischen mich und diesen Mann zu bringen wie möglich, wollte sich mein Körper einfach nicht rühren. Ich kannte dieses Phänomen bereits. Es war bei Mutter so gewesen und auch bei Liam, als er seine Hand gegen mich erhoben hatte. Dieser Moment, wenn ich vor Angst in dieser absoluten Paralyse gefangen war.

Balthasar lehnte sich zu mir vor und streckte seine riesigen Hände nach mir aus. Er fasste mich an meinen Fußgelenken und zog mich an diesen nach vorne zur Bettkante. Während er sich zwischen meine Beine drückte, strichen seine Finger über meine Oberschenkel, über meine Hüfte bis hinauf zu meinen Brüsten.

Ich kniff die Augen zusammen. Hielt die Luft an.

Er schob den BH nach oben, sodass meine Brust entblößt wurde und dann war für einen Moment Stille. Alles, was ich hörte, waren sein Atmen und mein dröhnender Herzschlag. Ich kam mir so furchtbar nackt vor. So furchtbar ausgeliefert.

„Ich bin doch kein Kind", fiepste ich und er lachte mit geschlossenen Lippen, dann wanderte seine Hand weiter und fuhr spielerisch unter meiner Brust entlang.

„Nein, aber du bist eine schöne, junge Frau, in der Blüte ihrer Jahre", antwortete Balthasar. Seine Berührung bescherte mir eine Gänsehaut, weil sie so unsagbar sanft war, dass es der Situation etwas Paradoxes verlieh. Ich hätte erwartet, dass er mit weh tun würde, dass er mich überall grob anfassen würde. Aber was nicht war, könnte noch kommen.

„Niemand hat behauptet, dass ich nicht auf erwachsene Frauen stehen würde", flüsterte seine tiefe Stimme und ich versuchte, mit aller Kraft zu verhindern, dass mir die Tränen in die Augen stiegen. Ich wollte ihm diesen Erfolg nicht gönnen.

Liams Vater lehnte sich abermals zu mir und nahm diesmal meine Hände in seine. Langsam aber mit bestimmendem Druck, führte er sie zu der Schnalle seines Gürtels, der direkt vor meinem Gesicht war. Seine Daumen streichelten nahezu beruhigend über meine Handrücken, doch er hielt mich fest, als ich sie ihm entziehen wollte.

„Öffne meinen Gürtel", befahl er mir. Zögernd und mit zitternden Fingern, tastete ich das Metall ab. Die Welt war für mich von Tränen verschwommen und ich konnte kaum mehr sehen, doch ich wollte nicht blinzeln, um sie nicht zu lösen.

60

„Nein, Vater, bitte“, flehte Liam mit zitternder Stimme. Doch Balthasar hatte kein Mitleid für ihn übrig.

Ich wandte meinen Blick von Balthasar ab und sah stattdessen zu Liam, während ich mein Möglichstes tat, um sorglos und stark auszusehen.

„Schon gut, ich schaffe das“, sagte ich und lächelte dasselbe Lächeln, das ich an Anna so oft gesehen hatte. Dasselbe Lächeln, das ich lächelte, wenn ich über meine Mutter redete.

„Gutes Mädchen“, lobte mich sein Vater, der eine Hand anhob und mir nahezu liebevoll den Kopf streichelte. Ich schluckte schwer und sah ihn wieder an. Er öffnete seinen Gürtel direkt vor meinem Gesicht und sah zufrieden auf mich herab. Hoffentlich würde es wenigstens schnell gehen. Hoffentlich würde es nicht allzu weh tun.

Balthasar öffnete auch den Knopf und den Reißverschluss der dunkelblauen Stoffhose, ehe diese etwas herabrutschte und den Blick auf seine schwarzen Shorts freigab, unter der sich in beängstigender Größe bereits sein Glied regte.

„Oh Gott“, wisperte ich und wieder füllten sich meine Augen mit Tränen. Balthasar legte eine seiner riesigen, schweren Hände auf meinen Kopf und sein Blick bohrte sich in Meinen.

„Hol ihn raus und fass ihn an“, befahl er und mit zusammengebissenen Zähnen hob ich meine zittrigen Finger an. Ich wollte ihn nicht anfassen. Alles in mir schrie danach, sich zu wehren, ihm zwischen die Beine zu treten und irgendwie zu fliehen. Doch ich wusste, dass ich keine Chance hatte und dass es alles nur noch schlimmer machen würde. Er war mir überlegen.

Gerade wollte ich mich dazu überwinden, meine Hände an den Bund seiner Shorts zu legen, als Liam am Schrank herunterrutschte und sich durch sein blutiges, dreckiges Gesicht Tränen ihren Weg bahnten.

„Stopp“, Liams Stimme ließ mich zusammenzucken. Ich schluckte, atmete schnell. Balthasar zog die Luft scharf in die Lungen und drehte sich zu seinem Sohn.

„Ich hoffe für dich, dass es etwas Wichtiges ist“, hauchte er.

„Anna ist bei Daniel“, Liam schloss resigniert seine Augen. Sein Gesicht war schmerzverzerrt und er sah geschlagen aus, sein Vater hatte einmal mehr über ihn gesiegt. „Sein Name ist Daniel Schumacher.“ Sagte er und nannte ihm die Adresse.

„Nein“, flüsterte ich erschrocken, „Liam, warum?“

„Ich kann es nicht ertragen, dass er das mit dir tut“, er öffnete seine Augen einen Spalt breit und sah mich müde aber sanft an. Ich hörte das Aufschlagen der Tropfen auf dem Bett unter mir und meine Sicht klärte sich wieder.

„Sehr gut“, sagte Balthasar, „ich habe dir ja beigebracht, dass man besser gleich auf seinen Vater hört, mein Sohn.“

Plötzlich wurde die Tür aufgerissen. Markus erschien im Türspalt. Seine Blessuren waren notdürftig mit Pflastern verdeckt. Er schenkte unserer Situation keinerlei Beachtung, als sei sie etwas völlig Normales.

„Balthasar“, sprach er gedämpft und in seinen grauen Augen erkannte ich die Angst und den Respekt, den selbst er vor seinem Komplizen haben musste, „Telefon. Die Wache ist dran.“ Dann war er auch schon wieder verschwunden und Balthasar atmete tief ein und schloss sich die Hose. Er streckte seinen Rücken, seine Schultern langsam durch und ließ den Kopf minimal im Nacken kreisen, bis ein furchteinflößendes Knacken erklang. Dann stieß er die Luft aus. Schweigend starrte ich zu ihm hinauf und er zu mir herab, bevor er sich umdrehte und den Raum ohne ein weiteres Wort verließ.

Zitternd sackte ich in mich zusammen und gönnte mir kaum einen Moment der Erleichterung, ehe ich vom Bett aufsprang und zu Liam hinüberrannte. Endlich konnte ich ihn in die Arme nehmen und drückte ihn an mich.

„Es tut mir so leid, Helena“, presste er hervor, rang um seine Fassung, endlich die Tränen zurückhalten zu können, „dass er dir das antun will und dass ich zu schwach bin, dich zu beschützen.“

„Es ist alles okay“, versicherte ich ihm, „er hat mir ja noch nichts getan und selbst wenn – ich halte das aus. Und es ist nicht deine Schuld.“ Ich strich ihm vorsichtig durch das nasse Haar und gerade war mein Blick zu dem Fenster gewandert, als die Tür wieder aufging und Markus hereinkam.

„Hände auf den Rücken“, befahl er und ich sah über die Schulter zu ihm. Sein Blick musterte lüstern meinen immer noch nahezu entblößten Körper und ich musste die Übelkeit unterdrücken, die in mir aufkeimte. Doch zu diesem flauen Gefühl gesellte sich auch eine heiße, lodernde Flamme, die ich so nur sehr selten empfand: Zorn. Hass. Ohne darüber nachzudenken, was ich tat, sprang ich auf und rannte auf Markus zu. Erschrocken über meinen plötzlichen Angriff, schaffte er es nicht mehr rechtzeitig zu reagieren. Ich rammte meine Schulter in seinen Bauch, sodass er sich krümmte und bekam seine Hand zu fassen. Weil ich mir nicht anders zu helfen wusste, biss ich mit Leibeskräften hinein. Markus schrie, knurrte und bäumte sich auf.

„Kleine Schlampe!“, rief er und packte mich an den Haaren. Ein reißender Schmerz durchdrang meine Kopfhaut, als er mich an ihnen fortzog, nur um mich dann zu Boden zu stoßen. Ich fiel auf die Knie und konnte mich gerade so mit den Händen abstützen. Doch bevor ich mich erneut aufrappeln konnte, wurden mir die Arme weggezogen und ich knallte schmerzhaft mit dem Kinn auf den Boden. Ich hörte das Ratschen eines Kabelbinders und erneut schnitt sich scharfkantiges Plastik in meine Haut. Irgendwie schaffte ich es, mich zur Seite zu drehen und sah gerade noch, wie Markus mit Wucht in Liams Magengrube trat, der eigentlich nur noch wehrlos am Boden lag und daraufhin Blut spuckte.

„Reizt mich lieber nicht!“, brüllte er wutentbrannt und Liam brachte ein glucksendes Geräusch hervor, das ich nach kurzer Verwirrung tatsächlich als Lachen identifizierte.

„Sonst was?“, provozierte er ihn, „holst du meinen Vater?“

„Glaub mir, ich brauch Balthasar nicht, um deiner Kleinen unten was reinzustecken“, zischte Markus, der sich nun zu Liam herunterbeugte und ihn grob am Arm packte. Er zerrte ihn auf die Beine.

„Liam“, hauchte ich und sah mich über seine Schulter hinweg warm an.

„Wir schaffen das, versprochen“, hauchte er, ehe Markus ihn aus dem Raum schubste und die Tür mit einem Knallen ins Schloss fiel.

Ein weiteres Mal war ich allein in diesem Raum, der wohl Annas altes Jugendzimmer war, das noch genau so zu sein schien, wie sie es verlassen haben musste. Markus hatte hier offensichtlich nie etwas verändert. Auch der Staub auf den Möbeln zeigte, dass es seit Jahren nicht mehr benutzt worden war. Warum hatte er es nie renoviert und für andere Zwecke genutzt? Meine Jogginghose und der Pullover lagen auf dem Bett und mit verbundenen Händen, war ich nicht in der Lage, sie mir anzuziehen. Ich torkelte zurück und ließ mich langsam auf die Matratze sinken, während ich versuchte, nicht in Panik zu verfallen. Wie in Meditation schloss ich meine Augen und dachte daran, dass Anna hier Jahre ihres Lebens in Angst und Missbrauch verbracht hatte. So schlimm es war, aber der Gedanke, dass sie es überstanden hatte, ließ mich daran glauben, dass auch ich es konnte. Dass ich hier nicht zugrunde gehen würde. Um ihretwillen. Als Tribut an ihre Stärke.

Auch der Gedanke, dass sie gerade bei Daniel war, war tröstlich. Obwohl Balthasar nun wusste, wo sie war und wo Daniel lebte, so hieß es dennoch nicht, dass er den Beamten auch überwältigen konnte. Unsere Hoffnung war, dass die beiden entkommen und Hilfe holen konnten. Wir mussten nur lange genug durchhalten. Irgendwann würde jemand misstrauisch werden und nach uns suchen.

Ich ließ mich zur Seite sinken und vergrub mein Gesicht in meinem Pullover. Eine ungeheure Müdigkeit ergriff von mir Besitz, doch die Kälte in meinen Gliedern wollte mich einfach nicht schlafen lassen.

61

Ich musste wohl doch irgendwie eingeschlafen sein, denn plötzlich schreckte ich aus dem Bettzeug hoch. Müdigkeit zog wie Blei an meinen Lidern und es dauerte, bis ich realisiert hatte, wo ich war und was die letzten Stunden passiert war.

Im Zimmer brannte noch das Licht und ich war komplett durchgefroren.

Tock

Irgendetwas war gegen die Fensterscheibe geknallt, was war das?

Alarmiert stand ich vom Bett auf und taumelte schlaftrunken. Ohne meine Hände nutzen zu können, fiel es mir schwer, das Gleichgewicht zu halten. Ich sackte kurz mit meiner Schulter gegen den Holzschrank, ehe ich mich wieder fing und zum Fenster wankte.

Da ich das Licht anhatte, konnte ich draußen im Dunkeln kaum etwas erkennen. Irgendwer war im Hof.

Tock

Ein Steinchen war direkt vor meiner Nase gegen das Glas geprallt und ich erschrak. Ich ging so nah an das Fenster heran wie möglich und kniff meine Augen zusammen. Nun erkannte ich zwei Gestalten unten auf dem Hof. Eine war klein und zierlich, die andere groß und männlich. Beide winkten und versuchten mir mit Gesten etwas zu verstehen zu geben.

„Anna! Daniel!“, hauchte ich, sodass mein warmer Atem für einen Moment die kalte Scheibe beschlug.

Ich drehte mich um und hob meine Arme an, um umständlich nach dem Fenstergriff zu greifen. Zum Glück war ich schon immer biegsam gewesen. Ein Hoch auf meine überdehnbaren Bänder! Nach einigem Gefummel schaffte ich es tatsächlich, das Fenster zu öffnen. Die frische, feuchte Nachtluft schlug mir entgegen und ich zog sie gierig in meine Lungen. Nun konnte ich auch die beiden erkennen. Anna sah noch genauso aus, wie wir sie vor einigen Stunden weggebracht hatten. Bloß dass sie eine von Daniels Jacken trug, in der sie nahezu unterging. Der Beamte dagegen trug nach wie vor sein pseudowitziges Shirt und ihm schien die Kälte nichts auszumachen.

„Oh Gott, ich bin so froh, euch zu sehen!", hauchte ich in die Nacht hinein. Der Himmel war sternenklar und bei jedem Wort war mein Atem in feinen, weißen Wölkchen zu sehen.

„Wie kommt ihr hierher?", fragte ich und meine Augen wurden groß und glänzend.

„Erklären wir dir später!", flüsterte Daniel zurück und ging nah an die Wand unter dem Fenster heran. Er streckte seine Arme nach oben aus.

„Komm herunter, ich fange dich auf! Balthasar musste in die Polizeiwache. Markus ist allein und sitzt im Wohnzimmer, wir haben nicht viel Zeit und wir müssen leise sein!"

Ich schüttelte meinen Kopf.

„Liam muss hier noch irgendwo sein, ich kann nicht ohne ihn gehen!"

„Wir holen ihn später, Helena!"

Ich biss auf meine Unterlippe und als ob Anna meine Gedanken lesen konnte, dass ich nicht ohne ihn gehen würde, trat auch sie einen Schritt näher heran. „In meinem Schrank in der untersten Schublade ist ein alter Teddybär, zumindest, wenn mein Vater nichts an dem Zimmer geändert hat. Er hat hinten einen Reißverschluss. In seinem Inneren habe ich einen Zweitschlüssel versteckt. Früher bin ich so öfter ausgebrochen. Versuch, mit ihm die Tür zu öffnen. Eigentlich können sie Liam nur im Schlafzimmer oder im Bad eingesperrt haben. Das Bad ist gegenüber von meinem Zimmer, das Schlafzimmer nebenan. Aber du musst dich beeilen und vor allem pass auf, wenn du den anderen Schlüssel aus der Tür schiebst. Wenn er auf das Laminat fällt, hört mein Vater das garantiert. In meinem Schreibtisch müsste noch ein alter Ringblock liegen. Schieb die Pappe unter der Tür hindurch und hoffe, dass der Schlüssel darauffällt. Wenn der Block nicht mehr da ist, such nach etwas anderem, Flachem, Weichem. Wenn der Schlüssel auf den Boden knallt und Markus bekommt es mit, dann musst du ohne ihn fliehen. Versprich mir das, Helena!"

Dankbare Erleichterung machte sich in mir breit und ich nickte.

„Okay", hauchte ich, „gebt mir zehn Minuten!"

Mein Herz schlug bis zum Hals, als ich mich wieder in den Raum zurückzog. Ich schlich schnurstracks und auf Zehenspitzen zum

Schrank, damit Markus meine Schritte unten nicht hörte. Ich kniete mich hin, sodass ich mit dem Rücken zu dem Möbelstück hockte und zog die untere Schublade vorsichtig auf. Unter Socken und Unterwäsche ertastete ich tatsächlich etwas kleines Flauschiges. Ich öffnete den Reißverschluss und fingerte umständlich den Schlüssel heraus. Das alles mit hinter dem Rücken gefesselten Händen war gar nicht so einfach, da ich nur tasten, aber nicht sehen konnte, was ich tat.

Ich erhob mich und legte den Schlüssel leise auf dem Schreibtisch ab, dann zog ich auch hier die Schubladen auf und fand tatsächlich den besagten Ringblock. Markus hatte wirklich alles genau so gelassen, wie Anna es verlassen hatte. Vorsichtig riss ich die Rückseite aus Pappe ab und wollte gerade zur Zimmertür gehen, als ich von draußen ein „Psst!" hörte.

Als ich zum Fenster ging, erblickte ich ein weiteres Gesicht bei Anna und Daniel. Das kühle Licht eines Laptopdisplays beleuchtete es von unten und warf tiefe Schatten unter die Augen der schmalen, männlichen Gestalt, die sich eine Kapuze tief in die Stirn gezogen hatte.

„Balthasar ist auf dem Rückweg", erkannte ich Calebs flüsternde Stimme. Sogar er war hier, „in fünf Minuten ist er hier. Du musst dich beeilen."

„Fuck", hauchte ich und nickte. Mir lief die Zeit davon, auch wenn ich innerlich beschlossen hatte, so oder so nicht ohne Liam zu gehen.

Eilig schob ich die Pappe unter der Tür durch und versuchte, den Schlüssel irgendwie ins Schloss zu bekommen. Ich schielte über meine Schulter nach hinten zu meinen Händen, doch ich konnte nicht erkennen, was ich tat. Dazu kam noch, dass meine Hände vor Aufregung zu zittern begannen.

Der Schlüssel rutschte mir aus der Hand und ich schaffte es gerade noch so, ihn wieder aufzufangen. Fluchend hantierte ich weiter an der Tür herum, bis ich es schließlich schaffte, ihn hineinzumanövrieren. Nun blieb mir nur noch zu hoffen, dass der Schlüssel von außen nicht schräg steckte und ich ihn einfach herausdrücken konnte. Doch das Glück war nicht auf meiner Seite.

„Verdammt", zischte ich und rüttelte an der Klinke, schob meinen Schlüssel gegen den Widerstand und hoffte inständig, dass Markus unten nichts hörte. Ich musste dem Schloss einen kräftigen Schlag versetzen, bis sich das blöde Ding endlich leicht drehte und ich es hinausschieben konnte. Mit einem dumpfen Aufprall, fiel der Schlüssel zu Boden, kam zumindest halb auf meiner Pappe auf und ich konnte die Tür öffnen.

Im Flur angekommen hörte ich von der naheliegenden Treppe die Geräusche eines laufenden Fernsehers. Lachen im Publikum und Applaus. Leise schlich ich weiter und bewegte mich zuerst zum Schlafzimmer. Das helle Laminat knarrte leise unter meinen Schritten und ich hielt ertappt inne. Als von unten aber keine Regung kam, ging ich weiter. Wenn mich nicht alles täuschte, hatte ich Liams Schreie von nebenan gehört. Auch bei diesem Raum steckte von außen der Schlüssel in der geschlossenen Tür. Ich griff rückwärts nach ihm und drehte ihn vorsichtig um, dann drückte ich die Klinke herab und öffnete die Tür. In diesem Zimmer war es dunkel, lediglich der Lichtschein aus dem Flur fiel hinein. In scharfen Kanten zeichnete sich mein eigener Schatten auf dem Boden ab.

„Liam?", hauchte ich ins Dunkel und etwas rührte sich auf dem Bett. Eine Decke raschelte.

„Helena", flüsterte eine raue, gebrochene Stimme zurück und ihr Klang trieb mir vor Erleichterung die Tränen in die Augen.

„Komm, schnell! Die anderen sind hier, um uns zu retten", wisperte ich und wenige Sekunden später schwankte Liams große, aber vor Schmerz gekrümmte Gestalt in den Lichtkegel. Er sah wirklich scheiße aus, wenn man das so sagen durfte. Sein Gesicht war bleich, die ohnehin schon dunklen Schatten unter seinen Augen hatten krankhafte Ausmaße angenommen und er war über und über mit verschmiertem Blut, Dreck und den Spuren seiner Tränen befleckt. Kurzum: Er sah aus wie „The Walking Dead" entsprungen. Das einzig Gute war der hoffnungsvolle Glanz in seinen Augen und die Wärme, die in ihnen lag, als sie mich erblickten.

„Schnell", forderte ich, „wir müssen noch unsere Hände loskriegen. Irgendwie müssen wir aus dem Fenster klettern."

„Wie denn? Hast du eine Schere parat?", fragte Liam, der es selbst in dieser Situation nicht lassen konnte, etwas zynisch zu klingen.

„Vielleicht eine Nagelschere im Bad?", schlug ich vor und wir schlichen zu der Tür gegenüber von Annas Zimmer. Als wir sie aufgedrückt hatten, fanden wir uns in einem weiß gefliesten Badezimmer wieder. Es war recht klein und vor der Wanne befand sich ein grauer Duschvorleger. Über ihr war eine Art Hebevorrichtung angebracht, mit der man einen pflegebedürftigen Menschen ins Wasser lassen konnte. Direkt links von uns sah ich eine Toilette und daneben das Handwaschbecken mit einem Spiegelschrank. Jetzt, wo ich hier stand, fiel mir nicht nur mein unglaublicher Durst auf, sondern auch, dass ich dringend mal aufs Klo musste. Doch dafür war jetzt keine Zeit. Und falls unsere Flucht missglückte, würde ich mich einpinkeln, wenn Balthasar mich noch mal anfassen wollte. Vielleicht würde ihm dann die Lust vergehen. Mit dem Mund versuchte ich, die Türchen des Schrankes zu öffnen und schaffte es schließlich mit Liams Hilfe, der seine Nase in den Spalt drückte, sobald ich es geschafft hatte, die Tür etwas aufzuhebeln. Neben einigen Gläsern, in denen Rasierutensilien und eine Zahnpasta stand, befand sich hier Deo, Aftershave, Wattestäbchen und anderer Kleinkram. Tatsächlich fanden wir ein kleines Etui, in dem eine goldene Nagelschere verstaut war.

„Jackpot“, flüsterte ich und Liam ging zur Tür, um zu lauschen. Von unten kamen nach wie vor keine verdächtigen Geräusche. Wir kehrten in Annas Zimmer und zum Fenster zurück.

„Nur noch losschneiden, dann haben wir es geschafft“, flüsterte ich nach unten. Daniel machte sich unter dem Fenster bereit, Anna hatte die Hände zum Gebet gefaltet und Caleb sah gestresst auf seinen Laptop.

„Schnell!“, zischte er, „er ist nur noch 500 Meter entfernt!“

„Dreh dich um!“, befahl ich Liam und stellte mich mit dem Rücken zu ihm. Ich tastete vorsichtig, wo die Kabelbinder waren und schnitt sie in der Mitte durch. Mit befreiten Händen konnte Liam mich im Anschluss auch schnell von meinen Fesseln befreien. Ich rieb mir über die schmerzenden Handgelenke und verzog meine Lippen.

„Los, du zuerst!“, sagte Liam und half mir auf das Fensterbrett. Ich blickte nach unten zu Daniel, der erneut seine Hände nach mir ausstreckte. Obwohl es nur wenige Meter waren, kam es mir vor, als befänden wir uns in schwindelerregender Höhe. Was, wenn ich fiel? Was, wenn ich falsch aufkam? Ich hielt mich an Liams Armen fest.

„Ich halte dich fest“, versprach er mir, „so weit es geht, lasse ich dich herunter. Dann kommt Daniel schon fast an dich heran und es ist nicht mehr weit bis zum Boden.“

Zögerlich nickte ich und sah ihn ängstlich an. Liam nickte mir aufmunternd zu und langsam begann ich, aus dem Fenster zu klettern. Der raue Putz der Fassade drückte sich schmerzhaft in meine bloßen Füße, gab mir gleichzeitig aber auch etwas Halt. Ich hangelte mich so tief es ging, bis ich nur noch von Liam gehalten wurde, der sich weit aus dem Fenster lehnte. Als ich einen Blick über die Schulter nach unten warf, erkannte ich Daniel in nicht allzu großer Entfernung. Liam öffnete seine Finger und ich musste einen Aufschrei unterdrücken, als ich plötzlich fiel. Starke Arme ergriffen meinen Körper, bevor er den Boden erreichen konnte und fingen mich sicher auf. Daniel stellte mich auf dem Hof ab und Anna zog mich sofort in eine enge Umarmung. Sie wickelte ihre Jacke um meinen fast nackten Körper.

„Er ist da!", fluchte Caleb leise und kaum hatte er diese Worte gesagt, sahen wir die Abblendlichter eines Wagens in die Einfahrt biegen. Die Reifen knirschten gefährlich auf den Pflastersteinen.

62

„Liam, schnell!“, rief Daniel und ich sah, wie Liam aus dem Fenster kletterte und sich nur noch am Rahmen festhielt, ehe auch er sich fallen ließ. Der Beamte versuchte ihn aufzufangen, wurde von seinem Gewicht aber umgerissen und die beiden Männer knallten unsanft auf den Boden.

Leise fluchend rafften sie sich auf die Beine und stolperten Arm in Arm auf uns zu. Caleb klappte seinen Laptop energisch zu, klemmte ihn unter seinen Arm und zog sich sein Headset aus dem Ohr, mit dem er offenbar jemanden am Belauschen gewesen war.

„Los, los“, scheuchte er uns. Anna und ich liefen Daniel und Liam hinterher, die quer über den Hof auf ein Gebüsch zurannten, hinter dem es zurück auf die von Bäumen eingefasste Hauptstraße ging. So weit ich das beim Rennen erkennen konnte, befanden wir uns in einem der besseren Wohngebiete und ich stellte erschrocken fest, dass keine zwei Straßen weiter einmal eine Klassenkameradin von mir gewohnt hatte. Die Nachbarschaft war nahezu amerikanisch und nicht sehr urban. Hier gab es nur freistehende Einfamilienhäuser oder maximal Doppelhäuser mit großen Gärten. Jedes Wohnhaus hatte ein riesiges Grundstück und einen eigenen Hof, teilweise mit sehr langen Einfahrten. Der perfekte Ort, um seine Leichen unbemerkt im Garten zu vergraben. Alles wirkte idyllisch und ruhig, die Straßenlaternen gingen nachts aus und vermutlich herrschte eine freundschaftliche Anonymität in diesem Viertel. Jeder kannte jeden und wusste dennoch nichts über ihn, außer, was für ein Auto er fuhr und wann er von der Arbeit kam.

Wir rannten auf einen schwarzen VW Golf zu, der halb auf dem Bürgersteig parkte und dessen Türen zu diesem hin noch offen standen. Daniel schmiss sich hinters Steuer und Liam ließ Anna und mich zuerst hinten einsteigen, bevor er selbst Platz nahm. Zuletzt schloss der Hacker die Beifahrertür und klappte seinen Laptop wieder auf, während Daniel das Gaspedal bereits durchdrückte.

„Er hat geparkt. Hat uns noch nicht bemerkt", sagte Caleb und ein erleichtertes Seufzen entfloh uns allen.

Im Rückspiegel sah ich Daniels Augen, die immer wieder nervös nach hinten sahen, um sicherzugehen, dass wir nicht verfolgt wurden. Es musste ihm unheimlich schwerfallen, nicht auffällig davonzurasen, sondern sich ganz normal in den spärlichen, nächtlichen Verkehr einzureihen.

Anna umarmte mich abermals und griff über mich hinweg nach Liams Hand. Die beiden tauschten einen kurzen Blick und ein Lächeln.

„Wie habt ihr uns denn nun gefunden?", fragte ich, als mich plötzlich ein Fiepen aus dem Kofferraum ablenkte. Die Hutablage war herausgenommen und als ich über meine Schulter nach hinten sah, erkannte ich die grau-weiße Pitbulldame mit ihrer schwarz-rosa Nase.

„Fly!", rief ich und konnte auf die Schnelle nur erkennen, dass die Seite ihres Kopfes mit Blut verkrustet war, sie lag zitternd auf einer Decke, doch sie war wach und sah mich aus ihren dunklen Knopfaugen liebevoll an. Es tat so gut, sie zu sehen und sie wenigstens lebend zu wissen, dass ich sofort anfing zu schluchzen. Gott sei Dank! Ich strich mir die Tränen aus dem Augenwinkel und rief mich zur Besinnung.

„Caleb wollte Liam anrufen, um ihm zu sagen, dass er Balthasars Handy gehackt hat und sich bei der Hütte befindet, doch es ging niemand mehr ran. Daraufhin hat er uns kontaktiert, weil er sich Sorgen gemacht hat. Wir sind sofort los zu euch, aber wir konnten nur noch Fly verletzt im Unterholz finden und einen Polizeiwagen in der Einfahrt. Von euch war keine Spur mehr. Also sind wir zu Caleb gefahren, der Balthasars Standort auf seinem Laptop nachverfolgen konnte. Wir haben gesehen, dass er zu meinem Vater nach Hause gefahren ist und dann mussten wir warten, bis einer das Haus verlässt. Zum Glück hat es nicht lange gedauert, bis Balthasar seinen Dienstwagen abholen musste. Dann haben wir die Steinchen gegen das Fenster geworfen, um auf uns aufmerksam zu machen, während Caleb alles weiter überwacht hat. Allerdings hat es ganz schön lange gedauert, bis Markus überhaupt ins Wohnzimmer gegangen ist und wir agieren konnten", erklärte Anna und ich griff über die Lehne hinweg, um die Hündin sachte zu streicheln. Sie leckte meinen

Handrücken dankbar ab. Wir mussten uns ihre Wunden gleich genau ansehen und spätestens morgen direkt zum Tierarzt fahren.

„Aber warum habt ihr nicht direkt die Polizei benachrichtigt? Sie hätten Markus' Haus hochnehmen können und ihn in flagranti erwischt, wie er uns gefangen hält!", sagte ich verwirrt, doch Anna schüttelte ihren Kopf.

„Das hat mehrere Gründe. Einmal wäre nur Markus erwischt worden, aber nicht Balthasar und zweitens hatten wir Angst, dass die Polizei dann mit Lärm hier ankommt, Markus Panik bekommt und euch nachher noch umbringt. Außerdem ist kaum etwas von allem auf Balthasar zurückzuführen."

„Wir können nicht zu dir nach Hause, Daniel. Ich habe ihnen gesagt, wo du wohnst und sie haben mein Handy", schaltete sich Liam ein.

„Dann fahren wir erst mal zu mir", murmelte Caleb in seinen Pullover.

„Suchen sie nach mir?", fragte Anna tonlos und ich nickte langsam, während Liam weiter schweigend aus dem Fenster sah.

„Keine Sorge, Anna. Dir wird nichts passieren", versprach ich und griff nach ihrer Hand, um diese zu drücken, „Balthasar hat gesagt, dass du Informationen hast, die sie brauchen. Was hast du über sie herausgefunden?"

Die zierliche Frau presste ihre Lippen zusammen und blickte auf unsere Hände hinab. Ihr Mund verzog sich zu einem bitteren Lächeln.

„Es geht meinem Vater nicht darum, Informationen von mir zu erhalten, sondern sicherzugehen, dass ich keine ausplaudern kann", verbesserte sie mich, „ich weiß, wo Markus die Filme dreht."

63

Wir näherten uns der Innenstadt und schließlich bog der Golf in die von Altbauten gesäumte Straße ab, in der Caleb wohnte. Dass Anna herausgefunden hatte, wo das neue Versteck von Balthasar und Markus war, konnte ich noch kaum fassen. Auf der einen Seite brachte diese Information uns ein ganzes Stück näher an unser Ziel, auf der anderen war es aber auch ein furchtbarer Gedanke, dass die beiden nach wie vor Kinder missbrauchten und der ganze Horror noch kein Ende hatte.

„Das Versteck ist gut gesichert, deswegen ist es schwer sie zu überführen, aber es ist ein Anfang", erklärte Anna, während Daniel den Wagen rückwärts in eine Parktasche lenkte. Er zog die Handbremse an und wir verließen das Auto. „Er folgt uns nicht. Anscheinend hat er uns nicht gesehen", verkündete Caleb, dessen Gesicht wieder von dem Licht des Notebooks erhellt wurde. Wir eilten durch die nächtliche, stille Straße hinüber zum Hauseingang und versuchten, möglichst leise die gewendelte Holztreppe nach oben zu gehen. Daniel trug die verletzte Fly, die noch zu wackelig auf den Beinen war, um selbst zu laufen und Caleb stützte Liam, während Anna ihm seinen Laptop abnahm. Oben angekommen betraten wir die kleine Wohnung, in der wir vor noch gar nicht langer Zeit schon mal gewesen waren.

„Hier", sagte Caleb, als er aus seinem Schrank einen Pullover sowie Shorts holte und sie mir mit abgewendetem Blick reichte.

„Danke", murmelte ich leise und lächelte ihn an, auch wenn er nicht mal hinsah, „ihr könnt gerne mein Bad benutzen", fügte der Hacker mit einem Seitenblick zu dem nach wie vor blutverschmierten Liam an. Jetzt, da er es erwähnte, fiel mir wieder auf, wie dringend ich eigentlich auf Toilette musste. Außerdem konnte ich es kaum abwarten, unter die Dusche zu gehen und all den Dreck abzuwaschen, den Balthasars Hände in meiner Vorstellung auf mir hinterlassen hatten. Mich reinwaschen von dieser Demütigung, obwohl ich dem

Schlimmsten entgangen war. Da Liam sich noch mit Anna und Daniel unterhielt und besorgt Fly unter die Lupe nahm, beschloss ich, dass ich als Erste das Bad belegen würde. Ich hielt die frische Kleidung dicht an mich gedrückt und huschte auf nackten Zehenspitzen zu dem kleinen, fensterlosen und hellgrau marmoriert gefliesten Raum, in dem es nicht mehr gab als ein Waschbecken, eine Toilette und eine Dusche. Nachdem ich mich erleichtert hatte, wusch ich mir die Hände und warf einen Blick in den Spiegel vor mir. Von draußen drangen die Stimmen der anderen nur gedämpft und wie aus weiter Ferne an mich heran. Ich musterte mein Gesicht, das mir irgendwie fremd geworden war. Ich war nicht mehr dieselbe, immer fröhliche Person, die ich vor einigen Tagen noch gewesen war. Meine Finger schlossen sich fester um den Rand des Waschbeckens und ich presste die Lippen fest zusammen. Die Frau, die mir entgegenblickte, schien in den letzten Tagen um Jahre gealtert. Ihre Augen waren früher hell und wach und funkelten wie zwei Aquamarine. Doch nun war der Glanz in ihnen erloschen und sie wirkten müde. Was war nur aus mir geworden? Was war aus meinem Leben geworden? Wenn ich daran dachte, was beinahe mit mir passiert wäre, drehte sich mein Magen um. Mir wurde flau und mein Atem beschleunigte sich. Plötzlich wurden meine Fingerspitzen kalt und begannen zu kribbeln. Mein Körper begann zu zittern und ich fühlte mich wie unter Wasser getaucht. Was war das? Was geschah mit mir? Vielleicht würde eine heiße Dusche helfen. Obwohl ich das Gefühl hatte, jeden Moment in Ohnmacht zu fallen, schaffte ich es irgendwie, mich meiner Unterwäsche zu entledigen und machte einen Schritt auf die Dusche zu. Plötzlich wurde mir gänzlich schwarz vor Augen und ich kam ins Wanken. Im letzten Moment konnte ich mich an der Duschtür festhalten, sackte allerdings auf die Knie und fiel halb in die Wanne hinein. Einen Moment blieb ich so am Boden hocken und starrte nach unten auf meine Hände, bis sich mein Kreislauf so weit stabilisiert hatte, dass ich wieder aufstehen konnte. Mein Mund war trocken und das Schlucken schmerzte furchtbar. Ich stieg wackelig in die Dusche. Gerade hatte ich das Wasser angestellt und warme, weiße Dampfschwaden begannen meinen Körper wie sanfte Watte zu umhüllen und den Raum zu erfüllen, als die Badezimmertür aufgedrückt wurde. „Besetzt!“, rief ich erschrocken und verdeckte instinktiv meine Brüste mit meinen Händen. Doch bereits an der

Silhouette erkannte ich, dass es Liam sein musste. Auch seine Haltung hatte sich geändert. Ich hatte ihn als absolut ruhigen, selbstsicheren Menschen mit aufrechter, fast bedrohlicher Körperhaltung kennengelernt. Doch nun ging er leicht gekrümmt, ob es an den Schmerzen oder der seelischen Last lag, die auf seinen Schultern ruhte, konnte ich kaum sagen. Vielleicht beides. „Liam", hauchte ich erstaunt und ließ meine Hände nach kurzem Zögern sinken. Ich schaltete das Wasser aus und öffnete die Duschtür, um ihn fragend anzusehen. Erschöpft lehnte er sich mit der Schulter gegen die Wand und ließ auch seinen Kopf seitlich dagegen sinken.

„Ich wollte schauen, ob alles okay bei dir ist", sagte er und sah mich nicht an. Sein Blick ging irgendwo auf den Boden, was mir tatsächlich ein kleines Lächeln entlockte. Dieser Gentleman.

„Mir geht es gut", log ich und musterte ihn sorgenvoll. Er zögerte, schien abzuwägen, ob er mir glauben sollte oder nicht, doch wenn wir ehrlich waren, dann lag meine Lüge auf der Hand. Wem von uns ging es denn im Moment noch gut?

„Sag mir Bescheid, wenn du irgendwann reden willst", sagte er und drückte sich von der Wand ab, um wieder zu gehen.

„Warte", sagte ich, einem plötzlichen Impuls nachgebend. Ich wollte nicht, dass er ging. Ich wollte ihn bei mir wissen. Nach all den schrecklichen Dingen sehnte ich mich nach seiner Nähe. Liam hielt in der Bewegung inne und legte verwundert seine Stirn in Falten, sah mich aber nach wie vor nicht an.

Ich schwieg einen Augenblick und obwohl wir inzwischen ein Paar waren, beschleunigte sich mein Puls und ich spürte, wie mir die Hitze in die Wangen schoss, als ich leise und zögerlich flüsterte:

„Komm zu mir."

Liam schien mit dieser Aufforderung nicht gerechnet zu haben, denn er stutzte, fuhr sich unsicher mit der Hand durch die Haare und stieß die Luft geräuschvoll aus. Doch als ich durch die Duschtür meine nasse Hand einladend nach ihm ausstreckte, gewann er gegen seine Zweifel und setzte sich langsam in Bewegung. Er zog seinen Pullover und die Hose aus, die beide dreckig, blutgetränkt und teilweise zerrissen waren, sodass er letztlich nackt, wie Gott ihn geschaffen hatte, vor mir stand und ich vor ihm. Seine Kiefer pressten sich fest aufeinander und er hatte nach wie vor nicht den Mut, mir in die Augen zu blicken. Er musste sich furchtbar dreckig fühlen, sich schämen, genau wie ich es tat. Vorsichtig berührte ich mit den Fingerspitzen seine Brust. Er zuckte und schloss verärgert die Augen. Ich konnte nur ahnen, dass er sich innerlich verfluchte für seine Schwäche. Meine Hand wanderte weiter und strich erst über die Tätowierung an seinem Schlüsselbein, die den Schriftzug „Vergib uns unsere Schuld“ zeigte, bis hin zu seiner Halsbeuge, wo ich vorsichtig das kleine, silberne Kreuz berührte.

„Wieso kannst du dir nicht vergeben?“, fragte ich leise.

„Als Kind war ich schwach. Ich konnte mich nicht gegen meinen Vater wehren und Anna nicht beschützen. Er hat mich zu einem Monster gemacht. Ich dachte, ich wäre gewachsen, stark genug geworden, ... aber letztendlich hat sich rein gar nichts geändert. Ich konnte dich nicht beschützen. Wie kann ich mir vergeben, dass dir diese Dinge zustoßen?“ Bitterkeit lag in seiner rauen Stimme und ich schüttelte langsam meinen Kopf.

„Aber ich vergebe dir und auch Anna hat dir schon längst vergeben. Merkst du denn nicht, dass wir dich lieben, so, wie du bist? Egal, ob stark oder schwach. Kein Mensch ist perfekt und, ob du es glaubst oder nicht, wir dürfen Fehler machen. Schwach sein. Denn wir sind Menschen und Schwäche ist menschlich. Und du, Liam“, wisperte ich leise und drehte das Kreuz in meinen Fingern, während ich es endlich schaffte, den Blick seiner blauen Augen einzufangen, „du bist ein Mensch und kein Monster.“ Auf meine Worte hin konnte selbst der kühle Liam ein Lächeln nicht unterdrücken und ich nutzte den Moment, um mich vorzulehnen und sachte meine Lippen auf seine zu legen. Ich schloss meine Augen und spürte, wie er nun endlich zu mir in die Dusche stieg, sich seine starken Arme um mich legten und er mich in einer innigen Umarmung gefangen hielt.

64

Eine ganze Weile lang hielten mich seine kräftigen Arme fest umschlossen und ich drückte mich ihm sehnsüchtig entgegen. Er begann, mit seinen Fingerspitzen meinen Rücken leicht hinauf und hinab zu streicheln. Diese sanfte Berührung bereitete mir eine Gänsehaut an den Armen und zauberte mir sofort ein seliges Lächeln auf die Lippen.

„Ist es okay für dich, dass ich dich jetzt berühre?“, durchbrach Liam die zwischen uns herrschende Stille. Ich öffnete die Augen und legte meine Stirn fragend in Falten.

„Wieso sollte es nicht okay sein? Du bist doch mein Freund“, entgegnete ich irritiert, während er meinem Blick wieder mal auswich.

„Wegen dem, was dir passiert ist. Mein Vater hätte dich beinahe ...“, er brachte es nicht über die Lippen. Ich drückte mich etwas von ihm weg, legte eine Hand an seine Wange, um damit er mir in die Augen sah.

„Es ist ja nichts passiert und du bist nicht er“, versicherte ich ihm, „wir dürfen ihn nicht zwischen uns stehen lassen und uns nicht von dem, was er getan hat, runterziehen lassen.“

Liam stieß die Luft lachend aus und schüttelte leicht den Kopf.

„Wie oft musst du mir noch solche Dinge sagen, bis ich endlich genauso nach vorne blicken kann wie du? Du hast Tränen genug für uns beide, aber du bist auch stark genug für uns beide.“ Er beugte sich vor und legte seine warmen Lippen auf meine Stirn.

„Wenn es sein muss, sage ich es dir auch noch eine Million Mal“, flüsterte ich leise und auf diese Worte hin, zog er mich noch etwas enger an sich. Seine Hände strichen etwas selbstsicherer über meinen Körper, ehe er stockte.

„Ist die Gänsehaut wegen mir, oder weil dir kalt ist?“, fragte er.

„Hm, beides?“, antwortete ich schulterzuckend und Liam war so freundlich, an mir vorbei nach der Duscharmatur zu greifen und das Wasser wieder einzustellen. Nach einem kurzen kalten Schauer wurden wir in ein angenehm warmes Nass gehüllt, das den Schmutz nach und nach von uns abwusch. Er sammelte sich als braune und rote Schlieren im Wasser zu unseren Füßen, ehe es gänzlich im Abfluss verschwand.

„Schauen wir mal, was der gute Caleb hier so hat", verkündete Liam schließlich und löste sich von mir, um nach Duschzeug zu suchen.

„All-in-one, für Körper und Haar", las er schließlich den Text auf der einzigen, männlich-blauen Flasche vor, die sich hier finden ließ.

„Super, dann stink ich gleich nach Mann", stöhnte ich und bekam strafend dafür einen Klecks der bläulichen Flüssigkeit auf den Kopf.

„Stinke ich etwa?", giftete Liam, der mehr von dem Gel in seinen Händen verteilte, es aufschäumte und ohne Vorwarnung beherzt an meine Brüste griff, um diese einzuseifen. Schockiert japste ich nach Luft und versuchte, seine Finger fortzudrücken.

„Du hast doch gesagt, dass ich das darf!", beschwerte er sich.

„Ja, aber ...", stammelte ich, „doch nicht so!"

Liam schmunzelte süffisant in sich hinein und ich nahm ihm die blaue Tube lieber ab, bevor er noch mehr Unfug damit machen konnte. Ich gab mir nun selbst etwas in die Hände und begann vorsichtig Liams Gesicht und seine Haare zu waschen. Es war schön zu sehen, wie unter all dem verkrusteten Blut wieder seine Haut zum Vorschein kam. Einige Blessuren und aufgeplatzte Wunden würden jedoch noch eine Weile Zeugen für die Gewalt sein, die er erleiden musste. Nachdem ich auch den letzten schmutzigen Fleck an seinem kratzigen Kinn weggewischt hatte, wanderten meine Hände tiefer, strichen behutsam über seine Schultern und seine Brust. Liam war ungewöhnlich still geworden und sah mit intensivem, glasigem Blick auf mich herab, als meine Fingerspitzen über die tätowierte Haut an seinem Bauch strichen. Ich lächelte ihn schüchtern an, ehe ich meinen Mut zusammennahm und mich bis zu den empfindlichen Stellen zwischen seinen Beinen vortraute. Seine Erregung drängte sich mir nahezu entgegen. Er stützte eine Hand neben meinem Kopf an der Duschwand ab. Dann schloss er für einen Moment die Augen und seufzte wohlig. Ermutigt durch seine Reaktion, wurden meine Bewegungen mit der Hand intensiver. Ich nutzte den Moment, um sein Gesicht ganz genau zu beobachten. Jedes kleine Zucken mit dem Mundwinkel, jedes leichte Zusammenziehen der Brauen oder Auf-

und Abhüpfen seines Adamsapfels nahm ich wahr. Liam hielt sich mit der anderen Hand an meinem Oberarm fest, als ich noch etwas schneller wurde. Er senkte seinen Kopf, sodass ich ihn nicht mehr ansehen konnte und ich spürte seinen Atem an meinem Hals. Eine heiße Welle durchfuhr meinen Körper, als sein tiefes, leises Stöhnen an mein Ohr drang. Ich spürte, wie sich seine Brust schnell zu heben und zu senken begann. Seine Atmung beschleunigte sich. Stoßweise drang die Luft aus seinen Lungen. Er wurde immer härter. Die Finger krallten sich in meine Haut und er gab sich genüsslich seinem Höhepunkt hin. Einen Moment standen wir einfach so da, ehe er mich erneut in seine Arme zog und mir einen liebevollen Kuss auf die Wange hauchte.

„Was hast du nur mit mir gemacht?“, fragte er kopfschüttelnd, „ich bin so emotional geworden. Habe Kuschelsex, heule vor dir rum und sage kitschige Sachen. Eklig.“

Ich schnaubte belustigt und rollte die Augen.

„Ja, genau. Du bist eine echte Weichflöte geworden“, stimmte ich spöttisch zu, was mir einen strafenden Blick einhandelte.

„Also an mir ist nichts weich, vor allem nicht meine Flöte“, argumentierte er und hob dabei herausfordernd eine Augenbraue an, „gib mir ein paar Minuten und ich zeige dir, wie hart meine Flöte ist.“

Ich konnte ein dämliches Grinsen nicht weiter unterdrücken. Obwohl das ein verlockendes Angebot war, denn ich konnte nicht leugnen, dass es mich angemacht hatte, ihn zu berühren, schüttelte ich den Kopf.

„Wir sollten die anderen nicht länger warten lassen, die wundern sich sicher schon, wo wir bleiben“, lehnte ich ab und nahm die Brause aus der Halterung, um den Schaum von uns beiden abzuspülen.

„Sicher?“, fragte er und während sich sein rechter Mundwinkel zu einem schelmischen und gleichsam verführerischen Lächeln hob, strich er sanft mit seiner Hand über meine Taille hinab zu meinem Po. Er griff genüsslich hinein und drückte mich gegen sich, sodass ich seine Männlichkeit ganz genau spüren konnte. „Ganz sicher“, sagte ich mit belegter Stimme und versuchte, ihn von mir zu drücken, bevor meine Hormone die Kontrolle über meinen Körper erlangen konnten.

„Wir hätten auch nichts zum Verhüten da. Und wir sollten unser Schicksal nicht zu sehr herausfordern.“

„Okay, aber du verpasst was“, hauchte Liam, der enttäuscht von mir abließ und die Duschtüren öffnete. Er fischte ein Handtuch von einem kleinen Regal. Freundlich, wie er war, wickelte er mich zuerst ein, bevor er sich selbst eins nahm. Wir kletterten aus der kleinen Dusche und trockneten uns ab. Anschließend zog ich die Sachen an, die ich von Caleb bekommen hatte. Liam dagegen musste erst einmal mit einem Handtuch um die Hüften vorliebnehmen, denn sein Besuch in der Dusche war wohl unangekündigt gewesen.

Liam wollte gerade auf die Tür zugehen, als ich ihn noch einmal am Handgelenk zurückhielt. Fragend schaute er mich an und ich sah kurz betreten auf meine Füße, ehe ich den Mut hatte, seinen Blick zu erwidern.

„Ich liebe dich, Liam. Vergiss das nicht, egal, was noch passieren wird.“

65

Ich verließ das Bad als Erste. Liam folgte mir nur mit dem Handtuch um seine Hüften. Sofort drehte sich Anna, die auf dem kleinen Sofa saß, zu uns um. Ein verschmitztes Grinsen erschien auf ihrem dünnen Gesicht, als sie ihren Blick zwischen uns hin- und herwandern ließ.

„Na ihr", neckte sie uns und hob wissend eine Augenbraue an, „sauber oder wieder dreckig?"

Während mir die heiße Röte in den Kopf schoss und ich am liebsten im Boden versinken wollte, schmunzelte sogar Caleb in sich hinein, der neben Anna an seinem Laptop saß, auf den Bildschirm blickte und, abgesehen von seiner entgleisenden Mimik, Gott sei Dank so tat, als würde er nichts mitbekommen. Daniel klopfte Liam auf die Schulter, der die Hand jedoch grummelnd von sich schob.

„Paar Klamotten wären nicht schlecht", sagte Liam, „aber ich glaube nicht, dass mein muskulöser Hintern in Calebs kleine Höschen passt"

Nun sah der Hacker doch auf und warf ihm erst einen irritierten, dann grimmigen Blick zu. Auch ich holte aus und gab Liam für diesen dummen Spruch einen Klaps auf sein ach so muskulöses Hinterteil.

„Benimm dich", zischte ich und Liams Mundwinkel zuckte amüsiert.

„War doch nur ein Scherz", verteidigte er sich.

Caleb stand auf, ging zu seinem Schrank und warf Liam ebenfalls eine Shorts zu, dazu bekam er noch eine schwarze Marken-Jogginghose und ein T-Shirt. Das alles saß zwar etwas eng an ihm, aber ich hatte sicher kein Problem damit, dass sein trainierter Körper noch mehr in Szene gesetzt wurde.

„Ich würde sagen", begann Daniel im Anschluss und sah sich in der Runde um, „dass wir jetzt alle erst mal ausschlafen und uns morgen früh zu einer Lagebesprechung zusammensetzen. Dann klären wir, wie es weitergeht und jemand bringt Fly zum Tierarzt." Die Hündin lag zusammengerollt zu Annas Füßen und schlief inzwischen.

Einstimmiges Nicken ging durch die Runde.

„Liam, Helena, ihr schlaft in meinem Bett", bestimmte Caleb, „die letzten Stunden waren für euch sicher die Hölle. Anna und Daniel können auf dem Sofa schlafen, das kann man ausziehen. Ich muss ohnehin noch wach bleiben, ich bin hier an etwas dran", er deutete auf seinen Laptop und sah uns unsicher an, wohl in der Hoffnung, dass ihm niemand widersprechen würde. Ich fühlte mich zwar schlecht, von allen das bequemste Nachtlager zugeteilt zu bekommen, andererseits war ich aber auch dankbar. Die letzten Stunden waren wirklich die Hölle gewesen und ich freute mich einfach, sicher in Liams Armen die Augen zu schließen und zu schlafen.

Schweigend machten wir uns alle fertig fürs Bett und ich konnte ein glückliches Seufzen nicht unterdrücken, als meine schmerzenden Glieder die Matratze berührten. Liam legte sich neben mich, schob seinen Arm unter meinem Kopf durch und zog mich zu sich heran. Obwohl es nicht so war, kam es mir vor, als wäre es eine Ewigkeit her, dass wir zuletzt so beieinandergelegen hatten. Wir sagten nichts mehr, lagen einfach da, und er streichelte meinen Oberarm, während ich das Gleiche bei ihm tat. Wie lange ich so wach lag und irgendwann seinem regelmäßigen Atem lauschte und das Heben und Senken seines Brustkorbs spürte, wusste ich nicht. Der Übergang zwischen Wachsein und Schlafen war so fließend, dass ich nicht mitbekam, wann ich eindöste.

Dass ich eingeschlafen war, wurde mir erst bewusst, als ich am nächsten Morgen die Augen aufschlug. Der herbe, aromatische Duft von gerösteten Kaffeebohnen hatte mich geweckt und die Sonne flutete das Zimmer so hell, dass ich geblendet blinzeln musste. Zu meiner Überraschung lag ich nicht allein im Bett, sondern Liam lag noch selig schlafend neben mir. Ich musste unwillkürlich lächeln, als ich sein entspanntes Gesicht betrachtete, das in diesem Moment aussah, als wäre all das Leid nie geschehen. Vorsichtig lehnte ich mich zu ihm hinab und begann ihn mit federleichten Küsschen zu übersäen, bis er ein leises Brummen von sich gab, die Augenbrauen zusammenzog und verschlafen blinzelte.

„Aufwachen, Dornröschen", hauchte ich grinsend und Liams schlaftrunkener Verstand brauchte eine Weile, um meine Worte zu registrieren. Dann sah er mich strafend an. „Ich bin eher der schlafende Drache", grummelte er und setzte sich langsam auf.

„Frühstück!", flötete Annas melodisch süße Stimme, die wie eh und je fröhlich war, und als ich zu der kleinen Küchenzeile hinübersah, erkannte ich die junge Frau, wie sie verheißungsvoll eine Tüte Brötchen hochhielt und mit den Augenbrauen wackelte.

Daniel stand neben ihr und hatte Einkaufstaschen in den Armen, aus denen er Butter, Käse, Wurst und Nutella auspackte. Bei dem Anblick der braunen Haselnusscreme wurden meine Augen groß und das Wasser sammelte sich sofort in meinem Mund.

„Oh ja", sagte ich und sprang aus dem Bett auf, als wären neue Lebensgeister in mich gefahren. Anna lachte und begann den Couchtisch mit einer zusammengewürfelten Kollektion aus verschiedensten Tellern, Tassen und Besteckteilen zu decken, weil es keinen Esstisch hier gab. Caleb saß bereits auf dem Sofa und umklammerte eine Dose Energydrink, während er nervös mit den Beinen wippte.

„Wie lang hast du geschlafen?", fragte ich ihn besorgt, als wir zu ihm hinübergingen und ich mich auf die Knie vor dem Wohnzimmertisch auf den Boden setzte.

„Gar nicht", antwortete der Hacker, der inzwischen dunkle Schatten unter den blaugrünen Augen hatte. Ich musterte sein blasses Gesicht und presste die Lippen zusammen.

„Alles gut, ich hol das nach", winkte er ab und Anna stellte eine volle Kanne Kaffee auf den Tisch. Daniel setzte sich neben den Computerspezialisten auf das Sofa, Anna und Liam mussten sich zu mir auf den Boden setzen. Jeder begann, sich sein Brötchen zu schmieren, goss sich Kaffee ein und ich suchte besorgt nach der grauen Pitbulldame.

„Wo ist denn Fly?", fragte ich erschrocken, als ich sie nirgendwo entdecken konnte.

„Wir waren heute Morgen schon in einer Tierklinik mit ihr", antwortete Daniel, „sie hat wohl eine Gehirnerschütterung und soll jetzt zur Überwachung ein paar Tage dort bleiben. Wir hielten das auch für das Beste. Das arme Tier hat genug mitgemacht. Keine Sorge, ich komme für die Kosten auf."

„Du bist echt ein Schatz!", freute ich mich und stieß erleichtert die Luft aus. Liam sah mich für diesen Satz zwar mürrisch an, sagte aber nichts.

„So“, sagte Anna dieses eine Wort, welches ankündigte, dass jetzt etwas Bedeutendes folgen würde, „wie geht es denn jetzt weiter? Balthasar und mein Vater laufen immer noch frei herum und sie sind garantiert unheimlich wütend“, sie biss sich kurz auf die Unterlippe.

„Wir könnten mit dem, was wir haben, zur Polizei gehen“, schlug ich vor, „wir haben das Video und Liams zerfetzte und blutige Klamotten sind sicher voller DNA. Ob wir ihnen dann jeden Kindesmissbrauch nachweisen können, glaube ich zwar nicht, aber es sollte zumindest reichen, um einen Haftbefehl zu bekommen. Wenn die Spezialisten dann weitersuchen, finden sie vielleicht alle Leichen im Keller. Außerdem kann Anna sagen, wo sie vermutet, dass die Filme gedreht werden.“

„Warte“, meldete sich Liam zu Wort, „bevor wir zur Polizei gehen, möchte ich wenigstens einmal bei meinem Vater zu Hause suchen. Möglicherweise gibt es dort noch andere Videos oder etwas, das ihn belasten könnte. Wenn wir dort aber nichts finden ...“, anhand seiner angespannten Haltung, dem Knacken seiner Finger unter dem Tisch und dem Mahlen seiner Kiefer konnte ich erkennen, wie schwer ihm die folgenden Worte fallen mussten, „... gehen wir mit dem, was wir haben, zur Polizei.“ Er sah resigniert aus. Es passte ihm nicht, dass diese Schweine mit einer viel zu geringen Strafe davonkommen würden. Dass nicht mal ein Bruchteil von dem, was sie eigentlich verbrochen hatten, aufgedeckt werden würde. Liam wollte Gerechtigkeit. Für sich und für alle anderen Opfer. Doch er würde sie so niemals bekommen. Sicherlich hatte er nach wie vor den Wunsch nach Rache – nach ihrem Tod. Doch mir zu Liebe stellte er diesen Wunsch hinten an und ich war ihm unheimlich dankbar dafür. Unter dem Tisch griff ich nach seiner verkrampften Hand und löste die Finger vorsichtig, um sie festzuhalten und leicht zu drücken.

„Dann müssen wir zusehen, dass wir dort hingehen, wenn Balthasar nicht zu Hause ist“, merkte Daniel an, „und was ist mit deiner Mutter? Geht sie arbeiten?“

Liam zuckte die Schultern, „hab sie ewig nicht gesehen und auch nichts von ihr gehört“, antwortete er, „aber wir können sehen, ob ihr Auto da ist. Früher war sie meistens in der Stadt shoppen oder im Beautysalon, wenn Vater auf der Arbeit war.“

„Caleb, kannst du rausfinden, wann Balthasar auf der Arbeit ist?", fragte Anna an den Hacker gewandt, welcher daraufhin nur seinen Laptop umdrehte, sodass wir alle auf den Bildschirm blicken konnten.

„Schon geschehen. Hier ist der Dienstplan für die nächste Woche."

Unsere Augen wurden groß.

„Boah, Caleb! Hast du das heute Nacht gemacht? Hast du dich allen Ernstes in die Server der Polizei eingehackt?", fragte ich fassungslos.

Der Hacker schmunzelte. „Ich hab eine Freundin, die macht gerade ein Praktikum in Balthasars Dienststelle. Sie hat den Plan heimlich abfotografiert."

Wir lachten, und es tat unheimlich gut, so locker mit allen zusammenzusitzen. Die Situation war natürlich sehr bizarr, aber dennoch fühlte ich mich wohl. Hier waren wir. Der Justizvollzugsbeamte, der den Schwerverbrecher Liam schon seit seiner Kindheit kannte und ihm helfen wollte, Anna vor dem Missbrauch ihres Vaters zu retten. Anna, die trotz alldem ihr Lächeln und ihren Lebenswillen nicht verloren hatte und Caleb, dem PC-Crack, den Liam aus der gemeinsamen Haft kannte. Und ich. Helena, die Studentin, die Autorin werden wollte und in etwas hineingeraten war, womit sie eigentlich nichts zu tun hatte. Wir alle hatten uns vereint, um Gerechtigkeit zu schaffen, wirklich bösen Menschen das Handwerk zu legen. Wir waren wie Superhelden, nur weniger Super und noch weniger Helden. Wir waren wie die Avengers, bloß nicht so cool. Und nicht so reich.

66

Laut Dienstplan hatte Balthasar ab heute Nachmittag eine lange 12-Stunden-Schicht. Das bedeutete genug Zeit für uns, Liams Elternhaus zu durchforsten, vorausgesetzt seine Mutter wäre nicht da.

Wir gönnten uns ein ausgiebiges Frühstück und Caleb legte sich im Anschluss endlich schlafen. Liam und ich hatten beschlossen, dass wir zuerst zu mir nach Hause fahren würden. Dort könnte ich mir endlich ein paar Sachen zum Anziehen einpacken und für Liam wollten wir vorher schnell in der Stadt etwas einkaufen.

Wir fuhren Daniel zur Arbeit, damit wir im Anschluss sein Auto haben konnten. Anna war bei Caleb geblieben. Sie sollte sich ausruhen und nicht noch einmal in Gefahr geraten. Nachdem wir den Beamten also bei der JVA abgesetzt hatten, dem Ort, an dem ich Liam zum ersten Mal gesehen hatte, fuhren wir in die Stadt. Typisch Mann, wie Liam war, stiefelte er in den erstbesten Laden rein, den er finden konnte, griff sich ein paar bequeme Hosen und Shirts in seiner Größe und bezahlte, ohne sie anzuprobieren. Zum Glück hatte Daniel uns etwas Geld gegeben, da unsere beiden Geldbörsen noch in der Hütte im Wald lagen. Ohne Tasche kam ich mir wirklich nackt vor. Etwas fehlte und ständig fasste ich an meine Seite, um jedes Mal aufs Neue schockiert festzustellen, dass dort nichts war. Nachdem wir unseren schnellen Einkauf getätigt hatten, fuhren wir den Weg zu mir nach Hause, den ich früher so oft gefahren war. Als wir in unserer Straße ankamen und auf die Hofeinfahrt unseres kleinen Hauses bogen, war Vaters Wagen nicht da. Er musste zur Arbeit sein und das war wohl auch besser so. Ich war mir nicht sicher, wie er auf mich und vor allem Liam reagieren würde. Dieser folgte mir mit interessiertem Blick, als wir auf die Eingangstür zugingen.

„Hier lebst du also", sagte er und sog die Luft in die Lungen, als würde sie hier anders riechen.

„Seitdem ich denken kann, ja", antwortete ich und, da ich meine Tasche nicht mehr hatte, suchte ich nach unserem Ersatzschlüssel, den

Papa in einer kleinen Steinschnecke im Vorgarten deponiert hatte, weil Florian sich schon häufig ausgesperrt hatte und nach der Schule dann nicht ins Haus konnte. Ich drückte die Eingangstür auf und betrat den schmalen Flur, von dem aus sich die Treppe direkt nach oben wendelte. Hier waren die Sanitäter durchgelaufen. Hier hatte ich auf unseren Vater gewartet und ihm von Florians Zusammenbruch erzählt.

Das Licht war aus und im Haus herrschte dieselbe, erdrückende Stille, die ich hier wahrgenommen hatte, als ich nach unserem ersten Krankenhausbesuch allein heimgekommen war.

„Willst du da jetzt Wurzeln schlagen?", fragte Liam, der hinter mir stand und dem ich den Weg versperrte. Seine liebevolle Art riss mich aus meinen Gedanken zurück ins Hier und Jetzt. Ich schnaubte genervt und trat weiter ein. Wie es sich gehört, zogen wir unsere Schuhe aus, wobei ich ohnehin nur Filzschläppchen trug, die Caleb mir geliehen hatte, und stellten sie unter die Garderobe im Flur. Bevor ich nach oben in mein Zimmer ging, stattete ich der Küche und dem Wohnzimmer noch einen Kontrollbesuch ab. Obwohl ich seit Tagen nicht hier gewesen war, sah es erstaunlich ordentlich aus. Abgesehen von zwei Töpfen, in denen noch Reste von Nudeln und Tomatensoße waren, stand nichts herum. Vielleicht lag es auch daran, dass Vater ganz allein war.

Sofort hatte ich Mitleid mit meinem alten Herrn und ein schlechtes Gewissen, dass ich in dieser schweren Zeit nicht bei ihm war. Doch ich konnte mich nicht zweiteilen. Balthasar und Markus ins Gefängnis zu bringen, hatte inzwischen einfach oberste Priorität.

Ich nahm einen Notizzettel und einen Kugelschreiber aus unserer Krimskrams-Schublade und wollte meinem Vater wenigstens eine kleine Nachricht dalassen.

Habe ein paar Klamotten geholt. Mir geht es gut, habe mein Handy verloren. Bin in ein paar Tagen wieder zu Hause. Versprochen! Hab dich lieb

Kuss

Helena

Liam lächelte über meine Schulter hinweg und gab mir einen flüchtigen Kuss auf die Wange, als er meine Nachricht las.

„Du vermisst deine Familie, oder?", fragte er und ich nickte stumm.

„Ich würde meinen Vater und vor allem meinen Bruder unglaublich gern wiedersehen. Und ich will dich ihnen gerne vorstellen."

„Ich kanns kaum erwarten. Ich bin der Traum von einem Schwiegersohn. Vorbestraft und flüchtiger Straftäter. Sicher das, was sich dein Vater für dich wünscht", sagte er, sarkastisch, wie er eben war.

Ich drehte mich zu ihm um, griff kurz in den Stoff des T-Shirts an seiner Brust und sah ihm in die Augen.

„Mein Vater wird glücklich sein, wenn ich es bin", sagte ich, „du wirst ihm gefallen. Ein Schwiegersohn, mit dem er über all den männlichen Mist quatschen kann, über den er mit mir nicht redet und für den Florian zu jung oder sensibel ist." Ich lächelte leicht, stellte mich auf die Zehenspitzen und drückte ihm einen Kuss auf die Lippen, ehe ich ihn an der Hand nahm und mit mir aus der Küche zog.

Wir gingen gemeinsam die knarzende Holztreppe hinauf und oben angekommen öffnete ich die Tür zu meinem Zimmer.

Liam trat vor mir ein, langsam und fast ehrfürchtig. Er sah sich mit großen Augen um, als sei er hier in eine andere Welt gekommen. Mit den Fingerspitzen strich er über die vielen Bücher in meinem Regal und lächelte. Anschließend ließ er sich auf mein Bett sinken und legte sich auf den Rücken, um danach unter die Zimmerdecke zu sehen.

„Hier liegst du also, wenn du noch ein Buch liest oder schläfst", sagte er, ehe er mit einem anzüglichen Grinsen zu mir sah, „oder als du an den heißen Gefangenen gedacht hast, mit dem du Interviews geführt hast?"

„Liam", sagte ich mahnend und schüttelte den Kopf.

Er setzte sich auf und sein Grinsen wurde breiter.

„Hast du es dir gemacht, als du an mich gedacht hast?"

Mein erster Impuls war, etwas nach ihm zu werfen. Da ich aber nichts hatte und mich nicht immer von ihm aufziehen lassen wollte, hob ich eine Braue herausfordernd an und versuchte möglichst selbstsicher zu wirken, indem ich meine Arme verschränkte.

„Hast du?", gab ich zurück und Liam hob die Schultern, als er einen unschuldigen Blick aufsetzte.

„Du hast mich schon ziemlich heiß gemacht", gab er zu und nun konnte ich nicht verhindern, dass ich mir peinlich berührt eine meiner wilden Haarsträhnen hinter mein Ohr strich. Heute war mein Schopf besonders unbändig, weil ich mir gestern nach dem Duschen nicht die Haare geföhnt hatte. Nun hatte ich die Quittung in Form von Locken, die in alle Richtungen abstanden, als hätte ich in eine Steckdose gepackt. Prompt nahm ich mir einen Haargummi, den ich auf meinem Nachttisch fand, und band mir einen flüchtigen Dutt.

Ich nahm meine Sporttasche aus dem Kleiderschrank. Als ob ich jemals Sport gemacht hätte – die Motivation war immer da und irgendwann hatte ich auch mal ein Abo in einem Fitnessstudio. Da ich aber nie hingegangen war, wurde das schnell wieder gekündigt. Seitdem flog diese Tasche nutzlos in meinem Schrank herum. Endlich bekam sie ihren Auftritt.

Ich packte frische Unterwäsche ein, Socken, bequeme Hosen, T-Shirts und Pullover. Eigentlich hatte ich vor, ab morgen wieder zu Hause zu schlafen, trotzdem warf ich Sachen in meine Tasche, als wollte ich in einen langen Urlaub fahren. Man wusste ja nie.

Duschzeug, Cremes und meine Zahnbürste, die ich auch schnell noch benutzte, durften nicht fehlen. Einen rot-gold geringelten Schal, eine kleine Digitalkamera und als ich gerade nach zwei Paar Schuhen greifen wollte, erschien Liams dunkle Gestalt bedrohlich vor mir. Mit verschränkten Armen sah er auf mich herab.

„Dein Ernst, Helena? Wir wollen nicht in den Urlaub“, mahnte er mich und ich packte dennoch beide Paare mit einem entschuldigenden Lächeln ein.

„Ich bin jetzt so weit“, beruhigte ich ihn und das Letzte, was ich mitnahm, waren ein paar Ibuprofen für Liam. Immerhin hatte er sich seine Hand kaputt geschlagen, Fly hatte seinen Arm zerbissen und die Folter hatte ebenso ihre Spuren hinterlassen. Er musste Schmerzen haben und im Gegensatz zu seinem Arztfreund konnte ich nicht mit Opium dienen.

„Gut, ich habe nämlich noch keine Wohnung, in die du einziehen kannst“, neckte er mich.

„Sei still, Freundchen“, tadelte ich ihn und schwenkte drohend meinen Zeigefinger.

„Ich will noch deinen Arm neu verbinden, bevor wir losfahren“, kündigte ich dann an und holte unseren Erste-Hilfe-Kasten aus dem Badezimmer.

„Setz dich auf das Bett.“

Als ich den alten Verband gelöst hatte, konnte ich erkennen, dass die Naht vom Doktor noch ganz gut aussah. Drum herum war die Wunde geschwollen und rot. Sicher hatten Markus oder Balthasar es sich nicht nehmen lassen, auf seiner Verletzung herumzutreten. Ich sprühte sie mit etwas Desinfektionsmittel ein, das mein Bruder damals für sein Lippenpiercing bekommen hatte, und erneuerte dann den Verband.

„So, das dürfte erst mal halten", sagte ich und bevor ich gehen konnte, hielt Liam mich an meinen Händen fest und zog mich zu sich, sodass ich auf seinem Schoß landete.

„Meine persönliche Krankenschwester", flüsterte er und da mein Nacken durch meine neue Frisur freilag, nutzte er diese Chance, um ihn mit sanften Küssen zu bedecken. Nach wie vor riefen seine Berührungen eine Gänsehaut bei mir hervor und kribbelnde Wellen fuhren durch meinen Körper, entfachten ein unglaubliches Feuer in mir, das sich danach zehrte, mich ganz und gar zu verbrennen. Wer wusste schon, wie lange wir solche Zweisamkeit noch teilen konnten, bis er wieder ins Gefängnis musste, bis mich der Alltag wieder einholen würde? Ich drückte mich sehnsüchtig an ihn heran, als würde ich ihn jetzt schon vermissen. Für einen Moment blieben wir so sitzen, bis uns die Zeit im Nacken unruhig werden ließ und ich wieder aufstand. Liam sah zu mir herauf, hielt noch einen Augenblick meine Hand und streichelte über meine Fingerknöchel, ehe auch er sich erhob.

Wir gingen die Treppe hinunter. Unten zog ich mir meine bequemen Turnschuhe an, die ebenso niemals zum Sport benutzt worden waren wie meine Tasche und sah mich noch ein letztes Mal um, ehe wir mein Elternhaus wieder verließen.

Wir räumten meine Sachen in den schwarzen VW Golf. Liam war inzwischen wieder fit genug, um zu fahren. Vermutlich war es ihm lieber, anstatt als Beifahrer neben mir durchzudrehen. Außerdem wusste er den Weg zu seinem Elternhaus wohl am besten. Während der gesamten Fahrt hielt er meine Hand und ließ sie nur los, wenn er schalten musste. Wir schwiegen. Waren beide in unsere Gedanken vertieft. Etwa zehn Minuten später wurde Liam langsamer. Wir fuhren durch eine wohlhabendere Gegend. Genau genommen das Villenviertel unserer kleinen Stadt. Diese Gegend war schon etwas älter. Die Häuser hier hatten hohe Decken, kleine Türmchen und

Sprossenfenster. Die meisten von ihnen stammten aus dem Ende des 18. Jahrhunderts und waren von der Zerstörung im Krieg größtenteils verschont geblieben. Liams Fingerknöchel traten weiß hervor, so fest schloss sich seine Hand um das Lenkrad.

Vor einer alten Steinmauer, die von dichtem, dunkelgrünem Efeu bewachsen war, hielten wir an. Liam lehnte sich in dem Sitz zurück und atmete ein und aus, eine tiefe Furche hatte sich zwischen seinen Brauen gebildet.

„Wir parken hier, sonst kann er uns auf den Kameras sehen", sagte er und ich nickte stumm, „ob meine Mutter da ist oder nicht, sehen wir erst, wenn wir über der Mauer sind."

67

Wir stiegen aus dem Wagen und schlossen die Autotüren möglichst leise hinter uns, auch wenn das eigentlich nicht nötig war. Liam stemmte für einen Moment die Hände in seine Hüften, blickte zu Boden und atmete tief durch. Auch mir war nicht wohl bei der Sache. Abgesehen davon, dass ich Angst hatte, seine Mutter würde uns erwischen oder gar Balthasar, war das, was wir vorhatten, eine Straftat. Wir würden einbrechen. Ich würde mich strafbar machen. Mal wieder. Für Liam.

„Wir klettern hinten bei dem Ahorn rüber. Keine Sorge, als Jugendlicher habe ich das ständig gemacht", versuchte Liam mich zu beruhigen, als er mir meine Nervosität wohl ansah. Vermutlich war ich kreidebleich und mir standen die Schweißtropfen auf der Stirn.

„Was ist mit den Nachbarn? Es ist helllichter Tag", flüsterte ich und sah mich paranoid um.

„Der Ahorn ist versteckt hinter der Garage vom Nachbarn. Dort sieht uns niemand. Die meisten Leute sind jetzt auf der Arbeit. Und wir machen einfach einen auf verliebtes Pärchen, das in einer Ecke verschwindet", schlug Liam vor und wippte verschwörerisch mit den Augenbrauen. Oh man, dachte ich mir und schüttelte über ihn den Kopf. Ein Schmunzeln konnte ich trotzdem nicht unterdrücken. Liam griff nach meiner Hand und zog mich leicht zu sich heran. Wir spazierten los und ich musste all meine Beherrschung aufbringen, um mich nicht ständig auffällig umzusehen.

„Du bist so eine schlechte Schauspielerin", murmelte Liam, als ich neben ihm herstackste wie ein Storch, während er geschmeidig wie immer war.

„Ich bin eben kein geübter Verbrecher wie du!", zischte ich zurück und Liam musste leicht grinsen. Er legte seinen Arm um mich und zog mich an der Hüfte näher zu sich heran.

„Aber ein heißer, geübter Verbrecher", antwortete Liam selbstsicher.

„Ein geübter Verbrecher, der ganz okay ist“, konterte ich augenrollend, woraufhin er plötzlich stehen blieb und mich um sich herumwirbelte. Ich landete mit dem Rücken an der Mauer. Der Efeu kitzelte in meinem Nacken. Liam stellte sich dicht vor mich, sodass er zu mir heruntersehen musste und ich die Wärme seines Körpers durch meine Kleidung hindurch schon spüren konnte. Sofort stolperte mein Herz, mein Mund wurde trocken und ein heißes Kribbeln breitete sich in meinem ganzen Körper aus.

„Was soll das?“, hauchte ich mit stockendem Atem und mit einem belustigten Grinsen nahm Liam meine Hand. Er führte sie zu seinem T-Shirt und legte sie auf seinen Bauch. „Wie fühlt sich das an?“, raunte er tief, was mir abermals einen Schauer durch den Körper jagte. Unter dem Stoff des T-Shirts spürte ich seine definierten Muskeln, die er nun auch noch absichtlich anspannte, damit ich merkte, wie hart sie waren. Ich konnte nichts sagen. Starrte ihn mit offenem Mund an. Fühlte mich von seiner plötzlichen Offensive wie überfahren.

„Da fällt dir nichts mehr ein?“ Ich ärgerte mich über sein siegessicheres Grinsen. Verflucht, und er hatte auch noch recht, „fühlt sich so ganz okay an?“

„Ist ja gut“, flüsterte ich und wandte meinen Kopf von ihm ab, als ich merkte, wie mir die Röte ins Gesicht stieg. Warum war ich nur so empfindlich?

„Du bist so süß“, lachte Liam und hauchte mir einen Kuss seitlich auf den Hals, ehe er sich von mir löste und mich an der Hand ein paar Schritte hinter sich herzog. Als wir unter einem großen Ahorn zum Stehen kamen, fiel mir auch wieder ein, wieso wir hier waren. Da ich mich selbst hatte täuschen lassen, war es wohl auch für jeden Beobachter ein realistisches Schauspiel. Ich hatte immer noch mit meinen wackeligen Knien zu kämpfen, als Liam sich schon positionierte, um eine Räuberleiter für mich zu machen. Die Mauer war fast zwei Meter hoch und ich befürchtete, dass ich mir gleich alles brechen würde.

„Los“, drängelte Liam mich ungeduldig und ich ging zögerlich auf ihn zu. Ich legte eine Hand auf seine Schulter und setzte vorsichtig den Fuß in seine Hände. Vermutlich hob er mich mehr, als dass ich wirklich kletterte, aber letztendlich schaffte ich es, mit dem Bauch auf der Mauer zu landen. Ich zappelte wie eine Schildkröte und fürchtete schon vornüberzufallen, als Liam auch noch meine Beine seitlich hinaufdrückte.

„Uff", machte ich, als ich es endlich schaffte, mich aufzusetzen. Liam war inzwischen neben mir und ich hatte keine Ahnung, wie dieser Affe es schaffte, überall hochzuklettern. Er hüpfte auf der anderen Seite hinunter und reichte mir seine Hand, um mir zu helfen. Endlich hatten wir es geschafft, in das Grundstück einzudringen und ich war bereits jetzt fix und alle. Wenn wir erwischt wurden, müsste Liam mich zurücklassen, sonst wären wir beide verloren.

„Hier lang", flüsterte Liam und wir bewegten uns geduckt dicht an der Mauer entlang. Es war ein großer Garten, der vorwiegend aus Wiese bestand, die dann und wann von einem großen, alten Baum geschmückt war. Besucher kamen wohl durch das kunstvoll verzierte, gusseiserne Tor und fuhren dann über einen gepflasterten Weg zu einem kreisförmigen Hof, der direkt vor der alten Villa lag. Sie hatte ein hübsches, schiefergedecktes Mansardendach und ihre weiße Fassade wurde mittig von einem Runderker gegliedert. Obwohl sie gut gepflegt war, musste ihr Anstrich mal erneuert werden, denn das Weiß war inzwischen in die Jahre gekommen. Dennoch war es ein sehr schönes Gebäude, aber ich konnte mir den kleinen, verlorenen Liam gut hier vorstellen, wie er durch die großen, kalten Räumlichkeiten lief.

„Das Auto meiner Mutter ist nicht da", flüsterte Liam, der mit zusammengekniffenen Augen Richtung Eingang sah, „außer es steht in der Garage, aber das können wir nicht kontrollieren."

Wir blieben stehen und er sah mich unsicher an.

Ich atmete tief durch.

„Riskieren wir es!", entschied ich.

Liams Mundwinkel zuckte und er fasste mich an der Hand, als er mich weiter zum Gebäude zog.

„Wie kommen wir rein?", fragte ich. Gut, dass mir diese entscheidende Frage erst jetzt einfiel.

Liam zog etwas Kleines, Schwarzes aus seiner Gesäßtasche, das sich als Schweizer Klapp-Taschenmesser entpuppte und sah mich grinsend an.

Ungläubig und misstrauisch zog ich die Augenbrauen zusammen. „Willst du jetzt die Haustür damit aufpulen, oder was?"

„Natürlich nicht, Dummerchen! Komm!" Wir schlichen weiter und erreichten das Gebäude. Unten befanden sich zwei kleine, schmale Kellerfenster, die mit einem rostigen Gitter verdeckt waren.

„Die stehen immer offen, weil dort unten die Wäsche trocknet", flüsterte Liam und ließ sich auf die Knie sinken. Er klappte an dem Messer einen kleinen Schraubenzieher auf und begann, an dem Gitter herumzuschrauben. Da der Rost das Metall jedoch ziemlich zerfressen hatte, musste er sich ganz schön anstrengen und rutschte einige Male vom Schraubenkopf ab, ehe er es schaffte, sie loszudrehen. Klimpernd fiel das Metall in den Schacht und landete im Kies, mit dem dieser unten ausgefüllt war. Nachdem er auch die anderen drei Schrauben gelockert hatte, löste er das Gitter und legte es unten im Schacht ab. Mit dem Fuß drückte er das Fenster quietschend weiter auf und sah mich auffordernd an.

„Ladies first", flüsterte er und ich sah ihn strafend an. Juhu.

„Okay", sagte ich, ehe ich durch das kleine Fenster in die Villa hineinkletterte.

68

Liam hatte mehr Mühe als ich, seinen massigen Körper durch das enge Loch zu schieben. Er kam auf dem Boden an, und die Geräusche seiner Schuhe hallten an den kahlen, grauen Kellerwänden wieder. Wir hielten den Atem an, lauschten. Hier unten herrschte absolute Ruhe, die nur ab und an von einem elektronischen Surren unterbrochen wurde.

In diesem Raum befanden sich neben einer Waschmaschine auch ein Trockner und ein leerer Wäscheständer. Das rote LED-Display der Waschmaschine zeigte an, dass sie fertig war.

„Los, komm“, flüsterte Liam und wir verließen den Kellerraum möglichst leise. Durch einen ebenso kahlen Flur bewegten wir uns auf eine schmale Treppe zu. Hier war es fast vollkommen dunkel und ich musste mich an Liams Shirt festhalten, da er den Weg wohl auch noch blind kannte. War er früher oft über diesen Weg geflüchtet, so wie Anna aus ihrem Zimmer?

Ich konnte diesen Gedanken nicht zu Ende führen, als wir bereits vor der Tür oben ankamen. Wieder hielten wir den Atem an und lauschten. Nichts. Es schien wirklich niemand zu Hause zu sein. Aber vielleicht wusste Balthasar auch längst von uns und war uns wie immer einen Schritt voraus. Vielleicht wartete er mit gezogener Waffe vor der Tür? Liam hob seine Hand an und legte sie an die Klinke. Ich hielt mich an ihm fest. Alles, was ich hörte, war das Blut, das aufgeregt in meinen Ohren rauschte.

Er öffnete die Tür.

Wir blickten in einen Flur. Liam sah sich um, nickte und winkte mich hinter sich her. Niemand war hier.Ich stieß die Luft erleichtert aus. Mein Herz schien in meiner Brust einen wütenden Tango zu tanzen. Ich fühlte mich nicht nur schlecht, weil ich Angst davor hatte, erwischt zu werden, sondern allein schon bei dem Gedanken, dass ich mich hier strafbar machte.

„Zuerst gehen wir ins Wohnzimmer, dann in sein Arbeitszimmer, mein altes Zimmer und zum Schluss in das Schlafzimmer", sagte Liam und wir gingen den Flur hinab. An der Wand hingen Familienfotos und eine Garderobe mit verschiedenen Jacken.

Das Wohnzimmer war ein großer Raum mit hoher Decke und einem Kachelofen. Alles war sehr stilvoll und teuer eingerichtet. Ein gigantisches, schwarzes Ledersofa befand sich vor einem modernen Fernseher und die bodentiefen Fenster versorgten das Zimmer mit viel Licht. Abends wurde der Raum von einem Metallkronleuchter erhellt. So edel es auch war, so unpersönlich war es hier auch. Als wäre es ein Musterzimmer in einem Einrichtungshaus. Fehlte nur, dass die Preisschilder noch an den Möbeln hingen.

Ich sah mich mit weit geöffneten Augen um, während Liam ungerührt auf die Wohnzimmerwand zuging und dort die Glastüren aufzog, um die Regale zu durchsuchen.

„Guck im Sideboard", wies er mich an, als er merkte, dass ich einfach nur dastand, wie in einer fremden Welt. Ich setzte mich in Bewegung und durchsuchte das Möbelstück. Doch hier gab es nichts Spannendes. Nur teures Geschirr, unbenutzte Dekoration und ein Vorrat an Teelichtern und Batterien.

Letztlich wusste ich überhaupt nicht, wonach ich Ausschau halten sollte. Einem Video, klar. Aber die Kassette, die ich in der Hütte gefunden hatte, war schon alt. Heutzutage würde er die Dateien wohl eher auf einem USB-Stick speichern oder auf einer DVD. „Wir hätten Caleb mitnehmen sollen, er hätte sich vielleicht Zugang zum PC deines Vaters machen können. Dann hätten wir alle Daten runterziehen und in Ruhe durchsuchen können", flüsterte ich.

„Suchen wir im Arbeitszimmer. Vielleicht können wir uns einloggen. Ansonsten bauen wir die Festplatte aus. Vater weiß ja nicht, wo wir uns aufhalten."

Ich nickte zustimmend und folgte Liam, der mich eine Marmortreppe bei der Eingangstür hinaufführte. Oben gab es ein Durchgangszimmer, von dem aus drei Türen abgingen. Hinter uns lag nun eine Galerie, aus der man in den Eingangsbereich hinabblicken konnte. Wir nahmen die mittlere Tür und fanden uns in einem geräumigen Arbeitszimmer wieder. Hier stand ein PC auf einem Schreibtisch mit schwarzer Glasplatte. Überall lagen Dokumente, Locher, Tacker und andere Büroutensilien. Eine Wand war mit

Regalbrettern ausgekleidet, auf denen Bücher, ein Drucker und diverse Ordner standen.

Ich durchsuchte den Schreibtisch, während Liam sich daran machte, den PC hochzufahren. Er gab einige Passwörter ein, doch als er das passende nicht fand, fuhr er ihn wieder herunter und begann, die Festplatte auszubauen. Zum Glück hatte er ja seinen Schweizer-Allrounder dabei. Ich hätte das Gehäuse sicher nicht mal aufbekommen und wenn doch, hätte ich nicht gewusst, wie die Festplatte aussieht. Am Ende hätte ich sicher die Grafikkarte ausgebaut oder so. Mein Bruder kümmerte sich bei uns um diese Elektronik-Geschichten. Ich hatte davon so viel Ahnung wie die Deutsche Bahn von Pünktlichkeit.

„Hier ist nichts", sagte ich frustriert, „ich weiß ja nicht mal, wonach genau wir suchen."

Ich steckte zwei Speicher-Sticks ein und eine SD-Karte, die ich in einem Lesegerät fand. Doch ich glaubte irgendwie nicht, dass Balthasar seine geheimen Daten so offensichtlich herumliegen ließ.

Letztendlich hatten wir die Festplatte, die Speichermedien und fast jeden Raum durchsucht, jedoch ohne großen Erfolg. Besonderes Unbehagen hatte mir dabei sein altes Zimmer gemacht. Es wirkte so normal, genau wie Annas. Eine alte Playstation hatte er gehabt und einen kleinen Röhrenfernseher. Auf seinem Bett war Star-Wars-Bettwäsche und auch sonst hatte ich viel nerdiges Zeug gesehen. Das Zimmer war gut gepflegt, aber auch leicht eingestaubt. Ob Liam noch zu Hause gewohnt hatte, als er ins Gefängnis kam? Alles im Zimmer schien eher noch aus seinen Kindertagen zu stammen.

Nun trafen wir uns unten im Flur und schauten uns um, überlegten fieberhaft, wo wir noch nachsehen konnten. Liam stellte sich vor die Wand und betrachtete die alten Fotos. Ich versuchte, in seinem Gesicht abzulesen, was er dabei empfand, doch er war geübt darin, seine Emotionen zu verstecken. Ganz neutral glitt sein Blick über ein Foto seiner Mutter.

„Ich frage mich, ob sie immer noch trinkt", murmelte er dann leise, „ich kenne ihr Alkoholversteck. Diese eine Sache will ich noch wissen, dann gehen wir zurück."

Liam ging vor und wir betraten das Schlafzimmer seiner Eltern, welches sich vom Durchgangszimmer aus rechts befand. Mein Blick blieb an dem Kingsize Boxspringbett hängen und ich musste mir vorstellen, wie Balthasar hier mit seiner Frau lag. Wie er sie anfasste. Ob er aufhörte, wenn sie „nein" sagte? Ob Liam überhaupt ein Wunschkind war?

„Hier ist es", Liams Stimme riss mich aus meinen Tagträumen. Ich kämpfte das flaue Gefühl in meinem Magen nieder. Er hielt ein blaues Nähkästchen in den Händen, das er aus einem der Nachttische gezogen hatte, „hier hat sie die Flaschen drin versteckt."

Weinflaschen passten da wohl nicht rein, aber kleine Schnapsflaschen ganz sicher. Liam legte das Kästchen auf dem Bett ab und zog es vorsichtig auf. Ich sah gespannt über seine Schulter hinweg, doch was er hervorholte, waren keine der vielen kleinen Flaschen. Es war kein Alkohol. Er hielt eine DVD in den Händen, auf der mit femininer Schrift geschrieben stand:

„Für Liam, meinen Schatz."

69

Er hielt die DVD in den Händen und starrte sie mit leicht geöffneten Lippen an. Ungläubig. Überrascht. Vielleicht sogar, als könnte sie wertvoll sein. Eine Nachricht seiner Mutter an ihn. Doch dann griffen seine Finger fester um die Plastikhülle und seine Arme spannten sich an, als wolle er sie jeden Augenblick in der Mitte zerbrechen.

„Liam“, sagte ich vorsichtig und legte ihm eine Hand auf die Schulter, um ihn zu beruhigen. Unter meiner Berührung fühlte ich, wie sich sein Brustkorb angestrengt hob und senkte, „wir sollten es uns ansehen.“

Ohne etwas auf meine Worte zu erwidern oder anderweitig darauf zu reagieren, stand er auf und schloss das Nähkästchen wieder. Er stopfte es mit ruppigen Bewegungen zurück in den Nachttisch und wandte sich sofort zur Tür.

„Wir gehen jetzt.“

Ich presste meine Lippen aufeinander und hatte keine Ahnung, ob er gerade Trost brauchte, ob er einfach wütend war oder was überhaupt in ihm vorging. Wünschte er sich meinen Beistand? Wollte er in Ruhe gelassen werden?

Liam ging mit so schnellen Schritten voraus, dass ich einmal mehr Mühe hatte, ihm zu folgen. Ich wagte es nicht, ihn anzusprechen, also gingen wir schweigend die Kellertreppe hinab und kamen bald wieder in der Waschküche an, durch die wir in das Haus gekommen waren.

„Du zuerst.“

Ich ging an das schmale, hohe Fenster und hielt mich an der unteren Kante fest. Und nun sollte ich mich hochziehen oder was? Ich hing da und strampelte verzweifelt mit den Beinen. Liam wollte mich doch bloß scheitern sehen! Ich konnte regelrecht spüren, wie er hinter mir grinste!

„Hilf mir!“, forderte ich ihn auf und kurz darauf drückte er mich an meinen Füßen nach oben, sodass ich mich aus dem Fenster ziehen konnte. Wie viele blaue Flecke mir das hier einbrachte, wollte ich gar nicht wissen. Sicher sah ich heute Abend aus wie ein Pudding von Paula.

Als ich oben angekommen war, drehte ich mich um, um Liam zu helfen. Doch er ignorierte meine Hand, vermutlich hätte ich ihn ja eh nicht halten können, und zwängte sich durch die kleine Öffnung.

Er schraubte das Gitter wieder vor das Fenster, und nachdem wir uns vorsichtig umgesehen hatten, machten wir uns auf den Rückweg. Geduckt liefen wir über die Wiese auf den großen Ahorn zu. Liam fasste mich an meinem Hosenbund, ich sprang hoch und er hievte mich wie einen schweren Sack Kartoffeln hinauf. Ich landete unsanft auf der anderen Seite und Liam folgte kurz darauf. Nun mussten wir nur noch ungesehen oder zumindest unauffällig zum Auto gelangen. Zu unserem Glück war kein Fußgänger in der Nähe unterwegs, der uns hätte gesehen haben können. Lediglich ein Auto fuhr vorbei. Mit schnellen Schritten bewegten wir uns über den Fußgängerweg und ich musste den Drang unterdrücken, die letzten Meter zu rennen. Liam öffnete das Auto und wir stiegen wieder ein. Sowie mein Hintern das Sitzpolster berührte, stieß ich ein erleichtertes Seufzen aus und es fühlte sich an, als bröckelte eine ganze Felswand von mir ab.

Da es noch eine Weile bis zu Daniels Dienstende war, fuhren wir zunächst zurück in die Innenstadt, wo Caleb wohnte. Weil Liam nach wie vor nicht sehr redefreudig war, sah ich die meiste Zeit einfach schweigend aus dem Fenster und fragte mich, welche Nachricht seine Mutter ihm wohl überlassen hatte. Und woher konnte sie wissen, dass Liam zurückkam und sie fand? Vielleicht war das alles auch nur ein Trick von Balthasar? Es war mir ein Rätsel.

Liam parkte den Wagen in einer Parklücke, nachdem gerade ein Auto den Platz freigemacht hatte und wir stiegen aus. Anschließend liefen wir zu unserem aktuellen Stützpunkt zurück. Nachdem wir geklingelt hatten, wurde uns geöffnet und oben begrüßte uns Annas schmales Gesicht mit einem Lächeln. Sie zog erst mich in die Arme und drückte anschließend Liam, der mit den Gedanken jedoch ganz woanders wirkte und ihre Geste kaum erwiderte.

„Habt ihr etwas herausfinden können?“, fragte sie und schloss die Tür hinter uns, nachdem wir eingetreten waren. Liam ging direkt durch zum Arbeitszimmer und Anna stemmte die Hände in die Hüften, während sie ihre Stirn verwundert in Falten legte.

„Welche Laus ist dem denn über die Leber gelaufen?“, schnaufte sie, ehe sie sich zu mir drehte, „ist etwas passiert?“, fragte sie besorgt.

Ich legte meine Sporttasche im Wohnzimmer ab und ging auf Anna zu.

„Wir haben eine DVD gefunden, die vermutlich von Liams Mutter an ihn gerichtet ist. Ich bin mir nicht sicher, ob er wütend oder emotional aufgewühlt ist. Er hat nicht geredet, seitdem wir sie gefunden haben“, erklärte ich leise.

„Hast du ihn denn gefragt?“

Ich biss auf meine Unterlippe und schüttelte den Kopf.

„Hätte ich?“, fragte ich und spürte quasi, wie mein schlechtes Gewissen mich mit einem Dreizack piesackte.

„Du weißt doch, dass er niemand ist, der einfach so über seine Gedanken und Gefühle redet“, antwortete Anna, „das musst du ihm erst noch beibringen. Er hält so etwas für eine Schwäche und Schwächen kann er an sich nicht ertragen.“

Und ich wusste auch ganz genau, warum das so war. Immerhin hatte sein Vater alles daran gesetzt, ihm jedwede Art von Gefühlsregung auszutreiben. Hatte ihn zu einem echten „Mann“ erziehen wollen.

„Ich sehe mal nach ihm“, sagte ich.

„Gut. Caleb schläft noch. Er hat einen Zettel mit den Zugangsdaten für einen Besucher-Account auf den Schreibtisch gelegt, falls ihr an seinen PC wollt“, erwiderte Anna und warf mir noch einen besorgten Blick zu.

Ich trat in das Arbeitszimmer ein und fand Liam, wie er stumm auf dem Schreibtischstuhl saß und ausdruckslos auf den mittleren der schwarzen Bildschirme starrte. Der Rechner lief noch, überall blinkten bunte Lichter und ab und an hörte man das Knattern einer arbeitenden Festplatte.

„Schatz?“, fragte ich leise. Wo dieser Kosename plötzlich herkam, konnte ich mir auch nicht erklären. Doch ich fand es einfach liebevoller, als ihn ständig bei seinem Vornamen zu nennen. Liam. Als wäre ich eine ermahnende Mutter.

Nach kurzem Zögern drehte er sich auf dem Stuhl etwas zu mir und hob seine Augenbrauen an. Sicher lagen ihm schneidende Worte im Mund.

„Was ist denn, mein Schnuckelschnäuzchen?“, fragte er mit liebreizendem Wimpernschlag. Ich schürzte meine Lippen.

„Hast du was gegen Schatz?“, fragte ich schnippischer als gewollt.

„Nein, es ...“, begann er und rang nach Worten. Er schüttelte seinen Kopf und seufzte, während er sich aufgeregt mit der Hand durchs Haar fuhr, „... tut mir leid.“

Applaus. Konfetti. Liam Winterfeld hat sich entschuldigt. Streicht es im Kalender an.

„Ich bin das einfach nicht gewohnt“, fuhr er fort, „die einzigen Kosenamen, die ich kenne, waren die von den Kerlen im Knast und die waren nicht gerade nett gemeint.“

„Du meinst wie ‚Heidi‘?“, fragte ich, ging auf ihn zu und ließ mich seitlich auf seinen Schoß sinken. Er legte die Arme um mich und lehnte seine Stirn gegen meine Schulter. Ich spürte, wie er nickte.

„Zum Beispiel“, sagte er.

„Warum haben sie dich eigentlich so genannt?“, wollte ich wissen und ließ meinen Arm auf seiner Schulter nieder.

„Ich glaube, wegen Heidi Klum“, murmelte er in den Stoff meines Oberteils hinein, „ich war ihnen wohl zu hübsch und hatte zu viel Geld.“

„Nur weil die meisten von denen aussehen, als wären sie mit dem Gesicht voran in den Mixer gefallen“, schnaubte ich und spürte, wie Liam zu lachen begann.

„Du bist böse“, sagte er dann und ich musste selbst lachen. Das war tatsächlich etwas gemein gewesen.

„Du wirst dich daran gewöhnen müssen, dass ich dich mit Kosenamen rufe und das nicht herablassend meine“, ich küsste seinen Scheitel und er richtete seinen Kopf langsam wieder etwas auf.

„Bitte rede mit mir“, flüsterte ich sanft und suchte seinen Blick, „lass mich dir helfen.“

Ein mildes Lächeln bildete sich auf seinen Lippen. „Du hilfst mir nicht nur, du rettest mich.“

70

Ich erinnerte mich noch ganz genau, wie ich in der Hütte unter der Dusche stand und darüber nachdachte, dass ich das Gute in Liam hervorlocken wollte, das ich von Anfang an in ihm gesehen hatte. Nun saßen wir hier, waren ein Paar, ich hatte ihn von dem Vorhaben abgebracht, zum Mörder zu werde. Hatte es tatsächlich geschafft, zu ihm durchzudringen. Wenn ich die Dinge so betrachtete, fühlte sich unsere Situation so unreal an. Schön. Aber eben auch unwirklich.

„Wollen wir uns das Video ansehen?", fragte ich vorsichtig. Er atmete tief ein und aus. Die DVD sowie die Festplatte hatte er auf dem Schreibtisch vor sich abgelegt und sah sie nun misstrauisch an. Als ob sie gleich Reißzähne bekämen und ihn anspringen würden.

„Was glaubst du, ist darauf zu sehen? Hast du eine Ahnung?", fragte ich weiter, da er zögerte.

„Ich weiß es nicht", murmelte Liam und nahm die DVD in seine Hand. Er drehte sie in den Fingern und betrachtete sie von allen Seiten, „Vielleicht eine ihrer geheuchelten Liebesbekundungen aus schlechtem Gewissen. Vielleicht enterbt sie mich auch, wer weiß."

„Glaubst du wirklich, dass sie dich nicht liebt?" Ich konnte mir das einfach nicht vorstellen, obwohl auch wir von unserer Mutter im Stich gelassen worden waren. Dennoch glaubte ich fest daran, dass irgendwo in ihr trotzdem etwas Liebe für uns war.

„Keine Ahnung", er lehnte sich auf dem Stuhl zurück und sah kurz unter die hohe Altbaudecke, „sehen wir es uns an."

Ich nickte und Liam bewegte die Maus, damit die Bildschirme angingen. Er tippte das Passwort ein, das Caleb hinterlegt hatte, daraufhin öffnete sich der Desktop. Ich drückte auf den Eject-Knopf des Laufwerks und mit einem leisen Summen öffnete es sich. Liam reichte mir die DVD und ich nahm sie behutsam aus der Hülle. Während ich sie ins Laufwerk legte und es wieder schloss, beschleunigte sich mein Puls bereits. Was würde uns auf diesem Datenträger erwarten? Das Letzte, was ich von einem seiner Elternteile gesehen hatte, hatte mich schon ziemlich schockiert. Aber welche schreckliche Nachricht würde Liams Mutter mit „Für Liam, meinen Schatz“ beschriften? Gespannt verfolgte ich den Cursor, wie er über den Bildschirm huschte und den Arbeitsplatz öffnete. Liam hielt kurz inne, als der kleine weiße Pfeil auf dem DVD-Laufwerk ruhte und nur noch wenige Klicks fehlten, um den Inhalt zu öffnen. Was würde uns erwarten? Bilder? Ein Text? Ein Video? Ein Virus von Balthasar, um uns ausfindig zu machen?

„Ich bin bei dir“, flüsterte ich. Wenn ich schon so aufgeregt war, wie musste es dann erst in Liam aussehen? Wie immer ließ er davon nichts nach außen dringen. Er schien die Ruhe in Person zu sein, doch vielleicht war er auch einfach wie ein Vulkansee, unter dessen ruhiger Oberfläche es gefährlich brodelte. Auf meine Worte hin fasste er den Mut, das Laufwerk anzuklicken. Der Mediaplayer öffnete sich. Ein Video also. Erleichterung, dass es keine Falle war und Nervosität machten sich in mir breit. Ohne weiteres Zögern spielte er das Video ab.

Zunächst war der Bildschirm von einer weinroten Bluse ausgefüllt, und man hörte das Rascheln des Stoffes auf dem Mikrofon. Kurz darauf lehnte sich der Oberkörper zurück und Liams Mutter positionierte sich mittig vor der Kamera. Sie richtete sich die Haare, zupfte an ihrem Kragen herum und verteilte mit ihren aufeinandergepressten Lippen ihren roten, zur Bluse passenden Lippenstift auf ihrem Mund. Unter den vielen Schichten Make-up konnte man ein schönes Gesicht nur vermuten, doch durch den vielen Alkohol wirkte es aufgequollen und hatte seine ursprünglichen Züge verloren. Ihre grünen Augen waren leicht gerötet und wirkten müde. Ihre ganze Erscheinung wirkte kraftlos und ausgemergelt. Wenn auch auf eine ganz andere Art wie Anna, die von Flucht, zu wenig Essen und Missbrauch gezeichnet war. So sah man Liams Mutter an, dass sie durch den Überfluss von Genussmitteln viel zu schnell gealtert schien. Oder war es Balthasar, der diese Frau gebrochen hatte und nicht der Alkohol?

„Hallo mein Schatz, hallo Liam“, sagte sie mit kratziger Stimme, die auf jahrelangen Zigarettenkonsum schließen ließ, „ich hoffe, dass du dir dieses Video irgendwann ansehen wirst. Ich weiß, es ist viel zwischen uns falsch gelaufen.“ Sie lächelte traurig und schlug für einen Moment die Augen nieder. So heruntergekommen wie diese

Frau war, konnte ich mir trotzdem nicht vorstellen, dass sie ihren Sohn nicht liebte. „Und es gibt nichts, womit ich all die verpassten Momente wieder gutmachen kann. Ich habe nicht das Recht, um Verzeihung zu bitten, für jedes Mal, bei dem mir die Hand ausgerutscht ist. Für jedes Mal, wenn ich nicht für dich da war. Ich war egoistisch." Für einen Moment presste sie ihre Lippen zusammen, die zu zittern begannen, ihre Augen glänzten. „Und ich war feige. In deinen traurigen Augen spiegelte sich mein Versagen als Mutter. Ich konnte es nicht ertragen. Wie gerne hätte ich dich im Gefängnis besucht. Doch das hättest du wohl nicht gewollt und ich hatte zu viel Angst, dir zu begegnen", als sich eine Träne aus ihrem Augenwinkel löste, lachte sie peinlich berührt und wischte sie schnell mit einem Papiertaschentuch fort. Sie schniefte. Die Schminke an ihren Augen wurde verschmiert. Ich nutzte den Moment, in dem seine Mutter damit beschäftigt war, sich zu fangen, um Liams Gesicht zu betrachten. Ohne zu blinzeln starrte er auf den Bildschirm. Zu meinem Erstaunen lag kein Zorn in seinem Blick. Er betrachtete sie, hörte ihr zu und schluckte zwischendurch.

„Ich weiß, dass du Angst vor deinem Vater hast", fuhr sie schließlich mit bebender Stimme fort. Immer wieder musste sie sich die Tränen fortwischen, die ihr unentwegt die Wangen hinablaufen wollten. Ihr Gesicht war inzwischen trotz des Make-ups rot und fleckig geworden. Mein Mund war staubtrocken und ein dicker Kloß bildete sich brennend in meinem Hals.

„Es tut mir leid, dass ich dich damals nicht vor ihm beschützt habe und dass ich es auch in Zukunft nicht können werde. Dass ich dich nicht mal vor mir selbst beschützt habe. Doch inzwischen bist du alt genug, dass du meine Hilfe gar nicht mehr brauchst. Bald wird deine Haft abgesessen sein und du darfst zurück in dein Leben, in dem du bisher wenig Gutes erfahren hast. Ich wünsche mir, dass du deine Eltern und deine Vergangenheit weit hinter dir zurücklässt. Am besten gehst du weg und versuchst, Balthasar nie wieder zu begegnen", die folgenden Worte flüsterte sie, während sie sich zur Kamera vorlehnte, „er hasst uns."

Sie richtete sich wieder auf und schloss die Augen.

„Vielleicht gehst du einfach fort und beginnst irgendwo an einem anderen Ort neu. Lernst eine Frau kennen und erfährst endlich Liebe", sie schluchzte und bedeckte ihr Gesicht mit ihren Händen, „es tut mir leid, Liam. Ich kann nicht mehr. Ich liebe dich, mein Sohn." Sie stand auf und drückte erneut einen Knopf an der Kamera. Das Video endete. Diese Frau war am Ende. Das Leben hatte sie in die Knie gezwungen, sie hatte Fehler begangen, die sie sich selbst nicht verzeihen konnte. Und am Ende blieb ihr nur noch, diese Worte zu verfassen und zu hoffen, dass ihr Sohn sie finden würde. Aber was war nun mit ihr? War sie geflohen? War sie tot? Als ich wieder zu Liam sah, bemerkte ich eine einzelne glitzernde, feuchte Spur, die seine Wange hinab bis zu seinem Kinn lief. Ansonsten starrte er das Anfangsbild des Videos einfach an.

71

Wir schwiegen. Lediglich das leise Summen des PCs und das entfernte Klappern von Geschirr im Nebenraum waren zu hören. An Liams Gesicht konnte ich mal wieder nicht erkennen, was er empfand. Hatte er ihren Worten Glauben geschenkt? Sorgte er sich um sie? Oder war er jetzt wütend? Nach all der Zeit konnte ich Liam noch immer nicht einschätzen. Ich glaubte ihr, dass es ihr leidtat und dass sie ihren Sohn tatsächlich liebte.

„Was denkst du?“, fragte ich vorsichtig und versuchte jede Regung seines Gesichtes zu deuten. Doch er starrte den Bildschirm nur weiter an und eine kleine Furche bildete sich zwischen seinen Brauen. „Kannst du ihr verzeihen?“, hakte ich weiter nach.

„Verzeihen?“, die Furche wurde tiefer und Liam ballte die Hände zu Fäusten, „da gibt es nichts zu verzeihen.“

„Wie meinst du das?“, irritiert warf nun auch ich meine Stirn in Falten. Liam schob mich vorsichtig von seinem Schoß. Er stand auf und anhand seiner angespannten Haltung, wusste ich sofort, dass er wütend war.

Er knackte die Finger.

Sehr wütend.

Instinktiv wich ich einen Schritt zurück. Er hatte mir zwar versprochen, mir nie wieder weh zu tun, doch wenn er in diesem Zustand war, verlor er gerne die Beherrschung.

„Sie ist ein schwaches, feiges Miststück!“, knurrte er. Sein Kiefer mahlte. Er begann in dem kleinen Zimmer auf und ab zu gehen. Sicher hätte er am liebsten einfach geschrien, doch das war in diesem Mietshaus nicht möglich. Gleich würde er sicher den Schreibtischstuhl packen und einfach aus dem Fenster werfen!

„Liam, beruhige dich“, sagte ich leise und hob meine Hände beschwichtigend an.

„Lass mich raten, Helena“, erhob er seine Stimme, „du würdest ihr verzeihen, alles wäre gut und wir wären eine glückliche Familie, richtig? Was kommt als Nächstes? Willst du, dass ich zu meinem Daddy gehe und mich mit ihm versöhne? Dann liegen wir uns allen in den Armen und haben uns wieder lieb? So läuft diese Welt aber nicht. Es ist nicht alles toll und es gibt auch nicht immer ein Happy End. Wach doch mal aus deiner rosaroten Traumwelt auf, in der du lebst!“

Okay, nun nahm das Gespräch eine unschöne Wendung. Warum stand denn jetzt plötzlich ich im Fokus seiner Wut? Liam kam einen Schritt auf mich zu und fasste mich an den Schultern.

Er funkelte wütend zu mir herab.

Mit diesen kalten, blauen Augen.

Wie sein Vater.

„Du machst mir Angst“, wisperte ich und hob meine Schultern leicht an. Liams Atem ging stoßweise. Er ließ von mir ab, wandte sich energisch um. Seine Finger pumpten. Die Sehnen an seinen Armen traten hervor. Plötzlich griff er sich in die Haare. Zerrte an ihnen und hob die andere Hand zum Schlag an. Die Wand im Fokus. Wie in der Hütte.

Ohne zu zögern, stürzte ich auf ihn zu und schlang meine Arme um ihn. „Schhht“, machte ich wie zu einem Kind und spürte, wie er sich unter meiner Berührung noch mehr anspannte. Zuerst glaubte ich, er würde mich wegstoßen. Doch dann lockerte er sich nach und nach. Wie ein Kartenhaus fiel sein Gefängnis aus Wut in sich zusammen. Er ließ seine Hand langsam sinken, bis beide Arme schlaff neben ihm hingen. Er wusste einfach nicht, wohin mit diesem explosiven Zorn, und wenn er kein Ventil fand, verletzte er sich selbst. Weil er selbst das war, was er am meisten hasste.

„Sie hat Angst. Vielleicht muss sie genauso gerettet werden wie du?“, sagte ich leise, „sie ist ein Mensch. Menschen machen Fehler und manchmal auch unverzeihliche. Und ich erwarte auch nicht von dir, dass du ihr alles vergibst. Aber versuch wenigstens, ein bisschen nachzuvollziehen, wie es in ihr aussehen muss. Wie sehr sie sich hassen muss und wie sehr auch sie unter deinem Vater leidet. Sie war schwach, ja. Sie hätte dich schützen müssen, ja. Sie hat es nicht getan. Aber sie bereut es“, wieder einmal musste ich auf den Vers an seinem Schlüsselbein verweisen, „wie auch wir vergeben unseren Schuldigern.“

Liam schnaufte amüsiert und nahm mich in den Arm.

„Du weißt schon, wie du mich kriegst. Vielleicht leihst du mir ja mal deine komische rosarote Brille, durch die die Welt so viel schöner ist“, sagte er und ich seufzte erleichtert. Die Situation war entschärft.

Ich stellte mich auf die Zehenspitzen und hauchte ihm einen Kuss auf die Lippen. „Sie macht die Welt zumindest erträglicher“, ich lächelte und wir lösten uns langsam wieder voneinander.

„Vielleicht sollten wir Caleb wecken, damit er mal einen Blick auf die Festplatte und die anderen Datenträger wirft“, schlug ich vor. Liam stieß die Luft aus und nickte dann.

„Gut, gut“, sagte er schon fast eher zu sich selbst.

Wir verließen gemeinsam das Arbeitszimmer wieder. Anna stand an der kleinen Küchenzeile und trocknete Geschirr ab. Als sie uns bemerkte, drehte sie sich um. Während Liam zu dem schlafenden Caleb ging, schlich Anna an mich heran. Das rotweiße Geschirrtuch noch immer in ihren Händen.

„Und?“, fragte sie neugierig mit hochgezogenen Augenbrauen und verschwörerischem Flüstern.

„Seine Mama hat sich entschuldigt“, flüsterte ich zurück.

Als Liam sich zu uns umdrehte und ein missmutiges Murren von Caleb ausging, standen wir beide stocksteif da und lächelten unschuldig. Liam musterte uns mit verengten Augen.

„Kein unauffälliges Pfeifen?“, fragte er, woraufhin Anna zu pfeifen begann, als sie sich im Raum umsah.

„Was ist denn los?“, erlöste uns Caleb aus unserer unangenehmen Situation. Der Hacker streckte sich ausgiebig und blinzelte verschlafen. Die dunklen Schatten unter seinen Augen schienen kaum geschrumpft zu sein. Dafür standen seine braunen Haare nun in alle Himmelsrichtungen ab.

„Wir dachten, du könntest dir ein paar Sachen aus Balthasars Haus ansehen. Eine Festplatte und USB-Sticks. Wenn darauf jemand was findet, dann du. Sie liegen im Arbeitszimmer“, erklärte ich. Anna hatte inzwischen das Tuch weggelegt und eine Tasse Kaffee für den Engländer bereitgemacht. Dankend nahm er den dampfenden Becher entgegen und führte ihn zu seinen Lippen. Kaffeeschlürfend trottete Caleb zu seinen Rechnern, während wir anderen im Wohnraum zurückblieben.

„Oh“, rief Anna plötzlich. Wir sahen sie alarmiert an. „Wir müssen Daniel abholen! Er hat in zehn Minuten Schichtende!“

Liam wandte sich sofort um und griff nach dem Autoschlüssel, der auf dem Couchtisch lag.

„Ich hol ihn. Brauche eh mal etwas frische Luft." „Soll ich mit?", fragte ich. „Nein, bleib bei Anna. Dann könnt ihr wenigstens laut über mich lästern", mit diesen Worten verschwand er aus der Wohnungstür.

„Er ist ja schon eine Zicke", schnaubte ich, als die Tür ins Schloss fiel und ich mich zu meiner Freundin drehte.

„Das hab ich gehört", drang Liams gedämpfte Stimme von draußen und ich duckte mich. Nicht, dass das was bringen würde.

Anna lachte.

„Eine Zicke mit Vulkaniergehör", sagte sie. Wir begannen, zusammen den Abwasch zu machen.

„Es ist schön, dich wiederzusehen", gab ich nach einer Weile zu und ich spürte ihr sanftes Lächeln im Augenwinkel. Sie stupste mich mit ihrem Ellbogen leicht an und ich wandte den Kopf ab, damit sie nicht sah, wie ich rot wurde. Ja. Auch jetzt wurde ich rot. Verdammt.

„Du bist echt süß", kicherte Anna, was es wirklich nicht besser machte.

„Helena, kommst du mal her?", wurde unser Gespräch jäh von Calebs Ruf unterbrochen.

„Komme!", antwortete ich, trocknete meine Hände noch schnell ab und betrat das Arbeitszimmer, „was denn?"

„Habt ihr das hier gesehen?", er hatte die noch im Laufwerk befindliche DVD wieder geöffnet. In dem Ordner mit dem Video befanden sich jetzt jedoch weitere Dateien, die leicht verblasst er schienen.

„Nee", antwortete ich verwirrt, „was ist das?"

„Versteckte Dateien", erklärte der Hacker.

Plötzlich hörten wir ein hölzernes Krachen im Flur.

Schwere Schritte von vielen Füßen.

„Vater, nein!", rief Anna.

Ihr Schrei erstickte.

Caleb drückte mich hinab. „Versteck dich hinter dem Schreibtisch", zischte er. Ich gehorchte. Krabbelte hinunter und drehte mich zu ihm um. „Nimm das", Caleb hielt mir sein Handy hin und ich nahm es entgegen. Ohne weitere Zeit zu verlieren, begann er Schubladen aufzureißen, wühlte in ihnen herum.

Ich verkroch mich tiefer hinter dem Tisch. Hinter dem Rechner. Zwischen alten Ordnern und Kartons.

Nein.

Dieses Wort hallte in meinem Kopf wieder und wieder.

Nein. Nein. Nein!!!

Was passierte hier?

72

Ich hielt das Smartphone in meinen zitternden Händen und starrte es an. Was sollte ich damit? Die Polizei rufen?

„Endlich habe ich dich wieder, meine Kleine“, hörte ich Markus‘ Stimme aus dem Nebenzimmer.

„Bitte Papa, lass mich“, antwortete Anna unter Tränen.

„Nein, nicht weinen, mein Schatz“, Markus‘ Stimme war gedämpft und ich hörte daraufhin nur noch Annas Schluchzen, „spielt den Virus auf den Rechner und zerstört alles. Seht zu, dass dieser ganze PC-Kram unbrauchbar ist und vor allem achtet darauf, jeden Datenträger zu zerstören oder mitzunehmen. Hier müssen noch mehr Leute sein, kümmert euch um sie“, mit diesen Worten ging das Trampeln der Stiefel erneut los.

„Mach ein Video“, flüsterte Caleb, der noch vor dem Schreibtisch stand und zwischen dessen Beinen hindurch ich zur Tür blicken konnte. Ich drückte auf den Homebutton des Handys und wischte das Bild nach oben, sodass sich die Kamera öffnete. Neben dem Notruf war das eine der Funktionen, die man auch nutzen konnte, wenn das Gerät gesperrt war. Kaum hatte ich den roten Auslöser betätigt und die Aufnahme begonnen, sah ich schwere Stiefel den Raum betreten. Wie ich es überhaupt geschafft hatte, geistesgegenwärtig die Kamera zu öffnen, war mir ein Rätsel, denn die Angst lähmte meine Bewegungen nahezu. Das Blut rauschte durch meine Ohren und ich versuchte so flach wie möglich zu atmen, damit mich niemand hörte. Gleichzeitig stiegen Tränen in meine Augen und meine Sicht verschwamm. Ich kauerte mich weit hinter den Schreibtisch, hielt nur die Kamera des Smartphones um die Ecke und ließ es meine Augen sein.

Caleb donnerte die Schublade am Schreibtisch wieder zu.

Er stellte sich dem ersten Mann entgegen, der das Arbeitszimmer betrat und das, obwohl seine Körperhaltung verriet, dass er eigentlich unglaubliche Angst haben musste. Er machte sich klein und hob die Schultern schützend an.

„Wo ist Mädchen?“, erklang die tiefe Stimme eines Mannes mit starkem Akzent. Vermutlich aus dem Ostblock oder so. Die anderen Männer begannen, Sachen aus den Regalen und Schränken in schwarze Tüten zu packen.

„Aus mir bekommt ihr nichts raus“, zischte Caleb zurück.

„Falsche Antwort, Junge“, mit diesen Worten hoben die Füße des Hackers vom Boden ab, doch seine Versuche, sich zu wehren, waren vergebens. Ich schlug mir die freie Hand vor den Mund. Großer Gott. Sie würden ihn ganz sicher umbringen!

„Sprich“, forderte der Schläger ihn auf, doch der Hacker schwieg wie ein Grab.

„Gut. Wer nicht will hören, muss fühlen“, auf diese Worte folgte ein dumpfer Schlag und ich hörte ein gequältes Stöhnen. Wieder ein Schlag.

„Immer noch nicht? Zäher Bursche.“

„Fuck you“, Calebs Stimme war schwach und kaum zu vernehmen. Der fremde Mann lachte auf und warf den Hacker gewaltvoll zu Boden, begann dann, auf ihn einzutreten. In die Magengrube. Gegen den Kopf. Ich konnte das nicht weiter ertragen. Ich musste etwas unternehmen!

Plötzlich griff Caleb um den schwarzen Springerstiefel des Schlägers, hielt diesen energisch fest.

„Stopp! Ich sag es“, gab der Hacker klein bei, „bitte, aufhören!“

Die Tritte hielten inne und ich presste meine Lippen zusammen. Fuck. Ich war geliefert. Aber ich konnte es ihm nicht verübeln. Dass Caleb totgeprügelt wurde, wollte ich nicht. Lieber würde ich mich von Markus mitnehmen lassen. Immerhin waren da draußen irgendwo Daniel und Liam. Sie würden Anna und mich retten.

„Sie ist nicht hier. Helena ist mit Liam unterwegs, zur JVA“, er hustete, spuckte Blut und zog die Luft anschließend rasselnd in seine Lungen.

„Braver Junge“, gab sich der andere zufrieden. Doch auf einmal holte er mit dem Fuß aus und versetzte dem am Boden liegenden noch einen Tritt, dass sich sein Kopf in meine Richtung drehte. Calebs Gesicht war voller Tränen und Blut, doch als sich unsere Blicke trafen, war für den Bruchteil einer Sekunde ein leichtes Lächeln auf seinen

Lippen zu sehen. Es versetzte mir einen Stich. Wie konnte er in diesem Moment auch noch lächeln? Am liebsten hätte ich meine Hand ausgestreckt und nach seiner gegriffen, doch dann würde ich all seine Bemühungen zerstören.

Der Schreibtischstuhl wurde zurückgerollt und ich sah, wie sich der Mann setzte. Als er sich hinunterlehnte, um an den PC zu gelangen, zog ich schnell das Handy weg, damit er mich nicht bemerkte.

Zum Glück mit Erfolg, denn er steckte den USB-Stick in den dafür vorgesehenen Port und setzte sich wieder aufrecht hin, um mit der Maus herumzuklicken.

„Tut mir leid, Kleiner, aber deine ganzen illegal downgeloadeten Pornos werden sich jetzt lösen in Luft auf", sagte der Schläger und Caleb, der den Blick noch immer auf mich gerichtet hatte, lachte tatsächlich kurz auf.

„So ein Mist aber auch", flüsterte er und schloss völlig erschöpft seine grünblauen Augen, aus denen sich erneut Tränen lösten und seitlich sein Gesicht hinabkullerten, um dann als dunkle Flecken auf dem Boden zu verenden. Ich wollte mir nicht vorstellen, welche Schmerzen er hatte und welche Todesangst er eben durchlitten hatte, dem Mann nicht einfach zu sagen, was er wissen wollte.

Auch vom Schreibtisch räumten die Männer nun alles Brauchbare, was sie finden konnten, in ihre mittlerweile gefüllten Taschen und hebelten mit Gewalt das Gehäuse des PCs auf, was mich vor Schreck noch ein Stück weiter nach hinten rutschen ließ. Sie zerstörten alles im Innern des Rechners und schließlich richtete sich auch Calebs Peiniger wieder von dem Schreibtischstuhl auf. Er zog den USB-Stick heraus und drehte den Bildschirmen und somit auch mir, endlich wieder den Rücken zu.

„Lasst uns verschwinden, nicht, dass Nachbar doch noch Polizei ruft." Er stieg achtlos über den am Boden liegenden Caleb hinweg und auch die anderen springerstiefeltragenden Männer verließen das zerstörte Arbeitszimmer und schließlich die Wohnung. Als die Tür ins Schloss fiel und ich hörte, wie sie die Treppen hinabliefen, beendete ich das Video und kroch sofort unter dem Schreibtisch hervor zu dem verletzten Hacker.

„Oh mein Gott, Caleb“, flüsterte ich und bettete vorsichtig seinen Kopf auf meinen Schoß. Er atmete ruhig, öffnete jedoch seine Augen nicht. Er war bewusstlos.

73

Es war nicht lange her, dass ich mich in einer ähnlichen Situation befunden hatte. Die Bilder, wie ich nach Hause gekommen war, und meinen Bruder bewusstlos in seinem Zimmer vorgefunden hatte, hatten sich in mein Gedächtnis gebrannt. Doch ich hatte in diesem Moment einfach funktioniert. Jetzt funktionierte ich nicht mehr. In meinem Kopf herrschte völlige Leere und Caleb wieder und wieder über seine Stirn zu streicheln, war alles, wozu ich in der Lage war.

„Nein, nein“, flüsterte ich wie in Trance und obwohl eben die Tränen noch meinen Blick getrübt hatten, waren meine Augen inzwischen staubtrocken. Meine Zähne klapperten und ich zitterte. Kalt war mir jedoch nicht. Mein Blick fiel auf das Smartphone in meiner Hand. Ich sollte den Krankenwagen rufen! Viel zu spät kam mir diese Erkenntnis und ich drückte seitlich auf den Knopf, damit das Display anging. Ich schaffe es bis zu der Rufnummerneingabe, über die ein Notruf möglich war. Doch dann starrte ich das Gerät einfach nur an. Meine Nerven gaben den Geist auf und ich war nicht in der Lage, diese drei Zahlen einzugeben, die ich für den Notruf benötigte. Als hätte ich einfach vergessen, wie man die Tasten auf dem Handy drückte.

Plötzlich waren Schritte im Treppenhaus zu hören und dann Stimmen.

„Was zum …“, hörte ich Daniel erschrocken keuchen.

„Helena! Anna!“, als Liam wenige Sekunden später im Türrahmen erschien, starrte er mich einen Augenblick entsetzt an, dann ließ er sich neben mir in die Hocke sinken und umschloss meine zitternde Hand mit dem Handy mit seinen Händen und sah mir in die Augen.

„Helena, hast du den Notarzt gerufen?“

Ich schüttelte verzweifelt den Kopf, öffnete meinen Mund, doch kein Wort wollte über meine Lippen dringen.

Liam nahm mir das Gerät aus der Hand, stand auf und begann, wild im Raum umherzulaufen, während er mit der Notrufzentrale telefonierte und alle benötigten Daten durchgab. Daniel kam in den Raum. Er trug noch seine Dienstuniform und sah sich mit geweiteten Augen fassungslos um.

„Wo ist Anna?", fragte er an mich gewandt, ehe er Caleb vorsichtig von meinem Schoß zog und mit geübten Griffen in die stabile Seitenlage brachte.

„Weg", flüsterte ich und meine eigene Stimme klang mir plötzlich fremd. Ich war nur noch wie ein Beobachter. Nahm gar nicht mehr aktiv an dem Geschehen teil.

„Was heißt weg? Was ist passiert?", versuchte der Beamte es erneut und legte eine seiner warmen Hände auf meinen zitternden Unterarm.

„Sie kamen rein und haben Anna mitgenommen. Caleb hat versucht, mich zu schützen und wurde ... er wurde ...", meine Worte erstarben. Ich starrte auf meine Hände und schüttelte den Kopf.

„Wer? Wie sahen sie aus? Kannst du dich an etwas erinnern?" Daniels Blick wanderte verzweifelt über mein Gesicht. Ich war ihre einzige Hoffnung und derzeit vollkommen unbrauchbar.

„Ich habe ein Video gemacht. Es ist alles auf dem Handy", brachte ich jedoch noch hervor. Liam hatte inzwischen aufgelegt, lief aber nach wie vor aufgebracht durch den Raum.

„Fuck!", rief er und schlug mit der Faust auf den Schreibtisch, sodass ich zusammenzuckte. Plötzlich rannen wieder die Tränen über mein Gesicht und ich schluchzte los.

„Es tut mir so leid!", heulte ich und Daniel sah Liam wütend an.

„Reiß dich zusammen, du machst ihr Angst!"

Liam spannte sich an, ballte die Hände zu Fäusten und kreiste leicht seinen Kopf. „Ja, Entschuldigung", presste er verkrampft hervor und versuchte, seinen Zorn irgendwie abzuschütteln.

„Markus war dabei", die beiden Männer verstummten und starrten mich an, „und dann noch drei andere Männer, in schwarzen Klamotten und schweren Stiefeln."

„Und ... Balthasar?", fragte Liam. Ich schüttelte den Kopf.

„Fuck", flüsterte Daniel nun auch und strich sich mehrfach durch sein kurzes, dunkelblondes Haar.

„Was machen wir denn jetzt? Anna kann doch nicht wieder ... sie werden ihr schlimme Dinge antun. Vor allem, nachdem ihr uns ...", meine Worte erstarben abermals. Ich war nicht mehr dazu fähig, in ganzen Sätzen zu sprechen. Immer wieder wurden sie von meinem Schluchzen unterbrochen.

Liam ließ sich erneut neben mir auf die Knie sinken und nach kurzem Zögern schloss er seine Arme um mich, zog mich zu sich heran. Er strich mir über den Kopf und ich spürte seine Lippen auf meinem Scheitel. Seine Berührungen waren so unglaublich tröstend, dass ich für einen Moment die Augen schloss und das Gefühl hatte, alles um mich herum vergessen zu können. Da war nur noch seine Wärme, sein Geruch und seine Nähe, die mich umgab wie eine weiche Wolke. Mein Zittern ließ langsam nach und auch meine Tränen versiegten immer mehr.

Plötzlich wurden wir von einem leisen Stöhnen unterbrochen. Ich löste mich von Liam und sah, wie Caleb sich rührte.

Keuchend rollte er sich auf den Rücken. Daniel war sofort bei ihm.

„Caleb, Alter!", sagte der Beamte und half ihm dabei, sich aufzusetzen. Der Hacker hustete.

„Wir haben den Notarzt gerufen, der sollte gleich hier sein und kümmert sich dann um dich", Liam klopfte ihm auf den Rücken, was ihn abermals stöhnen ließ.

„Wo ist mein Handy?", offensichtlich irritiert reichte Liam ihm sein Smartphone zurück.

„Bist du wirklich so süchtig?"

Ohne zu antworten, begann Caleb auf dem Gerät herumzutippen.

„Ob Markus Anna wieder nach Hause gebracht hat?", fragte Daniel und wendete sich an mich, „hat er irgendetwas gesagt?"

Ahnungslos hob ich meine Schultern an und schüttelte den Kopf. „Er hat nicht gesagt, wo er sie hinbringen wird. Aber ich kann mir nicht vorstellen, dass er sie zu sich nach Hause bringt, das wäre viel zu offensichtlich. Er wüsste doch, dass wir sie dort direkt finden würden. Daniel, hat sie dir irgendwann mal gesagt, wo sich dieser Drehort befindet, von dem sie weiß? Sie hat noch nie erwähnt, wo der nun ist. Vielleicht haben sie sie dort hingebracht!"

Der Beamte ließ seinen Kopf leicht hängen und seufzte. „Nein. Sie war ja kaum ein paar Stunden bei mir und auch als wir zusammen hier waren, haben wir nie darüber geredet. Scheiße, sind wir dumm", er fasste sich an die Stirn und kniff die Augen fest zusammen.

„Wie sollen wir sie so finden? Sie könnten sie überall hinbringen!", sagte ich und spürte, wie die Verzweiflung langsam in mir hochkroch.

„Kannst du nicht wieder irgendein Handy orten, Caleb?“, wandte sich Liam an den Hacker. Dieser sah nun endlich von dem Display seines Smartphones auf und blickte uns nacheinander an.

„Sie fahren gerade die Hauptstraße runter. Richtung Süden.“

Wieder einmal konnten wir ihn alle nur völlig überrascht ansehen und auf weitere Erklärungen warten. Er drehte sein Handy um und wir konnten sehen, wie sich ein kleiner Hundekopf über eine Karte die Straße hinaufbewegte.

„Die haben meinen GPS-Tracker eingetütet“, sagte er mit einem verschmitzten Grinsen, „habe ihn eben noch schnell in die Hülle meiner externen Festplatte gesteckt. Mit dieser App können wir sie verfolgen.“

Fassungslos schüttelten wir den Kopf.

„Caleb, du verdammtes Genie“, sagte Daniel und schlug ihm auf den Rücken, so wie Liam eben. Caleb begann zu husten und verzog das Gesicht. Dass Männer immer so grob waren.

„Ist das ‘ne App, um Hunde zu tracken?“, fragte ich und beobachtete das sich bewegende Symbol auf dem Display.

„Ich wollte schon immer mal einen Tracker haben und das war der billigste. Hätte nicht gedacht, dass er mal so nützlich sein wird“, erklärte sich Caleb.

„Der Krankenwagen ist sicher gleich hier“, warf Liam ein und Caleb reichte ihm sein Handy.

„Ihr sucht Anna, ich lasse mich behandeln und mache meine Aussage bei der Polizei.“

Daniel rieb sich die Schläfen.

„Ich begleite Caleb und rede kurz mit den Polizisten, vielleicht können sie mit Verstärkung nachkommen, wenn ihr sie gefunden habt.“

Liam blickte mich an und hielt mir seine Hand auffordernd entgegen.

„Lass uns Anna retten.“

74

Ich nahm sofort Liams Hand und ließ mir von ihm hochhelfen. Wir legten unsere Finger fest umeinander. Seine Hände waren, im Gegensatz zu meinen, warm und seine Berührung bestimmend und beistehend. Meine Finger waren noch immer zittrig und kalt und die Handflächen feucht.

„Daniel, schick mir deine Nummer auf Calebs Handy, habe sie nicht im Kopf", wies Liam seinen Freund an, der missbilligend eine blonde Augenbraue anhob.

„Ich dachte, du liebst mich! Und dann kennst du nicht mal meine Nummer auswendig?", gab er empört zurück. Das war wohl eine Anspielung auf die Unterhaltung vor meinem letzten Interview im Gefängnis. Da hatte ich behauptet, dass Daniel mir seine Liebe zu Liam gestanden hatte. Dieser hatte daraufhin behauptet, ihn auch zu lieben.

„Kennst du denn meine, mein Schatz?", konterte Liam, woraufhin Daniel den Blick augenrollend von uns abwandte und stattdessen eine scheuchende Handbewegung machte.

„Passt auf euch auf. Und keine riskanten Manöver", verabschiedete sich der JVA-Beamte von uns und auch der verletzte Caleb blickte uns aus müden, blutunterlaufenen Augen so aufmunternd wie möglich an.

„Ihr packt das", sagte er, woraufhin er kraftlos eine Hand anhob und seine Finger fest um seinen Daumen schloss, „ich drücke euch die Daumen."

„Machen wir, wünscht uns Glück", mit diesen Worten zog mich Liam auch schon aus der Wohnung. Er ging mit schnellen Schritten die Treppe hinab und hätte er mich nicht festgehalten, wäre ich sicher geschickt, wie ich eben war, gestolpert und die restlichen Stufen hinunter bis zur Haustür gerollt.

Wir verließen das Gebäude und liefen über die Straße auf den Golf zu. Liam reichte mir Calebs Handy, zog dann den Autoschlüssel des VWs aus seiner Hosentasche und schloss den Wagen auf. Wir stiegen ein und ich steckte sogleich das Gerät in die an der Windschutzschreibe angebrachte Halterung, sodass Liam es während der Fahrt gut sehen konnte. Er startete das Auto, und ich blickte auf das Display.

„Sie sind jetzt auf die Kirchstraße abgebogen, das ist in der Nähe vom Bahnhof, also musst du hier die Straße links runter, als würdest du in die Richtung deines seltsamen Arztes fahren“, leitete ich ihn an, da er mit Ausparken beschäftigt war. Die Körperhaltung meines Freundes war mal wieder vollkommen angespannt und er griff so fest um das Lenkrad, dass seine Knöchel weiß hervortraten. Sein Kiefer mahlte, seine Wangenknochen traten stark hervor. Die Sonne schickte gerade ihre letzten, kraftlosen Strahlen in die Straßen der Stadt und zeichnete harte Schatten in Liams Gesicht. Es zeigte einfach noch einmal seine markanten Züge, die so sehr von Zorn und Sorge geprägt, und die denen seines Vaters so erschreckend ähnlich waren. Ich legte meine Hand vorsichtig auf seinen Oberschenkel und streichelte mit dem Daumen über den Stoff seiner Hose, wollte ihm so etwas Ruhe schenken, ihm zeigen, dass ich bei ihm war. Für ihn da war. Nachdem er kurz etwas überrascht auf meine Hand geschaut hatte, entspannte er sich tatsächlich. Seine Hände entkrampften sich und seine ganze Haltung wurde etwas lockerer. Nicht nur um Liams willen war ich froh darüber, sondern auch um meinetwillen. Wütend Auto zu fahren, konnte sehr gefährlich sein. Vor allem, wenn es auch noch eine Art Verfolgungsjagd war.

Als wir dann in die richtige Richtung unterwegs waren und eine längere Zeit auf der Hauptstraße bleiben mussten, sank ich auf dem Beifahrersitz etwas zusammen und versuchte mich zu sammeln.

Langsam aber sicher war auch mein Verstand zurück in meinen eben noch völlig leergefegten Kopf gekommen.

Im Nachhinein konnte ich mir nicht erklären, warum ich nicht einmal in der Lage gewesen war, den Notarzt für Caleb zu rufen. Ich hatte wohl unter Schock gestanden und das, obwohl ich in den letzten Tagen mehrfach um mein und das Leben anderer gefürchtet hatte.

Alles in allem hatte ich die letzten Tage den Himmel und die Hölle durchlebt.

Ich hatte einem wütenden und verlorenen Mann das Gute in ihm gezeigt. Mich sogar in ihn verliebt.

Ich hatte von einer gebrochenen, jungen Frau gesehen, wie stark sie in der Not für andere sein konnte.

Ich hatte Freunde gefunden, die mit ihrem Verstand und einem mutigen, gütigen Herzen aus Verzweiflung wieder Hoffnung machen konnten.

Aber ich war auch dem Teufel begegnet. Einem so abgrundtief widerwärtigen Menschen, dass selbst diejenigen, die ihm nahestanden, Todesangst in seiner Gegenwart hatten.

Ich hatte gesehen und erlebt, wozu Menschen in der Lage waren. Ob aus Rache, Trauer, Angst oder einfach aus Bösartigkeit.

Ich hätte schon längst fliehen können. Mehrfach hatte ich die Möglichkeit gehabt, mich aus diesem surrealen Albtraum zu befreien, doch ich war immer noch hier.

Ich war mittendrin.

Bisher hatte ich mich in meinem Leben nur in meinen Büchern in spannende Welten begeben, voller Abenteuer, Gefahr, Liebe. In einem der Fantasybücher, der Liebesromane, der Thriller oder den Horrorwelten von Lovecraft. Hatte gerätselt, wer der Mörder war, hatte mit den Protagonisten mitgefiebert und am Ende so manche Träne vergossen, wenn ein Sympathieträger gestorben oder am Ende endlich alles gut war. So, wie es eben fast immer in der Welt der Fantasie war. Ein Happy End. Liam hatte zu mir gesagt, dass es für uns keines geben würde. Damals habe ich nicht verstanden, warum er so fest davon überzeugt war. Zu dem Zeitpunkt hatte ich noch keine Ahnung von dem Ausmaß des Schreckens, der sich erbarmungslos durch sein Leben zog. Der die Menschen, die ihm etwas bedeuteten, gnadenlos ergriff und vollends verschlang. War ich verrückt, dass ich jetzt nicht zu Hause bei meinem Vater am Küchentisch saß, Nudeln mit Tomatensoße aß und ihm half, über Florians Dummheit hinwegzukommen? Dass ich nicht an meinem Schreibtisch für das Studium lernte und später sicher und geborgen in meinem Bett einschlafen würde?

Dass ich stattdessen mit einem Mann, den ich erst ein paar Tage kannte, durch die Stadt fuhr, auf der Jagd nach wirklich gefährlichen Männern, um eine entführte Frau zu retten? Vielleicht sogar, um einen ganzen Kinderpornoring zu sprengen?

War ich verrückt, dass ich daran glaubte, dass wir das Ganze hier wirklich überleben oder gar gewinnen konnten?

„Helena, wir sind bald da“, riss mich Liam aus meinen Gedanken und sofort setzte ich mich wieder aufrecht hin, als Zeichen, dass ich wieder ganz bei der Sache war. Mittlerweile war es tatsächlich schon dunkel geworden und es dauerte, bis ich mich orientieren konnte. Wir waren im Industriegebiet. Die hohen Gebäude um uns herum, mit himmelhohen Schornsteinen, waren unverkennbar. Ich warf einen Blick auf das Display, auf dem uns der kleine Hundekopf zeigte, zu welchem Gebäude wir fahren mussten. Uns kamen nur vereinzelte Autos entgegen, bei Schichtwechsel sah das hier sicher anders auf der Straße aus. Liam wurde langsamer, je näher wir dem Zielpunkt kamen, bevor er auf einen Werkparkplatz ohne Schranke fuhr und den Wagen einfach zwischen vielen anderen parkte.

„Wir gehen den Rest zu Fuß“, bestimmte er und öffnete schon die Autotür, ich griff fester an seinen Oberschenkel, um ihn aufzuhalten. Er hielt inne und sah mich fragend an. Ich drehte mich auf dem Sitz zu ihm und hob meine andere Hand an, um sie ihm an die Wange zu legen. Sanft ließ ich sie auf dieser ruhen und suchte seinen Blick. Sah in diese durchbohrenden manchmal gefährlichen und manchmal unendlich traurigen Augen.

„Liam“, begann ich und leckte mir über die Lippen, verschaffte mir so etwas Zeit. „Versprich mir, dass wir nichts überstürzen, dass du dich nicht unnötig in Gefahr bringst, dass du nicht versuchst, jemanden zu töten. Egal was wir nun dort sehen werden. Wir überlassen das alles der Polizei. Liam, bitte bleib immer an meiner Seite“, ich ließ meine Hand in seinen Nacken wandern und hielt ihn dort nun bestimmend fest. „Versprich mir das“, flüsterte ich nachdrücklich. Liam schaffte es, meinem Blick auch bei diesen Worten standzuhalten. Sein Mund bildete nur noch einen schmalen Strich, als er langsam zu nicken begann.

„Ich verspreche es dir, Helena“, flüsterte auch er, fasste um meinen Oberarm und zog mich an diesem zu sich heran.

Er küsste mich, er küsste mich mit einer solchen Sehnsucht und Hingabe, als befürchtete er, es wäre unser letzter Kuss. Und vielleicht war er das. Ich hielt ihn fest bei mir und erwiderte den Kuss mit all der Liebe, die ich für ihn empfand. Mit all den Gefühlen, die er in mir auslöste. Ich hätte mir gewünscht, das dieser Augenblick der Nähe, der Verbundenheit zwischen uns noch Ewigkeiten andauern würde, doch Liam löste sich wieder von mir und nahm Calebs Handy aus der

Halterung, dort blinkte nun auch eine Nachricht von „Unbekannt". Daniel hatte uns seine Nummer geschickt.

Wir stiegen beide aus dem Auto aus, Liam verschloss den Wagen und wir machten uns über den Parkplatz auf den Weg, zu einem der hintersten Industriegebäude. Wir hielten uns entweder dicht an den Mauern, zwischen parkenden Transportern und LKWs, aber bevorzugt an den riesigen, stinkenden Müllcontainern, die in regelmäßigen Abständen in den Höfen und Einfahrten standen. Endlich kamen wir an dem Gebäude an, zu dem uns Calebs Tracker geführt hatte. Es war eine riesige Halle aus großen Betonteilen und mit mehreren Verladetoren aus weiß lackiertem Metall, in denen keine Fenster waren. Auch die Halle selbst hatte nur schmale Fensterbänder ganz oben, kurz bevor das flach geneigte Satteldach aus gewelltem Blech begann. Die ganze Umgebung war jedoch in die Jahre gekommen. Der asphaltierte Boden war an vielen Stellen aufgeplatzt, Unkraut und Gras bahnten sich ihren Weg an die Oberfläche, gierig nach der von Industrieschmutz verseuchten Luft. Moos hatte sich an den Nordseiten ausgebreitet und die Witterung hatte hässliche, dunkle Spuren an den Wänden hinterlassen. Wir blieben zwischen zwei Containern stehen, die direkt an der Werksmauer standen und sahen vorsichtig an diesen vorbei zu einer Metalltür, vor der ein hochgewachsener Mann mit schwarzer Bomberjacke und Springerstiefeln stand. Er hatte eine platte, breite Nase, kleine, gefährliche Augen und einen grimmigen Ausdruck auf den schmalen Lippen. Die Beleuchtung über der Tür reflektierte auf seinem glatt rasierten Schädel. Das war sicher einer der Männer, die in Calebs Wohnung gewesen waren. Die Tür hinter ihm war geschlossen, aber es war offenbar nicht der Haupteingang, es wirkte mehr wie ein Lieferanteneingang.

Vor dem Eingang stand ein großer Transporter mit der blauen Aufschrift „Dudek Textiles" auf weißem Grund. Polnisches Kennzeichen.

„In dem Gebäude sind sie drin, aber wie wollen wir da reinkommen, ohne bemerkt zu werden?", flüsterte ich zu Liam, der mit leicht zusammengekniffenen Augen über den Hof blickte und die Lage abschätzte.

„Wie kommen wir da rein?", wiederholte ich leise.

75

„Ich könnte ihn einfach umhauen“, sagte er flüsternd, woraufhin ich ihm einen strafenden Blick zuwarf.

„Denk gar nicht erst dran. Wir müssen das clever angehen. Ihn vielleicht einfach ablenken und dann reinhuschen. Ich werfe einen Stein in eine andere Richtung, und wenn er dann nachgucken geht, schlüpfen wir schnell rein“, begann ich zu überlegen und starrte dabei den Wachmann unentwegt an. „Allerdings müssten wir das Licht, das über der Tür brennt auch irgendwie ausschalten. Ob man das auch mit nem Stein erwischt? Was sagst du dazu?“, flüsterte ich, sah nun wieder zu Liam, der mich mit einer belustigt angehobenen Augenbraue bedachte und schüttelte langsam den Kopf. Meine kriminelle Energie war einfach nicht groß genug, um vernünftige Einbruchspläne zu schmieden.

„Bevor wir deinen supersicheren und absolut realistischen Plan versuchen, schreiben wir erst mal Daniel, wo wir sind und dass er mit Verstärkung kommen soll“, sagte Liam diese, für ihn sehr vernünftigen Worte, die mir sogar in dieser schrecklichen Situation ein Lächeln entlockten.

„Guter Plan“, stimmte ich zu und zeigte ihm den Daumen. Daraufhin schrieb er dem Beamten eine Nachricht, in der stand, wo wir uns befanden, dass es uns gut ging, wir Anna aber noch nicht gefunden hatten und er mit der Polizei herkommen sollte. Bevor er das Handy zurück in seine Tasche steckte, blickte er noch einmal auf die Tracker-App, auf der nun nur noch „Signal lost“ stand. Liam aktualisierte die App mehrere Male, doch das Signal wurde nicht mehr gefunden.

„Sieht aus, als hätten sie ihn zerstört. Sicher mit allen anderen Datenträgern. Gut, dass wir schon hier sind“, sagte Liam. Wir zogen uns weiter zwischen die Container zurück und drückten uns an die raue Betonwand der Halle. Der Nachthimmel war bedeckt und nur ab und an blitzte die Halbmondsichel hinter den vorbeiziehenden

Wolken hervor. Als ein Windzug unter meine Kleidung kroch und meinen Pullover aufblähte, fröstelte ich, obwohl es eigentlich noch mild war. Doch der Angstschweiß klebte an meiner Haut und ließ jeden Hauch wie eiskalten Nordwind erscheinen. Liam tastete nach meiner Hand und schloss seine Finger um sie, als er sie fand. Hier standen wir nun. Und wussten nicht vor und nicht zurück.

„Sollen wir warten, bis die Polizei kommt?", fragte ich und betrachtete sein Profil. Wäre ich ihm früher im Dunkeln begegnet, hätte ich die Straßenseite gewechselt. Nun machte ich noch einen Schritt näher an ihn heran, um seine Wärme und seine Nähe zu spüren.

Er nickte.

„Was ist, wenn sie Anna bis dahin schon ..."

„Markus wird sie nicht umbringen", Liams Tonfall schloss alle Zweifel aus, „sie ist doch sein Schätzchen."

Ich verzog meine Lippen, als der Ekel in mir aufkeimte und wie bittere Säure meine Speiseröhre hinaufzukriechen schien.

„Aber er würde ihr etwas antun", hauchte ich.

„Also willst du, dass wir auf eigene Faust versuchen, einzubrechen?", Liam drehte seinen Kopf zu mir und sah auf mich herab. So genau konnte ich es zwar nicht erkennen, aber ich war mir sicher, dass er in der Dunkelheit eine Augenbraue hob.

Plötzlich hörten wir das Quietschen einer Tür, daraufhin murmelnde Stimmen und Schritte.

Alarmiert lehnten wir uns vor und versuchten, an dem Container unauffällig vorbeizublicken. Hinter dem Schlägertypen in Bomberjacke war nun die Tür offen und gab die Sicht auf einen langen, erhellten Flur preis.

Ich erkannte Markus, der Anna fest am Arm gefasst hielt und sie dicht an sich gezogen mit sich führte. Sein Gesicht war mit blau-grünen Blessuren übersät und die Nase sah aus, als sei sie gebrochen. Wenigstens waren wir nicht die Einzigen, an denen die letzten Tage nicht spurlos vorübergezogen waren. Anna hatte die Schultern schützend angehoben und wirkte neben ihm wie ein kleines Kind. Als sie unter dem Licht über dem Eingang hergingen, sah ich, dass ihre Augen rot und geschwollen waren, ebenso wie ihre kleine Puppennase. In ihrem Gesicht stand so viel Leid und so viel Angst geschrieben. Ich wünschte, ich könnte ihr diese Last abnehmen und sie vor allem Schrecken bewahren, der in dieser Welt auf sie wartete. Doch ich war machtlos. Ich konnte nur hier stehen und tatenlos zusehen, wie sie von ihrem perversen Vater über den Platz zu dem Transporter gezogen wurde. Zwei große Männer mit Maschinengewehren im Anschlag folgten ihnen und sorgten nicht nur dafür, dass Anna gehorsam war, sondern verhinderten auch, dass Liam nun vorstürzte und Markus angriff. Ich spürte das Zucken seiner Finger. Sein Arm spannte sich an, ebenso wie seine Kiefermuskeln, als wäre er kurz vor dem Absprung wie ein Raubtier vor seiner Beute.

„Ruhig“, flüsterte ich. Er zog die Luft tief ein.

Einer der Männer ging vor zu dem Transporter und drehte die metallischen Hebel um, die die beiden Türflügel verschlossen hielten. Er zog einen der beiden auf und plötzlich hörten wir etwas aus dem Fahrzeug.

Leise Stimmen.

Dünne, feine Stimmen.

Kinderstimmen.

Mir gefror das Blut in den Adern und ein Kribbeln breitete sich in meinen Fingerspitzen aus, kroch meine Arme hinauf, als würde es mich in Ohnmacht ziehen wollen. Ich hörte diese Stimmen, doch mein Verstand wollte es mit aller Macht verleugnen.

Annas Augen weiteten sich und sie stürzte vor, wollte zu den Kindern gelangen, doch ihr Vater hielt sie mit einem Ruck zurück. Sie kam ins Straucheln und schluchzte. Markus zog sie zu sich und legte eine seiner Hände auf ihre dunkel gefärbten Haare, strich ihr mit der anderen die Tränen aus dem Gesicht und drückte es näher zu sich heran, um ihr einen Kuss auf die Wange zu hauchen.

„Du sitzt bei mir vorne, mein Schatz“, hauchte er. Ich verstand dennoch jedes schmierige Wort, das über seine Lippen kam.

Eine kleine Kinderhand drang aus dem Laderaum, doch die Männer scheuchten sie mit Schlagstöcken und den Maschinengewehren zurück, als seien sie schmutziges Vieh, das zum Schlachten freigegeben wurde. Markus blieb vor dem Frachtraum stehen und blickte hinein. Seine aufgeplatzten Lippen formten ein zufriedenes Lächeln und er nickte.

„Sehr schön. Die sehen gut aus. Damit werden wir einiges verdienen.“

Hatte er nicht behauptet, dass auch er nur von Balthasar gezwungen wurde? Dass er auch nur ein Opfer war. Markus ging weiter.

„Ich will nicht", Annas gebrochene Stimme durchschnitt die Nacht und traf direkt in mein Herz, „bitte, Papa."

Doch er hatte kein Erbarmen mit ihr und öffnete die Beifahrertür, um sie dort hineinzustoßen.

„Wo wollen sie hin?", wisperte ich.

„Keine Ahnung. Weg. Die Kinder irgendwo hinbringen, wo sie niemand finden kann?", antwortete Liam das Offensichtliche.

„Was sollen wir jetzt tun? Hat Daniel die Nachricht gelesen? Wir müssen sie aufhalten. Wenn sie wegfahren, finden wir sie nie wieder! Dann war alles umsonst."

Liam zog Calebs Handy hervor, öffnete die Kamera und versuchte ein Foto von dem Nummernschild zu machen. Zum Glück war es beleuchtet, sodass man es wenigstens halbwegs erkennen konnte.

„Mit Sicherheit ist es geklaut", flüsterte ich, „verdammt, wir müssen sie irgendwie aufhalten."

Einer der Männer ging zur Fahrertür, zog sie auf und stieg ein. Der Motor des Transporters wurde gestartet. Hinten wurde etwas in den Frachtraum geworfen. Vermutlich Verpflegung. Dann schloss man die beiden Türen wieder und der Metallhebel wurde umgelegt. Wie der Hammer im Gericht. Das Todesurteil für die Kinder.

„Wir müssen etwas tun", sprach ich leise, fast mehr zu mir selbst, „wir dürfen sie nicht verlieren. Wir müssen ...", obwohl mein Körper bisher in solchen Situationen gerne seinen Dienst versagte, handelte er jetzt wie automatisiert. Er bewegte sich. Nach vorne. Aus dem schützenden Schatten der Container heraus. Plötzlich wurde ich am Arm zurückgerissen. Taumelte. Landete mit dem Rücken auf ein paar Müllsäcken. Sie knisterten unter meinem Gewicht. Liam warf mir das Handy zu. Dann einen warnenden Blick. Seine Augen waren entschlossen. Sie befahlen mir:

„Bleib hier."

Dann trat er hinaus in das Scheinwerferlicht des Wagens.

76

Er stand im Licht der Scheinwerfer, in dem nicht nur Staubpartikel und Insekten tanzten, sondern in dem auch der nächtliche Dunst in dünnen Schwaden verhängnisvolle Kreise zog.

„Wo gehts denn hin, Markus?", übertönte Liams Stimme das Brummen und Knattern des Motors, der die frische Nachtluft mit dem Gestank von Diesel verschmutzte.

Annas Vater hielt in seiner Bewegung inne. Er wollte gerade zu Anna auf dem Beifahrersitz einsteigen. Die Tür war geöffnet und ein Fuß stand bereits auf dem Trittbrett.

Sofort rührten sich die Männer, die noch vor dem LKW standen und zielten mit ihren Maschinengewehren auf Liam. Ich rappelte mich auf, kroch über den kalten Asphalt weiter nach vorne, um besser sehen zu können. Ich schwitzte. Mein Herz raste.

Markus hob eine Hand an, um seine Männer davon abzuhalten, den Fremden einfach mit Kugeln zu durchlöchern.

„Der kleine Winterfeld Junior", sagte Markus und hob seine Augenbrauen abschätzig an. Wie hatte er vor Liam gekrochen, was hatte er gewimmert und geheult, als er vor ihm gelegen hatte. Jetzt spuckte er wieder große Töne, mit seinen Lakaien, die ihm den Rücken deckten.

„Willst du mit?", fuhr Markus fort, „ich könnte mir keinen kompetenteren Hauptdarsteller vorstellen. Niemand hat mehr Erfahrung, wie man mit kleinen Mädchen umgeht als du."

Liams Hände ballten sich zu Fäusten. Ich konnte mir wohl nur im Ansatz vorstellen, wie es in ihm aussah. Die Wut musste in ihm hochkochen wie die Lava in einem Vulkan. Am liebsten würde er sie ausspeien und alles vernichten, was ihm in den Weg kam. Den Mann vor ihm, seinen Vater, all das Schlechte unwiederbringlich aus dieser Welt tilgen.

Markus schnaubte belustigt. Liams tollkühnes Erscheinen amüsierte ihn. Er fühlte sich so sicher. So überlegen. Und verdammt, das war er auch. Bis die Polizei kam. Bis sie ihn mit Anna finden würden. Mit den Kindern. Meine Finger krallten sich in den Boden, die Nägel kratzten über den harten, unebenen Untergrund und splitterten auf. Es war mir egal. Ich war wie betäubt. So voller Hass und Angst.

„Du hast dich schon immer aufgeblasen, wenn du dich stark gefühlt hast. Aber ohne meinen Vater bist du ein Niemand", sagte Liam und reckte sein Kinn. Er sah von oben herab. Die Beine etwas mehr als schulterbreit auseinander, sodass er sicher stand, die Arme hingen scheinbar locker an ihm herab, nur die Fäuste öffneten und schlossen sich immer wieder. Seine Haltung war aufrecht. Selbstsicher. Bedrohlich. Seine Augen leicht zusammengekniffen. Das Licht blendete ihn, doch so war er für Daniel und die Polizei gut sichtbar. Wenn sie bald kommen würden. Falls sie kommen würden. Er wirkte nicht wie der Unterlegene. Liam wirkte wie der Axtmörder, der gleich auf sein hilfloses Opfer zugehen würde. In aller Ruhe. Weil er wusste, dass er gewinnen würde. Doch er rührte sich nicht. Und seine Ausstrahlung war nur Schein. Ein Schauspiel. Der Transporter musste nur losfahren. Einer der Männer müsste nur zu fest mit dem Finger auf den Abzug drücken und Liam war tot.

„Ohne deinen Vater bin ich ein Niemand?", schnaubte Markus und verengte die Augen. Er schnalzte mit der Zunge und machte eine wegwerfende Handbewegung.

„Balthasar wäre ohne mich niemand. Was glaubst du, wer ihn dazu gebracht hat, über seinen Polizistenstolz hinwegzusehen und endlich seine Liebe zu den Kindern zuzulassen? War es nicht eine brillante Idee, dass er dich als Medium nutzt, seine Lust zu befriedigen? So konnte er zusehen, wie du seine dreckigsten Vorstellungen wahr werden lässt und du hast endlich etwas Aufmerksamkeit von ihm bekommen. Du solltest mir also dankbar sein. Ohne mich wären all die schönen Videos niemals möglich gewesen. Wäre ich nicht gewesen, hätte er sich ewig gegen sein wahres Ich gewehrt. Also was willst du, Junior?", Markus lächelte Liam gönnerhaft an. Als wäre er der Held der Nation.

„Liam!", Annas gedämpfte Stimme drang aus dem LKW nach außen. Ich sah ihr Gesicht in der Tür, dann wurde sie von dem Mann auf dem Fahrersitz grob zurückgerissen.

Liam blickte nur kurz zu ihr. Nur ein Blinzeln in ihre Richtung. Dann leckte er sich über seine Lippen. Überlegte.

„Einen Deal mit dir machen", antwortete er mit rauer Stimme. Eine Verhandlung. Gute Idee. Verhandlungen dauerten ihre Zeit. Man musste diskutieren und es bedeutete, mit seinem Gegenüber auf eine beidseitige Übereinkunft kommen zu wollen. Markus war ein Geschäftsmann. Es würde ihn locken. Tatsächlich ließ er von der Beifahrertür ab. Drehte sich frontal zu Liam und verschränkte die Arme vor der Brust, über der seine schmale, schwarze Krawatte lag.

„Was glaubst du, hast du mir anzubieten?", fragte er abschätzig, doch das Funkeln in seinen grauen Augen überführte sein Interesse. Selbst wenn Liam eigentlich gar nicht in der Position war, zu verhandeln, so war es zumindest die Neugier, die Markus am Ball hielt.

„Du glaubst, dass ihr alle Beweise vernichtet habt", sagte Liam langsam und bedächtig, „aber wir haben noch Dinge in der Hand, die dich für viele Jahre ins Gefängnis bringen. Nicht ich, natürlich. Wenn du mich umbringst, bringt dir das also gar nichts, außer dass die Polizei gleich hier auftaucht. Und zwar nicht die Freunde von meinem Vater."

Markus hob seinen Kopf herausfordernd an und schnalzte mit der Zunge. „Du willst also nicht verhandeln, sondern mir drohen?"

„Nein. Ich wollte nur klarstellen, auf welcher Basis wir verhandeln."

Markus schwieg. Sah ihn auffordernd an.

„Gib mir Anna, dafür bekommst du die Beweise und wir lassen dich von jetzt an in Ruhe. Deine Geschäfte sind mir egal. Ich will nur Anna und dann mit der Sache abschließen."

Markus verengte misstrauisch die Augen.

„Und dir sind die kleinen Mädchen egal?", fragte er ungläubig.

Liam hob langsam die Schultern.

„Manchmal muss man Kompromisse eingehen. Wenn ihr nicht weitermacht, dann macht es jemand anderes. Ich kann nicht die ganze Welt retten."

Markus starrte ihn an, tippte mit den Fingern auf seinem Oberarm herum und schien zu überlegen. Wägte er wirklich ab, auf diesen Deal einzugehen? Ich schluckte. Meine Kehle war staubtrocken. Verflucht, wo blieb Daniel? Wo blieb die Verstärkung?

„Liam. Lieber Liam. Du hast mir schon immer leidgetan, wie du verzweifelt versucht hast, die Liebe von deinem Daddy zu erhaschen.

“, seine Stimme war so weich und süß, als würde er einem Kind eine Gutenacht-Geschichte vorlesen. Dann schlug sie um wie die Fahne im Wind.

„Macht ihn fertig. Aber tötet ihn nicht“, befahl er.

Die Männer gehorchten augenblicklich. Zwei von ihnen gingen mit schnellen Schritten auf Liam zu, der einfach stehen blieb und den Schlägern herausfordernd entgegenblickte. Obwohl ich mir sicher war, dass Liam kein ungefährlicher Gegner war, hatte er gegen die bewaffneten Muskelpakete keine realistische Chance.

Markus blieb stehen, hatte die Arme weiterhin verschränkt und seine Augen blitzten erwartungsvoll auf. Er wollte es genießen, Liam leiden zu sehen.

Ich schlug mir die Hand auf den Mund und starrte die Szene mit weit geöffneten Augen an. Was konnte ich tun? Wie konnte ich ihm helfen?

Scheiße!

Liam duckte sich unter einem Schlag hinweg und hob die Fäuste zur Verteidigung an. Einer der Schläger hob seine Waffe, um ihn mit dem Griff niederzuschlagen. Liam wurde erwischt. Er taumelte ein paar Schritte. Der andere holte mit der Faust aus.

Dann erfüllte das Kreischen von Sirenen die sonst stille, industrielle Umgebung und die Männer hielten inne.

In diesem Moment schlug Markus sein Jackett zurück und zog eine schwarze Pistole hervor, deren Lauf er nun auf Liam richtete.

77

„Du elender Scheißkerl, du hältst dich wohl für ganz clever! Aber wenn ich untergehe, dann nehme ich dich mit! DU hast diese Dinge auch getan, also büße dafür!“, schrie Markus Liam mit vor Zorn verzerrtem Gesicht entgegen und der ohrenbetäubende Knall, als er den Abzug drückte, ließ mich zusammenzucken. Ich kniff die Augen zusammen, ballte die Hände zu Fäusten und zog die Schultern hoch, um mich zu schützen. Dabei war nicht ich es, auf die gefeuert wurde. Nachdem das Echo des Schusses zwischen den hohen Industriehallen verhallt war, hörte ich Liams schmerzhaftes Aufstöhnen. Ängstlich öffnete ich die Lider wieder und sah, wie Liam sich die flache Hand auf die Brust presste und zwischen seinen Fingern dunkles Blut hervorquoll. Als sein Körper auf die Knie herabsackte und Markus die Waffe erneut auf ihn richtete, sprang ich auf. Rannte los.

„Liam!“, schrie ich, und als die bewaffneten Männer sahen, wie drei Polizeiwagen auf uns zufuhren und ihre Scheinwerfer die Szenerie erhellten, ließen sie ihre Maschinengewehre fallen und hoben die Hände in die Höhe. Markus jedoch zielte weiter auf Liam. Seine Hände zitterten. Ein weiterer, ohrenbetäubender Knall durchschnitt die Nacht. Die Kugel prallte knapp neben Liam auf dem Asphalt ab. Ich stürzte auf Markus zu.

„STIRB!“, brüllte er so außer sich, dass kleine Spucketropfen durch die Luft geschleudert wurden. Sein Kopf war krebsrot, die Haut fleckig. Tiefe Falten zogen sich über seine Stirn und zwischen seinen Augenbrauen entlang. Seine Augen waren derart geweitet, dass man die kleinen, roten Adern erkennen konnte, die über das Weiß seines Augapfels liefen.

„Helena!“, Liams kraftlose Stimme war für mich weit entfernt. Wieder drückte er den Abzug.

Ich warf mich gegen Markus.

Riss ihn um.

Der Schuss ging in den Himmel.

Drei Polizeiwagen kamen mit quietschenden Reifen ringsum zum Stehen.

Umkreisten uns.

Blaue, grelle Lichter vertrieben die Dunkelheit. Ich schlug auf dem Boden auf.

Die Luft wurde aus meinen Lungen gepresst.

Betäubender Schmerz durchfuhr meine Schulter.

Ich sah nur noch schwarz.

Und tanzende Lichter.

„Verfluchte Hure!", Markus wutverzerrte Stimme brüllte mir direkt ins Ohr. Er stieß mich beiseite, damit er aufstehen konnte.

„Halt! Keine Bewegung!", eine fremde Stimme mischte sich dazu. Als ich aufsah, erkannte ich mindestens sechs Polizisten, die teilweise hinter den geöffneten Türen der blau-silbernen Wagen standen und mit Pistolen auf Markus zielten. Ich drückte mich mit den Handflächen vom Boden ab. Stöhnte. Als ich aufstand, erkannte ich, dass zu dem Zorn nun etwas anderes in den grauen Augen des Kinderschänders zu erkennen war: Panik. Sie huschten umher. Suchten nach einem Ausweg.

„Papa! Ergib dich!", Annas Stimme war wie eine Glocke in finsterster Stunde, „bitte!", flehte sie. Markus drehte seinen Kopf zu dem Führerhaus des Transporters, in dessen Tür nun seine Tochter stand und ihn mit tränenüberströmtem Gesicht verzweifelt ansah.

„Bitte", formten ihre Lippen noch einmal stumm. Ihre Blicke trafen sich.

„Keine Bewegung! Legen Sie die Waffe nieder", forderte ein Polizist noch einmal mit Nachdruck, „oder wir sind gezwungen, das Feuer zu eröffnen!"

Markus riss seinen Blick von Anna los.

Und dann rannte er.

„Bleib stehen, Markus", die kalte, emotionslose Stimme war ruhig und tief und dennoch voll kompromissloser Dominanz. Sie war wie ein Donnergrollen. Bedrohlich. Beängstigend. Ihr Klang ließ meinen Körper einfrieren, als wäre er in flüssigen Stickstoff getaucht. Nahm mir die Luft zum Atmen.

Balthasar.

Der Knall eines weiteren Schusses verlor sich in einem langen Echo.

„Papa!“, Annas Stimme brach unter Tränen.

Ich sah, wie Markus‘ Körper von der Wucht der Kugel getroffen wurde und dann vornüber zu Boden fiel. Er war nicht weit gekommen. Wenige Meter hinter einem Polizeiwagen sackte er in sich zusammen. Balthasar ließ seine Hände sinken, in denen er immer noch seine Waffe hielt.

In die restlichen fünf Polizisten kam Bewegung. Einer begann die Kinder aus dem Wagen zu befreien. Zwei von ihnen rannten zu den Schlägern, die die Hände in die Luft hielten, legten ihnen Handschellen an. Zwei andere umringten Liam. Liam, der bewegungslos und leichenblass am Boden lag. Sie hantierten herum. Ich sah Blut. Befehle wurden gebrüllt. Mein Verstand war wie unter Wasser getaucht. Doch Annas Schluchzen drang so weit zu mir hindurch, dass ich mich wie mechanisch aufrichtete und zu ihr hinüberging. Sie war vor dem Transporter auf die Knie gesackt und vergrub ihr Gesicht in ihren Händen. Ich ließ mich neben ihr nieder, zog sie in meine Arme und legte mein Kinn auf ihren Kopf. Wir wiegten uns hin und her. Beruhigend streichelte ich ihr über den Rücken.

„Es wird alles gut“, flüsterte ich, „es wird alles gut“, wenn ich das nur oft genug wiederholte, würde ich selbst anfangen, daran zu glauben. Liam. Wo war er getroffen worden? Behielt er letztendlich doch recht und starb bei einem Polizeieinsatz? Bloß auf der Seite der Guten? Als Held. Er durfte nicht. Er durfte mich nicht allein lassen. Die Vorstellung, dass die Polizisten gerade um sein Leben kämpften, dass eben dieses vielleicht gerade aus ihm wich und ich nicht da war, um seine Hand zu halten, machte mich wahnsinnig. Schnürte mir die Kehle zu.

„Der Krankenwagen ist unterwegs“, hörte ich eine fremde Stimme sprechen, „halten Sie durch, Herr Winterfeld.“

Nur einer bewegte sich auf den am bodenliegenden Markus zu, unter dessen Körper sich eine dunkle, rote Lache auszubreiten begann. Mit schweren, langsamen Schritten ging Balthasar auf ihn zu, als habe er alle Zeit der Welt. Er war sein Komplize. Sie waren Freunde. Doch es schien ihn vollkommen kalt zu lassen. Im Gegenteil. Er schien es zu genießen. Neben dem sterbenden Körper blieb er stehen, sah überlegen hinab. Sein Gesicht wurde immer wieder von den Blaulichtern erhellt, nur um dann für den Bruchteil einer Sekunde wieder in der Dunkelheit zu verschwinden. Jede Bewegung wirkte abgehackt, wie durch Stroboskoplicht. Wie aus einem Stop-Motion-Video. Balthasar schob mit dem schwarzen Stiefel die Pistole näher an Markus heran, welche diesem beim Sturz aus der Hand gefallen war und nun einige Zentimeter entfernt von ihm lag. Balthasars Lippen bewegten sich, doch was er sagte, verstand ich nicht.

Markus schüttelte den Kopf, hob seine Hand. Schwach. Zitternd. Er schob die Waffe von sich weg, ehe er um das Fußgelenk seines vermeintlichen Freundes fasste. Der Polizist schüttelte die Hand wie angeekelt von sich. Ich konnte schwören, Verwirrung und Angst in Markus' letztem Blick zu sehen, ehe sein Körper endgültig erschlaffte und die Augen sich eintrübten.

Balthasar blickte noch einen Moment auf den Toten herab, ehe er seine kalten, blauen Augen zu seinen Kollegen richtete.

„Ich brauche hier Hilfe zum Wiederbeleben", sagte Balthasar, der sich jetzt, wo Markus tot war, zu diesem hinunterkniete, um ihn auf den Rücken zu drehen. Er legte seine Hände auf die Schusswunde, aus der jedoch kein Blut mehr quoll.

„Lass doch, Winterfeld", erwiderte der Kollege, der die Türen des Transporters geöffnet hatte und ein dreckiges, verschüchtertes Mädchen aus diesem heraushob, „Kinderschänder wie er haben es doch nicht anders verdient. Außerdem ist er tot. Da ist doch nichts mehr zu machen. Wenn der Notarzt kommt, sagst du, du hast dein Bestes versucht."

Balthasar musterte seinen Kollegen, ehe seine Mundwinkel kaum merklich zuckten.

„Ja", sagte er, „die Welt braucht keine feigen Schwächlinge wie ihn", die letzten Worte flüsterte er, sodass sie kaum mehr verständlich waren. Doch ich hörte sie noch zu gut.

Wie konnte es sein, dass Markus tot war und Balthasar jetzt der Held, der den Perversen zur Strecke gebracht hatte? Wieso saß er da, in all seiner Herrlichkeit und badete seine Hände in dem Blut, das er vergossen hatte, während Liam, sein eigener Sohn, um sein Leben kämpfte? Wo war die Gerechtigkeit? Wo war der Gott, zu dem Liam betete?

„Winterfeld, ich übernehme. Geh du zu deinem Sohn", ein junger Polizist kam zu ihnen und Balthasar nickte dankbar. Er richtete sich auf, streckte den Rücken kurz durch.

„Wie steht es um ihn?“, fragte er.
„Nicht gut, du solltest bei ihm sein.“

78

Nun war ich es, die in Tränen ausbrach. Das durfte nicht sein. Liam durfte nicht sterben und vor allem sollte es nicht das Gesicht seines Vaters sein, das er als Letztes sah. Sondern meins! Ich drückte Anna noch ein letztes Mal fest an mich, als ich mich hektisch aufrichtete und auf die zwei Polizisten zulief, die sich um Liam kümmerten. Ein anderer Polizist trat mir jedoch bestimmend in den Weg und schüttelte den Kopf.

„Bleiben Sie zurück, wir kümmern uns um ihn", sagte der Mann in der blauen Uniform, doch das wollte ich nicht hören. Ich wollte zu ihm!

„Er ist mein Freund, ich muss zu ihm", flehte ich, doch er hielt mich nun an den Schultern fest.

„Sie würden nur im Weg stehen. Bitte verstehen Sie, dass es besser ist, wenn wir in Ruhe arbeiten können. Der Krankenwagen wird gleich hier sein und sein Vater ist bei ihm." Als er das sagte, trat ein großer Schatten an mir vorbei, dessen Präsenz allein mich beinahe in die Knie zwang. Ich sah zu der Gestalt hinauf und mein Blick kreuzte ein eiskaltes, blaues Augenpaar, das mich förmlich durchbohrte. Seine Augen kniffen sich leicht zusammen. Kleine Fältchen bildeten sich um sie. Als würde er lächeln, doch abermals sah ich nur das Zucken seines Mundwinkels und ich fühlte mich hilflos. Er hatte gewonnen. Das wusste er. Am liebsten hätte ich geschrien. Hätte allen gesagt, was für ein mieses Schwein er war, wie böse er war. Wer er wirklich war. Doch ich konnte nichts tun. Ich hatte nichts in der Hand, als das Handy von Caleb, auf welchem das Video von Markus und seinen Schlägern war. Balthasar war uns einmal mehr überlegen. Nicht weil er eine Waffe auf uns richtete, oder wir gefesselt waren. Nein, die Tatsache, dass er als uniformierter Polizist hier war, reichte aus. Er trat an seinen Sohn heran und sank hinunter auf die Knie. Er neigte sich über Liams mittlerweile nackten Oberkörper, presste eine Hand auf seine Schussverletzung und ergriff mit der anderen die seines Sohnes.

Er hielt sie fest umschlossen und führte sie ebenfalls zu der Schussverletzung, um genügend Druck auf diese auszuüben, um die Blutung weiter zu stoppen. Dabei sah er ihm ins Gesicht, in das auch ich nun das erste Mal wieder sah. Er war bei Bewusstsein. Der Schweiß stand ihm auf der Stirn und ich konnte sehen, wie er immer wieder angestrengt die Luft zwischen seinen Zähnen hindurchpresste. Liam kämpfte um sein Leben, der Schmerz und die Angst waren ihm ins Gesicht geschrieben und ich konnte in diesem Moment nicht bei ihm sein. Dafür erblickte er nun seinen Vater, der seine Hand hielt und ihn unentwegt ansah.

„Ich bin bei dir, mein Sohn." Auf diese Worte hin schloss Liam seine Augen und eine einzelne, verlorene Träne rann seitlich sein Gesicht hinab und zersprang auf dem Asphalt wie wohl in jenem Augenblick sein Herz in seiner Brust. Endlich ertönten die Sirenen der Krankenwagen, die kurz darauf zusammen mit einem Notarzt auf dem Hof hielten. Die Türen flogen auf und die Sanitäter in ihren rot-weißen Anzügen eilten los. Mit Koffern und Trage im Gepäck rannten sie auf Liam und Markus zu, lösten die erste Hilfe leistenden Polizisten ab und mein Blick auf ihn wurde verdeckt. Eine blonde Frau kam auf mich zu, begann mit mir zu sprechen, doch ich hörte ihre Worte nicht. Ich starrte durch sie hindurch und alles, was ich noch vor meinen Augen sah, war Liams Gesicht.

Die Frau legte einen Arm um mich und zog mich einfach mit zu einem der Krankenwagen. Dort sollte ich mich setzen und sie wickelte eine metallische Decke um mich, die mir wie gold-silberne Alufolie erschien. Ich hatte keine Ahnung, was sie mit mir tat, spürte nur, wie mein Ärmel hochgeschoben wurde und einen Stich in meinem Arm. Dann breitete sich urplötzlich eine betäubende Ruhe in mir aus und mein ohnehin paralysierter Verstand, verlangsamte sich noch mehr. Die Gedanken flossen nun zäh und dickflüssig durch meine Synapsen. Ich wünschte mir, ich würde nun einfach die Augen schließen. Nichts mehr mitkriegen.

Plötzlich wurde ich wieder auf die Beine gezogen. Die gestoppte Zeit begann, wieder weiter zu laufen.

„Aus dem Weg", hörte ich eine Stimme rufen. Kurz darauf erblickte ich zwei der Sanitäter, die die graue Liege mit dem roten Polster eilig auf den Krankenwagen zuschoben. Sie hatten Liam darauf festgeschnallt, er war intubiert und man hatte ihm eine Infusion gesetzt. Balthasar lief dicht nebendran, noch immer die Hand seines inzwischen bewusstlosen Sohnes haltend.

„Liam!", rief ich und als wären plötzlich neue Lebensgeister in mich gefahren, wollte ich auf ihn zuspringen, wurde jedoch von der Blonden zurückgehalten.

„Wollen Sie mitfahren, Herr Winterfeld?", fragte ein Sanitäter an Balthasar gewandt und dieser nickte.

„Stehen bleiben", diese Stimme war neu. Sie war rau wie Schmirgelpapier und rasselte wie alte Nägel in einer rostigen Blechdose, „ich meine Sie, Hauptkommissar Winterfeld", sagte die Stimme nun mit Nachdruck.

Liam wurde in den Krankenwagen geschoben und Balthasar musste seine Hand loslassen. Er sah ihm kurz hinterher, ehe er sich umdrehte. So wie ich.

Ich hatte nicht mitbekommen, wie ein schwarzer, glänzender BMW in Begleitung von zwei weiteren Streifenwagen das Gelände erreicht hatte. Ein schlanker Mann mit kurzen, weißen Haaren stand wenige Schritte von uns entfernt. Er trug einen Anzug und strahlte trotz seines reifen Alters eine starke Autorität aus. Sein Gesicht war von Sorgenfalten durchzogen und dennoch konnte man sehen, dass er einmal ein attraktiver, junger Mann gewesen sein musste. So wie der blonde, bärtige Beamte hinter ihm, auf dessen Uniform jedoch nicht Polizei stand, sondern Justiz.

„Direktor Schumacher", sagte Balthasar und hob leicht seinen Kopf mit aufeinander gepressten Lippen.

„Balthasar Winterfeld, Sie sind vorläufig verhaftet wegen des dringenden Verdachts des sexuellen Missbrauchs von Kindern. Legen Sie ihre Dienstwaffe nieder." Ohne Widerstand zu leisten, legte Balthasar seine Waffe auf den Boden. Dann schloss er die Augen.

„Legt ihm Handschellen an!" Die beiden Polizisten zu seiner Seite setzten sich in Bewegung und zogen ihm die Hände auf den Rücken. Die Handschellen schlossen sich klackend.

„Führt ihn ab", befahl der Polizeidirektor.

Die Sanitäter zogen die Türen des Krankenwagens zu und dann fuhr er mit Blaulicht und Sirene los zum städtischen Krankenhaus. Nahm Liam mit sich. Von dem ich nicht wusste, ob ich ihn jemals lebend wiedersehen würde.

„Was soll das?", brach es plötzlich aus einem der Polizisten hervor, die mit Balthasar hergekommen waren.

„Ja, was ist hier los?", kam nun auch ein anderer dazu. Verwirrung und Ärger stand in den Gesichtern der Kollegen geschrieben, die teilweise sogar dazwischengehen wollten. Erst als Balthasar seinen Kopf schüttelte, hielten sie inne.

„Nein, das wird sich alles regeln", sagte er ruhig, „bringt euch nicht unnötig in Schwierigkeiten."

„Abführen", befahl Direktor Schumacher noch ein weiteres Mal, woraufhin Balthasar weitergeschoben wurde. Sie brachten ihn zu einem der jüngst dazugekommenen Streifenwagen und drückten ihn hinab, damit er in das Auto einstieg. Dann richtete er seinen Blick noch einmal auf mich. Das Blau seiner Augen hielt mich gefangen. Dieses stechende, gefährliche, alles verschlingende Blau. Als würde er mir drohen. Oder mich auslachen. Ein letztes Lächeln umspielte seine Lippen, ehe die Tür des Wagens zugeschlagen wurde und das Schwarz der getönten Fensterscheibe unseren Blick durchbrach.

Die blonde Frau fasste mich abermals am Oberarm. Bestimmend zog sie mich zu einer Liege und wies mich an, mich hinzulegen. Ich gehorchte. Wie programmiert. Und schloss meine Lider. Das Letzte, was ich in dem Dunkel meines Geistes sah, war ein stechendes, blaues Augenpaar, das mich durchbohrte wie ein Pfeil aus kaltem Stahl. Und ich wusste nicht, zu wem diese Opale gehörten. Zu Liam oder zu seinem Vater?

79

Mein Schlaf war unruhig und in meinen Träumen jagten mich diese Augen. Diese eiskalten Augen, die ich gleichzeitig liebte und hasste. Sie zogen mich an wie ein Magnet, andererseits weckten sie in mir den Wunsch zu flüchten. Ich war gefangen in tiefer Dunkelheit. Und nur diese zwei Augen blickten mich an. Mit ihrer Iris wie aus stürmischen Ozeanwellen, die im nächsten Moment zu Gletschereis erstarren konnten. Ich fror so erbärmlich, dass mein ganzer Körper durchgeschüttelt wurde wie durch heftige Stromstöße. Das Erste, was ich hörte, als meine Sinne zu mir zurückkehrten, war das Klappern meiner Zähne. Dann eine weibliche Stimme, die sagte:

„Ich gebe ihr etwas gegen den Schüttelfrost."

Kurz darauf breitete sich eine Wärme in meinem Körper aus, die meine verkrampfenden Muskeln entspannte. Das Zittern ließ nach.

„Vielen Dank", antwortete eine zweite, männliche Stimme, die mir so vertraut war, dass ich mich sofort geborgen und zu Hause fühlte.

„Papa", sagte ich leise und öffnete meine schweren Lider.

„Helena, Schatz", es tat so gut sein Gesicht zu sehen, seine warmen, braunen Augen, in denen so viel Sorge und Liebe lag. Die Fältchen um sie herum waren tiefer geworden. Zeichneten sich als klare Linien ab. Aber sie waren auch schön, denn er lächelte.

„Na, auch mal wach?", eine zweite Stimme gesellte sich dazu, die mir ebenso vertraut war wie die meines Vaters. Bloß war sie noch nicht so tief und rau. Als ich meinen Blick weiterwandern ließ, sah ich das schwarz gefärbte Haar meines Bruders und seine blaugrünen Augen, die den meinen so unglaublich ähnlich waren. Lediglich sein Piercing fehlte.

„Flo", schluchzte ich nun, als mich meine Gefühle übermannten und die heißen Tränen nahezu aus ihren Kanälen sprudelten und mein Gesicht hinunterkullerten.

„Ist ja klar", sagte mein Bruder abschätzig, „dass du direkt flennen musst wie eine kleine Göre", jedoch musste er sein Gesicht wegdrehen, damit ich nicht sehen konnte, wie er selbst die Tränen niederkämpfte. Doch ich erkannte den Glanz in seinen Augen und wie er schwer schluckte.

„Papa, es tut mir so leid“, schluchzte ich und setzte mich auf, streckte die Arme wie ein kleines Kind nach meinem Vater aus und er zog mich direkt zu sich heran an seine väterliche Brust. Ich vergrub mein Gesicht, hinterließ dunkle, nasse Spuren auf seinem hellen, gestreiften Hemd. Seine Hand fuhr beruhigend über meinen Rücken und er schüttelte den Kopf.

„Es ist alles gut“, beruhigte er mich, „niemand macht dir Vorwürfe.“

Ich löste mich langsam von ihm und warf einen verunsicherten Blick zu meinem Bruder, der sich räuspernd im Nacken kratzte und den Kopf gesenkt hielt.

„M...mir tut es leid“, stammelte er zögerlich, „dass ich das getan habe. Du weißt schon was. Ich war egoistisch. Wie Mama damals. Ich wollte dir nicht, also ...“, Florian seufzte und rang nach Worten.

„Schon gut“, unterbrach ich seine verzweifelte Suche und winkte ihn nun zu mir, damit ich auch ihn in die Arme nehmen konnte. Etwas widerwillig setzte er sich in Bewegung und ließ sich an der Bettkante nieder.

„Du bist die beste Schwester, die man sich wünschen kann“, gab er zu, als wir uns umarmten, „du hast immer versucht, das Loch zu füllen, das unsere Mutter hinterlassen hat. Du hast mir und Papa immer so geholfen und dann mache ich so ‘nen Scheiß.“

„Versprichst du mir einfach, so was nie wieder zu machen?“, fragte ich und vergrub meine Finger in seinen Haaren. Stockend nickte er. Mit einem tiefen Einatmen schloss ich meine Augen und fühlte mich so unendlich erleichtert.

„Müsstest du nicht eigentlich in der Klinik sein?“, fragte ich, als wir uns wieder voneinander lösten.

„Ich habe heute eine Sondererlaubnis bekommen, mit Papa hierherzukommen. Ich werde noch einige Wochen in der Klinik bleiben müssen. Spätestens am Nachmittag muss ich zurück sein. Aber es ist nicht schlimm. Dann muss ich wenigstens nicht in die Schule.“ Er schnaufte verächtlich. Ich stieß die Luft lachend aus. Ja, das war typisch Flo. Typisch Teenager.

„Wie viel Uhr ist es?", fragte ich, als ich blinzelnd zum Fenster sah, durch das ich sehen konnte, wie die Sonne ihre freundlichen, wärmenden Strahlen auf die Stadt schickte. Mein Zimmer musste sich in den oberen Stockwerken befinden, denn ich sah auf die meist roten oder grauen Ziegeldächer hinab, zwischen denen die Baumkronen der Bepflanzung wie grüne Tupfen auftauchten.

„Es ist gleich elf", antwortete mein Vater, „das Frühstück hast du also verschlafen. Dafür gibt es aber bald Mittagessen."

Das war natürlich wichtig. Doch nun fiel mir etwas ein, was noch viel wichtiger war.

„Was ist mit Liam?", fragte ich und spürte, wie die Panik mit kalten Klauen nach meinem Herzen griff. Die Sanitäter hatten zuletzt gesagt, dass sein Zustand nicht gut war. Lebte er noch? Der Gedanke, dass er seinen Kampf gegen den Tod verloren haben könnte, schnürte mir die Brust zu. Ich war nicht bereit, ihn gehen zu lassen. Ich wollte ihn wiedersehen. Ich wollte ihn nicht verlieren! Ich wollte dabei sein, wenn das Leben jetzt vielleicht etwas Gutes für ihn bereithielt.

„Ist das der angeschossene Mann?", fragte mein Vater und ich nickte, während ich abermals die Tränen nicht zurückhalten konnte.

„Den hat es wohl ziemlich erwischt. Der liegt auf der Intensiv, aber Genaueres weiß ich auch nicht."

„Ich muss mit einer der Schwestern reden", sagte ich und suchte um mich herum nach dem Schwesternruf. Als ich den kleinen, roten Knopf fand, drückte ich schnell drauf und wartete ungeduldig, bis endlich die weiße Zimmertür aufging und die Krankenschwester in ihrer typischen, blauen Kleidung hereinkam.

„Frau Weiß, was ist los?", fragte sie und ihr Blick huschte besorgt zwischen mir und meiner Familie hin und her.

„Hier muss ein Mann namens Liam Winterfeld auf der Intensivstation liegen. Er muss kurz vor mir mit dem Krankenwagen eingeliefert worden sein. Er hatte eine Schussverletzung. Können Sie mir sagen, wo er liegt und wie es ihm geht?", sprudelten die Worte aus mir hervor, woraufhin die junge Frau irritiert blinzelte.

„Ähm, Entschuldigung. Aber ich kenne nicht jeden Patienten von allen Stationen. Ich weiß leider nicht, wo Herr Winterfeld liegt oder wie es ihm geht. Aber wenn Sie wissen, dass er auf der Intensivstation liegt, dann gehen Sie am besten direkt dorthin und fragen nach."

„Darf ich also das Bett verlassen, ja?", fragte ich hoffnungsvoll.

„Ja, Frau Weiß. Sie hatten einen Schock und wurden ruhiggestellt. Wenn es Ihnen gut genug geht, können Sie sich frei bewegen. In ein paar Stunden kommt der Arzt zur Visite. Wenn es Ihnen dann gut genug geht, können Sie wieder nach Hause.“

Die brünette Dame lächelte mich aufmunternd an.

„Die Polizei wird sich in den kommenden Tagen bei Ihnen melden. Sie würden gerne noch eine Aussage von Ihnen aufnehmen, aber wir haben gesagt, dass Sie jetzt erst mal Ruhe brauchen.“

Ich nickte dankbar und drehte mich, sodass ich meine Beine aus dem Bett schieben konnte. Für einen Moment blieb ich so sitzen, bis ich mir mit Hilfe meines Vaters meine Schuhe anziehen und mich hinstellen konnte. Die Schwester verließ den Raum und mein Bruder sah mich zweifelnd an.

„Willst du da jetzt allein hin oder was?“, schnappte er.

„Nein, ich gehe mit ihr“, bestimmte Papa und kramte die Geldbörse aus seiner Gesäßtasche, um sie Florian dann in die Hand zu drücken.

„Geh du so lange mal zum Kiosk und hol dir einen Kaffee und was zu essen. Wenn du fertig bist, schreib mir. Wir treffen uns dann wieder.“

Mein Vater legte mir den Arm um die Schulter und trug mich fast mehr, als dass er mich allein gehen ließ, zerquetschte mich halb dabei, sodass ich mich lauthals beschweren musste, dass er sanfter mit mir umgehen sollte. Warum hatten Männer ihre Kräfte nie unter Kontrolle? Er bugsierte mich zum Fahrstuhl und wir fuhren noch eine Etage nach oben zur Intensivstation. Hier mussten wir zunächst klingeln und warten, bis uns jemand in Empfang nahm. Zum Glück öffnete sich die Tür bald und ein junger, stämmiger Pfleger mit kurzgeschorenen Haaren, der genauso viele Stoppeln am Kinn wie auf dem Kopf hatte, blickte uns aus kleinen, grauen Augen entgegen.

„Sind Sie zu Besuch?“, fragte er. Seine Stimme war viel sanfter und weicher als sein Anblick vermuten ließ. Ich nickte.

„Ich bin wegen Liam Winterfeld hier. Er muss gestern Abend eingetroffen sein“, erklärte ich und der Mann wusste wohl sofort, um wen es ging. Sein Blick huschte zwischen mir und meinem Vater überlegend hin und her.

„Ich bin seine Freundin“, hängte ich an und Papas Kopf drehte sich erschrocken zu mir. Zum Glück konnte er nichts erwidern, ehe der Pfleger mich schon hereinbat.

„Es kann nur eine Person zu ihm. Er ist erst vor wenigen Minuten aus der Narkose aufgewacht. Er musste gestern notoperiert werden und ist noch sehr schwach.“

80

Der Pfleger führte mich durch den langen, sterilen Flur, vor dem ich mir die Hände desinfizieren musste. Von überall tönte besorgniserregendes Piepsen. Ich hatte mich schon immer gefragt, wie das Personal es hier aushielt, ohne wahnsinnig zu werden. Wer auf dieser Station lag, schwebte in Lebensgefahr, ja war teilweise sogar dem Tod näher als dem Leben. Ich beobachtete die Türen, an denen wir vorbeigingen, und fragte mich, wer sich gerade hinter ihnen befand, was diesem Menschen zugestoßen war und hoffte für jeden Einzelnen, dass er den Kampf gewinnen würde.

„Hier liegt er. Bitte seien Sie vorsichtig und lassen ihn schlafen, wenn er nicht wach ist", sagte der stoppelige Mann.

„Wie steht es denn um ihn?", fragte ich unsicher und knibbelte an meinen Fingernägeln herum.

Der Pfleger seufzte leise und verzog kurz die Lippen.

„Auf der intensiv ist leider niemand über den Berg. Ich kann Ihnen also nichts versprechen, aber er ist jung und kräftig. Also stehen seine Chancen gut, dass er sich erholen wird." Der Mann legte mir beistehend seine Hand auf die Schulter, ehe er die Tür für mich öffnete. Möglichst leise trat ich ein und hörte, wie die Tür hinter mir wieder geschlossen wurde. In dem Zimmer befand sich nur ein Bett, der Platz hinter diesem, der für ein zweites gedacht war, war leer und der Vorhang, der die Bereiche voneinander trennen würde, zurückgezogen. Als ich ihn dort liegen sah in den weißen Kissen, angeschlossen an die Geräte, die unheilvoll piepsten, wurde mir ganz anders. Er sah blass aus mit dunklen, roten Rändern unter den friedlich geschlossenen Augen. Sein malträtierter Arm war neu verbunden und lag locker auf der Decke. An seinem Finger steckte das graue Messdings, das ihn überwachte und diverse andere Kabel und Schläuche führten von dem Monitor neben ihm zu seinem Körper und verschwanden unter seinem Krankenhaushemd. Sein Brustkorb hob und senkte sich regelmäßig und ich hätte am liebsten meinen Kopf darauf gebettet, wenn da nicht ausgerechnet die Schussverletzung gewesen wäre. Stattdessen ließ ich mich nun auf dem Hocker neben seinem Bett nieder und griff vorsichtig nach seiner Hand. Ich strich mit meinen Fingern über seine Knöchel und malte dann kleine Kreise auf seinem Handrücken.

„Du hast es nicht mehr mitbekommen, aber dein Vater wurde verhaftet. Daniel ist mit seinem Paps aufgekreuzt. Wusstest du, dass er der Polizeidirektor ist?“, fragte ich wohl wissend, dass er mir ja nicht antworten konnte.

„Ich hab mir solche Sorgen um dich gemacht. Ich dachte, du stirbst. Ich dachte, ich sehe dich nie wieder! Ich ...“, ich konnte nicht verhindern, dass sich erneut Tränen in meinen Augen sammelten und ich die Luft zitternd in meine Lungen sog. Die Vorstellung, ihn zu verlieren, war so schrecklich, so unerträglich, dass sich meine nah am Wasser gebauten Tränenkanäle sofort zu Wort meldeten.

„Bitte nicht schon wieder heulen. Ich lebe doch noch“, ertönte Liams ruhige, durch die Narkose jedoch leise und angeraute Stimme. Ich hob erschrocken meinen Blick und erkannte nun, dass er seine Augen einen Spaltbreit geöffnet hatte. Er sah mich an und ein leichtes Lächeln umspielte seine trockenen Lippen.

„Du bist wach?“, wisperte ich fassungslos.

„Klar. Habe dich schon vor der Tür gehört, aber wollte erst mal hören, was du mir so vorschnulzt, wenn du denkst, ich schlafe“, sein Lächeln wandelte sich zu einem süffisanten Grinsen und am liebsten hätte ich ihm dafür auf seiner verletzten Brust rumgedrückt. Doch so blieb es nur bei einem anklagenden Blick und einem:

„Du Arschloch.“

Er lachte leise in sich hinein und verzog daraufhin schmerzerfüllt die Lippen. Karma nennt man das!

„Kleine Sünden bestraft der liebe Gott sofort“, schnaubte ich.

Liam sah mich nun sanfter an und streichelte mit dem Daumen liebevoll über meine Hand. Sein Blick und seine Berührung stachen in meiner Brust. Die Sehnsucht nach ihm manifestierte sich als spürbarer Schmerz in meinem Innersten. Niemals hatte ich gedacht, dass sich Liebe so anfühlen würde. Dass sie so intensiv war. Dass sie so wehtun konnte. Worte konnten nicht ansatzweise ausdrücken, was ich für ihn empfand.

„Mein Vater ist also verhaftet worden“, sagte Liam leise. Ich nickte.

„Sie haben ihn wegen Kindesmissbrauch festgenommen. Ich nehme an, dass er jetzt in Untersuchungshaft sitzt. Offenbar soll ich bald meine Aussage machen. Sicher werden sie auch dich fragen."

„Weißt du, ob sich meine Mutter nach mir erkundigt hat?", fragte Liam zögerlich, doch ich konnte nur die Schultern heben.

„Das musst du die Pfleger fragen. Ich bin auch eben erst aufgewacht."

Liam löste seine Hand von meiner und ließ sie höher wandern. In seinem Gesicht sah ich abermals den Schmerz, den ihm die Bewegung bereitete, doch er ließ sich nicht abhalten. Sanft und warm legte sich seine Handfläche an meine Wange und sein rauer Daumen strich über sie. Ich schmiegte mich in sie hinein, genoss das tröstende Gefühl, das meine Sehnsucht wenigstens für den Moment etwas linderte.

„Es tut mir so leid, was du alles wegen mir durchgemacht hast. Ich wollte dich aus allem raushalten, aber letztendlich habe ich es nicht geschafft. Wir sind ein Paar, aber ich werde ins Gefängnis müssen", eine kleine Furche bildete sich zwischen seinen Brauen. „Glaubst du, dass du das schaffst? Es ist okay, wenn du dein Leben unabhängig leben willst, Helena. Ich will, dass du glücklich bist."

Ich rollte meine Augen und lächelte schief.

„Ich wusste doch, worauf ich mich einlasse. Ich schaffe das. Wir schaffen das!", ich nahm seine Hand und führte sie zu meinen Lippen, um sie mit sanften Küssen zu bedecken.

„Wir haben deine Vergangenheit überstanden. Dann überstehen wir auch die Zukunft", versprach ich ihm und sah ihm dabei tief in die Augen. Liam atmete tief durch. Dann lächelte er sachte und schloss die Lider.

„Ich liebe dich, Helena", flüsterte er, und egal, wie oft ich diese Worte hörte, sie klangen wie Musik in meinen Ohren. Man wusste nie, was das Schicksal vorhatte. Wie oft ich noch in den Genuss kommen würde, sie zu vernehmen. Doch nur für den Fall würde ich jedes Mal so intensiv wahrnehmen, als wäre es das letzte Mal.

„Und ich liebe dich", flüsterte ich noch, obwohl ich wusste, dass er bereits eingeschlafen war.

Als ich nach einiger Zeit die Intensivstation wieder verließ, erwartete mich davor jedoch kein Pfleger, sondern ein großgewachsener, dunkelblonder uniformierter Mann, der mich mit einem frechen Lächeln ansah.

„Daniel", rief ich gedämpft und er zog mich in eine freundschaftliche, enge Umarmung.

„Wie geht es unserem Dornröschen?", fragte er.

„Gut genug, um dumme Sprüche zu klopfen. Aber jetzt ist er wieder eingeschlafen", erwiderte ich mit absichtlich genervtem Tonfall und der Beamte lachte kurz auf. Er drückte mich von sich weg und musterte mich von oben bis unten.

„Ich wollte ihn besuchen, aber wenn er jetzt schläft, lassen wir ihm besser die Ruhe." Er legte einen Arm um mich und wir gingen zusammen den Flur Richtung Ausgang der Station.

„Dein Vater ist also der Polizeidirektor, ja?", fragte ich.

Daniel bemühte sich, unbeeindruckt zu wirken, doch die Art, wie seine Mundwinkel Mühe hatten, ein Grinsen zu unterdrücken, zeigte, wie stolz er war.

„Ja, ich habe ihm das Video gezeigt, das Liam mir gegeben hat, als ihr Anna bei mir vorbeigebracht habt. Daraufhin ist er sofort persönlich los. Keine Sekunde zu früh, wie es schien."

„Ihr kamt wirklich genau zur rechten Minute!"

Wir verabschiedeten uns an der Pforte, und als wir durch die große Alu-Glastür in den Vorraum gingen, blieb mein Herz für einen Moment stehen.

Ich blickte erst in das Gesicht einer jungen, hübschen Frau, die noch immer viel zu dünn war und mich mit einem breiten Grinsen begrüßte und dann in das eines braunhaarigen Mannes, der meinem Blick schüchtern auswich und betreten auf seine Fußspitzen sah.

„Anna! Caleb!", rief ich, als ich zu den beiden hinüberlief und sie in meine Arme zog. Anna erwiderte die stürmische Umarmung sofort und selbst Calebs Hand spürte ich auf meinem Rücken.

Wir hatten es geschafft. Gemeinsam hatten wir all dem Schrecken ein Ende gesetzt, uns gegen die grausame Vergangenheit behauptet. Auch wenn in Annas Augen nicht nur Freude, sondern auch Trauer lag, denn so böse ihr Vater gewesen war: nun hatte sie keine Eltern mehr. Dennoch fiel ein unheimlicher Stein von meinem Herzen, alle in Sicherheit und wohlauf zu wissen. Fehlte nur noch Fly. Aber die würde ich direkt morgen in der Tierklinik besuchen.

EPILOG

Es war ein warmer Sommertag und die Sonne hatte die Erde bereits so innig geküsst, dass die Hitze als flimmernde Wellen in der Luft zu erkennen war. Obwohl der reichliche Regen Grund für die saftig grünen Wälder war, hatte dieser sich seit Tagen auf andere Regionen der Welt beschränkt und so die weibliche Bevölkerung des Landes dazu motiviert, die kurzen, luftigen Sommerkleidchen aus ihren Schränken zu kramen. So auch Anna. Sie trug den leichten, roten Stoff mit Freude und genoss es, wie er ihre erhitzte Haut sanft streichelte. Die noch immer schwarz gefärben Haare hatte sie aus praktischen Gründen zu einem ungezähmten Knäuel auf ihrem Kopf zusammengebunden. So kam genug Luft an ihren Nacken, und keine der Strähnen flog ihr beim Gehen ins Gesicht. Mit einem verliebten Lächeln auf ihren Lippen ging sie die Straße hinab. Vor sich hielt sie ihr Smartphone, auf dem sie herumtippte und sich somit nahtlos in die moderne Smombie-Gesellschaft einfügte. In einer halben Stunde würde sie ihre Arbeit beginnen und wollte vorher noch einen Kaffee trinken und das schöne Wetter auf der Terrasse genießen.

„Ich will nächste Woche noch mal Liam im Gefängnis besuchen. Am Dienstag. Hast du da Dienst?", schrieb sie eine Nachricht. Sie grinste über beide Backen, als sie die Antwort bekam:

„Ich bin Beamter. Ich habe Dienst, wann ich will ? Hast du Lust, danach noch ins Kino zu gehen?"

„Wenn du zahlst ;-*, schrieb sie zurück. Dann ließ sie ihr Handy zurück in ihre Tasche gleiten, denn sie hatte das kleine, süße Café erreicht, in dem sie jetzt arbeitete. Sie drückte die Tür auf und warf ein fröhliches „Hallo!" in die Runde aus Gästen und Bedienungen. Anna ging durch bis zur Terrasse. Einige Leute hatten schon im klimatisierten Raum vor der Hitze Schutz gesucht, einige Hartgesottene trotzten der Sonne unter den aufgespannten, roten Schirmen im Außenbereich. Sie suchte sich einen freien Platz. Das Café war heute gut besucht und überall klapperte Geschirr, Stimmen murmelten unverständlich durcheinander und ab und an wurde die Geräuschkulisse von einem Lachen übertönt. Sie liebte den Sommer. Und sie liebte Gesellschaft. All die Eindrücke, die Geräusche und Gerüche. Sie bedeuteten Leben. Und Anna liebte das Leben. Und trotzdem war heute etwas anders. Irgendetwas saß ihr im Nacken und ließ dort die kleinen Härchen aufstellen, wie ein unangenehmer Schauer. Doch woran es lag, konnte sie sich beim besten Willen nicht erklären.

„Hier, ein Latte Macchiato mit Vanille", sagte Lisa, ihre brünette Kollegin mit dem auffälligen Muttermal über der vollen Oberlippe und stellte ihr das hohe Glas mit der Kaffeespezialität auf den Tisch.

„Danke, Liebes", flötete Anna gut gelaunt und summte leise vor sich hin, als sie mit dem langhalsigen Löffel die Milch mit dem unten dunkel abgesetzten Espresso verrührte. Sie wollte sich ihre Laune nicht von paranoiden Fantasien verderben lassen. Seit ihrer Kindheit wurde sie verfolgt. Wenn nicht in Wirklichkeit, dann in ihren Träumen und Gedanken. Es war Zeit das endlich hinter sich zu lassen.

Es war noch nicht lange her, dass Liam den Rest seiner Haft angetreten hatte, die er nach sieben Jahren vorzeitig auf Bewährung beendet hatte. Erst nachdem er das Krankenhaus verlassen durfte, hatte man ihn zurück ins Gefängnis gebracht. Derzeit war noch nicht sicher, um wie viele Monate seine Strafe verlängert würde für die Gewalt, die er ihrem Vater angetan hatte. Helenas Entführung war zum Glück durch ihre Falschaussagen zu vertuschen gewesen, sodass er wenigstens dafür keine Konsequenzen zu befürchten hatte. Helena besuchte ihn regelmäßig, ebenso wie sie selbst. Sogar Caleb ließ sich ab und an bei Liam blicken und Daniel war ja sowieso bei ihm. Die Kinder aus dem Transporter waren alle versorgt, teilweise konnte man sie identifizieren und ihren Eltern zurückbringen, teilweise versuchten die Behörden noch, sie in Pflegefamilien zu vermitteln, bis ihre Herkunft geklärt war. Viele sprachen kein Deutsch und waren nicht von hier. Natürlich hätte alles noch besser laufen können. Man hatte in der Lagerhalle nicht viele belastende Beweise gefunden. Keine Videos. Keine Fotos. Nichts. Doch wenigstens hatte all der Spuk endlich ein Ende.

Anna sog die frische Luft tief in ihre Lungen und genoss das Gefühl der Freiheit. Sie wollte all den Schrecken endlich hinter sich lassen und nur noch nach vorn blicken. Nach vorn in eine Zukunft, die nur noch Gutes für sie bereithalten sollte! Vielleicht sogar eine Zukunft mit einem Partner. Sie zog noch mal das Handy aus ihrer Tasche und grinste, als ihr eine Nachricht mit einem Herzchen entgegenblinkte.

Dann nahm sie das Glas vor sich in ihre Hände, pustete auf den fluffigen Schaum und führte das Getränk langsam zu ihren Lippen. Über den Rand des Glases hinweg ließ sie ihren Blick über die Gäste huschen und machte bereits aus, wen sie gleich bedienen würde. Plötzlich schlossen sich ihre dünnen Finger fest um das Getränk und ihre Augen weiteten sich vor Überraschung. Eine Gänsehaut bildete sich auf ihren Armen.

Sie sah direkt in das Gesicht von einem Mann.

Einem Mann mit schwarzem Haar.

Einem Mann mit einem Lächeln, das den Erdkern gefrieren lassen konnte.

Einem Mann mit stechend blauen Augen, die sie beobachteten wie ein Raubtier seine Beute.

Blauen Augen, die nicht Liams waren.

WEIHNACHTS-SPECIAL

Grün, rot und gold, das waren die Farben, mit denen die meisten Menschen Weihnachten assoziierten. Doch für ihn war es grau und schwarz, wie jeder andere Tag in der Justizvollzugsanstalt auch. Während in der Welt draußen die Glocken läuteten, klingelten hier nur die Ketten und die Schlösser. Es gab keinen Kerzenschein, keinen Glitzer, keine Sterne, keinen Engel und auch keinen Geruch von Vanille und Zimt. Hier gab es das flackernde Licht der Neonröhren, Verbrecher, Beamte und den Geruch von Schweiß und Urin. Weihnachten – das Fest der Liebe. Was bedeutete das für einen Jungen, der ohne dieses Gefühl aufgewachsen war? Es bedeutete Schmerz, Bitterkeit und Einsamkeit. Während viele der Insassen auf die festlichen Tage hinfieberten, wollte er sich am liebsten in seiner Zelle einschließen und nicht mehr herauskommen. Die einzigen Tage im Jahr, an denen er sich das wünschte. Das einzig Positive an der ganzen Weihnachts-Sache war das Essen, denn zu heilig Abend, gaben sich die Köche wirklich Mühe. Dann gab es ein besonders gehobenes Gericht, mit besseren Zutaten als sonst. Ja, sogar der Nachtisch wurde selbst gemacht und Liam war für eben diesen eingeteilt. Immerhin konnte er in der JVA eine Ausbildung zum Koch absolvieren und die wenigsten rissen sich darum, an diesem Fest hinter dem Herd zu stehen. Die Zutaten für das Dessert hatte er bereits vorbereitet und nun galt es nur noch, sie in die kleinen Plastikbecher zu schichten. Eine große Hand mit krummen Fingern, geschwollenen Gelenken und Haut wie altes, fleckiges Leder, schob ihm einen weiteren Becher herüber. Liam begann abwechselnd in Saft eingelegten Lebkuchen, Sauerkirschen und Sahne-Quark-Creme in das Gefäß zu füllen. Zum Schluss ließ er Schokosplitter wie Schnee auf die weiße Haube hinabrieseln und setzte eine einzelne, dunkelrot glänzende Kirsche oben drauf.

„Normalerweise wird der Lebkuchen noch in Grand Marnier, also Orangenlikör, getränkt, aber darauf müssen wir verzichten“, die

Stimme des Mannes neben ihm war rau und rasselnd, wie das Knurren eines alten Bären. Ohne dem Alten eine Antwort zu geben, arbeitete Liam weiter. Wie am Fließband.

Wie ein Roboter.

Ohne Seele.

Doch leider nicht ohne Gefühle.

„Du wirkst heute sehr ausgebrannt, Liam", brummte der Alte weiter und ließ seine große Pranke auf dem nächsten Becher liegen, sodass er ihn nicht füllen konnte. Liam starrte hinab auf seine eigenen Hände, die in milchigen Latexhandschuhen steckten und schon von der Creme und dem roten Kirschsaft ganz dreckig waren. Kurz ballte er sie zu Fäusten, löste sie dann wieder und atmete tief durch.

„Es ist Weihnachten und das solltest *du* doch besonders schätzen", mit einem Finger zeigte er auf das Kreuz, welches Liam auf seinem Unterarm tätowiert hatte. Da er die Ärmel zum Arbeiten hochgekrempelt hatte, war es für jeden gut sichtbar.

„Ich habe keine Verträge mit Weihnachten", raunte Liam kühl und wollte nach dem Becher greifen, doch der Alte zog ihn flink zurück. Er seufzte tief und sah nun endlich zu seinem Kollegen auf. Seine hellgrauen Augen hatten einen dunkelblauen Ring um die Iris und waren von tiefen Fältchen umgeben, die sich fast bis zu den Ohren zogen. Ein weiß-grauer, krauser Vollbart verdeckte das Meiste seines Gesichtes, doch ein winziges Merkmal war stets zu erkennen: Es war eine kleine Träne, die ihm unter dem Auge in die Haut gestochen war. Die Zeit hatte sie verblichen und verwaschen, doch sie würde nie gänzlich verschwinden. Kurt Bergmann war sein Name, doch von den Insassen wurde er nur liebevoll „der Bär" genannt. In vollkommener Ruhe saß er den ganzen Tag da und schnitzte in unfassbarer Liebe zum Detail Figuren. Als gelernter Schreiner war Holz sein Element und es war Liam stets ein Rätsel gewesen, wie er mit diesen gigantischen, behaarten Bärenpranken solch filigrane Arbeit verrichten konnte. Von ihm hatte er es gelernt. Das Schnitzen. Der Bär war vor ihm hier gewesen – und er würde auch nach ihm noch hier sein. Was er getan hatte, dass er einen Großteil seines Lebens hier verbringen musste, hatte er nie verraten.

„Es war falsch und das ist das, was zählt", war stets nur seine Aussage dazu gewesen. Aber die verblasste Träne in seinem Gesicht konnte darauf schließen lassen, dass er ein Menschenleben auf dem Gewissen hatte. Wofür auch sonst bekam man lebenslänglich?

„Aber doch einen mit Gott, oder?“, fragte der Bär, und als er schief lächelte, hob sich eine Seite seines Schnauzbartes leicht an.

„Gott hat genug, was er mir vergeben müsste, da ist ein Weihnachtsfest ohne meine Teilnahme nicht an oberster Stelle auf der Liste“, erklärte Liam wegwerfend und sah ungeduldig zu dem Dessertbecher.

„Ich würde gerne weitermachen“, konnten sie nicht das Thema wechseln? Musste er ihn jetzt wegen diesem Fest löchern, dass er am liebsten vergessen würde?

„Du hast sicher schlechte Erinnerungen an Weihnachten, oder? Leute wie du und ich, wir wurden wohl in unserem Leben mit nicht all zu viel Liebe gesegnet“, sinnierte der Alte und gab nun endlich das Gefäß frei, sodass Liam seine Arbeit fortsetzen konnte. Die Worte ließ er unkommentiert, das war wohl Antwort genug.

„Aber die Dinge ändern sich. Menschen ändern sich. Und ich bin mir sicher, dass du nicht mehr so alleine bist, wie du denkst“, er zwinkerte ihm zu. Liam sah ihn zwar nicht mehr an, aber aus dem Augenwinkel registrierte es sehr wohl.

„Als du hier ankamst, warst du ein verschlossener Rüpel voller Hass. Du hast mit niemandem gesprochen, warst ständig auffällig und hast dir eine Strafe nach der anderen eingefangen. Aber du warst nicht dumm und hast schnell gemerkt, dass du dir so nur selber schadest. Ich habe in all den Jahren viel Gutes in dir gesehen.“

Liam schnaubte belustigt und schüttelte den Kopf.

„Du klingst wie meine Freundin“, sagte er und konnte nicht verhindern, dass ein Lächeln an seinen Mundwinkeln zupfte.

Auch der Bär lachte brummend. Ein herzliches, ehrliches Geräusch. Besser als das rasseln der Ketten und das Quietschen der schweren Eisentüren der Zellen.

„Du warst draußen, konntest ein bisschen an der Freiheit schnuppern und diese Zeit hat dich verändert. Sie hat dich verändert. Da ist jetzt mehr in dir als der Hass, der Wunsch nach Rache und die Einsamkeit. Da ist Liebe in dir und heute ist ein wunderbarer Tag, um das zu zeigen. Dir selbst zu beweisen, dass es jetzt anders ist als früher.“

Der Bär hob seine Hand und legte sie an Liams Unterarm, drückte ihn leicht. Sie war warm und rau. Sanft und beistehend.

„Sieh diese Zeit hier nicht als Strafe. Sieh sie als Chance, um noch einmal mit dir ins Reine zu kommen. Als Möglichkeit, dir bewusst zu werden, was du wirklich in deinem Leben willst und wie du es erreichen willst. Gott hat dir eine harte Probe auferlegt, aber er hat dir auch einen Engel zur Seite gestellt, sie zu meistern."

Liam starrte hinab auf die Hand, die seinen Unterarm gefangen hielt, knapp über dem Kreuz, welches ihm stets ein Wegweiser gewesen war. Diese Berührung war von mehr Liebe und Zuneigung erfüllt, als sein eigener Vater ihm je ehrlich geschenkt hatte. Kurt hatte ihm stets zugehört. Hatte beruhigend auf ihn eingeredet, wenn er von anderen blöd von der Seite angemacht wurde. Er hatte mit ihm über seine Taten geredet. Seine Schuld. Er hatte ihm beigebracht, wie man schnitzt. Mit ihm gebetet. Ihm immer Gehör geschenkt. Liam schloss seine blauen Augen einen Moment und schluckte, während er tief einatmete. Als er sie wieder öffnete, umspielte ein melancholisches Lächeln seine Lippen.

„Du hast recht. Gott hat mir nicht nur einen Engel zur Seite gestellt, sondern viele. Was hast du denn dieses Weihnachten vor, Bär? Gehst du zum Gottesdienst?", Liam hielt es für besser, das Thema umzulenken, sonst würde er gleich sentimental werden, wenn der Alte weiter so herzzerreißende Worte auf ihn abfeuerte. Schlimmer als Helena, wirklich.

„Ja, das lasse ich mir nicht entgehen. Ich freue mich besonders auf den Chor. Als ich jung war, konnte ich singen wie eine Nachtigall, aber das viele Rauchen und der Alkohol haben alles kaputtgemacht. Jetzt hört es sich eher an, als hätten die Stimmbänder eines Tigers Bekanntschaft mit Schmirgelpapier gemacht", lachte der Bär, was allerdings in einem heiseren Husten endete, bis er wieder verstummte.

Liam schmunzelte vor sich her und stopfte noch eine Kirsche auf das letzte Dessert. Damit war ihre Arbeit für heute beendet. Er zog sich die Latexhandschuhe aus und warf sie in den Mülleimer unter der stählernen Industrieküche.

„Es ist das letzte Weihnachten, das wir beide hier zusammen im Knast verbringen werden", sinnierte Kurt, „wenn du nächstes Jahr raus kommst, wirst du nicht zurückkehren, da bin ich mir sicher."

Liam hob zweifelnd eine Augenbraue an, immerhin hatte er das beim letzten Mal auch gedacht. Doch die Absicht zurückzukommen hatte er sicherlich nicht.

„Würdest du mir einen Wunsch erfüllen zu Weihnachten?", fragte der Bär, als sie die Nachtische auf einen Rollwagen platzierten. Liam legte die Stirn in Falten, ehe er ergeben seufzte.

„Wer wäre ich, dir einen Wunsch auszuschlagen, wo du sowas wie mein Opa bist", Liam rollte die Augen und sah ihn nicht an. Seinen eigenen Großvater hatte er nicht oft gesehen. Balthasar hatte versucht es zu vermeiden, aber er hatte ihn auch nicht als sehr sympathischen Mann im Gedächtnis. Stets hatte ihn eine kühle Strenge umgeben. Vielleicht, dachte Liam, war seine Familie einfach nicht dazu gemacht herzlich zu sein. „Dann sing mit in dem Chor. Komm mit mir in die Kirche und sing."

Beinahe wäre ihm vor Schreck eines der Gläser aus der Hand gefallen, als er die Augen weitete.

„Ich? Ich soll singen?", fragte er ungläubig, „wie kommst du denn auf die Schnapsidee? Ich dachte, Alkohol wäre im Gefängnis verboten, aber du musst betrunken sein, sonst würdest du das nicht wollen."

Kurt lachte kurz auf und klopfte ihm dann mit einer Hand auf den Rücken.

„Mir machst du nichts vor, Junge", sagte der Ältere und grinste über beide Backen. Es wirkte verschmitzt und spitzbübisch, was ihn gleich ein paar Jahre jünger wirken ließ, „du summst sehr viel, wenn du konzentriert bist. Egal, ob beim Schnitzen, oder beim Kochen und manchmal, wenn du ganz versunken bist, dann singst du leise vor dich hin. Ich wollte dich nie drauf hinweisen, sonst hättest du damit aufgehört. Aber ich habe es mir immer sehr gerne angehört."

Liam stöhnte und stützte sich für einen Moment auf dem Griff des Metallwagens ab. Er sah zur Seite weg und fuhr sich mit einer Hand durchs Gesicht, dann durch die dunklen Haare und den Nacken.

„Okay, okay. Wenn es dich glücklich macht, dann singe ich wohl mit. Aber erst geh ich nochmal in meine Zelle und ziehe mich meine festliche Gefangenenkleidung an", sagte Liam ironisch, denn jeder Satz Kleidung glich hier wie ein Ei dem anderen.

„Wir sehen uns dann beim Gottesdienst", brummte der Alte und Liam sah ihm noch einmal aufrichtig in sein verblasstes Augenmerk.

„Danke, Kurt", sagte er und dieser quittierte es mit einem wortlosen Nicken.

Dann ging er davon. Leicht humpelnd, aber immer noch aufrecht wie ein Berg. Wie ein starker Fels, den auch die zermürbende See dieser JVA nicht in die Knie zwingen konnte.

Liam sah ihm nach und als er aus seinem Sichtfeld war, rollte er den Essenswagen vorne an die Ausgabe, wo ein anderer Insasse die Becher in die Theke räumen würde. Er selbst meldete sich bei einem der wachführenden Beamten und ließ sich zurück in seine Zelle eskortieren. Dort warf er sich auf die schmale Pritsche, die er die letzten Jahre als sein Bett annehmen musste, und verschränkte die Arme hinter dem Kopf. Kurt war der erste, mit dem er hier im Knast überhaupt je ein Wort gewechselt hatte. Er hatte ihn nicht nur einmal vor wirklich dummen Fehlern bewahrt. Nicht nur ihn, viele der Jungs. Vermutlich, weil er glaubte, dass es für sie noch nicht zu spät war, einen anderen Weg einzuschlagen. Verflucht, wieso war er überhaupt hier? Hatte er sich nicht das letzte Mal geschworen, nie wieder hierher zurückzukommen? Doch diese Frau hatte alles verändert, sie hatte sein Leben umgekrämpelt. Auf den Kopf gestellt. Unwillkürlich schlich sich ein Grinsen auf seine Lippen, als er an sie dachte. Sofort versuchte er es aus seinem Gesicht zu wischen, doch es klappte nicht. Es blieb daran kleben wie ein Kaugummi unter der Schuhsohle.

Der Bär hatte recht.

Es war nicht mehr wie früher.

Er war nicht mehr wie früher.

Er war jetzt nicht mehr alleine, denn irgendwo da draußen war sie und dachte an ihn.

Sicher saß sie gerade mit einem Glas Nutella oder Schokoladeneis vor dem Fernseher, zog sich einen sentimentalen Weihnachtsfilm rein und heulte, weil sie an diesen Tagen nicht bei ihm sein konnte. Ganz. Sicher.

Anna schrieb ihm vermutlich einen Brief, wie sie es so oft tat, weil sie Helena nicht die Besuchsstunden stehlen wollte. Die Schriftstücke wurden ihm dann von ihrem Freund überreicht, welcher ihm auch manchmal Videobotschaften auf dem Handy abspielte. Fly saß irgendwo vor dem Kamin und kaute auf einem Knochen herum, während ihr Schwanz immer wieder freudig wedelte. Und selbst Caleb würde ihm zu Weihnachten eine Nachricht mit irgendwelchen blöden Internetsprüchen zukommen lassen, die er auf 9gag gefunden hatte, oder wie diese Seite auch immer hieß.

Was für ein Idiot er gewesen war zu glauben, er sei alleine. Er würde nicht geliebt werden.

Liam setzte sich wieder auf und blickte auf die Fotos, mit welchen er die Wand neben seinem Bett geschmückt hatte. Besonders blieb sein Blick an dem einen hängen, das sie zusammen im Krankenhaus gemacht hatten. Alle standen um sein Bett und grinsten in die Kamera. Florian hatte es geschossen und ihm später zukommen lassen. Ein merkwürdiges, warmes Gefühl breitete sich in seiner Brust aus, welches ihn hart schlucken ließ. Dann wanderte sein blaues Augenmerk weiter zu einem Foto von Helena. Sie hielt einen Zettel mit der Aufschrift „Ich liebe dich – vergiss das nicht", in die Kamera und lächelte dieses süße Lächeln, welches Eisberge zum Schmelzen bringen konnte. Ihre haselnussbraunen Haare waren zu einem bauschigen Wirrwarr auf ihrem Kopf zusammengeknotet und ihre Augen funkelten wie zwei Aquamarine. Hell und klar. Dieses Mädchen hatte ja keine Ahnung, wie sehr sie ihm den Kopf verdreht hatte. Mit ihrer herzlichen, unschuldigen und sturköpfigen Art. Wie sehr wünschte er sich, dieses Lächeln immer sehen zu können. Sie berühren zu können. Die weiche Haut. Ihre Wärme zu spüren. Liam hob eine Hand und fuhr sachte mit den Fingerspitzen über die glatte, glänzende Oberfläche des Bildes, ließ sie dann jedoch mit einem Seufzen wieder sinken. Sie war verrückt, ihn zu lieben. Sie war verrückt dieser Beziehung eine Chance zu geben. Zwei Jahre auf ihn zu warten. All seine Probleme mit ihm bewältigen zu wollen.

Seine kleine, verrückte Helena.

Direkt neben ihr hing ein Foto mit seinen vier Freunden. Daniel hielt den eher schmächtigen Caleb wie einen Football gefangen, während Anna versuchte, ihm die Kapuze vom Kopf zu ziehen, damit Helena ein Selfie von allen machen konnte. Der Hacker jedoch hatte sich mit Leibeskräften dagegen gewehrt und so war ein amüsanter Schnappschuss entstanden, in dem sein Pullover über den Bauch nach oben gerutscht war. Natürlich überhaupt nicht im Interesse des armen Calebs, sehr zur Belustigung aller anderen jedoch.

Liam schmunzelte und riss sich von den Bildern los. Er ging herüber zu seinem Tisch, auf dem er nicht nur all die Briefe aufbewahrte, die er bekam, sondern auch selbst welche schreiben konnte.

So nahm er sich seinen Block und einen Stift und begann, ohne viel darüber nachzudenken, zu schreiben:

Hallo mein Schokomäulchen,

es ist das letzte Weihnachten, das wir getrennt verbringen müssen. Du hast den Adventskalender sicher schon am ersten Dezember vollkommen geplündert und vergreifst dich nun an den letzten Resten Schokolade und Lebkuchen, die du im Vorratsraum finden konntest. Jammer mir später nicht die Ohren voll, weil die Waage wieder böse zu dir ist!

Helena, ich denke an dich. Jeden einzelnen Tag. Du hast mich von meinem blinden Zorn befreit und mir gezeigt, wie es sich anfühlt, geliebt zu werden.

Du gibst meinem Leben einen Sinn. Du gibst jedem Tag hier einen Sinn. Du bist der Grund, warum ich noch lebe, auch wenn das für mich zwei weitere Jahre in Gefangenschaft bedeutet hat. Du hast von Anfang an an mich geglaubt und Dinge in mir gesehen, für die ich selbst blind war. Du hast mir das gegeben, was ich am meisten gebraucht habe: Liebe und Hoffnung.

Die Hoffnung eines Tages diese kalten Wände zu verlassen und von warmen Armen umfangen zu werden. In eine gemeinsame Zukunft zu gehen. Einen Ort zu haben, an den ich gehöre. Ein zu Hause zu haben. Eine Familie.

Ich sage es dir viel zu selten, aber ich liebe dich. Frohe Weihnachten, mein Engel. Auch an deinen Bruder und alle anderen. Bald bin ich zurück. Warte auf mich.

Großer Gott. Von so viel Geschnulze wurde ihm immer schlecht. Sein Organismus konnte das nicht verarbeiten, genauso wie Rosenkohl. Was hatte diese Frau nur mit ihm gemacht? Verhext hatte sie ihn sicher. Weichgekocht. Emotional, versteht sich. Ein Schmerz, der seine Schulter durchfuhr wie die scharfe Klinge eines Messers, riss ihn aus seinen Gedanken und ließ ihn zusammenfahren. Mit einer Hand drückte er fest auf die Stelle, in der Hoffnung es so lindern zu können. Doch es funktionierte nicht. Es funktionierte nie. Die Schmerzen waren auch mit den lächerlichen Ibuprophen nicht ansatzweise zu lindern, die er hier zwei Mal am Tag bekam. Manchmal wachte er nachts auf, weil es sich anfühlte, als würde die Schusswunde brennen wie Feuer. Ein andermal war es eher kribbelnd oder stechend. Die Art seiner Pain wurde wie aus einem Lostopf ausgewählt und die Intensität mit einem Würfel ermittelt. Manchmal wurde ihm schwindelig und schlecht, so stark konnte es sein und manchmal kitzelte es auch nur. Die Ärzte hatten gesagt, dass es nicht sicher sei, ob und wenn ja, wann sich seine Nerven erholen würden. Verdammte Scheiße.

„Liam?", Daniels bekannte Stimme drang gedämpft durch die verschlossene Metalltür und kurz darauf hörte er, wie diese geöffnet wurde. Schnell faltete er den Brief, damit sein Freund nicht sah, welche grauenhaften Zeilen er sich da zusammengeschrieben hatte und stopfte ihn eilig in einen Umschlag. Vielleicht sollte er noch schnell auf den Brief schreiben, dass er Helena umbringen würde, wenn sie jemandem seine Worte zeigen würde. Doch es blieb keine Zeit. Daniel hatte die Zelle bereits betreten und stand mit einem fetten Grinsen da. Liam drehte sich auf dem Stuhl zu ihm um und musterte ihn mit misstrauischem Blick.

„Und warum strahlst du wie ein Honigkuchenpferd?", schnaufte der Insasse und erhob sich.

„Na, weil heute Weihnachten ist?!", sagte der Beamte entrüstet, als wäre das ja wohl ganz logisch. Daniel lehnte die Tür an und duckte sich, als würde er schleichen.

„Außerdem habe ich eine Überraschung", flüsterte er dann und kam näher. Liam hob die Augenbrauen verwundert.

„Hab keine Lust deinen Penis mit Nikolaushut zu sehen", murrte Liam leise, was ihm einen schockierten Blick einbrachte.

„Hat Anna dir das Bild etwa geschickt?!", fragte Daniel entsetzt und Liam prustete plötzlich los.

„Das war ein Scherz, Alter! Das hast du doch nicht wirklich getan!?"

Daniels Schweigen war Antwort genug. Plötzlich setzte peinliche Stille ein, in welcher beide sich räusperten und die Wände nach unsichtbaren Fliegen absuchten. Der Beamte rührte sich als Erstes wieder und zog aus seiner Tasche einen kleinen Gefrierbeutel, in welchem sich ein paar selbstgebackene und liebevoll verzierte Plätzchen befanden. Er warf ihm das Säckchen zu.

„Hier. Die hat Anna gebacken. Erstick dran!", der Blonde schnaubte beleidigt, blinzelte jedoch erstaunt, als er in das Gesicht seines Freundes sah, der die Kekse wie einen Schatz in seinen großen Händen hielt. Ein sanftes Lächeln legte sich auf sein sonst kühles, distanziertes Gesicht und Daniel hätte zehn BigMacs darauf verwetten können, ein winziges Funkeln in seinen Augenwinkeln erkannt zu haben.

„Frohe Weihnachten, Kumpel“, sagte er nun und ging auf Liam zu, um ihn daraufhin freundschaftlich zu umarmen und wie immer ein wenig zu fest auf den Rücken zu klopfen.

„Frohe Weihnachten“, wünschte auch Liam, der sich einen Moment länger als gewöhnlich an Daniel lehnte. Als sie sich wieder voneinander gelöst hatten, drückte er dem Beamten den Brief in die Hände.

„Der ist für Helena“, sagte Liam und strich sich verlegen über den Hinterkopf.

„Ist der jugendfrei, kann ich den lesen?“, fragte Daniel, als er das Schriftstück grinsend in seiner Uniform verschwinden ließ.

„Wenn du das tust, kriege ich danach sicher lebenslänglich.“

„So schlimm ist das, was da drin steht?!“ Daniel blickte ihn mit riesigen Augen an.

„Nein, du null. Weil ich dich dann umbringe“, Liam kniff seine Augen zu schmalen Schlitzen zusammen und knackste bedrohlich seine Finger.

„Ach so! Also ist es eher eine Schleimpackung!“, er konnte es einfach nicht lassen zu sticheln. Liam wunderte sich, wieso er Daniels Gesicht früher auf dem Schulhof nicht viel öfter in den Matsch getunkt hatte. Lag vielleicht daran, dass Daniel den Körperbau eines amerikanischen Footballspielers hatte und er selbst war mehr so der deutsche Fußballer.

„Raus aus meiner Zelle!“, verlangte Liam mit drohend erhobener Faust und verkniffenem Lächeln.

„Liam, ähm ... ich hab hier die Uniform an, also, okay? Kenne deinen Platz“, dabei hob der Beamte das Kinn provozierend in die Höhe, rannte aber lachend aus der Zelle, als Liam auch nur zuckte.

„Warts nur ab, in ein paar Monaten zeige ich dir, wo dein Platz ist, du Opfer!“, rief er dem Flüchtenden nach.

„Das ist Beamtenbeleidigung, Romeo!“, Daniel blieb nach ein paar Metern wieder stehen und drehte sich zu ihm um, „willst du ewig in deiner Zelle hocken, oder dieses Jahr endlich mal in die Kapelle gehen? Ich bringe dich rüber.“

Liam seufzte und folgte ihm aus seiner Zelle, die sein Freund jedoch noch zuschließen musste.

„Dieses Jahr gebe ich Weihnachten eine Chance", sagte Liam, als er zusammen mit Daniel den langen, von vielen Türen gesäumten Korridor hinabging. Dieses Jahr an Weihnachten würde er nicht nur um Vergebung bitten. Er würde auch danke sagen. Danke für die guten Menschen, die Gott in sein Leben geschickt hatte.

Unsere Liebe gegen die Vergangenheit

PROLOG

„Anna", sagte Markus zu seiner Tochter, die im Wohnzimmer auf dem Teppich vor dem Sofa mit ihren Puppen spielte. Sie hob ihren Kopf und sah ihn aus ihren großen, hellen Augen an. Ihre goldblonden Haare waren zu zwei Zöpfchen gebunden.

„Gleich kommt Onkel Balthasar zu Besuch, freust du dich?"

Sie sagte nichts, sondern blickte ihn nur weiter an und nickte, sodass die Zöpfchen wippten. Sie war so süß. So unfassbar süß. Sein kleines Mädchen.

„Wenn er hier ist, setzt du dich wieder zu ihm auf den Schoß. Du weißt ja, dass er sich da sehr drüber freut und du willst ihm doch eine Freude machen, oder?" Markus lehnte sich zu seiner Tochter herab, stützte seine Hände auf die Knie und lächelte sie an.

Anna nickte wieder.

„Und du willst deinen lieben Papa nicht enttäuschen, richtig?"

Sie sah hinab zu ihrer Puppe und strich über die gelben Kordeln, die das Haar darstellen sollten. Anna schüttelte ihren Kopf.

„Braves Mädchen", lobte er sie und tätschelte erst ihren Kopf, ehe er seine Fingerspitzen über ihre rosa Wange bis zu ihrem zierlichen Hals streichen ließ. Dort ließ er sie einen Moment verharren und betrachtete ihr kindliches, unschuldiges Gesicht. Sie war so bildschön. So begehrenswert. Sein Daumen fuhr über ihre Unterlippe und er schluckte hart.

Es klingelte an der Tür und Markus blinzelte, als wäre er gerade aus einem Tagtraum erwacht. Er erhob sich und ging in Richtung des Flurs. Doch bevor er diesen betrat, blieb er noch einmal stehen und legte seine Hand an den Türrahmen. Mit den Fingern trommelte er ein paar Mal darauf herum, ehe er sich mit einem schmallippigen Lächeln zu seiner Tochter drehte.

„Denk daran, mein Schatz, wenn du nicht brav bist und nicht auf mich hörst, dann tu ich Mama weh. Und das ist dann deine Schuld. Hast du das verstanden?"

Annas kleine Finger fassten fest um ihre Puppe, die sie kurz darauf an ihre Brust drückte. In ihren kugelrunden Augen spiegelte sich Angst, als sie ein weiteres Mal nur stumm nickte.

Wut brodelte in Markus auf. Er ballte seine Hand zur Faust. Hatte sie ihre Zunge verschluckt? Sie sollte aufhören, immer nur zu nicken und ihren Mund aufmachen!

„Antworte mir", verlangte er mit zusammengepressten Zähnen.

„Ja, Papa", ließ ihr glockenklares, engelsgleiches Stimmchen sein Herz aufblühen und sofort allen Zorn verrauchen. Er lächelte.

„Ich liebe dich, mein Schätzchen", sagte Markus, ehe er seinen Weg fortsetzte und nun durch den Flur zur Haustür ging. Er hatte Balthasar jetzt lange genug warten lassen. Als er die Tür öffnete, musste er nach oben sehen, um die blauen Augen seines Freundes zu finden. Der Kerl war einfach ein Riese und mit seiner ruhigen Art, seiner dominanten Ausstrahlung und der tiefen Stimme respekteinflößend. Markus fand, dass es zu weit gehen würde, von angsteinflößend zu sprechen. Es kam allerdings nah heran. Er würde ihn lieber nicht wütend machen wollen. Ihre Frauen waren zusammen zur Schule gegangen und seitdem gute Freundinnen. Durch sie hatte er auch Balthasar kennengelernt und mit der Zeit hatte er sich mit dem Polizisten angefreundet. Auch wenn ihre Welten vollkommen unterschiedlich waren. Während er in diesem kleinen, mittelständischen Haus wohnte und alles Geld dafür hergab, seine bettlägerige Frau zu versorgen und zu pflegen, suhlte sich Balthasar als reicher Erbe in Luxus. Markus konnte nicht leugnen, dass ihre Freundschaft manchmal von Neid überschattet wurde. Obwohl er seit vier Jahren endlich etwas hatte, auf das Balthasar sehnsüchtig blickte: eine kleine Tochter.

„Hallo Markus", begrüßte ihn der Hüne, „ich habe heute Liam mitgebracht. Eva wollte, dass er ein bisschen mit Anna spielen kann. Allerdings glaube ich, dass der eigentliche Grund ist, dass das Kindermädchen samstags frei hat und sie mit ihren Freundinnen in die Stadt gehen will. In den Lokalen ist wegen des Spiels heute Abend sicher die Hölle los."

Markus' Blick wanderte hinab zu dem kleinen, dunkelhaarigen Jungen, der halb hinter seinem Vater stand und zu diesem hinaufblickte. Der Kleine hob seine Hand an und wollte seine Finger um die seines Vaters legen, doch der entzog sie ihm. Er ballte sie zur

Faust und hob sie so hoch, das Liam sie nicht mehr erreichen konnte. Als Schmerz in den blauen Augen des Jungen aufleuchtete, empfand er Mitleid. Liam konnte doch nichts dafür, dass sein Vater zu dieser Ehe gezwungen worden war. Aber Balthasar schien sich nicht dazu durchringen zu können, ihm väterliche Gefühle entgegenzubringen.

„Nicht schlimm", antwortete Markus, „Anna freut sich sicher, wenn sie jemanden zum Spielen hat. Kommt rein. Wollt ihr was trinken?", fragte er und trat beiseite, damit die beiden eintreten konnten.

„Ich nehm ein Bier und Liam bekommt Wasser", sagte Balthasar im Vorbeigehen.

„Möchtest du das Wasser mit oder ohne Sprudel, Liam?", wandte er sich mit einem Lächeln direkt an den Jungen.

„Mit, bitte", sagte der Kleine höflich, jedoch ohne sein Lächeln zu erwidern.

Gemeinsam gingen sie durch den Flur ins Wohnzimmer, wo Anna immer noch mit ihren Puppen beschäftigt war. Als sie jedoch sah, dass Balthasar in Begleitung seines Sohnes war, sprang sie auf und lief eilig zu dem Jungen.

„Liam!", rief sie und schlang ihre Arme um seinen Bauch. Dieser erwiderte die stürmische Umarmung. Markus konnte sehen, wie sein Mundwinkel zuckte, es jedoch nicht schaffte, zu einem Lächeln heranzuwachsen. Dieser Kleine war seinem Vater wirklich verdammt ähnlich. Balthasar sah das sicher auch und genau das war wahrscheinlich das Problem.

„Setzt euch schon mal, ich hole eure Getränke", verabschiedete sich Markus für einen Moment aus dem Raum, um in der Küche das Wasser und zwei Bier zu holen.

„Hier", sagte er, stellte das Glas ab und reichte seinem Freund die kalte, braune Flasche, „ich habe auch Schnaps kaltgestellt, falls du möchtest", merkte er scheinbar beiläufig an und ließ sich anschließend aufs Sofa fallen. Er wusste, dass Alkohol Balthasars Hemmungen lockern und sein ganzes Vorhaben erleichtern würde. „In zehn Minuten geht das Spiel los. Was denkst du, wie es ausgeht?", fragte Markus und beobachtete, wie Balthasar sein Bier mit einem Feuerzeug öffnete, weil es ihm wohl zu lange dauerte, auf den Öffner zu warten. Der Polizist lehnte sich danach zurück, schwenkte überlegend die Flasche und atmete tief ein.

„Drei zu eins für uns. Belgien hat keine Chance“, tippte er schließlich.

„Ich denke auch, dass wir gewinnen. Aber nicht so deutlich. Ich sage eins zu null. Wir sind zwar Gruppensieger, aber ich finde nicht, dass wir in der Vorrunde überragend gespielt haben. Die spielen so, als wäre es nicht wichtig, dass wir den Titel verteidigen“, erklärte Markus und nippte an seinem Bier.

„Mmh“, stimmte Balthasar wortkarg zu. Manchmal war der junge Polizist ein schwieriger, in sich gekehrter Geselle, der dazu neigte, lieber ein Wort zu wenig als zu viel zu sagen. Oft wirkte es, als sei er in Gedanken versunken. Markus vermutete, dass es die Momente waren, in denen er innerlich mit sich kämpfte. Was für ein Kampf das war und wie er ausging, konnte er allerdings nicht sagen. Nur, dass er ihn schon führte, seitdem er ihn kannte.

Liam und Anna spielten inzwischen zusammen auf dem Teppich. Liam kümmerte sich fürsorglich um das kleine Mädchen und rettete mit seiner Actionfigur ihre Puppe vor einem unsichtbaren Feind. Es war schön anzusehen, wie die beiden sich miteinander beschäftigten. Trotz des spannenden Spiels konnten er und auch Balthasar es nicht lassen, immer wieder zu den beiden Kindern zu sehen, sie zu beobachten und schon während der ersten Halbzeit füllte sich der Tisch mit leeren Bierflaschen und der eisgekühlte Schnaps wurde in die kleinen Gläschen gefüllt. Es lief fantastisch. Für sein Vorhaben brauchte er einen entspannten, offenen, vielleicht sogar unbeherrschten Balthasar.

Markus hatte bereits öfter festgestellt, dass vor allem Annas Nähe den Polizisten leicht aus der Fassung bringen konnte. Sie machte ihn nervös, wenn sie sich auf sein Knie setzte und wenn ihre kindliche Hand ihn berührte, zuckte er regelrecht davor zurück. Er hatte ihn genau beobachtet. Jede Regung in seinem Gesicht und an anderen Körperregionen. Doch wenn es zu viel wurde, ergriff Balthasar stets die Flucht und entschuldigte sich. Er ging dann auf die Toilette oder wollte irgendwo irgendwas holen. Aber Markus war nicht dumm und nicht blind. Er konnte seine Empfindungen nicht nur erkennen, sondern absolut nachvollziehen, mit dem Unterschied, dass er sich und seine besonderen Vorlieben bereits akzeptiert hatte und nicht so vehement dagegen ankämpfte. Es war fast amüsant zu sehen, wie verzweifelt sich Balthasar zu wehren versuchte. Dabei gab es doch gar keinen Grund! Er musste sich nicht verstecken – nicht vor ihm. Nicht vor einem „Gleichgesinnten“. Doch um das endgültig zu bestätigen, brauchte er einen letzten Beweis. Eine letzte Sicherheit. Immerhin war Balthasar Polizist, und wenn er ihm gegenüber etwas Falsches äußerte, konnte das schwerwiegende Folgen haben. Er hatte keine Lust, wegen der Liebe zu seiner Tochter im Gefängnis zu landen.

Als der Halbzeitpfiff ertönte, schob Markus ihm ein weiteres Glas Schnaps zu und grinste benebelt. Er selbst hatte kaum Alkohol getrunken, doch das durfte sein Freund nicht wissen. Das WM-Spiel spielte ihm in die Karten. Deutschland führte bisher 3 zu 1. Das hob nicht nur die Laune, sondern beflügelte auch die Trinkfreude.

„Auf die deutsche Nationalelf!“, rief Markus und hob sein Glas.

„Auf meinen perfekten Tipp!“, entgegnete Balthasar mit einem einseitigen Lächeln und stieß mit ihm an. Markus stellte sein Glas wieder ab, ohne davon getrunken zu haben und beobachtete ungeduldig, wie der andere die eiskalte, brennende Spirituose mit einem schnellen Kippen in seinen Mund beförderte. Die stechend blauen Augen Balthasars wanderten, als er das Glas wieder sinken ließ und abstellte, zu den beiden Kindern. Ruhten einen Moment lang auf seinem Sohn. Balthasar führte seine Hände zusammen, begann sie zu kneten und sein Kiefer mahlte. Zorn spiegelte sich in seinem Blick. Das war nicht das, was Markus erreichen wollte. Nicht die Emotionen, nicht die Gefühle, die er in Balthasar auslösen wollte.

„Anna, Schätzchen, hast du Onkel Balthasar heute überhaupt schon richtig Hallo gesagt?“, erhob Markus seine Stimme, die das Mädchen im ersten Moment zusammenzucken ließ. Er sah ihr genau ins Gesicht, suchte ihre Augen. Gab ihr deutlich zu verstehen, was er nun von ihr wollte. Sie zögerte. Sie zögerte zu lange. Markus weitete drohend seine Augen. Das reichte aus. Sie erhob sich langsam, ließ ihre Puppe bei Liam zurück und ging auf den hochgewachsenen Mann mit der gefährlich ruhigen Ausstrahlung zu.

„Hallo, Onkel Balthasar“, sprach sie leise, sodass sich ihr zartes Stimmchen kaum über das angeregte Gespräch der WM-Experten im Fernseher erhob.

„Hallo, kleine Anna“, begrüßte sie Balthasar, auf dessen sonst so harten Zügen ein Lächeln erschien. Dieses gefror jedoch augenblicklich und wich einem unsicheren Blick, als sie auf seine Beine kletterte und sich daraufsetzte.

Genau so, wie sie es sollte.

So, wie sie es musste.

So, wie sie es bei ihrem Vater immer tat.

So, wie er es ihr beigebracht hatte.

Markus hob zufrieden einen Mundwinkel an, als er die Szenerie beobachtete. Anna machte es genau richtig. Sie war zurückhaltend, schüchtern, zuckersüß. Wie sie mit ihren großen, hellen Augen zu ihm hinaufsah. Allein bei diesem Anblick beschleunigte sich sein Puls und ihm wurde heiß, sodass er den obersten Knopf seines Hemdes öffnen musste. Sie wirkte auf seinen Knien noch viel zierlicher als sie ohnehin schon war. Balthasar hob seine Hände an und hielt sie von Anna weg, als wolle er verhindern, dass sie ihn noch mehr berührte als ohnehin schon.

„Anna, du bist ja richtig verlegen! Bist du vielleicht ein bisschen in Onkel Balthasar verliebt?", neckte er seine Tochter spielerisch. Es war ein sehr schönes Bild. Ihr kindlicher, dünner Körper. Er war so winzig im Gegensatz zu dem des jungen zugegebenermaßen attraktiven Polizisten. Wenn er nur eine seiner riesigen Hände auf ihren Po legen würde, würde er ihn schon vollkommen umfassen können. Bei dieser Vorstellung und dem Wunsch, dass Balthasar sein Mädchen so berühren würde, breitete sich eine kribbelnde Hitze in seinem Unterleib aus und dass es bei Balthasar gerade nicht anders sein musste, war spätestens klar, als er seine Hände um ihre Hüfte legte, sie anhob und von sich herabsetzte. Ruckartig richtete sich der Hüne zu seiner vollen Größe auf und fuhr sich völlig geschafft durch sein dunkles Haar.

„Es ist Halbzeit, ich verschwinde mal ins Bad", wollte er sich wie immer schnell davon stehlen, doch diesmal würde Markus es nicht zulassen. Ohne darüber nachzudenken, griff er nach dem Unterarm seines Freundes und hielt ihn fest.

„Bleib hier, Balthasar!", der Befehlston, der dabei in seiner Stimme mitschwang, schockierte ihn selbst und er wusste nicht, ob er es nicht gleich bereuen würde, so mit ihm gesprochen zu haben. Der andere blieb stehen und unter seinem Griff konnte Markus deutlich spüren, wie sich die Muskeln und Sehnen in Balthasars Arm anspannten. Er begann die Faust zu öffnen und zu schließen. Markus konnte trotz des eingeschalteten Fernsehers das Knacken der Finger hören. Es jagte ihm einen Schauer über den Rücken. Er nahm all seinen Mut zusammen, um ihm direkt in die stechend blauen Augen zu sehen.

„Hab ich was falsch gemacht, Onkel Balthasar?“, durchschnitt erneut Annas zartes Stimmchen die angespannte Situation.

„Nein, nein, mein Schatz, es ist alles gut. Spiel weiter mit Liam!“, wandte sich Markus kurz an seine Tochter, ohne den Blick von Balthasar abzuwenden. Anna folgte auch diesem Befehl ihres Vaters und ging um den Tisch herum zu dem kleinen Liam. Er hatte die Schultern schützend angehoben und sah abwartend zu seinem Vater. Dieser hätte sogar einen erwachsenen Mann allein mit seiner Ausstrahlung beinahe in die Knie zwingen können.

„Loslassen“, knurrte Balthasar förmlich und der drohende Unterton in seiner bassigen Stimme jagte eine Gänsehaut Markus‘ Wirbelsäule hinab. Ruckartig ließ er von dem kräftigen Arm des anderen ab, doch er wollte jetzt nicht einfach aufgeben.

„Bleib doch hier, Balthasar, setz dich ... lass uns darüber reden“, versuchte er es mit einem versöhnlicheren und unterwürfigeren Tonfall.

„Es gibt nichts zu bereden, Markus“, versuchte der andere einem Gespräch aus dem Weg zu gehen, doch Annas Vater schüttelte den Kopf und hörte nicht auf, in die durch den Alkohol leicht glasigen Augen Balthasars zu sehen.

„Doch, das gibt es. Ich sehe doch, wie du leidest. Ich sehe, wie du empfindest und Balthasar ...“, die darauffolgenden Worte kosteten ihn viel Mut und Überwindung, doch wenn er es jetzt nicht durchzog, würde er vielleicht nie wieder die Gelegenheit haben, diese Sache ein für alle Mal zu klären. Markus richtete sich auf, stellte sich frontal vor Balthasar und musste weit nach oben sehen, um ihm weiter in die Augen blicken zu können. Dann deutete er mit einem Kopfnicken zu den beiden Kindern am Boden „... und ich verstehe dich. Ich empfinde ganz genauso. Wenn ich die beiden ansehe. Du kannst Anna ruhig etwas berühren, wenn du das will...“ Der Gastgeber verstummte augenblicklich, als Balthasar auf ihn zutrat, ihn mit beiden Händen am Kragen fasste und vom Boden hob. Mit Leichtigkeit wurde der Körper des Geschäftsmannes von den Füßen gerissen und nach hinten gedrängt, bis er mit dem Rücken und Hinterkopf hart gegen die Wand schlug. Ein Dröhnen zog durch seinen Schädel. Luft entwich keuchend aus seinen Lungen. Er riss die Hände hoch, umklammerte

Balthasars Handgelenke und sah ihn flehend an. Das strahlende Ozeanblau in dessen Augen war augenblicklich wie zu Eis erstarrt und seine Kieferknochen traten stark hervor, als er die Zähne fest aufeinanderpresste.

Markus sah, dass Anna sich vor Schreck und Angst in die Arme des kleinen Winterfeld Junior geworfen hatte. Dieser sah mit geweiteten Augen zu Markus und seinem Vater und hielt den Körper seiner kleinen Freundin fest umklammert. Markus wagte es wieder, in Balthasars Gesicht zu sehen, öffnete seine Lippen, um etwas zu ihm zu sagen, als der Polizist das Wort ergriff.

„Niemals würde ich ein Kind anfassen, Markus", presste er zwischen zusammengebissenen Zähnen hervor und Markus spürte und sah, wie viel Beherrschung es Balthasar kosten musste, ihm jetzt nicht einfach den Schädel einzuschlagen. Doch außer diesem unsagbaren Hass und Zorn in seinem Blick konnte Markus auch erkennen, dass sich Balthasar ertappt fühlte und dass er litt. Nicht nur gerade in diesem Moment, sondern dass er immer schreckliche Qualen zu leiden schien. Warum? Was, außer seinen geheimen Wünschen, ihn noch so leiden ließ, das vermochte er nicht zu sagen, doch Markus wollte ihn wenigstens von dieser einen Bürde befreien.

„*Du* musst sie auch nicht anfassen, Balthasar, mein Freund ...", begann Markus mit leiser, zittriger Stimme und zwang sich zu einem beinahe aufmunternden Lächeln. „Liam kann es für dich tun", hauchte er und sah, ebenso wie nun Balthasar, zu dem auf dem Boden kauernden kleinen Jungen mit dem dunklen Haar und ängstlich geweiteten blauen Augen. Markus brauchte Balthasar. Er brauchte ihn für das, was er geplant hatte. Balthasars Autorität. Seine Fähigkeiten, andere zu kontrollieren. Er brauchte einen Verbündeten. Er brauchte seinen Schutz vor der Polizei.

1

47 Stunden mit ihm. 17424 Stunden ohne ihn. Das waren knapp zwei Tage mit ihm. Und 726 ohne ihn. Die letzten zwei Jahre waren eine harte Probe für unsere junge Liebe gewesen. Die wenige Zeit, die uns gegönnt war, war so knapp bemessen, dass sie dafür umso intensiver war. Die zwei Stunden, die ich im Monat in sein Gesicht blicken konnte, in seine Augen. In seine wunderschönen, saphirblauen Augen. Die 50 würden wir jedoch nicht mehr erreichen.

Obgleich mein Leben sich sehr geändert hatte – die JVA war die gleiche geblieben. Die hohen, moosigen Backsteinmauern, die vergitterten Fenster und der Stacheldrahtzaun waren noch immer gleich. Als stünde die Zeit hier still. Lediglich andere Autos standen auf dem Parkplatz und mein Gefühl, wenn ich hierher kam, war ein anderes. Die anfänglich beklemmende Angst hatte sich mit der Zeit in ein Glücksgefühl und Vorfreude verwandelt. Ich ging nun mit einem Lächeln auf den Lippen auf die kleine Eingangstür zu. Daniel wartete bereits auf mich und empfing mich mit einer freundschaftlichen Umarmung. Ich wurde fast zerquetscht und von den Füßen gehoben. Hustend klopfte ich ihm auf die Schulter und er ließ mich wieder herunter. Der Vollbart, den er sich neuerdings stehen ließ, stand ihm gut. Jetzt sah er wenigstens aus wie ein Mann und nicht mehr wie ein zu groß geratener Schuljunge.

„Wie geht es dir, Großer?“, fragte ich mit einem Ellbogenstoß in seine Rippen. Ich grinste.

„Sehr gut, und dir? Bald ist es so weit, freust du dich?“, gab er zurück, während er halbherzig meinen Ausweis kontrollierte und mich ein Stück zur Leibesvisite begleitete.

„Du siehst auch richtig gut aus“, merkte ich an, „deine Augen strahlen irgendwie so. Liegt da etwa was in der Luft?“ Ich wippte verschwörerisch mit meinen Augenbrauen, doch der Beamte lachte nur und gab mir keine Antwort.

„Natürlich freue ich mich", sagte ich dann etwas sanfter und atmete tief durch, „bald beginnt endlich ein normales Leben für uns."

„Was sagt denn dein Vater inzwischen?", Daniel blieb an der Tür stehen. Ich kräuselte meine Lippen und schlug die Augen nieder.

„Ich arbeite noch daran", seufzte ich und lächelte ihn bitter an. Dann hob ich meine Hand zum Abschied und brachte die Durchsuchung hinter mich. Ich musste meine Jacke und meine Tasche einschließen, dann wurde ich von einem untersetzten, kahlköpfigen Beamten zum Besucherraum geführt. Kaum zu fassen, dass mir mein Herz nach all den Besuchen immer noch bis zum Hals schlug. Ich brauchte einen Moment, um mich zu sammeln. Mit feuchten Händen strich ich meine Bluse glatt. Dann meine Haare. Sah ich okay aus? Hatte ich zu viel Schminke aufgetragen? Sah man mein Schokobäuchlein über dem Hosenbund? Ich zupfte alles zurecht, bis ich nichts mehr fand, womit ich mich aufhalten konnte.

Ich trat ein.

Es war ein großer Raum mit mehreren, minimalistisch gehaltenen Tischen und Stühlen. Fast wie in einer Kantine. Grauer, schlichter Vinylboden und Leuchtstoffröhren, die ein ungemütliches Licht abgaben, das auch die hellgelb gestrichenen Wände nicht wettmachen konnten. Doch in all dieser Trostlosigkeit gab es für mich einen Lichtblick. Und der saß in seiner dunkelblauen Einheitskluft an einem der Tische. Seine Augen hielten mich sofort gefangen und mein Geist blendete den Rest des Saals einfach aus. Als gäbe es nur ihn. Seine dunklen Haare waren länger geworden, fielen ihm in wilden Locken in die Stirn und gaben ihm ein verwegenes, aber auch irgendwie jugendliches und freches Erscheinen. Seitdem ich ihn kennengelernt hatte, waren die Schatten unter seinen Augen nie verschwunden, sondern nur noch dunkler geworden. Seine Kleidung warf leichte Falten, spannte sich nicht mehr so um ihn und seine Wangenknochen traten deutlich hervor. Dennoch lag in seinen Augen ein freudiger Glanz, als ich auf ihn zuging. Er schob den Stuhl zurück und richtete sich auf. Ich warf dem aufsichtsführenden Beamten einen kurzen Blick zu und bekam ein Nicken als Bestätigung. Dann stand ich vor ihm und meine Welt drehte sich schneller, als sich seine großen, rauen Hände um meine schlossen und seine weichen Lippen meine berührten. Wie gerne würde ich mich einfach in seine Arme werfen, mein Gesicht an seiner Brust vergraben. Doch mehr als dieser flüchtige Kuss zur Begrüßung war uns nicht gestattet und das auch nur, weil die Wärter so freundlich waren, manchen Insassen solche Ausnahmen zu genehmigen. Ein sehnsüchtiges Brennen blieb auf meinen Lippen zurück, als wir uns voneinander lösten und ich zu ihm hochsah. Seine Lippen deuteten ein Lächeln an, und nachdem er sich aufgerichtet hatte, streckte er seinen Rücken und vor allem seine Schulter durch.

„Tut sie weh?“, fragte ich besorgt.

Liam setzte sich wieder und machte eine wegwerfende Bewegung mit der Hand.

„Wie geht es dir, Schatz?“, fragte er stattdessen. Ich strahlte ihn an.

„Wenn ich dich sehe, geht es mir immer gut“, grinste ich und er rollte die Augen, konnte aber nicht verhindern, dass seine Mundwinkel zuckten.

„So war die Frage nicht gemeint. Ist alles gut, auch mit deinem neuen Job?“, sagte er.

„Ich weiß. Aber mir geht es wirklich gut. Klar, es ist noch etwas schwierig auf der Arbeit. Ich bin ja erst seit einem halben Jahr dort, aber meine Kollegen sind nett und ich habe mich mittlerweile eingefunden.“

„Und dein Vater?“, fragte er nun vorsichtiger.

Ich presste meine Lippen zusammen und schüttelte langsam den Kopf. Liam schlug die Augen nieder.

„Es ist besser, wenn ich mir erst mal eine eigene Wohnung suche“, sagte er, „wenn du mir von außerhalb hilfst, kann ich von hier aus nahtlos irgendwo einziehen. Es sind ja noch vier Wochen, bis ich hier rauskomme.“

Ich schüttelte energisch den Kopf. Der Gedanke, dass wir getrennt leben sollten, gefiel mir überhaupt nicht.

„Mein Bruder ist jetzt alt genug, dass ich nicht mehr zu Hause wohnen muss. Lass uns gemeinsam eine Wohnung suchen, auch wenn das bedeutet, erst mal auf Kriegsfuß mit meinem Vater zu stehen.“ Ich unterdrückte den Drang, über den Tisch hinweg nach seinen Händen zu greifen, die gefaltet vor ihm lagen.

„Ich will nicht, dass du dich mit ihm streitest. Vor allem nicht wegen mir“, sagte er und sah mich eindringlich an, „im Gegensatz zu mir hast du noch eine Familie“, hauchte er dann, „du solltest sie in Ehren halten.“

„Aber du bist auch meine Familie“, protestierte ich los, doch als er scharf die Luft einsog, verstummte ich.

„Weißt du …“, begann er dann und leckte sich über die Lippen. Er kräuselte die Brauen und sein Blick huschte über die Tischplatte, „… ob meine Mutter nach mir gefragt hat?“ Diese Frage stellte er mir jedes Mal und jedes Mal konnte ich nur den Kopf schütteln.

„Tut mir leid“, sagte ich nur. Ich hasste es, wenn seine blauen Augen für einen kurzen Moment ihren hoffnungsvollen Glanz verloren. Doch dann wurden sie plötzlich kalt und er hob seinen durchdringenden Blick zu mir an.

„Und mein Vater?“, sein Ton wurde schärfer.

Ich schluckte.

2

„Der sitzt ein“, sagte ich und hoffte, dass er es dabei beruhen ließ. Doch das tat er nicht. Das tat er nie.

„Hast du dich über den Stand des Prozesses wegen Kindesmissbrauch informiert, wie ich dich gebeten hatte? Wann sind die Gerichtstermine?“, bohrte er nach. Liam löste seine Hände voneinander und griff an die Kante der Tischplatte. Seine Knöchel traten weiß hervor, als er fest um sie fasste. Dieses Thema wühlte ihn auf. Sein Kiefer spannte sich an.

„Liam, ich weiß nichts Genaueres. Ich komme da nicht an Informationen heran“, versuchte ich mich rauszureden und mein Puls beschleunigte sich. Konnte er es nicht einfach vergessen? Konnte er nicht endlich Frieden schließen?

„Es muss doch irgendetwas geben!“, er schnaubte fassungslos und sah zur Seite weg, „wann soll ich meine Aussage machen? Wieso war niemand hier, um meine Sicht zu hören? Bin ich nicht ein Nebenkläger?“

Ich senkte meinen Kopf und schloss die Augen. Es tat mir weh, ihn anzulügen, doch Liam war einfach noch nicht bereit, die Wahrheit zu erfahren.

„Ich kenne mich mit all den Sachen doch nicht aus. Bald bist du frei, dann kannst du das alles ausgiebig recherchieren. Aber das Wichtige ist doch, dass er einsitzt, oder?“ Ich sah ihn verzweifelt an und versuchte, ihn mit meinem Blick dazu zu beschwören, jetzt nicht mehr weiterzureden. Liam griff sich an seine Schulter und drückte mit verkrampften Fingern darauf. Er kräuselte die Lippen und sofort breitete sich wieder Sorge in mir aus.

„Alles okay?“, fragte ich, „haben sie deine Schmerzmedikation immer noch nicht erhöht?“ Auch ich fasste an die Tischplatte, hielt mich gerade noch davon ab, energisch aufzustehen. Liam schüttelte langsam den Kopf und deutete mir mit dem Blick, ruhig zu bleiben.

„Ich bin nicht aus Zucker. Ein bisschen Schmerz hat noch keinen richtigen Mann umgebracht", zischte er unter zusammengepressten Zähnen hervor. Ich seufzte. Nach der Schussverletzung durch Markus, den zweiten Täter und Annas Vater, war seine Rehabilitation sparsamer ausgefallen, als es notwendig gewesen wäre. Es dauerte lange, sich von solch einer Wunde zu erholen und Liam hatte nicht viel Zeit gehabt, bis er den Rest seiner Haftstrafe antreten musste, weil er gegen seine Bewährungsauflagen verstoßen hatte. Dazu war eine Verhandlung wegen der Körperverletzung an Markus gekommen, sowie wegen unerlaubten Waffenbesitzes und der Drogen in seiner Tasche. Letztendlich hatte sich seine Strafe nur aufgrund des milden Urteils der Richter um lediglich ein weiteres Jahr verlängert. Doch das hatte zur Folge, dass seine Verletzung nicht ausreichend behandelt worden war. Nur die laut den Schulbüchern medizinisch notwendigen Therapien waren angewendet worden, doch in der Realität hätte er viel mehr Behandlung gebraucht, um wieder gänzlich zu genesen. Nun hatte er ständig Schmerzen und die wenigen Medikamente, die sie ihm morgens und abends gaben, reichten kaum aus, um sie zu lindern.

„Wie geht es Fly?", lenkte er das Gespräch auf ein anderes Thema und ich war froh darüber.

„Gut", sagte ich, „sie fühlt sich pudelwohl bei Anna und Daniel. Oder sollte ich eher pitbullwohl sagen?", grinste ich und Liam schüttelte über meinen miserablen Witz den Kopf.

„Schade, dass sie nicht bei dir bleiben konnte", sagte er und meine Mundwinkel fielen langsam nach unten. Ich nickte und spielte mit meinen Fingern.

„Mit meiner Arbeit und Florians Ausbildung ging es einfach nicht anders", es schmerzte mich, dass ich die Hündin letztendlich abgeben musste, aber bei Anna und Daniel hatte sie es wirklich gut und ich konnte sie besuchen, wann ich wollte. Es war die vernünftigere Entscheidung gewesen und weit besser, als sie zurück ins Tierheim zu bringen, wo sie traurig in einem Zwinger sitzen würde.

„Nicht, dass sie noch deine gutaussehenden Arbeitskollegen vertrieben hätte, wenn du sie mitgenommen hättest", sagte er dann und, obwohl ein leichtes Grinsen um seine Mundwinkel spielte, hörte ich eindeutig den schneidenden Ton seiner Stimme. Ich stöhnte gespielt.

„Da gibt es keine gutaussehenden Arbeitskollegen", sagte ich.

„Ach ja?“, fragte Liam und verengte die Augen abschätzend.

„Na gut, einen vielleicht. Paul ist ganz süß und abgesehen von ein paar heimlichen Küssen in der Abstellkammer ist aber noch nichts gelaufen“, ich winkte gespielt mit der Hand ab und rollte theatralisch meine Augen. Doch als ich zurück in die meines Freundes blickte, funkelten sie mich strafend an. Keine Regung war an seinen Mundwinkeln zu erkennen, lediglich eine Furche bildete sich zwischen seinen Augenbrauen.

„Nicht lustig?“, fragte ich kleinlaut.

„Nein“, er knirschte mit den Zähnen und pfählte mich regelrecht mit seinem Blick.

„Es war doch nur Spaß.“ Ich ließ meine Schultern fallen und kam mir plötzlich schlecht vor. Früher hatten wir doch auch oft rumgealbert und uns gegenseitig aufgezogen. Warum war es jetzt falsch? Was hatte sich geändert?

Ich sah hinunter auf meine Hände und schwieg. Liam schüchterte mich ein. Nicht weil ich Angst vor ihm hatte. Sondern weil ich Angst hatte, ihn zu enttäuschen oder zu verletzen und in letzter Zeit waren seine Launen noch wechselhafter als sonst. Aber wer war ich, anderes von ihm zu erwarten? Er hatte die letzten zwei Jahre in Gefangenschaft verbracht, ich in Freiheit. Ich hatte gut reden, denn ich hatte keine Ahnung davon, wie es ihm erging, wenn sich die Besuchertür wieder hinter mir schloss.

„Schau nicht so“, riss er mich aus meinen Gedanken. Ich sah verwirrt auf. „Bitte“, hängte er leise an.

„Wie schaue ich denn?“, fragte ich.

„Traurig“, antwortete er und sein Blick wurde langsam etwas sanfter. Sein Gesicht entspannte sich und damit auch mein verkrampftes Herz.

„Ich will, dass du für mich lachst, Helena“, sagte er leise und ich konnte nicht verhindern, dass sich ein beschämtes Lächeln auf meine Lippen schlich und die Hitze in meine Wangen stieg.

„Schon besser“, flüsterte Liam und lehnte sich zufrieden auf seinem Stuhl zurück.

„Ich ...“, begann ich, doch er unterbrach mich, indem er seine Hand anhob.

„Sag es nicht“, mahnte er mich und ich hob verdutzt meine Brauen.

„Woher willst du wissen, was ich sagen wollte?“, gab ich zurück und verschränkte trotzig meine Arme. Jetzt war er wieder Mister Klugscheißer.

„Ich sehe es dir an, wenn du wieder herumschnulzen willst“, brummte er und lächelte ein schräges Lächeln.

„Was ist falsch daran?“, fragte ich herausfordernd, „du schnulzt doch selbst. Herr lächel-für-mich-Helena.“

Liam schnaubte und winkte ab.

„Ich mache das wenigstens mit Stil und nicht inflationär“, erwiderte er.

„Fick dich, Liam Winterfeld“, fauchte ich ihm entgegen. Er begann, gewinnend zu grinsen.

„Wow. Das war echt erwachsen“, sagte er und applaudierte langsam und gespielt.

Ich kniff meine Augen etwas zusammen.

„Stimmt, tut mir leid. Im Gegensatz zu dir kann ich noch auf keine Ü-30-Party gehen“, ich konnte nicht verhindern, dass mein Kopf provokant hin- und herwackelte, als ich diese Worte süßlich zwitscherte. Liam funkelte mich zornig an, dann kreuzte er seine Arme und sah zur Seite, um sein Schmunzeln zu verbergen.

„Blöde Kuh“, murrte er.

„Wow“, sagte ich, „das war auch echt erwachsen.“

Wären wir nicht hier.

Wären wir nicht in dem Besucherraum einer JVA.

Wäre er kein Insasse, sondern ein freier Mensch, dann hätten wir uns sicher lachend um den Tisch gejagt, bis er mich gefangen und ich atemlos aufgegeben hätte. Doch das ging nicht.

Wir waren hier.

Er war ein Gefangener.

Ein verurteilter Verbrecher.

Und sein Vater war ein freier Mann.

3

Die Stunde verging viel zu schnell und es kam mir vor, als hätte ich ihn eben erst begrüßt, als wir uns schon wieder voneinander verabschieden mussten. Es tat mir fast körperlich weh, als ich seine Hand los- und ihn zurücklassen musste. Nur noch ein Besuch stand uns bevor, bis ich ihn endlich mit nach Hause nehmen konnte. Nach Hause. Wo würde das sein? Mein Vater konnte unsere Beziehung sogar nach zwei Jahren noch nicht akzeptieren. Ich bog mit meinem bunten Polo in unsere Einfahrt ein, parkte ihn hinter dem Skoda meines Vaters und stieg aus. Als ich auf unser kleines Haus zuging, zog sich meine Brust schmerzhaft zusammen. Würde ich bald hier ausziehen und nur noch als Gast zurückkehren? Ich war alt genug, um auf eigenen Beinen zu stehen, doch das Band zu meinem Vater und meinem Bruder war stark. Ebenso wie mein Pflichtgefühl den beiden gegenüber. Würde Vater Liam doch nur akzeptieren, dann könnten wir gemeinsam hier leben. Und Liam könnte ihm in der Firma helfen. Er könnte endlich die Regenrinne reparieren, für die mein Vater keine Zeit und mein Bruder keine Lust hatte. Er könnte hier ein Zuhause haben. Eine Familie.

Ich schloss die Tür auf und klopfte meine Sandalen an der Fußmatte ab, ehe ich eintrat. Obwohl es bereits Abend war, war es noch hell draußen und die spätsommerliche Luft sehr mild. Aus dem Wohnzimmer drang das Gedudel eines Fernsehers und ich vermutete, dass mein alter Herr schon drauf und dran war, auf dem Sofa einzuschlafen.

„Paps?“, rief ich und schlüpfte aus meinen Schuhen. Ohne eine Antwort abzuwarten, ging ich ins Wohnzimmer.

„Hey Spätzchen“, sagte er und öffnete seine Arme, um mich an sich zu ziehen, sobald ich mich zu ihm herablehnte. Er drückte mir einen kratzigen Kuss auf die Wange und sah mich für einen Moment aus seinen warmen, braunen Augen an, ehe er mich losließ. Ich setzte mich zu ihm aufs Sofa und zog die Beine in den Schneidersitz.

„Es sind nur noch vier Wochen", sagte ich und die Mundwinkel meines Vaters gingen augenblicklich nach unten. Es wirkte, als würde sich ein Schatten über sein sonst so freundliches Gesicht legen und eine tiefe Furche bildete sich zwischen seinen Brauen.

„Papa, kannst du nicht versuchen, endlich damit klarzukommen?", fragte ich, als ich seine Reaktion sah, die die letzten Jahre immer gleich ausgefallen war.

„Er ist ein Verbrecher, Helena. Ein Mörder!", er betonte die Worte, als würde er sie einem kleinen Kind erklären, das es partout nicht verstehen wollte, „auch wenn du bei der Polizei gelogen hast, weiß ich, dass er dich entführt hat. Ich kann das nicht mit meinem Gewissen vereinbaren. Er ist schlecht für dich. Du hättest bei der ganzen Geschichte damals sterben können. Er hat dich und viele andere in Gefahr gebracht und eine schwere Kindheit entschuldigt das auch nicht alles. Ich werde ihn nicht akzeptieren. Das Thema ist beendet, Helena." Ohne meine Antwort abzuwarten, nahm er die Fernbedienung zur Hand und schaltete den Ton lauter.

„Meine Entscheidung steht fest. Ich werde mit ihm zusammenbleiben!", rief ich, um den Nachrichtensprecher zu übertönen, „dann werde ich eben ausziehen und mir eine eigene Wohnung mit ihm suchen!"

Er sah mich nicht mehr an, stierte verbittert auf den Fernseher.

„Du wirst schon sehen, was du davon hast. Dieser Kerl kann dich nicht glücklich machen. Er hatte Drogen und Waffen bei sich. Glaubst du ernsthaft, er würde sich ändern? Wach doch endlich aus deinem Traum auf! "

„Warum musst du mir solche Steine in den Weg werfen?" Ich versuchte, den Kloß im Hals hinunterzuschlucken und die Tränen niederzukämpfen. Immer wieder die gleiche Leier. Immer wieder der gleiche Streit. Ich ballte meine Hände zu Fäusten und wartete, dass mein Vater irgendetwas sagte. Dass er vielleicht doch endlich einlenkte und einsah, dass er seine Tochter damit verletzte. Doch er sah mich nicht mehr an und erwiderte auch nichts mehr. Ich verstand einfach nicht, wie er so wenig Mitgefühl und Verständnis für Liam übrig haben konnte. Natürlich war er nicht der Wunsch-Schwiegersohn, doch er hatte eine zweite Chance verdient. Er hatte eine Familie verdient! Aber egal, wie schwer der Weg werden würde, ich würde ihn mit Liam gehen! Wir hatten so viel zusammen durchgemacht. Das würde ich nicht wegen der Ängste meines Vaters zerbrechen lassen.

Wütend fuhr ich herum und rannte aus dem Wohnzimmer. Ich brauchte Zeit für mich, musste meine Gedanken sortieren und meinem Zorn etwas Luft machen. Fluchend schlüpfte ich zurück in meine Sandalen und schnappte mir meinen Cardigan von der Garderobe, falls es nach Sonnenuntergang kälter werden würde.

Gerade riss ich die Haustür auf, als ich meinem kleinen Bruder nahezu in die Arme lief. Er war mit seinem Handy beschäftigt und sah auf, als ich die Haustür vor seiner Nase aufriss. Er trug noch die graue, mit Öl und Schmutz beschmierte Arbeitshose und ein weißes, ebenfalls dreckiges T-Shirt. Als er mich sah, ließ er sein Smartphone sinken und musterte mein Gesicht besorgt.

„Wieder wegen Liam?“, fragte er. Ich war froh, dass er endlich aufgehört hatte, sich die Haare schwarz zu färben. Nun hatte er dieselben haselnussbraunen Locken, wie ich. Nur kurz geschnitten.

Ich nickte zur Antwort und Flo zog mich schweigend zu sich in die Arme. Als ich meine Nase an seine Brust drückte, stellte ich fest, dass mein kleiner Bruder gar nicht mehr so klein war, sondern inzwischen mindestens einen Kopf größer als ich. Und kräftiger war er geworden. Die Ausbildung zum Kfz-Mechatroniker tat ihm wirklich gut.

„Der kriegt sich schon wieder ein“, versuchte er mich zu trösten und klopfte mir unbeholfen auf den Rücken. „Weißt du noch, wie lange er böse auf mich war, als ich mir das Piercing gestochen habe? Irgendwann war auch das wieder okay. Vielleicht muss er ihn einfach selbst kennenlernen und sich ein Bild von ihm machen.“

Ich war so froh, dass wenigstens mein Bruder mich unterstützte und mir die Sache nicht noch schwerer machte. Er hatte Liam oft mit mir im Krankenhaus besucht und Liam hatte sofort einen Draht zu ihm gefunden. Flo sah zu ihm auf, fand ihn „cool“ und sah in ihm vielleicht auch eine Art großen Bruder.

Ich schniefte und löste mich langsam von ihm.

„Danke“, sagte ich und sah zu ihm hinauf. Ich legte ihm eine Hand an die Wange und lächelte sachte, „vielleicht kannst du ja noch mal mit ihm reden, wenn er sich etwas beruhigt hat. Ich wollte noch etwas spazieren gehen und den Kopf freibekommen.“

Florian nickte und stopfte seine Hände in die Taschen der grauen Hose. „Ist gut“, sagte er und versuchte, mich aufmunternd anzulächeln. Dann schlenderte er an mir vorbei in das Haus und ich setzte meinen Weg fort. Ich trat hinaus auf den Bürgersteig und ging ein paar Schritte die Straße hinab. Die Sonne neigte sich nun doch langsam zum Horizont und ihre letzten Strahlen drangen durch das Blätterdach der Bäume, die die Straße säumten. Ich war kaum von unserem Grundstück auf der Straße angekommen, als ich bemerkte, dass Lichter im Nachbarhaus brannten, das seit einiger Zeit leer und zum Verkauf stand. Neugierig lugte ich über den Zaun, erkannte jedoch nichts. Dann fiel mir ein Auto auf, das auf dem Stellplatz parkte. Der Kofferraum war geöffnet und ein Mann war dabei, sich viel zu viele Pakete und Tüten auf die Arme zu stapeln, sodass sein Blickfeld vollkommen verdeckt war.

„Entschuldigung“, sagte ich, als ich näher kam, „kann ich Ihnen helfen?“ Ich versuchte, an dem Berg aus Paketen vorbeizuschauen, als dieser plötzlich ins Wanken geriet und umzustürzen drohte. Im letzten Moment konnte ich das oberste auffangen. „Uppsala!“, stieß ich hervor und sah grinsend hinauf. Ich blickte in ein ebenholzbraunes Augenpaar, das so dunkel und tief war, dass ich fast glaubte, in zwei schwarze Obsidiane zu blicken. Neben diesen faszinierenden Augen zog eine Narbe meine Aufmerksamkeit auf sich, die nicht nur seine linke Braue als feine, weiße Linie spaltete, sondern sich auch an seiner vollen Oberlippe wiederfand. Dieses Gesicht war so verwegen und markant, dass ich meinen Blick gar nicht mehr abwenden konnte.

„Verzeihung, normalerweise bin ich geschickter, das schwöre ich“, lachte der Fremde mit einem rauen Bass in der Stimme.

4

„Das müssen Sie erst noch beweisen. Bisher weiß ich nur, dass Sie faul sind. Sie würden sich wohl lieber beide Arme brechen, als zweimal zu laufen, oder?", neckte ich ihn und unterstrich meine Worte mit einem Augenzwinkern, damit er sie nicht in den falschen Hals bekam.

„Ich bin nicht faul, ich bin effizient", korrigierte er mich und entblößte eine strahlend weiße Zahnreihe, wobei sich kleine Grübchen in seinen Wangen bildeten. Ich lachte und nahm ihm noch ein weiteres Paket ab, damit er wenigstens sehen konnte, wo er hintrat.

„Vielen Dank", sagte unser neuer Nachbar, dem ich in meinen Gedanken schon den Spitznamen „Scar" verpasste. Nicht nur wegen seiner schwarzen Mähne und den gefährlich funkelnden Augen, sondern auch wegen der auffälligen Narbe und seiner tiefen Stimme. Ich sah ihn genau vor mir, wie er hauchte: „Lang lebe der König". Vielleicht hatte ich zu viele Disneyfilme geschaut. Aber wenn Scar ein Mensch wäre – dann wäre er dieser Mann. Und welche Disneyprinzessin wäre ich? Wahrscheinlich wäre ich Belle. Und Liam wäre mein Biest.

„Wollen Sie mit meinen Paketen da Wurzeln schlagen?", riss mich Scars raue Stimme aus meinen Gedanken. Er war bereits losgegangen und stand in der offenen Haustür. Seine Stirn war leicht in Falten gelegt und die durchbrochene Augenbraue in die Höhe gezogen.

„Ja, ich finde es hier so schön in Ihrer Einfahrt. Ich dachte, ich bleibe einfach hier stehen", lachte ich entschuldigend und setzte mich endlich in Bewegung. In den braunen Kartons klimperte es leise, als ich auf ihn zuging. Schien, als hätte ich etwas Zerbrechliches in meinen Händen. Hoffentlich fiel ich nicht hin und zerstörte teures Geschirr. Wäre mir ja zuzutrauen. Doch zu meinem Glück überschritt ich die Türschwelle ohne eine Katastrophe und stellte die Sachen auf dem Boden nahe der Wand ab. Als ich mich aufrichtete, stemmte ich die Hände in meine Hüften und streckte meinen Rücken etwas durch. Ich nutzte den Moment, um mich unauffällig umzusehen. Die alten, vergilbten, orange-braun gemusterten Tapeten des älteren Ehepaars, das bis vor einem Jahr noch hier gelebt hatte, waren immer noch an den Wänden. Auch der cremefarbene Teppich hatte noch keine Neuerung erfahren. Es roch ein bisschen modrig und Spinnweben sammelten sich in den Ecken. Wir befanden uns in einem kleinen Vorraum, von dem aus man das Wohnzimmer erreichte, doch ich hatte wenig Hoffnung, dass es dort besser aussehen würde.

„Hübsch haben Sie es hier", schmunzelte ich und Scar fuhr sich mit beiden Händen durch sein dunkles Haar, während er die Luft geräuschvoll ausstieß.

„Ich bin noch nicht zum Renovieren gekommen. Mein ehemaliger Vermieter hat Eigenbedarf angemeldet und meinen Mietvertrag gekündigt. Aber bei den Mietpreisen dachte ich mir, dass ich mir auch gleich was Eigenes kaufen kann. Das Haus hier war kürzlich erst im Preis runtergesetzt worden – da hab ich zugeschlagen. Allerdings blieb dann keine Zeit mehr zum Renovieren. Deswegen muss das alles jetzt parallel passieren. Ich will erst mal alles ins Wohnzimmer stellen. Dann kann ich im Schlafzimmer und in der Küche die Tapeten und den Boden neu machen. Am liebsten würde ich auch die Heizung erneuern und die Bäder sanieren, aber ich schätze, vorerst muss ich mich auf die einfachen Arbeiten konzentrieren", erklärte er mir und sah sich dabei um, als könne er schon vor seinem inneren Auge ganz genau sehen, wie es hier eines Tages aussehen würde. Als er seine Arme zufrieden vor seiner Brust verschränkte, spannte sich der Stoff seines weißen T-Shirts um seine muskulösen Oberarme und die Sehnen an seinen Unterarmen traten leicht hervor. Diese Arme wären sicher nicht gebrochen, auch wenn sie alle Pakete allein getragen hätten. Ich ertappte mich dabei, wie ich seine breite Brust musterte und seinen definierten Hals. Sein Bartschatten reichte bis unter sein Kinn, an dem ich ebenfalls eine kleine, weiße Narbe erspähte. Oh man, Helena, Liam saß wirklich schon zu lange im Gefängnis. Mühsam riss ich meinen Blick los, bevor er ihn bemerkte.

„Wo bleiben denn meine Manieren?" Scar trat plötzlich nah an mich heran und ich musste den Drang unterdrücken, instinktiv einen Schritt zurückzuweichen. Doch er hielt mir einfach nur seine große, gebräunte Hand entgegen.

„Ich bin Nero Rosenthal. Und wer ist die hilfsbereite, aber leicht freche Dame? Wäre es okay, wenn wir uns duzen?" Ich legte meine

Hand in seine und seine warmen Finger schlossen sich sanft aber bestimmend um sie. Er schüttelte sie kurz und ließ sie dann wieder los.

„Aber gerne doch, ich bin Helena Weiß", stellte ich mich vor und deutete nach rechts zur Wand, "ich schätze, ich bin deine neue Nachbarin. Wenn du oben aus dem Fenster schaust, kannst du über unsere Gärten hinweg direkt zu meinem Zimmer sehen."

Seine schwarzen Augen funkelten interessiert und ein herausforderndes Grinsen erschien auf seinen geschwungenen Lippen.

„Das heißt, ich kann dich beobachten, während du dich umziehst? Irgendwo hatte ich doch noch ein Fernglas", er sah sich nach seinen Kartons um und ich kämpfte die Röte nieder, die heiß in meine Wangen steigen wollte. Bleib cool, Helena, sagte ich mir. Sei souverän. Sei erwachsen. Vielleicht würde mir ein schlagfertiger Spruch einfallen, doch am Ende klappte nur mein Mund auf, ohne dass mir etwas Schlaues in den Sinn gekommen war.

„Kann ich mich vielleicht mit einem Kaffee oder einem Tee für deine Hilfe revanchieren?", rettete mich Scar, der sich als Nero entpuppt hatte, aus meiner offensichtlich peinlichen Lage, und ich nahm diese Hilfe dankbar an.

„Mach dir keine Umstände. Du musst für mich jetzt nicht extra die Kaffeemaschine suchen", winkte ich ab.

„Nein, die ist tatsächlich schon aufgebaut." Nero kniete sich zu den Kartons, die ich hereingetragen hatte, und öffnete sie. Ein Sammelsurium an Tassen mit diversen lustigen Motiven kam zum Vorschein, genauso wie eine Holzschachtel, in der viele verschiedene Teesorten aufbewahrt waren. Er nahm zwei der Tassen und den Tee heraus.

„Komm", forderte er mich wie selbstverständlich auf, als er sich wieder aufrichtete, und ging voran. Ich folgte ihm durch das Wohnzimmer in die Küche, an deren Wände noch beige Tapeten mit Kannen und Töpfen prangten. Auch die alte, rustikale Eichenholz-Küche von unseren vorherigen Nachbarn war noch hier. Obwohl alles mit Kisten und Tüten vollstand, war zumindest schon die schwarze Kaffeepad-Maschine aufgestellt und an die vergilbten Steckdosen angeschlossen.

„Helena", sagte Nero gedehnt und ließ sich meinen Namen förmlich auf der Zunge zergehen, während er mir Kaffee oder Tee zur Wahl anbot. Ich tippte mit dem Finger auf den Tee.

„Wie die Helena von Troja?" Ich verengte meine Augen. Liam hatte mich auch schon mit ihr verglichen.

„Nero, wie der tyrannische, römische Kaiser?", fragte ich zurück und erntete dafür ein tiefes Lachen.

„Nein, ich glaube nicht, dass meine Eltern mich nach dem benannt haben", erwiderte er dann und ließ die Kaffeemaschine mein Teewasser aufbrühen. Mit lautem Knattern und Zischen verließ es dampfend den Apparat. „Nero bedeutet ‚der Starke' oder ‚der Schwarze'. Ich war ein kräftiger Bursche, als ich zur Welt kam, und hatte schon immer so dunkles Haar. Das hat meine Eltern vielleicht inspiriert. Vielleicht hat mein Vater gehofft, dass ich mal stark werde."

„Du bist jedenfalls ein kräftiger Bursche geblieben", nuschelte ich in mich hinein und wurde von der Kaffeemaschine übertönt, sodass Nero sich mit einem fragenden „Wie bitte?" zu mir wendete.

„Nichts, nichts", sagte ich und nahm ihm die Tasse ab. Aus dem Holzkästchen wählte ich einen sommerlichen Früchtetee. Sofort breiteten sich rote Wolken im Glas aus, als ich den Beutel in das heiße Wasser tauchte.

„Eigentlich ist es viel zu heiß für warme Getränke. Aber der Kühlschrank ist noch nicht angeschlossen und abgesehen von Leitungswasser könnte ich dir sonst nichts anbieten", er schürzte seine Lippen, während er sich nun daran machte, sich selbst einen Kaffee zu kochen. Ich lehnte mich gegen die Küchenzeile und beobachtete ihn. Er war ziemlich groß. Ein richtiger Berg von Mann und ein muskulöser noch dazu. Wäre ich ihm nachts auf der Straße begegnet, hätte ich garantiert die Straßenseite gewechselt. Dabei waren sein Gesicht und seine Augen eigentlich so warm und freundlich.

„Sag mal", begann Nero erneut, als er sich nun mit dem fertigen Kaffee in der Hand zu mir drehte. Ein amüsierter Glanz lag in seinen Augen und sein Blick wanderte immer wieder an mir herab bis zu meinem Dekolleté, das meine nicht ganz zugeknöpfte, hellblaue Bluse ziemlich betonte. Aber sicher nicht so provokant, dass er dort hinstarren musste!

„Ja?", fragte ich und warf die Stirn in Falten.

„Hast du eigentlich Angst vor Spinnen?"

„Ja, ... panische. Warum?"

Ein ungutes, misstrauisches Gefühl beschlich mich, als ich seinem Blick hinab zu meinen Brüsten folgte.

„Weil sich gerade eine für deinen Ausschnitt interessiert", hörte ich Nero noch sagen, doch da wurde der Raum schon von meinem spitzen Schrei erfüllt und ich warf meine Tasse nahezu durch die Luft, nur um dann hüpfend und panisch nach dem kleinen, schwarzen Punkt zu schlagen, der drauf und dran war, in meiner Bluse zu verschwinden.

„Stop! Halt still!", rief Nero, der gerade seine Tasse wegstellen wollte. Doch da geschah das Unvermeidliche und ich erwischte sie mit meinem fuchtelnden Arm, während ich immer noch ein aufgelöstes, schrilles Quietschen von mir gab. Die heiße, schwarze Brühe verteilte sich auf seinem weißen Shirt und hinterließ dort einen großen, braunen Fleck. Zischend vor Schmerz, aber geistesgegenwärtig zog Nero es schnell über den Kopf aus und warf es als weiß-braunes Knäuel in die Ecke.

„Oh Gott! Tut mir leid!", krähte ich, während ich immer noch mit den Händen wedelte. Die Spinne hatte ich nicht erwischt. Sie war weg und ich reckte mein Kinn in die Höhe wie ein Ertrinkender, als könne mir das Insekt so wenigstens nicht ins Gesicht springen. Wo war sie?!

„Halt doch mal still!", mahnte mich Neros bassige Stimme, als er nun nach meinen Oberarmen griff, um mich zu fixieren, „du bringst das arme Tierchen noch um."

Mit Tränen in den Augen blieb ich wie paralysiert stehen. „Hilfe", quäkte ich, ehe ich meine Lippen zu einem schmalen Strich zusammenpresste. Die Hitze, die Neros nackter Körper ausstrahlte, war nahezu unerträglich, als er nah an mich herantrat und seine Hand anhob. Er formte mit Zeigefinger und Daumen eine greifende Geste und sah mit seinen obsidianschwarzen Augen in meine. „Darf ich?"

5

Stumm nickte ich und kniff meine Augen zusammen, hielt die Luft an. Dann spürte ich, wie Nero seine Hand langsam senkte und den Kragen meiner Bluse etwas auseinanderzog, um besser sehen zu können. Anschließend fanden seine Finger den Weg in meinen Ausschnitt und obwohl er sich Mühe gab, vorsichtig zu sein, kitzelte mich die Berührung und brachte mich gleichzeitig in absolute Verlegenheit. Letztendlich aber atmete mein frisch gebackener Nachbar erleichtert aus und ich wagte es, ein Auge zu öffnen. „Hab ich dich, mein kleiner Freund", sagte er zu der Spinne, die er nun in dem Hohlraum zwischen seinen aufeinandergelegten Händen hielt. Ich stieß erleichtert die Luft aus.

„Willst du sie sehen?", fragte er mit einem frechen Grinsen auf den Lippen.

„Seh ich so aus?", erwiderte ich und schüttelte entschlossen den Kopf. Nero lachte mit verschlossenen Lippen beinahe bösartig, doch dann wendete er sich zum Glück von mir ab.

„Ich bring sie eben in den Garten", entschuldigte er sich und während er sich entfernte, hörte ich noch, wie er die Spinne dafür rügte, ein Aufreißer zu sein, der auf Brüsten fremder Frauen rumhüpfte. Es war irgendwie süß, dass er sich so mit diesem Insekt beschäftigte und mit ihm sprach, als könne es ihn verstehen. Ich kannte nicht viele Männer, die eine Spinne lebendig gefangen und auch noch nach draußen gebracht hätten. Nicht mal ich hätte das getan und es zeugte von einem unglaublich großen Respekt vor dem Leben. Einem Respekt, den Liam so nie gehabt hatte. Er wäre vor zwei Jahren beinahe über Leichen gegangen. Er war schon über Leichen gegangen. Als mir dies wieder bewusst wurde, schluckte ich den Kloß, der sich im Hals bildete.

Als plötzlich ein Klingeln und Vibrieren ertönte, zuckte ich erschrocken zusammen. Auf der Suche nach der Quelle entdeckte ich ein schwarzes Smartphone auf der Küchenzeile, auf dem ein Anruf von „Papa" einging. Ich schmunzelte, als ich das las und spielte mit dem Gedanken, den Anruf entgegenzunehmen, da Nero noch dabei war, die Spinne im Garten auszusetzen. Doch ich wollte nicht, dass sein Vater merkwürdige Sachen dachte. Vielleicht hatte Nero ja auch eine Frau oder Freundin, die bald hier einziehen würde und dann war sein Papa sicher nicht begeistert, wenn eine Fremde an das Handy seines Sohnes ging.

„Oh, das ist sicher mein alter Herr", hörte ich Nero rufen, der sich mit großen Schritten auf den Rückweg gemacht hatte. „Hallo? Papa?", meldete er sich, als er das Handy an sein Ohr hielt, das in seinen Händen irgendwie merkwürdig klein aussah. „Ja, ich hab alles reingetragen. Du brauchst nicht mehr helfen kommen. Ich habe ohnehin gerade Besuch."

Nero warf mir ein entschuldigendes Lächeln zu, das ich mit einem Nicken erwiderte. Obwohl ich vielleicht anfangen sollte, die Sauerei zu beseitigen, die mein Tee und sein Kaffee angerichtet hatten, war ich von dem Muskelspiel seines Rückens abgelenkt, als er mir diesen zudrehte. „Meine neue Nachbarin", sagte Nero, der daraufhin wohl einer Standpauke auf der anderen Seite lauschte, denn er sah mich über die Schulter augenrollend an und formte „blablabla" mit seinen Lippen.

„Wie? Schaffst du das nicht allein?", fragte er gespielt empört und lachte, „Ist gut, Papa. Ich komme gleich. Gib mir 15 Minuten. Ich muss mich erst wieder anziehen."

Ich schlug mir die Hand auf den Mund und weitete die Augen. Hatte er das gerade wirklich zu seinem Vater gesagt? Oh Gott.

„Bleib ruhig. Ich erzähle dir später von meiner charmanten Nachbarin. Also ich zieh mich jetzt an, dann komme ich und wir bringen das Bett noch rüber ... Ja ... Ja ... dann bis gleich", dann legte er auf und drehte sich mit einem Seufzen zu mir. Ich schlug meinen Blick nieder, damit ich seinen nackten Oberkörper nicht zu auffällig anstarrte. Dennoch spürte ich seinen ruhigen Blick und das Lächeln, das seine Mundwinkel umspielte, nahezu auf mir.

„Tut mir leid, dass ich unser Kennenlernen jetzt unterbrechen muss, aber mein Vater schafft es nicht, mein Bett allein die Treppe runterzutragen. Pfft, Schwächling."

„Kann ich euch noch etwas helfen?", fragte ich, „nachdem ich jetzt schon deine Küche dreckig gemacht habe und ich habe auch noch nicht wirklich Lust, nach Hause zu gehen."

Ich begann, an dem Saum meiner Bluse herumzufummeln und sah im Augenwinkel, wie er fragend den Kopf schief neigte.

„Warum nicht?"

„Ach, ich ...", ich winkte ab und lächelte, zuckte die Schultern, „nur ein kleiner Streit. Nichts Wildes."

Obwohl er seine Augen misstrauisch verengte, bohrte er nicht weiter nach. Stattdessen nahm er das Tütchen, in das mein Tee eingepackt war, zog aus seiner Gesäßtasche einen kleinen, abgestumpften Bleistift, der wohl von seinem Ikea-Einkauf übrig geblieben war, und kritzelte etwas darauf. Als er mir das Papier reichte, erkannte ich eine Telefonnummer. Fragend hob ich meinen Blick und seine dunklen Augen hielten meine gefangen. „Falls du jemanden zum Reden brauchst", seine tiefe Stimme war erstaunlich sanft und sein Blick mild. So warm, dass sich in meinem Körper eine ungewollte Hitze ausbreitete. Das war der Punkt, an dem ich ihm sagen sollte, dass ich einen Freund habe. Oder war es gar nicht so von ihm gemeint und er wollte einfach nur freundlich sein? So oder so, sollte ich alle Missverständnisse vermeiden, bevor sie aufkommen konnten.

„Ich ...", begann ich, doch er schüttelte seinen Kopf und grinste aufheiternd.

„Du kannst natürlich auch einfach klingeln kommen. Aber jetzt muss ich echt los, sonst reißt mein Vater mir den Kopf ab. Er hasst Unpünktlichkeit und eben hat er was von fünf Minuten ins Telefon geknurrt." Nero riss seinen Blick von mir los und ich meinen von ihm.

„Dann gehe ich jetzt mal wieder rüber. Du musst dich ja noch umziehen. Ich wünsche dir noch viel Erfolg bei deinem Umzug." Ich lächelte und winkte ihm distanziert zu, ehe ich mich von ihm abwendete und zurück zum Flur ging. Ich passierte die Haustür und blieb auf der obersten Stufe noch einmal stehen.

„Wenn du doch noch Hilfe brauchst, dann ...", begann ich und drehte mich nach hinten um. Erst jetzt bemerkte ich, dass er mir gefolgt war und dicht hinter mir im Türrahmen stand, den Unterarm gegen diesen gelehnt. Wieder spürte ich diese Hitze von ihm. Männer waren wirklich wie Öfen.

„Dann melde ich mich bei dir", vollendete er meinen Satz mit rauer Stimme und ich starrte für einen Moment zu ihm hinauf. Ich schluckte und nickte.

„Noch einen schönen Abend, Helena." Sein schiefes Lächeln brachte mich derart in Verlegenheit, dass ich fluchtartig die Treppe verließ, um Abstand zwischen uns zu bringen. Verflucht. Verflucht, dachte ich immer wieder.

„Dir auch!", rief ich noch und spürte seine amüsierten Blicke in meinem Rücken, als ich nahezu von seinem Grundstück stolperte. Was war nur los mit mir? Ich war einfach schüchtern. Abgesehen von meinem Bruder und Liam hatte ich noch keinen nackten Mann gesehen und Nero war wirklich attraktiv. Jede Frau wäre da etwas durcheinandergekommen, oder? Das war ganz normal und hatte nichts zu bedeuten. Vielleicht war mir die sommerliche Hitze auch einfach zu Kopf gestiegen. Als ich mich einige Schritte entfernt hatte, blieb ich stehen. Inzwischen hatte sich die Nacht wie ein dunkler Schleier über die Stadt gelegt. Unzählige Sterne standen an dem klaren, wolkenlosen Himmel und funkelten gutmütig auf mich herab. Einige Motten flogen in dem Lichtschein der Straßenlaterne wenige Meter von mir entfernt umher und vereinten sich zu einem wilden Tanz. Ich sog die milde Nachtluft tief in meine Lungen und legte meinen Kopf in den Nacken, um in das wunderschöne Firmament zu blicken. Ob Liam die Sterne von seiner Zelle aus auch sehen konnte? Ich stellte mir vor, wie sich der Himmel in seinen blauen Augen spiegeln würde, stünde er in diesem Moment neben mir. Ich stellte mir vor, wie es sich anfühlen würde, wenn er mich jetzt in seine Arme ziehen würde. Wie es sich anfühlen würde, mich gegen ihn zu lehnen. Eine unglaubliche Sehnsucht griff nach meinem Herzen und es fühlte sich an, als würde es in meiner Brust einfach entzweigerissen. Ich vermisste ihn so sehr. Ich liebte ihn so sehr. Daran würde mein Vater nichts ändern können. Und auch mein interessanter, neuer Nachbar war nicht mehr als eine kurze Ablenkung von dieser Qual. Mit einer Hand fasste ich mir an die Brust. Mein Mund war trocken und jeder Atemzug schmerzte. Nicht mehr lange, sagte ich mir. In vier Wochen wären wir wieder vereint. Nach zwei Jahren war das doch ein Klacks! Ich versuchte, die negativen Gedanken weit von mir zu schieben und dennoch konnte ich nicht verhindern, dass sich mein Herz schwer wie ein Klumpen Blei anfühlte, als ich langsam wieder den Weg zu meinem eigenen Zuhause antrat.

6

Am nächsten Tag war ich nach der Arbeit mit Anna in der Stadt verabredet. Meinem Vater war ich seit unserem Streit nicht mehr begegnet und das war auch gut so. Er sollte sich Gedanken machen, was sein Handeln für Auswirkungen hatte. Liam war jetzt ein Teil meines Lebens, er gehörte jetzt zu mir. Uns gab es nur zu zweit oder gar nicht. Das musste auch mein alter Herr so langsam einsehen.

Obwohl der Tag im Büro heute anstrengend gewesen war, freute ich mich nun auf meine Auszeit mit Anna. Die letzten zwei Jahre hatten wir uns häufig gesehen und unsere Freundschaft war immer intensiver geworden. Jetzt war sie meine beste Freundin, mit der ich über alles reden konnte.

Die Stadt war an diesem sonnigen Abend gut besucht und die warme Luft erfüllt von dem Stimmengewirr der vielen Menschen und dem Rauschen der vorbeifahrenden Autos auf der entfernten Straße. Ich ging über das alte, anthrazitgraue Kopfsteinpflaster der Innenstadt und bewunderte die schöne, rote Bepflanzung an den Laternenpfählen. Dann erblickte ich das Café, in dem wir verabredet waren. Ich erkannte schon Annas inzwischen wieder blondes Haar, das wie feine Strähnen aus purem Gold über ihre Schultern fiel und ihr puppenhaftes Gesicht einrahmte. Sie lächelte mir strahlend entgegen und neben ihr sah ich einen großen, grau-weißen Fleck, der sich bei näherer Betrachtung als Butterfly entpuppte. Die Pitbulldame wedelte aufgeregt mit dem Schwanz und wäre mir wohl am liebsten entgegengestürmt. Als ich bei den beiden ankam, umarmte ich Anna sofort und sie drückte mich an ihre zierliche Brust. Ich streichelte über ihre hervortretenden Schulterblätter und löste mich dann wieder von ihr.

„Schön dich zu sehen, Liebes", hauchte sie und ich wendete mich an die Hündin. Ich kniete mich zu ihr und Flys massiger Schädel drückte sich sofort in meinen Schoß. Sie vergrub ihre nasse Schnauze in dem Stoff meines gelben Sommerkleides und schnaubte erfreut. Mein Herz schmerzte, sie zu sehen und ich zerwühlte ihr kurzes Fell um die Ohren und den Nacken, bis wir uns beide wieder beruhigt hatten.

„Es ist toll, dass es ihr bei euch so gut geht", sagte ich und richtete mich mit einem erleichterten Seufzen wieder auf.

„Die ersten Tage hat sie dich wirklich vermisst und gesucht, aber inzwischen hat sie sich an uns gewöhnt und sie ist wieder glücklich. Und ich bin froh, dass jemand mit mir kuschelt, wenn Daniel Nachtschicht hat", flötete Anna fröhlich und der Klang ihrer Stimme war wie Balsam auf meiner Seele. Wir suchten uns einen freien Tisch draußen, an den wir uns setzten. „Apropos. Wie läuft es denn bei euch?", fragte ich. Tatsächlich waren Anna und Daniel einige Monate, nachdem sie bei ihm eingezogen war, ein Paar geworden. Er hatte sie einfach nicht mehr gehen lassen und sie hatte ein Zuhause gefunden. Ich freute mich unheimlich für die beiden, denn sie waren wirklich ein schönes Paar. „Sehr gut", Annas Wangen färbten sich leicht rot, doch sie wich meinem Blick nicht aus. Im Gegensatz zu mir stand sie stets zu ihren Gefühlen. Abgesehen davon stand ihr der rosa Hauch wirklich gut.

„Da gibt es auch etwas, dass ich dir sagen möchte. Am liebsten hätte ich es dir direkt geschrieben, aber ich fand es persönlich einfach besser."

Meine Augen weiteten sich und mein Herz schlug einen eifrigen Galopp an. „Was denn?", fragte ich ungeduldig und rutschte auf meinem Stuhl hin und her. Bevor Anna das Geheimnis lüften konnte, kam eine kleine, quirlige Kellnerin, die ich in diesem Moment wirklich verfluchte. Wir bestellten uns jeweils ein Eis und einen Latte Macchiato. Als die Bedienung wieder gegangen war, sah sich Anna über beide Schultern um, als fürchte sie, belauscht zu werden. Dann lehnte sie sich über den runden Metalltisch mit dem grün-weißen Mosaik auf der Oberfläche hinweg zu mir. Sie stützte ihre Ellbogen ab und ein aufgeregtes Funkeln erfüllte ihre hellen, graublauen Augen. „Daniel hat mich gefragt, ob ich seine Frau werden will", flüsterte sie und ich sah, dass sie ihr breites Grinsen kaum unter Kontrolle halten konnte. Ich legte meine Hände an meine Wangen und öffnete meine Lippen zu einem stummen „OMG". Wenn mein Herz eben am Rennen war, dann sprintete es jetzt und sofort begann ich vor Aufregung zu schwitzen. Am liebsten wäre ich aufgesprungen und auf und ab gehüpft.

„Was hast du geantwortet? Und wie hat er es gemacht? Erzähl mir alle Einzelheiten", forderte ich sie auf und sah sie gespannt an. Wieder blickte sie sich suchend um und ich legte kurz meine Stirn in Falten, doch dann fand ihr Blick wieder meinen und ihr Lächeln kehrte auf die Lippen zurück.

„Er hat mich in ein Restaurant eingeladen. Eigentlich erst mal nichts Ungewöhnliches, weil er das ja öfters mal macht. Dann hat er sich aber plötzlich an seinem Wein verschluckt und ich dachte: Was ist denn jetzt los? Ich habe mich zu ihm hinübergebeugt, um ihm auf den Rücken zu klopfen, da hat er plötzlich einen Silberring ausgespuckt." Anna lachte und verdrehte die Augen. „So ein Doofmann. Er sagte, dass der sich wohl ins falsche Glas verirrt hatte und ihm doch gar nicht stehen würde. Dann ist er auf die Knie gegangen und das ganze Restaurant hat applaudiert. Ich schwöre dir, es war so peinlich." Ihre Wangen nahmen eine inzwischen dunkelrote Farbe an und sie hielt mir ihre Hand entgegen, an deren Ringfinger ein wunderschöner, filigran gearbeiteter Silberring mit einem eingefassten, funkelnden Steinchen steckte. Ich betrachtete das Schmuckstück und spürte, wie sich meine Augen langsam mit Tränen füllten. Es war so schön, sie derart glücklich zu sehen. Zu wissen, dass sie nach ihrem langen, grausamen Weg endlich ihr Zuhause gefunden hatte. Einen Ort, an den sie gehörte und an dem sie geliebt und respektiert wurde. Doch gleichzeitig kam bei mir auch ein wenig Neid auf, dass mir das alles noch nicht gegönnt war. Natürlich würde ich mir niemals wünschen, mit ihr zu tauschen. Ich wollte, dass Anna lächelte und um keinen Preis der Welt würde ich das in Gefahr bringen wollen. Dennoch erfüllte es mein sehnsüchtiges Herz auch mit ein wenig Schmerz und der Frage, ob ich auch eines Tages so strahlen würde. Ob es für Liam und mich irgendwann auch ein Happy End gäbe?

„Ich freue mich so für dich", sagte ich und strich mir mit dem Daumen die Tränen fort, die aus meinen Augen kullern wollten, „wann werdet ihr heiraten?"

„Ein Termin steht noch nicht fest", antwortete sie, „aber wir wollen noch etwas warten, bis Liam aus dem Gefängnis ist und ihr etwas Fuß im Leben gefasst habt. Immerhin muss er den Junggesellenabschied für Daniel planen." Sie grinste keck und ich rieb mir mit zwei Fingern die Schläfen.

„Oh je", sagte ich. „Der wird zumindest dafür sorgen, dass alles in eine Schlägerei ausartet, wenn ihn einer schief ansieht." Doch dann war ich mit meinen Gedanken auch schon bei der Hochzeit. Anna würde in einem engen, weißen Kleid sicher traumhaft aussehen. Und Liam und ich würden als Paar auftauchen. Er würde einen schicken Anzug tragen und ich ein Kleid passend zu seiner Krawatte. Plötzlich spürte ich, wie Annas dünne, kühle Finger sich um meine legten und als mein Blick ihren traf, sah sie mich besorgt an. Inzwischen kam auch die Kellnerin wieder und brachte uns unsere Bestellung.

„Was ist denn?", fragte ich irritiert und wollte mich gerade über mein Schokoladeneis mit Schokoladensoße und Sahne hermachen, als Anna fragte:

„Hast du es ihm inzwischen gesagt?"

„Was?", fragte ich, obwohl ich die Antwort bereits kannte.

„Dass Balthasar nicht mehr im Gefängnis ist."

Bei diesem Namen verging mir schlagartig der Appetit und ein schweres, beklemmendes Gefühl machte sich in meiner Brust breit.

7

Lustlos stocherte ich in meiner Kalorienbombe herum und verrührte die Schokosoße mit dem langsam schmelzenden Eis. Ich presste meine Lippen zu einem schmalen Strich zusammen und schüttelte den Kopf. Annas Blick lag anklagend auf mir.

„Wie lange willst du ihm das noch verheimlichen?", fragte sie seufzend und ich wagte es nicht, sie anzusehen.

„Bis er aus dem Gefängnis draußen ist. Anna, er … ich erinnere mich noch so genau, wie ich ihn besuchen war und er zu mir sagte: ‚Der Knast ist die Hölle. Aber wenigstens sitzt mein Vater endlich ein, der Gedanke gibt mir Kraft, um die ganze Scheiße hier durchzustehen'. Was sollte ich ihm denn sagen? Wenn er erfährt, dass Balthasars Anklage wegen mangelnder Beweise und Verjährung des offensichtlichen Missbrauchs fallen gelassen wurde, dann rastet er doch aus. Entweder er tut sich selbst etwas an oder anderen und dann kommt er nie aus dem Gefängnis raus. Sobald er frei ist, werde ich es ihm sagen. Doch bis dahin halte ich es einfach für besser, dass er das nicht weiß", verteidigte ich mich verzweifelt.

Anna stieß die Luft resigniert aus. „Wenn du meinst", sagte sie und gab mir damit zu verstehen, dass sie mit meiner Entscheidung absolut nicht einverstanden war, sie aber akzeptierte. „Vielleicht ist es sogar besser", fuhr sie fort, nachdem wir uns eine Weile angeschwiegen hatten, „wenn ihr die Akte Balthasar einfach ruhen lasst. Lassen wir die Polizei die Arbeit machen. Wenn es etwas zu finden gibt, werden sie es sicher aufspüren." Annas Worte waren wenig überzeugend und so schürzte ich meine Lippen. „Du weißt doch, dass die Polizei nicht weitersucht. Die Sache ist für die doch abgehakt", sagte ich und begann nun endlich, mein Eis zu essen, auch wenn es inzwischen eher zu Schokoladensuppe geworden war. Egal. Flüssig mochte ich es ohnehin viel lieber.

„Gehst du bald mit mir ein Kleid aussuchen?" Anna lenkte unser Gespräch wieder in eine ganz andere Richtung und sofort stellte ich meine Ohren auf. Ein Lächeln stahl sich auf meine Lippen und mein Blick traf nun endlich wieder Annas große Augen.

„Liebend gerne!", erwiderte ich strahlend, „du wirst die schönste Braut, die die Welt je gesehen hat!" Anna lachte glockenklar und ihre Stimme löste den schmerzhaften Knoten, den das Thema eben in meinem Inneren geschaffen hatte.

Anna und ich genossen den Rest des Abends und wir vertieften uns so sehr in die Hochzeitsplanungen, dass wir gar nicht gemerkt hatten, wie die Zeit verging. Erst als die Sonne plötzlich hinter den Hausdächern verschwunden war und ein kühler Luftzug uns frösteln ließ, zahlten wir und standen auf. Anna umarmte mich zum Abschied und sah sich kurz über die Schulter um. Das hatte sie an diesem Abend auffällig oft getan und ich fragte mich, ob alles okay mit ihr sei. Andererseits hatte sie einfach lange auf der Flucht gelebt. Vielleicht waren das die Narben davon.

„Es war schön, dich wiederzusehen. Lass uns bald mal zusammen ins Freibad gehen. Und natürlich nach Brautkleidern gucken", sagte Anna, ehe ich mich auch von Fly verabschiedete und noch einmal meine Nase in ihrem kurzen, grauen Fell vergrub.

„Das ist eine gute Idee", erwiderte ich und winkte den beiden. Meine beste Freundin lächelte noch einmal zurück und die Hündin sah mich schwanzwedelnd und mit treudoofen Augen an, ehe sie fortgezogen wurde. Ich sah den beiden einen Moment hinterher, ehe ich mich selbst zum Gehen wandte. Der Weg zu meinem Auto war relativ weit, weil ich stets etwas außerhalb auf kostenfreien Parkplätzen parkte und so überraschte mich die Dunkelheit, bevor ich es erreichte. Flackernd und mit elektronischem Summen sprangen die Straßenlaternen an, deren Lichtkegel in regelmäßigen Abständen den Bürgersteig erleuchteten. Am Horizont war noch ein dunkelroter Schimmer zu erkennen und die Nacht tauchte die Stadt in dunkle Blautöne. Ich drückte meine Handtasche eng an mich. Irgendwie gab sie mir ein Gefühl der Sicherheit, weil ich mich an etwas festhalten konnte, gleichzeitig schützte ich sie so vor Diebstahl. Obwohl kaum eine Menschenseele auf meinem Weg war. Lediglich in einigen Metern Entfernung erkannte ich eine Gruppe jugendlicher Kerle. Zwei lehnten an einer Hauswand und ein anderer stand ihnen gegenüber, sodass ich mitten zwischen ihnen durchgehen müsste. Da ich aber keine Lust auf Catcalling oder Ärger hatte, wechselte ich zur

Sicherheit die Straßenseite und hielt mich hier dicht an den Häusern. Wenn Fly jetzt bei mir gewesen wäre, hätte ich ganz sicher keine Angst gehabt. Und wenn Liam hier wäre, hätte er meine Hand genommen und einen blöden Spruch gebracht, dass so ein paar Halbstarke doch keine Chance gegen einen Psychokiller wie ihn hätten. Mein Blick fixierte die Bande auf der anderen Seite, als sich plötzlich eine Hand um mein Handgelenk schloss und ich mit einem Ruck zur Seite gerissen wurde. Mit einem Aufschrei taumelte ich seitlich in eine Gasse hinein und konnte gerade so verhindern, der Länge nach hinzufallen. Panik ergriff von mir Besitz, beschleunigte meinen Puls, meine Atmung und trieb mir den Schweiß aus den Poren, als ich gegen eine dreckige, raue Wand gestoßen wurde. Eine Hand legte sich über meinen Mund und eine Stimme raunte in mein Ohr:

„Wenn du schreist, schlitze ich dich auf."

8

Ich schluckte hart. Was war hier los? Wer war der Fremde und was wollte er von mir? Er drückte sich etwas von mir weg, hielt seine Hand jedoch immer noch auf meine Lippen gepresst. Ich blickte in ein bleiches Gesicht, das von der Kapuze eines schwarzen Pullovers halb verdeckt war. Kalte, schmale, aber ungewöhnlich große Augen mit der Farbe von gefrorenem Stahl blitzten mich drohend an und verhießen mir, still zu sein. Seine schmalen Lippen bildeten eine dünne Linie und ich erkannte ausgeprägte Wangenknochen.

„Du bist also Liams kleine Freundin", zischte seine Stimme scharf wie ein Rasiermesser. Ein Finger nach dem anderen löste er von meinem Mund, abwartend, ob ich schreien würde. Ich ballte meine Hände zu Fäusten und versuchte, meine Atmung unter Kontrolle zu kriegen. Meine Augen brannten, so weit hatte ich sie aufgerissen, und ich wagte es nicht zu blinzeln.

„Was willst du und wer bist du?", hauchte ich. Er umrundete mich wie ein Raubtier und blieb letztendlich so stehen, dass er mir den Fluchtweg aus der Gasse hinaus abschnitt.

„Ich bin ein alter Freund von deinem Liebsten", beantwortete er mir eine meiner Fragen mit leiser, schneidender Stimme. Er war ziemlich groß und schmal, doch der weite, schwarze Kapuzenpullover täuschte darüber hinweg. Ich versuchte angestrengt, mir meine Angst nicht anmerken zu lassen und unbeeindruckt auf die bedrohliche Gestalt vor mir zu blicken, was mir sehr schwerfiel. Seit den Ereignissen vor zwei Jahren wusste ich, wozu Menschen fähig waren, und der Mann vor mir strahlte eine unberechenbare Gefahr aus. Gerade hatte ich den Mut gefasst, ihn an meine zweite Frage erinnern zu wollen, als er weitersprach.

„Wie du weißt, Helena, ist unser Herr Winterfeld aktuell leider noch verhindert", er schnalzte mit der Zunge und hob die Schultern an, „aber er hat einige Schulden bei meiner Organisation und ich befürchte, er hat seine Dispogrenze so langsam erreicht." Der

Unbekannte steckte seine Hände locker in die Taschen, als sei ich absolut keine Gefahr für ihn. Seine lässige Körperhaltung stand im völligen Gegensatz zu seinen harten, unbarmherzigen Gesichtszügen.

„Er wird bald entlassen, dann kann er sicher alles klären", versuchte ich es vorsichtig auf die vernünftige Weise. Ich wusste ja nicht, in welcher Verbindung Liam zu diesem Typen oder der Organisation stand, von der er sprach. Er hatte mich nie in illegale Dinge aus seiner Vergangenheit eingeweiht und ich hatte wenig Interesse, Teil davon zu werden. Ich hatte eigentlich gedacht, dass diese Dinge der Vergangenheit angehörten.

Der gruselige Kerl seufzte theatralisch und schüttelte den Kopf.

„Ich kann ihm leider keinen weiteren Aufschub gewähren", sagte er bedauernd.

„Und was soll ich da jetzt machen?", fragte ich und verengte meine Augen. In der Dunkelheit der Gasse sah ich nur die schemenhaften Umrisse seines Körpers und sein blasses Gesicht wirkte wie eine unbewegliche Maske aus Porzellan.

„Seine Schulden sind deine Schulden", hauchte er, „ihr seid doch ein Paar, oder nicht? In guten wie in schlechten Zeiten." Abwehrend hob ich meine Hände und schüttelte meinen Kopf.

„Ich habe nichts mit seiner Vergangenheit zu tun und er hat mir auch nie etwas erzählt. Ich weiß nicht mal, wofür er Schulden haben soll."

„Willst du das wirklich wissen?", fragte er mich, weiterhin ohne eine Regung in seinem Gesicht. Er wartete nicht auf eine Antwort, sondern fuhr mit einem drohenden Unterton einfach fort, „ich rate dir, mir einfach zu glauben und zu bezahlen. Es sei denn, du möchtest noch tiefere Einblicke in unsere Geschäfte bekommen."

Obwohl er mir nicht näher gekommen war, wich ich einen Schritt zurück und sah mich um, ob ich irgendwie einen Fluchtweg ausmachen konnte. Doch hinter mir war in einigen Metern eine Sackgasse und ich war nicht sportlich genug, die Mauer zu der Garage hochzuklettern, die den Weg versperrte.

„Um wie viel Geld geht es denn?", fragte ich vorsichtig.

„Oh, alles kannst du jetzt ohnehin nicht abzahlen. Außer du hast einige Tausend Euro in bar dabei?" Der Unbekannte neigte seinen Kopf spielerisch schief.

Mir stockte der Atem. Einige Tausend Euro?! Wo kamen diese Schulden her? Oder log er mich an und Liam hatte eigentlich keine Rechnung mehr offen? Wieso hatten sie so lange gewartet und kamen jetzt damit ans Licht? War das vielleicht Balthasars Werk? So viele Fragen schossen durch meinen Kopf und der Mann vor mir lachte leise in sich hinein, als er mein geschocktes Gesicht sah.

„Aber weil Liam und ich auch alte Freunde sind, fangen wir mit kleinen Raten an. Ich möchte ja nichts Unmögliches von ihm verlangen. Oder von dir", seine Mundwinkel zuckten kaum merklich, „Helena." Woher kannte er meinen Namen? Wie viel wusste er über mich? Mein Herz setzte einige Schläge aus, nur um dann mit doppelter Geschwindigkeit weiterzuschlagen. Gehetzt sah ich mich um. Ob es Sinn machte, so laut es ging, um Hilfe zu schreien? Als hätte er meine Gedanken gelesen, funkelten seine stahlgrauen Augen herausfordernd und ein wenig amüsiert.

„Versuch es. Ruf. Und finde heraus, ob jemand kommt, bevor ich mein Messer in deinen Bauch gerammt habe", flüsterte er nahezu freundlich und nicht so, als ob er mir gerade mit dem Tod drohte. Alle Farbe musste aus meinem Gesicht weichen und mein ganzer Körper verkrampfte sich.

„Wie viel Geld hast du dabei?", fuhr er einfach fort.

„N-Nichts. Habe alles ausgegeben", log ich und er musste kein Hellseher sein, um diese Lüge zu entlarven. In der Dunkelheit konnte ich es nicht so recht erkennen, aber ich meinte zu glauben, dass er eine Augenbraue hinaufzog. Dann stöhnte er bedauernd.

„So ein Pech aber auch. Dann musst du die Schulden eben anders abzahlen. Ich hatte ja wirklich gehofft, dass dir das erspart bleibt."

Ich zog meine Brauen etwas zusammen und blinzelte verwirrt. Instinktiv zog ich meine Hände näher an meinen Körper und hob die Schultern an, als könnte ich mich einkugeln wie ein Igel. Meine Reaktion bedachte er lediglich mit einem fast mitleidigen Lächeln.

„Was meinst du mit ‚anders'?", hauchte ich und betete, dass sich meine Befürchtung nicht erfüllen würde.

„Ich bin mir sicher, dass du dir das denken kannst. Du hast doch was in deinem hübschen Köpfchen." Der Ausdruck in seinen Augen änderte sich plötzlich. Sein Blick glitt an mir hinab zu meinen nackten Beinen, verharrte dort einen Moment, und ehe in mir der Fluchtinstinkt einsetzen konnte, bewegte er sich auf mich zu. Ich kam kaum einen Schritt weit, da fasste er mich am Nacken und stieß mich gewaltsam gegen die Wand, sodass ich mit meiner Wange über den rauen Putz schrammte. Ich spürte das Gewicht seines Körpers gegen meinen Rücken und als ich versuchte, mich unter ihm herauszuwinden, musste ich feststellen, dass ich keine Chance hatte. Obwohl er kein Muskelpaket war, war ich dennoch absolut unterlegen.

„Lass mich los!", schrie ich so laut ich konnte und versuchte, mich mit meinen Händen von der Wand wegzudrücken.

„Halt still", zischte er und legte seinen Unterarm um meinen Hals. Als er zudrückte, erstickten meine Worte zu einem unklaren Krächzen. Ich griff in seinen Ärmel, versuchte den Arm wieder zu lösen. Er hielt mich nur noch fester. Mir wurde schlecht, als ich plötzlich seine andere Hand an meinem Oberschenkel spürte und er den Stoff meines Sommerkleides hinaufschob.

„Jeder will die schöne Helena, und ich werde mir nun ein Stückchen von ihr nehmen", säuselte seine Stimme süßlich in mein Ohr.

Tränen stiegen in meine Augen.

Mein Körper verkrampfte.

Meine schlimmste Befürchtung wurde wahr.

Er würde mich vergewaltigen.

Und niemand konnte mir helfen.

9

Schreckliche Erinnerungen kehrten in mein Gedächtnis zurück. Seine Hände auf meinem Oberschenkel und meine Augen auf seinen Gürtel gerichtet. Damals hatte mich nur Liam vor dem Grauen bewahrt, das auf mich zugekommen wäre, hätte Balthasar sein Werk vollendet. Doch wer oder was könnte mich jetzt noch retten? Ich kniff die Augen fest zusammen und zerrte weiter hilflos an seinem Arm um meinen Hals, während ich spürte, wie seine kalten Finger unter den Bund meines Slips wanderten und diesen einfach gewaltsam herabzogen. Als ich das Reißen des Stoffes hörte, lösten sich augenblicklich ein paar Tränen aus meinen Augen und ich öffnete den Mund, um ihm zu sagen, das ich bezahlen würde. Dass ich ihm alles geben würde, was ich bei mir trug. Doch es drang nur ein ersticktes Krächzen aus meiner Kehle. „Was war das?", hörte ich ihn plötzlich dicht an meinem Ohr zischen, als er den Arm um meinen Hals etwas lockerte. Sofort sog ich die Luft gierig in meine Lungen und hustete erstickend. „Wolltest du etwa etwas sagen?", fragte er zynisch und ich nickte schnell.

„Ja, ja, ich bezahle! Ich gebe dir alles, was ich dabei habe", versprach ich ihm und betete, dass meine Einsicht nicht zu spät kam. Der Unbekannte schnalzte tadelnd mit der Zunge.

„Du hast mich angelogen", hauchte er vorwurfsvoll. Seine Stimme war schneidend wie das Zischen einer Schlange und jagte mir einen Schauer über den Rücken, „ich hoffe für dich, dass es mehr ist als zwanzig Cent. Eigentlich sollte ich dich jetzt extra zahlen lassen als Strafe für deine Lüge und dafür, dass du mir Lust machst und mich jetzt doch abweist." Lust machen? Abweisen? In meinen Gedanken überschlug sich meine Stimme.

„Ich...ich habe noch etwas Geld in meiner Brieftasche", stammelte ich, „ich weiß nicht genau wie viel." Meine Kehle schmerzte und meine Stimme war rau und gebrochen. Es fühlte sich an, als hätte ich eine Dose rostiger Nägel verschluckt. Sternchen tanzten an den äußeren Rändern meines Blickfeldes und meine Knie zitterten wie Espenlaub.

„Normalerweise schaut ein Gentleman nicht in die Tasche einer Dame, aber ich denke wir beide machen heute eine Ausnahme", zischte die Schlange hinter mir. Während er meinen Körper mit seinem Arm weiter fixierte, fand seine Hand den Weg zu meiner Tasche. Mit geschickten, dünnen Fingern öffnete er den Magnetverschluss und klappte sie auf. Er musste nicht lange suchen, um mein großes, braunes Lederportemonnaie zu finden. Zufrieden zog er zwei 50-Euro-Scheine heraus und ließ einen Fünf-Euro-Schein zurück. Bevor er die Geldbörse zurück in meine Tasche gleiten ließ, durchsuchte er noch meine persönlichen Papiere und betrachtete vor allem meine Adresse sehr eingehend.

Ich kniff meine Augen zusammen. Doch ich erlaubte es mir erst, erleichtert auszuatmen, als ich spürte, wie sich sein Gewicht von mir entfernte. Sofort zupfte ich den hochgeschobenen Stoff meines gelben Kleides zurecht und versuchte, den zerrissenen Slip heraufzuziehen. Ich schlang die Arme um meinen Körper und hielt meine Unterwäsche mit einer Hand fest, damit sie nicht wieder hinabrutschte.

Der Fremde hielt die bernsteinfarbenen Geldscheine mit einem teuflischen Lächeln fest und wedelte sie ein wenig hin und her.

„Für heute ist die Schuld bezahlt. Aber das war natürlich nur ein Bruchteil von dem, was uns unser Freund noch abzahlen muss." Er verengte seine Augen leicht und abermals neigte sich sein Kopf verspielt zur Seite. Das hier war niemand wie Liam, der kriminell war, weil er sonst nichts im Leben hatte. Niemand, der es aus einer Not heraus tat. Ich war mir sicher, dass er dabei sogar Vergnügen verspürte. „Das heißt was?", fragte ich gereizt und spürte, wie meine Unterlippe zitterte. Konnte er mich nicht einfach in Ruhe lassen? War mein Leben im Moment nicht schlimm genug? Warum endete alles, was mit Liam zu tun hatte, stets in einer Katastrophe? „Das heißt, meine schöne Helena, dass du ab jetzt jede Woche hundert Euro in einen Umschlag steckst und den Ort, an den du ihn bringst, bekommst du jedes Mal neu als Nachricht von mir", er streckte seine Hand aus und machte eine winkende Bewegung mit seinen langen Fingern. „Gib mir dein Handy", befahl er kühl.

Da ich keine weitere Eskalation provozieren wollte, gehorchte ich und zog das Smartphone aus meiner Handtasche.

„Entsperren", seine Stimme war im Gegensatz zu seinen Worten nahezu freundlich. Ich legte meinen Daumen auf den Homebutton und wartete, bis die Tastensperre aufgehoben war. Dann hielt ich es ihm entgegen. Er nahm es mir ab und zog sein eigenes aus seiner Gesäßtasche. Das kalte Licht der Displays erhellte sein Gesicht von unten, warf harte Schatten in seine Augenhöhlen und unter seiner Kapuze erkannte ich nun weißblonde Haarsträhnen. Auch seine Wimpern erschienen mir auffallend hell. Angestrengt versuchte ich mir jedes Detail einzuprägen. Vielleicht könnte ich ein Phantombild zeichnen lassen und die Polizei konnte ihn finden! In seinem Gesicht gab es nur eine einzige Unebenheit und das war eine kleine Narbe auf seinem rechten Wangenknochen. Seine Nase war schmal und spitz und kleine Fältchen lagen um seine großen Augen. Wie alt er wohl war? Ich war mir sicher, dass er jünger erschien, als er tatsächlich war. Vermutlich war er mindestens so alt wie Liam, eher noch älter. „Wenn du zur Polizei gehst ...", sagte die Schlange ganz beiläufig, als habe er abermals meine Gedanken gelesen. Er warf nur einen flüchtigen Blick über den Rand des Smartphones hinweg zu mir, dann sah er wieder hinab, „... werden wir Liam das Leben zur Hölle machen. Vergiss nicht, dass ich weiß, wo du wohnst und ich bin mir sicher, dass du nicht willst, dass deinen Lieben etwas zustößt." Er ließ mein Handy sinken und reichte es mir zurück. Als ich danach griff, hielt er es noch einen Moment fest und als ich in seine stahlgrauen Augen sah, bohrte sich sein giftiger Blick in meinen, „aber du bist ein kluges Mädchen, das weiß ich." Ich zerrte an dem Telefon und endlich ließ er es los. Lässig vergrub er seine Hände wieder in seinen Hosentaschen. „Und die kleine Blonde von eben war auch wirklich ein hübsches Ding." Ich presste meine Zähne aufeinander und bekämpfte meine aufschäumende Wut. Was für ein hinterhältiges Arschloch! Wie lange hatte er mich schon beobachtet? Wie viel wusste er über mich? Er warf mir noch einen letzten, mahnenden Blick zu, ehe er zwei Schritte rückwärtsging und sich dann mit einer spielerischen Leichtigkeit umdrehte. Er überquerte die Straße mit fliegenden Schritten und steuerte genau auf die Gruppierung der drei Jugendlichen zu, die noch immer auf der anderen Seite standen und kaum Notiz von meiner Misere genommen hatten. Dann legte er dem einen, der nicht an der Wand lehnte, einen Arm um die Schulter und mir wurde bewusst, dass ich in dem Moment, als ich die Straßenseite gewechselt hatte, in die Falle gelaufen war.

Erschöpft lehnte ich mich für einen Moment gegen die Wand, schluckte trocken und sah in den Nachthimmel hinauf. Durch die Lichter der Stadt konnte ich die Sterne nicht sehen. Über mir prangte nur eine bräunlich blaue Masse. „Liam, wo bist du da nur hineingeraten?", hauchte ich in die Dunkelheit hinauf, „welche Schatten lauern noch in deiner Vergangenheit?" Ob ich ihm von diesem Vorfall erzählen sollte? Es würde ihn furchtbar wütend machen. Diese Machtlosigkeit. Und er hasste sich schon genug für all das, was ich seinetwegen durchmachen musste.

Als sich die vier dunklen Gestalten entfernt hatten und auch ihre Stimmen in der Nacht verklungen waren, traute ich mich aus der Gasse heraus und eilte mit einem Kribbeln in meinem Nacken zu meinem Auto. Erst als ich die gelbe Fahrertür schloss, fühlte ich mich endlich sicher.

10

Während der Fahrt fühlte ich mich merkwürdig abwesend. Ich bediente den Wagen vollkommen automatisiert und ohne darüber nachzudenken, was ich eigentlich tat. Als ich in unsere Einfahrt fuhr, fragte ich mich, wie ich hierhergekommen war, so weit weg war ich mit meinen Gedanken gewesen. Immer wieder hatten sich die letzten Minuten vor meinem inneren Auge abgespielt und Horrorszenarien, was alles beinahe geschehen wäre oder hätte geschehen können, spulten sich wie ein Film in meinem Kopf ab. Ich dachte an diese stahlgrauen Augen, die mich mitleidlos aus dem Schatten der schwarzen Kapuze durchbohrt hatten. Noch immer spürte ich seine kalten Finger auf meiner Haut und ein Schauer durchfuhr mich. Mit einem paranoiden Kribbeln im Nacken steuerte ich auf unsere Haustür zu, schloss sie auf und beachtete gar nicht die große Gestalt im Nachbarsgarten, die mir freundlich zuwinkte. Wie ein Geist betrat ich das Haus und machte mir nicht die Mühe, ein Hallo ins Wohnzimmer zu rufen. Zwischen meinem Vater und mir herrschte schließlich Eiszeit. Oben angekommen ging ich sofort in mein Zimmer und schloss die Tür hinter mir. Ich warf mich mit dem Gesicht voran auf mein Bett und starrte dann zur Seite auf das lange Bücherregal, das bis unter die Decke mit literarischen Werken vollgestopft war. Obwohl es viele Menschen um mich gab, die sich um mich sorgten, fühlte ich mich allein. Es gab niemanden, mit dem ich über das reden konnte, was passiert war. Oder reden wollte. Anna hätte mir sicher zugehört, aber ich war so froh, dass sie diese Welt endlich hinter sich gelassen hatte und ich wollte diese alten Narben nicht mehr aufreißen. Für einen Moment überlegte ich, ob ich Liam einen Brief schreiben sollte, denn das war die einzige Möglichkeit, uneingeschränkt mit ihm im Gefängnis kommunizieren zu können.

Doch auch ihn wollte ich nicht unnötig auf die letzten Tage noch mit so etwas belasten. Er konnte mir von dort aus ohnehin nicht helfen und würde sich nur schlecht und machtlos fühlen. Mir blieb nichts anderes übrig, als auf die Nachrichten von der Schlange zu warten und das Geld zu bezahlen, bis Liam endlich wieder frei war. Vielleicht würde mir auch Daniel weiterhelfen können. Immerhin war sein Vater doch der Polizeidirektor! Apathisch griff ich nach meinem Smartphone und schickte ihm eine Nachricht, in der ich fragte, ob er Zeit hätte, sich die Tage mal mit mir allein zu treffen. Wie lange ich in meinem Bett lag und einfach nur ins Nichts starrte, wusste ich nicht, doch irgendwann klopfte es an der Tür und ohne dass ich darauf reagierte, wurde sie aufgedrückt.

„Hel?", fragte die Stimme meines Bruders vorsichtig. Er war der einzige, der aus der trojanischen Herzensbrecherin die nordische Göttin der Unterwelt machte. „Hm?", fragte ich, ohne meinen Kopf anzuheben. Ich hörte, wie er ins Zimmer kam und die Tür wieder hinter sich schloss. Kurz darauf verdeckte der Hosenbund meines Bruders mein Blickfeld. Und weil das eines der letzten Dinge war, die ich auf der Welt sehen wollte, hob ich nun doch meinen Blick.

„Was denn?", fragte ich und sah, wie er grimmig die Arme vor der Brust verschränkte, während seine türkisfarbenen Augen auf mich hinabfunkelten.

„Was ist los?", fragte er. Er war wirklich ein Herzchen. „Was soll denn los sein?", erwiderte ich und setzte mich auf. Ich faltete meine Hände im Schoß und begann meine Finger zu kneten. Mein Bruder kannte mich gut genug, um zu wissen, dass ich mich merkwürdig verhielt.

„Du bist einfach hochgestapft, hast nicht mal Hallo gesagt und das Verdächtigste: Du hast nicht geguckt, was es zu essen gab." Er lächelte schief und ich spürte, wie sich sein Arm schwer um meine Schulter legte. Ich wehrte mich nicht, als er mich zu sich heranzog und ich nun gegen ihn lehnte.

„Ist es noch wegen des Streits mit Papa?"

Ich schüttelte langsam meinen Kopf und seufzte tief. Sollte ich es ihm vielleicht erzählen? Flo würde zumindest nicht ausflippen oder versuchen, blutige Rache zu üben. Ich entschloss, die Sache vorsichtig anzugehen.

„Mir ist nach dem Treffen mit Anna etwas Schlimmes auf dem Weg zum Auto passiert", begann ich zögerlich. Das bockige Gesicht meines Bruders löste sich und nun trat ein schockierter Ausdruck in seine Augen. Seine Hand, die auf meiner Schulter ruhte, verkrampfte sich.

„Wurdest du vergewaltigt?", platzte es aus ihm heraus und ich japste erschrocken nach Luft. So viel zu „Vorsichtig"!

„N...Nein!", gab ich zurück und er entspannte sich wieder ein wenig, „aber fast."

Florian atmete tief ein und ich konnte förmlich spüren, wie er innerlich mit sich rang, wie er darauf reagieren sollte. Obwohl er sich sehr gebessert hatte, war er einfach manchmal nicht der Sensibelste und konnte seine Sorge auch nicht gut ausdrücken.

„Fast?", hakte er nach und ich nickte.

„Ich bin überfallen worden. Es war jemand, der behauptet hat, dass Liam bei seiner Organisation Schulden habe und ich als seine Freundin sollte sie zahlen. Als ich aber kein Geld rausgerückt habe, wollte er mich ...", ich wagte es nicht, diese Worte auszusprechen. „Im letzten Moment konnte ich ihm doch noch das Geld geben und er hat mich daraufhin gehen lassen. Aber er weiß, wo wir wohnen. Er weiß von Anna. Und er will, dass ich jetzt jede Woche 100€ zahle. Er hat sich meine Nummer eingespeichert und mich bedroht." Es fühlte sich gut an, sich alles von der Seele zu reden. Als könnte ich so wenigstens akzeptieren, dass das, was geschehen war, tatsächlich real war. „Und willst du das jetzt zahlen? Hast du dir gemerkt, wie er aussieht? Willst du mit Papa reden? Willst du zur Polizei gehen? Wir müssen ihn anzeigen und wenn nur gegen unbekannt!" Der Druck seiner Hand auf meiner Schulter wurde etwas stärker. Als wolle er mich so beschützen. „Ich habe versucht, ihn mir so gut wie möglich zu merken und ich habe Daniel bereits geschrieben. Ich würde gerne erst mit ihm sprechen", erwiderte ich und mein Bruder schnaubte, schien sich jedoch mit dieser Antwort zufriedenzugeben. „Glaubst du, Liam hat wirklich Schulden?", fragte er nach einer kurzen Zeit des Schweigens. Doch ich konnte nur ahnungslos meine Achseln zucken.

„Ist schon möglich. Die ganzen Drogen, die Waffen, wer weiß. Aber es ist auch egal, denn so oder so machen diese Kerle Ärger."

Florian sog die Luft tief ein und seufzte sie wieder aus. Es tat mir leid, dass ich ihm Sorgen machte. Er war jung, er sollte sein Leben unbeschwert genießen und nicht wegen seiner blöden Schwester schon graue Haare bekommen. Ich drehte mich leicht zu ihm und legte meine Arme um seinen Körper. Dann sammelte ich alle Kraft und brachte ein Lächeln zustande, das ihm zeigen sollte, dass ich klarkam.

„Mach dir keine Gedanken. Es tut gut, es erzählt zu haben, aber Daniel wird mir sicher helfen können. Ich werde einfach nicht mehr allein abends draußen herumlaufen", versicherte ich ihm. „Ich kann dir helfen, das Geld aufzutreiben. Ich verdiene doch jetzt auch", bot er mir an und spätestens jetzt wurde mein Lächeln wirklich ehrlich.

„Behalt du dein Geld für dich, Flo. Du willst dir doch bald ein eigenes Auto kaufen, wenn du deinen Führerschein gemacht hast. Und ich gehe jetzt arbeiten, ich kriege 100€ in der Woche schon hin. Wenn es doch mal nicht klappt, melde ich mich bei dir, versprochen."

Mein Bruder drückte mich noch einmal fest, ehe er mich wieder freigab. Ich hob meine Hände und wuschelte ihm durch die braunen Locken. Er gab ein Murren von sich und schlug nach meinen Händen wie nach einer lästigen Fliege. Flo stand auf und brachte etwas Sicherheitsabstand zwischen uns. Doch dann hielt er inne und sah zu mir zurück.

„Beim nächsten Mal, komm direkt zu mir, okay? Ich bin für dich da, Hel." Er schlug seine Lider nieder, sah mich bei diesen Worten nicht an. Und als er merkte, wie ihm die Röte in die Wangen stieg, drehte er seinen Kopf wieder weg. Ich schmunzelte in mich hinein und war in diesem Moment sehr stolz auf meinen kleinen Bruder.

„Mach ich", versprach ich ihm. Dann verließ er mein Zimmer.

Ich fühlte mich nach dem Gespräch ein wenig erleichtert und als wäre das Leben zurück in meinen Körper gekehrt. Nachdem ich mich bettfertig gemacht hatte, legte ich mich wieder hin und kaum hatte ich meine Augen geschlossen, wurde ich wieder von den stechenden Augen der Schlange heimgesucht. Doch letztendlich war es kein Alptraum, der mich wieder aufschrecken ließ, sondern ein Klacken an meinem Fenster.

Tock, machte es, als würde etwas gegen die Glasscheibe prallen.

11

Ich sah mit zusammengezogenen Brauen einen Moment lang misstrauisch zu meinem Fenster, doch noch siegte die Faulheit über meine Neugierde und ich schloss meine Augen wieder. Nur wenige Augenblicke später erklang jedoch ein weiteres Tock, was mich dazu brachte, mich wieder aufzurichten und auf die Geräuschquelle zuzugehen. Ich sah durch die Scheibe hindurch als Erstes an die Hauswand des Nachbargebäudes und von dort zu dem einzigen, erhellten Fenster. Aus diesem winkte mir eine schwarze Silhouette zu, die gestikulierend versuchte, mich dazu zu bringen, mein Fenster zu öffnen. Ich presste meine Lippen fest zusammen, in dem Versuch, das Grinsen, das sich auf ihnen ausbreiten wollte, zu unterdrücken. Auch wenn Nero es von da drüben sicher sowieso nicht hätte sehen können. Ich griff mit beiden Händen um den Fenstergriff und brauchte einiges an Kraft, um ihn in die horizontale Position zu drücken. Ich müsste ihn dringend mal einfetten. Zumindest, wenn ich vielleicht öfter vorhatte, auf diese Weise mit meinem neuen Nachbarn zu kommunizieren. Ich riss das Fenster mit einem Ruck auf und sog sofort die abgekühlte, frische Luft in meine Lungen. Dort hielt ich sie einen Moment lang gefangen, ehe ich Nero zurief. „Oh Romeo!" Ich sah, wie er lachend den Kopf nach unten neigte und offenbar nicht mit solch einer Begrüßung gerechnet hatte. Als er sich wieder gefangen hatte, richtete er sich allerdings zur vollen Größe auf, streckte die Brust durch und reckte einen Arm in meine Richtung, ehe er mir antwortete.

„Oh Julia! Ich sorgte mich des Abends um Euer Wohlergehen. So ließet ihr mich doch links liegen. So sagt mir doch, welche Laus liefet euch des Tages über die Leber?", rief mir Nero theatralisch zu, was mich zum einen zum Schmunzeln brachte, mir zum anderen aber auch ein schlechtes Gewissen machte. „Eine gigantische Laus. Es tut mir leid, dass ich dich einfach ignoriert habe. Das war nicht böse gemeint, aber ...", ich zögerte einen Augenblick. Was sollte ich ihm sagen? „Mir ist heute auf dem Heimweg etwas passiert, aber das kann ich dir hier so jetzt nicht erzählen. Sei mir bitte nicht böse, okay?"

„Ich bin dir nicht böse", antwortete er sogleich und es klang so ehrlich, dass es mein Gewissen etwas beruhigte. „Aber ich habe dir meine Nummer nicht umsonst gegeben. Du kannst dich jederzeit bei mir melden, wenn du jemanden brauchst. Ich weiß, wir kennen uns noch nicht lange, aber ich bin ein wirklich guter Zuhörer", behauptete er von sich, aber ich konnte mir, um ehrlich zu sein, auch nichts Gegenteiliges vorstellen. „Beim nächsten Mal, versprochen! Aber ich warne dich: Ich bin nah am Wasser gebaut!"

„Mit Tränen komm ich klar!", schien sich Nero mit meiner Antwort zufriedenzugeben, „aber jetzt muss ich schnell wieder rein, die erste Stechmücke ist schon an mir vorbeigesummt. Nicht dass ich heute Nacht vollkommen ausgesaugt werde."

„Ist gut! Schlaf gut und mach dir keine Gedanken um mich."

„Das werde ich und das werde ich aber trotzdem. Außerdem warte ich noch auf meinen Striptease! Das Fernglas steht schon bereit. Also bitte immer schön vor dem Fenster umziehen!" Ich konnte sein Grinsen nicht sehen – dafür aber sehr deutlich hören. Tatsächlich konnte ich mir nun selbst ein leises Lachen nicht verkneifen. Als ich das Fenster schloss, sah ich noch kurz zu meinem neuen Nachbarn hinüber, dessen schwarze Silhouette mir noch winkte. Dann zeigte sie mit dem erhobenen Zeigefinger ein "Warte noch!". Ich hob meine Augenbrauen und blieb stehen. Ich sah, wie er etwas in sein Handy tippte und dann mit dem Kopf in einem Takt wippte, den ich nicht hören konnte. Er legte sein Smartphone auf die Fensterbank und begann nun, die Hüften zu schwingen und sich mit den Armen über dem Kopf im Kreis zu drehen. Dann ließ er seine Hände hinab zum Saum seines Shirts sinken und zog es sich mit wellenartigen Bewegungen langsam über den Bauch und die Brust hinauf. Als er es ausgezogen hatte, schleuderte er es kreisend neben seinem Körper, ehe er es hinter sich warf. Ich lachte über seine unerwartete Show, hob meine Arme über den Kopf und applaudierte. Dennoch kam ich nicht umhin, im Schatten die Konturen seiner Muskeln zu bemerken, die sich in seiner Silhouette klar und deutlich definierten. Als er nun die Hände an seinen Gürtel legte und diesen mit schwungvollen Hüftbewegungen öffnete, trieb es mir die Hitze ins Gesicht und ich war froh, dass er meine rot glühenden Wangen nicht sehen konnte.

Er drehte mir den Rücken zu, als er die Hose langsam über seinen Po herabzog, den ich durch die Brüstung des Fensters allerdings nicht sehen konnte. Er trat einen Schritt vom Fenster zurück, sodass ich ihn nun in Shorts da stehen sah. Nero breitete nun beide Arme aus, setzte einen Fuß vor den anderen, um sich tief und theatralisch zu verneigen. Wieder hob ich meine Hände an und klatschte begeistert. Zum Schluss zeigte ich ihm noch beide Daumen hoch. Er warf mir einen Handkuss zu, ehe er begann, seine Kleidung einzusammeln und sich vom Fenster entfernte. Als das Licht ausgeschaltet wurde, ging auch ich wieder zurück zu meinem Bett und ließ mich daraufsinken. Ich kuschelte mich in meine Decke und nahm mein Handy noch mal zur Hand, um auf die Uhr zu sehen. Daniel hatte mir geantwortet. „Na klar, Kleines! Passt es dir nächsten Dienstag so ab 18:30?", woraufhin ich nur ein „Geht klar, Großer" antwortete. Als ich daraufhin meinen Kopf in mein Kissen sinken ließ, stellte ich fest, dass noch immer ein Schmunzeln auf meinen Lippen lag und meine Laune sich deutlich gebessert hatte. Mein kurzes Gespräch mit Nero und die Faxen mit ihm hatten mir sehr geholfen und mich genauso abgelenkt wie unser Treffen nach dem Streit mit meinem Vater. Ich schüttelte meinen Kopf und versuchte, das dümmliche Grinsen aus meinem Gesicht zu wischen. Doch es war unmöglich. Ich wälzte mich umher und bemerkte überhaupt nicht, wie ich irgendwann einfach in Morpheus' Arme sank.

12

Seitdem ich feste Arbeitszeiten hatte und jeden Tag im Büro war, vergingen die Tage viel schneller. Mein Alltag schaffte es, mich von meinen trübseligen oder paranoiden Gedanken abzulenken und irgendwie gelang es mir, die Zeit bis Dienstagabend zu überstehen. Von der Schlange hatte ich bisher keine Nachricht erhalten, was mich auf der einen Seite erleichterte, auf der anderen aber auch beunruhigte. Je länger es dauerte, desto größer wurde die Wahrscheinlichkeit, dass es jeden Moment passierte.

Daniel hatte mich zu sich nach Hause eingeladen. Anna hatte an diesem Abend Dienst in dem Café, in dem sie jobbte und somit konnten wir uns unter vier Augen unterhalten. Oder sechs, wenn man Fly dazuzählte. Die Hündin hätte mich beinahe über den Haufen gerannt, als ich das Haus betreten hatte und erst nachdem sie mir mehrmals die große, nasse Zunge durch das Gesicht gezogen hatte, ließ sie sich beruhigen. Letztendlich schaffte ich es, zusammen mit dem Beamten meines Vertrauens im Wohnzimmer auf der großen Eckcouch Platz zu nehmen. In den letzten zwei Jahren war ich hier des Öfteren zu Besuch gewesen und inzwischen kam es mir hier fast wie ein zweites Zuhause vor. Ich mochte die dezenten Cremetöne, in denen alles gehalten war und ich beneidete die beiden um den Kamin, in dem im Winter immer ein gemütliches Feuer geknistert hatte. Doch jetzt war das Feuer aus und die Rollläden der breiten Fenstertür zur Terrasse halb heruntergelassen, um die Sonne und die Hitze draußen zu halten. „Willst du ein Radler?", fragte Daniel sicher schon zum zehnten Mal diesen Sommer.

„Ich trinke immer noch nicht, Daniel. Egal wie oft du fragst."

Er schmunzelte in seinen dunkelblonden Bart, als er mir bereits ein Glas kaltes, klares Wasser auf den niedrigen Couchtisch stellte.

„Du wolltest dich mit mir allein unterhalten. Das klingt, als wäre etwas passiert", er versuchte ruhig und unbeteiligt zu klingen, doch es gelang ihm nicht, die Sorge aus seiner Stimme zu verbannen. Daniel hatte einen starken Beschützerinstinkt und nach den Geschehnissen vor zwei Jahren witterte er hinter allem etwas Schlimmes.

„Ja", erwiderte ich und nahm das Glas zur Hand. Es half mir, wenn ich etwas festhalten konnte. Dann wusste ich wenigstens, was ich mit meinen Händen machen konnte. „Mir ist etwas passiert, nachdem ich mich mit Anna in der Stadt getroffen habe. Ich bin überfallen worden von ...", ich leckte über meine Lippen, „... jemandem aus Liams Vergangenheit."

Der Beamte sagte nichts, er sah mich einfach nur mit weiten Augen an, doch daran, wie sich sein Kiefer anspannte, konnte ich erkennen, dass es ihn aufwühlte.

„Er hat mich erpresst, dass ich Schulden abzahlen soll, die Liam wohl noch hat. Und das sollte ich nicht nur einmal machen, sondern ab jetzt jede Woche." Ich atmete tief ein und kniff meine Augen zusammen, die folgenden Worte kosteten mich unheimlich viel Überwindung. „Außerdem hat er mich beinahe vergewaltigt", es war raus.

Es war gesagt.

Daniel stand ruckartig auf und tigerte einige Schritte durch das Zimmer, um seine Wut abzureagieren.

„Fuck, Helena, wieso hast du dich nicht direkt gemeldet? Bei so was hättest du doch nicht bis heute warten müssen. Warst du bei der Polizei?", er stemmte seine Hände in die Hüften und drehte sich zu mir um. Schweigend senkte ich den Blick. Das war Antwort genug.

„Ich wollte erst mit dir sprechen", murmelte ich, „außerdem hat er mir gedroht, dass er meiner Familie, Liam und auch Anna etwas antut, wenn ich zur Polizei gehe."

„Er kennt Anna?"

„Zumindest hat er von der süßen Blonden geredet. Also hat er sie zumindest gesehen", ich seufzte leise und hob meinen Blick vorsichtig. Daniels Gesicht war angespannt, aber nicht weiter wütend. Er sah mich nun eher verzweifelt an und begann den Kopf zu schütteln.

"Hat er dir seinen Namen genannt?"

„Nein, nichts."

„Weißt du, wie er aussieht? Kannst du ihn beschreiben?", Daniel kam wieder näher und setzte sich jetzt neben mich. Er griff nach seiner Flasche Radler und trank gierig einige Schlucke, als könnten sie seine Sorge lindern.

„Ja, das kann ich. Wenn sich etwas in mein Gedächtnis gebrannt hat, dann sein Gesicht. Es war sehr markant. Es war schmal und mit ausgeprägten Wangen", in Gedanken verengte ich meine Augen und berührte mein Kinn mit den Fingerspitzen, „er hatte eine schmale, spitze Nase und große, graue Augen. Unter einem war eine kleine Narbe. Das war der einzige Makel. Sonst war seine Haut rein und blass. Schmale, strenge Lippen. Und seine Haare waren weiß-blond und kurz. Ich würde schätzen, dass er ein paar Zentimeter kleiner war als Liam, aber sicher noch mindestens einen Kopf größer als ich. Er hatte einen weiten, schwarzen Kapuzenpullover und eine Jeans an", ich nickte, um meine Worte zu bestätigen, „ich würde diesen Kerl unter Tausenden erkennen."

„Was willst du jetzt tun?", fragte Daniel und ich zuckte zusammen, als er mir unverhofft eine Hand auf den Rücken legte.

„Ich dachte, das könntest du mir sagen", murmelte ich und sah unsicher zu ihm. Er legte seinen Kopf überlegend in den Nacken und sah eine Weile schweigend unter die Zimmerdecke.

„Du solltest mit Liam sprechen", sagte er dann entschlossen, „ich weiß, dass du ihn nie mit etwas beunruhigen willst. Aber wenn dieser Typ ein Kapitel aus seiner Vergangenheit ist, dann kann er uns am besten helfen. Vielleicht kennt er einen Namen, ein Versteck, hat eine Nummer. Und dann würde er sich nicht so schäbig und nutzlos fühlen, sondern könnte wenigstens auf diese Weise helfen, seine Freundin zu beschützen."

„Aber mein nächster Besuchstermin ist erst in einer Woche", sagte ich betrübt. Der Beamte tätschelte mir den Rücken und ein spitzbübisches Lächeln schlich sich auf seine Lippen.

„Der Gefängnisdirektor schuldet mir noch etwas, seit ich ihn abgesprochen beim Belegschaftsbowling habe gewinnen lassen. Ich schätze, es ist Zeit, dass er für diesen Betrug bezahlt. Wenn ich ihn bitte, wird er sicher ein kleines Extra-Treffen erlauben."

„Du bist der Beste!", rief ich und warf mich ihm regelrecht um den Hals. Daniel lachte abgehoben.

„Ich bin ein Genie!", sang er mit donnernder Stimme, woraufhin ich mich von ihm löste und mit hochgezogenen Augenbrauen ansah.

„Wohl eher ein Erpresser."

„Und mein Chef ein Betrüger – so what?", er zuckte grinsend mit den Schultern.

13

Tatsächlich erhielt ich am Mittwochmorgen noch vor Arbeitsbeginn eine Nachricht von Daniel, dass ich am gleichen Abend meinen geliebten Gefängnisinsassen wiedersehen dürfte. Hatte ich mich die Tage zuvor noch darüber gefreut, dass die Zeit, seitdem ich arbeiten ging, schneller verging, zog sie sich an diesem Tag wie eine riesige Portion Hubba Bubba Cola. Ich hatte mich immer wieder selbst ermahnen müssen, nicht alle fünf Minuten auf die Uhr zu blicken und in Gedanken durchzuzählen, wie viele Stunden ich noch überstehen müsste.

Jetzt war es endlich so weit.

Gerade hatte ich mich schon von meinem liebsten JVA-Beamten mit einem dankbaren Lächeln verabschiedet und durchschritt die Tür zum Besucherraum. Ich blickte dem heutigen Treffen mit gemischten Gefühlen entgegen. Zum einen war es immer schön, ihn zu sehen. Ihn, wenn auch nur kurz, berühren zu dürfen. Mit ihm zu sprechen. Seiner angenehmen Stimme zu lauschen. Zum anderen hatte ich Angst davor, wie er reagieren würde, wenn ich ihm gleich von dem Vorfall mit der Schlange erzählen würde. „Helena", begrüßte er mich sofort mit einem Lächeln, das den Nordpol zum Schmelzen bringen könnte, als er sich aufrichtete und wir uns, mit einem absichernden Blick zum aufsichtsführenden Wachmann, zur Begrüßung küssten. So sanft und zurückhaltend dieser Kuss auch war, so viel Liebe und Sehnsucht steckte in ihm. Seine Finger griffen beinahe flehend um meine Hände, als wolle er um jeden Preis verhindern, dass wir uns gleich wieder voneinander lösen mussten. Aber das mussten wir. Drei lange Wochen würde es noch dauern, bis niemand mehr darüber entscheiden konnte, wie oft oder wann wir uns sahen. Wie oft wir uns küssten, wie lange wir unsere Hände hielten oder uns in den Armen lagen. Nur noch drei Wochen und Liam wäre frei. Wäre endlich wieder bei mir und nach über 2 Jahren könnten wir eine richtige Beziehung führen. Schließlich endete unser Kuss und meine Hände glitten aus seinen rauen Fingern, ehe wir uns beide an den kleinen Besuchertisch setzten.

„Hallo, mein Schatz", begann ich und versuchte, mir meinen inneren Zwiespalt nicht anmerken zu lassen.

„Womit habe ich diese schöne Überraschung verdient? Wem hat Daniel dafür einen geblasen?" Liams Mimik blieb von seinen Worten vollkommen unberührt, doch ich konnte nicht verhindern, dass ich kurz gehässig auflachte.

„Niemandem!", sagte ich dann jedoch und schüttelte meinen Kopf, wurde wieder ernst, „es war einfach wichtig, dass ich dich heute sehen kann und er hat es mir ermöglicht", erklärte ich, woraufhin sich eine kleine, irritierte Falte zwischen seinen Brauen bildete. Seine blauen Augen wanderten über mein Gesicht, versuchten, darin zu lesen. Versuchten zu erkennen, was so wichtig war, dass man uns dieses spontane Treffen außer der Reihe genehmigte. In Erinnerung daran, warum ich hier war, schlug ich meine Lider nieder und spätestens jetzt war er sich sicher, dass etwas nicht stimmte. Er stieß die Luft besorgt aus.

„Helena, was ist passiert?", ich hörte die Ungeduld in seiner Stimme. Sah im Augenwinkel, wie er sich anspannte, wie er am liebsten aufgesprungen wäre, mich gepackt und geschüttelt hätte, damit ich schneller sprach. Doch ich brauchte einen Moment, um die Worte zu sortieren, die auf meiner Zunge lagen.

„Versprich mir bitte, ruhig zu bleiben", bat ich ihn zunächst, jedoch schien ich so nur mehr Öl ins Feuer zu gießen. Seine Augen weiteten sich leicht und er neigte den Kopf drohend zur Seite.

„Helena", mehr sagte er nicht.

„Ich bin überfallen worden auf dem Weg nach Hause", begann ich zu erklären, „aber es geht mir gut! Ich bin unverletzt!", hängte ich noch schnell an, damit er nun nicht eskalierte. Ich lehnte mich auf dem Stuhl etwas zurück, warf einen unsicheren Blick zu meinem Freund, der mich aus seinen stechenden Augen abwartend ansah. Einzig sein angespannter Nacken und Kiefer zeigten seine Aufregung.

„Ich war mit Anna in der Stadt und wir haben die Zeit etwas aus den Augen verloren. Auf dem Weg zum Auto ist es dann passiert. Ein Kerl mit weißen Haaren hat mich in eine Gasse gezogen und behauptet, ein alter Freund von dir zu sein." Ich kniff die Augen etwas zusammen, als ich mich an die Situation erinnerte. Noch immer konnte ich seine kalten Finger um mein Handgelenk spüren, als er mich in die Gasse hineinriss. Ein Schauer lief meinen Rücken hinab und ließ mich still schaudern. „Er sagte, dass du Schulden abzuzahlen hättest und dass ich als deine Freundin nun dafür aufkommen sollte. Ich habe ihm alles, was ich noch dabei hatte, gegeben. Aber er sagte, dass ..."

„Vice", unterbrach Liam mich. Ich stoppte und sah ihn irritiert an. Was hatte das zu bedeuten?

„Vice", wiederholte er, „das ist sein Name. Zumindest der, unter dem er mir bekannt ist." Liam presste seine Lippen zusammen und schloss die Augen, als wäre er von plötzlichem Schmerz ergriffen, der jedoch nicht von seiner Schulter zu kommen schien. Als er mich wieder ansah, war sein Blick nahezu flehend und entgegen der Anweisung der Wärter, griff er über den Tisch hinweg nach meinen Armen und hielt meine Handgelenke fest. Geschockt über diesen Regelverstoß sah ich ihn mit geweiteten Augen an.

„Helena", seine Stimme war nur ein Flüstern, „hör mir gut zu."

Ich konnte nicht anders als zu nicken. Im Augenwinkel sah ich, wie ein Wärter sich zu rühren begann.

„Loslassen!", bellte er, doch Liam ließ nicht locker.

„Ich will, dass du tust, was Vice dir sagt. Leg dich nicht mit ihm an. Such keine Ausflüchte und was auch immer du machst – geh. nicht. zur. Polizei!"

Die Eindringlichkeit, mit der er sprach, ließ mir die Nackenhaare zu Berge stehen und es war ungewohnt, ihn so ängstlich zu sehen. Auch wenn es nicht die Angst vor dieser Schlange war, sondern die Angst um mich.

„Er ist gefährlich. Anders als ich. Anders auch als mein Vater. Vice schreckt vor nichts zurück. Er ist ein kranker Psychopath." Erst jetzt ließ er meine Arme wieder los, kurz bevor der Wachmann sich von seinem Platz erhob.

„Das ist dein Vater auch", warf ich patzig ein, „kann ich wenigstens Daniel zurate ziehen?", fragte ich, obwohl das ja bereits geschehen war.

„Nein", erwiderte Liam entschlossen, „Daniel ist für ihn genau wie Polizei. Er ist der Sohn des Polizeidirektors."

Kalte Angst umschloss mein Herz und nahm mir die Luft zu atmen. Hatte ich einen gefährlichen Fehler begangen? Wusste „Vice" längst, dass ich bei Daniel gewesen war?

Hatte ich damit mein Todesurteil bereits unterschrieben?

14

Dank Liams Regelverstoß hatte man unser außerplanmäßiges Gespräch jäh unterbrochen und ihn zurück in seine Zelle gebracht. Liam hatte mir nur noch einen warnenden Blick und zum Schluss ein Küsschen durch die Luft zugeworfen, ehe er aus dem Besucherraum verschwunden war. Es kam wirklich selten vor, dass mein krimineller Freund so ängstlich reagierte. Wenn es um seinen Vater oder Markus ging, war Liam stets auf Konfrontationskurs gewesen, hatte nicht davor zurückgescheut, sich mit ihnen anzulegen, die Waffe direkt auf sie zu richten. Doch die Schlange – also Vice – schien er einfach eher meiden zu wollen. Gut, vielleicht lag es auch daran, dass ich hier draußen ohne ihn einfach vollkommen schutzlos war, und er nicht wollte, dass mir noch mehr zustieß.

Dabei kannte er nicht mal die ganze Wahrheit.

Nachdem die letzten Tage ohne besondere Vorkommnisse ins Land gezogen waren, stapfte ich am Samstagmittag die knarzende Holztreppe zu Hause hinab. Ich trug meine Lieblings-rosa-Kuschelsocken, die mit den Sternchen als Rutschstopp, und wollte gerade in die Küche gehen, um den Kühlschrank zu plündern, als mein Vater nach mir rief.

„Helena, kommst du bitte mal?"

Misstrauisch legte ich die Stirn in Falten, rückte meine graue Jogginghose zurecht und schlurfte dann weiter ins Wohnzimmer, wo mein alter Herr ungewöhnlich steif und aufrecht in seinem Ledersessel saß. Er hatte die Samstagszeitung noch in den Händen und seine Lesebrille saß tief auf seiner knubbeligen Nase. Als ich den Raum betrat, hob er den Blick und musterte mich, wobei seine Mundwinkel immer wieder leicht nach unten zuckten. Ich unterdrückte ein Augenrollen und hob ahnungslos die Arme zur Seite.

„Was ist denn, Papa?", fragte ich möglichst versöhnlich und hoffte inständig, dass es keine weitere Moralpredigt gab.

„Ich habe noch mal über alles nachgedacht", begann er dann und sah mich strafend an. „Oh je", sagte ich und lehnte mich gegen den Türrahmen, in dem ich stand. Genervt ließ ich meine Stirn gegen das kühle Holz sinken und wünschte, mir das kommende Gespräch ersparen zu können.

„Er kann hierherkommen", murrte mein Vater.

Ich blinzelte.

Hatte ich mich etwa verhört?

„Was?", fragte ich, nur, um auch ganz sicher zu gehen. Denn mit dieser Wendung hatte ich nicht gerechnet.

„Liam kann hier bei uns wohnen", knurrte Papa und wich nun meinem Blick aus.

„Wow, ist endlich die Laus von deiner Leber runtergehüpft?", fragte ich und bereute meine Worte sofort wieder. Ich sollte den Bogen nicht überspannen.

„Ich kann es ja doch nicht verhindern", seufzte er, „versteh mich nicht falsch. Ich bin absolut dagegen, dass dieser Kerl dir weiter dein Leben zerstört. Aber wenn ihr hier seid, dann kann ich wenigstens ein Auge auf euch haben und ich weiß, dass es dir gut geht. Wenn du irgendwo in einer versifften Wohnung mit ihm vergammeln würdest, würde ich mir nur noch mehr Sorgen machen."

Diese Worte dämpften zwar meine Freude wieder ein wenig, doch letztlich war es eine Chance. Eine Chance für Liam, meinem Vater zu zeigen, dass er gar nicht so schlecht war, wie er dachte! Ich war mir sicher, dass Paps ihm gar nicht lange widerstehen konnte. Vor allem nicht, wenn er sah, wie toll Liam mit meinem Bruder umging und wie glücklich ich sein würde. Wenn erst mal diese Schuldenprobleme gelöst waren, dann würden wir ein ganz normales, friedliches Leben beginnen.

Ich versuchte, mein Grinsen zu unterdrücken, indem ich mir auf die Unterlippe biss. Das funktionierte jedoch nicht und mein Vater beantwortete es mit einem verächtlichen Schnauben.

„Danke, Papa. Es wird schon alles gut werden, du wirst sehen", hielt ich weiter an meinem Optimismus fest.

„Was hast du heute noch vor?", fragte er und wollte somit nicht nur das Thema wechseln, sondern auch zeigen, dass es jetzt wieder ganz normal zwischen uns war. Dass die Eiszeit ein Ende hatte.

„Ich treffe mich gleich mit Anna in der Stadt zum Brautkleidergucken." Ich konnte nicht verhindern, dass meine Augen dabei funkelten.

„Prima, dann viel Spaß, bestell Anna liebe Grüße."

„Mach ich", mit diesen Worten machte ich auf der Ferse kehrt und hüpfte fröhlich zurück zum Kühlschrank. Zur Feier des Tages würde ich mir jetzt erst mal einen Schokopudding gönnen!

Nachdem ich also meine kleine, mittägliche Kaloriendosis zu mir genommen hatte, machte ich mich für das Treffen mit meiner besten Freundin fertig. Die Hitzewelle der letzten Tage war wieder vorüber und dicke, graue Wolken hatten über unserer Stadt Einzug gehalten. Das hatte zur Folge, dass es zwar jetzt nicht mehr so heiß war, dafür aber umso drückender und schwüler. Sobald man das Haus verließ, war man klatschnass und alles klebte. Wie in einem Terrarium. Also zog ich mir eine möglichst luftige Tunika mit kurzen Ärmeln an und beließ es bei lockeren Sandalen. Dann machte ich mich auf den Weg in die Stadt. Ich parkte wieder außerhalb und hatte mit Anna vereinbart, dass wir gemeinsam zurück zu den Autos gehen würden, damit nicht wieder so etwas Schreckliches wie das letzte Mal geschah. Anna wusste zwar nichts von dem Vorfall, vorausgesetzt ihr Verlobter hatte dicht gehalten, aber sie hatte meinem Vorschlag widerspruchslos zugestimmt.

Die Innenstadt war mal wieder brechend voll, aber was hatten wir an einem Samstagnachmittag auch anderes erwartet? Anna und ich wühlten uns durch das Menschenknäuel und schleppten uns zu der ersten von den drei Boutiquen, die auf unserer Liste für heute standen. Wie ich mir gedacht hatte, sah die blonde Schönheit einfach in jedem Kleid fantastisch aus. Egal ob Prinzessinnen-Look oder klassisch elegant, ob Tüll oder Spitze. Und wenn ich dann so dasaß und darauf wartete, dass sie das nächste, teure Teil anprobierte, fragte ich mich, ob ich auch eines Tages so ein Kleid tragen würde. Ob Liam auf mich am Altar warten würde, mit seinem verschmitzten Lächeln und seinen blauen Augen?

Doch diese Vorstellung erschien mir noch so fern wie der Sternenhimmel in der Nacht. Zwei weitere Boutiquen und mehrere Sektgläser später torkelten wir beschwipst aus dem letzten Brautmodengeschäft. Anna hatte jetzt drei champagnerfarbene Kleider zur Auswahl und wollte sich noch ein paar Nächte Gedanken über ihre endgültige Entscheidung machen. Als wir aus der dichtesten Menschenmasse wieder raus waren und nur noch vereinzelt Personen unseren Weg kreuzten, hakte sich Anna bei mir unter. War auch besser so, denn wie sie auf ihren langen, dünnen Stelzen umherwackelte, hatte ich Sorge, dass sie sich etwas brach.

„Wieso wolltest du eigentlich kein weißes Kleid?", fragte ich, als ich die letzten Stunden noch mal im Kopf durchging. Das Lächeln, das auf ihren rosa Lippen gelegen hatte, verschwand langsam und wich einem traurigen, wehmütigen Ausdruck.

„Weißt du, warum eine Braut ein weißes Kleid trägt?", stellte sie die Gegenfrage.

„Es ist die Farbe der Unschuld!", antwortete ich mit erhobenem Zeigefinger und stolz, etwas zu wissen.

„Ja. Und ich bin schon sehr lange nicht mehr unschuldig", hauchte Anna mit erstickter Stimme. Ich sah sie verwundert an und zog sie am Arm etwas dichter zu mir.

„Aber Anna, welche Frau ist denn heutzutage noch jungfräulich, wenn sie zum Altar geht? Das muss man doch nicht so ernstnehmen! Du bist jetzt 28 Jahre alt. Das ist doch kein Frevel!", versuchte ich sie zu trösten, doch sie schüttelte ihren Kopf.

„Ich bin auf so viele Arten befleckt, dass ein weißes Kleid an mir einfach nur unangebracht wäre."

Der einzige Mensch auf der Welt, der diese Denkweise wohl verstehen konnte, war Liam. Auch, wenn ich tatsächlich nachvollziehen konnte, dass Anna sich ... beschmutzt fühlte. Sicher kam es ihr vor, als könnte kein Wasser der Welt sie von dem Schmutz ihres Vaters reinwaschen.

15

Ich hatte auf Annas Worte nichts mehr erwidert. Was hätte ich ihr auch sagen können? Sie fühlte sich nicht mehr unschuldig. Beschmutzt von allem, was ihr in ihrem Leben angetan worden war. Von ihrem Vater, von Balthasar, von Liam. Ich wünschte mir in diesem Augenblick, genau wie bei Liam so oft, dass sie sich einen Moment mit meinen Augen sehen könnte. Dass ich in ihr die stärkste Frau sah, die ich kannte. Die trotz allem Unglück ihr Lächeln und ihre Hoffnung nie verloren hatte. Die im Herzen so gut war, dass sie ihr Leben für andere riskierte. Dass ihre Liebe zu ihrem Vater so groß war, dass sie um ihn geweint hatte, trotz der Dinge, die er ihr ein Leben lang angetan hatte. Ich schloss meine Finger einfach noch fester um ihre, als wir beide schweigend durch die Straßen Richtung Parkplatz gingen.

Obwohl wir zu zweit waren und es noch relativ früh am Abend war, beschlich mich ein mulmiges Gefühl, als wir an der Gasse vorbeikamen, in der ich vor einigen Tagen Vice begegnet war. Ein Schauer fuhr meine Wirbelsäule hinab und ließ mich frösteln.

„Alles okay?", fragte Anna.

Ich nickte mit einem erzwungenen Lächeln, was mir einen misstrauischen Blick einbrachte. Als die Gegend immer menschenleerer wurde, bereute ich plötzlich meine Entscheidung, in einem abgelegenen Bereich zu parken. Aber in der Innenstadt herrschte gerade samstags einfach ein heilloses Chaos. Tagsüber war auch hier diese Gegend belebter, doch am Abend, wenn die Leute ihren Arbeitsplatz verlassen hatten, wurde sie zu einem gespenstischen Ort. Als ich einen Seitenblick zu meiner Freundin warf, erkannte ich jedoch keine Angst in ihrem Blick. Sie sah mich kurz an und lächelte. Sofort fühlte ich mich sicherer.

„Hey Ladies", durchbrach plötzlich eine Stimme die Stille der frühabendlichen Straße. Irritiert blickten wir uns um und erkannten drei junge Männer, deren Hosen bis tief in die Kniekehlen hingen. Sie trugen weite Pullis mit Kapuzen, die zusammen mit weit ins Gesicht gezogenen Caps ihre Augen in dunkle Schatten tauchten. Einer von ihnen war recht klein und schmächtig, die anderen beiden jedoch schienen mit dem "Pumpen" im Fitnessstudio nicht zu geizen. Dennoch schätzte ich sie gerade mal auf mein Alter, wenn nicht sogar jünger.

„Geh einfach weiter", hörte ich Anna neben mir, die mich weiterzog, als ich zögerlich stehen blieb.

„Nicht so schnell", sagte der Größte aus dem Trio, der sich somit als Anführer identifizierte. Er trat uns, zusammen mit dem Spargeltarzan, in den Weg, während der Dritte in einem Bogen um uns herumging, um hinter uns stehen zu bleiben.

Entgegen meiner Erwartung wollte Anna einfach weiterlaufen und zwischen den beiden Jungs durchgehen. Sie sah sie nicht an, redete nicht mit ihnen. Vermutlich die bessere Taktik als meine Jungfrau-in-Nöten-Masche. Obwohl die Dreistigkeit meiner Freundin die Kerle wirklich verblüffte und sicher auch für den ersten Moment irritierte, fingen sie sich schnell genug, um Anna in letzter Sekunde an den Schultern zu packen und zurückzudrücken.

„Nicht so schnell, hab ich gesagt. Ich wiederhole mich nicht gerne", raunte nun der Anführer, bei dem ich den Flaum eines wachsenden Bartes am kantigen Kinn erkannte.

„Was wollt ihr?", Anna klang genervt und nach wie vor nicht sonderlich beeindruckt. Neidlos musste ich zugeben, dass sie die Souveränere von uns beiden war.

„Eigentlich wollen wir uns mit deiner Freundin unterhalten, nicht mit dir, Barbie", antwortete er ihr.

Ich hob meine Augenbrauen und deutete mit dem Zeigefinger auf meine eigene Person. „Mit mir?", fragte ich noch mal. Nur um sicherzugehen.

„Ja, wir haben gehört, du hast einen kleinen Deal mit unserem Boss", der Typ schubste Anna nach hinten, sodass sie direkt in die Arme des Kerles hinter uns stolperte. Dieser fasste sie im Nacken und nun begann sich Anna zu wehren.

Sie trat nach hinten und erwischte das Schienbein des Angreifers, der sie daraufhin wieder losließ.

„Fasst uns nicht an!", herrschte Anna, fasste mich am Handgelenk und zog mich näher zu sich, „es wäre besser für euch, wenn ihr uns jetzt durchlasst. Mein Freund ist Polizist und ich muss in fünf Minuten zu Hause sein. Wenn ihr es euch jetzt anders überlegt, kommt ihr ungeschoren davon."

„Nein, nein", sagte der Anführer und trat einen Schritt näher an uns heran. Er ließ seine Hand in die große Tasche seines Pullis gleiten und als er sie wieder hervorzog, hielt er ein Klappmesser in ihr. Meine Augen weiteten sich und mir rutschte das Herz in die Hose. Wie ein schwerer Kloß saß mir die Angst im Magen. Wir sollten uns nicht mit denen anlegen. Was könnten wir schon ausrichten?

„Es wäre besser für EUCH, wenn ihr jetzt kooperiert. Wie wäre es mit einer kleinen Vorauszahlung ... Helena?"

„Hat euch Vice geschickt?", japste ich und überlegte fieberhaft, ob ich etwas dabei hatte, das ich als Waffe oder Ablenkung verwenden konnte. Anna griff bei meinen Worten noch fester um mein Handgelenk und zog mich mit geweiteten Augen noch einen Schritt zurück. Weg von unseren Angreifern.

„Der weiß nichts von unserem kleinen Manöver. Und das wird auch so bleiben", verriet mir der Muskelprotz und ich zog die Stirn kraus. Reichte es nicht, dass ich jede Woche schon 100 Euro an die Schlange liefern musste, jetzt verfolgten mich schon seine Lakaien, weil sie auch etwas von dem Kuchen abhaben wollten?

„Ihr bekommt alles, was wir bei uns haben", war es nun Anna, die überraschenderweise nachgab. Irritiert blickte ich nun wieder zu ihr, um mich zu vergewissern, ob das ihr Ernst war und sah, wie sie in ihre Handtasche griff. Dem Anführer dauerte das ganze offenbar zu lange und er trat einen Schritt auf uns zu, um selbst nach der Tasche zu greifen und sie Anna einfach wegzunehmen. Ich weiß nicht, was mir in diesem Moment den Mut gab, oder eher mich so dumm machte, nach seinem Handgelenk zu greifen um ihn davon abzuhalten, meiner Freundin die Handtasche von der Schulter zu reißen. "Finger weg, Schlampe", fuhr er mich an und seine andere Hand mit dem Messer, sauste auf meinen Arm hinab, mit dem ich seinen festhielt.

16

Ein brennender Schmerz zog sich über meinen Unterarm, als die scharfe, spitze Klinge meine Haut durchschnitt, als wäre sie warme Butter. Ich konnte einen Aufschrei nicht unterdrücken, als ich meinen Arm reflexartig zurückzog und meine andere Hand sofort darauf presste.

„Helena! Bist du verletzt? Lass ihn, er soll sie sich nehmen, wenn er das unbedingt will", hörte ich Anna und ihre plötzliche Veränderung verwirrte mich. Was hatte sie so aus dem Konzept gebracht, dass ihre starke Fassade innerhalb von Sekunden zerstört worden war?

„Du bist ja doch klüger als ich dachte, Barbie", sagte der Angreifer, als er Anna nun die Tasche von der Schulter zog und dabei auch den Träger ihres roten Sommerkleides und ihres BHs erwischte.

„Mach weiter, Alter. Barbies kann man an- und ausziehen wie man will, oder?", kam es nun lachend von dem Schmächtigen, der sich wohl für oberschlau hielt. Seine selbstsichere Stimme verzerrte sich jedoch zu einem panischen „Man, pass auf!" und ehe er überhaupt reagieren konnte, traf ihn ein heftiger Schlag in den Nacken und ein Tritt in die Kniekehlen ließ ihn auf eben jene sinken. Seine Kappe und die Kapuze wurden zurückgeschlagen und eine neue, unbekannte Gestalt stand plötzlich hinter ihm. Mit einer Hand riss sie den Kopf des Muskelpaketes an den Haaren zurück, mit der anderen hielt sie ihm die Klinge eines geöffnetes Butterflymessers an die Kehle. Diese Hände, diese schlanken, langen Finger und der blasse Teint, kamen mir so unheimlich bekannt vor

„Und was glaubt ihr, was ihr hier tut?", zischte eine Stimme, die mir sofort Gänsehaut auf den ganzen Körper trieb. Die zwei anderen Typen traten einige Schritte zurück und blickten abwartend und unsicher zu ihrem Anführer, der mit weit aufgerissenen Augen panisch zu Anna hinaufsah und offenbar nicht in der Lage war zu sprechen.

„Ich hab eine Frage gestellt", knurrte Vice, und als er die Klinge nur wenige Millimeter über die dünne Haut an seinem Hals zog, quollen kleine, dunkelrote Tröpfchen aus der geöffneten Wunde hervor. Ich schlug mir die Hand vor den Mund, schüttelte den Kopf, nicht in der Lage etwas zu tun.

„Nicht, bitte", war es nun Anna, die das Wort ergriff und den Blick des Unterlegenen erwiderte, der uns wenige Sekunden vorher noch bedroht hatte.

„Er soll mir einfach nur meine Frage beantworten. Das ist alles", Vices Stimme war wieder ruhiger geworden, beinahe freundlich.

„Oder einer von den anderen beiden", woraufhin sich sein emotionsloses, hellgraues Augenmerk erst auf den anderen Muskelprotz richtete und dann auf den Spargeltarzan. Beide senkten zuerst den Blick mit zusammengepressten Lippen gen Boden, ehe es tatsächlich der körperlich Schwächste war, der die Stimme erhob, um seinem Kumpel zu helfen.

„Wir wollten nur etwas extra Geld in die Kasse bringen", versuchte er sich zu rechtfertigen, um seinen Freund zu retten. Vice, dessen weißblondes Haar diesmal nicht verdeckt war, hatte dafür nur ein verächtliches Zungenschnalzen übrig. Abgesehen von einer wilden Strähne, waren seine Haare sonst lässig zurückgekämmt, sodass er mich irgendwie an Draco Malfoy erinnerte. Nur eben älter. Und bösartiger. Nun, da sein schlanker, sehniger Hals freilag, fiel mir seitlich eine Tätowierung auf, die aus dem runden Ausschnitt seines schwarzen Sweatshirts herausschaute. Es war das geöffnete Maul einer Schlange, die sich noch viel weiter nach unten über seinen Körper winden musste. Anscheinend hatte ich mit meinem Spitznamen für ihn instinktiv ins Schwarze getroffen.

„Und hab ich euch gesagt, dass ihr das tun sollt?", er neigte beinahe verspielt den Kopf zur Seite, ehe er sogleich drohend weitersprach, „und lass mich euch diese Frage nicht zweimal stellen müssen. Ich hasse es, wenn ich mich wiederholen muss und ich schwöre euch, ich schlitze nicht nur ihm die Kehle auf."

Bei diesen Worten wendete Anna schnell den Blick ab und zog die Schultern schützend nach oben. Auch ich konnte nichts weiter tun, als ängstlich und abwartend meinen verletzten Arm zu halten und mich zu fragen, warum um alles in der Welt Vice auf weiteres Geld für seine Organisation verzichtete.

„Nein, hast du nicht! Sei nicht wütend, wir dachten nur ...", Vice brachte ihn mit einem Blick augenblicklich zum Schweigen, ehe er den Kopf schüttelte und sich ein Lächeln auf seinen schmalen, blassen Lippen bildete.

„Halts Maul. Ich habe euch nicht darum gebeten. Das ist alles, was ich hören wollte. Was ihr in euren kleinen Spatzenhirnen denkt, ist mir scheißegal. Ihr sollt Befehle befolgen. Für alles andere bin ich zuständig. Verstanden?" Er wartete noch kurz, als wolle er sichergehen, dass seine Worte bei den Dreien angekommen waren, ehe er erst das Messer vom mittlerweile blutverschmierten Hals löste und dann auch seine Haare losließ.

„Verschwindet", es war nur ein leises Flüstern, doch der Befehlston dahinter war deutlich zu vernehmen. Das ließen sich die drei Jungs nicht zweimal sagen, ehe sie mit schnellen Schritten das Weite suchten und Anna und ich mit der Schlange, also mit Vice, allein zurückblieben. Ich riss meinen Blick von unserem vorläufigen Retter los und sah stattdessen zu Anna, die noch immer den Blick abgewandt hatte und die Arme Halt suchend um ihren Oberkörper geschlungen hatte. Ich schaffte es, mich endlich wieder in Bewegung zu setzen und trat auf meine beste Freundin zu. Bei näherem Betrachten stellte ich fest, dass sie eine leicht gekrümmte Haltung hatte und sogar zitterte. War das hier alles doch zu viel für sie? Ich erinnerte mich daran, wie fertig ich nach dem ersten Überfall von Vice gewesen war und auch jetzt saß die Angst wie ein Alien in meiner Brust und drohte, jeden Moment aus mir herauszubrechen. Ich hob meine Hand an und wollte Annas Oberarm berühren, als Vice mit zwei Schritten nahe an uns herantrat und erst mich mit seinen stahlgrauen Augen einen Moment lang gefangen hielt, ehe er Anna ansah. Die kleine Blonde, wie er sie bei unserem letzten Aufeinandertreffen genannt hatte, war nun in seinen Fokus gerückt und er war es, der die Hand ohne Butterflymesser an ihren Arm legte, mit den Fingerspitzen langsam über ihre Haut hinauffuhr und mit Daumen und Mittelfinger, die herabgerutschten Träger ergriff und beinahe fürsorglich zurück über ihre Schultern schob. Ich konnte sehen, wie sich unter seinen sanften Berührungen eine Gänsehaut auf Annas Armen bildete und wie sich eine einzelne, stumme Träne den Weg ihre Wange hinabbahnte, als sie ihre Augen schloss.

„Bitte, fass sie nicht an. Du willst doch was von mir?", fasste ich den Mut, die Aufmerksamkeit des Psychopathen vor uns wieder auf mich zu lenken.

„Heute nicht", antwortete er nur, als er die Hand noch etwas höherwandern ließ und nun eine ihrer blonden Strähnen durch seine schlanken Finger gleiten ließ. Doch bevor ich noch etwas Weiteres erwidern konnte, hatte er auch schon, mit einem tiefen Seufzen, von Anna abgelassen. Er begann mit dem Messer herumzuspielen, klappte es mit Schwung auf und zu, drehte es geschickt um den Daumen oder warf es kurz in die Höhe.

„Ich wünsche den Damen noch einen schönen Abend. Ihr könnt euch ein andermal bei mir bedanken", verabschiedete er sich mit einem Lächeln auf den Lippen, das sich in seinen Augen jedoch nicht wiederfand. Schwungvoll machte er auf dem Absatz kehrt, schlug sich die Kapuze über den Kopf und ließ diesen kurz im Nacken kreisen. Während er immer noch mit dem Messer spielte, entfernte er sich in aller Seelenruhe von uns.

17

Als er aus unserem Sichtfeld verschwunden war, drehte ich mich zu Anna und legte meine Arme um ihren zitternden Körper.

Ich konnte spüren, wie sie im ersten Moment einfach nur verkrampft dastand und mit der Situation vollkommen überfordert schien. Was hatte sie nur so verstört? Ich legte ihr eine Hand an den Hinterkopf und zog sie näher an mich heran, mit der anderen strich ich ihr beruhigend über den Rücken. Anna hatte in ihren jungen Jahren so viel durchgemacht, so viele schreckliche Dinge erlebt, dass dieser Überfall vielleicht einfach zu viel für sie gewesen war. Schließlich ging es in ihrem Leben seit zwei Jahren endlich bergauf. Sie hatte einen Mann gefunden, der sie liebte, der sie gut behandelte und ihr die Welt zu Füßen legte.

„Was ist los? Ist doch alles gut. Sie sind weg und wir sind in Sicherheit", versuchte ich sie ein wenig zu trösten, ignorierte dabei, dass mir selbst das Blut den Unterarm hinablief. Anna brauchte einen Moment, um sich so weit zu sammeln, das sie mir antworten konnte. Ihre Stimme war allerdings schwach und zittrig.

„Es tut mir leid. Entschuldige, Helena, entschuldige", wiederholte sie sich mit flehendem Blick, als drohe ihr gleich eine Schelle. Ich sah sie verdutzt an und schüttelte eilig meinen Kopf.

„Wofür entschuldigst du dich denn? Das brauchst du doch nicht!", versicherte ich ihr und Anna sog die Luft tief in ihre Lungen und seufzte dann erschöpft.

„Weil ich so nutzlos war und jetzt so ein Drama daraus mache. Und weil du verletzt bist."

„Ach Anna", murmelte ich, nahm ihr Gesicht in meine Hände und lächelte sie sanft an, „es gibt nichts, wofür DU dich entschuldigen müsstest. Wir sind wegen mir in diese Situation geraten, nicht wegen dir. Genau genommen ist es sogar Liams Schuld."

„Ja, was ... wollten die überhaupt von dir?", der Gedanke schien sie zu meinem Leidwesen ein wenig abzulenken. Aber um diese Chance zu nutzen, erzählte ich ihr von dem Überfall vor einigen Tagen, von der Erpressung, von Vice und auch davon, dass ich bereits mit ihrem Verlobten und Liam darüber gesprochen hatte. Was ich ausließ, war nur die Sache mit der Beinahe-Vergewaltigung. Das wollte ich ihr ersparen. Annas Gesicht war bei meinen Worten gezeichnet von Schmerz und Bedauern.

„Aber es ist mir nichts passiert und mir geht es gut. Dass ich wieder außerhalb der Stadt parken wollte, war ein dummer Fehler. Beim nächsten Mal setzen wir einen riesigen Haufen auf den Verkehr und die teuren Preise, okay? Oder wir leisten uns ein Taxi. Ich stell es dann Liam in Rechnung." Ich grinste und zwinkerte ihr zu, um etwas Spannung aus der Situation zu nehmen. Als Anna ein Lachen nicht mehr weiter unterdrücken konnte, fiel mir ein Riesenstein vom Herzen und ich atmete auf.

„Lass uns schnell zu den Autos gehen. Ich muss zu Hause mal 'nen Verband um meinen Arm machen. Den Verbandskasten im Auto will ich nicht anbrechen, sonst muss ich direkt einen neuen kaufen", sagte ich augenrollend und zog meine Freundin nun weiter. Sie ließ es geschehen und gemeinsam setzten wir unseren Weg zu den Autos fort.

„Kannst du denn fahren mit der Wunde?", fragte Anna besorgt und ich winkte mit der nicht blutenden Hand ab.

„Ach klar. Kann halt sein, dass ich zwischendrin mal ohnmächtig werde, aber irgendjemand wird mich schon wieder wachhupen", scherzte ich, doch Anna sah mich nur finster an. Sie fand das wohl überhaupt nicht lustig. Den makaberen Humor hatte ich mir wohl von Liam angeeignet. Früher war ich jedenfalls nicht so gewesen.

„Es wäre mir lieber, wenn ich dich nach Hause fahre", sagte meine Freundin besorgt, „morgen können wir dein Auto dann abholen fahren. Du musst ja nicht arbeiten. Morgen ist Sonntag." Ich überlegte kurz und blickte auf meine Wunde. Als ich sah, wie das Fleisch auseinander klaffte und hellrotes Blut hervorquoll, wurde mir schlagartig schlecht und Sternchen tanzten vor meinen Augen.

„Helena! Du wirst ganz bleich!"

„Ja, fahr du", brachte ich hervor und schaffte es gerade so, mich auf den Beifahrersitz sinken zu lassen, bevor meine Beine weggeknickt wären. Jetzt, wo das Adrenalin des erneuten Überfalls aus meinen Adern gewichen war, bekam ich die Retourkutsche. Der Blutverlust war sicherlich nicht so groß, dass es gefährlich war, aber mein Kreislauf meinte im Keller mal nach dem Rechten sehen zu müssen.

Während der Autofahrt faselte Anna mich mit allerhand belanglosem Kram voll, um mich von meiner Situation abzulenken. Ohnehin lachhaft. Wenn ich darüber nachdachte, wie oft Liam in meiner Zeit mit ihm viel schwerer verletzt worden war, stellte ich mich hier an wie eine Mimose. Als wir die Autofahrt hinter uns hatten, ging es mir schon wieder etwas besser, was sicher nicht zuletzt an dem Traubenzuckerlolly lag, den ich noch vom letzten Apothekeneinkauf in meiner Handtasche gehabt hatte.

„Schreib mir bitte, wie es dir geht, ja?", forderte Anna mich auf, als wir vor unserer Einfahrt hielten.

„Ja natürlich. Komm gut nach Hause, Anna. Es war bis auf den Schluss ein schöner Tag. Sag mir, für welches Kleid du dich entscheidest." Sie nickte und lächelte. Dann lehnte sie sich zu mir hinüber und gab mir zum Abschied einen Kuss auf die Wange. Ich verabschiedete mich und stieg aus dem schwarzen VW aus, den Anna von Daniel übernommen hatte, nachdem dieser sich einen größeren Wagen angeschafft hatte. Ich winkte ihr noch und wartete, bis sie wieder davongerauscht war, dann ging ich ein paar Schritte auf die Haustür zu, blieb aber wieder stehen. Unschlüssig huschte mein Blick zu dem Nachbarhaus. Er hatte gesagt, ich könnte immer mit ihm reden – ob er auch einen Verband anlegen konnte? Flo hatte heute mit Papa Männerabend und deswegen waren sie wahrscheinlich ohnehin unterwegs, schauten sich Autos an und gingen danach ins Kino oder so. Seit dem Selbstmordversuch meines Bruders vor zwei Jahren nahm sich Vater regelmäßig Zeit, um die Vater-Sohn-Bindung weiter zu vertiefen. Anfangs hatte sich Florian dagegen gewehrt und fand es peinlich. Doch inzwischen machte er es sogar ganz gern und die beiden hatten immer mehr zueinandergefunden.

Aber so war nun sicher niemand zu Hause, der mir helfen konnte, meinen Arm zu verarzten. Nach kurzem Zögern zuckte ich die Schultern und machte auf dem Absatz kehrt. Meine Schritte führten mich zu dem Nachbargrundstück und durch den Vorgarten zur Eingangstür. Ich hob meine Hand, um zu klingeln, als ich durch das gekippte Küchenfenster Wortfetzen vernahm.

Ich spitzte die Ohren und lauschte angestrengt. Zum Glück war Neros Bass laut genug, um recht deutlich bei mir anzukommen.

„... Nein! ... Ich will das, bevor er aus dem Gefängnis kommt!"
Kurze Stille.
„Gut, wie du meinst."

18

Von wem war da die Rede? Ich kräuselte meine Augenbrauen und hörte nur noch, wie das Gespräch beendet wurde. Ich musste hier die letzten Fetzen eines Streites mitbekommen haben. Bevor wer aus dem Gefängnis kam? Und was wollte er? Die Neugierde kitzelte mich regelrecht auf meiner Zungenspitze. Vielleicht kannte Nero auch jemanden, der einsitzen musste? Oder er hatte Probleme mit jemandem, der jetzt im Gefängnis saß und bald freikam?

Hier rumzustehen, würde mir wohl auch keine Fragen beantworten und meine blutende Wunde erinnerte mich daran, warum ich eigentlich hier war.

Ich vollendete mein Vorhaben zu klingeln und drückte den Knopf, über dem der Name „Rosenthal" geschrieben stand. Irgendwie kam mir der Name bekannt vor. Von innen ertönte das Ding-Dong der Klingel und kurz darauf machte ich einen Schatten hinter dem Strukturglas des Sichtfensters in der Tür aus. Als sie mir geöffnet wurde, musste ich meinen Kopf in den Nacken legen, um Nero ansehen zu können.

Er trug ein lockeres, olivgrünes T-Shirt und eine ockerfarbene Stoffhose. Seine Haare lagen in schwarzen Wellen auf dem Kopf und wirkten so ungezähmt wie die stürmische See. Mit dunklen Augen blickte er auf mich herunter und sein rechter Mundwinkel hob sich, als er mich erkannte.

„Frau Nachbarin", sagte er erfreut, von der Wut, die ich bei dem Telefongespräch in seiner Stimme gehört hatte, war keine Spur mehr, „wie kann ich Ihnen helfen?"

„Ich dachte, Sie könnten mir ein Pflaster leihen", antwortete ich, lächelte entschuldigend und hob meinen verletzten Arm an, um ihn ihm zu zeigen.

Seine Augen weiteten sich, als er die Wunde sah.

„Großer Gott, Helena! Wie ist das denn passiert? Da reicht ein Pflaster aber nicht!", er ergriff mein Handgelenk mit seiner riesigen

Pranke und zog mich einfach hinter sich her. Beinahe wäre ich über die letzte Stufe gestolpert, konnte mich aber gerade noch auffangen.

Nero zog mich in die Küche, wo er mir deutete, mich auf einen Stuhl zu setzen. Er ließ mich kurz allein. Als er wiederkam, schob er gerade eine Brille, mit runden Gläsern und dünnem Metallrand, auf seiner Nase zurecht und stellte einen Verbandskasten neben sich auf den Boden.

„Lass mal sehen", sagte er, setzte sich auf den Stuhl mir gegenüber und nahm nun vorsichtig meinen Arm in seine Hand. Er lehnte sich leicht vor und betrachtete die Wunde mit leicht zusammengekniffenen Augen und Konzentrationsfalten auf der hohen Stirn. „Das muss genäht werden", stellte er fest, als habe er Ahnung, wovon er sprach. „Wie lange ist das her?"

„Eine Stunde höchstens, eher 'ne halbe", antwortete ich wahrheitsgemäß, „aber ich möchte nicht ins Krankenhaus. Wie soll ich das denn erklären?"

„Wie ist es denn passiert?", fragte Nero forsch.

Ich schwieg. Senkte meinen Kopf und presste die Lippen aufeinander. Er seufzte.

„Du willst es mir wohl nicht erzählen", resignierte er. „Gut, das ändert aber nichts daran, dass es genäht werden muss", fuhr er fort und hob den Verbandskasten vom Boden, den er auf den Küchentisch neben sich stellte und öffnete. Er zog als erstes zwei dünne Latexhandschuhe heraus und streifte sie sich über die kräftigen Finger, ehe er etwas steril verpacktes Verbandsmaterial aus der Plastikverpackung nahm und begann, meine Wunde erstaunlich gut zu versorgen. Er war darauf konzentriert, was er tat, konnte jedoch trotzdem noch mit mir sprechen. "Ich mache nur einen leichten Druckverband, du wirst zwar bis ins Krankenhaus nicht verblutet sein, aber besser, als dass du mir meine Sitze versaust."

„Ich möchte wirklich nicht ins Krankenhaus", protestierte ich erneut und erntete einen drohenden Blick, als ich versuchte, ihm meinen Arm zu entziehen. Mit einem bestimmenden Druck hielt er jedoch meinen Arm weiter fest.

Nero seufzte erneut und schloss kurz seine Augen.

„Pass auf, ich mache dir einen Vorschlag: Wir fahren zusammen ins Krankenhaus. Dort werde ich mich persönlich um die Versorgung deiner Wunde kümmern und du erzählst mir, wie das passiert ist.

Im Gegenzug verspreche ich dir, dass ich niemandem etwas davon erzählen werde, wenn du es nicht möchtest. Hauptsache, du bist versorgt und versichert. In Ordnung?"

„Du? Wie, du versorgst sie?", hakte ich nach und sah ihn irritiert an. Natürlich hatte ich jetzt eine Vermutung, doch so ganz glauben wollte ich es noch nicht.

„Muss ich das Dr. wirklich aufs Klingelschild drucken? Dann kommt nachher die halbe Nachbarschaft vorbei und will meine ärztliche Versorgung." Nero grinste und zwinkerte mir zu. Nun gab es keine Zweifel mehr, dennoch fragte ich ungläubig:

„Du bist Arzt?!"

„Ob du es glaubst oder nicht, ja. Also? Vertraust du mir jetzt endlich?", sein Blick wurde ungeduldig und auffordernd. Zögerlich begann ich zu nicken, was ihm ein erleichtertes Seufzen entlockte. „Du hast vor etwas mehr als zwei Jahren das Gespräch mit mir und meinem Vater geführt und meinen Bruder wegen seiner Alkoholvergiftung behandelt. Daher kenne ich dich! Das Doktor hat jetzt das Licht aufgehen lassen! So klein ist die Welt", stellte ich leicht verlegen fest. Hoffentlich erinnerte er sich nicht mehr so genau an den Fall. Es war meinem Vater und mir damals sehr unangenehm gewesen, dass Florian sich bis zur Ohnmacht betrunken hatte. Er sah mich einen Augenblick lang überlegend an und nickte schließlich. „Ja, ich erinnere mich vage. Also, noch ein Beweis, dass ich ein kompetenter Arzt bin. Darum, aufstehen und mitkommen." befahl er, als er sich von dem Stuhl erhob, seine Handschuhe wieder auszog und mir seinen Arm anbot, um mich zu stützen. Obwohl ich eigentlich noch ganz sicher auf den Beinen war, nahm ich diese Hilfe an und hielt mich an ihm fest. Gerade als Nero mich näher als nötig zu sich heranzog, sah ich im Augenwinkel einen Schatten vor dem Küchenfenster und hörte ein seltsames Klacken, das ich absolut nicht zuordnen konnte. „Hast du das gesehen?", fragte ich alarmiert, doch Nero sah mich nur verwirrt an, als er seinen Autoschlüssel von einem Schränkchen im Flur nahm.

„Was denn?", fragte er und ich schüttelte den Kopf. Als wir das Haus verließen, warf ich einen Blick zur Küche, doch natürlich war nichts zu sehen. Weit und breit bewegte sich kein Schatten, keine verdächtige Person. Sicher hatte ich es mir nur eingebildet, oder es war ein kleiner Vogel, der gegen die Scheibe geflogen war.

19

Wir stiegen in seinen weißen Mercedes ein, in dem ich mich sogleich umsah. Alles wirkte neu und gepflegt. Allein die Tatsache, dass man so hoch saß und der Stern auf dem Lenkrad funkelte, führte dazu, dass ich mich sicher fühlte. Wie ein König der Straße. Ganz anders als in meinem popeligen kleinen Polo, bei dem man eher Angst haben musste, von genau so einem Koloss einfach plattgewalzt zu werden.

Er fuhr zügig, raste aber nicht und ich war einerseits froh, dass er die gesamte Fahrt über schwieg und mich nicht aushorchte, zum anderen aber auch beunruhigt. Ob er über mein Verhalten verärgert war? Schließlich hatte ich ja zugestimmt, mich von ihm verarzten zu lassen. Die Stadt raste an meinem Fenster vorbei, aus dem ich hinausstarrte, um nicht zu Nero blicken zu müssen, der mit konzentriertem, aber unangenehm ernstem Blick nach vorn sah. Als wir bei der Klinik ankamen, bei der die Parkplatzsuche oft daraus bestand, dass man die Parkdecks mit anderen Suchenden hinauf- und hinabfuhr, um einen freien Parkplatz zu ergattern. Oder man folgte einem Menschen, der einen Schlüssel in der Hand hielt, in der Hoffnung, dass er gleich eine Parklücke freigab. Nero jedoch konnte sich diesen Stress ersparen, da er direkt zu den Mitarbeiterparkplätzen durchfuhr. Dort zeigte er einem älteren Herrn im Parkhäuschen seine Parkkarte und durchfuhr die für ihn geöffnete Schranke. Er lenkte das schwere weiße Schiff in eine Lücke und schaltete den Motor aus. Daraufhin stieg er ohne ein Wort aus und ging mit schnellen Schritten um die Motorhaube herum, um mir die Tür zu öffnen. Er hielt mir seine Hand entgegen, um mir herauszuhelfen. Ein Wunder, dass er mir keinen Rollstuhl anbot.

„Danke", murmelte ich dennoch leise und ließ mich von ihm stützen. Erneut bot er mir seinen Arm an, den ich auch dieses Mal dankend annahm, als er mich zur Eingangstür führte. Dort desinfizierten wir uns die Hände und er führte mich durch die Gänge der Klinik. Wir fuhren mit einem Aufzug in den sechsten Stock und dort wurde er auch von einigen Krankenschwestern und anderen Mitarbeitern freundlich gegrüßt. Dr. Rosenthal. Kaum zu glauben. Als wir an einem Behandlungsraum angekommen waren, klopfte er kurz an, öffnete die Tür sogleich einen Spalt, um hineinzusehen. Als er darin niemanden entdeckte, öffnete er die Tür für mich und deutete mir mit einer Hand, hineinzugehen.

„Nimm noch einen Augenblick Platz, ich komm gleich zu dir." Er konnte dabei ein Zucken des Mundwinkels nicht unterdrücken.

„Okay", sagte ich nur und ging schon hinein, um mich dort auf die Behandlungsliege zu setzen. Ich schaukelte aufgeregt mit den Beinen vor und zurück, als ich darauf wartete, dass Nero gleich wieder zurückkommen würde. Wie würde er reagieren? Sollte ich ihm die ganze Wahrheit sagen? Oder würde er letztlich doch die Polizei informieren wollen? So langsam wurde mir der Schmerz in meinem Arm auch wieder bewusst und ich begann mit der anderen Hand etwas Druck auf den Verband auszuüben, in der Hoffnung, dem Schmerz so etwas entgegenzuwirken. Ich hatte Glück gehabt. Seltsames Glück. Der Mann, der mir gedroht hatte, mich aufzuschlitzen, wenn ich nicht tat, was er wollte, hatte mich nun vor Schlimmerem bewahrt. Wieso? Hatte er es nicht ertragen können, dass diese drei etwas ohne seinen Befehl getan hatten? Wäre etwas Extrageld denn nicht gut für ihn gewesen? Ich verstand seine Logik nicht. Andererseits, wenn Liam recht hatte, durfte man bei Vice auch nicht nach Logik gehen. Oder handelten Psychopathen logisch?

„Da bin ich wieder", riss mich die tiefe Stimme meines Nachbarn aus meinen Gedanken um das Verhalten der Schlange. Nero trug nun einen weißen Kittel und in Kombination mit seiner runden Brille sah er wirklich aus wie ein kompetenter Arzt. Ein kompetenter, verdammt attraktiver Arzt, wie ich zugeben musste. Nicht nur sein großer trainierter Körper, sondern auch das neugewonnene Wissen darüber, dass er Medizin studiert hatte, machten ganz schön was her. Intelligenz macht eben auch sexy.

Er trug eine kleine Phiole in der Hand und ging mit dieser zu einem Rollcontainer, aus dem er eine Spritze, Desinfektionszeug, Tupfer, eine Schere und weiteres Verbandsmaterial holte und zu mir brachte. Als er begann, mit der Schere meinen Verband aufzuschneiden, hoffte ich, dass er zu konzentriert war, um mich doch noch zu löchern.

„Also?", machte er meine Hoffnungen mit einem einzelnen Wort zunichte.

„Also, ich ...", begann ich und als der Verband entfernt war und ich nicht nur sah, wie die Haut aufklaffte und wieder zu bluten begann, sondern es auch nur zu deutlich spürte, entschied ich mich lieber, nur in sein Gesicht zu blicken. Auf seine gerade Nase, die vollen Lippen oder einfach nur in seine beinahe schwarzen Augen.

„Ja? Ich kann zuhören und arbeiten", offenbarte er mir.

„Ich war mit meiner besten Freundin in der Stadt und wir wurden angegriffen", entschied ich mich einfach dazu, das Geschehene wahrheitsgemäß, aber nicht zu detailliert zu erzählen. „Ein paar Jugendliche wollten uns ausrauben und als sie meiner Freundin die Handtasche wegnehmen wollten, war ich einfach zu mutig und wollte ihn davon abhalten", sagte ich mit einem Schulterzucken, als wäre es das Normalste auf der Welt. „Mhm", brummte er, als er die aufgezogene Betäubungsspritze kurz betrachtete. Das Licht der Neonröhren unter der Zimmerdecke spiegelte sich in seinen Augen wieder, glasklar, wie in der stillen Wasseroberfläche eines dunklen Bergsees. Er presste die Luft aus der Spritze und führte sie zu meinem Arm herab. Ich unterließ es jedoch ebenfalls hinzusehen. Sonst würde ich augenblicklich in Ohnmacht fallen.

„Und weiter?", erinnerte er mich daran, das Passierte weiter zu schildern.

„Und dann hat er mir eine mit einem Messer verpasst. Aber ein anderer Mann kam dazwischen und da haben die Jugendlichen einen Rückzieher gemacht. Mit zwei jungen Frauen konnten sie es aufnehmen, aber nicht mit einem Mann." Das war, genau genommen, nicht mal wirklich gelogen. Ich bewegte mich mit dieser Aussage in einer Grauzone.

„Und warum genau seid ihr nicht zur Polizei gegangen und du nicht ins Krankenhaus?", stellte er die Frage, die logisch war, von der ich aber dennoch gehofft hatte, das er sie nicht stellen würde.

„Uhm", machte ich und allein, weil ich jetzt herumdruckste, konnte er sich wohl schon denken, dass nun nur eine Lüge folgen konnte. Doch ich entschied mich abermals an der abgeschwächten Wahrheit festzuhalten.

„Weil ich vielleicht bedroht worden bin, dass ich keine Polizei einschalten soll, weil sonst meinen Lieben etwas passieren könnte. Und da will ich nichts riskieren."

Anstatt mich dafür zu bevormunden, zu korrigieren oder zu tadeln, sah er mich mit einem milden Blick an. In diesem Moment tat es unheimlich gut, jemandem gegenüberzusitzen, der keine tickende Zeitbombe war und von dem ich nicht befürchten musste, dass er wegen solchen Dingen ausflippte.

„Verstehe. Wenn ich dir da irgendwie helfen kann, sag mir bitte Bescheid. Wenn du Probleme hast, ich kann nicht nur zuhören", er entblößte seine weißen Zahnreihen mit einem Grinsen, „ich kann auch gut böse Jungs verprügeln", dann wurde sein Blick wieder ernster und er sah mir in die Augen, „und dich auffangen kann ich auch."

Sein intensiver Blick machte mich plötzlich nervös, weswegen ich unwillkürlich zu lachen anfing.

„Bist ja ein echtes Multitalent", scherzte ich, woraufhin mir mein Lachen irgendwie wieder im Hals stecken blieb. Ich wich seinem Blick aus und sah nun doch aus Versehen zu meiner Wunde, die tatsächlich schon genäht war! Während er mich mit unserem Gespräch abgelenkt hatte, hatte er mich bereits fast fertig versorgt.

„Wow, vielen Dank, Onkel Doktor!", grinste ich, woraufhin er die Lippen gequält kräuselte.

„Oh, bitte nicht Onkel", stöhnte Nero, „nur Doktor reicht."

Nero beendete seine Arbeit, indem er einen neuen Verband anlegte. Er half mir wieder auf und wir konnten uns auf den Rückweg machen. Da die Krankenschwestern meine Gesundheitskarte eingelesen hatten, war auch alles versicherungstechnisch geregelt und ich war äußerst dankbar für diese Privatpatienten-Behandlung.

Als wir nach Hause fuhren, hatte die Dunkelheit bereits Einzug gehalten und die Luft war stark abgekühlt. In den nächsten Tagen würde auch die restliche Wärme der Hitzewelle verschwinden und der verregnete, deutsche Sommer mit herbstlichen Temperaturen würde grüßen.

Als Nero seinen Wagen in seiner Einfahrt abgestellt hatte, kam er wieder herum, um mir aus dem Auto zu helfen. Wie einer Prinzessin hielt er mir die Hand entgegen und ich legte meine hinein. Peinlich berührt und mit rot glühenden Wangen, was man in der Nacht zum Glück nicht sah, hopste ich aus dem Wagen. Ungewöhnlich dicht blieb der Arzt vor mir stehen und ich wagte es nicht, zu ihm hinaufzusehen. Die Hitze, die sein Körper ausstrahlte, machte mich beinahe wahnsinnig und zerriss mich zwischen dem Drang, ihr entgegenzukommen oder vor ihr davonzurennen.

„Schön, dass du diesmal gleich zu mir gekommen bist und ich keine M&Ms mehr an dein Fenster werfen musste", seine Stimme war leise, ließ meine Nackenhaare sich aufstellen.

„Ach das waren M&Ms", stellte ich fest, sah ihn aber immer noch nicht an. Als Nero meine Unsicherheit und sicher auch mein Unwohlsein merkte, brachte er etwas Abstand zwischen uns.

„Soll ich dich zur Tür begleiten?", fragte er, doch ich schüttelte abwehrend meinen Kopf.

„Die letzten Schritte kriege ich wohl gerade noch so allein hin", sagte ich lächelnd, „vielen Dank für deine Hilfe und für alles, was du für mich getan hast."

„Nicht der Rede wert. Gute Nacht, Helena", sein letzter Blick, bevor er sich von mir abwandte, war lang und intensiv. „Gute Nacht", murmelte ich und nahm mir vor, ihm bei unserem nächsten Treffen von Liam zu erzählen, damit er sich keine falschen Hoffnungen machte. Ich sah ihm hinterher, bis er in der Haustür verschwunden war, bevor ich mich selbst auf den Heimweg machte. Doch gerade hatte ich einen Fuß auf den schmalen Weg auf unserem Grundstück gesetzt, als mir eine Gestalt auffiel, die wenige Meter von mir entfernt an einer Holzstütze unseres Carports lehnte. Sie trug einen Pullover, dessen Kapuze so tief ins Gesicht gezogen war, dass ich die Augen nicht erkennen konnte. Doch auch ohne dass ich es sah, wusste ich sofort, um wen es sich handelte. Der Mann hob eine Hand und legte sich in vollkommener Ruhe einen seiner langen, dünnen Finger auf die schmalen, blassen Lippen, auf denen der Anflug eines Lächelns angedeutet schien. Mein Puls beschleunigte sich.

20

Was wollte er jetzt hier? Wollte er Geld? Ich verharrte in meiner Bewegung und starrte die geisterhaft erscheinende Gestalt an. Doch anstatt mit mir zu reden, anstatt mich zu überfallen oder Geld zu verlangen, drückte er sich einfach von dem Pfosten ab, vergrub seine Hände in den Taschen seines Pullovers und ging.

Er ging und ließ mich einfach stehen.

Ich sah ihm nach, warf meine Stirn irritiert in Falten, hütete mich aber auch davor, ihm nachzurufen. Erst als er gänzlich aus meinem Blickfeld verschwunden war, setzte ich mich wieder in Bewegung und hechtete nun eilig zur Haustür. Fahrig kramte ich meinen Schlüssel aus der Handtasche und war erst erleichtert, als ich das Schloss hinter mir wieder zuschnappen hörte. Für einen Moment blieb ich hier stehen, lehnte den Kopf mit einem schweren Seufzen nach hinten und schloss die Augen. Die letzten zwei Jahre waren so ruhig gewesen. Abgesehen von meinen Besuchen im Gefängnis und meinem beendeten Studium, war nichts Aufregendes passiert. Doch jetzt, als Liams Entlassung kurz bevorstand, häuften sich die Ereignisse. Als wären es Vorboten für einen Sturm, der zusammen mit Liam entfesselt werden würde. Je näher seine Freilassung rückte, desto mehr spitzten sich die Vorfälle zu. Es wunderte mich, dass nicht Balthasar schon längst vor meiner Tür gestanden und Rache geübt hatte. In all der Zeit hatte ich nichts mehr von ihm gehört. Nachdem die Klage fallen gelassen worden war, war er von der Bildfläche verschwunden. Ob sich irgendwo noch mehr Unheil zusammenbraute, ohne dass ich davon wusste? Oder war er vielleicht sogar der Strippenzieher hinter Vice? Doch all die Grübelei brachte mich nicht weiter. Sie machte mich nur nervös und paranoid.

„Hel, alles gut?", riss mich die Stimme meines Bruders aus den Gedanken. Als ich meine Lider öffnete, erkannte ich seine blaugrünen Augen direkt vor mir. Sie musterten mich besorgt.

„Ja, alles okay. Es war ein stressiger Tag", mehr wollte ich ihm nicht sagen, aus Sorge, unser Vater könnte uns belauschen. Wenn er mitbekam, dass ich durch Liam solchen Ärger hatte, würde er es sich sicher noch mal überlegen, ob dieser wirklich hier einziehen durfte.

Flos Blick glitt an mir hinab zu meinem verbundenen Unterarm. Daraufhin zog er die Brauen zusammen.

„Du hast ganz schön Ärger", flüsterte er, „sollen wir zur Polizei?"

Entschlossen schüttelte ich meinen Kopf und lächelte beschwichtigend.

„Alles halb so wild, glaub mir", mit diesen Worten drückte ich mich an ihm vorbei und erklärte das Gespräch damit für beendet. Natürlich war das gelogen. Es war nicht halb so wild. Es war ziemlich wild! Aber Florian konnte mir da nicht helfen. Mein einzig möglicher Weg war es, die Sache auszusitzen, bis Liam wieder frei war und dann – ja, was dann? Dann wäre er der Fokus des Ärgers. Dann musste er die Schulden abbezahlen. Dann würde auch nichts besser werden. Ich musste einsehen, dass eine schwere Zeit auf uns zukommen würde, dass alles doch nicht so rosarot war, wie ich es mir ausgemalt hatte. Als ich oben ankam, machte ich mich fertig fürs Bett und kuschelte mich kurz darauf in mein weiches Laken. Die Betäubungsspritze ließ langsam nach und ein unangenehmes Pochen war in meinem Arm zu spüren. Als ich meine Augen schloss, versuchte ich mich an Liams Gesicht zu erinnern. An seine blauen Augen und an die Art, wie seine Mundwinkel zuckten, wenn er ein Grinsen unterdrückte. Die Wärme, die sich in meiner Brust ausbreitete, ließ mich glauben, dass wir alles zusammen durchstehen könnten! So schlief ich am Ende dieses Tages trotz der Geschehnisse mit einem guten Gefühl und sicher auch einem verliebten Lächeln im Gesicht ein.

Es war kein nerviges Klingeln eines Weckers, das mich aus dem Schlaf riss und auch nicht die Sonnenstrahlen, die durch das Fenster fielen, sondern es war der Geruch von Brötchen und frisch aufgebrühtem Kaffee. Ich schlug die Bettdecke zurück und sog den Duft gierig in meine Lungen. So konnte ein Sonntagmorgen nun wirklich gerne beginnen!

Ich setzte mich auf, schlüpfte in meine Schlappen und zog mir die rote Strickjacke über, die auf meinem Schreibtischstuhl hing. Dann polterte ich die Treppe hinab und platzte förmlich in die Küche, wo ein regelrechtes Sonntagsbuffet aufgetischt war. Neben Brötchen gab es

Eier und frisch gebratenen Bacon. Doch das Beste war das neue XXL-Glas Nutella, das mir sofort ins Auge sprang.

„Guten Morgen!", flötete ich gut gelaunt. Mein Vater saß schon an seinem angestammten Platz, hatte sich bereits für den Tag angezogen und mein Bruder war noch dabei, den Filterkaffee in eine Thermoskanne zu füllen.

„Ich muss sagen, ihr Zwei seid echt zu was zu gebrauchen", mit diesen Worten nahm ich das Nutellaglas zur Hand und drehte es auf. Die braungoldene Schutzfolie war noch drauf und so kam ich in den Genuss, sie aufstechen zu dürfen. Als ich sie entfernt hatte, tauchte ich das Messer in die Nuss-Nougat-Creme, bis mir dann auffiel, dass ich nicht mal mein Brötchen aufgeschnitten hatte. Da blieb mir leider nichts anderes übrig, als die klebrige Masse direkt abzulecken. Ich erntete einen vorwurfsvollen Blick von meinem alten Herren, den ich mit einem Grinsen erwiderte. Was sicher fürchterlich aussah, mit der braunen Matsche zwischen den Zähnen.

„Helena!", mahnte er mich und ich zuckte die Schultern.

„Was denn? Meine Mutter hat mir meine Kindheit geraubt, ich muss was nachholen", ich schnaufte und sagte diese wahren Worte mit einer Leichtigkeit, der mein Vater nichts mehr entgegenzusetzen hatte.

„In genau einer Woche ist es 10 Jahre her", sagte Flo ungewöhnlich ernst, als er sich zu uns an den Tisch setzte. Ich blickte ihn verwundert an. Dass er sich dafür interessierte und sogar das Datum so genau wusste, hätte ich nicht gedacht. Vielleicht vermisste er unsere Mutter mehr, als ich all die Jahre über wahrhaben wollte. Er war noch so klein gewesen und hatte die wirklich schlimmen Dinge nie miterlebt. Ich schnitt mein Brötchen auf und ließ meinen Blick langsam zur Seite aus dem Küchenfenster wandern. Die graue Wolkendecke wurde immer wieder von Windstößen auseinandergetrieben, wie eine Herde Schafe. Sonnenstrahlen blitzten an diesen Stellen hindurch und beleuchteten die Erde wie Spotlichter im Theater. Irgendwo da draußen war sie. Irgendwo lebte sie ein neues Leben. Ein Leben ohne uns. Ob sie glücklich war? Ob sie manchmal an uns dachte? Doch bevor ich diesen Gedanken weiter vertiefen konnte, riss mich das Vibrieren meines Handys jäh in die Realität zurück. Die Nachricht, die ich auf dem Display las, ließ mir augenblicklich jeden Appetit vergehen:

„Der letzte Besuchstermin ist gestrichen. Liam ist ausgerastet. LG Daniel"

21

Ausgerastet? Was? Wieso? War es wegen Vice? Hatte Daniel Liam vielleicht verraten, dass ich mit ihm geredet hatte? Liam war besorgt gewesen, beinahe ängstlich. Ich kannte ihn, wenn er aggressiv war. Wieso war er jetzt explodiert? Hatte Daniel keine zwei Minuten Zeit gehabt, um etwas mehr Informationen in die Nachricht zu packen? „Entschuldigt mich bitte", mit diesen Worten richtete ich mich vom Stuhl auf und ohne noch einen Blick auf meinen verwirrten Vater oder meinen Bruder zu richten, verließ ich die Küche und betrat den Flur. Ich eilte die Treppe hinauf und suchte dabei in meinen Kontakten nach Daniel, so dass das erste Tuten schon erklang, als ich die Tür hinter mir schloss. Mit dem Handy am Ohr lief ich nervöse Kreise in meinem Zimmer und hoffte, das er während der Arbeitszeit rangehen würde.

„Hallo Helena," erklang nach einer gefühlten Ewigkeit endlich seine Stimme am anderen Ende der Leitung.

„Daniel!" stieß ich sogleich hervor und die Fragen, die ich hatte, sprudelten gerade so aus mir hervor:

„Was ist passiert? Wieso ist er ausgerastet? Was hat er getan? Wird er trotzdem entlassen? Ist er verletzt? Hat er jemanden verletzt? Du kannst mir doch nicht einfach eine Nachricht mit so spärlichen Informationen schicken!", fuhr ich ihn am Ende sogar noch an.

„Helena, es hat schon seine Gründe, warum ich dir nicht die Einzelheiten schreibe. Weder Liam noch ich wollen, dass du dir Sorgen machst. Er hat niemandem etwas getan und seine Entlassung ist, soweit ich informiert bin, auch nicht gefährdet. Also mach dir nicht so viel Sorgen, Helena, okay?"

Nein, nicht okay, ganz und gar nicht okay. Ich war schon vollkommen außer Atem, da ich vor Aufregung mit so großen, schnellen Schritten durch mein Zimmer stapfte. „Ich will alles wissen, Daniel. Ist er verletzt? Was genau hat er getan und verflucht nochmal, warum?", versuchte ich es noch einmal mit Nachdruck, was Daniel am andern Ende resigniert zum Seufzen brachte.

"Ist gut, Kleines. Wenn du es unbedingt wissen willst: Er ist in seiner Zelle ausgerastet. Hat seine Sachen und Möbel durch die Gegend getreten oder geworfen und hat sich sein Handgelenk verstaucht und die Knöchel an der Zellenwand blutig geschlagen. Er bekam an dem Tag Post. Ich weiß allerdings nicht, was. Nur, dass ich mir keinen anderen Grund für seinen Kontrollverlust vorstellen kann. Du weißt, dass er schon früher zu solchen Ausbrüchen geneigt hat. Auch wenn die zweite Haftstrafe wirklich sehr gut verlief. Aber mach dir keine Sorgen. Er wurde in der Krankenstation versorgt und kommt heute Abend wieder in seine Zelle zurück", beendete Daniel seinen ausführlichen Bericht über Liams Wutanfall.

Ich ließ die Worte einen Moment lang auf mich wirken. Ging alles, was Daniel gesagt hatte, noch einmal durch. Was um alles in der Welt konnte in dem Brief gestanden haben, das ihn so emotional aufgewühlt hatte, dass er nach so langer Zeit wieder einmal die Kontrolle verlor und sich selbst verletzte? War es ein Brief von seinem Vater gewesen? Oder vielleicht sogar von seiner Mutter? Ich wüsste nicht, was ihn sonst so fertig machen könnte. Oder lag es doch daran, dass er so machtlos war? Dass ich ihm von Vice erzählt hatte und er nicht hier war, um mich vor ihm zu schützen? Er hatte so große Angst um mich gehabt.

„Kleines? Ich muss weiterarbeiten. Können wir ein andermal weitersprechen? Mach dir keine Gedanken. Er erholt sich bald, nicht mehr lange und ihr könnt euch wieder in die Arme schließen. Du liebst ihn doch, oder?"

Diese Frage von Daniel kam unerwartet und ich nickte darauf langsam, ehe mir klar wurde, dass Daniel das nicht sehen konnte. „Über alles", antwortete ich ihm und spürte im gleichen Moment, dass die Tränen mein Sichtfeld einzutrüben begannen.

„Du kannst das einem Menschen wie ihm nicht oft genug sagen und zeigen, Helena. Machs gut."

„Machs gut", verabschiedete ich mich und ließ das Handy von meinem Ohr sinken. Ich war mittlerweile vor dem Schreibtisch zum Stehen gekommen, legte mein Smartphone vor mich hin und stützte mich völlig geschafft mit beiden Händen auf der Schreibtischplatte ab. Hätte ich es ihm doch nicht erzählen sollen? Oder war er wütend, dass

Balthasar nicht, wie er die ganze Zeit gedacht hatte, im Gefängnis war? War er vielleicht sogar wütend auf mich, dass ich ihn zwei Jahre lang angelogen hatte? War ich womöglich Schuld an der ganzen Sache? Als ich der ersten Träne hinterhersah, die über meine Nasenspitze auf das Holz unter mir tropfte, nahm ich mein Telefon wieder zur Hand, um eine Nachricht an Nero zu schreiben.

„Hallo werter Nachbar. Hast du fünf Minuten für mich? Warte am Fenster", tippte ich unter Schniefen ein, ehe ich aus einer der Schubladen an meinem Nachtschränkchen ein Päckchen Taschentücher herauskramte, um mir die Tränen von den Wangen zu wischen und die Nase zu putzen. Ich ließ mich kurz auf mein Bett sinken und atmete mehrere Male tief durch. Ich musste mich beruhigen. Egal, was im Gefängnis vorgefallen war, ich konnte jetzt sowieso nichts tun. Ich musste warten, bis Liam endlich entlassen wurde und ihm dann den Halt und die Liebe geben konnte, die er brauchte. Die er verdiente. Seit einiger Zeit ging es nur noch bergab. Es verging kaum eine Woche, ohne dass eine weitere Katastrophe mein Leben erschütterte und es wurde mir immer klarer, dass es naiv war zu glauben, dass mit Liams Entlassung auf einmal alles gut würde. Als ich merkte, dass ich wie am Abend zuvor wieder in meinen trüben Gedanken zu versinken drohte, richtete ich mich auf und ging auf das Fenster zu. Sofort wanderte mein Blick auf das, hinter dem ich Nero erwartete. Ich wurde enttäuscht. Er war noch nicht da. Ich öffnete den Chat erneut und stellte fest, dass er die Nachricht noch nicht gelesen hatte. Wie lange sollte ich noch warten? Was sollte ich überhaupt heute tun? Im Augenblick sehne ich mich nur danach, mich mit dem XXL-Glas Nutella und einer Tüte Milch in mein Bett zu verziehen und nicht mehr unter meiner Decke hervorzukommen. Ich lehnte meinen Oberkörper etwas nach vorn und die Stirn gegen die kühle Glasscheibe. So konnte ich in unseren Garten, über die Hecke hinweg und auf den gepflasterten Weg sehen, der zur Haustür meines Nachbars führte. Dort, wo ich ihn zum ersten Mal getroffen hatte, entdeckte ich eine Person.

Einen Mann, den ich unter Tausenden wiedererkennen würde.

Groß. Kräftig. Ein Nacken wie der eines Stiers. Haare schwarz wie die Nacht. Und diese Augen.

Blaue Augen.

Wie zu Eis erstarrtes Wasser.

Balthasar.

22

Was tat er hier? Suchte er mich?

„Oh Gott", flüsterte ich, als ich mir eine Hand auf den Mund legte und mit geweiteten, brennenden Augen den angsteinflößenden Mann auf dem Grundstück meines Nachbarn sah.

Der Polizist, der jedoch keine Uniform trug, sondern eine lockere, dunkelblaue Stoffhose und ein helles Shirt, ging auf Neros Haustür zu und klingelte. Der Mann, der das Leben meines Freundes, seines Sohnes, meiner besten Freundin und das von so vielen Kindern zerstört hatte, und mir beinahe Schreckliches angetan hätte, stand einfach am Nachbarhaus und klingelte. Er stand einfach da, in seinem Sommeroutfit, genoss seine Freiheit, während sein Sohn sich im Gefängnis selbst verletzt hatte und die letzten zwei Jahre wieder eingesperrt war. Eine unsagbare Wut kroch durch meinen Körper, ließ mich verkrampfen und auch meine Zähne presste ich fest aufeinander. Doch anstatt das Fenster aufzureißen und ihm entgegenzubrüllen, wie sehr ich ihn verachtete, trat ich einen Schritt zur Seite und zog den Vorhang zu, um mich vor ihm zu verbergen. Ich war wütend, ja. Ich hasste ihn sogar, ja. Aber ich hatte auch Angst. Angst davor, was er hier tat und wozu er fähig war.

Nur aus dem Augenwinkel konnte ich erahnen, dass ihm die Tür geöffnet wurde, denn als ich mich nach einigen Wimpernschlägen traute, einen genaueren Blick zu riskieren, stand er nicht mehr dort. Da es nicht schien, als habe er mich bemerkt, fasste ich nun den Mut, meinen Vorhang vorsichtig einen Spaltbreit aufzuziehen, sodass ich auf die Giebelseite von Neros Haus blicken konnte, wo sich unter dem Schlafzimmerfenster im ersten Geschoss auch ein Fenster zur Küche befand. Aus meinem Blickwinkel konnte ich jedoch nicht sehr viel sehen. Es reichte gerade so aus, um zu erkennen, dass sich nun zwei Personen dort aufhielten. Wenn ich nach unten ging, könnte ich eventuell aus unserem Gäste-WC-Fenster mehr erkennen. Kurzentschlossen stürzte ich die Treppe hinunter und schloss mich auf dem WC ein. Ich kletterte auf die heruntergeklappte Klobrille und konnte so das kleine, hochgelegene Fenster erreichen. Da ich durch das strukturierte Glas nichts erkennen konnte, musste ich das Fenster jedoch einen Spaltbreit öffnen. Von hier aus hatte ich direkten Einblick in Neros Küche.

Ich kam keine Sekunde zu früh, denn just in dem Moment, als mein Blick die beiden aufspürte, sah ich, wie Balthasar dem Arzt einen weißen Umschlag überreichte. War das die Bezahlung für was auch immer er ihm aufgetragen hatte? Mich auszuspionieren? Mich vielleicht sogar aus dem Weg zu schaffen? Nero betrachtete den Umschlag einen Augenblick, öffnete ihn und spähte neugierig hinein. Als er den Inhalt erblickte, erschien sogleich ein Grinsen auf seinen Lippen. Ein brennender Kloß bildete sich in meinem Hals. Zu sehen, wie er mit diesem Dämon Geschäfte trieb, schmerzte irgendwie. Ich hatte ihn gemocht. Ja, ich hatte sogar angefangen, ihm zu vertrauen. Die beiden begannen sich im Anschluss zu unterhalten. Leider waren meine Fähigkeiten im Lippenlesen nicht sonderlich gut, sodass ich rein gar nichts verstehen konnte. Doch anhand ihrer Mimik und Gestik schienen sie auf einer Wellenlänge zu liegen und einfach ein angeregtes Gespräch zu führen. Irgendwann jedoch schien dieses eine Wendung zu nehmen, denn Balthasars Gesicht wurde zunehmend ernster. Nero deutete mit der Hand in meine Richtung, sodass ich im ersten Moment vom Fenster zurückschreckte. Beinahe hätte ich den Halt verloren und wäre von dem Toilettensitz gefallen. Geradeso konnte ich mich fangen, schluckte und wischte meine von kaltem Angstschweiß bedeckten Handflächen an meinen Beinen ab. Mein Mund war so trocken, dass er der Sahara Konkurrenz machen konnte. Meine Zunge klebte am Gaumen. Einige Herzschläge lang verharrte ich in Deckung, doch dann siegte meine Neugierde und ich schob meinen Kopf Zentimeter für Zentimeter wieder nach oben, bis ich kaum mit der Nase über die Fensterbank ragte.

Sie waren nicht mehr da.

Zumindest konnte ich sie in der Küche nicht mehr sehen und sofort huschte mein Augenmerk von Fenster zu Fenster, ob sie ihr Gespräch vielleicht in einen anderen Raum verlegt hatten. Doch in keinem der von mir einsehbaren Teile des Gebäudes war etwas zu erspähen. Gerade hatte ich mich weiter nach vorne getraut und mein

Gesicht aus dem Fenster gestreckt, um mich besser umsehen zu können, da ging die Haustür wieder auf.

„Shit", fluchte ich und duckte mich erneut. Auch ohne genau hinzusehen, wusste ich, dass dort wieder Balthasar aufgetaucht war. Wie ein Magnetfeld breitete sich seine Aura aus und ließ mir die Haare an den Armen und im Nacken zu Berge stehen. Er ging nicht sofort weiter, sondern blieb dicht an der Hauswand stehen. Dort sah er sich flüchtig nach links und nach rechts um, ehe sich das Eisblau seiner Augen in meine Richtung wendete.

Er sah zu mir.

Viel zu lang, als dass es ein Zufall sein konnte.

Obwohl er mich nicht direkt ansah, wusste ich, dass er wusste, dass ich hier war und es machte mir Angst. Dass er unser Haus so lange und intensiv ansah, wirkte für mich wie eine stille Drohung.

Zwei Jahre lang hatte er mich in Ruhe gelassen.

Zwei Jahre lang hatte ich gehofft, diesen Mann in meinem Leben nie wiederzusehen. Wieso jetzt, Balthasar? Ob er davon ausging, dass Liam nach seiner Haftstrafe zu mir zog? Hatte er die letzten zwei Jahre womöglich damit verbracht, seine Rache an uns zu planen?

Der Dämon mit dem schwarzen Haar und dem eisigen Blick wendete diesen wieder ab und richtete sich auf. Ich hätte nicht geglaubt, dass dieser Mann noch größer werden konnte! Er kreiste seinen Kopf leicht zu beiden Seiten, als würde er seinen Nacken so einrenken oder die Muskeln lockern. Dann setzte er sich in Bewegung. Mit großen Schritten, jedoch ohne Eile, kehrte er zu seinem Wagen zurück, einem Monster von Pick-Up, der seinem Fahrer mehr als nur gerecht wurde. Ein bulliges, wütend dreinschauendes Auto. Irgendetwas Amerikanisches, glaubte ich. Das Emblem war eine Art gehörnter Bock, doch für mich war es nur ein weiteres Symbol für den Teufel. Balthasar verschwand in dem Fahrzeug und ich fühlte, wie die Anspannung vorerst von mir abfiel, als der Motor röhrend startete und er mit tiefem Grollen davonfuhr. Ich schloss das Fenster und sank für einen Moment auf den Toilettensitz hinab. Ein zittriges, erledigtes Seufzen entglitt mir. Ich fühlte mich ausgelutscht. Wie eine leer gequetschte Caprisonne. Was jetzt? Hatte ich den Feind direkt nebenan wohnen, war Nero auch nur eines der vielen Opfer, oder war er einfach nur ein Bekannter von Balthasar? Ich musste es herausfinden. Von einer plötzlichen Entschlossenheit ergriffen, stand ich auf und stapfte entschieden auf die Haustür zu. Ich schlüpfte nur eben in meine Sneakers und verließ unser Haus. Ich machte mir nicht die Mühe, die Einfahrt hinunter bis zur Straße zu gehen, sondern lief quer über den Rasen und kletterte über den hüfthohen Zaun, der unsere Grundstücke voneinander trennte. Ich würde herausfinden, was Nero mit diesem widerwärtigen Mistkerl zu schaffen hatte! Auf hinterlistige Spielchen hatte ich keine Lust. Das hier war mein Zuhause und wenn es sein musste, würde ich es verteidigen wie eine Löwin ihr Revier. Imaginär sah ich mir Fangzähne und scharfe Klauen wachsen. Als ich aber vor der Nachbarstür ankam und tollkühn ohne Zögern den Klingelknopf gedrückt hatte, schrumpfte mein Ego plötzlich wieder zu einem Babykätzchen zusammen. Fuck, was hatte ich mir gedacht? Was wollte ich ihm überhaupt sagen? War ich eigentlich lebensmüde? Gerade wollte ich panisch die Flucht ergreifen und mir einreden, dass er glauben würde, es handele sich um einen Klingelstreich, als die Tür vor mir geöffnet wurde.

23

Das dunkelbraune Augenmerk meines Nachbars richtete sich zu mir herab und wanderte von meinem Gesicht weiter über meinen Körper. Nahezu augenblicklich zuckte seine gespaltene Augenbraue amüsiert in die Höhe und an seinen Mundwinkeln zupfte ein Grinsen.

„Schickes Outfit. In China soll das ja im Moment der letzte Schrei sein", kommentierte er mit einem mühsam unterdrückten Lachen. Völlig überrumpelt von dieser Reaktion, folgte ich seinem Blick und stellte fest, dass ich vollkommen überstürzt in meinem Schlafanzug hierhergekommen war. Nicht mal einen BH hatte ich mir angezogen. Während mein Gesicht dieselbe Farbe annahm wie meine signalrote Strickjacke, zog ich diese schnell eng um meinen Körper, um mit ihr mein peinliches Hello-Kitty-Nachtoutfit so gut es ging zu verbergen.

„Schon gesehen, das Bild ist für immer in meinem Kopf", neckte er mich weiter, ehe er einen Schritt zur Seite trat und eine einladende Handbewegung machte, „möchtest du reinkommen? Dich in diesem aufreizenden Abendkleid zu sehen, sollte mein Privileg bleiben."

Das Zwinkern, das er mir im Anschluss zuwarf, half meinem Kopf nicht gerade, wieder eine gesunde Farbe anzunehmen. So huschte ich, ohne ein Wort zu sagen, an ihm vorbei ins Haus. Gleich würde aus meinen Ohren Dampf steigen, wie aus einem heißen Wasserkessel. Das Pfeifen konnte ich schon hören!

„Was verschafft mir denn die Ehre dieses Sonntagsbesuchs?" Im Gegensatz zu mir war der Arzt wohlgekleidet in eine sportliche, weiße Stoffhose und ein blaues T-Shirt. Sogar die Haare hatte er gestylt und der Dreitagebart war feinsäuberlich getrimmt. Über meinen Auftritt hatte ich ganz vergessen, warum ich überhaupt hier war und so glotzte ich überfordert wie eine Kuh auf dem Laufband durch die Gegend.

„Okay", sagte Nero und legte nun irritiert seine Stirn in Falten, „wie wäre es, wenn ich dir einen Kaffee mache, während du mir von den Geistern erzählst, die du gesehen hast", er ging an mir vorbei,

„oder waren es Aliens? Auf jeden Fall muss dich ja irgendwas ziemlich verstört haben."

Wohl eher der Teufel, dachte ich mir, als ich ihm in die Küche folgte. In den letzten Tagen hatte Nero hier wirklich fleißig geschuftet. Die Tapeten waren größtenteils schon ausgetauscht. Die alten, vergilbten Teile waren schöner, weißer Farbe gewichen und auch der Boden war teilweise schon mit neuem Parkett belegt.

„Ich dachte nur, du könntest dir meine Wunde vielleicht noch mal ansehen", log ich, nachdem mein Gehirn so langsam wieder abgekühlt war und seinen Dienst wieder antrat, „mein Bruder macht sich Sorgen und hängt mir in den Ohren, deswegen dachte ich, ich gehe eben mal rüber."

Ob er mir meine Lüge abkaufte, wusste ich nicht, denn in seinem Gesicht war nichts zu lesen. Ich konnte ihn nicht mit der Wahrheit überfallen. Wenn er wirklich mit Balthasar unter einer Decke steckte und mich ausspionieren oder Schlimmeres machen sollte, dann könnte diese Konfrontation auch mein Todesurteil sein. Wenn ich etwas erfahren wollte, dann sollte ich es unauffällig machen und nicht mit der Tür ins Haus fallen. Auch wenn mir das schwerfallen würde, denn es gab kaum eine schlechtere Lügnerin als mich. Ganz abgesehen davon, dass ich keine Ahnung hatte, wie ich nun an Informationen kommen sollte. Das Wichtigste war, dass ich ihn und Balthasar in Sicherheit wiegen musste.

„Ich seh sie mir gerne mal an. Tut es denn weh?", fragte er nebensächlich, während er die Kaffeemaschine anmachte und mir einen Platz an seinem Küchentisch anbot.

„Geht so", antwortete ich, „wenn ich den Arm beanspruche, pocht es."

„Du sollst ihn ja auch nicht beanspruchen!", tadelte mich der Arzt, der sich umdrehte und mit verschränkten Armen an seine neue, granitfarbene Arbeitsplatte lehnte. Auch die Küche war inzwischen ausgetauscht worden. Die Schränke waren nun aus weiß gebeiztem Holz mit mattschwarzen Griffen. Die alte Eiche-Rustikal-Küche von den Vorbesitzern lag draußen in der Einfahrt, bereit für den Sperrmüll.

„Du hast schon einiges renoviert und umgeräumt", stellte ich fest und sah mich im Raum um. Natürlich war noch nichts fertig, überall standen Kartons und von Deko war noch lang keine Rede. Dennoch war ein deutlicher Unterschied zu vorher zu erkennen.

„Ja, mein Paps hilft mir fleißig und einige Kumpels auch", erklärte er, „meine Mutter und Marly kommen auch ab und zu vorbei, allerdings macht Marly mehr Arbeit, als dass sie hilft."

Marly? Wer war das? Etwa doch seine Freundin?

„Wer ist das?", platzte es aus mir heraus, ehe Nero mir entgegen meinen Befürchtungen keinen Kaffee vor die Nase setzte, sondern eine Tasse duftenden Kakaos. Mit freudestrahlenden Augen nahm ich diesen entgegen.

„Meine kleine Schwester. Sie ist neun und kann manchmal richtig anstrengend sein."

„Du hast eine kleine Schwester? Dann ist euer Altersunterschied aber ziemlich groß, oder?", hakte ich nach.

„Ja, 24 Jahre. Ich bin ungewollt sehr früh gekommen und Marly ist ein Wunschkind. Meine Eltern haben lange für sie trainieren müssen", stimmte er mir zu. Nach meinen unschlagbaren Kopfrechenkünsten musste Nero demnach 33 Jahre alt sein.

„Puh, alter Sack."

„Oh, Entschuldigung. Alle anderen werden mit zwanzig schon Arzt, ich bin ein richtiger Spätzünder", schnaubte Nero halb belustigt, halb beleidigt.

Da wir gerade bei allgemeinem Smalltalk angekommen waren, nutzte ich die Gelegenheit, um auf diese Weise vielleicht ein paar Dinge über ihn herauszufinden.

„Und ... bist du nur Arzt, oder hast du noch einen anderen Job?", unschuldig fuhr ich mit der Fingerspitze Kreise auf dem Rand meiner Tasse und blickte diese interessiert an.

Nero setzte sich mir gegenüber und schwieg einen Moment.

„Klar, nebenbei bin ich noch Feuerwehrmann und Modedesigner. Weil meine 60-Stunden-Woche als Arzt noch nicht ausreicht", seine Worte tropften nur so vor Ironie und inzwischen schwang ein Unterton mit, der mir verriet, dass er so langsam an meinem Verstand zweifelte. Im Nachhinein eine wirklich dumme Frage.

Was hatte ich erwartet?

Nebenbei mache ich illegale Geschäfte mit einem Kinderpornoring? Ja, genau. „Ich frage nur, weil... weil ich neben meinem Studium beispielsweise ein Buch geschrieben habe", damit hatte ich noch die Kurve bekommen und unser Gespräch sogar in eine sinnvolle Richtung gelenkt.

„Ein Buch?", fragte er interessiert. Er nahm seine Tasse zur Hand und schlürfte an seinem nachtschwarzen Gebräu.

„Ja, dafür habe ich sogar Interviews im Gefängnis geführt." Ganz genau beobachtete ich jede Regung in seinem Gesicht. Jedes Zwinkern, jedes Zucken der Muskeln. Doch nichts. Einfach nichts war zu sehen, außer ehrlichem Interesse.

„Klingt ja nach Nervenkitzel. War das nicht gefährlich so als ... Frau?"

„Nee, war ja alles unter Beaufsichtigung. Es war wirklich sehr spannend. Warst du schon mal in einem Gefängnis?"

Nun schlürfte ich geräuschvoll an meinem Kakao und versuchte, mir meine gespannte Neugierde nicht allzu sehr anmerken zu lassen.

„Ja, ich war tatsächlich mal dort, einen Kumpel besuchen. Ist aber keine spannende Geschichte", wimmelte er mich ab.

Nero lehnte sich leicht zu mir nach vorne. Seine obsidianschwarzen Augen funkelten wie die eines kleinen Jungen an Weihnachten, „mich würde jetzt viel mehr interessieren, ob man das Buch irgendwo lesen kann? Worum ging es genau? Ist es verlegt worden?"

„Ähm", machte ich und wich etwas zurück. Sein forschender Blick machte mich nervös und plötzlich kam es mir vor, als wolle er mich aushorchen. Dabei war ich doch hier, um etwas über ihn herauszufinden und nicht umgekehrt!

„Nein, noch nicht. Es behandelt letztendlich doch ein paar wirkliche Geschehnisse und ich will noch nicht, dass das alles an die Öffentlichkeit kommt."

Seine Augen verengten sich zu schmalen Schlitzen.

„Hattest du eine Affäre mit einem Insassen?", platzte es aus ihm hervor.

„Was?!", beinahe hätte ich den Kakao quer über den Tisch gespuckt. Ich begann hysterisch zu lachen, „wie kommst du denn auf die Idee?!"

Nero hob die Augenbrauen.

„Nein, hatte ich nicht, ich ... nein", kam ich nun in Erklärungsnot.

Neros Augenbrauen wanderten noch höher. Gleich würden sie in der Luft schweben.

„Versteeehe", sagte er gedehnt und zwinkerte mir grinsend zu. Seufzend ließ ich meine Schultern hängen. Es hatte keinen Zweck. Je mehr ich es abstritt, desto verdächtiger machte ich mich. Meine einzige Chance war es, den Spieß wieder umzudrehen.

„Was ist denn mit deinem Kumpel? Warum saß er im Gefängnis?"

„Es ist wirklich nichts Spannendes. Als ich noch Student war, hat ein Kommilitone von mir versucht, an Medikamente in der Klinik zu kommen. Er wurde erwischt und später hat man festgestellt, dass er schon mehrfach Substanzen geklaut und ohne Rezept konsumiert hat. Das Ganze hat ihm ein paar Monate hinter Gittern beschert und ihn auch seine Zulassung gekostet. Arzt kann er jetzt nicht mehr werden", Nero zuckte mit den Schultern und setzte ein Selbst-Schuld-Gesicht auf.

„Hm", machte ich nur. Das alles war wirklich nicht das, was ich hören wollte. Rein gar nichts Verdächtiges wollte über die Lippen meines Nachbarn kommen. Was sollte ich nur Fragen, um ihn aus der Reserve zu locken? Mein Blick fiel auf sein Smartphone, das er neben sich auf den Tisch gelegt hatte. Ob es eine Möglichkeit gab, darin herumzuschnüffeln? Vielleicht konnte ich es unter einem Vorwand benutzen? Es reichte ja, wenn ich einen flüchtigen Blick auf seinen letzten Chatverlauf und seine Kontakte werfen konnte. Vielleicht konnte ich es auf die ganz banale Weise machen.

„Oh, ist das das neue iPhone?", fragte ich also überrascht und machte mir die Tatsache zu nutzen, dass es wirklich ein sehr modernes Gerät war. Zu meinem Glück grinste Nero daraufhin stolz.

„Ja, ist ganz neu. Hab es vor zwei Monaten erst bekommen."

„Darf ich mal sehen? Meins ist schon älter und ich überlege, ob es sich lohnt, das neue zu holen. Ist die Kamera besser?", wow, der nächste Oscar war mir gewiss. Beflügelt von meiner neu entdeckten Schauspielkunst, sah ich ihn an.

Tatsächlich nahm Nero sein Handy zur Hand, entsperrte es für mich und reichte es mir über den Tisch.

Bingo!

24

Gut, Hürde Nummer eins war geschafft. Zum Glück konnte er nicht sehen, dass ich gar nicht die Kamera öffnete, sondern seinen Whatsapp-Verlauf. Zur Tarnung hielt ich das Smartphone so vor mich, als würde ich Fotos schießen. Doch in seinem Chat war nichts Verdächtiges zu finden. Seine letzte, noch ungelesene Nachricht, war offenbar aus einer Gruppe mit seinen Kollegen, ein paar Namen, die mir nichts sagten und Chatfenster mit seinen Eltern. Doch der Name Balthasar oder etwas anderes, das ihn überführen könnte, kam mir nicht unter. Mist.

„Und?", fragte Nero, als ich wohl ziemlich lange mit der „Kamera" zu Gange war. Schnell schloss ich Whatsapp wieder und öffnete nun wirklich die Fotofunktion und schoss ein paar Schnappschüsse meines Nachbarn. Die blöde Kamera liebte ihn. Er sah auf jedem Foto umwerfend gut aus und das, obwohl er mich einfach nur abwartend ansah und sich nicht mal in Pose schmiss.

„Sieht gut aus. Könnte aber auch am Model liegen", schmeichelte ich ihm, um die Chance noch zu nutzen, die Galerie zu öffnen. Vielleicht gab es hier ja Bilder, die irgendetwas verrieten. Inzwischen spürte ich den Herzschlag bis in meinen Hals hinauf. Ich war wirklich nicht für Spionagearbeit geschaffen. Meine Hände schwitzten schon so, dass ich befürchtete, mir rutsche das Handy jeden Augenblick aus den Fingern.

Tatsächlich fand ich nach kurzem Scrollen auch ein Bild, aus dem mich diese eiskalten, blauen Augen anstarrten. Balthasar und Nero befanden sich in einer Bar, hatten sich die Arme um die Schultern gelegt und stießen mit braunen Bierflaschen an, lediglich Nero hatte den Arm ausgestreckt, um das Selfie von ihnen zu machen. Die Gesichter der beiden waren so freundlich, so ausgelassen. Es war so verlogen. So falsch! Wie konnte dieser Mann in Freiheit dort sitzen und so tun, als wäre nie etwas gewesen? Und dieses ahnungslose Grinsen in Neros Gesicht. Immer mehr beschlich mich die

Befürchtung, dass mein Nachbar überhaupt keine Ahnung davon hatte, was Balthasar für ein Schwein war. Es war ja nicht ungewöhnlich, dass die beiden sogar Freunde sein konnten. Abgesehen von Liam, Anna und Markus hatte ja niemals jemand etwas von seinen perfiden Spielchen gewusst. Sicher führte er ein perfektes Doppelleben. Hatte Freunde. Hobbys. Und niemand ahnte etwas. Denn auch unter seinen Kollegen war er ja sehr beliebt gewesen.

Mit einem aufgesetzten Lächeln schloss ich die App und reichte Nero sein Handy zurück.

„Ist wirklich eine tolle Kamera", sagte ich noch abschließend und der Arzt nickte, kräuselte allerdings etwas irritiert die Augenbrauen. Sicher hatte er bemerkt, dass ich mich nun merkwürdig verhielt.

Wenn er wirklich keine Ahnung hatte, mit wem er dort verkehrte, sollte ich ihn aufklären? Sollte ich ihm sagen, welchen Teufel er sich in die Wohnung einlud? Aber was war es dann für ein Briefumschlag gewesen, den Nero von ihm bekommen hatte? Ich hatte das Gefühl, dass mein Schädel bald explodieren würde. Meine einzige Chance, mehr zu erfahren, war, ihn darauf anzusprechen. Ihm von Balthasar zu erzählen! Aber wie? Wie erzählte man jemandem so etwas? „Entschuldigung, aber dein Kumpel ist ein perverser Kinderschänder"? Einfach so?

„Ach, Helena", begann Nero plötzlich und ich sah ihn mit gehobenen Brauen an.

„Ja?“, fragte ich abwartend. Er fuhr sich mit einer Hand durch das rabenschwarze Haar, bis runter zu seinem Nacken, den er zu massieren begann. Seine dunklen Augen fanden plötzlich die Oberfläche des Küchentisches furchtbar interessant. Ich neigte meinen Kopf schief. War er etwa nervös?

„Ich habe noch eine Frage an dich", druckste er herum.

„Jaaa?", fragte ich gedehnt.

„Ich bin in drei Wochen auf einer Hochzeit, der Termin steht schon seit Ewigkeiten fest. Bisher dachte ich, ich müsste dort ganz allein auftauchen. Aber ich habe mich gefragt, ob du mich vielleicht begleiten würdest?", vorsichtig sah er von unten zu mir hinauf. Fast wie ein Hund, der eine Rüge von seinem Herrchen erwartete. Völlig überrumpelt von dieser Frage, klappte mir der Mund auf. Ich hatte ja mit vielem gerechnet, aber sicher nicht damit, zu einer Hochzeit eingeladen zu werden! Als Begleitung von Mr. Perfect.

„Ich bin vergeben!", platzte es urplötzlich aus mir heraus, als hätte man mit einer Nadel in einen Luftballon gestochen.

„Äh, was?", Nero legte verdutzt die Stirn in Falten und glaubte wohl, sich verhört zu haben.

„Ich habe einen Freund", wiederholte ich, während mein Herz mal wieder einen Marathon lief. Es stolperte nur so vor sich hin und trieb mir die Hitze in die Ohren.

„Das, ja ...", er räusperte sich und wich meinem Blick aus, blies die Wangen auf und tippte mit den Fingerspitzen auf dem Tisch herum, „hui, also, ja, ... das hab ich nicht gewusst."

Offensichtlich. Ich hatte es ihm bisher ja auch nicht gesagt. Verlegen rieb ich meine Knie aneinander und blickte beschämt in meinen Kakao hinein, der inzwischen nur noch lauwarm war.

„Tut mir leid, irgendwie hatte ich nie die Gelegenheit, das zu sagen und fand es auch blöd, es dir unter die Nase zu reiben", versuchte ich meinen Kopf aus der Schlinge zu ziehen.

Nero sank auf dem Küchenstuhl in sich zusammen, schmolz nahezu dahin wie Schokolade auf der Heizung.

„Mhm", brummte er nur. Ich fühlte mich mies. Hatte ich zu lange mit dieser Info hinter dem Berg gehalten?

„Also ich könnte ja als Freundin mitkommen. Also als eine Kumpel-Freundin", schlug ich eilig vor, um ihn irgendwie wieder aufzuheitern. Ob das jetzt wirklich das war, was er hören wollte, wagte ich allerdings zu bezweifeln. Sein linker Mundwinkel hob sich zu einem leicht bitteren Lächeln und bestätigte somit meine Befürchtung. Dennoch begann er langsam zu nicken und schaffte es, wohl mit Mühe, auch den anderen Mundwinkel anzuheben.

„Das würde mich freuen. Wenn das für deinen Freund okay ist?"

„Das wird sich sicher regeln lassen. Allerdings kann ich ihn erst in zwei Wochen fragen", seufzte ich, was einen fragenden Blick seitens meines Nachbarn zur Folge hatte.

„Er sitzt im Gefängnis und unser Besuchstermin ist gestrichen worden", klärte ich ihn auf und versuchte, mir meine Frustration nicht anmerken zu lassen.

„Ach du Schande, was hat er denn verbrochen?", fragte Nero, dem jetzt wohl bewusst wurde, warum ich ihn eben so viel über das

Gefängnis ausgefragt hatte, „ist das nicht schwer, eine Beziehung im Knast zu führen? Wie lange sitzt er denn?"

Ich winkte ab. Um ehrlich zu sein, hatte ich wenig Lust, mich mit dem Thema weiter auseinanderzusetzen. Das hatte ich die letzten zwei Jahre zur Genüge getan.

„Das ist alles eine lange, komplizierte Geschichte, aber er ist wirklich kein schlechter Mensch und ich bin froh, wenn ich ihn bald wieder habe. Mir wäre es lieber, wenn wir nicht darüber reden."

„Klar, wie du möchtest." Nero hob entschuldigend die Hände. Ich musste jedoch jetzt aus dieser Situation raus und so trank ich meinen handwarmen Kakao mit ein paar großen Schlucken aus, dann richtete ich mich auf.

„Ich sollte mich wohl langsam mal anziehen", sagte ich und deutete auf meine Schlafanzughose. Da Nero noch immer geknickt wirkte, machte er auch keine Versuche, mich vom Gehen abzuhalten. Ich hätte es ihm wirklich schon früher sagen müssen. Aber woher hätte ich denn auch wissen sollen, dass dieser Wunderknabe Gefallen an mir finden könnte? An mir! Dem schokoladensüchtigen Bücherwurm mit Stockholmsyndrom, weil ich mich in meinen Entführer verliebt hatte.

„Gut, dann ... sehen wir uns die Tage oder schreiben mal", verabschiedete ich mich, „danke für den Kakao. War wirklich lecker." Ich zwang mich zu einem Lächeln und Nero tat es mir gleich. Irgendwie war die Chemie, die vorher zwischen uns geherrscht hatte, nun verändert und einer unangenehmen Anspannung gewichen. Und tatsächlich lag das nicht mal an der Sache mit Balthasar, sondern daran, dass ich ihm gerade eben von Liam erzählt hatte.

„Okay, dann sehen wir uns. Melde dich, wenn du mit deinem Freund geredet hast."

Ich nickte nur und hob meine Hand zum Abschied an, doch Nero begleitete mich noch bis zur Tür. Dort sah er mir noch, an die Türzarge gelehnt, nach, bis ich aus seinem Sichtfeld verschwunden war. Ich konnte ihn nicht sehen, doch sein Blick in meinem Rücken ließ es in meiner Brust unangenehm stechen.

Ich war froh, als ich unsere Haustür hinter mir schließen und diese wirklich unangenehme Situation so zurücklassen konnte. Doch wie, als wäre ich vom Regen in die Traufe geraten, tauchte mein Vater mit besorgtem Blick vor mir auf, bevor ich die Treppe hinauf verschwinden konnte.

„Papa", sagte ich erstaunt.

„Wo bist du gewesen? Was war denn los heute Morgen? Du bist einfach vom Frühstück verschwunden, hast nicht mal dein Brötchen angerührt." Sein Ton war nahezu vorwurfsvoll und seine braunen Augen hielten mich in väterlicher Strenge gefangen. Ich wollte ihm sicher nicht noch mehr Sorgen machen als ohnehin schon. Schwer seufzend ließ ich meine Schultern hängen.

„Mein letzter Besuchstermin bei Liam ist gestrichen worden, weil er verletzt ist", sagte ich ihm die gefilterte Halbwahrheit.

„Warum? Was hat er denn?", fragte er mit misstrauisch gerunzelter Stirn.

„Nichts Schlimmes", wehrte ich ab und lächelte ihn beschwichtigend an, „nicht der Rede wert. Aber es war halt schade und Daniel hat mich mit einer knappen Nachricht etwas aufgewühlt. Aber jetzt ist es wieder okay, ich war nur kurz bei unserem Nachbarn drüben, um mich abzulenken."

„Dem netten Kerl, der vor Kurzem nebenan eingezogen ist? Ich glaube, er ist Arzt", sinnierte mein Vater, sichtlich von Nero angetan. Sicher wäre er eher der Schwiegersohn seiner Wahl. Aber ich konnte darauf verzichten, dass mein alter Herr nun auch noch meinte, mich verkuppeln zu müssen.

„Ja, ja", sagte ich also und zwängte mich nun an ihm vorbei, „ich muss jetzt echt mal duschen."

„Ja, ja heißt: Leck mich am Arsch!", rief mein Vater mir noch nach, weshalb ich kurz auflachte.

„Ja, ja!", antwortete ich noch einmal.

25

Ich war froh, als ich mich ab Montag wieder in meine Arbeit im Verlag vertiefen und mich so ein wenig ablenken konnte. Wie langsam die Zeit verging, fiel mir meist am Wochenende besonders auf, weil ich da den ganzen Tag zu Hause hockte und Liam vermisste. Unter der Woche fand ich mich in einem monotonen Kreislauf aus Aufstehen, Arbeiten, Heimgehen, Haushalt und kurzen Abenden wieder. Für die meisten Menschen war wohl genau das Gegenteil der Fall: Das Wochenende war grundsätzlich zu kurz und die Woche viel zu lang. Ich dagegen konnte mir meine ganzen Urlaubstage getrost für die Zeit nach Liams Entlassung aufheben. Meinem Arbeitgeber hatte ich den Urlaubsantrag längst eingereicht. Zwischendrin schrieb ich mal mit Anna und Daniel oder hielt einen kleinen, aber vollkommen oberflächlichen Plausch mit meinem Nachbarn. Seitdem ich ihm von meinem Freund erzählt hatte, versuchten wir beide, eine Distanz zu wahren, was jedoch in aller Regel nur zu peinlichen Situationen führte. Einmal hatte ich eine Nachricht von Vice bekommen, der mich damit beauftragt hatte, 100 Euro in einem Umschlag in eine bestimmte Mülltonne zu werfen. Entgegen meinen Befürchtungen war nichts weiter passiert. Völlig unbehelligt konnte ich das Geld abgeben und wieder verschwinden. Da das nun auch wieder eine Woche her war, rechnete ich jederzeit mit einer neuen Ansage. Damit ich darauf vorbereitet war, war mein heutiges Ziel nach der Arbeit der Geldautomat in der Stadt. Denn das bot mir die Möglichkeit, auch direkt nach einem Willkommen-zurück-in-der-Freiheit-Geschenk für Liam Ausschau zu halten. Morgen war der große Tag. Morgen, am Freitag, würde ich ihn nach der Arbeit abholen können und endlich waren wir wieder vereint. Nachdem ich von seinem kleinen Kontrollverlust im Gefängnis erfahren hatte, hatte ich ihm einen langen Brief geschrieben. Dieser war bis zum heutigen Tage jedoch unbeantwortet geblieben. Entweder weil ich tatsächlich Grund seines

Ärgers war, oder weil er es nicht mehr für nötig hielt, da wir uns bald wiedersehen würden.

Nachdem in den letzten beiden Tagen abermals schwüle Hitze mit reichlich Sonne über Deutschland hinweggezogen war, türmten sich nun dunkle Wolken am Horizont, die nicht nur Regen, sondern ganz sicher auch ein Unwetter versprachen. Die letzten Vögel huschten noch über den Himmel und genossen die absolute Windstille, die nichts Gutes verhieß. Genau heute musste Helena Weiß natürlich in die Stadt gehen.

Einige Mütter zogen ihre Kinder eilig hinter sich her, um dem nahenden Unwetter noch trocken zu entkommen und die ersten emsigen Verkäuferinnen rollten die Aufsteller in die Läden zurück.

Ungeduldig wartete ich am Geldautomaten und hatte gerade die Scheine entnommen, als ein ohrenbetäubendes Krachen mich urplötzlich zusammenfahren ließ. Der Donner hallte noch lange nach und nun kam schnell Bewegung in die Menschen auf der Straße. Alle flüchteten irgendwo hinein und ich tat es ihnen gleich. Ich hatte es kaum geschafft, die kleine Pizzeria mit einem Hechtsprung zu betreten, als die Wolkendecke aufriss und der Regen eimerweise herabprasselte. Wenige Sekunden später fluteten ganze Sturzbäche die Fußgängerzone und eine einzelne Coladose schwamm hilfesuchend am Fenster vorbei. Ich sog den Duft ein, der den rustikal eingerichteten Raum erfüllte. Es roch nach Tomaten, Teig und ein bisschen nach Basilikum, als wäre ich über die Türschwelle durch ein magisches Portal mitten in der Toskana gelandet. Italienische Musik trällerte mir entgegen und ich sah mich im Lokal um. Es war gut besucht. Viele Menschen aßen hier zu Abend und kaum ein Tisch war noch frei. Doch ich konnte nicht einfach hier stehen bleiben, ohne wenigstens ein Getränk zu bestellen. Oder ein Tiramisu. Oder Schokoeis? Der kleine, aber durchtrainierte Kellner mit dunklen, zurückgegelten Haaren hatte alle Hände voll zu tun und gab mir mit einer Geste zu verstehen, dass ich noch einen Moment warten müsste. Doch da blieb mein Blick an der Person hängen, der er gerade eine große Pizza servierte. Es war, als würde mich ein weiteres Mal der Schlag treffen.

Die weißblonden Haare.

Die blasse Haut.

Und diese Augen.

„Vice", murmelte ich und musste den Drang unterdrücken, fluchtartig wieder aus dem Restaurant zu stürzen. Unwetter draußen, Ungeheuer drinnen. Was war da wohl die bessere Wahl? Ich biss auf meine Unterlippe und musste ihn anstarren wie ein Reh den Wolf. Doch dann hob er seinen Kopf und sein Blick bohrte sich in meinen. Er schien nicht erstaunt, ganz im Gegenteil, als habe er fast damit gerechnet, mich hier zu sehen, lächelte er mir zu und deutete mir mit einem Winken an, zu ihm zu kommen.

Na super, dachte ich mir und meine Beine setzten sich in Bewegung, als wäre ich eine fremdgesteuerte Marionette.

Vice sagte etwas zu dem Kellner, der daraufhin nickte und zwischen den Tischen und Stühlen verschwand. Ich ließ mich auf den Stuhl gegenüber der Schlange plumpsen und stierte ihn unverhohlen an, als sei er ein Geist.

„Guten Abend, Helena", grüßte er mich freundlich. Als wären wir alte Bekannte.

„Hallo ...", sagte ich und wusste nicht so recht, ob ich ihn nun mit seinem mir bekannten Namen ansprechen sollte. Offiziell wusste ich ihn ja nicht. Nicht, dass ich mich irgendwie verriet.

„Vice", stellte er sich vor, „aber du kennst meinen Namen sicher schon", sein stahlgraues Augenmerk funkelte mich an und ich konnte den Ausdruck nicht wirklich deuten. War es drohend, oder eher amüsiert?

Ich hoffte auf das Zweite und räusperte mich.

„Möglich", lächelte ich erzwungen.

„Immerhin warst du bei Daniel und sicherlich auch bei Liam."

„Du weißt, dass ich bei Daniel war?", keuchte ich erschrocken und spürte, wie mir alle Farbe aus dem Gesicht wich. Jetzt war ich dran. Geliefert. Er würde mir mit der Gabel die Augen ausstehen, oder nein! Mir mit dem Pizzaschneider das Gesicht ausschneiden und es wie einen Fladen in dem Steinofen schmoren.

Vice sagte nichts, er lächelte einfach nur und neben mir tauchte der Kellner wieder auf, stellte mir ungefragt eine Apfelschorle hin und legte Besteck auf meinen Platz.

„Entschuldigung", machte ich mich bemerkbar und wollte ihm sagen, dass ich nichts bestellt hatte,

„Geht auf mich", unterbrach mich Vice, den ich daraufhin mit einem misstrauischen Blick bedachte.

„Warum? Hast du Gift reingemacht?", zischte ich ironisch und war über meine Unhöflichkeit und auch über meinen Mut, so mit ihm zu sprechen, wirklich erschrocken.

„Wenn ich dich tot sehen wollte, wärst du es längst. Verführerischer wären da K.-o.-Tropfen." Obwohl in seinen Augen der Schalk blitzte, war ich mir sicher, dass dahinter ein Funken Wahrheit steckte. Ohne weiter auf dieses Thema einzugehen, schnitt er seine Pizza in der Mitte durch und schob den Teller dann zwischen uns.

„Bedien dich", forderte er mich auf und deutete mit dem Kinn auf mein Besteck. Ich konnte es nicht fassen. In welchem Film war ich hier gelandet? Hatte ich irgendwas verpasst? Hatte Vice irgendwo auf dem Weg hierher seine Manieren wiedergefunden? Oder hatte Gott etwas Freundlichkeit auf ihn herabrieseln lassen?

„Was denn?", fragte er, als ich zögerte, „ist es dir nicht romantisch genug?" Ohne auf eine Antwort auf seine rhetorische Frage zu warten, zog er ein Feuerzeug aus seiner Hosentasche und entzündete damit die Kerze, die neben dem Salz- und Pfefferstreuer auf dem Tisch stand. Was wurde das hier? Ein Candle-Light-Dinner mit meinem Erpresser? Zumindest hatte ich schon mal eins mit meinem Entführer gehabt.

26

Nachdem ich die Pizza noch eine Weile misstrauisch beäugt hatte, nahm ich mir nun doch ein Stück und zog es zu mir herüber. Als ich mich bedient hatte, nahm auch Vice etwas und begann zu essen, während seine grauen Augen nicht eine Sekunde von mir wichen.

„Pizza Margherita?“, fragte ich erstaunt, als ich abgesehen von Tomatensauce und Käse keinerlei Belag fand, „welcher Mann isst denn sowas?“

„Ein vegetarischer“, antwortete mein Gegenüber schulterzuckend.

Verblüfft hob ich meine Augenbrauen an und musterte das schmale und einprägsame Gesicht des Mannes interessiert.

„Wie kommt jemand wie du dazu, Vegetarier zu werden?“, fragte ich ihn.

„Jemand wie ich?“, gab er zurück und verengte seine Augen abschätzend.

„Ein, nun ja“, begann ich und kam in Erklärungsnot. Was sollte ich ihm sagen? Ein Psychopath? Ein Irrer? Ein böser Mensch? Vices Blick wurde ungeduldig, als ich nach Worten rang, „ich hätte einfach nicht gedacht, dass du tierlieb bist“, umschrieb ich es schließlich.

„Oh, das bin ich auch nicht. Tiere sind mir genauso egal wie Menschen, außer wenn sie als Schlangenleder meine Füße bekleiden. Aber meine letzte Freundin war Vegetarierin und über die Jahre hin habe ich mich dran gewöhnt. Nur für mich allein wollte ich kein Fleisch zubereiten. Außerdem hat sie es dann immer angesehen, als würde ich gerade ein lebendiges Schwein zerschneiden oder so“, er rollte die Augen und hob einen Mundwinkel.

„Du kochst?“, ich schlang das Pizzastück hinunter. Es war wirklich lecker. Dünner Teig, überhaupt nicht fettig, wie man es sonst von den „deutschen Pizzen“ kannte. Richtig italienisch!

„Wie ein Gott“, sagte Vice vollkommen uneingebildet und bescheiden.

„Bestimmt nicht so gut wie Liam." Da ich nicht frech sein wollte, nahm ich mir kein zweites Stück seiner Pizza. Als er aber meine sehnsüchtigen Blicke bemerkte, schob er mir den Teller auffordernd entgegen.

„Ich habe sie nicht umsonst in der Mitte durchgeschnitten", dann schnaubte er belustigt, „Liam, unser Möchtegern-Sternekoch? Der kann noch einiges von mir lernen."

„Woher kennst du ihn eigentlich?", wollte ich wissen. Denn die Situation, so unbedarft mit ihm reden zu können, wollte ich nicht ungenutzt lassen. Irgendwie fühlte ich neben meiner Angst vor diesem Mann mit den weißblonden Haaren auch eine gewisse Faszination. Er war einer dieser Menschen, die man am liebsten die ganze Zeit anstarren wollte, weil es so viel zu entdecken gab, weil sie so einzigartig aussahen. Dieses Gesicht mit den scharfen Zügen, dieser porzellanartigen Haut, den grauen, großen Augen und der feinen Narbe unter ihnen. Zudem wollte ich auch einfach nicht glauben, dass er einfach nur böse war. Auch er musste seine Geschichte haben. Sicher auch gute Seiten! Er hatte uns gerettet. Er teilte sein Essen mit mir und vielleicht würde ich irgendwo eine Ecke an ihm finden, die ich tatsächlich mögen konnte? Ich weigerte mich zu glauben, dass es Menschen geben sollte, die einfach nur böse waren! Gut, außer Balthasar und Markus vielleicht.

„Er kam vor knapp 15 Jahren zu mir und brauchte meine Hilfe. Ich reichte ihm die Hand und begleitete ihn ein Stück, bis er einen meiner Zuhälter ... zermatschte", er konnte nicht verhindern, dass sich der Anflug eines amüsierten Lächelns auf seine schmalen Lippen schlich, „dann kam er vor zwei Jahren ein weiteres Mal zu mir und brauchte wieder meine Hilfe. Auch dieses Mal reichte ich ihm meine Hand. Was glaubst du, woher er so kurz nach seinem Luxusaufenthalt in der JVA Waffen, Drogen, ein Auto und Geld hatte? Richtig. Von mir. Aber ohne dass er irgendetwas zurückgezahlt hat, ist er wieder ins Gefängnis gekommen und ...", Vice zuckte seine Schultern, „... ich bin nicht Mutter Teresa."

Ich lehnte mich mit meinem neuen Stück Pizza auf dem Stuhl zurück und schürzte meine Lippen nachdenklich. Er hatte ja recht, dass er nicht auf diesen Schulden sitzen bleiben wollte, aber konnte er sich nicht noch etwas gedulden? Musste er wirklich mich jetzt damit bedrohen?

„Und das konnte nicht mehr warten?“, fragte ich also noch einmal und setzte meinen flehendsten Blick auf, der schien jedoch an ihm abzuprallen wie ein Steinchen an dem Schild von Captain America. Stattdessen kräuselten sich seine Lippen zu einem bösartigen Lächeln.

„Nein, sonst könnte ich ja keinen Spaß mehr mit dir haben.“

Ich seufzte. Super.

„Warum hast du Liam überhaupt geholfen?“, hakte ich nach. Immerhin hatte er sich ja ganz schön in Kosten für ihn gestürzt. Vice atmete tief ein und schien nicht wirklich Lust zu haben, hier den Geschichten-Onkel zu spielen. Allerdings gab er sich dann doch einen Ruck.

„Als er vor 15 Jahren bei mir war, war ich gerade dabei, mir im Untergrund einen Namen zu machen. Ich konnte jede Hilfe gebrauchen und Liam war durch seinen familiären Hintergrund zu allem bereit. Er hat für mich Waffen und Drogen verkauft, hat mir nervige Leute vom Hals gehalten und hatte kein Problem damit, sich die Hände schmutzig zu machen. Wir waren ein gutes Team. Mein Einfluss wuchs schnell, es war wirklich ein Verlust, als er wegen dieser Lappalie in den Knast gewandert ist“, erklärte er sachlich, „ich dachte, wir machen da weiter, wo wir aufgehört haben. Also habe ich ihm geholfen. Aber dann kamst du und hast ihm diese Flausen von einem normalen Leben in den Kopf gesetzt. Er hat mich um meinen Rat gefragt, aber von meiner Idee, dich richtig durchzunehmen, dir die Kehle aufzuschneiden und dann im Wald zu verscharren, war er wenig begeistert. Dieses Weichei“, sagte er augenzwinkernd. Noch immer tanzte dieses Schmunzeln um seine Mundwinkel, was es mir unmöglich machte, zu sagen, ob er das ernst meinte oder nicht. Aber nach allem, was ich von ihm wusste, befürchtete ich das Schlimmste.

„Du nennst den Tod eines Menschen eine Lappalie? Und warum hältst du ein normales Leben für Flausen?“, ich runzelte die Stirn.

„Menschen wie Liam und ich sind nicht für ein normales Leben gemacht“, sagte er und ignorierte meine erste Frage. Herausfordernd kniff ich die Augen zusammen.

„Menschen wie du und er?“

„Chapeau, Helena“, Vice nahm sich ein Stück Pizza und betrachtete es eingehend, bevor er hineinbiss, „Menschen, die vor nichts zurückschrecken, Menschen, die nichts zu verlieren haben, an deren Händen Blut klebt.“ Er nahm sein Glas Rotwein zur Hand und seine stahlgrauen, kalten Augen funkelten mich über dessen Rand hinweg an. „Mörder."

Mit eisigen Fingern kitzelte mich die Angst im Nacken und bereitete mir eine Gänsehaut auf dem ganzen Körper. Ich konnte seinem Blick nicht länger standhalten und schlug meine Lider nieder. Liam war nicht so. Er war kein Mörder. Er war kein Täter. Er war ein Opfer! Ich atmete tief ein und sammelte meinen Mut, um noch eine weitere Frage zu stellen:

„Warum hast du uns dann vor deinen Lakaien gerettet, wenn dir alles so egal ist?"

Vice stellte das Glas ab und ein Schatten zog über sein blasses Gesicht.

„Niemand fasst meine Anna an", hauchte er mit mühsam gezügeltem Zorn in der schneidenden Stimme.

27

Mit geweiteten Augen starrte ich ihn an. Obwohl die Worte mein Gehirn erreicht hatten, weigerte es sich, die Information zu verarbeiten.

Meine Anna.

Ich suchte nach der Ecke, an der ich mich verhört haben könnte, doch ich fand keine. Es blieb kein Zweifel. Er hatte es genau so gesagt.

„Was meinst du mit ... *deine* Anna?“, kaum hatte diese Frage meinen Mund verlassen, bezweifelte ich, dass ich die Antwort überhaupt wissen wollte. Es ging hier um meine beste Freundin. Und der Gedanke, dass sie etwas mit Vice zu tun haben könnte, gefiel mir ganz und gar nicht. Es war, als würde man ein Einhorn neben einen dreiköpfigen Höllenhund stellen. Oder die neunköpfige Hydra. Es ging einfach nicht!

„Sie ist meine Anna“, wiederholte Vice, „und niemand darf ihr wehtun. Außer mir.“

Ich hob meine Hände an, als würde ich ihm deuten, stehen zu bleiben.

„Sie ist nicht deine Anna! Sie ist ein freier Mensch und gehört nur sich selbst. Außerdem hat niemand das Recht, ihr wehzutun!“, verteidigte ich meine Freundin energisch. Er jedoch winkte nur mit einer Hand ab, als wären meine Worte Unsinn.

„Sie hat mich vor zwei Jahren verlassen, hat mich sitzen lassen“, nun lehnte er sich leicht zu mir nach vorne, „nach allem, was ich für sie getan habe.“

Obwohl seine Stimme hart und schneidend war, klang auch ein wenig Schmerz in ihr mit. Vice hatte seine Gesichtszüge unter Kontrolle wie ein Schauspieler, doch in seinen Augen erkannte ich, dass er verletzt war.

„Sieben Jahre lang habe ich auf sie aufgepasst, sie gehütet wie eine zerbrechliche Puppe aus Porzellan. Ich habe sie beschützt, während Liam im Knast saß und sie allein gelassen hat. Ich war derjenige, der dafür gesorgt hat, dass sie sich nicht mehr selbst verletzt. Ich habe dafür gesorgt, dass sie ein Dach über dem Kopf hatte, dass ihr Vater sie nicht findet. Ich habe mit ihr Pizza gebacken und dafür gesorgt, dass sie genug isst, sie nächtelang festgehalten, wenn sie geweint hat. Ich habe alles für sie gemacht und was ist der Dank?", seine Stimme war weiterhin ruhig, zitterte jedoch leicht und seine schlanken Finger schlossen sich fest um das scharfe Pizzamesser, das auf dem Tisch lag. Jeden Moment fürchtete ich, er würde es in diesen rammen. Oder in mich.

Doch es passierte nichts. Stattdessen schloss er die Augen, mahlte ein paar Mal mit dem Kiefer und atmete tief durch. Dann richtete sich sein Blick wieder auf mich und ein hartes Lächeln kehrte zurück auf seine Lippen.

„Ich werde ihr noch zeigen, dass ihr Platz an *meiner* Seite ist."

Ich schluckte. Meine Kehle war plötzlich schmerzhaft trocken und ich musste sie mit etwas Apfelschorle befeuchten.

„Anna ist jetzt bei Daniel und die beiden werden bald heiraten! Du solltest dich damit abfinden, dass sie dich verlassen hat und mit jemand anderem glücklich ist!"

Vice öffnete seinen Mund, um zu einer Antwort anzusetzen. Seine Finger krallten sich fest um das Messer und ich wäre jede Wette eingegangen, dass er jetzt seine Beherrschung verlieren würde. Doch da sah er an mir vorbei zur Tür und mit einem Mal fiel alle Anspannung von ihm ab. Ich folgte seinem Blick, drehte mich um und erkannte zwei uniformierte Männer, die das Lokal betraten.

„Leider müssen wir unsere nette Unterhaltung ein andermal fortsetzen", sagte Vice und stand auf. Er legte einen 20-Euro-Schein auf den Tisch und vergrub seine Hände in den Taschen seines schwarzen Pullovers.

„Bis demnächst, Helena", mit diesen Worten wandte er sich von mir ab, ohne dass ich noch etwas erwidern konnte und ging auf den Ausgang zu, direkt an den beiden Polizisten vorbei. Ob sie wussten, wer er war? Ob sie seinetwegen hier waren? Sie mussten nur nach ihm greifen. Nur eine Bewegung und sie würden diesem gefährlichen Mann das Handwerk legen. Vice nickte noch einmal dem Kellner zu, der diese Geste mit einem freundlichen Lächeln erwiderte.

„Bis zum nächsten Mal!", rief er dem blonden Mann zu, der daraufhin eine Hand hob und seinen Blick nun mit einem Grinsen auf den Lippen auf einen der Polizisten richtete. Er sah ihm direkt ins Gesicht. In die Augen. Er spielte mit dem Feuer und es gefiel ihm. Wie lange würde es dauern, bis er sich verbrannte?

Vice verließ das Restaurant und trat nach draußen in den strömenden Regen. Mit einer schwungvollen Bewegung zog er sich die Kapuze über den Kopf und war nach wenigen Schritten vollkommen durchnässt. Die Polizisten sahen ihm mit gerunzelter Stirn hinterher, unterhielten sich kurz, setzten sich dann aber an einen freigewordenen Platz.

Ich stieß die Luft aus, als er aus meinem Blickfeld verschwunden war, und sackte auf meinem Stuhl in mich zusammen, als hätte ich bis gerade schwere Arbeit verrichtet. Die Luft war raus. Ich war erledigt. Erst jetzt fiel mir auf, wie angespannt ich die ganze Zeit über gewesen war und ein drückender Kopfschmerz breitete sich in meinen Schläfen aus.

Vice. Wer war er wirklich? Ich hatte eine grausame, kalte und psychopathische Seite an ihm kennengelernt, aber auch eine verletzliche. Aber nur weil er Gefühle für Anna hatte, bedeutete das nicht, dass er wirklich gut zu ihr gewesen war. Vielleicht hatte sie die ganze Zeit über Angst vor ihm haben müssen? Vielleicht hatte er sie dazu gezwungen, bei ihm zu sein! Ich hatte keine Ahnung, ob seine Erzählungen stimmten. Er wirkte auf mich wie ein Puppenspieler, der sich zu jeder Situation passende Masken aufsetzen konnte, sodass man nie wusste, welches Gesicht sich nun wirklich dahinter verbarg. Es gab nur eine Möglichkeit für mich, herauszufinden, wie viel Wahrheit in seinen Worten gelegen hatte: Ich musste Anna fragen. Welche Vergangenheit verband die beiden? Jedoch auch ohne die genauen Umstände zu kennen, wusste ich: Er war nicht gut für sie. Vice führte ein Leben als Krimineller. Er verkaufte Drogen und Waffen und anscheinend auch Frauen. Somit feuerte er Kugeln auf Menschen, die nur eben viele Jahre später erst eintrafen, wenn ein Junkie an einer Überdosis starb, die von ihm kam, wenn ein Polizist in einer Bandenschießerei ums Leben kam, getötet von einem Projektil, das er verkauft hatte! Vice lebte ein Leben als Schatten im Untergrund der Stadt. Niemand durfte ihn sehen. Niemand durfte wissen, wer er war oder wo man ihn fand. Vice war ein Geist. Und Anna hatte Besseres verdient als das.

Ich hatte gerade meine Apfelschorle ausgetrunken und der Kellner war gekommen, um das Geld zu kassieren, als das Display meines Handys aufblinkte.

„Leg die 100€ in die alte Telefonzelle beim Bahnhof. Das Wechselgeld vom Essen kannst du behalten ;)"

28

Nach meinem informativen Candle-Light-Dinner mit Vice hatte ich nicht mehr lange warten müssen, bis es endlich aufhörte, in Strömen zu regnen, damit ich ein Geschenk für Liam kaufen konnte. Nach langem Überlegen und sieben Geschäften später, wurden es eine Kochschürze mit der Aufschrift *„Dieser Mann ist: gutaussehend, ein Sexgott und kann kochen"*, sowie ein Kochlöffel, auf dem ich seinen Namen einbrennen ließ. Ich hatte alles direkt im Geschäft einpacken lassen, da ich zwar eine begnadete Autorin war, jedoch schlechter mit Schere und Klebeband umgehen konnte als eine Vierjährige. Total erledigt von dem Essen mit Vice, der Geschenkesuche und der Geldübergabe am Bahnhof war ich zu Hause nur noch erledigt ins Bett gefallen. Vor dem Einschlafen drehten sich meine Gedanken allerdings nicht um mein Rendezvous mit der Schlange und seine Beziehung zu Anna, sondern ausschließlich um Liam und seine morgige Entlassung. Ich konnte es kaum glauben. Morgen waren wir endlich wieder zusammen und ich hatte mir fest vorgenommen, ihn nie wieder gehen zu lassen. Weder in den kriminellen Untergrund noch zurück ins Gefängnis oder sonst wohin. Ab morgen gab es uns nur noch zu zweit. Genau wie Anna und Daniel.

Am nächsten Tag konnte ich es gar nicht aushalten, bis die Zeit auf der Arbeit endlich vorbei war und ich mit meinem bunten Polo zum letzten Mal zur JVA fahren würde. Ich musste tatsächlich aufpassen, bei den fest installierten Blitzern an der Hauptstraße nicht zu schnell zu fahren, so eilig hatte ich es, Liam endlich aus dem Gefängnis abzuholen. Meine Lippen zierte die gesamte Fahrt über ein breites, vorfreudiges Grinsen. Ich konnte es gar nicht abwarten, in Liams strahlendes, glückliches Gesicht zu blicken und es mit Küssen zu bedecken. Als ich meinen kleinen, rostigen Wagen auf den mit Schotter bestreuten Parkplatz des Gefängnisses lenkte, erkannte ich bereits eine große, dunkle Gestalt an dessen Rand. Auch ohne genau hinsehen zu müssen, wusste ich, um wen es sich handelte. Liam trug schwarze Trainingskleidung und hatte seine Sporttasche locker über die Schulter geworfen. Mein Herz begann zu rasen. Nach all der Zeit schaffte er es immer noch, ein Feuerwerk in mir zu entfachen, sodass ich befürchtete, mir würden bald die Funken aus den Augen sprühen.

Ich hielt direkt vor ihm an, lehnte mich rüber und kurbelte das Beifahrerfenster herunter, um zu ihm nach draußen zu sehen.

„Na Süßer, kann ich dich irgendwohin mitnehmen?", raunte ich so aufreißerhaft wie möglich und legte dabei meinen Arm über die Lehne des Beifahrersitzes.

„Wohin fährst du denn?", gab Liam zurück, der sich zu dem Fenster herunterlehnte und durch es hindurch ins Cockpit sah.

„In die Freiheit", zwinkerte ich, was ihn kurz dazu veranlasste, mit den Mundwinkeln zu zucken. Ich konnte nicht länger warten. Eilig riss ich die Tür auf und stolperte aus meinem Wagen hinaus. Fast wäre ich auf dem Schotter ausgerutscht, als ich die Kurve um das Auto herum zu eng nahm, ruderte mit den Armen, schaffte es letztendlich aber in denen meines Freundes zu landen und nicht auf dem Boden. Liam ließ seine Tasche achtlos fallen und zog mich in eine enge Umarmung. Ich drückte meine Nase fest an seine Brust und wünschte mir, dass wir in diesem Moment einfach miteinander verschmelzen könnten. Ich wollte kein Du und kein Ich. Ich wollte nur noch das Wir. Mich nie wieder von ihm lösen. Jeder Millimeter Luft zwischen uns war mir noch zu viel und auch Liam hielt mich fest, als wolle er mich nie wieder gehen lassen.

Ich hatte keine Ahnung, wie lange wir verzweifelt versuchten, uns noch näher aneinanderzuziehen, bis wir einsehen mussten, dass es eben nicht enger ging. Ich löste mich etwas von ihm, nur um sein Gesicht mit meinen Händen zu umfassen und mit den Fingern immer wieder durch seine dunkle, wilde Mähne zu fahren. Es tat so gut, ihn zu sehen. In seine blauen, durchdringenden Augen zu blicken, die mich hypnotisierten. Sein schönes Gesicht mit den prägnanten, hohen Wangenknochen, den geschwungenen Lippen und der feinen, weißen Narbe.

„Ich liebe dich", hauchte ich, „endlich bist du bei mir. Ich hätte es keinen Tag länger ausgehalten."

In seinen Augen flackerte etwas auf. Schmerz? Sehnsucht? Ich wusste es nicht, aber er lehnte sich zu mir herab und presste seine Lippen stürmisch auf meine. Verzweifelt krallte ich mich in seinen

Nacken und lehnte mich diesem Kuss entgegen. Diesem Kuss, der so anders war, als die verhaltenen, kurzen Momente, die uns im Gefängnis gestattet waren. Er war intensiv, leidenschaftlich, sehnsüchtig, voller Gefühl, aber auch hart und ungestüm. Liam drängte mich mit seinem Körper nach hinten, bis ich gegen die Karosserie des Autos stieß und fuhr mit seinen Händen über meine Hüfte und meinen Hinterkopf. Fest kniff ich meine Augen zusammen, konzentrierte mich voll und ganz auf die bunten Lichter, die vor ihnen tanzten, den Wirbelsturm, der in meinem Inneren zu toben schien. Auf das Feuer, das sich in mir ausbreitete, jede Faser meines Körpers in Flammen aufgehen ließ. Auf die Hitze, die Liam ausstrahlte, auf die Bewegungen seiner Muskeln unter dem dünnen Stoff der Trainingskleidung, auf seinen unregelmäßigen Atem und auf seine Zunge, die meinen Mund grob und verlangend eroberte.

Er drängte sich zwischen meine Beine, drückte seinen Schritt fest gegen mich und ich stöhnte erschrocken in unseren Kuss hinein.

„Liam!", ich versuchte ihn von mir zu drücken, als ich plötzlich merkte, wie seine Hand von meiner Hüfte bereits hinauf zu meiner Brust gewandert war und sich dort unter meinen BH geschoben hatte.

„Ich kann nicht", raunte Liam ungehalten und seine tiefe Stimme ließ einen Schauer meine Wirbelsäule hinablaufen.

„Hier sind überall Überwachungskameras!", fiepste ich tonlos und versuchte das Zittern meiner Finger unter Kontrolle zu kriegen, die sich inzwischen in den Stoff vor seiner Brust vergruben.

„Ist mir scheißegal, und wenn Merkel persönlich uns sieht", sagte er, ehe er wieder über mich herfallen wollte.

„Liam, nicht!", störte ich ihn erneut und seine Lippen stoppten kurz vor meinen. Fast zornig über diese Unterbrechung, funkelten mich seine gletscherblauen Augen an und mein Puls raste vor Angst, dass er sich nicht zurückhalten konnte, „nein ist nein. Das wäre eine Vergewaltigung", brachte ich mit schwacher Stimme hervor.

Resigniert und wütend drehte er seinen Kopf von mir weg, ballte seine Hände zu Fäusten und knackte mit den Fingern. Dann griff er um mich herum und öffnete die Beifahrertür, nur um mich anschließend auf den Sitz zu stoßen. Ich befürchtete schon, dass er nun doch über mich herfallen würde, als er die Tür wieder zuschlug, seine Sporttasche aufsammelte und in den Kofferraum donnerte. Kurz darauf schmiss er sich hinter das Lenkrad, fluchte darüber, dass der

Sitz so weit vorne war und er sich die Knie rammte, rutschte mit dem Sitz dann bis ganz nach hinten und stellte sich den Spiegel ein.

„Hey, das ist mein Auto“, protestierte ich halblaut, woraufhin er mich mahnend ansah.

„Bevor du fährst, gehe ich lieber zu fuß“, brummte er, ehe er den Wagen startete und ich von dem plötzlichen Anfahren nach hinten in den Sitz gedrückt wurde.

„Anschnallen“, befahl er. Da war er. Mein Liam, mit dem Befehlston. Wie ich ihn vermisst hatte. Und direkt schon wieder am Zanken. Zur Abwechslung gehorchte ich widerspruchslos und hielt mich anschließend an dem Griff über der Tür fest, um nicht herumgeschleudert zu werden.

„Ist alles okay? Du wirkst so aggressiv“, fragte ich einige Straßen später.

„Ja“, knurrte er knapp und ich wusste, das war so gelogen wie Walter Ulbrichts Aussage, dass niemand die Absicht hätte, eine Mauer zu errichten.

Ich betrachtete sein Profil, das unablässig geradeaus auf die Straße starrte. War er wütend, wegen was auch immer ihn vor einigen Tagen zum Ausrasten gebracht hatte, oder wegen mir, die Schuld an der aufdringlichen Wölbung in seiner Hose war, der er nun keine Abhilfe schaffen konnte?

„Liam, halt bitte an“, bat ich ihn, nachdem er mit solcher Geschwindigkeit um die Kurven gefahren war, dass ich eher das Gefühl hatte, in einer Achterbahn zu sitzen.

„Wieso? Ich weiß, was ich tue“, gab er zurück.

„Halt jetzt an! Sofort! Dort in der Seitenstraße!“, ich zeigte nach rechts zur nächsten Abbiegung.

Er schimpfte leise, setzte aber dann doch den Blinker und folgte meiner Anweisung. Nun etwas langsamer fuhr er in die Gasse hinein und hielt den Wagen am Straßenrand an.

„Was ist denn?“, fragte er seufzend und ich atmete tief durch, schloss kurz meine Augen und, als ich sie wieder öffnete, schenkte ich ihm ein Lächeln.

„Du schaust geradeaus und lässt dir nichts anmerken, verstanden?“, herrschte ich ihn an und Liam hob beschwichtigend seine Hände, kräuselte irritiert die Augenbrauen, sah dann aber nach vorne aus der Windschutzscheibe.

Ich schnallte mich ab, drehte mich zu ihm und legte meine Finger an seinen Hosenbund, um die Bändel der Jogginghose etwas zu lockern und anschließend in diese hineinzufassen. Ich zog seine harte Männlichkeit hervor und lehnte mich mit meinem Kopf zu ihr hinab.

„Oh Gott", brachte Liam nur hervor, als ich „ihn" mit meinen Lippen umschloss.

29

Nachdem wir es nach unserem kurzen, aber heißen Abstecher in die Seitenstraße doch noch in die Einfahrt vor unserem Haus geschafft hatten, sah mich Liam unsicher an.

„Wie soll ich mich denn verhalten?", fragte er, trommelte nervös mit seinen Fingern auf dem Lenkrad herum und musste sich leicht ducken, um aus dem Fenster bis zu meinem bescheidenen Heim sehen zu können.

„Ganz normal. Sei einfach du selbst", versuchte ich ihn zu beruhigen und streichelte ihm über den Rücken.

„Und du denkst, es ist echt okay, dass ich bei euch wohne?", seine Wut war Unsicherheit gewichen und ich konnte mich nicht daran erinnern, ihn je so nervös gesehen zu haben. Irgendwie war es süß. Er wollte meinem Vater gefallen.

„Er hat es erlaubt. Wenn er dich erst mal richtig kennengelernt hat, wird er dich lieben. Wir gehen zusammen. Ich halte die ganze Zeit deine Hand, versprochen."

Liam atmete tief durch und massierte sich mit einer Hand seine Schulter, drückte kurz den Rücken durch und nickte dann. Ich nahm mir vor, direkt am Montag beim Arzt anzurufen. Jetzt, wo er frei war, konnten wir endlich etwas gegen seine Schmerzen unternehmen.

„Also gut."

Liam stieg aus dem Wagen und ich tat es ihm gleich. Er nahm seine Tasche aus dem Kofferraum, warf sie sich über die Schulter und nahm meine Hand. Ich drückte seine fest und beistehend, während wir über den schmalen Weg zur Haustür gingen. Hier musste ich ihn kurz loslassen, um in meiner Handtasche nach dem Schlüssel zu kramen. Ich wühlte überall herum, aber das verfluchte Ding hatte die Angewohnheit, ihn zu fressen, dann ließ es mich Ewigkeiten zappeln, bis ich ihn doch in einem der Fächer fand, wo ich schon hundertmal nachgesehen hatte. Es war wie verhext! Auch dieses Mal verschwand ich fast bis zum Ellbogen in den unendlichen Tiefen meiner Tasche.

„Was ziehst du da jetzt raus? Einen Regenschirm? Eine Standuhr? Oder das Schwert von Gryffindor?“, stichelte Liam, was es nicht gerade besser machte.

Plötzlich jedoch wurde ich von einem tiefen, dröhnenden Motorengeräusch abgelenkt, bis ich sah, wie ein großer, schwarzer, monströser Pick-up die Straße hinauffuhr. Ich erkannte dieses Auto. Ich erkannte dieses Dämonenkopfding auf dem Emblem. Und ich kannte den Teufel, der es fuhr. Balthasar.

„Fuck!“, fluchte ich, was Liam dazu veranlasste, verwundert die Brauen zu heben.

„Was ist?“, fragte er.

„Ich finde meinen Schlüssel nicht!“, japste ich.

Der Pick-up fuhr gerade hinter uns lang, als sich Liam zu der Geräuschquelle umdrehen wollte.

„Halt mal!“, kreischte ich nahezu und donnerte ihm meine Tasche so heftig gegen den Bauch, dass er husten musste. Wenigstens zwang es ihn dazu, sich auf mich zu konzentrieren und mir die Tasche aufzuhalten, damit ich besser darin herumwühlen konnte.

„Da ist er ja!“, mit fahrigen Bewegungen durchforstete ich meinen klimpernden Schlüsselbund nach dem passenden, während ich immer wieder verstohlen zu dem Wagen sah, der wenige Meter von uns entfernt parkte.

Ich fand den richtigen Schlüssel.

Die Autotür ging auf.

Liam sah sich um.

Ich schloss die Haustür auf,

Ein Fuß setzte sich aus dem Wagen auf den Asphalt.

Ich schubste Liam regelrecht in das Haus.

Balthasar stieg aus.

Ich schlug die Haustür hinter uns zu und sackte nach hinten gegen sie.

„Was ist los?“, Liam klang verwirrt, doch ich hatte noch keine Zeit für ihn. Was, wenn Balthasar uns gesehen hatte? Liam war sein Sohn! Er würde ihm sicher nicht ins Gesicht sehen müssen, um ihn zu erkennen.

„Warte kurz! Ich hole meinen Vater!“, log ich gehetzt und eilte an ihm vorbei in die Küche, um von dort aus dem Fenster zum

Nachbargrundstück zu sehen. Mein schneller Atem beschlug die Scheibe. Wo war er?

Dann sah ich ihn. Balthasar trug einen großen, braunen Karton, in dem sich vermutlich irgendein unaufgebautes Möbelstück befand, zu Neros Tür. Er hatte uns offenbar nicht gesehen.

„Halleluja", hauchte ich und wäre am liebsten theatralisch auf den Boden gesunken.

„Helena?", Liam stand im Türrahmen und sah mich mit teils besorgtem, teils misstrauischem Blick an, „ist alles in Ordnung?"

„Ja", sagte ich, lachte und fasste mir an die Stirn, „ja, ich bin wohl etwas durcheinander. Unser Wiedersehen wühlt mich so auf." War das eine gute Ausrede? Sein Blick verfinsterte sich ein wenig, aber er sagte nichts mehr.

Stattdessen drängelte ich mich an ihm vorbei in den Flur.

„Papa!!", brüllte ich plötzlich los, sodass Liam neben mir zusammenzuckte und sich das Ohr rieb.

„Tschuldige. Das ist normal bei uns", rechtfertigte ich mich.

„Ja? Seid ihr da?", die Stimme meines Vaters drang aus dem Keller herauf.

„Ja! Wir sind hier!", ich stiefelte zur Kellertür.

„Helena? Seid ihr da?", er hatte mich wohl nicht gehört. Wie immer.

„JA!!!", plärrte ich hinunter und sah kurz darauf meinen alten Herren die Treppe hinaufsteigen. Ohne weiter mit mir zu sprechen, schob er mich beiseite und ging auf Liam zu, der höflich seine Tasche abstellte und meinem Vater seine Hand entgegenhielt. Dieser musterte meinen Freund von oben bis unten, bedachte ihn mit einem kritischen Blick, nahm seine Hand aber letztendlich an und schüttelte sie kurz.

„Guten Abend, Herr Weiß", grüßte Liam ihn, nachdem er sich geräuspert hatte, „danke, dass ich hier unterkommen kann."

Bevor mein Vater etwas sagen könnte, hörten wir oben Schritte und wenige Wimpernschläge später stürzte Florian die knarzende Holztreppe hinab. „Liam!", rief er und der wendete sich meinem Bruder zu. Etwas Anspannung schien von ihm abzufallen, als Florian ihn direkt herzlich in seine Arme zog und ihm kräftig auf den Rücken klopfte.

„Na Flo, wie geht es dir?" Liam legte ihm einen Arm um die Schulter, als sie sich aus ihrer Begrüßung gelöst hatten und zog ihn beinahe schon in einen Schwitzkasten. „Du bist ganz schön groß geworden", stellte er fest, noch bevor mein Bruder ihm antworten konnte. Ich lächelte über die beiden und als ich einen Blick in das Gesicht meines Vaters wagte, konnte ich erkennen, dass auch er ein Grinsen mühsam unterdrücken musste.

„Ich bin ja auch keine vierzehn mehr!", prahlte Flo und stellte sich dicht neben Liam, um mit einer Hand über seinem Kopf abzumessen, wie viele Zentimeter ihm noch fehlten, bis sie gleich groß waren.

„Vergiss es Flo, so groß wirst du nicht", neckte ich ihn, woraufhin er mich böse anfunkelte.

„Ich hab nicht vor, so ein Gartenzwerg wie du zu bleiben", konterte er und ich streckte ihm die Zunge raus. Blödmann!

„Also, Liam will sicher erst mal ankommen und sich ausruhen. Helena, du kannst ihm ja alles zeigen. Um 19 Uhr gibt es Abendessen, dann habt ihr noch genug Zeit, euch zu unterhalten", unterbrach mein Vater die Situation, um uns alle etwas zu beruhigen. Wir nickten im Einklang und gingen dann einer nach dem anderen die Treppe hinauf. Liam klopfte Flo noch einmal auf die Schulter, ehe dieser mit einem ungewöhnlichen Glitzern in den Augen in seinem Zimmer verschwand.

Ich lächelte Liam schüchtern an, ehe ich für ihn meine eigene Zimmertür öffnete und ihm den Vortritt ließ. Während er sich umsah, betrat er den Raum und ließ seine Tasche wieder auf den Boden fallen.

„Es kommt mir vor, als sei es ewig her, dass ich hier war. Ich hatte ganz vergessen, wie viele Bücher du hast, du kleiner Streber", murmelte er grinsend und drehte sich einmal um die eigene Achse. Er betrachtete meinen Schreibtisch, die Bilder an meiner Wand und letztendlich das kleine, 90 cm schmale Bett, über das meine Blümchen-Tagesdecke gezogen war. Daraufhin zog er eine Augenbraue hoch und nickte mit dem Kinn in die Richtung.

„Was ist denn das?", fragte er.

„Ähm, mein Bett?", ich kräuselte die Stirn.

„Hast du immer noch dein Kinderbett?", meinte er mit einem Grinsen.

„Bisher hat es eben ausgereicht, okay? Wir sind nicht so reich, dass ich mir einfach neue Sachen kaufen kann. Also müssen wir da eben zu zweit reinpassen." Ich schnaubte und verschränkte motzig meine Arme. „Besser als deine Pritsche im Knast ist es ja wohl!"

„Mmh", brummte Liam, der nun auf mich zuging. Als er dicht vor mir stand, legte er einen Finger unter mein Kinn und drückte es etwas hinauf. Damit er mich jedoch nicht mit seinen Augen weichkochen konnte, sah ich zur Seite weg. Er sollte bloß nicht glauben, dass er es leicht hätte, nachdem er mein Bett beleidigt hatte!

„Dann musst du dich nachts eben auf mich legen", flüsterte er. Ich versuchte, das Kribbeln auszublenden, das sich seinen Weg durch meinen Körper bahnte und drohte, meine Knie in Wackelpudding zu verwandeln. Ich durfte ihn einfach nicht gewinnen lassen!

Liam fasste mich an meinen Schultern, drehte mich um und drückte mich einfach nach hinten auf die Matratze, um sich dann schwer auf mich zu legen.

„Ich zeig dir wie", hauchte er an meinen Hals.

Verdammt.

Er hatte gewonnen.

Ich legte meine Arme um seinen Nacken und zog ihn zu mir herunter.

30

Zwei Jahre war es her, dass wir zuletzt so nah beieinander sein konnten. Zwei Jahre her, dass ich ihn so intensiv hatte spüren dürfen. In dieser Zeit hatte es selbstverständlich keinen anderen Mann für mich gegeben und am liebsten hätte ich unseren hitzigen Tanz niemals beendet. Auch wenn es wirklich eine komplizierte Angelegenheit war, unbemerkt zu bleiben. Ständig schlug das Kopfende des Bettes gegen die Wand, wenn wir nicht achtgaben. Irgendetwas knarzte verdächtig oder ich musste mir auf die Lippen beißen, um keine Geräusche von mir zu geben. Letztendlich sackte ich schwer atmend auf seiner Brust zusammen und spürte nicht nur, wie sich diese noch schnell hob und senkte, sondern konnte auch hören, wie sein Herz raste. Ich schloss meine Augen und lauschte.

Sein Herz.

Und mein Herz.

In völligem Einklang.

Ich seufzte tief und streichelte seine Brust, auf der der dünne Schweißfilm langsam zu trocknen begann. Seine Finger glitten durch mein Haar, kämmten es liebevoll. Als seine andere Hand in mein Blickfeld kam und ich den Verband daran sah, erinnerte ich mich an die Nachricht über seinen Ausraster.

„Liam", hauchte ich leise und betrachtete die Tinte, die unter seine Haut gestochen war, „was ist passiert? Was hat das hier verursacht?"

Ich nahm seine verletzte Hand und verschränkte unsere Finger.

„Nichts", brummte er. Mit dem Ohr auf seinem Brustkorb vibrierte seine Stimme ungewöhnlich laut.

„Das sieht aber nicht nach nichts aus. Ich weiß, dass du Post bekommen hast. Was ist darin gewesen, das dich so wütend gemacht hat?", bohrte ich weiter nach und er zog die Luft genervt ein.

„Helena, es ist nichts, worüber du dir Gedanken machen müsstest. Ende der Unterhaltung."

„Aber ..."

„Helena", sein drohender Unterton ließ mich verstummen und ich presste gekränkt meine Lippen aufeinander. Vertraute er mir nicht? Warum wollte er mir nicht davon erzählen? Da ich ihn jedoch nicht weiter reizen wollte, entschloss ich mich, das Thema erst mal zu wechseln.

„Was hast du jetzt vor mit den Schulden bei Vice?"

Liam zog die Bettdecke über uns, als er spürte, dass ich zu frösteln begann. Dann seufzte er resigniert.

„Ich weiß es noch nicht. Ich muss ihm alles irgendwie zurückzahlen. Also muss ich mir überlegen, wie ich an Geld komme. Ich werde morgen zu ihm gehen und mit ihm sprechen. Du brauchst dich da auf jeden Fall nicht weiter drum zu kümmern. Und das Geld, das du ihm bisher geben musstest, gebe ich dir natürlich auch zurück."

„Das brauchst du nicht. Wir sind ein Paar! Ich teile alles mit dir! Bitte sei nur vorsichtig und mach nichts Dummes, um das Geld abzuzahlen, okay? Lass uns dann zusammen nach einer Lösung suchen. Versprichst du mir das?" Als Liam zögerte und missmutig seine Lippen kräuselte, sah ich ihn so flehend wie möglich an. Zum Glück verdrehte er die Augen und lächelte.

„Ist gut."

„Oh, und da wäre noch eine weitere Sache", ich tippelte nervös auf seiner Brust herum.

„Ja?", er klang ungeduldig.

„Ein Bekannter hat mich gefragt, ob ich ihn ... na ja, ob ich ihn ... auf eine Hochzeit begleiten kann", jetzt war es raus. Ich duckte meinen Kopf, als würde ich befürchten, er würde mich gleich um einen kürzer machen, „aber nur als Kumpel-Freundin sozusagen! Er weiß, dass ich vergeben bin. Also alles ganz locker!", ergänzte ich schnell, als ich spürte, wie sich seine Muskeln unter mir anspannten. Liam setzte sich auf, was mich dazu zwang, es ihm gleich zu tun. Nun saß ich auf seinem Schoss und war so direkt auf seiner Augenhöhe. Diese taxierten mich kühl. Sein Blick wanderte über mein Gesicht und zwischen seinen Augenbrauen bildete sich eine tiefe Furche.

„Auf eine Hochzeit?", hakte er nach und presste im Anschluss die Kiefer fest aufeinander, sodass die Sehnen an seinem Hals und seinen Schultern hervortraten. Zögerlich begann ich zu nicken und versuchte seine Reaktion zu deuten. Begeistert war er jedenfalls nicht, aber das hatte ich auch gar nicht erwartet.

„Was ist das für ein Typ? Einer von der Arbeit?"

„Nein, nicht von der Arbeit. Er ist vor Kurzem nebenan eingezogen und wir verstehen uns ganz gut", ich lächelte unterwürfig. Liam sah nun zur Seite weg und schloss seine Augen. Durch sein Gesicht huschte der flüchtige Ausdruck von Schmerz, den er jedoch schnell wieder niederkämpfte. Großer Gott, was verlangte ich hier eigentlich von ihm? Er hatte seine Freundin kaum ein paar Minuten zurück, da fragte sie ihn nach einem Date mit einem anderen Mann. Ich war so eine Idiotin!

„Es tut mir leid. Ich sage ihm ab. Das war eine dumme Frage. Er hat mir nur so leid getan und du kennst mich ja ... ich schreibe ihm einfach direkt eine Nachricht, dass ich absagen muss. Vielleicht findet er ja noch jemand anderen, der mit ihm gehen will", ich lehnte mich an ihm vorbei zu meinem Handy, doch da legte er plötzlich seine Hand auf meine und hielt mich davon ab, das Smartphone hochzuheben.

Ich sah ihn irritiert an und seine blauen Augen musterten mich sanft.

„Es ist okay, du kannst hingehen", sagte er dann leise.

„Wirklich?", hakte ich ungläubig nach und Liam nickte. Ein leichtes Lächeln tanzte um seine Mundwinkel.

„Dass du ihm für mich absagen würdest, reicht mir vollkommen. Du kannst hingehen", die Aufrichtigkeit, mit der er mich ansah, erleichterte mein Gewissen und ich fiel ihm um den Hals.

„Du bist der Beste!", rief ich und presste stürmisch meine Lippen auf seine. Liam lachte in meinen ungestümen Kuss hinein und erwiderte ihn. Seine Hände wanderten über meine Taille, hinab zu meinen Hüften und seine Finger drückten sich verlangend in meine Haut. Unser Kuss wurde wieder intensiver, feuriger und als er mich fest gegen seinen Schoß zog, spürte ich, dass sich dort schon wieder etwas regte.

„Liam", hauchte ich in unseren Kuss und presste mich gegen ihn.

Dann durchbrach die Stimme meines Vaters unsere Zweisamkeit und beinahe wäre ich vor Schreck von seinem Schoß gesprungen.

„Essen ist fertig!", rief mein Vater die Treppe hinauf. Nett, dass er so tat, als hätte er gekocht und nicht, als hätte er die Vorräte aufgewärmt, die ich in den letzten Tagen in der Gefriertruhe angelegt hatte.

Als ich aufstehen wollte, hielt mich Liam noch einen Moment lang fest und sah mir in die Augen. Dann aber musste er einsehen, dass es jetzt keine zweite Runde gab und wir erst nach unten mussten. Eilig sammelten wir unsere achtlos zur Seite geworfenen Kleidungsstücke vom Boden auf und zogen sie wieder an. Mit fahrigen Bewegungen richtete ich meine zerwühlten Haare und hoffte, dass niemand bemerken würde, was wir in der letzten Stunde getan hatten.

31

Mein Vater beobachtete uns mit mürrischen und misstrauischen Blicken, während mein Bruder sein blödes Grinsen zu verbergen versuchte und Liam im Vorbeigehen auf die Schulter klopfte. Ich betete bloß, dass er jetzt seinen Mund hielt und mich nicht bloßstellte. Vielleicht würde ich gleich auch einfach kurz im Gartenschuppen unsere Schaufel holen und mir ein Loch graben, in dem ich versinken könnte. Habt ihr eigentlich eine Ahnung, wie schwer es mit gleich drei Testosteronschleudern in einem Haus ist? Als einziges Mädchen fühlte ich mich ziemlich auf verlorenem Posten.

„Und was gibt es zu essen?", fragte ich, nachdem ich mich unauffällig geräuspert hatte und linste interessiert in den Topf hinein, aus dem Dampfschwaden hervorstiegen, und ich erkannte kleine Würstchen, die in der Linsensuppe ihre Kreise zogen. Ah ja, hatte ich vor drei Tagen erst eingefroren. Ich rührte mit dem Schöpflöffel einmal um, ehe ich mir zuerst Liams Teller nahm, um ihn zu befüllen.

„Tut mir leid, Sternekoch. Es wird vermutlich nicht so gut sein, wie wenn du sie gemacht hättest", entschuldigte ich mich im Voraus.

„Sicher besser als der Fraß im Knast", warf Flo ein. Ich bedachte ihn mit einem giftigen Blick. Musste er Vater daran erinnern?

Dieser hatte seine Ohren zum Glück auf Durchzug geschaltet und tat so, als habe er nichts gehört.

„Ich bin mir sicher, es schmeckt fantastisch, Schatz", sagte Liam und streichelte mir über den Rücken, was mich dazu brachte, irritiert eine Augenbraue zu heben. Normalerweise war er nicht so lieb und höflich zu mir, sondern ärgerte mich in jedem möglichen Moment. Sicher lag seine urplötzliche Freundlichkeit an der Anwesenheit meines Vaters. Als ich alle Teller befüllt hatte, ließ ich mich wieder auf meinen Stuhl sinken. Nun hörte man das Klappern von Besteck und ab und an ein Schlürfen oder das Knuspern eines Aufbackbrötchens, die wir zu der Suppe aßen. Nachdem Flo das betretene Schweigen nicht mehr aushalten konnte, begann er Liam von seiner neuen

Ausbildung zu erzählen. Quasselte irgendwelches Fachchinesisch von Autoteilen und von dem Auto, das er sich bald von seinem Ersparten kaufen wollte. Liam lauschte ihm interessiert und schien zu verstehen, wovon er da sprach.

„Übrigens, Helena", verwickelte mich nun auch mein Vater in ein Gespräch, „ich habe heute nach der Arbeit unseren neuen Nachbarn in der Einfahrt getroffen. Ich lag mit meiner Vermutung richtig, er ist wirklich Arzt. So ein intelligenter, junger Mann ..."

Misstrauisch verengte ich meine Augen und ließ meinen Löffel in der Suppe ruhen.

„Warum erzählst du mir das jetzt?"

„Nur so. Wir haben uns ein bisschen unterhalten. Er hat mich gefragt, wann du ihn mal wieder besuchen kommen möchtest."

Plötzlich war es wieder still geworden. Liam und Flo hatten ihr Gespräch unterbrochen und ich spürte die Blicke meines Freundes in der Seite.

Ich war mir sicher, dass mein Vater das absichtlich machte. Er wollte Liam unter die Nase reiben, dass ich mich mit unserem Nachbarn traf! Er wollte ihn eifersüchtig machen! Ein heißer Klumpen Wut begann in meiner Magengrube zu glimmen und ich fasste fest um den Stiel des Löffels.

„Was denn für ein Nachbar?", fragte Liam mit einem erfrorenen Lächeln im Gesicht. Ich wagte es nicht, ihn anzusehen, aber ich spürte seinen unterdrückten Zorn bis hierher.

Mein Vater wendete sich an ihn und lächelte überfreundlich.

„Oh, nebenan ist ein netter, junger Mann eingezogen. Er ist Arzt. Unglaublich, oder? Und gutaussehend noch dazu, wenn ich das so sagen kann. Helena und er haben sich von Anfang an gut verstanden. Sie war ein paar Mal bei ihm, soweit ich weiß. Oder Helena, das war doch am Sonntag, wo du halbnackt das Haus verlassen hast?", mein Vater sah mich an und ich presste enttäuscht meine Lippen aufeinander. Warum tat er mir das an? Ganz offensichtlich versuchte er, einen Keil zwischen uns zu treiben! War das der Grund, warum er erlaubt hatte, dass Liam hier wohnen durfte?

„Paps, sie hatte einen Schlafanzug an, das ist nicht halb nackt. Du kennst doch Helena. Die schläft noch mit einem peinlichen Hello-Kitty-Schlafanzug und zieht ihn am Feiertag nicht mal aus", lenkte

Florian ein, der Liams Anspannung bemerkte. Dieser legte seinen Löffel ab und erhob sich.

Ich schloss meine Augen.

„Vielen Dank für das Essen. Ich bin ziemlich müde. Wärt ihr böse, wenn ich mich schon hinlege?“, fragte er mit zitternder Stimme und wartete keine Antwort ab. Mit einem Quietschen schob er den Stuhl zurück, stellte seinen Teller auf die Spüle und verließ die Küche.

„Liam, warte!“, versuchte ich verzweifelt, ihn aufzuhalten. Vergeblich. Er ignorierte mich einfach und ging die Treppe hinauf. Ich warf frustriert mein Brötchen in die Suppe und stand so ruckartig auf, dass mein Stuhl beinahe umgekippt wäre.

„Danke, Papa“, zischte ich meinem Vater wütend entgegen, ehe ich alles stehen und liegen ließ und einfach aus dem Zimmer stürmte. Wenn er glaubte, dass ich jetzt hierblieb, einen auf brave Hausfrau und den Abwasch machte, dann hatte er sich geschnitten. So nicht! Nicht mit mir!

Was musste Liam nun denken? Erst meine Frage nach der Hochzeit und nun diese Horrorgeschichte meines Vaters! Wie konnte mein Vater nur so taktlos und gemein sein? Bittere Enttäuschung machte sich in mir breit und vermischte sich mit der lähmenden Angst, was Liam nun denken und tun würde. Würde er mich anschreien? Würde er ausflippen und sich selbst etwas antun? Wir hatten uns so lange nicht gesehen und ich konnte seinen Zustand kaum einschätzen. Zumal ich nach wie vor nicht wusste, was ihn im Gefängnis so durcheinandergebracht hatte. Tränen ließen mein Sichtfeld verschwimmen und ich versuchte, sie mit aller Kraft runterzuschlucken. Schniefend wischte ich mir mit dem Ärmel über die Augen und kam mit stockendem Atem oben an.

„Liam?“, fragte ich leise, als ich mein Zimmer betrat. Entgegen meiner Befürchtung lief er jedoch keine wütenden Kreise oder versuchte mit der bloßen Faust ein Loch in die Wand zu schlagen. Stattdessen saß er mit hängenden Schultern in sich zusammengesackt auf dem Bett und starrte auf den Boden. Er reagierte nicht auf mich, also ging ich vorsichtig näher und setzte mich neben ihn.

„Es tut mir leid, dass mein Vater so ein Arsch ist“, sagte ich leise und wollte nach seinen Händen greifen. Als er sie zurückzog, fühlte es sich an, als würde meine Brust zerdrückt werden wie eine leere Coladose.

„Liam ..."

„Hat er denn gelogen?", unterbrach er mich und ich biss mir auf die Lippe. Wieder füllten sich meine Augen mit Tränen und ich verfluchte mich dafür. Warum war ich nur so eine Heulsuse?

„Nein. Wir haben wirklich einen neuen, netten Nachbarn, mit dem ich mich gut verstehe. Jeder würde das! Du würdest dich sicher auch mit ihm anfreunden. Ihr seid beide klug und witzig. Aber er ist für mich einfach wie ... wie Daniel zum Beispiel. Ein Kumpel halt und nicht mehr. Ich liebe dich. Nur dich. Bitte glaub mir das", flehte ich. Ich wusste, dass es ihm in diesem Moment schwerfiel, mir das zu glauben. Liam hatte nie Liebe erfahren. Weder von seinem Vater noch von seiner Mutter. Er konnte sich ja selbst nicht lieben und hatte mir immer wieder gesagt, dass er gar nicht fassen konnte, warum ich alles mit ihm durchstand. Ich wünschte einfach, er könnte sich für einen kurzen Moment durch meine Augen sehen. Könnte spüren, was ich für ihn empfand.

Als ich abermals nach seinen Händen greifen wollte, schüttelte er mich ab und stand auf. Ohne mich anzusehen, zog er sich die Schuhe an.

„Liam, bitte! Was hast du vor?", ich stand auch auf, wollte ihn aufhalten, blieb dann aber stehen.

„Ich werde jetzt erst mal etwas frische Luft schnappen und mit Vice reden gehen. Keine Sorge, ich komme schon wieder. Je schneller ich das mit ihm geregelt habe, desto besser", mit diesen Worten zog er sich seine Jacke über.

„Glaubst du mir denn?", hakte ich nach, wollte ihn am Arm festhalten, ließ ihn aber wieder los, als ich den Schmerz in seinen Augen erkannte. Er war verletzt. Alles hatte ihn verletzt. Ich wich einen Schritt zurück und senkte meinen Blick auf den Boden.

Liam sagte nichts. Ich hörte nur seine Schritte und wie kurz darauf die Tür ins Schloss fiel. Zurück blieb Leere. Leere im Zimmer. Und Leere in meinem Herz.

32

Nachdem Liam mein Zimmer verlassen hatte, lief ich aufgebracht hin und her. Ich konnte es immer noch nicht fassen, dass mein Vater mir das angetan hatte. Dass er Liam mit Absicht aufgehetzt hatte. Mal ganz abgesehen davon, dass unser erster gemeinsamer Abend nun im Eimer war und ich mir Sorgen machte, was Liam da draußen anstellte. Was, wenn Vice ihm etwas antat?

Es dauerte einige Minuten, bis ich mich so weit beruhigt hatte, dass ich mich zu einem halbwegs vernünftigen Gespräch in der Lage fühlte. Entschlossen ballte ich meine Hände zu Fäusten, verließ mein Zimmer und ging die Treppe hinab. Ich fand meinen Vater in der Küche. Er hatte den Tisch inzwischen abgeräumt und sich quietschgelbe Gummihandschuhe übergezogen, um den Abwasch zu machen. Das meiste war in der Spülmaschine untergebracht, doch der Topf hatte wohl nicht mehr reingepasst und zwei unserer Tassen waren nicht spülmaschinentauglich. Außerdem spülten wir alles, was aus Plastik war, weil es in der Maschine ohnehin nicht trocken wurde. „Können wir kurz reden?", fragte ich, als ich mit verschränkten Armen im Türrahmen stehen blieb. Warum fragte ich überhaupt? Er hatte keine Wahl. Ich würde mit ihm reden!

Mein Vater antwortete nicht und er drehte sich auch nicht zu mir um. Es war manchmal einfach unfassbar, wie stur und ignorant er sein konnte. „Das eben war nicht okay", begann ich und hoffte, dass mein strenger Tonfall ihn dazu brachte, mir seine Aufmerksamkeit zu schenken. Doch wieder wartete ich vergebens auf eine Reaktion.

„Papa!", ich wurde lauter, „sieh mich an, wenn ich mit dir rede!"

Er hielt in seinen Bewegungen inne, seufzte tief und zog die nassen Handschuhe aus, bevor er sich endlich zu mir drehte. In seinem Gesicht lag jedoch nicht der Zorn, den ich erwartet hatte, sondern versteckte Sorge. „Ich will nur das Beste für dich!", verteidigte er sich, bevor ich überhaupt weiter ausholen konnte.

„Liam ist das Beste für mich!", platzte es aus mir heraus, doch bevor wir diese Diskussion schon wieder vom Zaun brechen würden, unterband ich sie mit einer entschlossenen Geste mit der Hand.

„Du hast erlaubt, dass er hierher kommt. Du hast erlaubt, dass wir zusammen hier leben können, weil DU nicht wolltest, dass ich wegziehe. Nun gib ihm wenigstens eine Chance, denn er bemüht sich sehr, im Gegensatz zu dir! Und wenn du so etwas noch einmal machst, noch einmal versuchst, einen Keil zwischen uns zu treiben, dann ...", ich holte kurz Luft, „dann bin ich hier weg."

Es mochte etwas dramatisch sein, aber ohne seine Antwort abzuwarten, machte ich auf der Ferse kehrt und lief die Treppe wieder hinauf.

„Helena, Schatz!", rief mein Vater mir nach, „es tut mir leid!"

Dann donnerte ich die Tür zu. Er sollte wissen, wie ich mich fühlte und er sollte ein schlechtes Gewissen haben, damit er so etwas nie wieder tat!

Nachdem ich mich so in Rage geredet hatte, war es natürlich unmöglich, ans Schlafen zu denken. Ich stapfte ein paar Runden durch mein Zimmer und schnaubte wie ein Stier. Dann sah ich auf mein Handy und schrieb eine frustrierte Nachricht an Anna, in der ich erzählte, was vorgefallen war.

„Gib ihm etwas Zeit. Dein Vater hat seine Frau verloren und dich und deinen Bruder auch schon beinah. Er hat einfach Angst und versucht, die Gefahr zu vertreiben. Aber er wird irgendwann einsehen, dass du jetzt erwachsen bist und deinen eigenen Weg gehen wirst. Um Liam mach dir keine Sorgen. Er kann auf sich aufpassen ;)."

Ihre Nachricht nahm mir etwas den Wind aus den Segeln. Es tat mir immer weh, mit ihr über meinen Vater zu reden. Immerhin hatte sie ihre Eltern verloren und ich wollte ihr das nicht unter die Nase reiben. Anna aber war stets verständnisvoll oder ließ sich zumindest nichts anmerken. Als ich mich so weit beruhigt hatte, machte ich mich endlich bettfertig und legte mich hin. Morgen mussten wir Liam ein Handy besorgen. Es machte mich wahnsinnig, dass er mir nicht mal eine Nachricht schreiben konnte. Wie gerne hätte ich ihm nun einfach gesagt, dass ich ihn liebe und ihn vermisse.

Ich schlief in dieser Nacht sehr schlecht. Zuerst hielten mich die Sorgen um Liam für Stunden wach und dann wurde mein Schlaf immer wieder durch Albträume unterbrochen. Ich erinnerte mich nicht mehr daran, was ich geträumt hatte, doch die Gefühle, die sie in mir ausgelöst hatten, klangen noch lange nach. Traurigkeit und Angst. Keine Angst um mein Leben, sondern Angst um Liam und unsere Liebe. Angst ihn zu verlieren. Immer wieder betätigte ich den Homebutton auf meinem Handy, um auf die Uhr zu sehen.

0:22 Uhr

2:36 Uhr

3:15 Uhr

4:58 Uhr

Ich hielt es im Bett nicht mehr aus. Ich wollte mich nicht noch eine weitere Stunde herumwälzen oder von meinen Ängsten im Schlaf verfolgt werden und so schlug ich die Decke auf und setzte mich auf die Bettkante. Liam war die ganze Nacht weg gewesen. Doch wie es der Zufall wollte, tönte unsere Haustürklingel in diesem Moment in ohrenbetäubender Lautstärke los, sodass ich fast vor Schreck aufsprang. Das musste Liam sein, wer sollte sonst um diese unchristliche Uhrzeit bei uns läuten? Außer es war Balthasar, der mich im Morgengrauen überfallen wollte! Ha Ha.

Bevor es nachher noch mein Vater tat, stürzte ich aus meinem Zimmer und die Treppe hinab. Ich riss die Haustür auf und sofort wehte mir die frische Nachtluft um die Beine. Am Horizont war bereits ein heller Schimmer zu sehen, der die Welt in ein kühles Violett tauchte.

Hinter den Umrissen der großen Gestalt, die vor unserer Tür stand, erkannte ich noch, wie ein Auto viel zu schnell unsere verkehrsberuhigte Straße hinabraste.

Nun richtete ich meinen Blick auf das Gesicht meines Gegenübers, das jedoch so im Schatten lag, dass ich es kaum erkennen konnte. Doch die Umrisse allein reichten, um ihn als Liam zu identifizieren.

„Weißt du, wie viel Uhr es ist?", zischte ich flüsternd, packte ihn am Arm und zog ihn ins Haus. Ich war wütend, weil er so lange weg gewesen war, hätte am liebsten auf ihn eingeschlagen, aber ich war auch froh, dass er wieder hier war und hätte ihn am liebsten umarmt. Dieser Gefühlscocktail überforderte mich so, dass ich schon wieder hätte heulen können.

„Du blöder Idiot", setzte ich nach. „Du siehst süß aus", murmelte Liam und schemenhaft konnte ich erkennen, dass er grinste.

Bitte was? Ich war hier am Motzen, da konnte er doch nicht so was sagen!

„Was?", stockte ich.

„Sind das ‚Hello Kitties' auf deinem Schlafanzug? ‚Hello Kitties' sind auch so süß. So wie du. Du kleines Kätzchen", seine Stimme hörte sich irgendwie träge an und was zum Henker redete er da?

„Ähm, Liam?", fragte ich und tastete an der Wand nach dem Lichtschalter. Als ich ihn gefunden hatte, legte ich ihn um und augenblicklich erfüllten sich der Flur und das Treppenhaus mit Helligkeit. Ich musste blinzeln.

„Ja, mein kleines Schnuckelchen?"

Als sich meine Augen an das Licht gewöhnt hatten, blickte ich in sein Gesicht. Er hatte sich inzwischen an die Wand gelehnt, als wäre es anstrengend zu stehen. Seine Trainingsjacke war über seine Schulter gerutscht und hing vollkommen schief an ihm, doch das schien ihn nicht zu stören. Sein Blick wirkte glasig und seine Pupillen waren unnatürlich klein.

„Hast du was genommen?", flüsterte ich entsetzt und umfasste sein Gesicht mit beiden Händen, sodass er mich auf jeden Fall weiter ansehen musste.

33

Auf meine Frage hin hob er kurz die Schultern an und drehte seine Handflächen entschuldigend nach oben.

„Nur endlich etwas Vernünftiges gegen die Schmerzen", offenbarte er mir und lächelte mich breit an. Ich musste ihn aus dem Flur in mein Zimmer bringen, falls mein Vater doch noch aufstand, um nachzusehen, was im Flur los war.

„Komm mit", zischte ich immer noch leise, griff um seinen Oberarm und zog ihn mit mir zur Treppe und diese hinauf zu meinem Zimmer. Liam, der für gewöhnlich immer viel schneller war als ich, musste von mir hinaufgeschoben werden. Er stolperte mit ein paar schweren Schritten in den Raum hinein und ließ sich auf meinen Schreibtischstuhl sinken. Ich konnte mich gerade noch beherrschen, die Tür hinter uns nicht laut zuzuschlagen, ehe ich mich vor ihn stellte, die Hände in die Hüften stemmte und ihn einfach nur fassungslos ansah. „Was hast du genommen?", fragte ich ernst.

Liam schien sich des Problems jedoch überhaupt nicht bewusst zu sein. Er rollte nur mit den Augen und grinste weiter, während er wie ein nasser Sack auf meinem Stuhl hing.

„Komm setz dich lieber auf meinen Schoß und sei mal lieb zu mir", schmollte er.

Am liebsten hätte ich ihn gepackt und geschüttelt. Kaum war er einen Tag in Freiheit, nahm er Drogen? Kaum war er einen Tag in Freiheit, machte er wieder Ärger?

„War es das Gleiche, das der Doktor dir vor zwei Jahren gegeben hat?", fragte ich, weil sein Verhalten darauf schließen ließ. Liam nickte, aber ich wusste nicht, ob er es tat, weil es stimmte, oder weil es die einfachste Möglichkeit war, einer Diskussion mit mir aus dem Weg zu gehen.

Ich schnaubte und schüttelte den Kopf. Warum waren Männer nur solche Idioten?! „Du wirst dich jetzt erst mal hinlegen und deinen Rausch ausschlafen. Vorher brauchen wir gar nicht mehr zu sprechen", gab ich mich geschlagen. „Zieh dich um", trug ich ihm auf und reichte ihm meine Hand, um ihn auf die Beine zu ziehen. Doch entgegen meines Plans, ihn bettfertig zu machen, torkelte er nach vorne und warf sich einfach auf das Bett. Dort rollte er sich wie ein Embryo ein und blieb liegen.

„Liam?", fragte ich vorsichtig und trat an ihn heran. Die Augen hatte er bereits geschlossen und als ich sah, wie seine Beine und seine Arme kurz zuckten, wurde mir bewusst, dass er fast augenblicklich eingeschlafen war. Ganz. Toll.

Stöhnend war ich nun diejenige, die die Augen rollte. Dann zog ich ihm mühsam seine Schuhe aus und deckte in mit meiner Wolldecke zu, die zusammengefaltet am Bettende lag. Im Sommer brauchte ich sie für gewöhnlich ja nicht. Seufzend setzte ich mich neben ihn auf die Matratze und stützte mein Gesicht in meine Handinnenflächen. Meine Augen brannten und mein Gehirn fühlte sich an wie Brei durch den wenigen und unerholsamen Schlaf. Doch daran, mich auch noch mal hinzulegen, war nicht zu denken. Erst führte mein Vater sich auf wie der letzte Vollhorst und nun Liam. Der einzig Vernünftige schien im Moment Flo zu sein. Wie sollte das Ganze nur weitergehen? Einmal mehr wurde mir bewusst, dass ich endlich meine rosarote Brille ablegen musste. Liam war ein Verbrecher, der einen Großteil seines Lebens Drogen genommen und sie auch verkauft hatte. Er wusste nicht mal, was es bedeutete, ein normales Leben zu führen. Und er würde immer wieder Fehler machen. Das musste ich einfach einsehen. Er würde sich nicht von heute auf morgen ändern, aber ich war mir sicher, dass es meine Aufgabe war, ihn auf diesem Weg zu begleiten und ihn möglichst von Leuten wie Vice fernzuhalten. Ich konnte mir nämlich vorstellen, dass dieser plante, Liam wieder „einzustellen". Er hatte ja selbst gesagt, dass er früher für ihn gearbeitet hatte und das auch immer erfolgreich. Dazu hatte er jetzt Schulden bei ihm. Was, wenn Liam längst einen Deal eingegangen war? Wenn er sich auf etwas eingelassen hatte? Doch plötzlich wurde ich aus meinen Gedanken gerissen, als ich im Augenwinkel etwas in Liams Hosentasche aufblinken sah. Ein Licht fand den Weg durch die Fasern des Stoffes und ich runzelte meine Stirn. Es sah aus wie ein Display. „Was zum ...", murmelte ich und war mal so frei, das fremde Objekt vorsichtig aus seiner Tasche zu fischen.

Zum Glück schlief Liam tief und fest und würde sich vermutlich selbst von einem Signalhorn direkt neben seinem Ohr nicht wecken lassen.

Zum Vorschein kam ein schwarzes, flaches, rechteckiges Etwas, das sich tatsächlich als Smartphone outete. Auf dem Sperrbildschirm blinkte eine Nachricht auf.

„Ich hoffe, deine Schmerzen sind mittlerweile besser und deine süße Helena kümmert sich um dich, wie es sich gehört. Grüß sie lieb von mir. Schön, dass du zurück bist, mein Freund. Vice". Kaum zu fassen, wie normal diese Nachricht schien, wenn man daran dachte, was Vice eigentlich für ein Kerl war und dass Liam und er sich nicht vom Fußballklub kannten.

Aber woher hatte er das Handy überhaupt? Da es nicht mit einem Code gesperrt war, wagte ich einen Blick hinein und fand in den Kontakten auch nur Vice und mich. Mehr gab es nicht. „Hm", machte ich und dachte darüber nach, der Schlange eine Nachricht zurückzuschreiben. „Helena hat sich gekümmert, aber der Herr ist einfach weggepennt. Was hast du ihm gegeben???" tippte ich ein und schickte es, ohne zu zögern, ab. Wie gebannt starrte ich auf das Display und wartete gespannt, ob ich eine Antwort bekam.

„Hey, das Handy war für Liam gedacht, nicht für dich. Lass ihn schlafen. Er hat nur etwas gegen die Schmerzen bekommen. Ich konnte ihn ja nicht so leiden lassen."

Bedeutete das, dass er das Handy von Vice bekommen hatte? Es war unfassbar. Er gab ihm Drogen, gab ihm ein Handy, aber ganz sicher nicht ohne Gegenleistung. Es war einfach nur noch ein weiterer Betrag auf Liams Rechnung und eine weitere Fessel, die Liam an ihn band. Keine Nettigkeit. Taktik!

Oder dachte ich zu schlecht von ihm? Immerhin hatte er ja auch durchaus freundliche Seiten gezeigt. Frustriert warf ich das Gerät auf die Matratze und raufte mir die Haare. Ich hatte keine Ahnung, was ich denken sollte! Ein Grund mehr, mit Anna zu sprechen und mehr über Vice und seine Beziehung zu ihr und seinen Kontakt zu Liam herauszufinden. Ich schrieb meiner besten Freundin eine Nachricht und fragte sie, ob sie heute im Laufe des Tages etwas Zeit für mich hätte. Da es aber noch früh am Samstagmorgen war, konnte ich so schnell mit keiner Antwort rechnen.

34

„Liam? Liam? Schatz?", sprach ich leise zu ihm und rüttelte ihn vorsichtig mit einer Hand und strich mit der anderen über sein Gesicht. Streichelte sanft über seine Wange und stellte dabei wieder fest, dass er schmaler geworden war. Die sieben Jahre seines ersten Gefängnisaufenthaltes hatte er mit Trainieren verbracht. Er hatte sich stärken wollen, für das Ziel, das er die ganze Zeit vor Augen gehabt hatte. Rache. Sie hatte ihn angetrieben. Die letzten zwei Jahre hatte er viel ruhiger verbracht. Verletzt und wartend. Wartend auf die wenigen Stunden mit mir, wartend auf seine Freiheit, wartend auf ein Leben. Ein Leben mit mir. Oder nicht? Wieso musste er dann am ersten Tag gleich so etwas tun? Wieso musste er an seinem ersten Tag in der Freiheit zu Vice gehen und Drogen nehmen? War es eine Kurzschlussreaktion gewesen oder von ihm sogar geplant?

„Helena? Wie viel... wie viel Uhr ist es?", murmelte er noch halb schlaftrunken, als er endlich wieder aufwachte und sich im ersten Moment noch verwirrt umsah.

„Kurz nach zwölf, du Schlafmütze", versuchte ich es mit einem versöhnlicheren Tonfall als noch vor ein paar Stunden. Ich schenkte ihm sogar ein kleines Lächeln und machte eine auffordernde Handbewegung, damit er sich aufsetzte. Ich wollte wissen, was er in der letzten Nacht getan hatte und vor allem: Warum! Auch wenn ich böse auf ihn war, dass er einfach abgehauen war und unseren ersten Abend nicht mit mir verbracht hatte, so war es letztendlich auch die Schuld meines Vaters gewesen, ihn so provoziert zu haben. Der Abend war eskaliert, aber ich hatte nicht vor, die Sache nun zwischen uns stehen zu lassen.

Liam streckte sich ausgiebig und kreiste kurz seine verletzte Schulter, wobei er die Lippen leicht verzog. Trotzdem bekam er seine Augen kaum auf und wirkte nach wie vor benommen.

„Tut mir leid, die Aktion von meinem Vater gestern. Er wollte dich bloß eifersüchtig machen", begann ich und setzte mich neben ihn, um seinen Arm zu halten. Liam rieb sich mit der freien Hand über das Gesicht und schielte dann seitlich zu mir herab, während er leise brummte:

„Das hat er geschafft."

Ich konnte nicht anders und musste dem Grinsen nachgeben, das sich auf mein Gesicht schleichen wollte. Selbst wenn Liam dann blöde Sachen anstellte, so schmeichelte mir seine Eifersucht auch. Und ich mochte die Vorstellung, dass ich nun seine Helena war. Ich legte die Arme um seinen Bauch und musste mich für einen Moment fest an ihn drücken. Liam ließ es über sich ergehen, schien jedoch ziemlich verwirrt.

„Alles okay?", fragte er, woraufhin ich nur kurz nickte.

„Alles gut", gab ich zurück, „magst du mir vielleicht sagen, was sich gestern Nacht bei Vice ergeben hat? Seid ihr zu irgendeiner Übereinkunft gekommen?"

Auf meine Worte hin erstarrten seine Gesichtszüge und er presste die Lippen fest zusammen, als hätte er gehofft, ich würde keine Fragen zu dem Thema stellen. Erst nach kurzem Zögern öffnete er seine Lippen, um zu antworten.

„Nicht viel Neues. Ich werde ihm das Geld nach und nach zurückzahlen ...", murmelte er und sah dabei auf seine Hände, die er inzwischen gefaltet hatte, während er sich mit den Ellbogen auf seinen Knien abstützte.

„Und wie?", fragte ich.

„Ich brauche einen Job und zwar bald", Liam versuchte ein Lächeln auf seine Lippen zu bekommen, doch seine Mundwinkel hoben sich nur schwerfällig.

„Wie hoch sind denn die Schulden genau?" Vice hatte mir den Betrag nicht nennen wollen, aber ich wollte eine ungefähre Vorstellung davon haben, wie lange wir abzahlen würden, „außerdem musst du doch erst mal eine Anstellung als Koch finden. Du weißt ja wie schwer es ist, als ehemaliger, also als Exknacki eine Anstellung zu finden?" Liam hatte in den zwei Jahren, die er noch im Gefängnis verbringen musste, eine Ausbildung zum Koch gemacht und sich so auch einen kleinen Traum erfüllt.

„Dafür ist keine Zeit. Ich muss mir erst mal was suchen, wo ich gut verdiene und das ich auch ohne eine Ausbildung machen kann. Wenn die Schulden abbezahlt sind, kann ich immer noch meinem Traumjob nachgehen“, erklärte er. Damit hatte er wohl recht. Mit einem Einsteigergehalt als Koch würde er tatsächlich höchstens zum Abzahlen der Schulden arbeiten.

Ich seufzte und nickte. Es blieb uns wohl nichts anderes übrig, als die Pläne, bald ein unabhängiges, freies Leben zu führen, doch noch etwas nach hinten zu verschieben.

„Also, um wie viel handelt es sich?"

„Ungefähr 20.000€", brachte Liam hervor, nachdem er ein paar Augenblicke geschwiegen und seine Finger geknetet hatte. Puh, das war natürlich nicht gerade wenig. Ich nahm mein Handy hervor und tippte ein paar Zahlen ein. Wenn wir das mit 100€ pro Woche abzahlen würden, bräuchte wir etwa vier Jahre!

„Wäre es nicht sinnvoll, einen Kredit bei einer Bank aufzunehmen? Die sind nicht so ... kriminell und gefährlich."

„Was? Banken sind weitaus krimineller und gefährlicher. Vor allem, wenn es um Kredite geht", warf Liam ein und ich konnte sehen, wie sich ein Mundwinkel für einen Moment in die Höhe zog.

„Ich meine das ernst. Ich habe ein festes Einkommen und kann mich da gerne bei der Bank mal beraten lassen. Die Zinsen sind derzeit äußerst niedrig."

„Wenn es dir dann besser geht", resignierte Liam, der seine Augen kaum offen halten konnte. Was auch immer er genommen hatte, es machte ihn nachhaltig müde.

„Außerdem sollten wir direkt am Montag beim Arzt anrufen und einen Termin machen wegen deiner Schulter", schlug ich als Nächstes vor, woraufhin Liam den Kopf zu mir drehte und mich aus müden, leicht geröteten Augen beinahe angriffslustig anfunkelte. „Wieso anrufen? Wir können doch einfach drüben klingeln, oder? Er ist doch Arzt und 'n gutaussehender noch dazu", begann er zu sticheln und ich wusste nicht, ob ich darüber froh oder beunruhigt sein sollte.

„Weil er Allgemeinmediziner ist und du 'nen Orthopäden brauchst", gab ich erklärend zurück und konnte erneut nicht anders, als mich zu ihm hinüberzulehnen und ihm einen Kuss auf die Wange zu hauchen. Er war so süß, wenn er eifersüchtig war.

„Liam", musste ich dann allerdings noch ein Thema ansprechen, das mir auch große Sorgen machte. „Das war eine absolute Ausnahme, nicht wahr? Ein Ausrutscher", formulierte ich die Worte schon so, das er einfach nur noch hätte zustimmen müssen. Doch stattdessen drehte er den Kopf erneut zu mir und sah mich mit zusammengezogenen Brauen irritiert an.

„Wovon sprichst du?", fragte er mich und ich konnte ein sorgenvolles Seufzen nicht unterdrücken.

„Von den Schmerzmitteln, den Drogen, die du genommen hast", erleuchtete ich ihn, was ihn dazu brachte, den Blick wieder geradeaus zu richten.

„Ich habe einfach schon so lange diese Schmerzen, Helena, und ich war froh, sie mal für ein paar Stunden los zu sein." Ich sah, wie er bei seinen weiteren Worten zu lächeln begann.

„Oder besser gesagt, dass sie mir für ein paar Stunden einfach egal waren", offenbarte er mir den Grund für seinen Rausch. Zum einen konnte ich ihn verstehen, denn die mickrigen Ibuprofen, die er im Gefängnis bekommen hatte, hatten ihm kaum Linderung verschafft. Zu alledem hatte ihm mein Vater noch einen Dolch ins Herz gerammt und die Klinge abgebrochen. Ich hob eine Hand an und legte sie ihm in den Nacken, streichelte mit den Fingerspitzen über seine Haut und fuhr über diese hinauf in sein Haar hinein.

„Also eine Ausnahme", wollte ich dennoch die Bestätigung haben, die mir Liam dann letztlich in Form eines Nickens gab. Wieder lehnte ich mich zu ihm hinüber, drehte jedoch mit der anderen Hand seinen Kopf zu mir, um ihm diesmal einen Kuss auf die Lippen zu geben. Wenn Liam nur ansatzweise ahnen könnte, wie sehr ich ihn liebte, müsste er nie wieder eifersüchtig sein. Denn für mich gab es nur ihn.

„So", leitete ich mein Gehen ein, als ich mich aufrichtete, zu meinem Schreibtisch lief und meinen Laptop aufklappte, um mich dann gleich elanvoll wieder zu ihm zu drehen. „Ich werde jetzt in die Stadt fahren und mit Anna einen Kaffee trinken und du ...", woraufhin ich den rechten Arm ausstreckte und mit dem Finger auf ihn zeigte „... wirst hier sitzen bleiben, viel trinken und nach Stellen suchen!" Ich brachte dies mit so viel Motivation in der Stimme an, wie ich aufbringen konnte. Liam rieb sich einen Moment mit den Handflächen über das Gesicht, ehe er sich, für ihn untypisch, schwerfällig zu seiner vollen Größe aufrichtete und eine Hand an die Stirn führte, um zu salutieren.

„Jawohl, Helena. Wie du befiehlst", sagte er und sah dabei, trotz seines müden Blickes, so sexy aus, dass ich wieder meine Arme um ihn schließen musste und meinen Kopf nach oben reckte, um ihn zu küssen. Als ich mich von ihm löste, um zu meinem Kleiderschrank zu gehen, sah ich im Augenwinkel, wie er sich vollkommen geschafft auf meinen Schreibtischstuhl sinken ließ und ihn zum Laptop drehte.

Ich wühlte in meinem Schrank herum und zog eine luftige, helle Sommerhose und ein lässiges T-Shirt mit einem Aufdruck heraus.

„Bis später, mein Schatz", verabschiedete ich mich von ihm, als ich ihm einen Abschiedskuss auf die Wange hauchte und mein Schlafzimmer Richtung Bad verließ. Während ich mich vor dem Spiegel frisch machte und etwas Make-up auftrug, fragte ich mich, ob Liam in diesem Zustand überhaupt in der Lage war, vernünftig nach Jobs zu suchen. Ich würde, wenn ich bei Anna angekommen war, meinem Bruder eine Nachricht schreiben, dass er mal nach Liam sehen sollte, ihm etwas zu essen organisierte und vielleicht bei der Stellensuche etwas half. Ich war froh, dass ich mir sicher sein konnte, in Florian eine verlässliche Hilfe zu haben.

Ohne meinem Vater noch einmal über den Weg zu laufen, schnappte ich meinen Haustürschlüssel und verließ das Haus, um mich mit Anna zu treffen.

35

Ich schloss mein Auto auf und sah mich noch nach allen Seiten um, bevor ich einstieg. Doch ich konnte weder eine verdächtige Person noch den schwarzen Pick-Up, geschweige denn meinen Nachbarn erblicken. Erleichtert stieg ich ein und fuhr los. Wenige Minuten später bog ich in die verkehrsberuhigte Anliegerstraße ein, die zu Daniels und Annas Haus führte. Das Zinnoberrot der Fassade war schon von Weitem zu erkennen und hatte sicher einige Diskussionen in der Nachbarschaft ausgelöst. Aber ich hatte keinen Zweifel daran, dass Daniel sie alle mit seinem unwiderstehlichen Sunny-Boy-Charme um den Finger gewickelt hatte. Als ich meinen Wagen am Straßenrand parkte, hörte ich schon Butterflys freudiges Bellen im Garten. Heute war es relativ frisch, doch die Sonne über der dicken Wolkendecke hatte Kraft und jedes Mal, wenn sie es schaffte, einen ihrer Strahlen bis hinab auf die Erde zu bohren, kam ich direkt ins Schwitzen. Deswegen trug ich heute den bewährten Zwiebelschalen-Look. Ein T-Shirt, darüber einen dünnen Cardigan und darüber noch eine Jeansjacke. So konnte ich mich stets der momentanen Witterung anpassen. Ich war wie ein Chamäleon. Ein Temperatur-Chamäleon! Meine übermüdeten Augen konnten dem grellen, diffusen Tageslicht jedoch kaum standhalten und so war meine etwas zu große Sonnenbrille mein Dauer-Accessoire für heute. Mein Bruder behauptete, ich sähe damit aus wie eine Fliege, ich behauptete, ich sähe damit aus wie ein Rockstar. Nachdem ich die drei Stufen zur Haustür überwunden hatte, musste ich gar nicht erst klingeln. Anna öffnete mir in dem Moment, in dem mein Fuß die oberste Stufe berührte und lächelte mich aus ihrem Puppengesicht an.

„Fly hat dich angekündigt", erklärte sie und nahm mich sogleich in den Arm. Ich erwiderte die Geste und drückte sie fest an mich.

„Wie geht es Liam? Hat er sich schon gut eingelebt?", fuhr sie fort.

Wir lösten uns voneinander und betraten zusammen das Haus. Es war so schön zu sehen, wie Anna hier mit rosa Plüschpantoffeln durch die Gegend schlurfte. Sie wirkte glücklich und frei. Und als wäre sie endlich angekommen. Zu Hause angekommen. Ich kräuselte jedoch meine Lippen und rümpfte die Nase auf ihre Frage hin.

„Ach, er ist unter anderem ein Grund, warum ich hier bin", seufzte ich, „nach der Eskalation gestern Abend ist er heute in aller Herrgottsfrühe nach Hause gekommen und war dabei auch noch auf Drogen oder Schmerzmitteln oder was weiß ich."

Meine Freundin ließ meine Beschwerde vorerst unkommentiert, als wir kurz in den Garten gingen, in dem Daniel mit Fly am Toben war. Ich begrüßte erst den Hausherren und dann seine vierbeinige Spielgefährtin mit einer Umarmung. Jedes Mal, wenn ich den riesigen, grauweiß gefleckten Kopf der Pitbulldame in den Händen hielt, versuchte sie mit ihrer großen, rosafarbenen, nassen Zunge mein Gesicht wie ein Waschlappen zu bearbeiten. Jetzt merkte ich, wie sehr ich sie vermisste. Doch es war auch schön zu sehen, wie glücklich sie hier war und ich wusste, dass ich die richtige Entscheidung getroffen hatte.

„Macht er dir Ärger, der verzogene Bengel?", fragte Daniel und rieb sich über seinen blonden und frisch gestutzten Bart, als wolle er uns noch mal extra auf ihn aufmerksam machen.

Irritiert hob ich eine Braue und sah ihn fragend an.

„Na sonst wärst du wohl nicht an eurem ersten, gemeinsamen Samstag hier, oder? Und mal ehrlich, wir reden hier von Liam. Er macht immer Ärger."

Da hatte Daniel wohl recht und seine Worte brachten mich zum Grinsen.

„Männer machen immer Ärger", erwiderte ich augenzwinkernd und streckte ihm die Zunge raus. Den anderen Grund, weswegen ich hier war, wollte ich ihm erst mal lieber nicht sagen. Es war Annas Entscheidung, wann und wie viel sie Daniel von ihrer Vergangenheit preisgab.

„Soll ich uns einen Cappuccino machen? Daniel hat einen Kaffeevollautomaten gekauft, jetzt kann ich hier auch so leckere Kaffeespezialitäten machen wie auf der Arbeit. Ach übrigens, die Schule hat meine Bewerbung angenommen! In einem Monat beginnt meine Ausbildung", sagte Anna strahlend, als wir wieder zurück ins Haus gingen.

„Wow, das ist toll!", jauchzte ich und sah sie mit glänzenden Augen an, „ich bin so froh, dass du dir deinen Traum, Erzieherin zu werden, doch noch erfüllen kannst. Wenn du dann irgendwie Hilfe brauchst beim Lernen oder so, frag mich ruhig."

Anna nickte und lächelte mich dankend an. „Du kannst dann immer meine Hausarbeiten korrigieren. Du bist doch so gut im Schreiben und findest bestimmt alle Fehler!"

„Klar, gerne", gab ich grinsend zurück und war über ihr Kompliment sicher ein paar Zentimeter gewachsen. Wir setzten uns zusammen in die Küche und Anna bereitete uns zwei Cappuccinos zu, die sie auf dem hölzernen Tisch in zwei Rosentassen servierte.

„Dann erzähl mal, was dich bedrückt", sagte sie, als sie sich zu mir setzte, ihre Beine überschlug und sich verschwörerisch zu mir nach vorne beugte.

„Ach weißt du, ich weiß einfach nicht richtig, wie ich Liam helfen kann. Es ist der erste Tag gewesen und er hat schon Drogen genommen. Klar, es war eine Ausnahmesituation wegen dieser linken Aktion von meinem Vater, aber was ist das Nächste? Wieder Waffen? Ich möchte ihn so gern von dieser Welt fernhalten, aber ich weiß nicht wie. Liam kennt nichts anderes. Ich habe wirklich Angst, dass ihm etwas zustößt oder dass er erwischt und wieder eingesperrt wird", erklärte ich niedergeschlagen, während ich meinen Cappuccino mit einer Ladung Zucker bereicherte. Als ich anschließend mit dem Löffel umrührte, konnte ich noch das Knirschen der Kristalle hören und spüren.

Anna bedachte mich mit einem nachdenklichen und schließlich mit einem verstörten und auch ein bisschen angeekelten Gesichtsausdruck, was aber weniger meiner Sorge um Liam, sondern meinem diabetesreifen Zuckerkonsum zuzuschreiben war. Vielleicht, dachte ich mir, würde ich mal über eine Ernährungsumstellung nachdenken müssen. Irgendwann. Wenn der ganze Stress vorüber war und Liam, als mein persönlicher Koch, mir jede gesunde Leckerei zaubern würde.

„Ich kann dir leider kein geheimes Rezept dafür geben und auch keinen Ratschlag, der definitiv wirken wird. Aber ich denke, es ist einfach wichtig, dass du für Liam da bist und ihm ein Halt in dieser Welt bist. Vor zwei Jahren seid ihr in einer Extremsituation aufeinandergetroffen. Jetzt ist es der Alltag, den es zu bewältigen gilt.

Aber ich bin mir sicher, dass er mit dir an seiner Seite Fuß in der legalen Welt der Ottonormalbürger fassen kann", versuchte Anna mich aufzumuntern. Sie griff über den Tisch hinweg nach meiner Hand und drückte diese leicht.

„Sei einfach Helena. Das reicht. Der Rest geschieht mit der Zeit ganz von selbst."

Nun konnte ich nicht verhindern, dass sich mein rechter Mundwinkel zu einem peinlich berührten Lächeln anhob.

„Vielleicht übertreibe ich auch, nur weil der erste Abend so aus dem Ruder gelaufen ist. Ich neige womöglich zur Überreaktion. Für mich ist ja auch alles neu. Mein erster Freund. Ein Verbrecher. Und mein Vater sein größter Gegensprecher. In der Zeit vor zwei Jahren hat Liam eben auch nur Ärger gemacht, jedes Mal, wenn er irgendwohin gegangen ist. Aber ich werde mal abwarten und ihm etwas Zeit geben, anzukommen."

Anna nickte bestätigend und schlürfte an ihrem Kaffee. Ihr feines, goldblondes Haar trug sie heute zu einem geflochtenen Zopf, der über ihre schmale Schulter nach vorne fiel. Es war unvorstellbar, dass diese zarte Blume vor einiger Zeit noch an der Seite dieser giftigen Schlange gewesen war. Was mich zu dem eigentlichen Grund für meinen Besuch brachte.

„Anna, wie stehst du zu Vice"?, platzte es aus mir hervor.

Ihre graublauen Augen weiteten sich und sie ließ ihre Tasse sinken, während ihr Gesicht die Farbe zu verlieren schien.

36

Sie blinzelte und ihr Mund klappte einige Male auf und zu, als wolle ihr Gehirn diese Frage nicht verstehen oder als wolle sie nicht glauben, dass ich das wirklich gefragt hatte. Zugegeben, ich hatte sie auch ziemlich überrumpelt. Immerhin wusste Anna nicht, dass ich überhaupt den Namen unseres Retters von vor einigen Tagen kannte, geschweige denn, dass ich über ihre vermeintliche Beziehung Bescheid wusste.

„Nun, ähm ...“, begann Anna und strich sich nervös mit beiden Händen über ihren Zopf, spielte dann an der Spitze herum und betrachtete sie, um meinem Blick zu entgehen, „wie kommst du denn darauf?“

„Keine Gegenfragen stellen“, mahnte ich und kniff meine Augen misstrauisch zusammen. Doch ich war nicht hier, um sie ins Verhör zu nehmen, sondern einfach, um die Wahrheit zu erfahren. Also lehnte ich mich etwas nach vorne und schaffte es so, ihr Augenmerk wieder auf mich zu ziehen. Ich lächelte sie mild an.

„Wir sind beste Freundinnen, Anna. Du kannst mir alles erzählen und brauchst dich für nichts zu schämen“, redete ich sanft auf sie ein, was sie dazu brachte, resigniert zu seufzen.

„Wir waren sieben Jahre lang ein Paar“, gab sie leise zu. In ihr Gesicht trat ein Ausdruck, den ich auch bei Vice zuvor bereits gesehen hatte, als es um dieses Thema ging: Schmerz.

„Wie kam es denn dazu? Ich meine, Vice ist nicht gerade der nette Nachbar von nebenan, in den man sich mal eben verliebt“, der Versuch eines blöden Grinsens blieb mir im Halse stecken, als plötzlich Neros Gesicht vor meinem inneren Auge auftauchte. Ich hatte ewig nicht mit ihm gesprochen und die Abfuhr, die ich ihm gegeben hatte, stand immer noch zwischen uns. Hoffentlich würde zwischen uns keine peinliche Stille herrschen, wenn wir zusammen auf diese Hochzeit gingen.

„Ich habe ihn kennengelernt, da war ich gerade mal dreizehn. Liam hat mich mit zu ihm genommen, nachdem er angefangen hatte, für ihn ein paar Aufgaben zu erledigen. Vice war damals siebzehn.“ Nun war es Anna, die lachend die Luft ausstieß, „oh man, wir waren Kinder. Als Liam dann Jahre später ins Gefängnis kam, und ich nicht wusste, wohin ich vor meinem Vater noch fliehen sollte, bat ich ihn verzweifelt um Hilfe. Und er schickte mich nicht weg. Er nahm mich bei sich auf und wenige Zeit später fanden wir uns in einer echt ungesunden Beziehung wieder.“

„Ungesund?“, fragte ich nach.

Anna hob die Schultern und lächelte traurig, während sie ins Nichts auf den Tisch starrte. „Wir haben uns häufig gestritten. Wir sind laut geworden, haben uns angeschrien, sind sogar handgreiflich geworden. Wir beide. Es sind viele Tränen geflossen und am Ende lagen wir uns immer wieder in den Armen. Vice hat viel für mich getan, sich sehr um mich gesorgt und auf mich achtgegeben. Aber er ist kein Engel. Kein guter Mensch. Er ist kriminell und ...“, einen Moment lang suchte sie nach Worten, kreiste dann aber einfach mit ihrem Zeigefinger neben ihrer Schläfe.

„Was macht ihn denn ... ?“, ich ahmte ihre Geste nach.

„Du meinst, außer dass er Spaß daran hat, Leuten die Kehle aufzuschlitzen?“, fragte Anna bitter, „einmal hat er mich zum Beispiel im Bad eingesperrt, als er nicht wollte, dass ich allein nach draußen gehe. Vice kann wirklich nett und zuvorkommend sein. Aber er ist auch sehr besitzergreifend, leicht reizbar und unberechenbar. Außerdem mag er es gar nicht, wenn man nicht das tut, was er sagt.“

„War das der Grund, weswegen du ihn verlassen hast?“ Ich sah meine Freundin mitfühlend an und öffnete meine Handflächen für sie. Anna legte ihre Hände in meine und ich streichelte sie beruhigend mit meinen Daumen. Anhand ihrer verkrampften Körperhaltung, ihrer nervösen Bewegungen und ihres harten Schluckens erkannte ich, wie sehr sie dieses Thema aufwühlte.

„Nein, so verrückt das auch klingt. Sieben Jahre später kam Liam wieder frei. Das war der Punkt, an dem ich aufhören wollte, unterzutauchen. Ich wollte kein Leben mehr als Niemand führen. Ich wollte ihn besuchen gehen, aber Vice war davon ganz und gar nicht angetan. Manchmal kam es mir so vor, als wäre er eifersüchtig auf ihn, ganz egal, wie oft ich ihm gesagt habe, dass Liam für mich wie ein Bruder ist. Ich wollte endlich weitergehen, anfangen, ein normales Leben zu führen. Deswegen habe ich Vice angeboten, diesen Schritt mit mir zu gehen. Raus aus der Kriminalität, aber das war für ihn undenkbar. Er steckt nicht nur in dieser Welt fest, er lebt sie. Vice hat keinen Namen, keine Identität, es gibt keinen Nachweis über seine Geburt. Einmal habe ich seine Mutter kennengelernt. Sie war eine Prostituierte, die kurze Zeit später ihrer Drogensucht zum Opfer gefallen ist", Anna lächelte verkrampft, „und sein Vater sitzt lebenslänglich."

Ich blähte meine Wangen auf und ließ die Luft schwer entweichen, um auszudrücken, wie heftig ich das alles fand. Genauso wie Liam hatte Vice wohl keinen guten Start ins Leben gehabt und dennoch waren aus ihnen vollkommen unterschiedliche Charaktere geworden.

„Du bist also gegangen und hast ihn zurückgelassen", fasste ich zusammen, woraufhin Anna ihre Augenbrauen zusammenzog.

„Er ist nicht mit mir gekommen", verteidigte sie sich.

„Und er hat dich gehen lassen?", hakte ich nach.

Anna zuckte unwissend mit ihren Schultern.

„Vermutlich hatte ich Glück, dass ich direkt bei Daniel unterkam. Wer weiß, vielleicht hat er auch geglaubt, dass ich zurückkomme."

Ich nickte verstehend und es tat mir leid, aber eine letzte Frage konnte ich mir nicht verkneifen.

„Liebst du ihn noch?", flüsterte ich und beobachtete ganz genau Annas Reaktion. Sie blinzelte überfordert, leckte sich über die Lippen und wieder flackerte dieser Schmerz in ihren Augen auf.

„Wie kommst du überhaupt darauf und woher weißt du, dass Vice und ich uns kennen?", fragte Anna ausweichend.

„Ich habe ihn zufällig in der Stadt getroffen und er hat seine Pizza Margherita mit mir geteilt, da sind wir ins Gespräch gekommen", erklärte ich ihr und streichelte abermals liebevoll ihre Handrücken, als ich sah, wie sie auf meine Worte hin die Lippen fest zusammenpresste und ihre Augen feucht zu glänzen begannen. Das Thema wühlte sie mehr als nur auf, es tat ihr weh.

„Pizza Margherita?", hakte sie nach und ich lächelte sie sanft an.

„Ja, weil er Vegetarier ist. Das hat er von dir, oder?"

Anna nickte und sah zur Seite weg, damit ich die Tränen nicht sehen konnte, die sich in ihren Augen sammelten. Sie zog ihre Hände aus meinen und stand auf, um zum Fenster zu gehen und Daniel und

Fly zu beobachten, die inzwischen beide auf der Wiese im Garten lagen und miteinander schmusten. Völlig verausgabt nach dem langen Spielen. Ein sanfter Ausdruck schaffte es auf Annas Züge und tatsächlich glaubte ich, sogar ein kleines, zaghaftes Lächeln zu erkennen.

„Ich liebe Daniel", flüsterte sie leise zu sich selbst, „und er ist das Beste für mich."

37

Ich beobachtete Anna, wie sie angestrengt, fast verzweifelt nach draußen sah, als könnte sie ihren Blick und somit auch ihre Gefühle an Daniel festheften. Doch ihre Beziehung mit Vice war nicht allzu lange her und ein definitives, offizielles Ende hatte sie wohl nie gehabt. Konnte Anna so wirklich abschließen? Ich konnte ihr und auch ihrem Exfreund ansehen, dass sie noch aneinander hingen, dass die Dinge nicht vergessen und nicht verarbeitet waren. Zum Glück hatte ich so eine Bürde nicht zu tragen. Für mich hatte es vor Liam nie jemanden gegeben. Er war mein erster Freund und hoffentlich auch mein letzter. Wie musste es sich anfühlen, für zwei Menschen gleichzeitig Gefühle zu hegen und gezwungen zu sein, eine Entscheidung zu treffen? Auf was würde sie hören? Ihren Bauch? Ihren Kopf? Oder war es am Ende nicht die Intuition oder die Vernunft, die siegte, sondern das Herz? Und wenn sie nicht auf ihr Herz hören würde, könnte sie trotzdem glücklich werden?

Ich drehte meine Tasse Cappuccino gedankenversunken auf dem Tisch, ehe meine Freundin es schaffte, ihren inneren Kampf zu beenden und mit einem schmalen Lächeln zu mir zu blicken, das ihr Leiden zu überdecken versuchte.

„Und du isst einfach so mit ihm Pizza?", fragte sie, als sie sich wieder auf ihren Stuhl mir gegenübersetzte. Anna hatte all den Schmerz und die Zweifel aus ihrem Gesicht gewischt. Weggefegt, wie verdorrtes Laub im Herbst. Doch ob sie auch ihr Herz verlassen hatten, wagte ich zu bezweifeln.

„Ich bin von dem Gewitter überrascht worden und bin zufällig in das Restaurant geflüchtet, in dem er gegessen hat. Dann hat er mich quasi eingeladen. Ich war ganz erstaunt, wusste gar nicht, dass er so nett sein kann."

„Mmh", machte Anna bedächtig und betrachtete mein Gesicht eingehend, „und woher kennst du ihn? Als er uns gerettet hat, hast du mit ihm geredet, als wäre das nicht euer erstes Aufeinandertreffen gewesen."

Ich biss mir auf die Lippe.

„Nun ja", begann ich und kratzte mir unschuldig den Nacken, spielte dann an meiner dünnen Silberkette herum, um meine Hände mit irgendetwas zu beschäftigen, „ich kenne ihn, weil er Geld von Liam will. Er hat mich erpresst und ja, wir hatten keinen guten Start."

Annas Lippen wurden zu einem schmalen Strich, als sie diese aufeinanderpresste und die Stirn krauszog.

„Hat er dir wehgetan?", fragte sie besorgt und ihr Augenmerk scannte sogleich meinen Körper, wurde aber nicht fündig, bis auf die verheilende Verletzung von dem Messerstich aus der Gasse. Bei dem war sie allerdings ja anwesend gewesen.

„Nein", sagte ich und unterließ es ihr von seiner Fast-Vergewaltigung zu erzählen, „ich habe im letzten Moment eingelenkt und ihm das Geld gegeben. Mir ist nichts passiert."

Die Anspannung fiel mit einem leisen Seufzen von ihr ab und sie senkte resigniert ihren Kopf.

„Wegen solcher Sachen wollte ich nicht mehr. Helena, Vice ist wirklich gefährlich. Bitte versprich mir, dass du nicht versuchst, das Gute in ihm hervorzulocken. Er ist nicht wie Liam ...", ich hob meine Hand, um sie zu unterbrechen.

„Schon gut, Anna. Ich passe auf mich auf und ich habe nicht vor, ihn zu retten. Ich will einfach nur ein vernünftiges, friedliches Leben mit Liam führen. Allerdings muss er einige Schulden bei Vice abzahlen. Aber ich denke, solange wir die Zahlungen leisten, haben wir keine Probleme", versuchte ich sie zu beruhigen.

Annas Gesichtsausdruck entspannte sich jedoch nicht. Die kleine Falte zwischen ihren Augenbrauen verriet, dass sie nicht sehr überzeugt von meinen Worten war. Dennoch verzichtete sie darauf, mich weiter belehren zu wollen.

„Er ist wirklich unberechenbar", war alles, was sie noch dazu sagte und ich nickte übertrieben, um ihr zu zeigen, dass ich das verstanden hatte.

Wenn Vice wirklich so ein ungemütlicher Zeitgenosse sein konnte, wie hatte Anna dann so lange Zeit mit ihm verbringen können? Wie hatte sie sich in ihn verlieben können? Ich war überzeugt davon, dass er liebenswerte Seiten haben musste. Vielleicht waren sie versteckt wie die kostbare Perle in einer Auster. Vielleicht brauchte man auch gewisse Mittel, um sie hervorlocken zu können. Entweder ein Stück Schokolade (also ich würde mich davon locken lassen) oder eine Brechstange? Vice war kriminell und ich war mir sicher, dass er gewissenloser als Liam war. Doch auch bei ihm konnte ich nicht glauben, dass er als Psychopath auf die Welt gekommen war. Er war in diese Welt hineingeboren worden und sie hatte ihn so geformt. Er war so geworden, um zu überleben. Immerhin ging es in seiner Welt um fressen oder gefressen werden.

Nachdem wir uns einige Augenblicke angeschwiegen und jeder seinen Gedanken nachgehangen hatte, fiel mir noch ein weiteres Thema ein, von dem ich meiner Freundin berichten sollte.

„Wir haben übrigens einen neuen Nachbarn", begann ich und versuchte beiläufig zu klingen. Anna verengte jedoch sofort ihre Augen zu schmalen Schlitzen und ein breites Grinsen fand den Weg auf ihre Lippen.

„Alter, Aussehen, Beruf, Bizepsumfang?", forderte sie mich auf und ich musste lachen.

„Dir ist klar, dass ich einen Freund habe und du auch?", fragte ich sie neckend und stupste sie unterm Tisch mit meinem Fuß an.

„Appetit holen darf man sich, wenn man dann zu Hause isst. Und mir ein paar nette Vorstellungen machen darf ich ja wohl auch", winkte sie ab.

„Sein Name ist Nero, er ist 32 und ...", ich konnte mein Grinsen nun auch nicht mehr verkneifen, „... er ist Arzt."

„Uhhh", machte Anna und wippte mit den Augenbrauen, während sie sich verschwörerisch die Hände rieb.

„Er ist groß, gutaussehend und hat eine tiefe Gänsehautstimme. Also eigentlich rundum perfekt, wenn da nicht ein riesengroßer, schrecklicher Makel wäre", fuhr ich naserümpfend fort. Sofort keimte die Nervosität in mir auf wie ein junger Spross im Frühling, der den ganzen Winter über unter der Schneedecke gelauert hatte, um im rechten Moment durchzubrechen.

„Er ist schwul?", sie neigte fragend ihren Kopf schief.

„Nein, er kennt Balthasar. Die beiden sind irgendwie befreundet." Bei dem Namen huschte ein überraschter Ausdruck über Annas Gesicht und ich konnte sehen, wie sich die Haare an ihren Armen aufstellten.

„Was?“, hauchte sie.

„Ja“, bestätigte ich, „er hat ihm bei seinem Umzug geholfen und er hatte ein gemeinsames Selfie auf dem Handy. Ich war schockiert und dachte erst, dass die beiden unter einer Decke stecken, aber inzwischen glaube ich das nicht mehr…“

„Auch Balthasar führt ein normales Leben“, murmelte Anna nachdenklich, „es ist klar, dass er hier Freunde hat. Nicht jeder, der mit ihm Kontakt hat, muss gleich einen Vertrag mit dem Teufel haben. Vielleicht kennen sie sich ja vom Tennis, oder was reiche Leute auch immer so machen. Außerdem wissen wir nicht, ob er überhaupt noch in dieser Szene aktiv ist. Schließlich hat man nichts über ihn gefunden. Vielleicht hat nur mein Vater …“, doch ihre Worte brachen ab und sie sah schweigend unter sich.

Ich nickte zustimmend und war erleichtert, dass Annas Erklärung mir meine letzten Zweifel nahm.

„Ich glaube auch, dass er keine Ahnung von dem hat, was Balthasar getan hat oder noch immer tut“, sagte ich, „denkst du, ich sollte ihm etwas davon erzählen? Sollte er wissen, mit wem er sich da einlässt?“

Anna presste schwer die Luft aus ihren Lungen, lehnte sich zurück und trommelte nachdenklich mit den Fingern auf der Tischplatte. Dann schüttelte sie langsam den Kopf.

„Wenn dein Nachbar es nicht weiß, ist es das Beste so und sollte auch so bleiben. Apropos Balthasar …“

Ich rollte die Augen, denn ich wusste, was jetzt kommen würde.

„Wann willst du es Liam sagen?“, fragte Anna und durchlöcherte mich auffordernd mit ihrem Blick.

„Bald“, wich ich aus und spielte abermals an meiner Kette, „nach der Eskalation von gestern Abend, würde ich ihm gerne noch ein paar Tage in Frieden gönnen. Aber ich werde ihm bald davon erzählen, ich verspreche es“, mit einem flehenden Blick versuchte ich ihr zu verstehen zu geben, dass sie mir diese Aufgabe nicht vorwegnehmen sollte.

Anna gab sich geschlagen und ließ die Schultern sinken.

Gott sei Dank.

„Na, Mädels, was macht ihr?“, durchbrach plötzlich Daniels Stimme unsere Unterhaltung und ich war froh über diese Ablenkung.

„Wie siehst du denn aus?“, japste Anna, als sie sah, dass die Kleidung ihres Freundes fast komplett durchnässt und mit Erde und grünen Grasflecken nur so übersät war. Der Stoff seines weißen Shirts klebte wie eine zweite Haut an seinem Körper. Der Beamte zuckte grinsend seine Schultern und hob ahnungslos die Arme seitlich hoch.

„Wir haben nur mit dem Gartenschlauch gespielt“, sagte er unschuldig und genau in diesem Moment tauchte eine nasse und verdreckte Fly am Fenster auf, deren Pfoten braune Spuren auf der Glasscheibe hinterließen.

„Oh mein Gott. Wir müssen euch beide in die Wanne stecken“, jammerte Anna.

„Puh, du stinkst nach nassem Hund“, sagte ich zu Daniel und hielt mir die Nase mit zwei Fingern zu, „und ich bin mir nicht sicher, ob das an Fly liegt.“

„Pass auf, was du sagst“, warnte mich der Beamte mit herausforderndem Funkeln in den Augen, während er die Arme, als Drohung mich zu umarmen, nach mir ausstreckte.

„Nichts da!“, grätschte Anna unserer kleinen Neckerei dazwischen und sah mich entschuldigend an, „wir müssen Fly dringend baden.“

„Keine Sorge, ich wollte ohnehin jetzt gehen. Liam sollte Bewerbungen schreiben und ich bin gespannt, ob er was vollbracht hat“, mit diesen Worten ging ich auf Anna zu und wir drückten uns fest. Zum Abschied hauchte sie mir einen Kuss auf die Wange und sah mir noch einmal tief in die Augen.

„Pass auf dich auf, Liebes, okay?“, bat sie mich und ich nickte.

„Du auch auf dich.“

Sie brachte mich zu der Haustür und drehte sich dann schnell wieder um, weil sie verhindern wollte, dass Daniel Fly die Tür öffnete und der dreckige Wirbelwind mit ihren Matschpfoten einmal durch die Wohnung fegte.

Lächelnd schüttelte ich den Kopf und ging die drei Stufen nach unten und über den Weg auf mein Auto zu. Als ich vor dem Wagen ankam, wühlte ich in meiner Handtasche nach dem Schlüssel, den sie wieder gefressen zu haben schien.

Kaum hatte ich das klimpernde Metall zu fassen bekommen, legte sich plötzlich ein Arm um meine Schultern und zog mich von dem Auto fort.

„Wie wäre es, wenn wir noch eine kleine Runde zusammen spazieren, Helena von Troja?", zischte mir eine vertraute Stimme leise in mein Ohr und mein Herz setzte für einen Schlag aus.

38

Die Stimme war scharf wie die dünne Klinge eines Rasiermessers und gleichzeitig sprach sie süß, als würde sie mit einem entzückten Lächeln über die Haut gleiten.

„Was willst du, Vice?“, fragte ich den Mann, zu dem sie gehörte und der mich dicht mit dem Arm um meine Schulter an sich zog. Ohne mir den Hauch einer Chance zu lassen, ging er los und ich musste ihm unweigerlich folgen, denn seine Finger griffen fest in meinen Oberarm.

Vice schnalzte tadelnd mit der Zunge.

„Warum denn so unhöflich? Ich dachte, wir wären inzwischen Freunde“, empörte er sich und wie immer klang er so, als hätte er den Zynismus heute Morgen zum Frühstück verspeist. Stirnrunzelnd sah ich zu ihm hinüber und betrachtete sein Profil. So dicht neben ihm konnte ich direkt in das aufgerissene, wütende Maul seines Schlangentattoos blicken, das aus dem Kragen seines weiten, schwarzen Pullovers herausragte. Die Augen des Tiers funkelten fast lebendig und waren das einzig Farbige an dem sonst nur aus schwarzen Linien bestehenden Kunstwerk. In einem giftigen Grün stachen sie unter seiner Haut hervor und schienen mich regelrecht zu fixieren. Da er keine Kapuze trug, konnte ich auch das weißblonde Haar erkennen, das so hell war, dass ich nicht geglaubt hätte, dass es von Natur aus so war, wenn da nicht auch seine gleichfarbigen Augenbrauen gewesen wären und die fast farblosen, langen Wimpern, die seine stahlgrauen Augen umrahmten. Er sah mich nicht an, doch seine schmalen Lippen verzogen sich zu einem Grinsen.

„Na, fasziniert?“, fragte er und mir stieg die Hitze in den Kopf, als mir bewusst wurde, wie ich ihn angestarrt hatte. Ich musste aufpassen, dass sich meine Füße nicht vor Schreck verknoteten und ich der Länge nach hinfiel.

„Pff, so wie bei einem Unfall, wenn man nicht weggucken kann", brachte ich möglichst abfällig hervor, als ich meine Fassung halbwegs wiedererlangt hatte und meine Zunge ihren Dienst wieder antrat.

Vice lachte leise und mit verschlossenen Lippen in sich hinein. Vermutlich glaubte er mir kein Wort. Kein Wunder, ich war eine miserable Schauspielerin und meine roten Wangen und Ohren straften mich Lügen.

Ich versuchte mich aus seinem Arm herauszuwinden, doch er deutete mir mit einem festen Druck, dass ich das unterlassen sollte. Erst als ich mich geschlagen gab und in mein Schicksal fügte, lockerte er seinen Griff. Nun lag sein Arm lässig um mich und wir gingen die Straße weiter hinab, bis wir schließlich in eine kleine Grünanlage einbogen.

„Was tust du hier?", versuchte ich erneut den Grund seines plötzlichen Überfalls herauszufinden.

„Ich wollte mit dir reden", erklärte die Schlange achselzuckend.

„Und das kannst du nicht wie jeder normale Mensch machen, in dem du freundlich fragst?", giftete ich.

„Ich bin aber laut deiner eigenen Aussage kein normaler Mensch und fragen muss ich auch nicht", schmunzelte er, „du bist bei Anna gewesen. Habt ihr über mich gesprochen?"

Daher wehte also der Wind. Der Herr wollte wissen, was seine Verflossene von ihm dachte und ob sie noch Gefühle für ihn hatte. Ich verengte meine Augen und schürzte die Lippen.

„Sie hat mir nur das bestätigt, was du mir auch erzählt hast."

„Was? Hast du mir nicht geglaubt?"

Ich schnaubte.

„Tut mir leid, dass ich es zweifelhaft finde, dass eine Prinzessin wie Anna eine Liebesbeziehung mit dem bösen, schwarzen Meuchelmörder führt!"

Wieder dieses leise Lachen, das mir eine Gänsehaut über den Körper jagte. „Ich habe gehört, Frauen suchen sich gerne die Arschlöcher aus und mögen den Nervenkitzel. Oder macht es dich nicht nervös, wenn ich so dicht bei dir bin?", seine Stimme wurde zu einem verführerischen Hauchen, das eine merkwürdige Mischung aus Fluchtinstinkt und aufregendem Kribbeln in mir weckte.

Abermals versuchte ich dem zu entgehen, in dem ich seinen Arm von mir schob. Diesmal mit Erfolg.

„Natürlich, weil ich Angst haben muss, dass du mir die Kehle durchschneidest!“, polterte ich los, was ihn dazu veranlasste, eine Augenbraue zu heben. Doch er ließ meinen Ausruf unkommentiert und nur das leichte Lächeln, das um seine Mundwinkel spielte, verriet, dass ich ihn amüsierte.

„Du bist doch ihre beste Freundin“, begann er und blieb stehen. Er drehte sich zu mir und sein kalter Blick durchleuchtete mich förmlich, „denkst du, sie liebt mich noch?“

Sofort kam mir Annas Gesichtsausdruck in den Sinn und der Schmerz, den ich darin lesen konnte, als wir über Vice sprachen. Dass sie noch Gefühle für ihn hatte, lag für mich auf der Hand. Doch war es auch gut, wenn er davon erfuhr? Vielleicht war es besser, wenn er glaubte, Anna habe mit ihm abgeschlossen. Dann ließ er sie und Daniel vielleicht in Ruhe?

Aber wer war ich, das vorwegzunehmen? Nachdenklich legte ich meine Stirn in Falten und betrachtete ihn, wie er seine Hände in die Taschen seines Pullovers gleiten ließ und darin mit etwas herumzuspielen begann. Durch die leisen Schnappgeräusche vermutete ich, dass es ein Messer war. Ich schluckte hart.

„Spann mich nicht auf die Folter, Helena“, drängte Vice mit mühsam gezügelter Ungeduld. Vermutlich würde er die Antwort direkt aus mir herausschneiden, wenn das möglich wäre.

„Ich weiß es nicht“, gab ich schließlich zu, „sie hat mir auf diese Frage keine Antwort gegeben.“

Vice blinzelte kurz, dann zuckte sein Mundwinkel zu einem Lächeln herauf.

„Sehr gut.“

„Sehr gut?“, fragte ich verwundert.

„Wenn sie das nicht mit einem klaren Nein beantwortet, hat sie noch Gefühle für mich und möchte sich das vermutlich selbst nicht eingestehen.“

Anstatt mich nun auf ein Gespräch über Anna einzulassen, nutzte ich die Chance, um das Blatt zu wenden.

„Vice“, begann ich und trat einen Schritt auf ihn zu. Ich sah zu ihm herauf und er blickte verwundert auf mich herab, „was hast du mit Liam vor?“

39

Vice hielt die Hände nach oben, als würde ich ihn mit einer Waffe bedrohen und lächelte schräg auf mich herab. Seine stahlgrauen Augen funkelten amüsiert. Gut, wenn er es so wollte: Ich bohrte die Spitze meines Zeigefingers in seine Brust, als sei sie der Lauf einer Waffe. Noch immer taxierte ich ihn mit meinem Blick und versuchte herauszufinden, ob er sich gerade eine Lüge überlegte oder die Wahrheit sprechen würde.

„Was soll ich denn mit ihm vorhaben?", stellte er sich jedoch dumm.

„Du weißt ganz genau, wie ich das meine, Vice", stellte ich klar, „willst du ihn drogenabhängig machen? Willst du ihn wieder in deinen kriminellen Abgrund ziehen?"

Die platinfarbenen Augenbrauen meines Gegenübers wanderten kaum merklich in die Höhe, während sein Mundwinkel nicht daran dachte, wieder hinabzusinken.

„Also wirklich, Helena, was denkst du denn von mir?", sagte Vice mit gespielter Empörung in der Stimme. Ich hatte keine Lust auf diese Spielchen. Er sollte mir einfach antworten!

„Ich denke von dir, dass du Liam nichts umsonst gibst. Weder die ‚Medikamente', noch das Handy, noch sonst etwas. Er hat schon so viele Schulden bei dir und ich will nicht, dass du seine Lage ausnutzt, um ihn für deine Zwecke zu missbrauchen!"

Vice ließ seine Hände langsam wieder sinken und vergrub sie anschließend abermals in den Taschen seines Pullovers. Kurz darauf war wieder das Schnappen des Messers zu hören.

Schnapp.

Schnapp.

Doch sein Gesicht wirkte weiterhin wie eine bleiche Maske, mit diesem starren, süffisanten Lächeln. Am liebsten würde ich sie ihm abziehen und einfach dahintersehen, wer dieser Mann wirklich war.

„Liam ist nicht dumm, du musst nicht seinen Wachhund spielen. Er kennt diese Welt und er weiß, worauf er sich einlässt. Tut mir leid, ich besitze eben keine Bäckerei oder Werkstatt, wo er anfangen kann. Drogen, Waffen, Frauen, das ist mein Geschäft und mit Liam hast du dir kein zahmes Lamm ins Bett geholt. Liam mag aufbrausend und radikal sein, aber er ist nicht naiv. Außerdem hat er jetzt lange genug in Gefangenschaft verbracht, also lass ihm die Freiheit, selbst zu entscheiden, was er tut."

Vice umging weiterhin geschickt eine direkte Antwort, was mich fast dazu brachte, mir die Haare zu raufen. Doch ich schaffte es, meinen Zorn unter Kontrolle zu halten, und ballte lediglich die Hände zu Fäusten.

„Das mag sein", antwortete ich ruhig, „aber du musst ihn nicht in Versuchung führen und absichtlich manipulieren!"

Schlange schnaubte belustigt.

„Ist es nicht mein Recht, mein Geld zurückzufordern?"

„... Doch", gab ich nach kurzem Zögern zu.

„Und ist es böse von mir, dass ich ihm Schmerzmittel gebe, nachdem er zwei Jahre lang im Gefängnis jeden Tag von seiner Schulter gepeinigt wurde?", er trat einen Schritt näher auf mich zu und ich musste nach hinten zurückweichen, damit sich unsere Körper nicht berührten. Moment. Wann war ich wieder in die Position der Unterlegenen geraten?

„... Nein", musste ich auch dieses Mal gestehen, „aber es hätten ja nicht gleich Drogen sein müssen!"

„Drogen, Helena. Was sind Drogen? Medikamente sind doch auch nichts anderes als legale Drogen. Das, was ich ihm gegeben habe, kann man sich vom Arzt verschreiben lassen. Es war ein Morphin, es hat ihn etwas entspannt, glücklich gemacht, ihm die Schmerzen genommen und ist dazu noch eine der gesundheitlich verträglichsten Substanzen. Die Ibuprofen, die er bekommt, sind lachhaft und dazu noch viel schädlicher als meine kleine Gabe. Was hätte ich denn tun sollen? Ihn leiden lassen? Er hat mich um Hilfe gebeten, ich habe sie ihm gegeben und das werde ich auch weiter tun, ganz egal, was du sagst", er breitete seine Arme aus und hob die Schultern an. Ich konnte seinem durchdringendem Blick nicht länger standhalten und sah hinab auf meine Zehenspitzen.

Verflucht. Mein Plan, in die Offensive zu gehen, war nicht sonderlich von Erfolg gekrönt. Vielleicht hatte Vice sogar recht. Ihm zu verbieten, Liam auf seine Weise zu ‚helfen', oder wie auch immer man das nennen sollte, war nicht der richtige Weg. Liam war ein freier Mensch, er konnte tun und lassen, was er wollte. War es nicht eher an mir, ihm keinen Anlass dazu zu geben? Ihn abzuhalten und nicht Vice? Seit wann hatte ich eigentlich so einen Beschützer-Komplex gegenüber meinem Freund entwickelt? Aber vielleicht war es auch ganz natürlich, seinen Partner vor allem Leid und allen Gefahren beschützen zu wollen. Vor allem, wenn derjenige ohnehin schon so viele Narben auf seiner Seele trug.

„Was hast du jetzt vor, willst du versuchen, Anna zurückzugewinnen?", wechselte ich das Thema, nachdem ich den Mut aufbringen konnte, ihn wieder anzusehen. Das Schnippen in seiner Tasche, das kurzzeitig aufgehört hatte, setzte wieder ein. Ein leichter Wind kam auf, durchwirbelte das silbrig glänzende Haar der Schlange und scheuchte die Wolken am Himmel auf, sodass sich eine Lücke auftat. Warme Sonnenstrahlen fielen wie Suchscheinwerfer auf die Erde und wanderten über das Gras, die Bäume, Straßen und Wege. Schließlich erreichten sie auch uns und hüllten meinen Körper augenblicklich in eine angenehme Wärme. Vices porzellanfarbenes Gesicht stand im direkten Kontrast zu dem satten, dunklen Rot der Rosen, die im Beet neben uns wuchsen und ihre Kronen in der Brise wiegten. Er legte den Kopf in den Nacken und blickte blinzelnd in den Himmel.

„Hm", machte er nachdenklich, „wir werden sehen."

Ernsthaft? Ich seufzte resigniert.

„Okay, Mister Blond, Gefährlich und Mysteriös, kann ich dann jetzt zu meinem Auto gehen und nach Hause fahren, oder gibt es noch mehr, womit ich zu Diensten sein kann?", fragte ich nun und gab ihm damit ein kleines bisschen seiner zynischen Art zurück.

„Du könntest mir so einige Dienste erweisen", er sah mich wieder an und ließ seinen Blick über meinen Körper wandern, während ein zweideutiges Grinsen auf seinem Gesicht erschien. Ich rollte nur mit den Augen und wendete mich, ohne darauf einzugehen, von ihm ab.

„Machs gut, Vice, stell nix an", verabschiedete ich mich und winkte ihm über meine Schulter hinweg zu, ohne mich noch mal zu ihm umzudrehen. Das Schnappen hinter mir hörte auf und ich konnte sein leises Lachen vernehmen.

Was war das nur für ein Kerl? Er war so anders als Liam. Ruhiger, auch wenn Vices Ruhe stets etwas Gefährliches hatte, wie die Windstille vor dem Sturm. War er gut, war er böse? Bei meinem Freund war mir damals schnell klar gewesen, dass es sich bei ihm eigentlich um ein Opfer und nicht um einen Täter handelte. Aber, konnte man das von Vice auch behaupten? Ich schlenderte den Weg zurück und war froh, meine Sonnenbrille dabei zu haben, da die Sonne sich nun immer öfter blicken ließ. Ich zog sie mir von den Haaren ins Gesicht und stöhnte erleichtert, als sich meine Gesichtsmuskeln entspannen konnten.

Wenige Zeit später trat mein bunter Polo erneut in mein Sichtfeld und ich wollte gerade nach der Klinke greifen, als mich abermals etwas davon abhielt: Mein Handy vibrierte wild in meiner Handtasche.

„Mist", murmelte ich, als ich darin herumwühlte und das Smartphone schließlich auch fand. Ohne darauf zu achten, von wem der Anruf kam, nahm ich ihn entgegen und hielt mir das Telefon ans Ohr.

„Helena Weiß", melde ich mich.

Die Stimme, die ich dann hörte, bereitete mir eine Gänsehaut.

40

„Hallo Helena, ich dachte, ich spare mir die M&Ms und rufe dich einfach direkt an“, drang Neros tiefe Stimme an mein Ohr. Über den Lautsprecher des Telefons jagte sie mir einen Schauer über den Rücken, von dem ich nicht wusste, ob er angenehm war oder nicht.

„Hey Nero! Freut mich, von dir zu hören. Wie geht es dir?“, flötete ich sogleich los und versuchte, mir nicht anmerken zu lassen, dass mich sein Anruf gerade völlig überforderte. Was wollte er? War er mir noch böse?

„Mir geht es eigentlich immer gut, Helena. Und dir? Ich wollte dich nur an die Hochzeit in einer Woche erinnern und nun ja ...“, hörte ich meinen Nachbarn am anderen Ende ungewohnt lange herumdrucksen. „... ich wollte fragen, ob du schon ein Kleid hast und welche Farbe es hat. Ich würde gerne eine dazu passende Krawatte anziehen.“

Die Hochzeit! Sie war schon wieder ganz aus meinem Gedächtnis verschwunden. Kleid, ja Kleid. Sofort ging ich in Gedanken meinen Kleiderschrank durch und erinnerte mich an das violette, taillierte Abendkleid mit dem Oberteil aus Spitze, das ich auf der Abschlussfeier meines Studiums getragen hatte. Ich hatte mich darin sehr wohl gefühlt und ich war auch der Meinung gewesen, dass es meiner Figur geschmeichelt hatte. Als ich so lange schwieg, meldete sich Nero am anderen Ende wieder zu Wort. „Du möchtest doch noch mit mir hingehen, oder?“, fragte er und die Unsicherheit in seiner Stimme bereitete mir ein ungutes Gefühl in der Magengegend. Ich fühlte mich schrecklich, das ich ihn in diese wirklich blöde Position gebracht hatte, nur weil ich meine Beziehung zu Liam so lange verschwiegen hatte. Wieso auch immer ich das so lange getan hatte. Ich schaffte es mittlerweile, ins Auto einzusteigen und mich anzuschnallen.

„Natürlich Nero! Ich möchte sehr gerne mit dir dahingehen und ich habe auch das Okay von meinem Freund. Ich habe mich die letzten

Tage nur nicht bei dir gemeldet, weil ich mich voll und ganz auf ihn konzentriert hatte, da er wieder aus dem Gefängnis entlassen wurde und wir dann natürlich viel Zeit ... und so miteinander ...", natürlich Helena, erzähl ihm doch gleich, dass ihr übereinander hergefallen seid, vielleicht fühlt er sich ja dann noch schlechter. Ich war kurz davor, einfach in das Lenkrad vor mir zu beißen, als die tiefe Stimme meines Nachbarn wieder erklang.

„Das ist vollkommen verständlich, Helena. Ich hoffe, eure Wiedervereinigung war so, wie ihr sie euch vorgestellt habt. Ich wollte einfach noch mal sichergehen, dass sich nichts geändert hat und einfach nur nach der Farbe deines Kleides fragen, nicht dich unter Druck setzten oder so", sagte er und ich konnte einfach nicht fassen, wie lieb und verständnisvoll dieser Mann war. Mit meinem anfänglichen Misstrauen hatte ich ihm wirklich Unrecht getan.

„Oh natürlich. Es ist violett. Finde es echt süß, dass du auf so ein Detail Wert legst", sagte ich und schob den Autoschlüssel in die Zündung.

„Die Hochzeit ist mir auch sehr wichtig und es ist schön, mit dir zusammen hinzugehen." Ich hörte ihn kurz tief einatmen, „als Freunde".

„Als Freunde", wiederholte ich seine letzten Worte noch einmal, ehe ich den Zündschlüssel umdrehte. Ich wollte nach Hause zu Liam und nicht riskieren, dass sich doch noch ein unangenehmes Schweigen zwischen uns entwickelte.

„Ich hole dich dann gegen halb zehn ab am Samstag. Vielleicht sehen oder lesen wir uns vorher ja noch mal. Bis dann, Helena", wollte Nero dann wohl ebenfalls das Gespräch schnell beenden, bevor es doch noch unangenehm wurde.

„Bis dann, Nero."

„Ich freu mich drauf", hörte ich ihn noch sagen, ehe er auflegte.

Oh man, Helena. Hör auf, dich aufzuführen wie eine Teenagerin. Erst jetzt bemerkte ich, dass sich mein Puls während des Gespräches beschleunigt hatte und ich völlig angespannt vor Aufregung gewesen war. Was sollte das nur auf der Hochzeit geben?

Ich lenkte das Auto wieder auf die Straße und fuhr, ohne Musik zu hören, den Weg zurück zu meinem Zuhause, wo endlich mein Liebster auf mich wartete. Liam.

Ich stellte mich wie immer hinter das Auto meines Vaters und bevor ich ausstieg, sah ich hinüber zu dem Haus meines Nachbarn, vor dem sein eigener Mercedes stand und noch ein dreckiger, dunkelblauer Opel Kombi. Sicher Freunde oder Familie, die ihm beim Renovieren halfen. Zum Glück stand nicht das schwarze Ungetüm in seiner Einfahrt, das Balthasar fuhr. Ich stieg aus meinem Polo aus, lief auf unser Haus zu und betrat es mit Vorfreude auf Liam und wachsender Spannung, ob dieser bei seiner Stellensuche erfolgreich gewesen war. Mein Vater war nicht in der Küche und auch aus dem Wohnzimmer hörte ich keine Geräusche. Das war aber auch besser so. Ich hatte noch keine Lust, ihm zu begegnen. Am liebsten würde ich ihm erst wieder begegnen, wenn er um Entschuldigung bettelnd angekrochen käme. Auch wenn das eher unwahrscheinlich war. Die Sturheit hatte ich nämlich definitiv von ihm. Ich ging die Treppe hinauf und konnte Stimmen aus meinem Zimmer hören. Ich nahm an, das Flo bei ihm war und als ich meine Zimmertür ohne zu klopfen öffnete, sah ich die beiden tatsächlich zusammen dasitzen und quatschen. „Ihr sollt was arbeiten!", ermahnte ich sie mit einem Lächeln auf den Lippen, das auch noch blieb, als ich auf meinen Freund zuging und ihm einen Kuss gab. „Haben wir! Also bis eben. Jetzt machen wir grad eine verdiente Pause", sagte Flo, der sich dann aufrichtete und für mich seinen Schreibtischstuhl freimachte, den er sich in mein Zimmer geholt hatte. Auf meinem eigenen saß Liam, der inzwischen ein bisschen fitter aussah als heute Mittag noch. Auf meinem Schreibtisch stand eine leere Tasse, in der mal Kaffee gewesen zu sein schien und ein leerer Teller mit Krümeln. Offenbar hatte er sich versorgt oder versorgen lassen und anhand seiner frischen Kleidung und den noch leicht nassen Haaren konnte ich erahnen, dass er geduscht hatte. „Und, wie war es bei Anna?", fragte Liam, „habt ihr über mich gelästert?"

„Natürlich, nichts anderes", sagte ich augenrollend.

„Ich lass euch zwei mal allein", mischte sich Flo ein und ich sah ihn nickend an. Er schnappte sich seinen Stuhl und rollte ihn zur Tür.

„Danke, Flo", rief Liam ihm hinterher und mein Bruder warf ihm über die Schulter ein mildes Lächeln zu, dann schloss er die Tür und ich war mit meinem Freund allein. Liam fasste mich an der Hand und zog mich zu sich auf den Schoß. Noch immer machte mein Herz freudige Hüpfer, wenn ich seine Nähe spürte und ein aufregendes

Kribbeln durchfuhr meinen ganzen Körper, fast als hätte ich mich in ein Nest aus Ameisen gesetzt. „Sag mal, Liam", begann ich schließlich vorsichtig, „was hältst du eigentlich davon, dass Vice Anna zurück möchte?"

Liam blinzelte und dann konnte ich förmlich sehen, wie diese Information zu seinem Gehirn sickerte und dort nicht verarbeitet werden konnte.

„Was?", brachte er nur hervor und legte seine Stirn irritiert in Falten, „wie meinst du das?"

„Na ja, Anna und Vice waren doch mal ein Paar", begann ich, wurde aber unterbrochen, als Liam seine Hand hob.

„Stopp!", sagte er, „reden wir von der Anna und dem Vice, von denen ich denke, das wir reden?"

„Ich denke, ja?", nun war ich selbst verwirrt. In meinem Gesicht und in dem von meinem Freund zeichneten sich Fragezeichen ab.

„Unsere Anna, die bei Daniel. Und der Halsabschneider Vice", stellte ich klar, woraufhin Liams blaue Augen riesengroß wurden.

„Vice und Anna waren ein Paar?!"

„Weißt du davon denn nichts?", doch beim genaueren Nachdenken waren sie ja wohl erst ein Paar geworden, als Liam schon im Gefängnis war und da ihn niemand besucht hatte: Woher sollte er es wissen? Ich nickte langsam.

„Puh", Liam blies die Wangen auf und ließ die Luft langsam entweichen, dann machte sich ein sorgenvoller Ausdruck in seinem Gesicht breit.

„Sie waren ein Paar, sind seit zwei Jahren getrennt, aber Vice scheint nicht bereit zu sein, Anna kampflos gehen zu lassen. Zumindest interessiert er sich noch sehr für sie."

„Mhm", machte Liam bloß und vergrub seufzend seine Nase in meinen Haaren.

„Wir sollten ein Auge darauf haben", beendete ich das Thema und schlang meine Arme um ihn, streichelte mit meinen Fingerspitzen über seinen Nacken. „Was machen deine Schmerzen?", fragte ich, nachdem wir beide ein paar Momente unseren Gedanken nachgehangen waren, „wir fahren am Montag direkt zum Arzt, dann soll er dir was Vernünftiges gegen die Schmerzen aufschreiben und überlegen, wie die weitere Therapie aussehen kann, okay?"

Zu meiner Verwunderung nickte Liam einfach. Ob er es genauso sah wie ich, oder weil er nicht mit mir diskutieren wollte, wusste ich nicht. Aber ich war selbst dankbar darüber, jetzt nicht auf Widerstand zu stoßen. Allerdings glaubte ich, dass Liam alles tun würde, um von seinen Schmerzen befreit zu werden. Er hatte selten darüber geklagt und immer den Starken gemimt, so wie es ihm beigebracht worden war. Keine Schwäche zeigen. Doch das Ausmaß seiner Pein schien größer zu sein, als ich bisher hatte erahnen können. Warum sonst hätte er diese schweren „Medikamente" von Vice nehmen sollen?

Um ihn ein wenig abzulenken und mit ihm Zeit zu verbringen, schlug ich vor, dass wir einen Film schauen könnten. Den restlichen Tag vermied ich es, nach unten zu gehen oder meinem Vater über den Weg zu laufen. Nicht mal zum Abendessen ließen wir uns blicken, aber wir wurden auch nicht gerufen. Irgendwann kam Flo herein und wollte wissen, ob wir zusammen Pizza bestellen sollten. Das kam uns gerade gelegen. Anschließend verbrachten wir einen schönen, gemeinsamen und gemütlichen Abend, bis wir uns früh in mein Bett kuschelten. Die letzte Nacht war für uns beide ja nicht sehr erholsam gewesen und so schlief ich in den Armen meines Freundes ein, noch bevor der Film endete.

41

Den Sonntag verbrachten wir damit, all die Zeit nachzuholen, die uns das Gefängnis gestohlen hatte. Wir konnten kaum die Finger voneinander lassen und fühlten uns wie zwei Tiere, die ständig miteinander kuscheln mussten. Wir schauten Filme und Serien, gingen zusammen spazieren, redeten viele Stunden und zwischendrin suchten wir nach Jobs für Liam. Am Montag statteten wir einem Arzt einen Besuch ab, wobei ich darauf bestand, nicht zu Dr. Nara zu gehen. Zum einen, weil ich nicht wollte, dass er ihm wieder heftiges Zeug gab und zum anderen erschien mir die Gefahr zu groß, dass Liam etwas über Balthasar erfuhr. Nach wie vor drückte ich mich darum, ihm davon zu erzählen, dass sein Vater auf freiem Fuß war und von Tag zu Tag lastete mein schlechtes Gewissen schwerer auf meinen Schultern.

In der Nacht von Montag auf Dienstag fiel es mir schließlich zum ersten Mal auf.

Als ich wach wurde und neben mich tastete, fasste ich ins Leere. In meinem Halbschlaf vermutete ich, dass Liam auf die Toilette gegangen sein musste. Doch am nächsten Morgen fehlte von ihm weiter jede Spur und gerade als ich vor Sorge ausflippen wollte, klingelte es an der Tür.

„Großer Gott, Liam, wo bist du die halbe Nacht gewesen?“, zischte ich aufgebracht, aber so leise, dass mein Vater davon nichts mitbekommen würde, denn ich wollte nicht noch mehr Öl ins Feuer gießen. Liam sah fürchterlich aus. Vollkommen übernächtigt, hatte er dunkle Schatten unter den Augen und schenkte mir ein schiefes, entschuldigendes Lächeln.

„Habe ich dich geweckt? Tut mir leid. Ich hatte Schmerzen und konnte deswegen nicht schlafen. Also bin ich rausgegangen. Aber da ich noch keinen Schlüssel habe, habe ich bis jetzt gewartet“, erklärte er und trat an mir vorbei, ohne mich weiter anzusehen. Fast, als würde er flüchten, ging er direkt die Treppe hinauf in mein Zimmer und legte sich ins Bett, nachdem er einfach schnell seine Hose und sein Shirt ausgezogen hatte.

„Sag mir bitte beim nächsten Mal Bescheid, ja? Und nimm dann erst mal meinen Schlüssel, bis ich einen nachmachen lasse", seufzte ich und spürte, wie meine Wut verrauchte bei dem Gedanken daran, dass er so schlimme Schmerzen haben musste, dass sie ihn um den Schlaf brachten. Misstrauisch wurde ich jedoch, als in der nächsten Nacht dasselbe passierte und Mittwochnacht setzte ich mich mit rasendem Herzen auf, als der Platz neben mir abermals leer war.

Irgendwas stimmte hier ganz und gar nicht. Wenn seine Schulter ihn nicht schlafen ließ, war das eine Sache, aber deswegen die halbe Nacht unterwegs zu sein, eine andere! Ich wurde das Gefühl nicht los, dass ich hinters Licht geführt wurde. Hatte Liam mich angelogen?

Ich sah mich mit zusammengekniffenen Augen im Zimmer um, doch es war so dunkel, dass ich rein gar nichts erkennen konnte. Also lehnte ich mich zu meinem Nachttisch und knipste die kleine Lampe an. Warmes, gedimmtes Licht erhellte mein Zimmer ein wenig.

„Liam?", fragte ich, obwohl ich mir sicher war, keine Antwort zu erhalten. Er war nicht hier und auch seine Kleidung lag nicht mehr über der Lehne des Stuhls, wo er sie vor dem Zubettgehen deponiert hatte.

Verflucht, wo ging er hin? Was tat er? Wirklich nur ein nächtlicher Spaziergang? Ich schlug die Decke zurück und stand so schnell auf, dass mir schwarz vor Augen wurde. Mein Kreislauf brauchte ein paar Momente, um hochzufahren, doch dann war ich mit wenigen Schritten am Fenster und zog den Rollladen ein bisschen herauf. Ich schielte auf die Straße und scannte mit meinem Blick die Umgebung.

Tatsächlich.

Da war er.

Obwohl ich nicht viel sehen konnte, würde ich Liams Silhouette unter tausenden erkennen können. Mein Atem beschlug die Scheibe, als ich mich dicht gegen sie presste, um mehr erblicken zu können. Liam hatte seine Hände in den Taschen seiner Sportjacke vergraben und sah sich verdächtig um. Er schien zu warten. Auf wen?

Warte nur ab! So nicht, mein Freund, so nicht!

Ohne weitere Gedanken zu verschwenden, schnappte ich mir meine Jeans und schlüpfte in Windeseile in sie hinein, dann nahm ich meinen roten Cardigan und warf ihn mir über. Das Adrenalin rauschte in meinen Adern, als ich die Treppe möglichst schnell, aber doch auch möglichst leise hinablief, mir Schuhe anzog, meine Handtasche nahm und das Haus verließ. Ich huschte schnell um die Ecke neben unser Haus, sodass ich halbwegs versteckt stand. Dann erst wagte ich einen vorsichtigen Blick.

Genau in diesem Moment wurde ich von zwei Scheinwerfern geblendet, die auf Liam zuhielten und neben ihm zu stehen kamen. Er wechselte offenbar ein paar Worte durch das Beifahrerfenster und stieg dann ein. Jetzt musste ich schnell sein. Als das Auto an mir vorbeifuhr, erkannte ich, dass es ein silberner Hyundai oder Honda war. Die beiden Marken konnte ich noch nie auseinanderhalten. Ich rannte hinüber zu meinem Polo und betete, dass er direkt anspringen würde. Denn meine alte Schrottmühle war manchmal eine Zicke. So schnell war ich noch nie rückwärts aus unserer Einfahrt herausgefahren. Dass meine Reifen nicht qualmten, war alles. Das fremde Auto war bereits aus unserer Straße abgebogen und ich musste Gas geben, wenn ich sie noch einholen wollte. Gleichzeitig durfte ich aber auch nicht zu dicht auffahren, denn mein bunter Polo war mehr als verräterisch. Nicht gerade als Tarnwagen geeignet.

Ich war gerade auf die Hauptstraße abgebogen, da hatte ich den Wagen bereits aus den Augen verloren. Es handelte sich um reines Glück, dass ich ihn irgendwann wiederfand, als er abbog und ich ihn, trotz den drei Autos dazwischen, wiedererkennen konnte. Ich ließ mir Zeit mit dem Abbiegen und achtete darauf, weiter Abstand zu halten. Nach einigen weiteren Straßen war mir klar, dass der Fahrer die Innenstadt ansteuerte. Hier hielt er in direkter Nähe zum Bahnhof in einer Seitengasse. Mit Absicht fuhr ich weiter, an dem haltenden Wagen vorbei, da ich hier nicht unauffällig parken und aussteigen konnte. Erst hinter der nächsten Abbiegung hielt ich in der Parkbucht einer Bushaltestelle. Nachts fuhr ohnehin kein ÖPNV, also würde ich niemanden stören. Ich hatte einfach keine Zeit nach einem richtigen Parkplatz zu suchen. Ich schaltete den Motor aus und stieg zügig aus. Möglichst leise und mich immer wieder paranoid umsehend, schloss ich die Fahrertür und begab mich auf den Weg zurück Richtung Bahnhof. Ich beeilte mich, um ihn nicht doch noch zu verlieren, aber da ich um meine schlechte Kondition wusste, musste ich mir meine Kräfte einteilen. Bei der Kreuzung angekommen, lugte ich um die Ecke des Gebäudes.

Ich konnte erkennen, dass Liam vor dem Auto stand und sich mit einem Kerl unterhielt, der etwas kleiner war als er und punkig nach oben gegelte Haare hatte. Ich konnte weder verstehen, worum es ging, noch konnte ich erkennen, ob es ein freundschaftliches Gespräch war. Dann wurde die Aufmerksamkeit der beiden Männer und somit auch meine, auf ein tiefes Motorengeräusch gelenkt und ein mattschwarzer, sicher teurer Flitzer fuhr auf die beiden zu. Der Motor wurde nicht ausgeschaltet, als sich die Fahrertür öffnete und eine mir bekannte Gestalt aus dem Schlitten ausstieg. Die dunkle, weite Kleidung war unverkennbar, ebenso wie das weißblonde Haar, das in dem Licht der Straßenlaternen einen orangefarbenen Schimmer annahm. Er lief auf Liam zu, sie reichten sich die Hände, woraufhin er meinen Freund zu sich zog und ihm auf den Rücken klopfte. Eine völlig normale, freundschaftliche Begrüßung, sollte man meinen, wenn man nicht wusste, das Vice ein Verbrecher war. Ein Psychopath, wie Liam ihn genannt hatte. Die beiden unterhielten sich, während der Punk wieder in das Auto stieg und davonfuhr. Schließlich griff Vice in die Gesäßtasche seiner Hose und zog ein Stück Papier hervor, das er Liam reichte. Er sagte noch etwas zu ihm und klopfte ihm diesmal gegen den Oberarm. Als wolle er ihn aufmuntern oder anspornen. Oder ich bildete es mir auch nur ein? Meine Kehle war trocken und wie zugeschnürt vor Aufregung. Es behagte mir überhaupt nicht, wie eine Spionin hinter Liam herzuschleichen. Was, wenn er mich sah? Was, wenn mich jemand anderes sah? Was tat er hier? Wieso lag er nicht bei mir im Bett? So viele Fragen schossen mir durch den Kopf, doch auf keine würde ich jetzt eine Antwort finden. Ich wischte meine schwitzigen Hände an meiner Jeans ab, schluckte und versuchte nicht nur das Geschehen vor mir im Auge zu behalten, sondern auch meine Umgebung, damit mich niemand überraschte. Liam redete noch kurz mit Vice, nickte dann und steckte das Papier nun seinerseits in seine Hosentasche. Es schien, als wolle er sich daraufhin abwenden, doch Vice hielt ihn noch einmal auf, indem er kurz durch die Zähne pfiff. Daraufhin stutzte Liam und drehte sich abermals zu ihm um. Obwohl ich die Gesichter nicht genau erkennen konnte, meinte ich Liams verdutzten Ausdruck regelrecht sehen zu können. Vice ließ seine Hand abermals kurz hinter seinem Rücken verschwinden und als er sie wieder hervorzog, lag eine Waffe in ihr.

Wollte er ihn erschießen?! Mir gefror augenblicklich das Blut in den Adern, mein Puls stieg ins Unermessliche, und ich war mir nicht sicher, ob ich nicht jeden Moment kollabieren würde. Doch dann reichte Vice ihm die Waffe und Liam nahm sie mit einem kurzen Nicken und ohne zu zögern entgegen. Er schlug Vice kurz und freundschaftlich gegen den Oberarm, ehe er die Pistole seinerseits in seinen Hosenbund steckte. Was hatte er vor? Auf was ließ er sich hier ein? Hatte er denn keine Angst, seine neugewonnene Freiheit so leichtfertig in Gefahr zu bringen?! Tränen benebelten mein Blickfeld und ich wischte sie schnell mit dem Ärmel fort. Ich war so unglaublich enttäuscht und so unglaublich wütend.

42

Liam setzte sich in Bewegung. Mit großen, ruhigen und selbstsicheren Schritten ging er die Straße hinab. Es war der Liam, den ich vor zwei Jahren kennengelernt hatte und hatte nichts gemein mit dem gebrochenen Mann, den ich immer wieder erlebt hatte. Wo ging er hin? Was hatte er vor? Ich sah mich noch einmal um und wollte mich vergewissern, dass mich niemand sah, dann folgte ich ihm. Zum Glück war es Sommer und die Nacht dementsprechend mild, auch wenn es sicher auf 15 Grad abgekühlt war. Durch die Bewegung und meine flatternden Nerven war mir allerdings mehr als warm. So wie die letzten Tage war es auch jetzt teilweise bewölkt und der satte, zunehmende Mond blinzelte immer wieder unter den Wolken hervor, die durch sein Licht weiß am Firmament erstrahlten. Zumindest hatte es den Vorteil, dass ich auch in den weniger beleuchteten Teilen der Straßen etwas erkennen konnte. Früher, wenn ich nachts durch die Stadt gegangen war, hatte ich stets fürchterliche Angst, überfallen zu werden. Die dunklen Ecken, die vielen Schatten und die merkwürdigen Geräusche, die wenigen Menschen, die zwielichtigen Gestalten, die herumlungerten – alles hatte mir Angst gemacht. Doch nun war ich so konzentriert auf meine Verfolgung, dass ich alldem kaum Beachtung schenkte. Ich hatte gerade echt andere Sorgen als meine Angst vor dem Unbekannten.

Doch Liams Ziel schien nicht allzuweit entfernt zu sein, denn schon nach einigen hundert Metern verschwand er in der Eingangstür eines heruntergekommenen Backsteinhauses, über der in blau leuchtenden Buchstaben "Doll's Club" stand. Verdammt! Ich ging hinter ein paar großen, blechernen Müllcontainern in die Hocke und versuchte, meinen Blick auf die Tür zu richten, während ich den Gestank ausblendete, der von dem Abfall ausging. Ich wäre ihm nur zu gern hineingefolgt, doch das wäre zu gefährlich. Ich konnte also nur warten und hoffen, dass er nicht so lang in dem Club bleiben würde. Wenn ich nur wüsste, was er darin tat und wozu er die Waffe bekommen hatte. Doch so blieb mir nichts anderes übrig, als hier draußen zu verharren und zu hoffen, dass er bald wieder herauskam. Möglichst ohne Schusswechsel, kreischende Diskothekbesucher und ein Sondereinsatzkommando. Immer wieder hörte ich das Rauschen der vorbeifahrenden Autos und irgendwo in der Ferne miaute eine Katze, deren Schrei noch viele Gassen weiter zu hören sein musste. Jedes Mal, wenn die Tür, die ich beobachtete, aufgedrückt wurde, beschleunigte sich mein Puls und jedes Mal, wenn ich erkannte, dass es nicht Liam war, seufzte ich frustriert. Auf jeden Fall wurde mir hierbei eins klar: Spionin war definitiv nicht mein Traumberuf. Und Privatdetektivin auch nicht. Wer hatte schon Lust, mitten in der Nacht irgendwo zwischen Mülltonnen zu hocken? Also ich nicht.

Als die Tür ein weiteres Mal aufging und meine Alarmglocken wieder anschlugen, sah ich tatsächlich Liam, der seinen Arm um die Schulter eines zweiten Mannes gelegt hatte. Dieser war kleiner und weitaus schmächtiger und das, obwohl Liam bei seinem zweiten Gefängnisaufenthalt einiges abgenommen hatte. Soweit ich das in dem kurzen Moment, in dem die beiden von dem Licht über der Tür erhellt wurden, erkennen konnte, schien er dunkle, filzige Haare zu haben und einen trägen Blick. Er trug eine Jeans, die etwas zu lang und deswegen am unteren Saum ausgefranzt war, außerdem ein schlichtes, schwarzes T-Shirt. Obwohl Liam seinen Arm um ihn gelegt hatte, konnte ich an der verkrampften Körperhaltung des anderen erkennen, dass ihm diese Geste mehr als unangenehm war und er wohl unfreiwillig den Club verlassen musste. Vermutlich erkannte ich das aber auch nur, weil ich wusste, dass Liam sicher nichts Gutes im Schilde führte. Für einen Außenstehenden wirkte es wahrscheinlich einfach so, als würde er seinen betrunkenen Kumpel nach Hause bringen, der lieber noch etwas weitergefeiert hätte.

Ich gab mein Mülltonnenversteck auf, als die beiden einige Meter von mir entfernt waren und auf eine weniger beleuchtete Seitenstraße zuhielten. Wenn ich wissen wollte, was geschah, würde ich ihnen folgen müssen. Ich tat so, als wäre ich eine frierende Partygängerin auf dem Weg nach Hause, wickelte den Cardigan eng um mich und schielte nach rechts und links. Niemand sah mich auffällig an, niemand schien mir zu folgen. Wenigstens das. Ich musste verrückt geworden sein. Was tat ich eigentlich hier? Seit wann war ich so lebensmüde?! Andererseits hatte Liam mich schon immer zu irrationalen Taten bewogen. Wenn ich daran dachte, wie ich mir heimlich das Video angesehen hatte ... oder zu Markus in den Keller gegangen war ...

„... dir dein eigenes Gebiet, verstanden?", kurz nachdem ich Gemurmel vernahm, wurden die Worte deutlicher. Es war Liams raue, drohende Stimme, die dem anderen leise etwas zuraunte. Ich blieb wie angewurzelt stehen und spitzte die Ohren, riss meine Augen auf, als könnte ich so besser hören. Soweit ich das einschätzen konnte, mussten sie in einer Einfahrt stehen, die vollkommen in tintenschwarzem Schatten lag. Meine einzige Chance, etwas zu beobachten, ohne selbst gesehen zu werden, lag darin, mich hinter das Auto zu hocken, das knapp neben der Einfahrt auf dem Bürgersteig stand. Von hier aus könnte ich schräg in den Hof hineinsehen, wenn ich durch die Fenster des Autos oder unter ihm hindurchblickte.

Bei Letzterem würde ich allerdings nicht mehr sehen können als die Füße der beiden. Mit kleinen, schnellen Schritten huschte ich zu dem Wagen, duckte mich und hob meinen Kopf dann nur ganz langsam an.

„Lass mich los!", giftete eine fremde Stimme. Sie krächzte wie die verstimmte Saite einer E-Gitarre und erinnerte mich entfernt an das Geräusch, das Kreide auf einer Tafel machte. „Ich habe dich etwas gefragt", entgegnete Liam vollkommen ruhig, was ihm nicht sehr ähnlich sah. Andererseits hatte er auch im Gefängnis, als ich ihn kennengelernt hatte, eher einen ruhigen und bedachten Eindruck gemacht. Der explosive und aggressive Liam erschien eher ganz plötzlich.

Vorsichtig wagte ich einen Blick durch die Fensterscheiben des Wagens. Ich schnappte nach Luft, als sich mir die Szene offenbarte. Kreidestimme hatte ein Messer gezogen und hielt die Klinge direkt auf Liam gerichtet, der nur wenige Schritte entfernt von ihm stand.

„Ich sage es dir nicht noch einmal, das Bahnhofsviertel ist das Gebiet von Vice. Und du kommst ihm besser nicht in die Quere. Such dir einen anderen Ort, um deinen minderwertigen Stoff zu verkaufen."

„Sonst was?", provozierte der Fremde mit spitzer Stimme.

Anstatt eine Drohung zu formulieren, griff Liam ruhig und stumm an den Bund seiner Hose, schob dabei seine Jacke leicht hinauf und zog die Pistole. Ohne ein weiteres Wort zu verlieren, richtete er sie auf den Mann ihm gegenüber.

43

Kreidestimmes Augen weiteten sich und er schluckte hart. Der Anblick der Pistole versetzte ihn offensichtlich in Nervosität, die er irgendwie zu verbergen versuchte. Dennoch entging mir nicht, dass die Hand, mit der er das Messer festhielt, zu zittern begann.

„Sonst jage ich dir eine Kugel durch dein zugekokstes Hirn", knurrte Liam und funkelte sein Gegenüber von oben herab an. Im Gegensatz zu Kreidestimme war Liam vollkommen ruhig, zeigte keine Anzeichen von Aufregung oder Unsicherheit. Er wirkte entspannt, als wäre er vollkommen in seinem Element. Abgeklärt und selbstsicher, alles Mitgefühl wegrationalisiert.

Die kleinen Härchen in meinem Nacken stellten sich auf und ich fühlte mich zurückversetzt an den Tag, wo ich ihn in der Gasse überraschte. Als wäre es gestern gewesen, erinnerte ich mich an das Trommeln des Regens. Ich erinnerte mich an meinen Herzschlag, meine paralysierende Angst, konnte seine dunkle, durchnässte Silhouette noch ganz genau vor mir sehen. Mit welcher Kaltblütigkeit er damals den Mann, Markus, gegen die Wand presste, die Hände gnadenlos um seinen Hals gelegt, mit dem einzigen Willen: ihn zu töten. Ich hatte gedacht, dass er das alles hinter sich gelassen hatte. Hatte ich mich in ihm getäuscht? Oder hielt ihn seine grausame Vergangenheit einfach noch immer mit kalten, unbarmherzigen Klauen fest? Fester als meine liebevollen Umarmungen und Küsse?

„Das ... das traust du dich nicht", krächzte der Fremde und kniff seine Augen leicht zusammen. Abschätzend.

„Wir sind hier mitten in der Stadt, man würde dich sofort finden."

„Wollen wir es herausfinden?", hauchte Liam kühl und trat einen Schritt näher an den anderen heran, der instinktiv nach hinten zurückwich.

„Du bedrohst mich mit einem Messer, vielleicht war es ja nur Notwehr? Was ist, wenn die Gerichtsmedizin deine Leiche untersucht und das ganze Koks findet. Womöglich würde sich ohnehin niemand für deinen Tod interessieren. Die Polizei wäre vielleicht sogar dankbar ..." Liam sog die Luft scharf zwischen seinen Zähnen ein, schüttelte dann aber den Kopf und lachte. „Nein, ich habe wegen Totschlag eingesessen, sie würden mich wohl einbuchten, wenn sie mich finden. Das hilft dir aber auch nichts mehr, wenn sich dein Gehirn schon auf dem Asphalt verteilt hat. Aber wir müssen das nicht so enden lassen. Alles, was Vice will, ist, dass du von hier verschwindest. Dann hast du keine Probleme."

Kreidestimmes träge Augen blieben schmale Schlitze. Die Situation war so angespannt, dass ich fast das Gefühl hatte, dass die Luft flimmerte. Doch dann tat Kreidestimme etwas, mit dem ich niemals gerechnet hätte.

Er griff an.

Mit einem großen Satz sprang er auf Liam zu und holte mit seinem Messer aus, um es geradewegs in Liams Brustkorb zu bohren. Ich unterdrückte einen Aufschrei, indem ich mir beide Hände auf den geöffneten Mund presste und taumelte zurück, bis ich das Gleichgewicht verlor und mit dem Po auf dem Boden landete. Ein stechender Schmerz zog meinen Steiß hinauf, dem ich jedoch in diesem Moment keinerlei Beachtung schenkte. Sofort kämpfte ich mich wieder auf die Knie und blickte mit stoßartigem Atem durch die Scheibe des Autos hindurch, bereit, sofort loszusprinten und erste Hilfe zu leisten. Doch Liams Hand lag fest um das Handgelenk des Angreifers, hatte es auf dessen Rücken gedreht, das Messer fiel klirrend zu Boden und rutschte einige Zentimeter davon. Kreidestimme zischte schmerzerfüllt und Liam zog seinen verdrehten Arm dicht an sich heran, während er ihm den Lauf der Pistole nun direkt an die Schläfe presste.

„Dumm. Das war ... Einfach. Nur. Dumm", raunte Liam direkt in das Ohr des Fremden, der die Augen vor Entsetzen weit aufriss. Ich stieß die Luft erleichtert aus und lehnte meine Stirn für einen Moment gegen die kalte Glasscheibe des Wagens. Ich hätte alles darauf verwettet, dass entweder Liam nun ein Messer in der Brust stecken hätte oder der andere eine Kugel im Kopf. Nun blieb mir nur noch, die Daumen zu drücken, dass Kreidestimme endlich einsichtig wurde. Man sollte sich nicht mit Liam anlegen. Aber noch viel weniger sollte man sich mit Vice anlegen. Im Grunde genommen bekam er hier die „sanfte Tour". Ich wollte gar nicht wissen, auf welche Arten Vice den

Kerl „überzeugt“ hätte. Wenn er ihm nicht ohnehin einfach die Kehle aufgeschlitzt und ihm beim Verbluten zugesehen hätte.

„Schluss mit den Spielchen. Sag, dass du das Bahnhofsviertel verlassen wirst”, forderte Liam nun eindringlicher.

„Fick dich”, zischte Kreidestimme und spuckte demonstrativ vor sich auf den Asphalt. Mit einem grässlichen, dumpfen Schlag donnerte Liam den Griff der Pistole gegen die Schläfe des Mannes und drehte den Arm weiter auf den Rücken. Der Fremde wimmerte auf und fluchte. Ich zuckte zusammen.

„Du hast drei Sekunden Zeit, noch mal genau zu überlegen, was du jetzt sagst”, Liams Stimme war nur ein grollendes Flüstern.

„Drei”, fing er an zu zählen.

Kreidestimme begann sich in seinem Haltegriff zu wehren, doch er hatte keine Chance.

„Zwei.”

„Lass mich los, du Pisser”, schrie Kreidestimme, dessen Atem immer schneller ging. Abermals legte ich mir eine Hand auf den Mund. Würde Liam ihn wirklich erschießen? Konnte ich das zulassen?

Ich musste eingreifen, das Leben dieses Mannes retten!

„Eins.”

Ich sprang auf.

„Stop! Halt! Ich gehe!”, Kreidestimme kniff die Augen fest zusammen und Liam stieß ihn augenblicklich von sich, sodass er vor ihm auf den Boden fiel. Liam richtete seine Waffe nach unten auf ihn, schien jedoch keine wirkliche Absicht mehr zu haben, ihn zu erschießen. Sofort duckte ich mich wieder hinter das Auto und betete, dass mich niemand gesehen hatte.

„Ich hab es verstanden, das Viertel gehört Vice. Ich gehe woanders hin, aber bitte erschieß mich nicht”, krächzte der Mann kleinlaut und krabbelte auf dem Boden vor Liam weg, der zufrieden die Waffe wegsteckte und sich dann zu dem Messer hinunterbeugte, das der andere eben hatte fallen lassen. Er hob es auf, wirbelte es kurz in seiner Hand und ließ es dann in seine Hosentasche gleiten.

„Verschwinde”, raunte Liam kalt, was sich Kreidestimme nicht zweimal sagen ließ. Er fiel beinahe hin, als er eilig aufstehen wollte, stützte sich mit einer Hand ab und schaffte es dann doch. Mit eiligen Schritten und ohne sich noch einmal umzusehen, stolperte er aus der Einfahrt und verschwand in der Dunkelheit der Nacht. Obwohl sich die Situation nun entspannt zu haben schien und Liam niemanden mehr bedrohte, war sie für mich noch nicht entschärft. Wenn er nun aus der Einfahrt kam, konnte ich nur beten, dass er mich hinter dem Auto nicht bemerkte. Ich duckte mich erneut und presste mich mit dem Rücken eng an den Wagen, kniff die Augen zusammen und hielt die Luft an. Wenn ich nur kein Geräusch machte ...

Ich konnte die schweren Schritte meines Freundes hören, die sich nun wieder in Bewegung setzten. Sie kamen auf mich zu. Doch dann bogen sie ab und führten den Bürgersteig entlang, den Weg zurück, den er hierhergekommen war. Erst als er um die Ecke gebogen war, erlaubte ich mir, erleichtert aufzuatmen. Schließlich traute ich mich, aus meinem Versteck hervorzukommen und wischte mir die schweißnassen Hände an meiner Hose ab. Eine ganze Weile stand ich einfach da und blickte mich ratlos um. Ich konnte einfach nicht fassen, was hier eben passiert war. Dass Liam tatsächlich wieder so rückfällig war. Seufzend fuhr ich mir durch die zotteligen Haare, blieb an einem Knoten hängen und fluchte frustriert. Diese Kleinigkeit reichte aus, dass ich beinahe angefangen hätte zu schreien und zu heulen, doch ich riss mich gerade noch so zusammen. Ich würde ein ernstes, ein wirklich sehr ernstes Wörtchen mit meinem Freund reden müssen! Mit zusammengepressten Lippen machte ich mich auf den Weg zurück. Eine Weile lang trampelte ich wütend daher, bis die Angst in mir heraufschlich, doch noch entdeckt zu werden. Dann ging ich vorsichtiger weiter. In Gedanken legte ich mir schon die Worte zurecht, die ich Liam an den Kopf werfen würde. Wie er sich, seine Freiheit, wie er UNS so aufs Spiel setzen konnte und das alles nur wegen ... ja, wegen was? Wir wollten uns doch zusammen einen Weg überlegen, die Schulden abzubezahlen. Wurde er vielleicht von Vice bedroht? Erpresst? Oder konnte er es einfach nicht lassen, zurück in diese Welt zu gehen und dort den bösen Jungen zu spielen? Oder täuschte ich mich so in ihm und er tat das Ganze wirklich gern?

Da war er ja, mein kleiner Polo. Parkte brav an der Bushaltestelle, wo ich ihn zurückgelassen hatte. In den kleinen Seitenstraßen gab es kaum Beleuchtung und so war es kaum möglich, überhaupt zu erkennen, dass es sich um mein buntes Auto handelte. Gut, dass ich ihn an einer so einprägsamen Stelle zurückgelassen hatte, sonst hätte ich ihn wohl nie wiedergefunden. Ich wagte noch einen paranoiden Blick in die Umgebung, konnte in der Dunkelheit aber ohnehin nichts erkennen, ehe ich die Tür aufschließen wollte und feststellen musste, dass ich eben in meiner Eile vergessen hatte, sie abzuschließen. Das passierte mir öfter mal, war aber nicht weiter dramatisch, da sicherlich niemand diese alte Mühle klauen wollte und sich auch sonst nichts darin befand, was sich lohnte. Seufzend ließ ich mich auf den Fahrersitz fallen und steckte den Schlüssel in die Zündung. Ich stellte meinen Rückspiegel ein, weil ich dachte, er habe sich verstellt, musste dann aber feststellen, dass es nachtschwarz war, egal, wie ich ihn drehte.

„Das war leichtsinnig, Helena", raunte plötzlich eine Stimme hinter mir ganz nah an meinem Ohr und mein Herz rutschte mir augenblicklich in die Hose. Mir wurde eiskalt und heiß zugleich. Mein Puls begann zu rasen.

Fuck.

44

„Erzähl du mir nichts von leichtsinnig!", fuhr ich Liam an, als ich zum Glück recht schnell realisiert hatte, dass er es war, der auf meiner Rückbank saß. Es hätte schließlich jeder sein können. Ein Perverser, ein Mörder, im allerschlimmsten Falle: Vice, der es nicht gut fand, dass ich seinem liebsten Angestellten hinterherspionierte. „Wer schleicht sich nachts einfach aus dem Bett, in dem er mit seiner Freundin nach zwei Jahren endlich friedlich kuscheln könnte anstatt bewaffnet durch die Straßen zu ziehen? Nur damit er für den König der Psychopathen die Drecksarbeit erledigen kann?", sprudelten die Worte nur so aus mir heraus, als ich, für mich ungewöhnlich aggressiv, das Auto aus der Straße herausmanövrierte, um wieder nach Hause zu fahren. Meine Finger waren fest um das Lenkrad geschlossen und diesmal war ich es, deren Kiefer vor Wut mahlte. Ich hatte Liam wohl mit meinem wütenden Ausbruch im ersten Moment so überrascht, dass es dauerte, bis von hinten wieder etwas kam.

„Helena! Im Gegensatz zu dir weiß ich genau, was ich tue. Ich kenne mich in dieser Welt aus. Ich hab alles im Griff und das eben war nur eine Kleinigkeit. Aber du bist so lebensmüde, mitten in der Nacht deine neugierige Nase einfach in Dinge reinzustecken, in denen sie nichts zu suchen hat!", wollte er mich jetzt hier als die Unvernünftige darstellen. Gut. Es war gefährlich. Aber doch NUR, weil ER zuerst leichtsinnig gewesen war. Ich tat das Ganze ja nicht aus Spaß, sondern aus Sorge um die Freiheit und die Sicherheit der Liebe meines Lebens.

„Mal ehrlich, Helena. Bist du lebensmüde, so 'ne Aktion zu machen? Wie schnell könntest DU in so einer Situation zum Opfer werden? Du gehörst hier nicht hinein. Das ist nicht deine Welt", fuhr er fort, was mich dazu brachte, ihn kurz im Rückspiegel zu fixieren. Durch die Straßenlaternen, an denen wir mittlerweile vorbeifuhren, konnte ich Liam nun dort sitzen sehen.

„Jetzt fang bloß nicht so an, mein lieber Freund!", drohte ich ihm und spürte, wie der Zorn, den ich krampfhaft versuchte, unter

Kontrolle zu halten, in mir brodelte und dampfte wie das kochende Wasser in einem Schnellkochtopf. Der rote Stift, der signalisierte, dass der Druck im Innern zu stark wurde, war allerdings schon lange nach oben geschnellt. „Ich bin ja nur wegen DIR hier! Und was heißt hier überhaupt, nicht meine Welt. Ist es etwa deine? Ja? Liam? War das da eben etwa ‚Deine Welt'? Ich hab gedacht, deine Welt ist bei mir! Bei einer Zukunft mit mir! Mit einem Familienauto, einer gemeinsamen Wohnung, Heiraten, Kinder, Hund, Katze, Einkommenssteuer, was auch immer und nicht Vice, Waffen, Drogen und Gewalt! Ich dachte, wir suchen uns zusammen eine Lösung für die Schulden, stattdessen hältst du lieber einem Drogendealer eine Pistole an den Kopf und redest davon, sein Gehirn auf dem Boden zu verteilen? Was zum Donner noch mal läuft da falsch bei dir, Liam?", fuhr ich ihn nun wütend an und blinzelte mir den Schleier vor den Augen weg, der vor lauter Ärger meine Sicht getrübt hatte. Doch keine Träne lief meine Wange herab, selbst zum Weinen war ich zu wütend und das sollte bei mir etwas heißen.

„Ich brauche aber keine Hilfe, Helena. Das ist meine Sache, ich habe diese Schulden und ICH werde sie auch bezahlen. Du sollst damit überhaupt nichts zu tun haben. Ich habe meinen Weg, um mit allem klarzukommen. Ich bin da allein reingerutscht und muss da allein wieder rauskommen. Natürlich will ich eine gemeinsame Zukunft mit dir, aber ich habe einfach noch einiges an Altlast, die ich loswerden muss, Helena, und mit der sollst du nichts zu tun haben. Ich weiß, was ich tue. Ich kenne diese Welt und darin hast du einfach nichts zu suchen."

Das war zu viel, der Deckel des Kochtopfes explodierte und verteilte das kochend heiße Wasser in der ganzen Küche. Oder in diesem Falle, in meiner Brust. Verbrannte gnadenlos mein Herz. Fügte mir furchtbare Schmerzen zu. Ich schaffte es nicht einmal mehr, den Blinker zu setzten, als ich das Lenkrad nach rechts riss und die Bremse mit roher Gewalt durchtrat, sodass wir mit quietschenden Reifen zum Stehen kamen. Liam musste dabei die Hände zum Schutz anheben, da er sonst, unangeschnallt wie er war, zwischen den Vordersitzen hindurchgeflogen wäre.

„Raus!", zischte ich zwischen zusammengebissenen Zähnen hervor. Doch Liam rührte sich nicht, sagte nichts, tat nichts. Es schien, als wäre er in einer Schockstarre. „RAUS!", schrie ich nun vor lauter

Zorn. „Wenn du alles allein und ohne mich viel besser kannst, dann kannst du auch allein nach Hause laufen! Vorausgesetzt, da willst du überhaupt hin. Dein bester Freund Vice hat sicher schon ein schönes Bett für dich bereitstehen", spie ich ihm die Worte giftig entgegen, was nun Liam tatsächlich dazu brachte, die Tür zu öffnen. Als er ausstieg, hielt er kurz in seiner Bewegung inne, als ich erneut das Wort erhob.

„Aber überlege dir gut, wohin dich deine Schritte jetzt bringen, Liam Winterfeld. Denn sie könnten dich weiter weg von mir führen, als du es willst!"

Liam zögerte noch einmal, ehe er ausstieg und die Tür noch immer schweigend schloss. Ich wollte keine Zeit verlieren, die Tränen, die seit meinen letzten Worten nun doch über mein Gesicht zu laufen begannen, wischte ich immer wieder beinahe ärgerlich mit dem Ärmel meines Cardigans ab. Ich wollte nicht weinen. Ich war eigentlich zu wütend, um zu weinen. Doch die Verzweiflung darüber, was in dieser Nacht passiert war und was er wohl auch die letzten Nächte hinter meinem Rücken getan hatte, war einfach zu niederschmetternd. Auch dass ich nicht wusste, ob er heute Nacht wieder zu mir kommen würde, machte mich einfach wahnsinnig. Genauso überkam mich die Angst, ihn zu verlieren, ihn vielleicht schon verloren zu haben und vermischte sich mit dem Zorn und der Enttäuschung darüber, dass er mich so belogen hatte. Dass er mich nicht in seinem Leben haben wollte. Dass er uns nicht so als Einheit sah, wie ich es tat. Ich bekam nicht wirklich mit, wie ich die restliche Strecke nach Hause überhaupt geschafft hatte, als ich an der Straße parkte, um meinen Vater nicht vielleicht mit dem Auto zu wecken. Ich schaltete den Motor aus, ließ das Licht jedoch noch angeschaltet. Der Ärmel meiner roten Strickjacke war vollkommen durchnässt und ich fand nur noch ein einziges Taschentuch in der Mittelkonsole, mit dem ich mir die Wangen trocknete und die Nase putzte. Ich starrte auf den noch leuchtenden Tacho meines Autos und konnte einfach nicht fassen, was passiert war.

„Warum, Liam? Warum tust du so was? Warum lässt du dir nicht von mir helfen? Wieso verstehst du nicht, dass du jetzt nicht mehr allein bist?", flüsterte ich leise, ehe mich ein Klopfen am Fenster zusammenzucken ließ. Als ich meine brennenden Augen dorthin wandern ließ, erkannte ich eine große und kräftige Gestalt, mit nachtschwarzem Haar und ebenso dunklen Augen.

„Kann ich etwas für dich tun, Helena?", drang die Stimme meines Nachbarn durch die geschlossene Scheibe der Fahrertür gedämpft zu mir durch und als ob es von irgendeiner übernatürlichen Macht so gewollt war, vertrieb der Wind in jenem Moment die Wolken, die sich vor den Mond geschoben hatten, sodass er nun in all seiner Pracht am Himmel stand und die Welt in dieser Nacht nun doch noch etwas erhellte. Das Licht ließ Neros sonst gebräunte Haut blass erscheinen und ich erkannte in seinem Gesicht deutlich die Sorge, die er um mich hatte. Gut, es waren sicher noch zwei Stunden bis Sonnenaufgang und ich saß verweint und allein in meinem Auto. Sorge war da wohl berechtigt. Ich schaltete das Licht aus, zog den Schlüssel aus dem Zündschloss und öffnete die Tür. Nero trat einen Schritt zurück, hielt sie mir mit einer Hand auf und reichte mir die andere, um mir herauszuhelfen. Seine Hand war angenehm warm.

„Was tust du um diese Uhrzeit hier draußen?", stellte ich ihm die für mich logische Frage und überging so vorerst seine.

„Ich komme gerade von der Nachtschicht", erklärte er, schloss die Tür hinter mir, ließ meine Hand jedoch nicht los. „Schließ noch ab und komm dann bitte mit mir mit", bat mich Nero und ohne zu überlegen, wieso ich das nicht tun sollte, schloss ich meinen Polo ab und folgte ihm zu seinem Haus.

45

Während ich meinem Nachbarn zu seinem Haus folgte, wurde mein Brustkorb immer wieder von einem trockenen Schluchzen erschüttert, woraufhin sich seine Hand nur fester um meine schloss. Sie gab mir das Gefühl, gehalten zu werden. Sie gab mir Sicherheit. Die Wärme, die sie ausstrahlte und der sanfte Druck auf meiner Haut waren tröstend.

Als wir die Wohnung betraten, zog er mich sogleich und ohne ein Wort zu verlieren ins Wohnzimmer, in dem sich inzwischen eine große, gemütliche Wohnlandschaft befand. Der Boden war in einer warmen Holzoptik gehalten und im Kontrast dazu standen seine hellen, modernen Möbel. Ich ließ mich in die hellgrauen Kissen des Sofas sinken und ohne eine Sekunde von mir zu weichen, setzte sich Nero neben mich. Er legte einen Arm um meine Schulter und zog mich dicht zu sich heran, bis ich mit Kopf und Schulter gegen seine Brust gedrückt wurde. Die Geborgenheit und der Trost, die er ausstrahlte, ließen mich erneut in Tränen ausbrechen.

„Großer Gott, Helena, was ist denn passiert?“, murmelte seine tiefe Stimme über mir und der Bass ließ seine Brust leicht vibrieren. Es war keine Frage, auf die er sofort eine Antwort wollte. Er stellte sie fast mehr an sich selbst als an mich, und so klammerte ich mich an ihn wie eine Ertrinkende an eine Boje. Auch wenn die einzige Boje hier ich war. Eine verdammte Heulboje. Der Gedanke daran, dass mich Liam immer wegen meiner ergussfreudigen Tränendrüsen aufgezogen hatte, verschlimmerte es nur noch. Mit einem Messer bedroht werden, damit kam ich klar. Eingesperrt zu werden, Gewalt nur um ein Haar entgehen – okay. Aber dieser emotionalen Tortur, auf die mich Liams verantwortungslose Taten schickten, war ich nicht gewachsen. Es kam mir vor, als würde ich gleich mein Herz heraufwürgen und einfach auskotzen. Direkt hier vor Neros Füße auf seinen flauschigen, grauen Teppich, der unter das Sofa und den davorstehenden Tisch geschoben war. Dann könnte ich zusehen, wie es noch ein paar letzte, verzweifelte Schläge tat, bevor es sterben würde, wie ein gestrandeter Fisch.

Warme, weiche Lippen, die sich tröstend auf meine Stirn drückten und das kratzige Gefühl eines Dreitagebartes rissen mich aus meiner Wahnvorstellung wieder in die Wirklichkeit. Meine Wange schmiegte sich direkt an eine weiche, muskulöse Brust, die unter meiner Haut leicht arbeitete, als Nero mir mit der Hand den Rücken auf und ab streichelte.

„Es tut mir so leid, dass ich dich mit meinen Problemen belästige", schniefte ich und mein Nachbar war so aufmerksam, mir eine Packung Papiertaschentücher entgegenzuhalten. Dankbar nahm ich diese Geste an, putzte mir ausgiebig die Nase und tupfte meine Wangen trocken. Letztlich leerte ich so drei ganze Packungen, bis der unendlich erscheinende Quell meiner Tränen endlich vollständig versiegte.

„Mein Freund", begann ich stockend und mit belegter Stimme, „hat mich belogen und ... fällt in Muster zurück, von denen ich dachte, dass er sie für mich überwunden hatte."

Neros fast schwarze Augen musterten mich aufmerksam und vorsichtig tastete er meine Arme und Schultern ab.

„Hat er dir weh getan?", fragte er mit einem plötzlichen Grimm in der Stimme. Doch ich schüttelte den Kopf und schob vorsichtig seine Hände weg.

„Nein, nicht körperlich", antwortete ich, woraufhin er tief seufzte und mich wieder in eine Umarmung zog. Da ich keinen Grund sah, der dagegensprach, ließ ich mich einfach in sie sinken und sog das Gefühl der Geborgenheit tief in mich auf. Müde schloss ich meine Augen und sackte kraftlos in mich zusammen. Die letzten Stunden waren kraftraubender gewesen, als eine Horde Vierjährige zu betreuen.

Ich fühlte mich ausgebrannt und aufgezehrt, als wäre mein Fleisch verdorrt und ich innerhalb von Sekunden zu einer alten Oma verschrumpelt. Zum Glück war das wohl nicht so. Nur um sicherzugehen, betrachtete ich meinen Handrücken, aber der sah noch völlig normal aus.

„Vielleicht bleibst du erst mal bei mir und erholst dich etwas", schlug Nero vor und ich konnte dem nur dankbar zustimmen. Im Moment wollte ich weder meinem durchgedrehten Vater noch meinem noch durchgedrehteren Freund begegnen. Falls dieser überhaupt in der nächsten Zeit nach Hause zurückkehren würde.

„Möchtest du etwas trinken oder essen?“, fragte der Arzt, doch ich unterband seine Ambitionen aufzustehen, indem ich mich einfach fest gegen ihn drückte.

„Nein, bleib bitte einfach hier“, brachte ich weinerlich hervor und fühlte mich ein bisschen wie ein kleines Kind, das einfach nicht allein einschlafen wollte.

Nero schien davon jedoch keinesfalls genervt, stattdessen bildete sich ein mildes Lächeln auf seinen Lippen. Er streifte seine Schuhe mithilfe des jeweils anderen Fußes ab und ich tat es ihm gleich, damit ich meine Beine auf die Couch ziehen konnte. Daraufhin zog er eine der Wolldecken zu uns heran, breitete sie aus und deckte mich damit zu. Die weiche Decke hüllte mich ein wie die schützenden Fäden eines Kokons und ich seufzte nun etwas entspannter.

„Danke“, flüsterte ich leise und ließ meinen müden Blick durch den Raum schweifen. Einen kurzen Moment betrachtete ich eingehender die Lampe, die über dem Esstisch hing und aus vielen schwarzen Kabeln mit einfachen Glühbirnen bestand. Doch so einfach diese Konstruktion war, so schön war auch der Kontrast zu der schweren Holztafel, über der sie schwebte. Über einem Sideboard fiel mir anschließend eine Fotowand auf, die aus vielen unterschiedlich großen, silbernen Rahmen bestand. Auf diese Entfernung konnte ich nur die großformatigen Bilder erkennen. Dabei fiel mir besonders eine hübsche, schwarzhaarige Frau mit südländischem Teint auf. Sie hatte volle, rote Lippen und tiefschwarze, herausfordernd funkelnde Augen, die auf ein gehöriges Temperament schließen ließen. Mir war sofort klar, dass es sich dabei um Neros Mutter handeln musste. Mutter. Obwohl dieses Wort Schmerzen in mir auslöste, wurden diese in diesem Moment von der Freude überdeckt, dass Nero offenbar eine liebevolle Familie hatte, in der er groß geworden war. Deswegen war aus ihm auch ein freundlicher, bodenständiger Arzt geworden und aus Liam, nun ja ... eben der gnadenlose Schläger, zu dem er erzogen worden war.

„Ist das deine Mama?“, fragte ich leise.

„Mmh“, stimmte er zu.

„Sie ist eine sehr schöne Frau“, fügte ich noch an, und obwohl ich es nicht sah, konnte ich sein Lächeln förmlich spüren.

„Mmh", machte er wieder.

„Hattest du eine schöne Kindheit?", wollte ich wissen und überlegte einen Moment, ob ich die folgende Frage wirklich stellen sollte, doch meine Neugierde war einfach zu groß. „Was hat deine Mutter für Wurzeln?"

„Meine Kindheit war wunderbar", antwortete Nero, „meine Mutter kommt aus Rumänien, mein Vater ist Deutscher. Sie haben sich hier kennengelernt und ineinander die große Liebe gefunden. Schon lange vor meiner Geburt. Mein Vater und meine Mutter wirken heute noch so verliebt wie am ersten Tag. Das wünsche ich mir auch irgendwann mal ..."

„Wer wünscht sich das nicht?", fragte ich zurück und dachte an das Kribbeln, das Liams Berührungen auch nach zwei Jahren immer noch in mir auslösten. Aber konnte man das vergleichen? Immerhin hatten wir uns kaum gesehen, niemals einen Alltag zusammen verbracht. Und genau dieser entpuppte sich nun als Feuertaufe.

Schnell verbannte ich diese Gedanken wieder aus meinem Geist und vergrub mein Gesicht in Neros Brust, als könnte sie mich von dem Trübsal abschirmen. Und tatsächlich, es linderte den aufkeimenden Schmerz in meinem Herzen ein wenig.

„Ich weiß, es ist egoistisch von mir, aber irgendwie bin ich froh, dass du hier bist", gestand Nero nach ein paar Minuten des Schweigens. Kaum merklich hob ich meinen Kopf an und legte meine Stirn irritiert in Falten.

Nero lachte leise und strich mir mit seiner großen, warmen Hand über die Stirn, ließ dann meine Haare durch seine Finger gleiten.

„Es ist einfach lange her, dass eine Frau so bei mir lag und ich etwas weibliche Nähe genießen konnte", erklärte er dann.

„Das halte ich für ein Gerücht", konterte ich prompt, denn ich konnte mir kaum vorstellen, dass dieser Mann eine Nacht allein verbringen musste, wenn er es nicht wollte. Dennoch schmeichelten mir seine Worte und ich freute mich, dass er sich bei mir wohlfühlte. Es blieb mir nichts anderes übrig, als dieses Empfinden zu erwidern. Neros Nähe hatte nichts Bedrohliches, nichts Einengendes, nichts Gefährliches. Sie war einfach warm und schön. Ich fühlte mich so geborgen, dass ich nur noch am Rande mitbekam, wie sich Nero etwas bequemer hinsetzte, ein leises „Gute Nacht, Helena" murmelte und mich weiter sanft streichelte. So wie ich mich in den Armen dieses Mannes fallen ließ, empfing mich auch Morpheus mit den seinen.

46

Als mein Geist langsam wieder in meinen Körper zurückkehrte und der Schlaf seine betäubenden Finger von mir nahm, machte sich zuerst mein Nacken mit einem Stechen bemerkbar. Es fühlte sich an, als wäre mein Schädel direkt auf einen unbeweglichen Stock geschraubt, der in Betonklötzen steckte, die sich nach und nach als meine Schultern entpuppten. Langsam schlug ich die Augen auf und blickte gegen eine Männerbrust, an die sich meine Wange schmiegte. Es dauerte einen Moment, bis ich verstand, wo ich war. Schmatzend zog ich ein paar Haare aus meinem Mundwinkel, die sich dorthin verirrt hatten und sah mich mit brennenden, müden Augen um. Das Wohnzimmer hatte sich bereits ziemlich aufgeheizt, denn die Sommersonne musste schon eine ganze Weile durch die großen Fenster hineinscheinen. Staubkörner tanzten in ihren Strahlen einen wilden Reigen und auf der Terrasse hüpften zwei Spatzen umher, pickten auf dem Steinboden herum, blickten neugierig mit ihren Köpfchen umher und flatterten dann in Windeseile davon. Stille beherrschte den Raum. Ab und an hörte man das Rauschen eines Autos, ansonsten war es lediglich das leise, regelmäßige Atmen unter mir, das ich hörte. Aber es war nicht Liams Brust, gegen die ich lehnte, die sich ruhig hob und wieder senkte. Ich setzte mich vorsichtig auf und sah Nero an, dessen Kopf nach hinten auf die Lehne des Sofas und dann etwas zur Seite gesackt war. Er hatte die Beine von sich gestreckt und war in sich zusammengesunken. Mir fiel auf, dass er noch eine Jeans und ein Hemd trug. Lediglich die Schuhe hatte er vor dem Einschlafen noch loswerden können. Der Ärmste. Kaum war er von der Nachtschicht gekommen, hatte er sich mich und meine Probleme aufgeladen und sich selbst hinten angestellt. Wer weiß, wie lange er schon wach gewesen war? Wer weiß, wie sein Körper schmerzen musste, wenn er aufwachte, weil ich schweres Kamel ihn belagert hatte? Im Schlaf hob Nero seine Hand an, murmelte etwas und kratzte sich dann an seinem Ein-Wochen-Bart, der nach dieser chaotischen Nacht tatsächlich etwas zerzaust aussah. Ich nutzte den Moment, um ihn noch eingehender zu betrachten, lehnte mich etwas vor und besah mir sein Gesicht ganz genau. Der dichte, lange und dunkle Wimpernkranz an seinen Lidern war eindeutig das Erbe seiner Mutter, ebenso wie seine vollen Lippen, von denen die obere, ebenso wie sein Bart, von dieser feinen Narbe zerschnitten wurde. Ich nahm mir vor, ihn bei der nächsten Gelegenheit danach zu fragen. Nero hatte ein kräftiges Kinn und ein kantiges, auf den ersten Blick hart wirkendes Gesicht. Wie das einer grob geschlagenen römischen Statue. Doch wenn man ihn kennengelernt hatte, konnte man schnell feststellen, dass hinter dieser harten Fassade, hinter seinen dunklen, gefährlich funkelnden Augen und der tiefen, dominanten Stimme, eine wirklich sanfte und fürsorgliche Seele steckte.

Als ich bemerkte, dass mein Herz schneller schlug, legte ich mir die Hand auf die Brust, als könnte ich es so daran hindern. Was war nur los mit mir? Nero hatte mich von Anfang an irgendwie kribbelig gemacht. Doch da hatte ich dieses Gefühl einfach beiseite geschoben und mich auf die Vorfreude auf Liam konzentriert. Doch aus dieser Freude waren bittere Enttäuschung, Schmerz und Zweifel geworden. Neros dunkle, dichte Augenbrauen zuckten und er brummte leise. Wie ertappt wich ich etwas von ihm zurück und hoffte, dass er meine Musterung nicht bemerkt hatte. Ich streckte mich, gähnte gespielt und tat so, als würde ich auch gerade erst aufwachen.

„Wie viel Uhr ist es?", murmelte der Arzt, der seine Augen kaum aufbekam. Unter ihnen konnte ich trotz seiner gebräunten Haut dunkle Schatten ausmachen, die davon zeugten, dass er selbst auch ziemlich fertig sein musste.

„Keine Ahnung, aber sicher bereits nach Mittag", antwortete ich schulterzuckend und schlug meine Lider schuldbewusst nieder, als dieser Mann es tatsächlich schaffte, ein Lächeln auf seine Lippen zu zaubern. Und das, obwohl ich ihn so viele Nerven kosten musste. Wenn man seine verlorenen Nerven mit Gold aufwiegen würde, müsste ich wohl Fort Knox ausrauben, um meine Schulden zu bezahlen. Genauso wie Liam bei mir.

„Ich hoffe, ich war nicht allzu unbequem", fuhr er fort und hob eine Hand, um sie nach mir auszustrecken und den Haargummi aus meinen Haaren zu ziehen, der irgendwo nutzlos in ihnen hing wie eine alte Plastiktüte im Gestrüpp. „Möchtest du etwas Frühstücken,

Helena? Ich brauche einen Kaffee. Was kann ich dir anbieten? O-Saft? Kakao? Tee?" Er stand vom Sofa auf, streckte sich ausgiebig durch und blickte mich dann an.

So gern ich auch noch länger vor meiner momentanen Situation davongelaufen wäre, musste ich so langsam nach Hause gehen. Ich musste herausfinden, ob Liam zurückgekommen war, oder ob er sich endgültig für einen anderen Weg entschieden hatte.

Die Angst, er könnte nicht dort sein, wenn ich nach Hause kam, schnürte mir die Kehle zu. „Ich denke, ich sollte besser nach Hause gehen, bevor sich alle Sorgen machen", lehnte ich also leise ab und sah ihn entschuldigend an. Über Neros Gesicht zogen für einen Moment Wolken der Enttäuschung, ehe sich seine Miene wieder erhellte.

„Bisher steht zumindest keine Polizei vor der Tür", scherzte er mit einem Blick aus dem Fenster, ehe er einen Schritt auf mich zukam. „Ich will dich nicht überreden. Wir sehen uns am Wochenende ja direkt wieder zur Hochzeit." Ich war ja schon ein optimistischer Mensch, aber Neros positive Art stellte wirklich alles in den Schatten. Dann jedoch sah er mir fest in die Augen und legte seine große, warme Hand an meine Wange.

„Du weißt, du kannst mit mir reden. Und meine Tür steht dir jederzeit offen", erinnerte er mich ernst. Ich hob meine Hand an und legte sie für einen Moment auf seine, dann lächelte ich und nickte.

„Ich weiß, vielen Dank. Wirklich."

Er sah mich zufrieden an, ehe er mich vollkommen unverhofft zu sich heranzog und sich plötzlich zu mir herablehnte.

Mein Herz legte eine Vollbremsung ein. Untersagte mir für den Moment vollkommen den Dienst und ich schnappte noch einmal nach Luft, ehe ich sie anhielt. Mein Geist hielt mit allen Händen und Füßen die Stoppschilder hoch, doch mein Körper war wie zur Salzsäule erstarrt. Sein Gesicht war dem meinen so nah, dass ich die Wärme seiner Haut auf meiner spüren konnte, seinen Atem, der leicht auf ihr kitzelte. Seine Finger umschlossen bestimmend, aber liebevoll meinen Hals und Nacken, in welchem sich die Haare aufstellten, als locke man sie mit einem aufgeladenen Luftballon. Mit weit aufgerissenen Augen erkannte ich in seinem Gesicht den Kampf, den er mit sich austrug und das Bedauern, als er ihn gewann. Seine weichen Lippen legten sich auf meinen Mundwinkel, streiften meine nur wie der Wind im späten Sommer die zarten Blüten einer roten

Mohnblume. Doch diese Brise entfachte sich zu einem Wirbelsturm aus tausend leuchtenden Funken, die über meine Haut fegten und jedes Nervenende zum Klingen brachten wie die Saiten einer Geige. Ich gab mich dieser Ballade hin und lauschte der Sehnsucht und der Leidenschaft, von der sie erzählte. Ich hörte Verlangen, Zuneigung, Sorge und Schmerz und als sich Neros Lippen von meinem Mundwinkel entfernten und an dieser Stelle nur ein heftiges Kribbeln zurückblieb, fühlte ich mich wie nach einem Sprung ins kalte Wasser. Hellwach und angespannt bis in die letzte Faser meines Körpers. Nero vergrub seine Nase für einen Moment in meinem Haar, ehe er mich freigab und sich schwer schluckend von mir entfernte.

„Ich wünsche mir, dass du bald wieder lächeln kannst", sagte er leise, woraufhin ich schmerzlich die Augen schloss, dann nahm ich alle Kraft zusammen und brachte ein zittriges Grinsen auf meine Lippen.

„Ich bin eine Kämpfernatur", prahlte ich von mir selbst, ehe ich ihm meinen nicht vorhandenen Bizeps präsentierte. Ich musste sofort weg von hier. Flüchten. Bevor ich noch mehr peinlichen Unsinn machen würde, um dieser unangenehmen Situation zu entgehen. „Ich geh dann mal", presste ich nur hervor, ehe ich, als wäre eben mein Hirn aus meinem Schädel gepurzelt, einen Knicks machte und dann steif wie ein Storch auf die Haustür zueierte.

„Meld dich!", rief Nero mir nach, ehe ich die Tür einfach aufriss. Doch anstatt den Vorgarten bis zur Straße hinab zu sehen, blickte ich gegen eine Brust, die in schwarzen Stoff gehüllt war. Mit butterweichen Knien hob ich meinen Blick in das Gesicht und in die dazugehörigen stechend blauen Augen.

47

Liam knurrte, als er mich mit seinem Körper zurück in Neros Wohnung drängte.

„Was tust du hier?“, japste ich und wurde gegen die Flurwand gestoßen, als er an mir vorbeiging und mich dabei mit einer lässigen Armbewegung aus dem Weg wischte. Liam sah mich nicht mal an, seine blauen Augen fixierten den Arzt, der einige Schritte entfernt in der Tür zum Wohnzimmer stand und dabei so ahnungslos aussah wie ein Hund im Katzenklo. Er hatte seine dunklen Augenbrauen hinaufgezogen, sodass sich seine Stirn in Falten legte.

„Liam, hörst du mir überhaupt zu?“, fragte ich, als er einfach zielstrebig auf Nero zuging. Verzweifelt versuchte ich nach seinem Handgelenk zu greifen, doch er schüttelte mich einfach mit einer beiläufigen Handbewegung ab. Die Art, wie er seine Fäuste ballte, sodass die Muskeln und Sehnen an seinen Armen hervortraten, verhieß nichts Gutes.

Nero drehte sich frontal zu seinem unerwarteten Besuch um und begann unsicher zu lächeln.

„Liam?“, brachte er verwundert hervor, doch ehe er noch etwas sagen konnte, holte dieser aus. Mit einem dumpfen Schlag und ohne jedwede Gegenwehr landete seine Faust in dem Gesicht des Halbrumänen.

Ich schrie erschrocken auf und legte mir entsetzt die Hände über den Mund. Meine Augen öffneten sich schmerzhaft weit, als sie zusahen, wie der wirklich große und breit gebaute Arzt nach hinten taumelte, sich etwas krümmte und mit dem Handrücken die Nase zuhielt, aus der fast augenblicklich Blut quoll.

Nero stöhnte und machte immer noch keine Anstalten, zu einem Konter anzusetzen. Stattdessen schnellte Liam erneut los, packte ihn im Nacken und rammte ihm sein Knie in die Magengrube. Hustend und keuchend wäre Nero wahrscheinlich zusammengesackt, hätte dieser völlig ausgerastete Schwerverbrecher ihn nicht weiter festgehalten.

Ich musste etwas unternehmen, bevor sich ein weiteres Todesopfer auf seiner Liste befinden würde!

„Liam!“, kreischte ich erneut und rannte wie von Sinnen auf die beiden zu.

„Er hat genug! Hör auf!“

Ich wollte ihn am Arm fassen, doch abermals wurde ich wie eine lästige Fliege zurückgestoßen. Ich taumelte zurück und donnerte zur Seite gegen die Wand, wo ich mir die Schläfe heftig anstieß und nur noch Sterne sah, die vor schwarzem Grund explodierten wie ein Feuerwerk. Dann trat für einen Moment Stille ein. Ich fühlte mich wie unter Wasser getaucht und als ich wieder auftauchte und sich der schwarze Nebel vor meinem Sichtfeld verzog, blickte ich in die blauen, besorgten Augen meines Freundes.

„Helena, Helena, geht es dir gut?“, hörte ich ihn sprechen. Seine Stimme klang irgendwie weit entfernt. Im Hintergrund sah ich Nero verschwommen an der Wand lehnen.

„Du bist doch Arzt, du blödes Arschloch, tu gefälligst was!“, kommandierte Liam panisch.

Nero kam stöhnend auf mich zu und hielt sich seinen Bauch.

„Du hast ihr sicher eine Gehirnerschütterung verpasst.“ Als Neros Hände mein Gesicht umfassten, fühlten sie sich erneut angenehm warm auf meiner Haut an.

Wenigstens hatte Liam aufgehört, auf ihn loszugehen. Nero griff in seine Gesäßtasche und zog sein iPhone hervor, an dem er die Taschenlampe anschaltete und mir erst in das rechte, dann in das linke Auge leuchtete.

„Die Pupillenreflexe sind normal“, murmelte er in sich hinein und ich konnte sehen, wie Liam hinter Nero aufgeregt hin- und hertigerte.

„Helena, wo bist du hier? Weißt du, wer ich bin? Oder wer er ist?“, woraufhin er über seine Schulter nach hinten zu Liam nickte.

„Ich bin bei dir zu Hause. Du bist Nero und das ...“, ich sah an ihm vorbei zu meinem Freund, dem der Schrecken über seine unabsichtliche Tat ins Gesicht geschrieben stand, „... und der Idiot da hinten ist Liam.“

„Und?“, fragte Liam, die Hände auffordernd kreisend.

„Und was?“, gab ich irritiert zurück.

„Und dein Freund!“, klärte er mich genervt schnaubend auf.

Ich ließ das unkommentiert, während Nero etwas betreten auf den Boden blickte und schniefend versuchte, seine Nase vom Bluten abzuhalten.

„Muss sie ins Krankenhaus?“, knurrte Liam in seine Richtung.

„Erst mal nicht“, der Arzt schüttelte vorsichtig den Kopf, „wenn ihr noch übel werden sollte oder sie sich in den nächsten Stunden sonst irgendwie merkwürdig verhält, solltet ihr besser zur Sicherheit ins Krankenhaus. Aber sie scheint einen harten Dickschädel zu haben.“ Neros große Pranke legte sich für einen Moment auf meinen Scheitel und ich fühlte mich plötzlich wie ein kleines Kind.

„Oh ja“, war Liam wohl auf einmal mit ihm einer Meinung.

„Hey, nicht verbünden“, grätschte ich dazwischen.

Nero drehte sich langsam zu Liam um. Der Ärmel seines Hemdes war inzwischen rot getränkt. Wenn hier jemand in eine Klinik musste, dann er! Aber da hatte er wohl die größere Fachkompetenz als ich. Seine schwarz funkelnden Augen betrachteten Liam eingehend und seine Lippen pressten sich zu einem schmalen Strich zusammen. Irgendwie sah er schmerzgeplagt aus und ich hatte das Gefühl, dass das nicht von seiner Nase oder seinem Magen kam.

„Wirst du ihn anzeigen?“, fragte ich, als mich plötzlich die Panik überkam, dass diese Aktion meinen Freund wieder für einige Zeit hinter Gitter bringen konnte. Der Gedanke, ihn schon wieder zu verlieren, überrollte mich wie eine todesschwere Lawine aus Angst.

„Nein, ich möchte nicht, dass ihr so schnell schon wieder getrennt werdet“, Bitterkeit schwang in seiner tiefen Stimme mit, als er Liam plötzlich seine Hand entgegenhielt.

„Tut mir leid, Liam. Deine Freundin war ziemlich fertig und sie hat einfach nur etwas Trost gebraucht. Es ist nichts passiert und es läuft auch nichts zwischen uns. Ich weiß, dass sie vergeben ist.“

Liams blaue Augen taxierten seinen Gegenüber. Misstrauisch und mit leicht zusammengekniffenen Lidern reichte er ihm zögerlich die Hand. Offenbar schien er dennoch kein Interesse an einem netten Plausch mit seiner vermeintlichen Konkurrenz zu haben, denn er griff anschließend nach meinem Handgelenk und zog mich bestimmend zu sich.

„Wir gehen“, befahl er und schleifte mich grob mit sich mit. Ich sah über die Schulter zurück zu Nero und warf ihm einen entschuldigenden Blick zu. Was hatte er nun schon wieder wegen mir durchmachen müssen? Es war ein Wunder, dass er noch nicht längst die Schnauze voll von mir hatte und einen großen Bogen um mich machte.

„Liam!", doch dieser blieb nicht stehen, als Nero uns nachrief, „du hast wirklich Glück. Pass gut auf sie auf."

Dann erreichten wir die Haustür, übertraten die Schwelle und sie fiel hinter uns mit einem Klacken zurück ins Schloss.

48

Ohne ein weiteres Wort zerrte Liam mich die Treppe hinauf bis in mein Zimmer. Er ließ mir nicht einmal Zeit, meine Schuhe auszuziehen und er gab mich erst frei, als er die Zimmertür hinter uns geschlossen hatte. Ich konnte von Glück reden, dass wir meinem Vater nicht begegnet waren, denn für ihn wäre unsere Situation ein gefundenes Fressen gewesen. Ein Festmahl sozusagen.

„Sag mal, bist du jetzt völlig übergeschnappt?“, fuhr ich ihn spitz an, zerrte mir meine Schuhe von den Füßen und pfefferte sie wütend in eine Ecke.

„Ich? Du hast mir hinterherspioniert und dich danach in die Arme eines anderen geworfen!“, konterte Liam mit vor Zorn funkelnden Augen. Er blieb stehen, drehte sich zu mir um und die Ruhe, die er plötzlich ausstrahlte, machte mir mehr Angst als jedes Gebrüll. Für einen Moment war das Knacken seiner Finger das einzige Geräusch in meinem Zimmer. Ich schluckte hart und wollte mich von ihm nicht einschüchtern lassen. Trotzig stemmte ich eine Hand in die Hüfte und zeigte mit dem Finger der anderen anklagend auf ihn.

„Du bist einfach auf ihn losgegangen und hast ihn geschlagen! Ist dir eigentlich bewusst, dass er dich dafür anzeigen kann und du geradewegs wieder im Gefängnis landen könntest? Wie kannst du nur so leichtsinnig sein!?“, keifte ich ihn an, „nur weil du so reizbar wie ein Kleinkind bist!“

„Nein, weil meine Freundin direkt nach unserem ersten Streit meint, ein Techtelmechtel mit irgendeinem Typen anzufangen. Wie soll ich denn da reagieren? Mit Applaus?!“, Liam schnaubte verächtlich. Sein Kiefer mahlte und an seinem Hals traten die Adern hervor. Er fasste sich mit einer Hand an die Schulter und begann sie zu massieren. Die Anspannung tat seiner Wunde nicht gut, doch im Moment war ich weit entfernt von Mitleid.

„Wir hatten kein Techtelmechtel“, protestierte ich empört, „und Nero ist nicht irgendein Typ! Er ist ein Freund! Er hat mich getröstet, weil DU mal wieder einiges verkackt hast!“

Liam lachte fassungslos auf. „Das heißt, es ist okay, wenn ich jetzt losgehe und mich von einer Freundin trösten lasse?“, provozierte er und verengte seine Augen zu schmalen Schlitzen, als könne er meine folgende Reaktion so durchschauen.

„Ja“, sagte ich schulterzuckend und gleichgültig, „hätte kein Problem, wenn du zu Anna gehst und dich bei ihr ausheulst. Ich würde nicht auf die Idee kommen, dann auf sie loszugehen und meine Freiheit aufs Spiel zu setzen.“

„Du willst den doch nicht mit Anna vergleichen“, polterte Liam weiter, „was glaubst du denn, warum der ein Mädchen wie dich tröstet? Bestimmt nicht, weil er ein so netter Kerl ist! Er macht einen auf fürsorglicher Nachbar und wickelt dich so um seinen Finger. Und das scheint ihm ja ganz gut zu glücken bei unserer Miss Naiv!“

Ich schnaubte los und schlug frustriert mit der flachen Hand auf den Schreibtisch, neben dem ich stand.

„Schließ nicht von dir auf andere Leute! Nero manipuliert mich nicht! Er ist einfach nur ein wirklich lieber Kerl. Ob du es glaubst oder nicht, aber so was soll es geben!“

„Ja“, sagte Liam mit abfällig heraufgezogener Braue, „in deiner Traumwelt gibt es so was.“

„Wenn ich nicht in meiner Traumwelt leben und an das Gute im Menschen glauben würde, dann stündest du jetzt nicht mehr hier.“

Ich war selbst erstaunt über die Ruhe und Selbstsicherheit, mit der ich ihm diese Worte servierte. Es reichte aus, um ihn für einen Moment aus dem Konzept und somit zum Schweigen zu bringen. Tonlos öffnete er seine Lippen, legte seine Stirn in Falten und wandte seinen durchdringenden Blick zum ersten Mal von mir ab.

Aus diesem Gespräch war ich als Sieger hervorgegangen. Der Krieg war noch nicht gewonnen, aber zumindest diese Schlacht.

„Die Hochzeit mit diesem südländischen Gigolo kannst du auf jeden Fall vergessen“, resümierte er kühl, woraufhin mir nun der Kiefer herunterklappte.

Das war ja nun die Höhe!

Erst schlich er sich nachts heimlich fort, dann setzte er seine Freiheit nicht nur aufs Spiel, indem er für Vice den Schläger spielte, sondern auch, indem er Nero einfach angriff und zu allem Überfluss wollte er mich jetzt abermals meiner Freiheit berauben? Doch diesmal nicht, in dem er mich einsperrte, sondern mir Dinge verbot?

Ich starrte ihn mit weiten Augen geladen an.

Dann schüttelte ich langsam den Kopf. Ich hatte auch darüber nachgedacht, Liam seinen Kontakt zur kriminellen Welt einfach zu verbieten. Aber das hatte ich nicht, weil Zwang für mich nie der richtige Weg war. Doch nun wollte er genau das. Mich zwingen.

„Nein", sagte ich entschlossen, „ich werde mit ihm zu dieser Hochzeit gehen und du kannst dir nicht vorstellen, wie enttäuscht ich bin, dass du so wenig Vertrauen in mich hast!"

„Wer hat denn wem nachgestellt?", knurrte Liam, der inzwischen die Arme verschränkt hatte und nur noch zur Seite aus dem Fenster stierte.

„Aus Sorge um dein Leben und nicht aus Eifersucht! Und ich habe auch nicht versucht, es dir zu verbieten, sondern bloß mein Entsetzen darüber bekundet! Nämlich weil ich bereit war, dir zu vertrauen. Aber das war offenbar ein Fehler ..."

„Helena", begann Liam nun sanfter und ich meinte tatsächlich etwas Reue und Angst aus seiner Stimme herauszuhören. Er machte einen Schritt auf mich zu, doch ich wich zurück.

„Nein", unterbrach ich ihn, „ich gehe jetzt."

Doch als ich mich von ihm abwenden und zur Tür hinausgehen wollte, hielt er mich vorsichtig an der Schulter zurück und trat an mir vorbei hinaus in den Flur.

„Es ist dein Zuhause. Ich gehe."

Ohne zu zögern und ohne mich noch einmal anzusehen, ging er die Treppe hinunter und wenige Sekunden später hörte ich die Haustür ins Schloss fallen und mein Herz in tausend Stücke zerspringen.

49

Die Unklarheit, mit der ich zurückblieb, fraß mich beinahe auf. Ich wusste nicht, wohin er gegangen war und ob er zurückkommen würde. Wir hatten uns gestritten, ja. Aber warum fühlte es sich so an, als hätten wir uns gerade getrennt? Das hatten wir doch nicht, oder doch?

Ich hatte keine Ahnung, wie Liam empfand oder was in seinem Kopf vorging. Als ich vor über zwei Jahren von ihm in das Haus im Wald entführt worden war, hatte ich mir schnell in den Kopf gesetzt, ihm zu helfen, einen Weg aus seinem verkorksten Denken zu finden. Irgendwie hatte ich es geschafft, eine Verbindung zu ihm aufzubauen und ihn zu verstehen. Mit viel Mühe und Einfühlsamkeit hatte ich es geschafft, den roten Schleier des Zorns und der Rache zu lüften, in dem er sich befunden hatte, und ihm wenigstens für einige Zeit eine klare, vernünftige Sicht auf die Dinge zu geben.

Doch seitdem er wieder aus dem Gefängnis entlassen worden war und Teil meiner Welt wurde, war diese Verbindung fort.

Ich verstand ihn nicht mehr.

Und er mich nicht.

Als wären wir zwei Taube, die einander gegenüberstanden und sich gegenseitig anschrien.

Warum hörten wir nicht auf, uns anzubrüllen, warum hörten wir nicht auf, den anderen auf eine Seite zerren oder von sich stoßen zu wollen?

Wenn wir uns nicht verstanden, dann mussten wir lernen, uns bei der Hand zu fassen und stumm den Weg gemeinsam weiterzugehen. Oder aber eine Sprache erschaffen, die wir beide sprechen konnten.

Nachdem ich einige Zeit an meinem Schreibtisch gesessen und das Gesicht in den Händen vergraben hatte, schrieb ich Anna in einer langen Nachricht, was vorgefallen war. Sie rief mich unmittelbar danach an und redete gut auf mich ein.

Im Gegensatz zu mir hatte sie nie aufgehört, Liams Sprache zu sprechen.

Wie zuvor schon riet sie mir, dass er Zeit brauche und dass ich nicht von ihm erwarten könne, sofort die perfekte Beziehung mit mir zu führen.

Und sie hatte recht. Liam und ich, wir waren beide Neulinge, was Beziehungen anging. Sein Leben war bisher geprägt von Gewalt und Kriminalität. Durch mich hatte er neuen Lebenswillen geschöpft, für mich hatte er auf blutige Rache verzichtet.

Vielleicht war es nun an mir, ein paar Meter auf seinem Weg zu wandeln? Die Angst, dass es nun bereits zu spät wäre, lähmte mich derart, dass ich nicht mal Hunger hatte. Den ganzen Tag trieb mich ein flaues Gefühl im Magen dazu, zu fasten. Ich fragte mich, wo er jetzt hingegangen war, was er vorhatte, wie es mit uns weitergehen würde – oder ob es überhaupt mit uns weiterging.

Ich malte mir die schlimmsten Szenarien aus und versuchte ihn anzurufen, doch er hatte sein Handy anscheinend ausgeschaltet oder keinen Empfang.

Jedenfalls erreichte ich nur die Mailbox.

An diesem Tag schlief ich früh ein. Vollkommen ausgelaugt von der letzten Nacht, endete meine Erinnerung irgendwann am Nachmittag und sie setzte erst am darauffolgenden Morgen wieder ein.

Einem Morgen, an dem ich allein aufwachte. Es gab keine Spur von Liam. Und keine Nachricht.

Dafür allerdings von meinem Nachbarn. „Guten Morgen, Helena. Ich hoffe, es ist alles okay bei euch“, schrieb er und ich seufzte tief.

Nein, dachte ich, nichts ist okay. Für einen Moment warf ich mein Handy wütend auf das Bett, weil ich kurz Nero die Schuld zuschob. Wäre er nicht, wäre es nicht noch mal so eskaliert. Doch nachdem meine Wut verraucht war, wurde mir bewusst, dass Nero nicht derjenige war, dem ich etwas vorwerfen konnte. Ganz im Gegenteil.

Mein Vater und mein Bruder waren längst zur Arbeit gegangen und für eine Sekunde beneidete ich die beiden. Arbeit wäre jetzt eine willkommene Ablenkung, doch für Liam hatte ich mir ja Urlaub genommen. Ich ging duschen und machte mich fertig. Anschließend kramte ich eine alte Packung Merci heraus, die ich nur nie geschlachtet hatte, weil sie eine „dunkle Vielfalt“ mit viel Bitterschokolade war. Ich hasste Bitterschokolade. Sie war so ... bitter.

Kurz darauf stand ich mit ebenjener Packung Schokolade vor der Haustür meines Nachbarn, von dem ich hoffte, dass er diese Art von Süßigkeit lieber mögen würde als meine Wenigkeit.

Nervös trat ich von einem Bein aufs andere, als ich einen Schatten hinter dem Milchglas der Tür ausmachte. Kurz darauf wurde sie geöffnet und ich blickte in Neros verwundert dreinschauende Augen. Er sah sich nach links und rechts um, ehe er mich wieder unter die Lupe nahm.

„Ich kriege jetzt aber nicht wieder eine auf die Nase, oder?", fragte er und tatsächlich war seine Nase leicht geschwollen und eine dunkelviolette Schwellung hatte sich bis unter sein rechtes Augenlid ausgebreitet.

„Nein", antwortete ich und lächelte entschuldigend zu ihm herauf, „also, ... ich denke nicht. Liam scheint nicht hier zu sein."

„Weiß er, dass du hier bist?", fragte Nero, der mich zum ersten Mal nicht direkt hineinbat, sondern einen Arm am Türrahmen abstützte und mir somit tatsächlich den Weg versperrte. Aber wer konnte es ihm verübeln?

Ich zuckte die Schultern und schüttelte den Kopf. „Ich habe ihn seit gestern Morgen nicht mehr gesehen, um ehrlich zu sein. Wir haben uns heftig gestritten. Aber darum geht es jetzt nicht."

„Worum geht es denn?" Neros Blick wanderte an mir hinab zu meinen Händen, mit denen ich an der Plastikfolie der Mercipackung spielte.

„Nun", begann ich drucksend und hielt ihm mit beiden Händen die Schokolade entgegen, während ich irgendwo auf seine Brust starrte, „es tut mir leid, was passiert ist und dass du verletzt worden bist. Danke, dass du Liam nicht anzeigst. Danke, dass du für mich da bist, dass du ...", langsam schaffte ich es, ihm in die obsidianschwarzen Augen zu blicken, die mich interessiert anfunkelten, „... so ein guter Freund für mich bist."

Auf diese Worte hin presste der Arzt seine Lippen zusammen und zwang sich ein schiefes Lächeln auf diese, das eindeutig zeigte, dass „guter Freund" nicht gerade das war, was er sich eigentlich im Innern wünschte. Doch er musste es verstehen. Er war ein guter Freund. Mehr nicht.

„Danke", murmelte Nero und nahm mein Geschenk entgegen.

„Ich hoffe, du magst dunkle Schokolade? Ich meine, du magst Kaffee, dann magst du so was doch sicher auch, oder?", faselte ich vor mich hin.

Nero hob eine Augenbraue und konnte sich ein kleines Lachen im Anschluss nicht verkneifen. „Was hat das eine denn mit dem anderen zu tun?", fragte er.

Ich zuckte die Schultern. „Beides bitter", antwortete ich grinsend.

„Danke", wiederholte er, „ich mag dunkle Schokolade sehr gern. Bin ja auch ein dunkler Typ."

„Dann hab ich ja Glück", sagte ich und trat bereits wieder einen Schritt zurück, „ich will dich dann auch nicht länger aufhalten. Ich wollte mich nur noch mal entschuldigen und Danke sagen."

„Jetzt kommst du sicher nicht mehr mit zur Hochzeit, oder?", fragte Nero traurig und strich sich mit einer Hand verlegen durch den Nacken.

Ich blieb stehen und dachte kurz nach.

„Doch", beschloss ich dann, „ich habe es dir versprochen." Ich lächelte ihn noch einmal an, ehe ich mich endgültig umwandte und wieder nach Hause zurückkehrte.

50

Den gesamten Tag über hörte ich nichts von Liam. Er tauchte nicht auf, rief nicht an und schrieb auch keine Nachricht. Zu der Sorge, dass unsere junge Beziehung an dem Streit zerbrochen war, kam nun auch die um sein Wohlergehen.

Immerhin sprachen wir hier von Liam Winterfeld, dem Mann mit dem Hang zu Gewalt und Kriminalität. Der bereits zweimal in seinem Leben für längere Zeit im Gefängnis gesessen hatte. Was, wenn er etwas anstellte und Probleme bekam? Immerhin hatte ihn sein erster Weg sicher zu Vice geführt, dem selbsternannten Samariter.

Ich versuchte noch einmal, Liam zu erreichen und sprach ihm eine Nachricht auf seine Mailbox.

„Hey, Liam, wenn du das hörst, bitte melde dich bei mir. Ich mache mir Sorgen, okay? Wir sollten noch mal reden", meine Stimme war leise und belegt.

Nachdem ich noch drei weitere solcher Nachrichten hinterlassen hatte und Anna geschrieben hatte, sie solle mir direkt Bescheid geben, sobald sie etwas von ihm hörte, gab ich es auf und versuchte, mich den Tag über abzulenken.

Doch egal, was ich tat, am Ende ertappte ich mich immer wieder dabei, wie meine Gedanken abdrifteten und bei unserem Streit hängen blieben. Und damit auch bei der Frage, wo Liam gerade war und wie es ihm ging.

Auch an diesem Tag ging ich früh zu Bett, checkte nur alle paar Sekunden mein Handy und wälzte mich verzweifelt in den Schlaf.

Heute war der letzte Tag vor der Hochzeit und ich bereute es, Nero überhaupt dafür zugesagt zu haben. Hätte ich es von Anfang an abgelehnt, wäre diese Situation überhaupt nicht zustande gekommen. Aber nun konnte ich ihn nicht einfach sitzen lassen. Immerhin hatte er mich vermutlich nur eingeladen, weil er zu dem Zeitpunkt nicht wusste, dass ich vergeben war. Ich hatte ein paar Fehler gemacht, unter denen Nero und Liam nun leiden mussten.

Mein erster Augenaufschlag an diesem Tag war begleitet von einem schweren Klumpen im Magenbereich und einem schmerzhaften Kloß im Hals.

Es war Flos Klopfen, das mich am frühen Freitagmorgen aus dem Schlaf riss. Mein Bruder steckte seinen Kopf durch die Tür. Er war bereits für die Arbeit fertig.

„Psst, Hel. Immer noch keine Nachricht von Liam?“, fragte er.

Schlaftrunken blickte ich auf mein Handy, nur um festzustellen, dass er sich nicht gemeldet hatte.

Ich schüttelte den Kopf. „Nichts“, bestätigte ich. Flos Lippen verzogen sich leicht und er rümpfte seine Nase. Die Nachricht nahm er mit einem Nicken auf.

„Ich schreibe ihm nachher auch mal. Wenn er sich morgen nicht gemeldet hat, sollten wir ihn als vermisst melden.“

Der Gedanke trieb mir augenblicklich die Tränen in die Augen. Was, wenn ihm wirklich etwas zugestoßen war?

Nachdem mein Bruder sich verabschiedet hatte und zur Arbeit gegangen war, schälte ich mich aus meinem Laken und machte mich wie in Trance für den Tag fertig. Lustlos stocherte ich in meinem Müsli herum, zappte durch das Fernsehprogramm und rief mehrere Male sowohl bei Liam als auch bei Anna an.

Diese schrieb mir wenigstens irgendwann, dass ich mir keine Sorgen machen sollte, dass Liam auf sich aufpassen konnte und dass es für ihn nicht ungewöhnlich war, sich nach einem Streit zurückzuziehen. Angeblich, weil er solche Sachen stets mit sich allein ausmachte.

Ob das stimmte, oder ob sie das nur schrieb, um mich zu beruhigen, konnte ich nicht beurteilen.

Am Nachmittag beschloss ich, dass ich vielleicht mal ausprobieren sollte, ob ich noch in mein violettes Kleid vom Abiball passte. Immerhin war dieser vor einigen Gläsern Nutella gewesen und vor so einigen Eisbechern.

Es war Zeit für eine Generalprobe. Vielleicht würde mich das auf andere Gedanken bringen.

Ich holte das lange, spitzenbesetzte Kleid, das an der Taille eng geschnitten war und dann weit fiel, aus meinem Kleiderschrank und hing es von außen an die Tür.

Ich atmete tief durch und warf einen kritischen Blick in den großen Spiegel an meiner Wand. Meine flüchtig oben auf dem Kopf zusammengebundenen Haare sahen aus wie ein braunes Vogelnest. Einige Locken hatten sich gelöst und fielen mir störrisch ins Gesicht. Unter meinen blaugrünen Augen lagen dunkle Schatten, die von dem Stress und dem schlechten Schlaf der letzten Tage zeugten.

Ich schenkte mir selbst einen genervten und vorwurfsvollen Blick, ehe ich mich bis auf die Unterwäsche auszog, um anschließend das Kleid überzustreifen. Hm, tatsächlich war es früher nicht so eng an den Hüften gewesen. Ich drehte mich einmal im Kreis, um mich von allen Seiten zu betrachten, stellte mich dann seitlich und legte mir eine Hand auf den eingezogenen Bauch. Wenn ich es so machte, ging es. Ich müsste also einfach nur den ganzen Abend die Luft anhalten und dürfte mich nicht setzen. Würde schon irgendwie klappen.

Umständlich versuchte ich, den Reißverschluss am Rücken zu schließen, verrenkte mich dabei fast wie eine Schlangenfrau. Am Ende war ich schweißgebadet, aber das blöde Kleid war zu. Und was sollte ich morgen mit dem Stroh auf meinem Kopf machen? Mit zwei Fingern griff ich nach einer Strähne, hob sie an und ließ sie seufzend wieder fallen. Glätten hatte keinen Sinn, das hielt kaum ein paar Minuten, bis die ersten Locken wieder meinten, sich langsam nach oben kringeln zu müssen. Am Ende sähe ich wie eine zerrupfte Vogelscheuche aus.

„Lass sie einfach offen."

Ich wirbelte herum, als eine Stimme hinter mir erklang. Mein Puls beschleunigte sich augenblicklich, als das Adrenalin durch meine Venen schoss. Bereit, wie am Spieß zu schreien und mein Leben mit allen Mitteln zu verteidigen, starrte ich den Mann an, der mich derart erschreckt hatte und lässig in meinem Türrahmen lehnte.

„Liam?", hauchte ich ungläubig.

51

Liam blieb mit verschränkten Armen im Türrahmen stehen. Ich hatte ganz vergessen, dass ich ihm ja einen Schlüssel nachgemacht hatte. Mit den Fingern trommelte er auf seinem Oberarm herum und ich war mir sicher, dass er seine Bizepse absichtlich etwas anspannte, um mir zu imponieren. Ein leichtes Schmunzeln über sein testosterongesteuertes Verhalten konnte ich nicht unterdrücken.

„Du siehst hübsch aus", verkündete er schließlich leise, was mich dazu veranlasste, peinlich berührt an dem Rock des Kleides herumzuzupfen.

„Findest du? Es ist das Kleid, dass ich beim Abiball anhatte, es ist allerdings ein bisschen eng geworden."

„Du bist eben weiblicher geworden", sagte Liam schulterzuckend und ich legte mir eine Hand auf den eingezogenen Bauch.

„Das ist eine charmante Umschreibung für fett", kommentierte ich.

„Ich würde dir schon sagen, wenn ich dich zu fett finden würde, Helena."

„Aha!", rief ich aus, „das heißt, du findest mich fett! Nur nicht zu fett!"

„Was?", hustete er los, als hätte er sich an seiner eigenen Empörung verschluckt, „Nein! Das hab ich überhaupt nicht sagen wo...", er stockte, „ich finde dich nicht fett! Findest du dich fett?"

Er löste seine Arme aus der Verschränkung und breitete verzweifelt die Arme aus, während er mich ratlos ansah.

„Ein bisschen", antwortete ich mit einem Seitenblick in den Spiegel. Eigentlich finde ich mich okay, aber das Kleid ist halt echt eng."

„Ich finde, es steht dir sehr gut", war Liams verzweifelter Versuch, dieses Thema mit einem Kompliment enden zu lassen. Dann legte sich plötzlich Schweigen über uns. Ich starrte auf den Boden und Liam zum

Fenster raus, als würden wir beide versuchen, das uns bevorstehende Gespräch hinauszuzögern.

„Wo bist du gewesen?“, fragte ich schließlich, als ich die Stille nicht mehr ertragen konnte.

„Ich war bei Anna“, begann er und löste sich endlich vom Türrahmen, um mein Zimmer zu betreten und die Tür hinter sich zu schließen.

„Und hat sie dich getröstet?“, fragte ich und verspürte leichte Wut darüber, dass Anna mich angelogen und mir nicht erzählt hatte, dass Liam bei ihr war. Immerhin hatte ich mir schreckliche Sorgen um ihn gemacht! Warum hatte sie mir nicht gesagt, dass er bei ihr war?

„Nein, um ehrlich zu sein, hat Anna mich beschimpft“, murmelte Liam naserümpfend, „Daniel hat mich getröstet“, hängte er noch mit einem Grinsen an, „sei nicht böse auf sie, ich habe sie gebeten, niemandem zu sagen, dass ich bei ihr bin. Ich war so eifersüchtig und wütend, dass ich dich zu Anfang einfach bestrafen wollte. Ich wollte, dass du dir Sorgen machst. Aber Anna hat mir klargemacht, dass das falsch ist und dass weglaufen keine Lösung ist. Wir müssen reden ...“

„Das müssen wir wirklich“, stimmte ich zu und setzte mich aufs Bett. Ich sah zu Liam hinauf und klopfte neben mich, woraufhin er langsam auf mich zukam und sich neben mir niederließ. Als er saß, nahm ich sogleich seine Hand und drückte sie sanft.

„Es war nicht in Ordnung von mir, einfach bei Nero zu übernachten. Er ist mir zufällig begegnet, als er von der Nachtschicht kam und mich verheult im Auto gefunden hat. Ich bin mit ihm mitgegangen und eigentlich hat er nur versucht, mich zu trösten, bis ich irgendwann eingeschlafen bin. Ich habe nicht darüber nachgedacht, wie das vielleicht wirken kann. Die Situation hat mich so ausgelaugt, dass ich den Trost einfach dankend angenommen habe. Nero ist für mich ein wirklich guter Freund, aber nicht mehr! Das habe ich ihm gestern auch noch einmal klargemacht. Aber trotzdem war es falsch von mir, dort zu bleiben, und es tut mir leid.“

Liam nickte verstehend und ließ nach und nach die Schultern hängen, sackte in sich zusammen wie ein Ballon, aus dem man die Luft rausließ. Es wirkte so, als hätte auch er nicht mehr die Kraft sich aufzuregen.

„Ich hätte nicht einfach auf ihn losgehen dürfen. Damit habe ich nicht nur meine Freiheit, sondern auch unsere Zukunft aufs Spiel gesetzt. Genauso wie mit den Dingen, die ich für Vice gemacht habe. Ich hatte gedacht, dass ich all die Probleme ohne dich lösen kann. Auf die Weise, wie ich sie immer gelöst habe. Die einzige Weise, die ich kenne.

Kriminell. Gewalttätig. Egoistisch."

Er sah mich nicht an, während er sprach, sondern richtete seinen Blick einfach vor sich auf den Boden und streichelte nervös mit seinem Daumen über meinen Handrücken. Ich schaute ihm seitlich ins Gesicht und sah dabei genau, wie schwer es ihm fiel, darüber zu sprechen. Er brauchte eine kurze Pause, in der er sich unsicher über die Lippen leckte. Mit neu geschöpfter Kraft drehte er tatsächlich den Kopf zu mir, um mir in die Augen zu sehen, ehe er weitersprach.

„Aber ich muss mich weiterentwickeln. Nicht nur für uns und unsere Beziehung, sondern auch für mich selbst. Ich bin nicht mehr allein, ich habe jetzt eine Zukunft. Eine Zukunft, die ich neu gestalten kann, in der mir alles offen liegt. Eine Zukunft voller Leben und vor allem ... mit Liebe", bei diesen Worten hoben sich seine Mundwinkel zu einem beinahe schüchternen Lächeln an. „Ich werde dem Untergrund den Rücken kehren, ein für alle Mal. Ich werde für meine Probleme nur noch mit dir gemeinsam eine Lösung suchen und vor allem werde ich lernen müssen, dir zu vertrauen. Du hast vor zwei Jahren mit mir die Hölle durchgemacht. Du hast dich für mich gegen deinen Vater gestellt, du hast zwei lange Jahre auf mich gewartet. Ich brauche nicht noch mehr Beweise für deine Liebe. Und weil ich dich liebe und dir vertraue, habe ich auch nichts dagegen, wenn du auf diese Hochzeit gehst."

Ein unglaubliches Gefühl der Freude und der Erleichterung durchströmte meinen Körper und ich sah ihm mit einem glücklichen Lächeln in seine schönen, blauen Augen.

„Das heißt, es ist jetzt alles wieder gut zwischen uns und du bist mir nicht mehr böse?", fragte ich dennoch, vielleicht einfach, um noch einmal eine Bestätigung von ihm zu hören. Auf meine Frage hin lächelte auch er wieder, senkte dabei jedoch den Blick auf unsere Hände. Er war, was Gefühle anging, noch immer so schüchtern, wie ich ihn damals schon im Gefängnis kennengelernt hatte.

„Natürlich, so schnell lasse ich doch die zukünftige Mutter meiner Kinder nicht gehen", sagte er und sein Lächeln wuchs zu einem Grinsen heran, ehe er seine Hand auf meinen Bauch legte und darüber streichelte. „Seh ich da schon was?“, fragte er, ehe er mir mit einem herausfordernden Funkeln in den Augen wieder ins Gesicht sah.

„Das Einzige, was du da siehst, ist das Nutella und die Schokolade, die ich aus Frust und Sorge wegen dir in mich reinschaufeln musste“, konterte ich, woraufhin sich Liam einfach schweigend zu mir herüberlehnte und meine Lippen mit seinen bedeckte.

52

Liam und ich nutzten den Rest des Tages, um unsere Beziehung wieder glattzubügeln. Wir gingen Sushi essen, schauten einen Film und verließen danach das Bett nicht mehr. Obwohl ich einfach glücklich und froh war, dass wir unsere Differenzen beseitigt hatten, blieb irgendwo die Angst in mir, dass die nächste Kollision unserer beider Welten nicht lange auf sich warten lassen würde. Meine rosarote Brille, die ich bisher aufgehabt hatte, hatte ich endgültig abgelegt.

Als es am frühen Samstagnachmittag an der Tür schellte, stand ich gerade im Bad vorm Spiegel und verteilte den kirschblütenrosanen Lippenstift auf meinen Lippen.

„Oh, das muss Nero sein", sagte ich zu meinem Spiegelbild, das ich zugegebenermaßen kaum wiedererkannte. Geschminkt und mit offenen, gepflegten Haaren, die in natürlichen Wellen über meine Schultern fielen und dem edlen Abendkleid sah ich aus wie ein anderer Mensch. Viel erwachsener. Und so frisch und lebendig! Nicht wie die zerrupfte Leiche, die ich die letzten Tage gewesen war.

„Ich mache auf!", schrie ich in den Flur hinein, um jeden im Haus befindlichen Menschen davon abzuhalten, die Tür vor mir zu öffnen. Immerhin wollte ich weder, dass Liam seinem Lieblingsnachbarn noch dass mein Vater seinem Wunschschwiegersohn gegenüberstand. Ich ging die Treppe hinunter und warf Liam einen warnenden Blick zu, der schon mit gestraffter Brust und grimmigem Blick aus der Küche kam. Mein Vater hatte sich seit der Eskalation an Liams erstem Tag bei uns sehr zurückgehalten und tolerierte ihn sogar mit sich im selben Raum. Man konnte zwar nicht behaupten, dass er Herzchen versprühte, aber wenigstens gab er sich Mühe.

Liam blieb mit verschränkten Armen im Flur stehen, während ich die Haustür öffnete.

Nero sah immer gut aus.

Doch jetzt sah er verdammt gut aus.

Die dunklen Haare waren lässig zurückgestrichen und offenbar frisch geschnitten. Die Seiten waren kürzer und die Konturen klar definiert. Sein Bart war getrimmt und gepflegt, lediglich die Narben an seiner Augenbraue und seiner Lippe zerschnitten das elegante Erscheinungsbild.

Der schwarze Anzug mit der violetten Krawatte, die perfekt zu der Farbe meines Kleides passte, saß wie maßgeschneidert und betonte nicht nur seine Größe, sondern auch seine maskuline Figur. Als seine obsidianschwarzen Augen mich trafen und ein Lächeln auf seinen Lippen erschien, kostete es mich alle Kraft, nicht rot anzulaufen und unverständliche Worte zu stammeln.

„Hi", sagte ich so cool ich konnte und kämpfte gegen seine einnehmende Präsenz an, die nicht nur meine Blicke auf ihn zog, sondern auch meine Knie ein wenig weich machte. Und das, obwohl nach wie vor ein dunkelvioletter Schimmer noch unter seinem Auge zu sehen war.

„Hi", antwortete Nero und zögerte kurz. Er warf einen Blick über meine Schulter zu Liam, den man auch zwei Meter gegen den Wind noch Zähneknirschen hörte.

„Wollen wir?", fragte er mich jedoch dann und ich nickte.

„Ich bin fertig", sagte ich und drehte mich noch mal um. Ich ging auf meinen Freund zu und küsste ihn vorsichtig auf die Lippen, um nicht meine Schminke auf ihm zu verteilen, dann nahm ich meine schwarze Handtasche von der Kommode und schlüpfte in meine ebenfalls schwarzen Pumps. Nero war so freundlich, mir in meine Jacke zu helfen, was Liam dazu veranlasste zu schnauben.

„Viel Spaß, Schatz", knurrte Liam zum Abschied und richtete seinen durchdringenden Blick anschließend auf Nero.

„Behalt deine Finger bei dir, sonst breche ich sie dir persönlich."

„Keine Sorge", erwiderte der Arzt mit einem herausfordernden Funkeln in den dunklen Augen, „sie ist bei mir in guten Händen."

Ich weitete meine Augen und schob Nero prompt vor mir her aus dem Haus heraus, bevor Liam doch noch die Fassung verlor.

„Tschüss, Schatz!", rief ich nur noch zurück, ehe ich draußen die Tür hinter mir zuschlug. Schweigend gingen wir nebeneinander her zu dem weißen Mercedes, dessen Tür mein Nachbar für mich aufhielt und sie nach mir wieder schloss. Er setzte sich hinter das Lenkrad und sah mich noch einmal an, bevor er den Wagen startete.

„Du siehst wunderschön aus", lächelte Nero, „ich wollte das vor deinem eifersüchtigen Freund nur nicht direkt so sagen."

„Danke", sagte ich und rieb meine Hände peinlich berührt aneinander, „du siehst auch sehr gut aus."

Nero lächelte zufrieden und fuhr los.

„Die standesamtliche Heirat ist schon gewesen?", fragte ich, als wir auf die Hauptstraße fuhren.

„Ja, genau", antwortete mein Nachbar, „die standesamtliche Trauung war gestern schon. Sie war ganz klein und nur im Kreis der engsten Familie. Heute ist die große Feier."

„Das heißt, dass jemand aus deiner Familie heiratet?", hakte ich weiter nach, woraufhin er nickte. Bisher hatte ich geglaubt, dass wir auf die Hochzeit eines Freundes gehen würden, Familie kam mir direkt so intim vor und ich fühlte mich ein wenig unwohl.

„Ach so, bevor ich es vergesse", sagte Nero dann plötzlich, „ich habe eine kleine Präsentation vorbereitet und wollte dich fragen, ob du die Folien für mich weiterklicken kannst, während ich vortrage?"

„Was? Natürlich. Das ist kein Problem, solange ich weiß, wann ich weiterklicken soll. Dann musst du mir immer ein Zeichen geben." Im Studium und an der Arbeit hatte ich bereits oft genug Präsentationen vorgetragen und der Part des Weiterklickers war definitiv der leichteste.

„Ich wäre sie vorher gerne einmal mit dir durchgegangen, aber unser Kontakt war in den letzten Wochen ja nicht der engste, also ...", Nero zuckte die Schultern und fuhr anschließend auf einen Parkplatz, auf dem bisher nur zwei andere Wagen standen. „Aber wir haben noch etwas Zeit, bevor die Gäste kommen, also schaffen wir es vielleicht doch noch."

„Oh, wir sind schon vor den anderen da?", fragte ich nach.

„Ja, ich habe versprochen, dass ich noch ein bisschen helfe. Aber du kannst dich gerne einfach ausruhen. Immerhin tut es sicher weh, auf solchen Stöckelschuhen den ganzen Abend rumzulaufen", sagte Nero und reckte sein Kinn in Richtung meiner Füße, „und ich hoffe doch auf einen Tanz mit dir."

„Ach Quatsch, ich helfe gerne. Hätte ich das gewusst, hätte ich mir noch ein paar Ballerinas eingepackt." Ich war nicht der Typ dafür, irgendwo die Beine hochzulegen, während andere die Arbeit machten. Wenn ich mich irgendwie nützlich machen könnte, würde ich das tun.

Als Nero den Motor abgestellt hatte, stieg er aus und kam zu meiner Seite. Er öffnete mir die Tür und hielt mir seine Hand entgegen.

„Wenn ich bitten dürfte?“

53

Ich ließ mir von meinem Nachbarn aus dem Auto helfen und entgegen meiner Erwartung hielt er meine Hand weiter fest, als wir zusammen Richtung des Haupteinganges gingen. Unentschlossen presste ich meine Lippen aufeinander und schielte hinab zu unseren ineinander verschränkten Fingern. Sollte ich ihn darauf aufmerksam machen? Meine Hand einfach wegziehen? Dachte er sich vielleicht einfach nichts dabei?

„Ähm, Nero", begann ich als wir die Tür fast erreicht hatten.

„Hm?", fragte er und sah zu mir herunter.

Mit einem verlegenen Lächeln und einem Kopfnicken deutete ich darauf hin, dass er mich noch immer festhielt.

„Oh", er grinste entschuldigend, „tut mir leid." Daraufhin ließ er mich los und legte mir nur seine große, warme Hand an den Rücken, um mich so weiterzuführen.

Kaum hatten wir das Gebäude betreten, war die unangenehme Situation wieder vergessen, denn sogleich hallte eine Kinderstimme durch das Foyer.

„Nero!!", rief ein kleines Mädchen, das ich bereits von Fotos kannte. Ihre schwarzen Haare flogen in zwei Zöpfen neben ihr her und besonders auffällig war ihre kleine Stupsnase und die vollen Lippen, die sie wie Nero von seiner Mutter geerbt haben musste.

„Marly!", Nero beugte sich zu ihr herab und sie sprang ihm in die Arme. Als würde sie nichts wiegen, hob er sie hoch und wirbelte sie herum, woraufhin Marly loslachte. Unwillkürlich trat ein Lächeln auf meine Lippen, als ich die beiden beobachtete. Durch den großen Altersunterschied war Nero für seine Schwester sicher wie ein zweiter Vater.

Apropos, ob ich diesen heute auch kennenlernen würde?

Doch zunächst trat ein südländisches, in feuerrote Seide gehülltes Juwel aus Rumänien in mein Blickfeld. Ihre vollen, dunklen Haare und diese nachtschwarzen Augen, die denen ihres Sohnes so ähnlich waren, nahmen mich sofort gefangen. Fasziniert betrachtete ich die Frau, die mit einem Lächeln auf den roten Lippen und einem heißen Hüftschwung auf mich zukam, bis sie vor mir stehen blieb und mir ihre zierliche Hand entgegenhielt.

„Du musst Helena sein? Ich bin Amalia, die Mutter von Nero und Marly, freut mich, dich kennenzulernen. Schön, dass du kommen konntest“, sprach sie vollkommen akzentfrei, was dafür sprach, dass sie schon lange in Deutschland leben musste.

„Äh ja, schön, Sie kennenzulernen“, stimmte ich ihr zu und schüttelte ihre Hand, kam jedoch nicht drum herum, dass sie mich kurzerhand zu sich zog und mich doch noch umarmte. Obwohl diese Geste mich deutschen Kühlschrank zunächst überforderte, fühlte ich mich sehr willkommen. Diese Frau ließ das Eis einfach brechen. Als sie sich von mir gelöst hatte, hatten sich auch die beiden Geschwister ausgetobt und die kleine Marly kam schüchtern zu mir. Sie lugte an ihrem großen Bruder vorbei und warf mir ein scheues Lächeln zu.

„Hallo, ich bin Marly“, sagte sie, und auch ihr hielt ich schließlich meine Hand entgegen.

„Ich bin Helena, freut mich sehr! Du bist genauso hübsch wie deine Mama, kein Grund dich zu verstecken!“

Das Mädchen wurde rot und kam nun hinter Nero hervor, der ihr mit der Hand einen leichten Schubs gab.

„Danke“, sagte sie und sah erst mich an, dann jedoch wanderte ihr Blick zu ihrer Mutter, „und hoffentlich werde ich auch mal so eine schöne Braut!“

Verblüfft sah ich Amalia an, die mir mit einem breiten Grinsen ihren goldenen, funkelnden und sicher extra angefertigten Ehering unter die Nase hielt.

Mir klappte beinahe der Kiefer herunter, als mir klar wurde, dass es Neros Eltern waren, die heirateten.

„Ohhh“, sagte ich gedehnt, „herzlichen Glückwunsch!“ Ich versuchte meine Unwissenheit mit einem Grinsen zu überdecken, was jedoch wohl eher ein Zähnefletschen war, als ich mich zu Nero lehnte. „Warum hast du das nicht gesagt?!“, presste ich zwischen den Zähnen hervor und musste mich davon abhalten, ihm zur Strafe gegen das Schienbein zu treten. Mein Nachbar jedoch lachte nur, zuckte die Schultern und kratzte sich am Hinterkopf.

„Hat sich halt nicht ergeben. Wir hatten nicht so viel Zeit, um über die Hochzeit zu plaudern."

„So!", Amalia klatschte in ihre Hände und zog sofort alle Aufmerksamkeit auf sich, „wir haben noch viel zu tun, bevor die Gäste kommen. Nero, kannst du in den großen Saal gehen und Onkel Cristobal beim Aufbau der Musikanlage helfen? Er bräuchte ein paar starke Arme, die ihm die schweren Boxen tragen. Du weißt doch, ich will nicht, dass Papa so schwer hebt. Sein Rücken wird schließlich auch nicht jünger."

„Ja ja, aber ich darf mir den Rücken verheben. Ist schon okay, ich opfer mich gerne für den alten Mann", entgegnete ihr Sohn.

„Und du Helena, nimm einfach irgendwo Platz, du bist unser Gast!", Amalia deutete mit einer ausladenden Geste in Richtung der Tür, hinter der sich der große Festsaal befand.

„Mama, darf ich eine Fanta trinken?", mischte sich Marly ins Gespräch und zupfte ihre Mutter dabei am Ärmel.

„Das geht noch nicht, Schätzchen. Die sind alle noch im großen Kühlraum im Keller, die müssen wir erst hochholen." Amalia sah ihre Tochter bedauernd an und stupste ihr mit dem Finger auf die Nase.

„Oh, ich könnte doch einfach schon mal eine Fanta holen", schritt ich ein und ergriff die spontane Möglichkeit, mich doch noch nützlich machen zu können.

„Das wäre lieb, aber das musst du wirklich nicht. Marly kann auch einfach noch etwas warten", sagte Amalia, doch ich schüttelte meinen Kopf und hob die Hände abwehrend an.

„Wirklich, ich käme mir schlecht vor, nichts zu tun. Ich weiß auch, wo das Getränkelager ist, bei meinem Abiball habe ich auch bei den Vorbereitungen geholfen. Ich kenne mich hier aus und kann auch ein paar Dinge erledigen, und wenn es nur solche Kleinigkeiten sind. Also kann jeder an die Arbeit gehen und ich hole Marly ihre Fanta!", beruhigte ich die besorgte Braut, die daraufhin dankbar nickte.

„Also gut", gab sie sich geschlagen, „vielen Dank, Helena."

„Nicht dafür!" Ich warf ihr ein fröhliches Lächeln zu und wandte mich sogleich ab, um auf die kleine Nebentür rechts von uns zuzusteuern, weil ich wusste, dass sich dahinter die Treppe zum Keller befand. Hier waren einige Räume, in denen sich entweder die Technik oder Lagermöglichkeiten für Lebensmittel oder ungebrauchte Möbel befanden. Ich betätigte den Zeitschalter, der den Keller für einige

Momente erhellen würde und blickte die schmale Betontreppe hinab. Vorsichtig, damit ich nicht auf mein langes Kleid trat oder auf den hohen Absätzen umknickte, stieg ich die Stufen hinab. Unten angekommen ging ich um die Ecke in den langen Flur, wo ich in einigen Metern Entfernung die Tür zur Kühlkammer jedoch offen vorfand. Sicher war bereits jemand hier heruntergekommen, um die Getränke nach oben zu bringen. Ich konnte auch bereits das Klimpern von Glas und das Schaben von Kisten über den Boden hören. Sehr gut, eine weitere Möglichkeit für mich zu helfen!

Ich beschleunigte meine Schritte und nahm die Kurve durch die Kühltür mit einem fragenden „Hallo? Ist hier je...", doch mein Rufen wurde jäh unterbrochen, als ich mit vollem Karacho gegen jemanden donnerte und die Luft aus meinen Lungen gepresst wurde. Ich hörte ihn ein „Entschuldigung" stöhnen. Als ich meine reflexartig zusammengekniffenen Augen öffnete, blickte ich gegen eine breite Brust, die von einem weißen Hemd und einem geöffneten Jackett verdeckt wurde. Die darunterliegende, schwarze Weste war noch geschlossen und auf ihr lag eine feuerrote Krawatte, die perfekt zu dem Stoff von Amalias Kleid passte. Es schien, als hätte ich den Bräutigam, also Neros Vater, gefunden!

„Nein, das war meine Schuld!", erwiderte ich sofort und hob meinen Blick in das Gesicht meines Gegenübers, das sich wie durch Salzsäure für immer in mein Gedächtnis eingebrannt hatte. Niemals würde ich es vergessen, diese markanten Züge mit dem kräftigen Kinn, den hohen Wangenknochen und den kalten, stechend blauen Augen, die Liams so ähnlich waren, dass mir der Atem stockte, genau wie bei unserer ersten Begegnung.

„Balthasar?", fragte ich tonlos, da mein Mund urplötzlich staubtrocken geworden war.

„Du?", seine tiefe Stimme war mehr ein Flüstern, während sein Blick mich zu durchleuchten schien. Ohne ihn von mir abzuwenden, trat er an mir vorbei, während ich erstarrt dastand, nicht in der Lage, mich zu bewegen, als hätte eine unsichtbare Macht meinen Körper gelähmt. Die unsichtbare Macht, die die Aura dieses Mannes war. Die Aura des Bösen.

Mit Ächzen, Grollen und einem versiegelnden Donnern zog Balthasar die Tür des Kühlraumes hinter mir zu.

54

Oh Gott.

Hier stand ich nun.

Im Kühlraum des Bürgerhauses.

Ausgeliefert unten im Keller, wo mich niemand schreien hören würde und der Teufel persönlich hatte die Tür hinter mir verschlossen. Jetzt stand er da, versperrte mir den Weg und starrte mich aus diesen unsagbar kalten Augen ungläubig an. Als wäre ich eine Fliege, die freiwillig in das Netz der Spinne geflogen war. Nun stand ich Balthasar gegenüber. Dem größten Alptraum meines Freundes und so vieler unschuldiger Kinder. Ausgerechnet jetzt.

Heute auf dieser Hochzeit.

Auf seiner Hochzeit.

Die Hochzeit, auf die ich von Anfang an nicht hätte gehen sollen. Die von Beginn an unter einem schlechten Stern gestanden hatte. Doch ich hatte nicht auf die schlechten Omen gehört und Nero wegen meines schlechten Gewissens zugesagt. Was würde dieser Mann jetzt mit mir tun? Schlagartig breitete sich eine Gänsehaut auf meinem Körper aus und eine Eiseskälte machte sich in meinem Magen breit. Dieser schien sich einmal um sich selbst zu knoten, sodass ich befürchtete, mich vor Angst gleich einfach zu übergeben. Ich ballte die Hände so fest zu Fäusten, dass sich meine Nägel in mein Fleisch gruben und entfernt hörte ich das Klappern meiner Zähne. Würde er jetzt nachholen, was er vor zwei Jahren versäumt hatte? Würde er mich jetzt einfach töten? Hier, wo meine Hilferufe von den schweren Türen der Kühlkammer erstickt werden würden? Er bräuchte nicht einmal eine Waffe, um mich umzubringen. Die Hände dieses Mannes könnten mir mit Leichtigkeit das Genick brechen. Mich langsam erwürgen oder einfach nur meinen Schädel an den Kisten und Wänden zertrümmern. Er würde meine Leiche aus dem Lieferanteneingang hinausschaffen und mich im Hinterhof in die Mülleimer stopfen oder einfach im Fluss versenken. Egal was er jetzt tun würde, ich hoffte einfach, dass es schnell ging und ich nicht allzu viel spüren würde.

„Was zur Hölle tust du hier?", durchbrach der liebreizende Bräutigam meine paranoiden Gedanken.

„Was ich hier tue?", überschlug sich meine Stimme, „was tun SIE hier?" Vielleicht hatte ich Glück, würde hyperventilieren und ohnmächtig werden, oder noch besser: einfach mit einem Herzinfarkt tot umfallen.

„Wie sieht es denn aus? Ich heirate!", knurrte er mir entgegen.

„A...aber, sie sind verheiratet", stotterte ich.

Seine Brust hob sich für einen Moment stark an und das weiße Hemd spannte sich, als er die Luft tief in seine Lungen sog und seufzend wieder ausstieß. „Nicht mehr", antwortete er und mir fiel auf, dass trotz seiner aufrechten, autoritären Körperhaltung, die ich noch zu gut in Erinnerung hatte, der Ausdruck in seinen Augen diesmal anders war. Etwas fehlte.

„Haben sie sich scheiden lassen?", hakte ich vorsichtig nach und suchte dabei so unauffällig wie möglich nach irgendeiner Möglichkeit zu entkommen. Er versperrte die geschlossene Tür noch mit seinem Körper, ich müsste ihn erst von dieser weglocken. Allerdings war der Kühlraum nicht groß genug, um es auf eine Verfolgung ankommen zu lassen. Mit einem Schritt und ausgestreckten Armen hätte er mich sofort erwischt.

„Der Tod hat unsere Ehe geschieden", noch ehe er weiter sprechen konnte, fiel ich ihm, todesmutig wie ich war, ins Wort:

„Haben Sie sie umgebracht?", der Hüne vor mir zog seine Brauen zusammen und sah mich ungläubig an.

„Was? Nein!", empörte er sich, als wäre es völlig abwegig, so was von ihm zu denken.

„Haben Sie sie nicht in den Tod getrieben?!", warf ich ihm vor, woraufhin er langsam den Kopf schüttelte. „Es war ihre eigene Entscheidung, ihrem Leben ein Ende zu setzen. Ich hatte damit nichts zu tun. Jeder hat seine eigenen Wege, um mit manchen Dingen fertig zu werden und sie war nun mal zu schwach, um das alles zu verkraften. Ich habe mein Leben weitergelebt, sie nicht, sie ist schon immer vor unserem Schicksal geflohen. Erst in exzessivem Luxus, dann im Alkohol und schließlich im Tod."

Das ergab für mich keinen Sinn. Was meinte er mit „das alles"? Meinte er die Dinge, die er getan hatte? Und wieso sprach er von „unserem Schicksal"? Doch ich hatte gerade keine Zeit, weiter darüber nachzudenken, denn ich musste mir einen Weg überlegen, wie ich fliehen konnte.

„Und was haben sie jetzt vor?" fragte ich, um ihn abzulenken, da ich befürchtete, dass ihn das Gespräch über seine verstorbene Frau nur wütend machen würde. Ich wusste ja, wie sehr er Schwäche an Menschen hasste.

Wieder trat dieser ungläubige Ausdruck auf Balthasars kantiges Gesicht. „Ich feiere meine Hochzeit? Was denn sonst?", giftete er mich an und einmal mehr musste ich gestehen, das Liam sehr viel von ihm geerbt hatte. Oder sich sehr viel von ihm abgesehen hatte.

„Nein. Ich meine mit mir", sagte ich und versuchte möglichst unauffällig nach einer der vielen Getränkeflaschen zu greifen, die hinter mir in den Kisten standen. Liams und wahrscheinlich auch Neros Vater verengte abschätzig die Augen, während er mich mit ihnen fixierte.

„Das, Helena, kommt ganz darauf an, was du jetzt tust", hauchte er und ich war mir nicht sicher, ob das eine Drohung war, doch bevor ich noch etwas sagen konnte, hörte ich Schritte draußen im Flur und eine Stimme, die meinen Namen rief. Ich wusste, wenn ich diesen Raum lebend verlassen wollte, war dies meine einzige Chance. Ich musste jetzt handeln. Also zog ich die Flasche mit einem Ruck aus der Kiste und schleuderte sie in die Richtung des pädophilen Monsters vor mir und versuchte, den Moment zu nutzen, in dem er reflexartig den Arm hochzog, um an ihm vorbei zur Tür zu kommen. Aber die Flasche sauste an seinem Kopf vorbei und verfehlte ihr Ziel, sodass meine Fingerspitzen gerade das kalte Metall der Tür streiften, als sich bereits kräftige Finger wie Stahl um meine Oberarme schlossen und mich mit einem Ruck zurückzogen.

Das wars.

Ich hatte es nicht geschafft.

55

Die Luft wurde schmerzhaft aus meinen Lungen gepresst, als ich nach hinten gegen die harte Brust meines Jägers stieß. Mit Händen und Füßen versuchte ich mich zu wehren, doch jeder Tritt und jedes Fuchteln schien ihm nicht das Geringste auszumachen. Da fiel es mir wie Schuppen von den Augen: wenn ich draußen eine Stimme hörte, dann würde sie mich auch hören!

„Hi…", Balthasars gigantische Hand legte sich gleichzeitig über meine Nase wie auch über meinen Mund und erstickte meinen Schrei im Keim.

„Hör mir zu, Helena", hauchte er so dicht an meinem Ohr, dass sein warmer Atem meine Wange streifte, was die Haare in meinem Nacken sofort senkrecht stehen ließ, „ich werde dir nichts tun." Verzweifelt versuchte mein Körper den wichtigen Sauerstoff in sich aufzunehmen, doch kein winziger Atemzug schaffte es an seinem erstickenden Griff vorbei. Meine Lungen begannen zu brennen.

„Ich schwöre dir, ich werde dir nichts tun", wiederholte er, „aber sei leise. Zerstör mir das hier nicht. Auf diesen Tag warte ich seit beinahe 35 Jahren. Ich …", er stockte und schien mit sich zu ringen, „… ich bitte dich", mit diesen Worten löste er seine Finger so weit, dass wenigstens durch meine Nase die überlebensnotwendige Luft den Weg in meine leeren Lungen finden konnte. Hatte Balthasar Winterfeld mich tatsächlich gerade um etwas angefleht? Ich konnte es nicht fassen. Natürlich durfte ich nicht außer Acht lassen, dass eine solche „Bitte" in meiner Situation kaum eine Ablehnung erfahren konnte. Jedenfalls nicht ohne kritische Konsequenzen, oder?

„Helena, ich bitte dich. Ich bin nicht mehr so, wie du denkst", sagte er verzweifelt. , Als er die Hand gänzlich von meinem Gesicht löste und mich zu sich umdrehte, wurde mir endlich bewusst, was es war, das in seinen Augen fehlte:

Es war das Bewusstsein darüber, vollkommen überlegen zu sein. Es war die Übermacht, die fehlte. Sein Sohn hatte ihn mit einer Waffe bedroht und sogar der Polizeidirektor persönlich hatte ihn abgeführt, doch nie war dieser gewinnende Glanz aus seinen Augen oder das hämische Grinsen aus seinem Gesicht verschwunden. Doch in diesem Moment war es von etwas anderem ersetzt worden:

Angst.

Balthasar hatte Angst.

Aber wovor? Ganz sicher nicht vor mir! Oder doch? Davor, dass ich ihm seine neue tolle Familie kaputt machte? Was sollte das heißen, seit beinahe 35 Jahren? Was sollte ich ihm jetzt antworten? Seine Hände lösten sich vollkommen von mir, doch das Flehen in seinen Augen war noch immer nicht verschwunden.

„Ach nein? Vor zwei Jahren haben sie ihren Sohn noch gefoltert und mich mit Vergnügen beinahe vergewaltigt", zischte ich.

„Ich weiß, Helena. Ich habe diesen Bastard nicht abgehalten, Liam zu schlagen, weil ich wissen musste, wo Anna ist und weil ...,"

„Sie behaupten also, Sie hätten Liam nicht gefoltert?", unterbrach ich ihn.

„Doch, also ... Nein. Foltern ist der falsche Begriff. Aber ich weiß, dass es falsch war. Auch wie ich dich behandelt habe. Ich war unter Druck. Ich musste Anna finden", versuchte er sich zu rechtfertigen.

„Helena? Wie lange kann es denn dauern, eine Fanta zu holen?", die Tür hinter mir wurde aufgedrückt und ich konnte nur anhand der Stimme vermuten, das es sich um Nero handeln musste. „Papa, was machst du denn hier? Mama hat dir doch verboten, schwere Sachen zu schleppen." Ja, schwere Leichen, wie mich zum Beispiel. Schoss es mir durch den Kopf. Ich zuckte unweigerlich zusammen, als Balthasar plötzlich zu lächeln begann und er seinen schweren Arm um mich legte, während er mich zu Nero umdrehte.

Nero, sein Sohn.

„Ich hab nur geguckt, ob sie alles richtig geliefert haben, als mir deine hübsche Begleitung in die Arme lief", erwiderte Balthasar so, als hätten wir uns nur nett über die Hochzeitsdeko unterhalten. Ich war noch vollkommen perplex und überfordert mit der Situation, dass ich nichts anderes tun konnte, als hilflos zu lächeln und mir meine Verkrampfung unter der Berührung seines Vaters nicht anmerken zu lassen. Ich sollte auf jeden Fall jetzt zusehen, dass ich so schnell wie möglich mit Nero zusammen hier unten verschwinden konnte.

„Mama wartet oben auf dich, Papa, und Marly wartet auf ihre Fanta", sagte Nero und hielt mir auffordernd seine Hand entgegen. Ich war ihm dankbar dafür, dass er mich nun aus den Fängen dieses Dämons befreite. „Vergiss die Fanta nicht, Helena", erinnerte er mich noch mal und ich konnte die Verwirrung in seinem Gesicht nur zu gut verstehen, dass ich so verstört und apathisch wirkte. Mein Nachbar hatte wahrscheinlich keine Ahnung von den ganzen Dingen, die zwischen mir und seinem Vater vorgefallen waren. Vermutlich hatte er auch keine Ahnung von den ganzen anderen, schrecklichen Dingen, die er mit Kindern, ja vielleicht sogar mit der kleinen Marly tat! Mir wurde schlecht bei dem Gedanken, dass er sich heimlich an diesem kleinen, fröhlichen Mädchen vergreifen könnte.

Mit zittrigen Fingern nahm ich eine Flasche Fanta aus einem der Kästen und eilte dann fluchtartig zu Nero. Der sah mit angehobener Augenbraue seitlich zu mir herab.

„Ist alles in Ordnung mit dir? Du siehst aus, als wärst du einem Geist begegnet."

Schlimmer, dachte ich, schlimmer noch. Dem Teufel war ich begegnet. Erneut.

Ich atmete tief ein und nahm meinen Mut zusammen, um über die Schulter zurück zu sehen. Balthasar hatte sich noch nicht bewegt. Er stand im Eingang der Kühlkammer und blickte uns aus seinen schrecklich blauen Augen, die Liams so ähnlich waren, nach. Als ein Schauer meinen Rücken hinablief, presste ich die Lippen aufeinander, sah dann aber wieder zu Nero herauf. Ich zwang mir ein Lächeln aufs Gesicht.

„Ja, alles prima", log ich.

„Tut mir leid, wenn dich mein Vater erschreckt hat. Er ist ziemlich groß und wirkt oft sehr streng. Das kann einem schon mal einen Schrecken einjagen. Aber auch, wenn er dreinschaut wie ein Grummel, er ist ein wirklich freundlicher, liebevoller Mann", Nero klopfte sich auf die Brust, „so wie ich", grinste er dann.

Ich hob meine Augenbrauen an und sagte nichts dazu. Nero war nicht wie Balthasar. Im Gegensatz zu ihm war er ein wirklich netter Mensch. Aber die Verwandtschaft im Aussehen, der Stimme und Ausstrahlung ließ sich nicht verleugnen und jetzt verstand ich auch, warum mich Neros Nähe zu Anfang so aus der Fassung gebracht hatte. Die Gänsehaut, die ich bekommen hatte, wenn er mit mir sprach. Er hatte genau so eine erschreckende Ähnlichkeit zu seinem Vater wie Liam.

„Schon gut“, sagte ich schließlich, als wir zusammen die Treppe hinaufgingen. Erst als wir oben angekommen waren und sich die Tür zum schicksalhaften Keller endlich hinter uns schloss, blieb ich stehen und griff nach Neros Hand, damit auch er anhielt. Der Arzt mit den dunklen Augen sah mich fragend an.

„Nero, ich muss dir etwas sagen“, begann ich zögerlich. Was sollte ich tun? Sollte ich tatsächlich auf Balthasars Bitte eingehen und ihm diesen Tag gönnen? Sollte ich schweigen und gemeinsam mit Liam versuchen, das alles zu vergessen? In Frieden zu leben? Denn mit diesem Druckmittel in der Hand wäre Balthasar kaum mehr eine Gefahr für uns. Doch galt das auch für die Kinder? Für Marly? Hatte ich nicht die Pflicht, die Frau und die Kinder darüber aufzuklären, welches Monster sie in ihre Mitte ließen?

Musste ich sie nicht vor ihm beschützen?

56

„Ich weiß es, Helena", dieses Geständnis schleuderte mir mein Nachbar einfach so entgegen. Es traf mich wie ein Hammerschlag in die Magengrube. Mein Mund klappte vor Fassungslosigkeit auf und meine Stirn legte sich aus einer Mischung von Enttäuschung und Wut in Falten. Er wusste es? Er wusste es und bezeichnete ihn dennoch als liebevollen, freundlichen Mann? Er ließ dieses Monster seine Mutter heiraten?

„Und es ist dir egal?", hauchte ich tonlos und spürte, wie sich einmal mehr mein Innerstes verkrampfte und mir speiübel wurde. War es ihm wirklich egal? Oder steckte er doch sogar mit seinem Vater unter einer Decke? Tat er die Dinge für ihn, die Liam früher hatte tun müssen? Tat er sie womöglich auch noch gerne?

„Nein! Natürlich nicht. Ich wollte ihn immer im Gefängnis besuchen gehen! Aber ich durfte nicht!", verteidigte er sich.

„Aber er war doch gar nicht im Gefängnis", erwiderte ich empört und kämpfte mit Mühe gegen die Tränen, die sich durch die Rage in meinen Augen bildeten. Nein. Balthasar hatte nicht einen einzigen Tag für seine Taten im Gefängnis gesessen. In Untersuchungshaft vielleicht. Nero sah mich hingegen verwirrt an, zog mich dann plötzlich zur Seite, da die Kellertür geöffnet wurde und Balthasar heraustrat. Ich sah nicht zu ihm, sondern auf die Fantaflasche in meiner Hand, dennoch spürte ich seinen eiskalten Blick auf uns. Als er sich wieder weit genug von uns entfernt hatte, trat ich einen Schritt näher an Nero heran.

„Er weiß, dass wir über ihn reden", flüsterte ich nervös, woraufhin sich Neros Finger fester um meine schlossen.

„Scheiße, dann wird er wütend. Ich habe ihm versprochen, an seiner Hochzeit nicht darüber zu reden", flüsterte auch er und sah seinem Vater nach. Als mir auffiel, dass ich noch immer seine Hand festhielt, löste ich sie schnell von ihm. Zu groß war mein Ekel und Hass vor solchen Menschen, als dass ich ihn berühren wollte.

„Ich kann verstehen, wenn du jetzt wütend auf mich bist, dass ich dir das verschwiegen habe. Aber es ist nun mal kein schönes Thema und ich wollte nicht, dass das an diesem Tag zwischen uns steht. Ich hoffe, du kannst mir das irgendwann verzeihen“, sagte er und sah traurig nach unten. Ich konnte nicht fassen, wie unbekümmert er über dieses Thema redete. Als wäre es möglich, so etwas einfach zu verzeihen.

„Verzeihen?“, krächzte ich also entsetzt, „Wie soll ich, wie soll irgendjemand so was einfach verzeihen können?“ Glaubte er wirklich, es wäre mit einem reumütigen Blick und einer Entschuldigung getan?

„Du musst verstehen, dass es für uns alle nicht leicht ist, besonders nicht für meinen Vater. Die Situation belastet ihn sehr.“

„Ihn?!“, fiepte ich und lachte entgeistert auf. Das hier war doch wirklich die Krönung der Dreistigkeit. Balthasar auch noch als Opfer darzustellen. Was belastete ihn denn? Dass er jetzt den perfekten Hausmann spielen musste? Oder dass er auf kleine Kinder stand?

„Ja, ihn“, bestätigte Nero und hob die Schultern leicht an, „er hatte es in seiner Kindheit und Jugend nicht leicht“, begann er und die miese Ausrede für Balthasars „Neigungen“, kleine Kinder zu missbrauchen, die jetzt folgen würden, stieß mir schon im Vorfeld sauer auf. Doch ich war zu fassungslos und trotz allem auch zu neugierig, um ihn jetzt nicht erklären zu lassen, wieso Balthasar diese Dinge tat.

„Großvater ist ein absoluter Nazi und ich weiß nicht, ob es dir aufgefallen ist“, er deutete auf sich selbst und hob die Augenbrauen an, während er die Lippen zu einem schiefen, bitteren Lächeln verzog, „ich bin Jude. In seinen Augen bin ich nichts weiter als der schändliche Bastard, den sein einziger Sohn vor über 32 Jahren gezeugt hat. Er hat meinen Vater dazu gezwungen, eine Frau zu heiraten, die er nicht liebt. Aber ihre Eltern waren reich und deutsch“, Nero hob die Arme vom Körper an und schüttelte den Kopf, „alles, was wir nicht waren. Er musste uns all die Zeit über geheim halten und ein Doppelleben führen. Er hat uns Geld geschickt, damit wir uns versorgen konnten. Er hat sich in all den Jahren, so gut es ging, um uns gekümmert und ist damit das Risiko eingegangen, dass sein Vater es herausfindet und ihn verstößt oder Schlimmeres. Großvater hat es nämlich nicht so mit Beherrschung“, er deutete auf die feine, weiße Narbe, die sein Gesicht zerschnitt, „und ich bin damit noch glimpflich davongekommen. Du solltest Papas Körper sehen. Er ist übersät von Narben. Er hat Misshandlungen erfahren, von denen er sicher einige nur überlebt hat, weil er in so guter körperlicher Verfassung ist. Von denen auf seiner Seele mag ich gar nicht erst sprechen. Er hat so lange Zeit auf diesen Tag gewartet. Auf den Tag, seine wahre Liebe heiraten zu können. Endlich bei uns sein zu können. Und auch wenn die Heirat mit seiner ersten Frau nur arrangiert war und er auf der einen Seite erleichtert ist, nun von seinen Fesseln befreit zu sein, so ist es dennoch ein Thema, dass ihm sehr weh tut. Diese Frau, dieser Teil seiner Familie, war über 30 Jahre lang sein Gefängnis."

Ich kräuselte die Augenbrauen und schüttelte langsam meinen Kopf. Dass Balthasar eine schlimme Jugend und offenbar auch schlimme Zeit danach gehabt hatte, dass sein Vater ihn misshandelt hatte, war doch lange noch kein Freifahrtsschein dafür, selbst Gewalt an seinem Sohn oder anderen Kindern auszuüben. Es mochte vielleicht der Grund sein. Aber es entschuldigte nichts. Gar nichts. Dass Nero Balthasars Taten so einfach rechtfertigen wollte, machte mich unglaublich wütend. Mein Herz hämmerte heftig gegen meine Brust, als wolle es herausbrechen und ihn erwürgen. Hitze fuhr in Wellen durch meinen Körper, trieb mir den Schweiß aus den Poren und ließ meinen Kopf glühen.

„Ich fasse es nicht", hauchte ich entgeistert und schüttelte einfach nur weiter meinen Kopf, während ich die Fanta fest umklammerte.

„Helena", Neros obsidianschwarze Augen funkelten mich flehentlich an. Er machte einen Schritt auf mich zu und wollte nach meinen Handgelenken greifen. Fauchend wie eine Katze wich ich vor ihm zurück und entzog mich der Berührung.

„Ich bitte dich doch nur um ein klein wenig Verständnis dafür, dass wir auf der Hochzeit meines Vaters besser nicht über meinen Bruder sprechen. Liam wühlt ihn einfach auf. Wir haben nach der Feier noch genügend Zeit, über alles zu reden. Ich habe oft mit Papa über ihn gesprochen. Ich wollte ihn im Gefängnis besuchen, damit wir uns schon kennenlernen können. Aber er hat mir davon abgeraten, weil seine Beziehung zu Liam schwierig ist. Er wollte zuerst selbst mit ihm reden und mit ihm ins Reine kommen, bevor er unsere beiden Welten aufeinandertreffen lassen will. Er wünscht sich, dass Liam Teil von seiner richtigen Familie wird. Er hat mir..."

„Stopp!“, unterbrach ich ihn und hob meine flache Hand an. Ich kniff die Augen leicht zusammen, „du redest die ganze Zeit von Liam?“, fragte ich ungläubig.

„Ja, das wolltest du mir doch sagen, oder nicht? Dass du weißt, dass wir Brüder sind und du bist wütend, dass ich es verschwiegen habe. Auch wenn ich selbst erst weiß, dass du mit meinem Halbbruder zusammen bist, seitdem er mir die Nase gebrochen hat“, lächelte er bitter.

Mir klappte der Unterkiefer herunter. Wir hatten die ganze Zeit aneinander vorbeigeredet. Hatte er also doch keine Ahnung von dem, was sein Vater mit Kindern tat? „Nero, ich...“, begann ich überfordert und rang nach Worten, „es gibt noch mehr, was ich dir sagen muss. Was du wissen musst ...“

Ich atmete tief ein und setzte an, um Liams Bruder endlich alles über seinen Vater zu erzählen, endlich herauszufinden, was er wusste und was nicht, als ich jäh von einem lauten Knall und Jubel unterbrochen wurde. Ich sah mich erschrocken um. Im Foyer hatten sich inzwischen die ersten Gäste eingefunden und wurden von Balthasar und seiner Frau mit Sekt empfangen.

Marly lief uns winkend entgegen.

„Kommt doch! Es sind schon Gäste da!“, rief sie fröhlich, während sie aufgeregt mit den Händen wedelte.

Nero lächelte seine kleine Schwester an und fasste mich erneut bei der Hand.

„Egal was es ist, es kann auch bis nach der Feier warten. Danach haben wir genug Zeit, um über alles zu sprechen. Versprochen, Helena. Lass uns feiern.“

Feiern? Mir war nach vielem zu Mute, aber ganz sicher nicht zum Feiern. Vor allem nicht mit diesem Mann, dachte ich, während sich mein Blick in Balthasars breiten Rücken bohrte.

57

Konnte ich diesem Mann verzeihen? Könnte irgendjemand diesem Mann das verzeihen, was er seinem Sohn und unzähligen Kindern angetan hatte? Mal abgesehen davon, hatte er mich fast vergewaltigt. Ich werde niemals vergessen, wie er auf mich heruntergeblickt hatte, bereit, mir schreckliche Dinge anzutun, nur weil es ihm gefiel, seinen Sohn leiden zu lassen. Macht auszuüben. Diese überlegene Macht, die ihm heute fehlte. War es nicht genau der richtige Moment, um seine Schwäche auszunutzen und ihm alles heimzuzahlen, ihm dieses Glück zu nehmen? Auge um Auge, Zahn um Zahn. Dieser Mann hätte es zweifelsohne verdient. Doch hatte es auch seine Familie verdient? Wenn sie keine guten Schauspieler waren, dann waren sie wirklich glücklich. Sogar Marly wirkte unbeschwert und Nero schien seinen Vater zu lieben. Ebenso wie Amalia. Und Balthasar schien seine neue Familie zu lieben. Was war wichtiger? Rache an Balthasar, um ihn zu bestrafen? Oder das zerbrechliche Glück der Unbeteiligten zu erhalten? Wollte er wirklich, wie Nero es gesagt hatte, Liam Teil hiervon werden lassen? Würde Liam das überhaupt wollen? Eine Familie war zweifelsohne das, was er sich immer gewünscht hatte. Einen Bruder, eine Schwester, eine liebende Mutter und einen guten Vater? Glaubte Balthasar wirklich, dass Liam ihm das alles verzeihen konnte? Nicht nur das, was er als Kind mit ihm und Anna gemacht hatte, sondern auch das, was er vor zwei Jahren getan hatte? Und eine der wichtigsten Fragen: Tat er diese Dinge noch?

„Gibst du mir die Fanta?", drang Marlys Stimme zu mir durch, als sie an dem Ärmel meines Boleros zupfte. Ich ging in die Knie, um auf Augenhöhe mit dem Mädchen zu kommen und lächelte sie an.

„Klar, aber vielleicht kannst du mir ja auch kurz helfen", begann ich und das Mädchen nickte eifrig. Mein Blick wanderte von ihrer Zahnlücke, die sich direkt rechts vorne in ihrer geraden, weißen Zahnreihe befand, vorbei an ihrer kleinen Stupsnase zu ihren Augen. Zu ihren saphirblauen Augen, die umrahmt von ihrer sandfarbenen, sonnengeküssten Haut funkelten wie stürmische Wellen, die an Steinen nahe der Küste zerschellten. Das Blau war tiefer und dunkler als das ihres Vaters oder ihres Halbbruders und dennoch wirkte es ungewöhnlich exotisch in ihrem südländischen Gesicht.

„Ich bin ja ziemlich fremd hier, außer deinem Bruder kenne ich ja niemanden. Das da hinten, ist das dein Papa?“, fragte ich neugierig und drehte ihr die Fanta auf, bevor ich sie ihr gab.

„Ja, der Große, mit den schwarzen Haaren, neben meiner Mama“, klärte sie mich freundlich auf.

„Ah! Okay und ist er nett?“, fragte ich weiter.

„Ja! Sehr! Er ist der beste Papa auf der Welt, außer wenn ich ihm die Fernbedienung wegnehme“, sagte sie und schürzte ihre vollen Lippen zu einer Schnute.

„Wieso? Was macht er denn dann?“, fragte ich alarmiert.

„Dann wird er böse und sagt Mama, sie soll mich schimpfen.“

„Und schimpft er dich auch ab und zu? Oder deine Mama oder deinen Bruder?“, bohrte ich weiter nach. Aber sie schüttelte den Kopf.

„Nein. Papa schimpft nie. Mama sagt, dass er sie immer den Buhmann spielen lässt. Bis vor Kurzem haben wir ihn ja sowieso nicht so oft gesehen. Da durfte Papa noch nicht zu uns, wegen Opa.“

„Kennst du deinen Opa? Ist er hier?“, fragte ich und sah an ihr vorbei zu der Menschentraube beim Eingang. Vielleicht konnte ich ja jemanden erkennen, der sich als Balthasars Vater identifizieren ließ.

Marly allerdings schüttelte den Kopf und schlug betrübt ihren Blick nieder.

„Opa mag uns nicht. Ich habe ihn noch nie gesehen und Papa sagt, das ist besser so. Deswegen hat er ihn auch nicht eingeladen. Er möchte mit diesem Kapitel abschließen, hat er gesagt.“ Das Mädchen hob die Schultern ahnungslos an und ich nickte verstehend. Dann leckte ich mir nachdenklich über die Lippen und überlegte fieberhaft, wie ich herausfinden konnte, ob Balthasar vielleicht Dinge mit ihr tat, die sie noch nicht verstand. Dinge, die ein Vater nicht tun sollte.

„Hat dein Papa mit dir schon ma...“

„Marly, was machst du denn? Onkel Demian hat was für dich. Ich glaube, es ist was Süßes und Geld“, unterbrach mich die tiefe, herrische Stimme Balthasars, die mir augenblicklich einen eiskalten Schauer den Rücken laufen ließ. Seine riesigen Hände legten sich um den zierlichen Leib seiner Tochter und er entzog sie meinem Verhör, indem er sie auf den Arm hob.

„Die Frau fragt mich Sachen über dich", antwortete Marly mit der Ehrlichkeit eines Kindes.

„So, tut sie das?", erwiderte Balthasar und hob die Augenbrauen, während er mir einen Blick zuwarf.

„Ja", gab ich zu, „ich wollte wissen, was Marly für einen Vater hat." Da ich mich ihm gegenüber ohnehin schon so klein fühlte, erhob ich mich und reckte mein Kinn, um ihm zu zeigen, dass ich mich ihm nicht mehr unterlegen fühlte. Balthasar lächelte seine Tochter warm an.

„Und?", fragte er, „was hat Marly für einen Papa?"

„Den besten!", rief sie freudig und gab ihm einen dicken Schmatzer auf die Wange. Dann lachte sie unbeschwert, was ihn dazu veranlasste, in dieses Lachen mit einzustimmen. Das war das erste Mal, dass ich diesen Mann lachen sah oder hörte. Auf eine unbeschwerte, befreite und glückliche Art und Weise, wie damals Liam, als er mit Fly in das Waldschwimmbad rannte. Es war so ehrlich und liebevoll. Nicht das dreckige, dunkle und bösartige Lachen, das ich sonst von ihm kannte. Die beiden entfernten sich von mir und verschwanden in der Menschenmenge am Eingang. Ich schloss für einen Moment die Augen und atmete tief durch, als wäre soeben eine schwere Last von meiner Brust genommen worden. Auch wenn ich keine eindeutige Antwort bekommen hatte, irgendwie hatte ich das Gefühl, dass Marly kein Leid geschehen war und dass diese Familie etwas Heiliges für Balthasar war. Vielleicht sehnte sich eben auch der Teufel nur nach etwas Liebe? Kopfschüttelnd starrte ich ins Leere und versuchte zu verarbeiten, was ich erfahren hatte, versuchte zu verarbeiten, dass ich meinem schlimmsten Albtraum in die Arme gelaufen war und mich nun auf seiner Hochzeit befand.

„Helena, kommst du?" Nero hatte sich von seiner Verwandtschaft gelöst und kam auf mich zu, „nach dem Sektempfang kommt die Trauung, bevor die richtige Feier losgeht. Als meine Begleitung hast du einen Platz neben mir in der ersten Reihe. Und ich möchte dir vorher noch ein paar Leute vorstellen!" Er hielt mir einladend die Hand entgegen. Mechanisch setzte ich mich in Bewegung und ging auf ihn zu.

58

Die Hochzeitsgesellschaft wanderte langsam vom Empfang in den großen Festsaal hinüber. Die weißen Tische waren mit cremefarbenen Läufern bedeckt, auf denen wunderschöne, verspielte Blumengestecke thronten, deren Akzentfarbe passend zu dem Kleid und der Krawatte des Brautpaares rot war. Rot wie die Liebe. Rot wie Blut. Über die Stühle waren Hussen aus Stoff gespannt und schlanke, große Kerzen ragten dann und wann wie elegante Obelisken von den Tischen hervor.

„Wir gehen durch zur Terrasse. Dort wird noch die freie Trauung stattfinden", flüsterte Nero mir zu, als er sich zu mir herunterlehnte. Zusammen mit den anderen Gästen passierten wir nach und nach den Festsaal und versammelten uns im Außenbereich. Obwohl wirklich alles schön und harmonisch schien, wollte der bittere Beigeschmack nicht von meiner Zunge verschwinden. Egal wie sehr ich es zu verdrängen versuchte, immer wieder drängten sich mir Fragen und Überlegungen in mein Bewusstsein. Ich blickte in die Gesichter der Gäste und fragte mich, ob irgendjemand von ihnen Balthasars wahres Gesicht kannte. Oder sollte man sagen, sein anderes Gesicht? Ich fragte mich, ob hier vielleicht ein Komplize von ihm war, der genauso ein doppeltes Spiel spielte. Noch immer war ich hin- und hergerissen, zwischen einfach gehen und laut schreien, was für ein krankes, perverses Schwein der von allen geschätzte und geliebte Bräutigam war. Doch Ersteres würde mich zwar aus dieser Situation befreien, aber den ahnungslosen Nero allein dastehen lassen. Und die zweite Möglichkeit würde mir wohl absolut nichts bringen. Abgesehen von ungläubigen und vorwurfsvollen Blicken der Gäste, wie ich solche Dinge von dem beispielhaften Familienvater behaupten konnte. Nero hatte nur Augen und Ohren für die Trauung seiner Eltern. Das glückliche Glitzern in den tiefschwarzen Obsidianen verriet mir, dass er mir sicher nicht richtig zuhören, geschweige denn glauben würde.

In der ausgelassenen, gut gelaunten und ahnungslosen Gesellschaft kam ich mir vor wie ein Fremdkörper. Ein Sandkorn im Auge. Es tat mir weh, darüber zu entscheiden, ob ich dieses Glück zerstören oder diese wunderbare Familie im Unwissen lassen sollte. Vor allem war da noch der Gedanke daran, dass Liam und ich womöglich einfach in Frieden vor Balthasar leben konnten. Zusammen. Ohne Angst. Jedoch ohne Gerechtigkeit. Das, was Liam sich sein halbes Leben lang so sehr wünschte. Für all die Kinder, für Anna und für sich selbst.

Gerechtigkeit.

Genugtuung.

Rache.

„Alles gut?", riss mich Neros tiefe Stimme aus den Gedanken und seine warme Hand legte sich an meinen Oberarm, um diesen beistehend zu streicheln.

„Ist sicher komisch, weil du niemanden kennst, oder?", seine Lippen verzogen sich zu einem entschuldigenden und mitfühlenden Lächeln, das ich ein wenig verzweifelt erwiderte.

„Nein, geht schon. Alles gut!", immerhin hatte er mir eben seinen Onkel und seine Tante vorgestellt, die beide ebenso herzlich waren wie seine Mutter. Zudem war die Gesellschaft wirklich klein, da von Balthasars Seite wohl kaum Gäste geladen waren. So kam ich mir trotz meines Fremdkörpergefühls wenigstens nicht unwillkommen vor. Abgesehen von Balthasar vielleicht, der sich jedoch beste Mühe gab, so zu tun, als wäre ich Luft. Nur ab und an ertappte ich ihn, wie er mir einen unsicheren Blick zuwarf und ich mich dabei, wie ich ihn anstarrte.

Meine Instinkte hielten mich davon ab, ihn aus den Augen zu lassen. Als wäre er eine Bestie, die auf mich lauerte.

„Gleich geht es los, um genau 18 Uhr", grinste Nero aufgeregt und drückte noch einmal meinen Oberarm.

Ich öffnete meine kleine, schwarze Handtasche, um einen Blick auf die Uhr meines Handys zu werfen.

17:57 Uhr.

8 ungelesene Nachrichten

3 verpasste Anrufe von Liam, die allesamt auf meiner Mailbox gelandet waren. Verdammt, was wollte er denn? Ich legte meine Stirn in Falten und zog mein Smartphone aus der Tasche, um es zu

entsperren und die Nachrichten zu lesen. Sicher drehte er zu Hause einfach durch vor Sorge, ich könnte auf dieser Hochzeit mit Nero durchbrennen.

Doch ich kam nicht ein Mal dazu, Whatsapp zu öffnen, als eine mir allzu bekannte Stimme sich über das Gemurmel der Gäste erhob.

„Helena? Wissen Sie, wo Helena ist?“ Liam? Er fragte sich wohl durch die Menge und suchte nach mir.

„Ich glaube, das ist die Freundin von Nero. Schauen sie mal da vorne nach. Das Mädchen in dem violetten Kleid“, antwortete ihm eine ältere Dame mit hochgesteckten, langen grauen Haaren und Perlenohrringen. Liam entdeckte mich schließlich und ich war erstaunt darüber, das trotz der Aussage, dass ich Neros Freundin wäre, sein Gesicht nicht wütend war, sondern eher ... panisch? Ich zog verwundert meine Brauen zusammen und fragte mich, was er hier tat und warum er so aufgeregt wirkte.

„Liam, hier bin ich“, versuchte ich, ihn auf mich aufmerksam zu machen, was mir zum Glück gleich gelang. Als er bei mir ankam, umfasste er sofort meine Hände, in denen ich noch das Handy hielt.

„Helena, wir müssen reden. Es ist etwas passiert“, flehte er mich leise an, was meine Verwirrung nur noch größer werden ließ.

„Was ist denn los? Ich kann jetzt hier nicht einfach weg“, entgegnete ich ihm und sah im Augenwinkel zu Nero. Dieser hatte den Blick allerdings völlig gespannt nach vorn gerichtet, wo sich ein freier Prediger zum Brautpaar gestellt hatte und offenbar jeden Moment das Wort an die Gäste richten würde. Oh Gott. Jetzt wurde mir erst bewusst, dass sich Liam und sein Vater gerade in ein und demselben Raum befanden. Ich musste doch mit ihm rausgehen, und zwar sofort. Auch wenn es ungerecht Nero gegenüber war, musste ich eine Katastrophe verhindern und die würde es geben, wenn Liam nun dem größten Schatten seiner Kindheit wieder begegnen würde.

„Okay, gehen wir raus“, flüsterte ich ihm zu und sah meinem Freund wieder ins Gesicht. Dieser erwiderte jedoch meinen Blick nicht weiter, sondern weitete seine strahlend blauen Augen und starrte an mir vorbei. Seine Finger schlossen sich schmerzhaft fest um meine Hände und sein ganzer Körper spannte sich an, seine Wangenknochen traten hervor, genauso wie die Sehnen und Muskeln an seinen Armen und seinem Hals.

„Du tust mir weh", flüsterte ich leise, drang jedoch anscheinend nicht zu ihm durch. Seine Augen, die zuvor noch geschockt und fassungslos an mir vorbeigestarrt hatten, glänzten nun voll ungezügeltem Zorn, ließen das lebendige Funkeln zu gnadenlosem Eis erstarren.

„Vater", hauchte er so kalt wie der tödliche Frost in einer dunklen Winternacht.

59

Es war zu spät.

Er hatte ihn gesehen.

Liam hatte seinen Vater erkannt.

Ich glaubte, dass er mir jeden Moment die Finger brechen würde, so fest schraubte sich sein Griff um diese.

„Liam, bitte“, begann ich leise zu flehen, „lass uns einfach rausgehen.“

„BALTHASAR!“, die Stimme meines Freundes erhob sich laut und zornig über das Gemurmel der Gäste, während alle gespannt nach vorn zum Brautpaar und dem Prediger sahen.

„VATER!“

Liam löste seine todbringenden Hände mit einem Ruck von meinen, als er sich zu seiner voller Größe aufrichtete und über die Köpfe der sitzenden und sichtlich verwunderten Hochzeitsgesellschaft hinweg nach vorn sah.

„Liam, ich bitte dich, bleib ruhig, lass uns einfach ge...“ begann ich und wollte nach seinen Handgelenken greifen, doch er stieß mich einfach zurück auf meinen Stuhl, sah mir dabei nur für den Bruchteil einer Sekunde in die Augen. Doch der kurze Moment reichte aus, um den unendlichen Hass in ihnen zu sehen. Aber auch die Enttäuschung darüber, dass ich, seine Freundin, gerade in einem violetten Spitzenkleid auf der Hochzeit seines so gefürchteten und ebenso verachteten Vaters war.

In meiner Verzweiflung sah ich hilfesuchend zu Nero, der nun seine Aufmerksamkeit wie alle anderen von der anstehenden Trauung losgerissen und auf meinen durchdrehenden Freund gerichtet hatte. Sein Gesicht war ungewöhnlich bleich, die Augen geweitet und sein Mund leicht geöffnet, als könnte er nicht glauben, was er sah.

„Liam“, hauchte er, als er aufstand und seinem Halbbruder eine Hand auf die Schulter legen wollte, „beruhig dich, wir können dir das alles erklären.“

Doch Liam fegte seine Berührung fort wie eine lästige Fliege.

„Fass mich nicht an", zischte er scharf, ohne seinen Blick von Balthasar abzuwenden. Er fixierte seinen Vater wie ein abgerichteter Hund sein Ziel. Der ganze Körper angespannt, wie die Sehne eines Bogens, von der jeden Moment der Pfeil losschnellen könnte.

Und dann, ohne dass jemand etwas dagegen unternehmen konnte, löste sich die Sehne. Liam setzte sich in Bewegung. Zielstrebig ging er durch die Bankreihen nach vorne. Kein Laut außer den widerhallenden Schritten durchbrach noch die Stille, die sich wie ein Leichentuch über die Anwesenden gelegt hatte.

Alle Blicke richteten sich auf Liam.

Amalia löste ihre Hand von der ihres Mannes und trat auf den ungebetenen Gast zu. Sie lächelte traurig, während Balthasar das Entsetzen ins Gesicht geschrieben stand. Seine blauen Augen wurden groß. Sein Körper verkrampfte wie unter starken Schmerzen und seine Lippen formten tonlos den Namen seines Sohnes.

„Was soll das?", hörte ich nun doch jemanden hinter mir flüstern.

„Wer ist das?", fragte ein anderer.

„Ich glaube, das ist sein Sohn", wisperte eine Frau zurück.

Mir wurde heiß und kalt zugleich. Ich musste etwas unternehmen, bevor alles eskalierte! „Liam!", rief ich und versuchte, mich an den Menschen vorbei aus der Bank zu drängeln. Nero folgte mir eilig.

„Was ist hier los? Was tut er hier?", wollte er wissen, doch ich hatte keine Kapazität im Kopf, ihm nun zu antworten.

„Liam, richtig? Es freut mich, dich endlich ke…", begann Amalia, wurde jedoch jäh unterbrochen, als Balthasars ungewollter Sohn sie einfach beiseitestieß. Und dann landete seine geballte Faust mit voller Wucht im entsetzten Gesicht seines Vaters, der, ohne sich zu wehren, nach hinten taumelte und dabei das Pult des freien Trauredners umstieß. Scheppernd fiel es zu Boden, durch das Mikrofon ging erst ein Knall, dann ein lautes Fiepen. Ein schockiertes Raunen erfasste die beiwohnende Hochzeitsgesellschaft.

„Liam!", rief Nero und schob sich an mir vorbei, um nach den Schultern seines Halbbruders zu greifen und ihn davon abzuhalten, weiter auf ihren gemeinsamen Vater einzuschlagen. Doch auch er wurde abgewehrt, in dem er einen Ellbogenstoß mitten in die Magengrube bekam und hustend ein paar Schritte zurückmachen musste.

„WARUM?“, schrie Liam voller Zorn. Er bekam mit einer Hand Balthasars Kragen zu fassen, zog ihn von dem Pult weg und holte mit der anderen erneut aus.

„Was tust du hier?“ Sein zweiter Schlag traf Balthasar erneut mitten ins Gesicht. Blut rann aus seiner Nase, seine Lippe platzte auf und er sackte in die Knie. Seine Arme hingen schlaff an seinem Körper herab. Er wehrte sich nicht. Sah seinem Sohn einfach nur in die Augen. Wartend auf den nächsten Schlag. Er wusste genau, dass Liam nun den geballten Zorn gnadenlos an ihm auslassen würde. Und er schien bereit, diesen zu empfangen.

„BLEIB STEHEN, SEI KEIN SCHWÄCHLING!“, mit Gewalt riss er seinen Vater auf die Beine. Balthasar ließ auch das mit sich geschehen und nur ein kleines Zucken war auf die Worte seines Sohnes in seinen Mundwinkeln zu erkennen. Hinter mir hörte ich einige Menschen etwas rufen, Bänke schrappten über den Boden. Schnelle Schritte näherten sich und erneut schlug Liam seinen Vater.

„Warum bist du nicht im Gefängnis?“, fragte er ihn, dann schlug er wieder zu.

„Wo ist meine Mutter?“, erneut ein Schlag. Balthasars Lider flimmerten. Er sagte noch immer nichts.

„ANTWORTE MIR!“, schrie er ihn an, fasste nun auch mit der anderen Hand nach dem Kragen und drängte seinen Vater einige Schritte nach hinten, bis sie gegen die Brüstung der Terrasse stießen. Wie versteinert stand ich da und konnte nichts tun. Vor meinem inneren Auge blitzten Erinnerungen auf. Erinnerungen an Fotos, die ich vor mehr als zwei Jahren im Internet gesehen hatte. Fotos davon, wozu Liams Hände in der Lage waren, wenn er einen Blackout hatte. All das Blut. Die Knochen. Diese unmenschliche Zerstörung. Mir wurde schlecht.

Weit entfernt hörte ich Amalia um Hilfe rufen. Marly schrie und weinte, so wie die anderen anwesenden Kinder.

„Warum hast du uns das angetan? Du elendes Arschloch“, knurrte Liam voller Wut, Hass und Verzweiflung, „SAG ES MIR!“

Er schüttelte seinen wehrlosen Vater, der von ihm weit nach hinten über das Geländer gedrückt wurde, sodass er sich an seinem Sohn festhalten musste, um nicht hintenüber in den Garten zu stürzen.

„Warum hast du mich zu diesen Dingen gezwungen?“, die folgenden Worte stachen so stark in meiner Brust wie eine Klinge, die mein Herz durchbohrte.

„Warum hast du mich nie geliebt, Papa?! Was habe ich falsch gemacht?!“, seine Stimme zitterte.

An mir vorbei liefen zwei Männer nach vorne, einen davon konnte ich als Neros Onkel erkennen, den anderen kannte ich nicht. Nero hatte sich inzwischen wieder gefangen und setzte Liam und Balthasar nach. Er erreichte sie als Erster und schob seine Arme unter denen seines Bruders durch, um ihn von seinem Vater wegzuzerren. Die anderen beiden Männer lösten die verkrampften Hände meines Freundes von dem Kragen des augenscheinlich überforderten und unterlegenen Bräutigams.

„Beruhig dich, Liam!“, drang Neros Bass zu mir durch, als er erstaunlich sanft zu reden begann, „ich bin bei dir, kleiner Bruder. Jetzt wird alles gut.“

Auf diese Worte hin schien sich Liams Wutrausch tatsächlich langsam zu legen. Seine Muskeln entspannten sich nach und nach und während er nahezu in sich zusammensackte, drehte er sich in Neros Griff um. Verwirrung und Unglauben spiegelten sich in seinen blauen Augen.

„Was?“, hauchte er, als habe er sich verhört.

60

Anstatt sich in einer langen Erklärung zu verstricken, trat ein leichtes Lächeln auf Neros Lippen, ehe er sich zunächst von Liam löste, nur um ihn daraufhin erneut in seine Arme zu ziehen, diese fest um ihn zu schließen und ihn an sich zu drücken.

„Mein kleiner Bruder“, flüsterte Nero nochmals, „Ich bin glücklich, dich endlich kennenlernen zu dürfen.“

„Was?“, wiederholte Liam und konnte es einfach nicht begreifen.

Nero klopfte ihm beruhigend auf den Rücken und schirmte nun den Blick seines Bruders ab, sodass er Balthasar nicht mehr sehen konnte. Vorsichtig zog er ihn mit sich, vorbei an den entsetzten Gästen und steuerte den Festsaal des Bürgerhauses an.

Ich sah noch einmal zurück zu dem Vater der beiden, der inzwischen von dem Bruder seiner Frau gestützt wurde und von dieser besorgt betrachtet und notdürftig verarztet wurde, indem sie seine blutenden Wunden im Gesicht mit Servietten abtupfte.

„Oh Gott, Schatz, du musst ins Krankenhaus“, hörte ich sie sprechen.

Der andere, unbekannte Mann zückte inzwischen sein Handy. „Soll ich die Polizei rufen?“, fragte er.

„Nein“, Balthasars Stimme klang ungewöhnlich kratzig, aber dennoch entschieden. Es war das erste Wort, das er seit geraumer Zeit sagte. Dann wanderten seine stechend blauen Augen vorbei an den Personen um ihn herum zu mir und fingen meinen Blick ein. Hielten ihn fest. Ich schluckte, spürte, wie sich mein Puls wieder beschleunigte. Was würde er tun, was hatte er vor? Mit der Körperverletzung konnte er Liam so einfach wieder in das Gefängnis bringen, wenn er nur wollte. Aber warum wollte er nicht, dass man seine Kollegen oder vielleicht auch ehemaligen Kollegen rief?

Langsam trat ich einen Schritt zurück, dann riss ich meinen Blick von ihm los und suchte nach den beiden Brüdern, die gerade durch die Glastür zurück ins Gebäude getreten waren. Ohne weiter zu zögern, lief ich ihnen nach. Auf keinen Fall wollte ich allein mit diesem Mann und seiner Hochzeit zurückbleiben. Und ich wollte wissen, warum Liam überhaupt hier war.

Ich drängte mich an den schaulustigen Gästen vorbei ebenfalls ins Gebäude. Da ich sie jedoch im Festsaal nicht mehr sah, lief ich durch diesen hindurch in den Flur und Eingangsbereich. Dort sah ich, wie Nero den Kopf seines kleinen Bruders behutsam an seine Brust drückte, ihm mit der anderen Hand über den Rücken streichelte und ihm den Halt gab, den sein Vater ihm nie gegeben hatte. Ich konnte an Liams Körperhaltung sehen, dass er mit allen Mitteln versuchte, nicht zu weinen. Er hatte die Schultern hochgezogen und hielt sich mit zitternden, blutigen Händen an Neros Jackett fest. Ich konnte es erst nicht fassen, das er sich ausgerechnet von dem Mann, auf den er vor Kurzem noch so eifersüchtig gewesen war, jetzt trösten ließ. Allerdings erinnerte ich mich daran, dass er nach solch wütenden, emotionalen Ausbrüchen immer sehr verletzlich und hilfesuchend war. Sollte ich die beiden noch einen Moment allein lassen? Sie hatten sich sicher viel zu sagen. Allerdings war es Nero, der mich nun entdeckte und Liam auf mich aufmerksam machte.

„Da ist jemand, der sich sicher Sorgen macht, Liam." Auf diese Worte hin setzte ich mich wieder in Bewegung und ging auf die beiden zu. Ich wusste noch immer nicht, was ich nun sagen oder tun sollte. Liams Körper spannte sich noch einmal kurz an, ehe er sich von Nero löste und mich durchdringend ansah.

„Hast du davon gewusst, Helena?", seine Stimme war kratzig und belegt und dennoch war der enttäuschte und wütende Unterton in ihr deutlich zu hören. Langsam schüttelte ich den Kopf und entschied, dass es das Beste war, wenn ich jetzt mit offenen Karten spielte.

„Ich hatte keine Ahnung, dass es Balthasars Hochzeit ist und bis eben wusste ich auch nicht, das Nero dein Bruder ist. Oder die kleine Marly deine Schwester", begann ich und atmete tief ein, um mich selbst auf meine weiteren Worte vorzubereiten. „Dass dein Vater auf freiem Fuß ist, wusste ich allerdings schon. Ich habe es nicht über das Herz gebracht, es dir zu sagen. Ich dachte, du flippst aus und kannst direkt im Gefängnis bleiben, wenn ich es dir sage. Ich weiß, wie sehr es dich belastet, dass du all die Jahre einsitzen musstest und er für seine Taten nie büßen musste", erklärte ich Liam, der nun beide Hände anhob und sich über das Gesicht, durch sein dunkles Haar, bis in seinen Nacken strich. Diesen ließ er knacken, in dem er seinen Kopf schräg zur Seite neigte und die Schulter dabei anhob. Er schloss kurz die Augen und biss dabei den Kiefer fest aufeinander.

„Warum nicht? Warum sitzt er nicht im Gefängnis?“, presste er hervor und führte nun eine Hand an seine vernarbte Schusswunde, die er kurz massierte, ehe er die Hände zu Fäusten ballte und sie zu kneten begann. Jedes einzelne Knacken, das nun zu hören war, ließ ein kaltes Geschwür aus Angst in meiner Brust heranwachsen.

„Es ist verjährt, Liam, und sie konnten keine Beweise für weitere Taten finden. Alles was gefunden wurde, war nur auf Markus zurückzuführen. So als hätte dein Vater nie etwas getan. Er wurde vom Dienst suspendiert. Das ist alles.“

„Verjährt? So etwas kann verjähren?“, fragte er absolut fassungslos. Ich konnte ihn verstehen, ich war damals genauso geschockt gewesen. Wie konnte der Staat es zulassen, dass solch grausame Taten irgendwann als ungeschehen galten? Wenn doch die Wunden auf den Seelen der Kinder niemals heilen würden, egal wie viele Jahre vergingen.

„Ja“, begann ich. „Sogar solche schweren Fälle von sexuellem Missbrauch“, sagte ich zögerlich mit einem Seitenblick zu Nero. „Was vor 1998 passiert ist, verjährt nach zehn Jahren. Alles, was danach geschehen ist, nach zwanzig. Du warst auf dem Video acht Jahre alt und zum Zeitpunkt der Anzeige fast neunundzwanzig. Selbst wenn das neue Gesetz gelten würde, wäre es schon zu spät gewesen. Es tut mir leid, Liam. Aber deinem Vater kann nichts angelastet werden. Auch nicht die Kinder, die wir retten konnten. Alles lief über Markus.“

„Ich hätte ihn töten sollen“, flüsterte Liam und trat einen Schritt von uns zurück. „So, wie ich es von Anfang an geplant hatte.“ Erneut war sein ganzer Körper zum Bersten gespannt und ich befürchtete, dass der nächste Blackout kurz bevorstand.

„Liam. Ich weiß, dass du Rache willst. Ich weiß, dass es für dich unerträglich ist zu wissen, dass dein Vater mit alldem durchkommt. Aber er ist jetzt keine Gefahr mehr für uns. Keine Gefahr mehr für dich. Wir beide können nun ein neues Leben in Frieden beginnen. Die Vergangenheit hinter uns lassen.“ Ich sagte diese Worte mit solch einer Überzeugung, dass ich wünschte, ich könnte sie selbst einfach so glauben. Doch eigentlich hatte ich keine Ahnung, ob von Balthasar wirklich keine Gefahr mehr ausging. Es war lediglich meine Einschätzung, dass dem Mann da draußen seine neue Familie wichtiger war als seine kranken Gelüste, die ihn zu dem Monster gemacht hatten, das ich damals kennengelernt hatte.

„Was redet ihr da?“, unterbrach uns nun die tiefe, ruhige, aber ungewöhnlich leise Stimme Neros.

61

Ich sah Nero an, der verständnislos zwischen uns hin und her sah. Seine Stirn warf irritierte Falten und in seinen nachtschwarzen Augen erkannte ich die flehende Bitte, sich verhört zu haben, die flehende Bitte, dass wir ihm sagen würden, dass alles nicht das war, wonach es sich angehört hatte. In meiner Brust breitete sich ein kalter Schmerz aus, als mir bewusst wurde, dass wir drauf und dran waren seine endlich zueinandergefundene Familie zu zerstören, ihm seinen Vater wieder zu entreißen, auf den er so lange gewartet hatte. Neros Welt war noch heil und unverdorben, sie kannte jene Schatten nicht, die Liams Welt heimsuchten. Und dieses unschuldige Glück würden wir für immer zerstören.

Unsicher fuhr ich mit der Zungenspitze über meine trockenen Lippen. Beiläufig nahm ich den Beerengeschmack meines Lipglosses wahr.

„Wir reden über Balthasar, über deinen und Liams Vater", hauchte ich leise und senkte betroffen meinen Blick, „er ist nicht so, wie du denkst, dass er ist. Zumindest nicht nur. Du kennst nur eine Seite der Medaille, Liam und ich kennen die andere. Und diese ist nicht so golden und leuchtend, wie die, die er euch zuwendet. Er hat schlimme, wirklich schlimme Dinge getan. Unverzeihliche Dinge."

Ich warf einen unsicheren Blick zu Liam, doch dieser löste sich nun von seinem Halbbruder, lehnte sich nach hinten gegen die Wand und rutschte langsam an ihr herab. Schweigend sah er immer wieder zu dem Festsaal hinüber und begann nervös die Fäuste zu öffnen und wieder zu schließen. Sein Gesicht war angespannt, der Kiefer mahlte und immer wieder ging ein leichtes Zucken durch seinen Nacken oder seine Mundwinkel. Er hatte viel zu verarbeiten, viel wegzustecken und offenbar hatte er wenig Lust, sich an meinen Ausführungen über seinen Vater zu beteiligen. Zum einen war es verständlich, weil er das Opfer der Geschichte war und zum anderen, weil es ihn nur unnötig wieder aufgewühlt hätte.

„Was für Dinge, Helena?“, bohrte Nero ungeduldig nach, als ich zu lange schwieg, „ihr habt von Missbrauch geredet. Wer hat wen missbraucht? Ich weiß von dem, was Großvater Balthasar angetan hat, aber wovon habt ihr gesprochen? Was hat er getan?“

Er trat einen Schritt auf mich zu und ich mochte wetten, dass er mich am liebsten gepackt und geschüttelt hätte, um die Informationen schneller aus mir herauszubekommen. Liam sah kurz fragend zu Nero herauf, als dieser von seinem Großvater sprach. Ich war mir nicht sicher, ob er von den Dingen wusste, die Balthasar selbst angetan worden waren.

„Nero, ich weiß nicht, ob du es wissen solltest. Ich wollte dir vor der Hochzeit sagen, was ich weiß, aber du warst so glücklich. Genau wie deine Mutter und deine Schwester. Diese Informationen würden das alles zerstören. Du würdest nie wieder ...“

„Helena!“, er konnte dem Drang nicht widerstehen und fasste mich an den Schultern und sah mir fest in die Augen.

„Wir sind seine Familie! Wenn es etwas über ihn zu wissen gibt, dann solltest du es uns sagen! Wie könnte ich jetzt so tun, als wäre nie ein Wort gefallen? Ich bitte dich!“, sagte er eindringlich.

„Sag es ihm, Helena. Du kannst nicht ewig alle vor der Wahrheit beschützen, indem du sie verheimlichst“, mischte sich nun doch Liam mit vorwurfsvollem Unterton ein. Als ich zu ihm sah, blickte er jedoch zur Seite weg und ich konnte nur sein ausdrucksloses Profil erkennen.

Ich seufzte tief und nahm Neros Hände von meinen Schultern, um sie festzuhalten. Die folgenden Worte, würden ihm den Boden unter den Füßen wegreißen, das wusste ich.

„Dein Vater hat Liam in seiner Jugend nicht nur geschlagen, er hat ihn auch dazu gezwungen, schreckliche Dinge mit kleinen Mädchen zu machen und hat das Ganze auch noch gefilmt. Er hat mit einem Mann namens Markus zusammengearbeitet und sie haben gemeinsam Kinder wie Vieh in andere Länder verschleppt. Sie haben Kinderpornos gedreht und, auch wenn es keinen Beweis dafür gibt, bin ich mir sehr sicher, dass er auch andere Kinder missbraucht hat. Balthasar hat mich und Liam entführt, eingesperrt und gefoltert und wäre nicht etwas dazwischen gekommen, hätte er mich vergewaltigt“, ich konnte nicht verhindern, dass sich heiße Tränen den Weg in meine Augen bahnten und sich ein brennender Kloß in meinem Hals bequem machte, als ich davon erzählte. Zum einen, weil es mir so schrecklich leidtat und zum anderen, wegen der furchtbaren Erinnerungen. Neros sonst gebräuntes Gesicht hatte inzwischen die Farbe von einer Kalkwand angenommen, seine Augen waren geweitet und leicht gerötet, weil er lange nicht mehr zu blinzeln gewagt hatte.

„Was?", hauchte er, als hoffte er weiterhin, sich einfach nur verhört zu haben. Ich presste meine Lippen zusammen und sah ihn betroffen an. Leider konnte ich ihm nicht sagen, dass alles nur ein Missverständnis oder ein schlechter Scherz war. Es war bittere, traurige und schreckliche Realität.

„Ich kann mir das nicht vorstellen", Nero entzog mir seine inzwischen schweißnassen Hände, stemmte sie in die Hüften und drehte sich kopfschüttelnd von uns weg, „Balthasar ist, er ist ..."

„Ein supertoller Daddy?", schnaubte Liam verächtlich. Er hatte genug vom Zuhören und richtete sich nun wieder auf.

„Hör zu, Bruder", spuckte er ihm herablassend entgegen, „schön, dass du einen tollen Vater hattest, auf den du dich an den Wochenenden gefreut hast, der mit dir Fußballspielen war und der mit dir Malbücher ausgemalt hat. Ich hatte das nicht. Ich wurde geschlagen, eingesperrt und dazu gezwungen, kleine Mädchen zu quälen, sie auszuziehen, anzufassen und das vor laufender Kamera. Und es war egal, ob sie geweint haben oder geschrien. Wenn sie geblutet haben", er verengte seine blauen Augen, „konnte ich mir ein Spielzeug aussuchen. Und wenn ich mich geweigert habe, darfst du dir eine der Narben an meinem Körper aussuchen, die die Strafe war! Freut mich, dass er euch anscheinend liebt. Für mich hatte er keine Liebe übrig, genauso wenig wie für die vielen unschuldigen Mädchen oder meine Mutter. Ich weiß nicht mal, was mit ihr ist. Sie hat mich nicht im Gefängnis besucht. Wer weiß ...", Liam lachte bitter auf, „... vielleicht hat er sie umgebracht!"

Ich ging auf Liam zu und legte ihm eine Hand an den Unterarm, um ihn zu beruhigen. Als er seine Mutter erwähnte, schien der Kloß in meinem Hals bald zu explodieren. Liam wusste noch nicht, dass sie tot war. Dass sie Selbstmord begangen hatte. Dass er sie nie wiedersehen würde, auch wenn sie wahrlich keine gute Mutter gewesen war.

„Liam", versuchte ich vorsichtig, seine Aufmerksamkeit auf mich zu richten, „was das angeht, ..."

Doch mein Freund schnalzte genervt mit der Zunge und wehrte meine Berührung ab. Er sah mich nicht einmal an. Stattdessen machte er noch einen Schritt auf Nero zu, der mit gesenktem Kopf dastand und auf den Boden starrte.

„Aber wir wollten doch, dass du endlich Teil unserer Familie wirst", murmelte er apathisch vor sich hin, „wir alle wollten das. Vor allem Marly wollte dich so unbedingt kennenlernen."

Liam hob seine Augenbrauen an und ich war mir nicht sicher, ob er jetzt ausflippen oder hysterisch loslachen würde. Er begann zu grinsen, schüttelte aber gleichzeitig fassungslos den Kopf. Mit fahrigen Bewegungen strich er sich durch das dunkle Haar und weitete die blauen Augen. Ich befürchtete, dass es nicht mehr lange dauern würde, bis er endgültig seinen Verstand verlor.

„Ja? Wäre doch nett", zischte Liam, „vielleicht darf ich dann ja meine kleine Schwester vergewaltigen. Würde ihm sicher sehr gut gefallen. Vorausgesetzt, er hat das nicht schon längst selbst getan. Du solltest mal googeln. Vielleicht findest du ja ein Video. Marlys First Fuck. Hashtag Daddykink."

Plötzlich hob Nero eine seiner riesigen Hände an und erstaunlicherweise brachte das Liam dazu, zu schweigen. Vielleicht lag es daran, dass er bemerkt hatte, dass er überzogen hatte oder vielleicht, weil Nero die dominante Ausstrahlung seines Vaters geerbt hatte und es in Liam tief verankert war zu gehorchen.

„Es tut mir leid", Neros Stimme war schwach und belegt. Er sah uns nicht an, drehte uns nicht einmal den Körper zu, „ich muss hier raus." Mit diesen Worten ging er schnellen Schrittes auf die Eingangstür zu, drückte sie mit solcher Wucht auf, dass sie donnernd gegen den Stopper flog. Wir blickten ihm hinterher, wie er hinter der Ecke des Hauses verschwand. Es kam mir nicht richtig vor, dass er jetzt allein war, doch kein Mensch der Welt hätte den Schmerz und das Entsetzen von ihm nehmen können.

Genauso wenig, wie Liam nun allein sein sollte. Ich drehte mich langsam zu meinem Freund um und tastete vorsichtig nach seiner Hand, um meine Finger in seinen zu verschränken. Zu meinem Erstaunen zog er sie nicht weg.

„Warum bist du eigentlich hier, Liam?", fragte ich, nachdem wir eine Weile einfach dagestanden und geschwiegen hatten.

62

Liam hob seine blutverschmierten Hände an und strich sich zuerst über sein Gesicht, dann durch die Haare. Er zog seine Augenbrauen eng zusammen und senkte anschließend den Kopf. Schweigend und abwesend starrte er auf den Boden, während sein Kiefer diesmal nachdenklich mahlte. Er trug eine schlichte, blaue Jeans und ein schwarzes, eng anliegendes T-Shirt, auf dessen rundem Ausschnitt sich die feine silberne Kreuzkette kontrastreich abhob.

„Was ist denn los?", fragte ich, als er nicht mit der Sprache herausrückte. Liam war normalerweise geradeheraus und nahm kein Blatt vor den Mund, wie Nero eben am eigenen Leibe erfahren musste. Was also ließ ihn so zögern?

Je länger er schwieg, desto größer wurde meine Angst und die Ungeduld.

„Liam!", mahnte ich ihn.

„Daniel liegt auf der Intensivstation, sie wissen nicht, ob er überlebt", platzte es letztendlich aus ihm heraus. Obwohl ich seine Worte sehr wohl gehört hatte, konnte ich sie dennoch weder begreifen noch realisieren. Mein Gehirn weigerte sich schlicht, ihre Wirklichkeit anzuerkennen.

„Wa...was? Wie meinst du das?", stotterte ich überfordert, „wieso?"

„Die Umstände sind noch nicht ganz geklärt, aber so wie es scheint, hat er die Haustür geöffnet und dann wurde ihm einfach direkt in den Kopf geschossen. Es gab keine Spuren von einem Kampf, keine vorangegangene Drohung, nichts. Die Polizei ist ratlos."

Liam hob kaum merklich seine Schultern an.

Es fühlte sich an, als wäre eine Granate direkt neben mir eingeschlagen und ich konnte nur noch ein schrilles, ohrenbetäubendes Fiepen hören. Meine Arme fühlten sich bleischwer an und meine Augen begannen zu brennen, als ich zu lange Zeit nicht blinzelte. Mit geöffnetem Mund starrte ich Liam an und brachte doch keinen Ton heraus. Obwohl mit einem Mal tausend Fragen in meinem

Kopf umherschwirrten, war er zugleich wie leergefegt. Keine von ihnen wollte sich manifestieren, abgesehen von dem Gedanken: Das durfte einfach nicht wahr sein.

Daniel, der immer gut gelaunte Verfechter der Gerechtigkeit. Der Beschützer. Wer sollte ihm so etwas Schreckliches antun und warum? Er war ein herzensguter Mensch und hatte ganz sicher keine Feinde! Bei der Vorstellung, dass ich ihn eventuell nie wiedersehen würde, wurde mir schlecht. Ich war noch nicht bereit, Abschied zu nehmen!

Liam fasste mich plötzlich an der Hand und zog mich zunächst wortlos mit sich. Er verließ mit mir das Gebäude und brachte mich an die frische Luft. Widerstandslos wie eine Marionette folgte ich ihm. Mitten auf dem Parkplatz, entgegen allen Verkehrsregeln, Markierungen und unter Missachtung anderer Autos stand mein kleiner, bunter Polo, mit dem Liam wohl hierhergekommen war. Er brachte mich zu dem Wagen und ich lehnte mich gegen die Beifahrertür. Es war gut, nun etwas Abstand zwischen uns und Balthasar zu bringen. Denn wer wusste schon, was er tun würde, wenn er sich von dem ersten Schock erholt hatte? Im Moment hatten wir wahrlich andere Sorgen als ihn.

„Aber im Moment lebt er noch? Wie … wie sehen seine Chancen aus?“, brachte ich nach einigen Augenblicken hervor.

„Er wird noch notoperiert. Die Lage ist sehr kritisch. Selbst wenn er überleben sollte, weiß man nicht, welche Folgeschäden bleiben. Ich denke …“, zögerlich suchten seine blauen, glänzenden Augen meinen Blick, während er die zitternden Lippen aufeinanderpresste, „… wir müssen uns von unserem Freund verabschieden.“

Obwohl ich nach wie vor die Realität einfach nur verleugnen wollte, obwohl mein Verstand sich weiterhin weigerte zu akzeptieren, was Liam mir gesagt hatte, machte ich nun einen Schritt auf meinen Freund zu und nahm ihn in die Arme. Ich legte mein Ohr an seine Brust und versuchte, ihm irgendwie Trost zu spenden. Solange mich die Wirklichkeit noch nicht gänzlich eingeholt hatte, konnte ich wenigstens das. Liam stand für einen Moment erstarrt wie eine Salzsäule da, ehe er meine Umarmung vorsichtig erwiderte. Abermals kam ein leichter Wind auf und wehte mir meine Locken in das Gesicht. Sanft streichelte er über unsere Haut, als wolle er uns trösten. Für den Moment schien die Zeit anzuhalten und für uns hörte die Erde auf, sich zu drehen. Es war einfach nicht gerecht. Die Welt war voll von schrecklichen Menschen, doch manchmal hatte man das Gefühl, dass es immer nur die Guten traf. Außerdem hatte er Anna doch kürzlich erst einen Antrag gemacht. Die beiden waren so glücklich, wollten heiraten und hatten noch eine wunderschöne Zukunft als Familie vor sich!

„Was ist mit Anna?“, fragte ich leise, „Ist jemand jetzt für sie da?“

Wieder ließ sich Liam ungewöhnlich viel Zeit mit einer Antwort. Ich schloss müde meine Augen und spürte nur, wie eine heiße Träne mein Gesicht hinablief.

„Von ihr fehlt jede Spur“, flüsterte er.

„Was?“, fragte ich und legte die Stirn in Falten. „Hast du versucht, sie anzurufen?“

„Ihr Handy war in einer Blumenvase auf dem Tisch versenkt. Ich denke, sie wurde entführt.“

Entführt. Dieses Wort durchfuhr mich wie ein Blitz.

Anna war entführt und Daniel kaltblütig niedergeschossen.

Ich hob meine Hand und legte sie über meinen staubtrockenen Mund.

Plötzlich hallten Worte in meinem Gedächtnis wider. Drohende, messerscharfe Worte, die mir sofort eine Gänsehaut bescherten.

Niemand fasst meine Anna an.

63

„Vice“, flüsterte ich in Gedanken.

„Was ist weiß?“, entgegnete Liam irritiert und sah mich fragend an.

„Nein, ich rede von dem Vice“, erklärte ich und löste mich nun von ihm, „dem Psychopathen.“

„Du meinst, er könnte dahinterstecken?“, fragte Liam. Er legte seine Hände an meine Oberarme und strich sanft darüber. Als er bemerkte, dass er jedoch mein Kleid mit dem Blut beschmutzte, hörte er auf.

„Ja. Ich habe dir doch erzählt, dass die beiden eine Beziehung hatten. Und ich konnte mich ja ein bisschen mit Vice unterhalten. Er hat mich einmal abgefangen, nur um mich über Anna auszuhorchen und einmal hat er zu mir gesagt, dass niemand *seine* Anna anfasst. Es klang damals schon nach einer Drohung. Er hat auch gesagt, dass er sie zurückhaben will und sie nicht kampflos aufgeben wird.“

„Mmh. Und skrupellos genug, jemandem dafür einfach geradewegs in den Kopf zu schießen, ist er auch“, ergänzte Liam nachdenklich, biss die Zähne fest aufeinander und stemmte seine Hände in die Hüften. Er schüttelte den Kopf und senkte ihn.

„Vice“, schnaubte er fassungslos.

„Ruf ihn an!“, verlangte ich.

„Und dann? Hey Vice, hast du zufälligerweise Anna entführt?!“, höhnte Liam zynisch.

„Nee, aber auf die Geräusche achten? Und du bist ein Freund von ihm, oder? Vielleicht erzählt er ja doch etwas Verdächtiges!“

„Freunde?“, fragte Liam, als wäre ihm dieses Wort im Bezug auf Vice noch nicht in den Sinn gekommen und als ich keine Geduld mehr hatte, darauf zu warten, dass der Herr sein Handy endlich hervorholte, zog ich meines aus der Handtasche.

Energisch drückte ich auf dem Display herum, suchte den Kontakt von Vice heraus, den ich mir einmal über Liams Handy eingespeichert hatte. Er hatte mir die Nachrichten, wo ich das Geld hinbringen sollte, stets über andere, unbekannte Nummern zukommen lassen. Nur Liam hatte seine eigene Nummer unter den Kontakten.

Tief einatmend wählte ich die Nummer und hielt das Telefon an mein Ohr.

„Was machst du?“, zischte Liam erschrocken und starrte mich an. Mit einer Hand winkte ich ab und drehte mich von ihm weg und hielt mir dann das freie Ohr zu.

Schon nach kurzem Warten, wurde der Anruf entgegengenommen.

„Helena“, begrüßte mich Vice zuckersüß, „was verschafft mir diese seltene Ehre? Wie geht es dir? Wir haben uns schon lange nicht mehr gesehen. Konntest du es nicht länger ohne mich aushalten?“

Ich konnte sein Grinsen regelrecht durch die Leitung hören. Dieses bösartige, falsche Grinsen auf seinen schmalen, blassen Lippen.

„Ja“, entgegnete ich und beschloss, mich auf sein Spiel einzulassen, um mehr Zeit zu schinden. Wichtige Zeit, um herauszufinden, wo er sich befinden konnte, „ich habe deine freundliche Stimme so vermisst.“ Ich rollte die Augen, „mir geht es ganz gut. Außer dass ich gerade auf einer Hochzeit war und dort dem Teufel persönlich begegnet bin.“

„Was? Ich wusste gar nicht, dass ich gerade auf einer Hochzeit bin“, sagte Vice und ich hörte sein leises, tonloses Lachen.

Ich grunzte ins Telefon.

„Sehr witzig“, gab ich zurück, „nein, aber es soll Leute geben, die noch bösartiger sind als du.“

Verzweifelt versuchte ich herauszuhören, wo er sich befand. Doch ich vernahm nur Rauschen und knirschende Schritte. Außerdem glaubte ich, Vögel im Hintergrund zu hören.

„Oh, das wage ich zu bezweifeln, herzensgute Helena. Aber trotzdem, richte dem lieben Balthasar alles Gute von mir aus. Schön, dass er jetzt wieder eine richtige Familie hat. Mit einem Sohn, auf den er stolz sein kann und vor allem mit eigenem, kleinem Mädchen“, er atmete tief ein, „denn sein altes, kleines Mädchen gehört jetzt mir“, flüsterte er und ich holte Luft, um ihn zu fragen, woher er von Balthasars Hochzeit wusste, als er jedoch einfach weitersprach, „übrigens, ihr solltet euch nicht wagen, mir meine Liebe wieder wegnehmen zu wollen. Ich gehe davon aus, dass Liam einen so guten Freund wie mich niemals an die Polizei verraten würde. Ich könnte es nicht zulassen, dass Anna jemals wieder in den Armen eines anderen Mannes liegen würde. Du verstehst sicher, was ich meine. Oh, hallo Süße. Du kommst mir gerade gelegen", dann legte er plötzlich auf, ohne dass ich noch etwas erwidern konnte. Als ich nur noch das monotone Tuten hörte, nahm ich mein Handy vom Ohr und starrte es mit zusammengezogenen Brauen und offenem Mund an.

Süße? Hatte er mit Anna gesprochen? Vice hatte keinen Hehl daraus gemacht, dass sie bei ihm war. Doch wo war er gewesen? In einem Park? Wenn er wirklich mit Anna gesprochen hatte, dann ging es ihr wohl gut. Aber warum sollte er ihr auch etwas antun? Es blieb nur zu hoffen, dass sie nicht hatte mit ansehen müssen, was er mit ihrem Verlobten gemacht hatte.

„Helena?!", riss mich Liams energische Stimme aus meinen Gedanken. Er fasste mich an den Schultern und lehnte sich leicht zu mir, um mir in die Augen sehen zu können, „was hat er gesagt? Konntest du hören, wo er war? Hast du Anna gehört? Geht es ihr gut?", platzte ein ganzer Wasserfall an Fragen aus ihm heraus. Da ich jedoch einen Moment brauchte, um meine Gedanken zu sortieren, klappte mein Mund erst nur auf und zu, bis brauchbare Worte aus ihm dringen wollten.

„Ich weiß nicht. Ich glaube, dass er irgendwo draußen war. In einem Park oder so. Möglicherweise hat er am Ende Anna angesprochen, aber sicher bin ich mir da nicht. Gehört habe ich sie auch nicht. Aber er hat ganz eindeutig gesagt, dass sie bei ihm ist und dass wir nicht versuchen sollen, sie ihm wieder wegzunehmen, weil sonst ... "

„Sonst was, Helena?", drängte Liam und ich hob meine Schultern an.

„Er sagte, dass er nicht zulassen könnte, dass sie wieder bei einem anderen Mann wäre. Glaubst du, er würde ihr dann tatsächlich etwas antun?"

„Es ist Vice", seufzte Liam und schloss für einen Moment die Augen, „es gibt nichts, was er nicht tun würde, wenn es seinem Zweck entspricht."

„Und was tun wir jetzt?", fragte ich überfordert und sah ihn hilfesuchend an.

„Und jetzt", Liam atmete tief ein und dachte kurz nach, „und jetzt gehen wir zu Caleb und lassen sein Handy orten", beschloss er schließlich.

„Sollten wir nicht zur Polizei gehen und seine Nummer dort abgeben? Da es nicht nur um die Entführung geht, sondern auch um den brutalen Angriff auf den Sohn des Polizeidirektors, werden sie sicher mit Hochtouren an dem Fall arbeiten und alles daran setzen, ihn zu lösen", wandte ich ein und sah Liam flehentlich an, „es könnten wichtige Minuten für Anna sein!"

„Nein", sagte Liam ruhig, „er wird Anna nichts antun, solange niemand versucht, sie ihm wegzunehmen. Aber die Polizei wird mit Blaulicht und Fanfaren anrücken. Wenn wir sie ihm wegnehmen und sichergehen wollen, dass ihr nichts passiert, dann sollten wir das alles so langsam, vorsichtig und geheim wie möglich angehen. Die Polizei wird ohnehin nach ihr suchen und Daniels Mörder finden wollen."

Ich senkte meinen Kopf und schluckte schwer.

„Er ist nicht sein Mörder. Sprich nicht über Daniel, als wäre er bereits tot ..."

64

Mit schlechtem Gewissen sah ich noch einmal zu der Hausecke, hinter der Nero vor einiger Zeit verschwunden war. Wir hatten seine Vorstellungen und Träume zerstört und ließen ihn nun allein. Ich hatte das Gefühl, nun für ihn da sein zu müssen, so wie er auch immer für mich da gewesen war. Doch ich konnte nicht. Anna hatte gerade einfach oberste Priorität. Sie war meine beste Freundin. Und sie war entführt worden! Von ihrem psychopathischen Ex.

„Was ist mit Butterfly?", fragte ich, als die plötzliche Angst in mir aufkam, dass Vice auch ihr etwas angetan haben könnte. Aber das würde er nicht, oder? Niemand konnte so einem armen Tier etwas antun!

„Es geht ihr gut", beruhigte mich Liam sofort und hob einen Mundwinkel zu einem schiefen Lächeln. „Sie ist jetzt bei Daniels Mutter. Dort ist sie erst mal sicher. Anscheinend war sie im Garten, als Vice kam. Vermutlich hat es ihr das Leben gerettet."

Ich atmete erleichtert auf, als ich hörte, dass es wenigstens ihr gut ging und dass sie versorgt war.

„Lass uns losfahren, bevor noch jemand von den Gästen auf die Idee kommt, doch noch die Polizei zu rufen. Oder bevor mein Vater unser nettes Familientreffen fortführen will", schnaubte Liam verächtlich und schloss den Wagen auf. Wie immer nahm ich in meinem eigenen Auto auf dem Beifahrersitz Platz, während er sich hinter das Steuer setzte. Der Motor knatterte los und wir fuhren vom Parkplatz. Fort von dieser unheilvollen Hochzeit.

Ich blickte aus dem Fenster, weil sich eine unangenehme Stille zwischen uns ausbreitete. Nach wie vor konnte ich Liam nicht wirklich einschätzen. Er fuhr schnell und ruckartig und ich war mir nicht sicher, ob es daran lag, dass er eigentlich wütend auf mich war oder weil ihn die gesamte Situation vollkommen überforderte.

„Liam?", fragte ich, als ich das Schweigen nicht mehr aushielt.

„Hm?"

„Bist du wütend auf mich?“

Zögerlich blickte ich wieder zu ihm, um seine Reaktion zu beobachten. Er atmete tief ein und schloss nur für einen kurzen Moment die Augen, ehe er sich wieder auf die Straße konzentrieren musste.

„Nein“, seufzte er schließlich, „auf der einen Seite finde ich es nicht in Ordnung, dass du mich angelogen hast, auf der anderen verstehe ich es aber auch. Du kennst mich. Ich wäre ausgeflippt, hätte ich gewusst, dass mein Vater auf freiem Fuß ist. Ich hatte ein Stück Frieden für mich im Gefängnis, weil ich dachte, er hätte seine Strafe endlich bekommen.“

„Ich hatte schon Angst, dass du es bereits erfahren hast“, sagte ich und er warf mir seitlich einen fragenden Blick zu.

„Wie kommst du darauf?“

„Nun ja, ich hatte es vermutet, als Daniel mir von deinem Ausraster berichtet hat.“

„Oh nein, der war nicht wegen meines Vaters. Der war wegen meines Bruders“, knurrte Liam. Ich kräuselte die Stirn. Wie konnte es wegen Nero gewesen sein? Hatte er nicht selbst erst vor ein paar Minuten von ihrer Verwandtschaft erfahren?

„Wie? Wegen Nero?“, fragte ich irritiert.

„Jemand war so freundlich, mir mit ein paar Fotos zu beweisen, wie nahe du bereits deinem neuen, gutaussehenden, reichen Nachbarn gekommen bist. Ich nehme an, dass auch das auf Vices Konto geht. Es hat ihn sicher sehr angepisst, dass sein bester Bluthund jetzt einen Maulkorb namens Helena hat oder zumindest an ihrer Leine geht. Und nicht mehr an seiner. Das ist typisch Vice.“

Liam hob die Schultern leicht an und manövrierte den Wagen nun durch die engen Straßen der Innenstadt. Wir waren bereits in der Nähe vom Bahnhof. Von hier aus war es nicht mehr weit bis zu Caleb.

„Also warst du eifersüchtig?“, fragte ich und konnte nicht verhindern, dass sich ein Grinsen auf meine Lippen schlich. Denn es schmeichelte mir, dass Liam mich allein für sich haben wollte.

„Klar“, sagte Liam und blickte völlig ernst auf die Straße, „ich wollte den heißen Arzt für mich allein.“

„Was?“, polterte ich los und sah ihn entrüstet an. Es dauerte einen Moment, bis ich die Ironie seiner Worte verstand und warf ihm dann einen bösen Blick zu, „Blödmann!“

Liam schmunzelte nur und sagte nichts mehr. Wir hatten unser Ziel erreicht und suchten nun einen Parkplatz.

Ohne weitere wertvolle Zeit zu verlieren, sprangen wir regelrecht aus dem Wagen, sobald wir geparkt hatten und liefen über die Straße zu Calebs Wohnung. Er lebte immer noch im obersten Geschoss des schön verzierten, mintgrünen Altbaus. Liam klingelte und es dauerte einige Sekunden, bis sich jemand meldete.

„Ja?", fragte eine Stimme durch die rauschende Gegensprechanlage.

„Wir sind es", sagte Liam, „Helena und Liam."

Sogleich hörten wir das Brummen der Türöffnung und betraten den kühlen Hausflur. Unsere Schritte hallten, als wir erst über den Steinboden und schließlich die alte Holztreppe hinaufliefen. Liam nahm direkt zwei Stufen auf einmal und ich hatte Schwierigkeiten mitzuhalten. Schon nach zwei Stockwerken ging mir die Puste aus.

„Hi! Lange nicht gesehen. Wie geht es euch?", begrüßte uns Caleb und blieb zurückhaltend im Türrahmen stehen. Er lächelte uns nur kurz an, ehe seine Fußspitzen sehr interessant zu sein schienen. Wie es aussah, hatte er noch keine Ahnung von dem, was passiert war.

„Caleb", sagte Liam und trat, ohne auf die Privatsphäre des anderen Rücksicht zu nehmen, auf ihn zu und fasste ihn an den Schultern, „wir brauchen deine Hilfe!"

Der gebürtige Engländer sah Liam mit großen Augen an und warf mir dann einen hilfesuchenden Blick zu.

„Was? Wo seid ihr wieder reingeraten?"

„Wir nicht", antwortete ich und hielt mich schnaufend am Treppengeländer fest, „aber Anna. Sie wurde entführt."

Man konnte zusehen, wie aus Calebs Gesicht, das ohnehin nur die Bildschirmbräune kannte, auch noch die restliche Farbe wich.

„Was?", fragte er erneut, „und Daniel?"

„Er wurde erschossen", antwortete Liam prompt. Er hatte die Hoffnung, dass Daniel überleben konnte, bereits aufgegeben. Ich jedoch nicht!

„Er kämpft im Krankenhaus um sein Leben", korrigierte ich meinen Freund also, „ihm wurde in den Kopf geschossen."

„Shit", brachte Caleb nur tonlos hervor, schüttelte fassungslos den Kopf und trat einen Schritt zurück, als würde er so nicht nur

Abstand von uns, sondern auch von diesen schrecklichen Nachrichten nehmen können.

„Wer? Wieso?“

„Annas Exfreund. Er ist ein Verbrecher. Er nennt sich Vice“, klärte ich Caleb auf, der sich mit beiden Händen durch sein braunes, zotteliges Haar fuhr.

„Vice“, wiederholte er dann beschwörend, „der Typ mit den weißen Haaren und dem Schlangentattoo?“

„Du kennst ihn?“, Liam hob beide Augenbrauen an.

„Flüchtig. Kommt erst mal herein“, Caleb trat einen Schritt zurück und deutete uns mit einem Kopfnicken, in die Wohnung zu kommen, „das sind keine Sachen, die wir auf dem Flur besprechen sollten.“

65

Caleb ging mit uns sofort in sein Arbeitszimmer und bot uns gar nicht erst einen Platz auf der kleinen Couch an.

„Ich sollte seine Systeme für ihn sicher und unauffindbar machen. Außerdem wollte er Informationen über einen Gefängnisinsassen. Irgendeinen Italiener", erklärte der Hacker, während wir gingen, „seit einiger Zeit hat er sich aber nicht mehr bei mir gemeldet."

Schließlich ließ er sich auf seinen Schreibtischstuhl fallen, der eher wie ein Sitz aus einem Sportwagen aussah, und bewegte seine Computermaus, um den Bildschirmschoner zu beenden. Neben seinen Monitoren standen einige leere Kaffeetassen und Energydrinkdosen sowie eine angebrochene Tafel Schokolade – alles Dinge, die für seinen äußerst gesunden Lebensstil sprachen.

Er gab sein ellenlanges Passwort so schnell ein, dass ich nicht mal erahnen konnte, welche Buchstaben und Zahlen er verwendete. Ob mein „Einhornkotze" wohl so sicher war? Vielleicht sollte ich es in „Einhornkotze123!" ändern? Aber wer würde schon auf dieses Wort kommen?! Nur ein Verrückter.

„Habt ihr seine Handynummer?", fragte Caleb und sah uns von unten herauf an.

Liam nickte und diktierte ihm die Handynummer von Vice.

„Dann wollen wir doch mal sehen", murmelte der Computerspezialist und öffnete einige Programme. Ich konnte dem Cursor und seinen Fingern auf der Tastatur kaum folgen, aber nach einigen Minuten öffnete sich eine Satellitenkarte.

„Da haben wir ihn. Ein Glück, dass ich für seine Sicherheit zuständig war und die Passwörter habe", grinste Caleb, „sonst würde uns jetzt angezeigt werden, dass er in Ko Phi Phi ist."

„Wo?", fragte ich verwirrt und kräuselte die Stirn.

„Das ist eine Inselgruppe vor der Westküste von Südthailand. Der Film „The Beach" wurde dort gedreht. Mit Leonardo DiCaprio. Kennst du den nicht?"

Als ich ihn einfach nur anglotzte wie ein Auto, schüttelte er verzweifelt den Kopf und drehte sich wieder zu seinem Bildschirm um.

„Auf jeden Fall befindet sich sein Handy im Stadtpark auf dem Spielplatz neben dem Brunnen mit dem kleinen Fischerjungen. Am besten fahrt ihr dort hin und wir bleiben über Telefon in Kontakt, damit ich euch anleiten kann, wenn es sich bewegt."

Liam und ich wechselten einen Blick und nickten dann.

„Weiß die Polizei Bescheid?", fragte Caleb.

„Die Polizei weiß, dass Anna verschwunden ist und was mit Daniel passiert ist. Von uns haben sie keine Informationen. Vice will Anna für sich allein haben. Er hat unterschwellig gedroht, dass niemand versuchen soll, sie ihm wegzunehmen. Die Polizei würde ein Riesenaufgebot für die Freundin des Sohnes vom Direktor machen. Wir müssen versuchen, schneller zu sein als sie, um Anna nicht zusätzlich in Gefahr zu bringen. Am sichersten für sie ist es, wenn er nicht weiß, dass ihm jemand auf den Fersen ist. Die Sache ist äußerst sensibel. Vice lebt sein Leben lang schon im kriminellen Untergrund. Wenn die Polizei Anna wirklich retten will, bräuchte sie viel Zeit, Spione, Maulwürfe und so was. Aber das haben sie nicht. Sie werden mit Tatütata vorfahren und Anna in Gefahr bringen."

Caleb trommelte einen Moment mit den Fingern auf der Schreibtischplatte, dann nickte er.

„Klingt logisch. Er hat es nicht so mit dem Freund und Helfer."

„Wir sollten uns beeilen, bevor er irgendwo hingeht, wo wir ihm nicht einfach auflauern können. Wenn er zu seinem bewachten Versteck geht, haben wir ein Problem", wandte Liam ungeduldig ein.

„Ja", sagte ich und atmete tief ein, „dann los."

So schnell wie wir hier heraufgekommen waren, spurteten wir auch wieder los. Caleb brachte uns an die Tür und blieb in deren Rahmen stehen.

„Und wenn ihr mit Anna wieder hier seid, dann erklärt ihr mir mal, warum du in einem Abendkleid rumläufst", sagte er und blickte mich an, dann deutete er mit dem Kinn auf Liam, „und warum du mal wieder blutige Fäuste hast."

„Das ist tatsächlich eine lange und verrückte Geschichte", antwortete ich mit wahnsinnig geweiteten Augen und strich mir dabei mit beiden Händen über die Wangen.

„Da bin ich mal gespannt. Viel Glück! Ruft mich aus dem Auto an und bringt Anna gesund zurück!“ Auf diese Worte hin konnte ich nicht anders, als Caleb für einen kurzen Moment mit einer stürmischen, herzlichen Umarmung zu quälen. Ich legte meine Arme fest um seinen schlaksigen Oberkörper und drückte mein Gesicht gegen seine Brust. „Wieder einmal: Danke, Caleb“, nuschelte ich gegen den Stoff. Ich konnte spüren, wie er durch meine plötzliche Berührung leicht verkrampfte, zögerlich beide Arme anhob und mir unbeholfen auf den Rücken klopfte.

„Ist doch selbstverständlich“, hörte ich ihn leise murmeln, ehe ich ihn erlöste und ihn aus meiner plötzlichen Umarmung entließ.

Er presste die Lippen zusammen und trat verlegen noch einen Schritt zurück, vergrub seine Hände in den tiefen Taschen seines schwarzen, viel zu großen Pullovers und lehnte sich an die Türzarge, um uns von dort aus nachzusehen.

Liam und ich winkten ihm und liefen daraufhin die Treppe hinunter, über die Straße zu meinem kleinen, bunten Polo, der uns schon durch einige schicksalhafte Ereignisse gebracht hatte. Während Liam fuhr, rief ich Caleb an, der uns bestätigte, dass sich Vice Position verändert hatte. Er schien auf den Ausgang des Parks zuzusteuern. Als wir einige Ampeln und Flüche von Liam später auf den Parkplätzen ankamen, berichtete Caleb, dass er bereits das naheliegende Wohngebiet betreten hatte. Dennoch stellten wir unseren Wagen auf dem Schotterparkplatz ab. Hier gab es keine Parkgebühren und wir würden uns die Suche nach einem Stellplatz ersparen. Inzwischen war der Abend schon so weit fortgeschritten, dass die Straßenlampen angingen. Der Verkehr wurde weniger, die Straßen stiller, nur die Vögel zwitscherten leise in den Baumkronen des umliegenden Parks und Grillen zirpten aus dem hohen Gras. Die ersten funkelnden Sterne erwachten am dunkelvioletten Himmel, der kaum noch von Wolken bedeckt war. Die trockene, warme Luft kündigte eine neue Hitzewelle an.

„Komm“, sagte Liam und fasste mich an der Hand. Dann lief er los, achtete jedoch darauf, dass ich Schritt halten konnte. Offenbar hatte er doch dazugelernt und vergaß nicht, dass ich sein Tempo nach wie vor nicht mithalten konnte, erst recht nicht in einem Abendkleid. Außerdem gab er darauf acht,dass unsere Schuhe nicht zu laute

Geräusche machten. Das war bei meinen schwarzen Pumps allerdings so gut wie unmöglich.

„Was zum Henker macht Vice in einem Wohngebiet?", zischte Liam leise.

„Wohnen, vermutlich?", antwortete ich achselzuckend, woraufhin er mir einen zweifelnden Blick zuwarf.

„Kannst du dir Vice in einer gemütlich eingerichteten, spießigen Dreizimmerwohnung vorstellen?", giftete Liam.

„Vielleicht aber für Anna!", erwiderte ich. Ansonsten konnte ich mir auch keinen Grund vorstellen, warum Vice hier leben sollte. Entweder er wohnte hier, oder er kannte jemanden, der hier wohnte. Immerhin war er auch schon vor meiner Tür aufgekreuzt. Und vor Annas. In diesen Wohngebieten hatte er ganz sicher sonst auch nichts zu suchen.

„Er muss jetzt gleich direkt vor euch sein", meldete sich Caleb am Telefon zu Wort.

„Warte!", sagte ich und zog an Liams Hand, damit er langsamer machte, „Caleb sagt, er ist gleich vor uns!"

Allerdings befanden wir uns in einer geraden, gut überschaubaren Straße. Nur wenige Autos parkten rechts und links, die meisten waren in den Garagen und Carports der Häuser untergebracht. Alles, was wir sahen, waren zwei Mädchen auf Fahrrädern, einige Meter vor uns. Sie standen vor einer Einfahrt und schienen sich gerade voneinander zu verabschieden. Ich vermutete, dass sie etwa elf oder zwölf Jahre alt sein mussten. Beide waren dunkelblond und trugen keine Fahrradhelme. Für ihr Alter hatten sie meiner Meinung nach viel zu aufreizende Kleidung an. Tiefe Ausschnitte und enge, zerrissene Hosen, hohe Absätze. Ich erinnerte mich noch genau, wie ich aussah, als ich in dem Alter war. Mit meinen abgewetzten Jeans und den immer selben, bunt bedruckten T-Shirts oder Pullovern. An Schminke hatte ich zu dieser Zeit nicht einen Gedanken verschwendet.

„Bist du dir sicher?", fragte ich letztendlich verwundert.

„Ja, Moment. Ich lasse das Handy einen Ton erzeugen."

Erst hörte ich das Klacken der Tastatur durch das Telefon und tatsächlich erklang kurz darauf ein rhythmisches Piepen.

Ganz nah.

Eines der Mädchen sah sich verwundert um und stieg dann von ihrem Fahrrad ab. Sie wühlte in der Tasche auf ihrem Gepäckträger herum und zog tatsächlich ein piependes Smartphone hervor. Sie hielt es wie eine Kneifzange mit zwei Fingern und die Verwirrung stand ihr sichtlich ins Gesicht geschrieben.

„Das gehört einem Freund von uns!", rief Liam geistesgegenwärtig, während ich noch damit zugange war, darüber nachzudenken, wie das sein konnte.

„Was?", das Mädchen drehte sich zu uns um. Als sie Liam sah, wanderte ihr Blick an ihm herab und wieder herauf, bis er mit offenem Mund an seinem Gesicht kleben blieb. Sie bekam rote Ohren und strich sich nervös mit der freien Hand die blonden Haare zurück. Ihre Freundin auf dem Fahrrad konnte ebenfalls ihren Blick nicht von meinem Freund abwenden. Er war eben eine beeindruckende Gestalt. Groß, düster und blutverschmiert.

„Gib her", befahl Liam freundlichst und hielt dem Mädchen seine offene Hand entgegen. Sie leistete seinem Befehl augenblicklich Folge, gab ihm das Smartphone und lächelte dann unsicher.

„Sorry, keine Ahnung, wie das da reingeraten ist. Ich habs nicht geklaut, falls ihr das denkt. Das schwöre ich!", verteidigte sie sich, ohne dass wir ihr Vorwürfe gemacht hatten.

„Schon okay", mischte ich mich ein, „vermutlich wollte unser Kumpel uns einen Streich spielen. Hauptsache, wir haben es wiedergefunden."

Liam drehte sich von den beiden weg und versuchte, das Handy zu entsperren. Als der Bildschirm anging, konnten wir einen Blick auf das Hintergrundbild des Sperrbildschirms werfen. Es war ein Foto. Ein Selfie, auf dem sowohl Vice als auch Anna zu sehen waren. Während sie die Augen geschlossen hatte und scheinbar in seinen Armen schlief, den Kopf auf seine Brust gebettet, zeigte er uns an ihr vorbei eiskalt den Mittelfinger. Das Lächeln, zu dem seine schmalen blassen Lippen dabei verzogen waren, hätte teuflischer nicht sein können.

„Okay, Caleb. Du kannst das Programm schließen. Wir haben sein Handy gefunden. Aber von ihm fehlt jede Spur", murmelte ich niedergeschlagen in mein Telefon.

66

„Dieser kranke Psychopath", stieß Liam wütend hervor, als er den Sperrbildschirm betrachtete. „Ich hätte es mir auch denken können. Er ist nicht dumm. Er wusste sicher, dass wir das vorhaben. Wir hätten ihn nicht anrufen dürfen. Vielleicht haben wir ihn so nur gewarnt."

Liam begann einmal mehr seine Hände zu Fäusten zu ballen, ehe sein Blick an den beiden Mädchen hängen blieb, die dicht beieinanderstanden und ihn mit einem neugierigen Lächeln und geröteten Wangen beobachteten. „WAS?", fuhr er sie plötzlich in einer Lautstärke an, dass beide vor Schreck zusammenzuckten. Mich inbegriffen. Dass sie nicht augenblicklich mit einem Herzinfarkt tot umfielen, war alles. „Guckt mal auf die Uhr, müsst ihr nicht schon längst im Bett sein?" Ich steckte Vices Handy weg und umfasste stattdessen Liams Arm, um ihn von den beiden eingeschüchterten und sichtlich verwirrten jungen Dingern wegzuziehen.

„Entschuldigt! Er meint es nicht so! Aber geht jetzt wirklich nach Hause, es ist schon dunkel und es gibt schlechte Menschen", rief ich ihnen noch beschwichtigend zu und meinte mit den „schlechten Menschen" wahrlich nicht meinen Partner. Obgleich er hier aggressiv und mit blutverschmierten Fäusten neben mir herlief wie Michael Myers am Halloweenabend, waren die wirklich Bösen die, denen man es nicht sofort ansah.

Ob Balthasar, der liebevolle Ehemann und Vater, der ein angesehener, vorbildlicher Polizist war, oder Markus, der unscheinbare, schwer arbeitende Witwer mit der Problemtochter. Ganz zu schweigen von Vice, der Schlange, bei dessen Lächeln man nie wissen konnte, wessen Halsschlagader er gerade durchgeschnitten hatte.

Unsere nunmehr lauten Schritte führten uns eilig wieder zurück zu meinem Auto, in das wir uns sogleich setzten und uns, wie auch auf dem Weg hierher, anschwiegen.

„FUCK!", schrie Liam plötzlich und schlug mit beiden Fäusten gegen das Lenkrad und verschaffte mir innerhalb weniger Minuten den zweiten Schock.

„Liam, bitte, beruhig dich", versuchte ich sanft auf ihn einzureden und griff dabei nach seinem angespannten rechten Unterarm und zog ihn etwas zu mir. Ich löste seine verkrampften Finger und umfasste sie mit meinen, streichelte über seinen Handrücken. „Es nutzt niemandem etwas, wenn wir jetzt den Kopf verlieren. Lass uns lieber logisch nachdenken, was wir als Nächstes tun sollten." Er brauchte sehr lange, bis er sich halbwegs entspannt hatte und dennoch mahlte sein Kiefer unentwegt und er stierte starr aus der Frontscheibe heraus.

„Er verarscht uns doch. Er weiß ganz genau, dass wir nach ihr suchen."

„Glaubst du, er hat vor, sie außer Landes zu bringen? Oder was glaubst du, wie er sie bei sich behalten will? Wenn du Vice wärst, wie würdest du sicherstellen, dass dir niemand dein Mädchen wegnimmt? Los, Liam, denk mal wie ein Psychopath! Dürfte dir doch nicht so schwerfallen!"

Liam warf mir einen mordlustigen Blick zu, überlegte aber nicht lange, ehe er trocken antwortete.

„Ich würde sie in eine Hütte im Wald entführen."

„Ha, ha, sehr witzig, ich mein das ernst, Liam", rügte ich ihn, doch er hob die Schultern an.

„Ich auch. Ich würde sie an einen Ort bringen, an dem sie außer mir niemand finden kann."

„Du meinst, er wird sie tatsächlich irgendwo einsperren? In einen alten Keller oder in eine Grube im Wald?", fragte ich und weitete erschrocken meine Augen. Mir kamen nicht nur die fiktiven Krimibücher und Filme in den Kopf, die ich bisher verschlungen hatte, sondern auch all die grausamen Bilder aus den Nachrichten. Von Leichen, die Jahre später zufällig im Wald gefunden wurden. Von irgendeinem Jäger oder einsamen Wanderer. Zerfressen von Maden. Zu Tode gehungert und verdurstet. Aber er wollte sie doch lebend, oder?

„Es wird schon irgendwo sein, wo er sie sehen und wo er mit ihr leben kann", nahm mir Liam mit einem irritierten Stirnkräuseln den Wind aus den Segeln.

„Wir müssen also irgendwie rausfinden, wo dieser Ort ist. Nur wie? Du kennst die Umgebung von Vice besser als ich. Gibt es jemanden, dem er davon erzählen könnte? Auch er kann das alles nicht vollkommen allein machen. Sicher gibt es wenigstens ein oder zwei Leute, die er einweiht!"

Liam trommelte nachdenklich mit seinen Fingern auf dem Lenkrad herum und schwenkte seinen Kopf hin und her.

„Vielleicht kenne ich tatsächlich jemanden, den er eingeweiht haben könnte", murmelte er, „sein Name ist Josh. Er hat Vice geholfen, sich einen Namen im Untergrund zu machen. Er ist so was wie sein Mentor. Ich habe ihn nicht sehr oft gesehen, aber Vice schien ihn sehr zu respektieren und ihm zu vertrauen. Wenn jemand davon weiß, dann er."

„Okay. Und wo finden wir diesen Josh?", fragte ich.

„Tja", Liam schürzte seinen Lippen und sah mich nun endlich an, „das werden wir wohl aus irgendjemandem rausprügeln müssen."

„Bitte was?", meine Stimme überschlug sich, „wir sind die Guten! Wir prügeln nicht!", protestierte ich.

„Ach ja? Und was machen Thor, Captain America und Hulk?", schnaubte mein kindgebliebener Freund besserwisserisch.

„In der realen Welt würden sie eben nicht so ungeschoren davonkommen! Wir sind eben keine Comic-Helden!", entgegnete ich genauso neunmalklug.

„Was denn, ich wäre doch ein fantastischer Tony Stark?", Liam reckte sein Kinn.

Ich rollte die Augen.

„Mit deinen Aggressionsproblemen eher Hulk. Frage mich schon seit Längerem, warum du nicht schon ganz grün bist."

„Die Einzige, die hier grün ist, bist du. Und zwar hinter den Ohren!" Er grinste mich kurz an und ich konnte nicht verhindern, dass sich selbst in dieser fürchterlichen Situation ein Kribbeln in meinem Körper ausbreitete. Also lächelte ich nur und senkte verlegen meinen Blick, bevor er die Röte auf meinen Wangen erkennen konnte.

„So, Hulk will kleines Menschlein verhauen!", raunte Liam mit tief verstellter Stimme und startete den Wagen.

„Wo willst du denn jetzt hinfahren?", fragte ich.

„Na, ich bringe dich nach Hause", entgegnete Liam, als sei das offensichtlich und ich starrte ihn entrüstet an.

„Was will ich zu Hause? Wir müssen doch Anna finden!“

„Die Welt, in die wir dafür abtauchen müssen, ist zu kriminell und zu gefährlich, als dass ich zulassen würde, dass du einen deiner kleinen, tollpatschigen Füße in sie setzt.“

67

„Nein, Liam! Anna ist meine beste Freundin. Es gibt keinen Ort der Welt, an den ich meine tollpatschigen Füße nicht für sie setzen würde! Und wenn du irgendetwas ohne mich machst oder versuchst, wirst du dir wünschen, niemals aus dem Gefängnis entlassen worden zu sein! Also keine Widerrede! Haben wir uns verstanden?!“, blaffte ich ihn zornig an. Liam hob seine Augenbrauen an und stieß die Luft geräuschvoll aus.

„Okay.“ Liam nickte.

Ich war erstaunt, diese Schlacht so schnell und ohne große Gegenwehr gewonnen zu haben. Zufrieden und schnaubend wie ein Stier verschränkte ich die Arme vor der Brust.

Soweit ich erkennen konnte, fuhren wir wieder in Richtung Innenstadt. Hier hatte gerade das Nachtleben begonnen. Die ersten Jugendlichen tümmelten sich in kleinen Grüppchen mit Bierflaschen auf den Straßen. Man hörte ihr Gelächter und Gegröle, das Klimpern von Glas und entfernte Musik.

Ich spürte, wie mein Handy vibrierte und schaute auf das Display. Es war eine Nachricht von Caleb. „Was habt ihr jetzt vor? Ich will euch helfen“, schrieb er, da wir uns nach der Pleite vor einigen Minuten nicht wieder bei ihm gemeldet hatten.

„Liam hat eine Ahnung, wer wissen könnte, wo Vice Anna hinbringt. Wenn wir fertig sind, kommen wir vorbei und bringen dir sein Handy! Vielleicht kannst du etwas darin finden. Bis dahin halte bitte die Positionen von uns im Auge, wer weiß, was uns zustoßen könnte“, schrieb ich ihm zurück und schluckte auf meine eigenen Worte hin. Nachdenklich richtete ich meinen Blick aus dem Fenster.

Nicht nur, dass ich vor zwei Jahren entführt und beinahe vergewaltigt worden war, mit ansehen musste, wie ein Mann, wenn auch einer von den Bösartigen, in einem Keller gefoltert worden war, und ich dabei gewesen war, wie eben dieser Fiesling vor unser aller Augen erschossen wurde. Ich hatte schreckliche Videoaufnahmen von Liam und Anna gesehen, verwahrloste Kinder in einem Transporter gefunden, doch nun war meine beste Freundin entführt und, mindestens genauso schlimm oder sogar noch schlimmer, kämpfte Daniel einen Kampf um sein Leben, den er kaum gewinnen konnte. Wie viel Grauen war uns in den letzten Jahren widerfahren und wie viel Grauen erwartete uns noch? Bevor ich Liam kennengelernt hatte, hatte ich nie um mein Leben fürchten müssen. Ich hatte gelitten, klar. Wegen meiner Mutter. Aber nun wurde mir bewusst, dass es beim nächsten Mal nicht Markus oder Daniel erwischen könnte, es könnte Liam erwischen. Oder auch mich. Wir konnten sterben. Vice könnte uns töten. Er würde uns töten. Ohne mit der Wimper zu zucken. Vielleicht würde er sogar Freude dabei empfinden. Und wir liefen mitten in sein Messer auf der Suche nach Anna.

„Paps, Flo, ich hab euch lieb", schrieb ich in unsere Familien-Whatsapp-Gruppe, von dem plötzlichen Impuls getrieben, schöne, letzte Worte hinterlassen zu müssen, sollte ich meine Familie nicht mehr wiedersehen.

„Wir sind da", riss mich Liam aus meinen trübseligen, jedoch durchaus realistischen Gedanken. Er hatte den Wagen im Hinterhof eines Gebäudes abgestellt. Der Schein der Straßenlaternen reichte kaum bis hierher und das Einzige, was diese Gegend erhellte, waren die roten Neonröhren von dem Schild eines Nachtklubs.

„Da müssen wir rein", sagte Liam und deutete mit seinem Kinn auf die heruntergekommene Metalltür, die der Eingang zu diesem Club zu sein schien. Vor ihr stand ein Fleischberg ohne Hals, eng zusammenliegenden, kleinen Augen und mit kahlgeschorenem Schädel. Nur sein dichter Bart war glänzend und rabenschwarz.

Als mich ein mulmigen Gefühl überkam, hakte ich mich bei meinem Freund ein und folgte ihm zu dem Türsteher. Mit der freien Hand fischte Liam seinen Geldbeutel aus seiner Gesäßtasche und zückte einen Zwanziger. Mir blieb nicht einmal Zeit, darüber nachzudenken, woher Liam überhaupt Geld hatte, da er ja kürzlich erst entlassen worden war, als er den Schein dem Mann bereits in die Hand drückte.

„Die Süße hat freien Eintritt", brummte der Fleischberg mit einem Nicken auf mich. Seine kleinen Augen musterten mich von oben bis unten, blieben dann kurz an Liams blutigen Händen hängen. Doch anstatt uns deswegen aufzuhalten, lächelte er kurz und nickte uns zu.

„Viel Spaß“, dann öffnete er die knarzende, schwere Metalltür. Dunkelheit, Qualm, stickige Luft und der Geruch von Schweiß und billigem Parfum schlug uns entgegen. Ich rümpfte meine Nase und hielt mich dicht bei Liam. Um uns herum tummelten sich Gestalten, die ich in dem schummrigen Licht kaum erkennen konnte. Ihre Gesichter wirkten auf mich wie geisterhafte Masken. Aufgemalt oder gar verzerrt. Mit weit aufgerissenen Augen oder diese so verdreht, dass man nur noch das Weiße in ihnen sah.

„Fass hier nichts an“, befahl mir Liam überflüssigerweise. Mir wäre nicht in den Sinn gekommen, meine Hände nach dem Elend auszustrecken, das uns hier umgab. Im Vorbeigehen erkannte ich an einem Tisch an der Wand einen Mann, der den Ärmel seines Pullovers hochgekrempelt hatte und sich gerade die Nadel einer aufgezogenen Spritze in den Arm stach. Ein Schaudern lief meinen Rücken hinab und ich wandte meinen Blick zur anderen Seite, nur um dort Zeuge zu werden, wie sich der Kopf einer Frau zwischen den Beinen eines Mannes auf einem Sofa auf und ab bewegte. Selbst über den lauten Bass der ohrenbetäubenden Musik hinweg meinte ich ihre schmatzenden Geräusche hören zu können.

„Großer Gott“, murmelte ich und bemerkte, wie Liam zu mir herabgrinste, als er mein Gesicht erblickte, das vollkommen verstört aussehen musste.

„Na, soll ich mich auch mal hinsetzen und du verschwindest zwischen meinen Beinen?“, rief er mir grinsend ins Ohr, als er sich zu mir herablehnte.

Ich war angeekelt und entsetzt und dennoch musste ich schwer schlucken und die Erregung niederkämpfen, als ich in seine blauen Augen blickte, die mich so begehrend in dem schummrigen Licht des Clubs ansahen.

„Was? Ich ...“, begann ich und wusste überhaupt nicht, was ich sagen sollte. Mir blieben die Worte regelrecht im Hals stecken und ich spürte, wie die Hitze in meinen Kopf und in meine Ohren stieg.

„Das war ein Scherz“, Liams laszives Grinsen wurde sanfter und er gab mir einen Kuss auf meinen Scheitel, „aber schön, dass du es in Erwägung gezogen hast.“

Ich unterdrückte den Drang, ihm auf der Stelle den Hals umzudrehen und folgte ihm weiter. Zielstrebig führte er mich durch den Club.

Plötzlich tauchte eine Frau vor uns auf, deren hochgepushtes Dekolleté selbst meine Blicke anzog. Ihre unnatürlich prallen Lippen kräuselten sich zu einem anzüglichen Lächeln, als sie tatsächlich ihre dünnen, sehnigen Arme locker um Liams Nacken legte. Er blieb stehen und atmete tief ein.

„Letizia", raunte er.

„Liam, Baby. Mein süßer, kleiner Knackarsch", ich hatte Mühe, ihre Worte zu verstehen. Doch ihre Stimme klang rauchig und verführerisch. Sie würdigte mich nicht einmal eines Blickes. Sie tauchte einfach auf und beanspruchte ihn mit einem Mal für sich. Als sie nun auch noch mit einer Hand an besagten „Knackarsch" fasste, war ich kurz vor der Raserei. Ich hatte lediglich noch nicht meine Fassung zurückerlangt.

„Hast du heute mal Lust?", fragte sie Liam und klimperte mit ihren langen, schwarzen, angeklebten Wimpern, „du lässt mich nun schon ziemlich lange warten."

„Gewöhn dich dran. Und jetzt aus dem Weg, ich habe zu tun", entgegnete Liam ihr schroff und schob sie einfach von sich. Letizia stöhnte genervt auf und trat augenrollend bei Seite.

„Freundlich wie eh und je", giftete sie ihm nach. Plötzlich spürte ich auf mir ihren Blick, der mich durchbohrte. „Fickst du seit Neuestem lieber junge Dinger?", rief sie ihm nach, „hat Natascha dir nicht gezeigt, dass die erfahreneren mehr zu bieten haben? Auf alten Pferden lernt man das Reiten!"

Liams Körper spannte sich an, als er tief einatmete. Dann jedoch zuckte er zusammen und griff sich fluchend an seine Schulter. Er kniff die Augen zusammen und presste die Luft durch seine zusammengebissenen Zähne.

„Liam!? Alles okay?", fragte ich, als erst die plötzliche Sorge um ihn mir meine Fassung zurückgab.

„Ja", stieß er gequält hervor, „die Schulter. Es geht schon. Ich habe meine Tabletten heute Abend noch nicht genommen."

Fürsorglich legte ich ihm eine Hand auf den Rücken und streichelte ihn, um ihn eventuell etwas von dem Schmerz abzulenken. Einige tiefe Atemzüge später hatte er sich so weit wieder gefangen, dass er sich aufrichten konnte. Obwohl er versuchte, sich nichts mehr anmerken zu lassen, verrieten die kleinen Schweißperlen auf seiner Stirn und die regelmäßigen Krämpfe, die seinen Körper schüttelten, dass er dennoch litt.

„Warte", sagte er, als wir fast am anderen Ende des Clubs angekommen waren. Er drehte sich mit einem Mal zu mir um und zog mein Kleid an meinen Schultern etwas nach unten. Dann fasste er, ohne zu zögern, unter meine Brust, ignorierte, dass ich erschrocken aufquiekte und nach ihm schlug, und drückte meinen Busen nach oben, sodass mein Ausschnitt nunmehr sehr billig und aufreizend wirkte.

„Was tust du da?!", fuhr ich ihn an und wollte gerade alles wieder zurechtzupfen, als er meine Hände festhielt und sich zu mir herablehnte, um mir tief in die Augen zu blicken.

„Vertrau mir und spiel einfach mit", flüsterte er und drehte sich dann zu einer Tür um, die mit der Aufschrift „Privat" beschriftet war und vor der ein weiterer großer, kahlköpfiger Mann in schwarzer Bomberjacke mit verschränkten Armen stand.

68

„Liam, Kumpel! Was gibts?“, brüllte uns der Kahlkopf über die laute Musik hinweg zu und mein Freund reichte ihm seine Hand, zog ihn freundschaftlich zu sich und rief ihm seinerseits etwas ins Ohr, was ich allerdings nicht verstehen konnte. Der Türsteher nickte daraufhin und sah mit schiefem, schmierigem Grinsen zu mir, ließ seinen Blick meinen Körper hinauf- und hinabwandern, als wäre ich ein Stück Fleisch. „Ich sag ihm Bescheid, wartet kurz“, woraufhin er sich umdrehte und in dem Privatraum verschwand.

Mein Schwerverbrecherfreund hatte sich inzwischen zu seiner vollen Größe aufgerichtet, die Schultern nach hinten und den Kopf nach oben gereckt. Er neigte den Kopf von rechts nach links und ich schätzte, das er seinen Nacken knacken ließ, ebenso wie die Finger, die er zu kneten begann. Er wirkte, als würde er sich auf etwas vorbereiten.

„Liam?“, rief ich zögerlich und zog nervös an dem Ärmel seines Shirts, „ich hab Angst“, gestand ich ihm.

„Gut“, sagte Liam in einem kalten, lieblosen Tonfall, der mir sofort einen eiskalten Schauer über den Rücken jagte. „Zeig das“, befahl er mir, ehe er seine Hand anhob und mir bestimmend um den Oberarm griff. Er umfasste nicht beistehend meine Finger, legte nicht beschützend seinen Arm um mich, nein, er hielt mich einfach hart fest, als wolle er mich einschüchtern und verhindern, dass ich weglaufe. Die Tür vor uns öffnete sich wieder und der Glatzkopf lächelte Liam an.

„Könnt rein“, sagte er knapp und trat einen Schritt beiseite, um uns vorbeizulassen. Liam nickte ihm zu und setzte sich in Bewegung. Dabei zog er mich grob mit sich. Wir betraten eine Art Büro. Durch die von der Decke hängenden, blanken Glühbirnen war es heller in dem Raum als im Rest des Clubs. So sah man allerdings auch überall den Dreck und die Unordnung. Überall lagen Flaschen, Papier, volle Aschenbecher und es roch furchtbar nach Qualm und Bier. Ein richtiges Rattenloch. Perfekt passend zu diesem Milieu. Und zu diesem Mann, der hinter dem Schreibtisch saß. Die fettigen, schwarzen Haare, durch die sich graue Strähnen zogen, waren schmierig nach hinten gegelt. Er war sicher schon fünfzig, klein und dick und sein Gesicht erinnerte tatsächlich an das einer Ratte. Er hatte schmale, spitze Lippen, über denen ein dünner, dunkler Oberlippenbart thronte. Seine Nase war ebenfalls spitz und außergewöhnlich lang. Als er den Mund öffnete und uns mit einem freudigen Lächeln ansah, entblößte er seine gelben, zu groß geratenen Vorderzähne.

„Liam!", wurde mein Freund erneut mit einem schleimigen Unterton in der Stimme begrüßt. „Mein Freund! Ich hab gehört", begann er, ehe er mich eingehend musterte, „und sehe, dass du mir etwas anzubieten hast. Setz dich doch! Willst du etwas trinken? Eine Zigarette? Etwas Koks?" Es war unfassbar, dass hier jeder Liam zu kennen schien. Dass ihn hier jeder als Freund oder Kumpel bezeichnete. War das hier wirklich so sehr seine Welt gewesen? War sie das vielleicht noch immer?

„Hey, Marius. Nein danke, nein danke, aber gerne doch, dann mach mir 'ne Line fertig", beantwortete Liam Marius' Fragen in der gleichen Reihenfolge. Ich öffnete meinen Mund, wollte etwas sagen, wollte Liam abhalten, doch würde das unser Schauspiel auffliegen lassen? Vielleicht bluffte er ja nur. Es war doch nur ein Schauspiel. Oder?

„50 Milligramm wie immer?"

„Mach 60 draus", antwortete Liam souverän und hatte meinen Arm immer noch nicht losgelassen.

„Aber klar doch, weil du es bist."

Die Ratte lächelte wie ein Schleimbeutel zu Liam herauf, zog seine Schublade auf und holte ein kleines Plastiktütchen mit weißem Pulver daraus hervor. Er schnippte mit den Fingern dagegen, öffnete es und klopfte die Droge vorsichtig auf die glatte Oberfläche des Tischs. Er schob das Häufchen mit einer Plastikkarte zu einer langen, dünnen Linie zurecht und deutete anschließend darauf.

„Tada!"

Liams rechter Mundwinkel hob sich zu einem Lächeln, das seine Augen nicht erreichte, griff erneut in seine Gesäßtasche und rollte einen Zehn-Euro-Schein zu einer kleinen Röhre.

„Während du deine Nase etwas puderst, schaue ich mir mal an, was du mir Hübsches mitgebracht hast." Seine dunklen Augen wanderten zu mir herüber, während er auf seinem Stuhl bereits zurückrollte.

„Komm her, Püppchen", befahl er mir, „der Onkel will dich mal ansehen."

Liams Griff um meinen Oberarm wurde kurz etwas fester, ehe er mich auf einmal fast ruppig in Marius' Richtung stieß. Während ich zu diesem widerlichen Kerl stolperte, konnte ich aus dem Augenwinkel noch erkennen, wie sich Liam zu der Linie aus Koks hinabbeugte.

Ich gab einen schrillen, quiekenden Laut von mir und wollte augenblicklich zurückweichen, als die dreckigen Griffel von diesem Lustmolch nach mir grabschten. Doch ich war nicht schnell genug und er hielt mich am Handgelenk fest.

Instinktiv hob ich meine Schultern an, rümpfte die Nase und betrachtete diesen Mann mit aller Abscheu, die ich für ein menschliches Wesen empfinden konnte. „Fass mich nicht an!", zischte ich, doch ich konnte mich nicht aus dem Griff lösen. Stattdessen schienen seine Hände überall an meinem Körper zu sein und plötzlich auch unter meinem Rock.

„Ist sie noch Jungfrau?", fragte Marius lüstern.

„Finger weg!", fauchte ich und wollte ihm eine Ohrfeige verpassen. Doch als hätte er es vorhergesehen, fing er meine Hand ab.

„Biest", grinste der Mann, „das mag ich."

Übelkeit stieg in mir auf.

Liam richtete sich gerade wieder auf, ich hörte noch sein tiefes Einatmen und er presste seinen Zeigefinger und Daumen gegen seinen Nasenrücken.

„Habe ich dir jemals etwas Benutztes gebracht?", fragte mein Freund, der nun die Schultern kreisen ließ. Ich spürte, wie alle Farbe aus meinem Gesicht weichen musste. Wie viele Frauen hatte er dieser Ratte denn bereits gebracht?!

„Du hast mir schon seit einigen Jahren nichts mehr gebracht, mein Freund. Du warst von der Bildfläche verschwunden, nachdem du Sebastian aus Eifersucht totgeschlagen hast. Verzeih mir, wenn ich deine Ware etwas genauer überprüfen muss", entgegnete Marius und entblößte seine gelben Zähne mit einem widerlichen Grinsen.

„Ich war in der Tat lange weg. Ich habe auch noch ein paar andere Geschäfte zu machen und bin deswegen auf der Suche nach Josh. Aber der scheint genauso von der Bildfläche verschwunden zu sein. Hast du eine Ahnung, wo ich ihn finden kann?", fragte Liam, der sich ein Lächeln auf die Lippen zwang, das eher wie ein Zähnefletschen wirkte. Seine blauen Augen starrten Marius und seine Hände an, die mich nach wie vor betatschten. Sein Brustkorb hob und senkte sich schnell und seine Muskeln waren gespannt wie die eines Raubtiers vor dem Absprung.

„Hah!", lachte die Ratte auf, „das ist eine lustige Geschichte. Unser lieber Josh meinte, sich zur Ruhe zu setzen. Kannst du dir das vorstellen?"

„Liam", sagte ich leise und warf ihm einen flehenden Blick zu. Er sollte mich endlich aus dieser fürchterlichen Lage befreien und nicht einfach dastehen und zusehen, wie die schmierigen Hände eines fremden Mannes an meinem Po und meinem Busen klebten. Er sollte sich einfach beeilen!

Liam benetzte sich mit der Zunge die Lippen und zog die Augenbrauen zusammen.

„Hm," machte er nur, „und wo ist er jetzt?"

„Keine Ahnung", Marius hob die Schultern, „das weiß so gut wie niemand. Ich weiß nur, dass er in das Süd-Viertel gezogen ist und in einem dieser spießigen Neubauhäuser wohnt. Zumindest war das vor zwei Jahren so. Wer weiß, wo er jetzt ist. Vielleicht zurück in Holland."

„Das reicht mir", sagte Liam und streckte eine Hand nach mir aus, „die nehme ich wieder mit."

„Was?", Ratte schien sichtlich irritiert, „wieso?"

„Ich habe es mir anders überlegt. Bevor ich sie verkaufe, will ich selbst mal drüber. Sie ist ganz hübsch, oder nicht?"

„Bitte?!", entfloh es mir schrill.

Marius' Blick musterte mich von oben bis unten, als könnte er mich mit ihm ausziehen.

„Da hast du allerdings recht und diese üppigen Kurven", pflichtete er Liam raunend bei und fasste plötzlich an meine Hüften, während er sich aus seinem Schreibtischstuhl erhob und mich mit seinem dicken Bauch gegen die Tischplatte drückte. Sein Gesicht war mir nun so nah, dass ich seinen nach Rauch und Moder stinkenden Atem riechen konnte. Abermals musste ich die Nase rümpfen und drehte meinen Kopf von ihm weg.

„Ich gebe dir das Doppelte, wenn du mich zuerst ranlässt", sagte er geifernd.

Das war mir zu viel.

Und Liam auch.

Denn obwohl ich bis eben noch gedacht hatte, dass wir diesen Raum tatsächlich ohne Schlägerei wieder verlassen könnten, packte er die Ratte mit einem Mal an seinem Nacken und riss ihn nach hinten weg.

69

Sofort zog ich den nach oben gerutschten Rock meines Kleides herab und legte schützend die Arme um meinen Oberkörper, während Liam den ekelhaften Zuhälter mit zerstörerischer Gewalt nach hinten gegen die Wand donnerte. Das Regal an dieser schwankte unheilvoll und drohte umzukippen. Ratte stöhnte auf, als die Luft aus seinen Lungen gepresst wurde und verdrehte für einen Moment die Augen, als sein Hinterkopf gegen die Wand schlug. Durch den Aufprall musste er sich auf die Zunge oder die Lippen gebissen haben, denn als er danach grinste, entblößte er blutige, schiefe Zähne.

„Finger weg von meinem Mädchen“, knurrte Liam ihm entgegen und starrte ihm direkt und drohend in die Augen. Dass er seine Zähne nicht fletschte, war alles. Marius blieb das Grinsen im Halse stecken und er hob beschwichtigend seine Hände an.

„Ganz ruhig, ich lass es ja schon.“

Liam schnaubte und stieß ihn von sich.

„Du hast sie mir als Nutte angeboten“, verteidigte sich der Zuhälter und wischte sich mit dem Ärmel über die Lippen.

Ich war froh, dass Liam nichts mehr sagte und nur bestimmend nach meiner Hand griff, um mich an sich zu ziehen, sodass ich gegen seine Brust fiel und er einen Arm um meine Taille legen konnte. Mit mir im Schlepptau steuerte er auf den Ausgang zu, stieß die Tür regelrecht auf und ignorierte den verwunderten Blick des Bodyguards, der neben dieser stand. Der Türsteher schaute in den Raum und ich sah über die Schulter zurück. Ratte hob gerade abwehrend eine Hand. Daraufhin warf der kahlköpfige Aufpasser einen gleichgültigen Blick zu Liam.

„Er hats verdient“, hörte ich den Mann emotionslos brummen, dann verschwand die Szenerie für mich hinter verschwitzten Körpern, Qualm und der Dunkelheit des schäbigen Clubs.

Der Weg nach draußen kam mir keineswegs kürzer vor als der hinein. Mein Gehirn nagte noch daran, die letzten Minuten zu verarbeiten, daran, damit klarzukommen, dass die Hände dieses Widerlings überall auf meinem Körper gewesen waren und dass Liam sich eine verdammte Line Koks durch die Nase gezogen hatte!

Als er die Metalltür nach draußen öffnete und die kühle, frische Nachtluft meine Nase und Lunge streichelte, fühlte ich mich wie befreit. Als hätte ich mich durchs Fegefeuer an den Dämonen vorbei an die Oberfläche gekämpft.

„Finger weg von meinem Mädchen", hatte Liam gesagt. Unwillkürlich zupfte ein Grinsen an meinen Mundwinkeln, als ich noch einmal über diese Aussage nachdachte. Ich war wütend auf ihn, weil er mich als Hure ausgegeben und Drogen genommen hatte, doch diese Worte schmeichelten mir so, dass es den Ärger ein wenig linderte. Es war irgendwie sexy.

Ohne anzuhalten liefen wir auf mein Auto zu und gerade wollte er sich hinter das Steuer setzen, als ich energisch „Stopp!" rief.

Er hielt irritiert inne, drehte sich zu mir und sah mich aus großen, schwarzen Pupillen an. „Was?", fragte er.

„Du bist high. Ich fahre", bestimmte ich erstaunlich selbstbewusst und deutete mit einem Nicken Richtung Beifahrertür, dass er dort Platz nehmen sollte.

Liam schniefte, wischte sich mit dem Handrücken unter seiner Nase entlang und zuckte kurz mit dem Kopf. Er mahlte seinen Kiefer auffällig hin und her und nickte dann mit geweiteten Augen.

„Gut", gab er sich geschlagen und ich sah ihm kopfschüttelnd hinterher, als er auf der Ferse kehrtmachte, „aber gib Gas."

Ich seufzte und strich mir verzweifelt mit einer Hand über mein Gesicht. „Warum hast du das nur gemacht? Warum hast du das Koks angenommen?" Ich setzte mich hinter das Steuer, startete den Wagen und abermals wischte ich mir im Geiste den Schweiß von der Stirn und hoffte, dass die alte Kiste überhaupt noch anging.

Liam antwortete mir nicht, sondern trommelte lediglich mit seinen Fingern auf der Armlehne herum und wippte schnell und unruhig mit seinem Bein.

„Hm?", drängte ich ihn.

„Wir fahren direkt ins Süd-Viertel. Ich erinnere mich noch, dass Josh immer einen Ford Mustang fuhr. Er hat dieses Auto geliebt. Sicher fährt er immer noch einen. Wenn wir Glück haben, sehen wir einen in einem Carport stehen", kündigte Liam an und gab mir weiterhin keine Antwort auf meine Frage. Ich grummelte leise, nickte aber.

„Wo muss ich lang?"

„Hier links", wies mir mein Freund den Weg an der nächsten Kreuzung.

„Was, wenn wir ihn so nicht finden?"

„Dann klingeln wir irgendwo und fragen nach ihm", sagte Liam schulterzuckend und grinste.

Er war einfach ein unberechenbarer Kerl. Auf der einen Seite wusste ich nie, wozu er aus Zorn und Eifersucht in der Lage war, auf der anderen war er so leidenschaftlich, liebevoll und beschützend. Nie konnte ich mir sicher sein, was er als Nächstes tat. Immerhin wurde es nie langweilig mit ihm.

„Also Liam, antworte mir. Warum hast du das Koks genommen?", bohrte ich noch einmal nach, als wir auf der nächstgrößeren Straße ankamen.

„Erstens: Es war umsonst. Zweitens: Es macht Spaß. Drittens: Ich habe meine Rolle gespielt. Viertens ist mir meine Scheißschulter jetzt egal", zählte Liam auf, „außerdem hält die Wirkung eh nicht lange. Also entspann dich."

Mir war nicht übel danach, jetzt zu diskutieren, dass das alles andere als zum Entspannen war und dass er ein Idiot war. Doch da wir gerade andere Probleme hatten, beließ ich es bei einem bösen Schnauben und einem vernichtenden Blick. Es war ihm auch so bewusst, dass ich seine Meinung nicht teilte.

Nach wenigen Minuten hatten wir das Süd-Viertel erreicht. Es war dieselbe Gegend, in der auch Daniel sein Haus hatte und daher kannte ich mich hier ein wenig aus. Ich versuchte, mich zu erinnern, ob ich hier schon mal einen Mustang gesehen hatte. Doch da Autos nicht gerade mein größtes Interesse waren, konnte ich es wirklich nicht mehr sagen. Ich war ja froh, dass ich überhaupt wusste, was ein Mustang ist. Mein Bruder hatte mal einen als Poster über seinem Schreibtisch hängen.

„Fahr langsam durch die Straßen", sagte Liam, der sich vorlehnte, um besser aus dem Fenster sehen zu können. Ich drosselte das Tempo. Wir blickten auf jeden Parkplatz, auf jeden Carport und in jede offenstehende Garage. Im Gegensatz zu der belebten Innenstadt schienen hier die Bürgersteige wie hochgeklappt. Kein Mensch außer einem Mann, der mit seinem Dackel Gassi ging, war draußen unterwegs. Die meisten Häuser hatten die Rollläden bereits heruntergelassen und nur in wenigen Fenstern brannte Licht. Ein Blick auf die Uhr in der Konsole verriet mir, dass wir kurz vor elf hatten. Der Gedanke an die arbeitende Bevölkerung erinnerte mich daran, dass nicht mehr viele Tage meines dreiwöchigen Urlaubs übrig waren. Erholt fühlte ich mich nicht. Ganz im Gegenteil. Ich fühlte mich gemartert und zermürbt. Wie eine Orange aus der Saftpresse. Aber wenn man bedachte, durch welche Hölle Liam und ich wieder gegangen waren ...

„Da!", Liams Stimme riss mich aus meinen Gedanken. Ich erschreckte mich und bekam ein schlechtes Gewissen, weil ich über meine Grübeleien hinweg ganz vergessen hatte, nach dem Mustang zu suchen.

Liam deutete auf eine offene, beleuchtete Garage, in der tatsächlich ein schwarzer, glänzender Ford Mustang stand. Draußen an die Wand gelehnt sah ich eine große, schlaksige Gestalt. Sie schien zu rauchen, denn immer wieder glühte etwas rot-gelb auf und ich erkannte das kühle Licht eines Handydisplays an seinem Ohr.

„Ist er das?", flüsterte ich.

„Das ist er definitiv", bestätigte Liam.

70

„Ich muss auflegen. Der Besuch kommt gerade“, hörten wir die rauchige Stimme von Josh, der uns bemerkt haben musste. Ich hatte den Wagen am Straßenrand geparkt und wir waren beide ausgestiegen, gingen nun langsam über die hell gepflasterte Einfahrt, die von eingelassenen Bodenstrahlern erhellt wurde. Rechts und links befanden sich sorgsam gepflegte Beete und das Haus selbst war eines dieser Häuser mit amerikanischer, hellblauer Holzverblendung mit weißen Akzenten und einem Erker mit kleinem Türmchen. Richtig spießig.

Durch das Haus in Verbindung mit dem schwarzen Mustang fühlte ich mich eher in die USA als nach Holland versetzt.

„Marius hat euch angekündigt“, verkündete Josh, der uns nun einen Schritt entgegen kam. Endlich waren wir nah genug, dass ich ihn in der Dunkelheit erkennen konnte. Josh war ein hochgewachsener, schlanker Mann mit zotteligem, dunklem Haar, von dem ihm vereinzelt Strähnen in die Stirn fielen. Seine schmalen Lippen waren gepierct und zu einem bubenhaften Grinsen verzogen. So weit ich das bei diesen Lichtverhältnissen erkennen konnte, hatte er helle Augen, die von leichten Lachfältchen umrahmt waren. Auffällig war noch sein Ziegenbärtchen am Kinn. Es fiel mir schwer, einzuschätzen, wie alt er war, da er zwar eine jugendliche Ausstrahlung hatte, jedoch irgendwie ausgezehrt wirkte. Auf jeden Fall war er deutlich älter als Liam. Er trug eine lässige, weite Sommerhose, die ihm fast von den schmalen Hüften zu rutschen schien und ein weißes T-Shirt mit der schwarzen Aufschrift „Hardcore – Motherfucker“, das einige Nummern zu groß war. Auf seinen linken Arm war ein Stacheldraht tätowiert, der sich blutig in das Fleisch zu schneiden schien, ähnlich wie bei Liam. Mein Blick folgte seiner Hand, als er die selbstgedrehte Zigarette zu seinen Lippen führte und einen tiefen, genüsslichen Zug nahm. Seine Finger waren lang und schlank und außer einem goldenen Ring am Ringfinger der rechten Hand trug er keinen Schmuck.

„Hat er sich ausgeheult, weil ich ihn verprügelt habe?", fragte Liam, ehrlich, wie er war.

Josh zuckte lässig die Schultern und grinste.

„Selbst wenn. Er hats verdient", sagte der gebürtige Holländer das Gleiche wie der Türsteher zuvor schon. Dann drehte er sich etwas zu mir und ich spürte seinen Blick auf mir.

„Und wen hast du mir mitgebracht?", fragte er und hielt mir dann seine Hand entgegen. Ich warf Liam einen unsicheren Blick zu, doch als er mir aufmunternd zunickte, ergriff ich sie.

„Ich bin Helena", stellte ich mich vor, „seine Freundin."

Das wollte ich direkt mal klarstellen, bevor irgendjemand noch auf die Idee kam, mich wieder zu seiner Prostituierten zu degradieren.

„Freut mich, Helena. Ich bin Josh, wie du bereits erfahren hast. Was führt euch zu mir?", wollte er wissen und sah mir ununterbrochen in die Augen.

„Wir ...", begann Liam, wurde allerdings sofort von Josh unterbrochen.

„Ich habe deine hübsche Freundin gefragt."

Ich räusperte mich, während Liam in sich hineingrummelte, sich dann aber geschlagen gab.

Unsicher, wie ich am besten antworten sollte, trat ich auf meinen Beinen hin und her und überlegte angestrengt, wie ich unser Problem am besten erklären sollte. „Vice hat unsere beste Freundin entführt und wir wissen nicht, wo er sie hingebracht hat", platzte ich schließlich einfach mit der Wahrheit heraus und sah dabei im Augenwinkel zu Liam, ob dieser nun verzweifelt die Hände über dem Kopf zusammenschlug. Zu meiner Überraschung tat er das nicht, sondern sah eine Antwort abwartend zu Josh.

„So?", begann Josh, der wieder einen tiefen Zug von seiner Zigarette nahm, den Glimmstängel dann jedoch in einem Blumenkübel ausdrückte und in der Erde stecken ließ.

„Sicher, dass eure Freundin nicht freiwillig bei ihm ist?"

„Er hat ihrem Verlobten ins Gesicht geschossen und sie verschleppt. Ich wage zu bezweifeln, dass sie dann gern mit ihm gegangen ist. Er hat ihr Handy in der Blumenvase versenkt und auf seinem Smartphone ist ein Bild, wo er sie ohnmächtig festhält. Auch wenn die beiden eine romantische Vergangenheit verbindet, glaube ich nicht, dass sie dieses Mal freiwillig bei ihm ist."

„Und wie soll ich euch da helfen?", fragte Josh, „denkt ihr, ich verrate meinen Freund? Sie hätte ihn ja nie verlassen müssen."

Er zuckte gleichgültig die Schultern. Ich starrte ihn empört an. War das sein Ernst? Allein, dass es tatsächlich jemanden gab, der von Vice behauptete, er wäre sein „Freund" überraschte mich. Was sagte das über diesen eigentlich sympathisch und locker wirkenden Mann vor uns aus? Aber wenn er aus dieser Untergrundszene kam, war er sicher ein genauso abgebrühter Typ wie Vice.

„Vice ist nicht ganz dicht! Er ist gefährlich!", verteidigte ich Anna, „welcher Mensch mit gesundem Verstand würde bei ihm bleiben? Und jetzt ist sie in Gefahr! Bitte, du musst uns helfen!", flehte ich. Liam ballte seine Hände zu Fäusten und ich sah, wie seine Arme sich anspannten. Josh schien das zu bemerken, denn ganz kurz flatterte sein Blick zu meinem Freund. Doch es entlockte ihm nur ein provokantes Schmunzeln, ehe er in seine Gesäßtasche griff, eine neue Zigarette aus einem silbernen Metallkästchen zog und sie mit einem Zippo entzündete.

„Na, Liam, willst du mir jetzt auch den Hintern versohlen?", stichelte Josh, während er den Qualm in kleinen Wölkchen ausblies.

„Glaubst du, das würde ich nicht?", giftete Liam zurück.

„Na dann komm, schlag zu", Josh reckte sein Kinn in Liams Richtung und präsentierte ihm dann seine bloße Wange, während er mit den Fingern der linken Hand eine lockende Bewegung machte.

Mir gefror das Blut vor Schreck in den Adern, denn ich wusste ganze genau, wie sehr Liams Geduld am seidenen Faden hing. Das würde sie auch ohne das Kokain in seinem Organismus. Irgendwo tief in mir hoffte ich dennoch auf seine Vernunft. Doch ich wurde enttäuscht.

Ohne dass ich überhaupt versuchen konnte, die Situation zu deeskalieren, holte Liam schon aus und ließ seine Faust auf Josh zufliegen.

Dieser jedoch machte nur eine unbeeindruckte Drehung zur Seite und fing den Schlag mit einer Hand ab, umfasste sie und drehte sie aus dem Handgelenk nach hinten auf Liams Rücken, sodass dieser gequält aufstöhnte und gezwungen war, sich mitzudrehen. Wie Liams andere Hand auch auf seinen Rücken und in die Fänge von Josh geraten war, vermochte ich nicht mal zu sagen. Letztendlich stand der Mann mit Ziegenbart da und hielt Liam nach vorne heruntergebeugt fest, während er seine Zigarette zwischen den Zähnen paffte. Er lachte leise und amüsiert.

„Ihr seid mutig, das gefällt mir“, sagte er, „vielleicht macht das auch nur das Koks. Keine Ahnung. Allerdings muss ich euch enttäuschen“, er stieß Liam von sich, sodass dieser ein paar Schritte vorstolperte und sich die schmerzende Schulter rieb. Josh nahm seine Zigarette aus dem Mund und drehte sie zwischen seinen Fingern, während er sie eingehend betrachtete, „ich würde euch jetzt wohl sagen, wo er ist, weil ich euch lustig finde. Aber ich muss euch enttäuschen. Vice hat sich lange nicht mehr bei mir gemeldet, diese untreue, italienische Tomate. Deswegen habe ich keine Ahnung, wo er steckt.“

„Italienische Tomate?“, fragte ich verwirrt.

„Ernsthaft, Helena? Ist das jetzt wichtig?“, mischte sich Liam wieder ein, der seinen Rücken durchstreckte und seine Niederlage mit einem zornigen Funkeln in den Augen hinnahm. Wenigstens war das Ganze nicht in eine richtige Prügelei ausgeartet. Dennoch war es dringend Zeit, das Liam aufhörte, auf jeden loszugehen, der ihn provozierte oder nicht auf ihn hören wollte. Im Nachhinein konnte ich wirklich von Glück sprechen, dass er damals in der Hütte im Wald neben meinen Kopf geschlagen hatte, als ich den Bogen überspannt hatte.

„Sein Vater ist doch Italiener“, erklärte Josh, als wäre es offensichtlich. Doch der bleichgesichtige, weißblonde, stahläugige Mann sah mir einfach nicht nach dem Archetyp eines Italieners aus.

„Hast du wirklich keine Ahnung, wo er steckt, Josh?“, Liam trat einen Schritt auf ihn zu, „die Polizei sucht nach ihm und das Leben von Anna ist in Gefahr. Also bitte, wenn du etwas weißt, sag es uns!“

Josh öffnete seine Lippen, als hinter ihm ein Fenster knarzend geöffnet wurde. Ein junger Mann, der gerade der Pubertät entwachsen sein musste, steckte seinen Kopf hindurch. Er trug einen punkigen Sidecut in dem blondierten Haar und hatte ein freches Gesicht.

„Paps!“, rief er, „Mama sagt, du sollst deinen Arsch endlich mal wieder reinbewegen, sonst klatscht es, aber keinen Beifall!“

„Das hat sie so gesagt?“, fragte Josh misstrauisch und zog noch einmal tief an seiner Zigarette, ehe er sie kurz betrachtete und anschließend wie die vorangegangene in dem Blumenkübel entsorgte.

„So ähnlich“, erwiderte sein Sohn grinsend.

„Verschwinde, Silas. Ich komme jetzt wieder rein. Ich verabschiede nur noch meine Gäste.“

„Uh, wer ist denn die da? Die darf gerne bleiben und mal in mein Zimmer kommen“, bemerkte Silas anzüglich, als er seinen Blick an mir herabgleiten ließ. Ich kräuselte die Stirn. Er konnte nicht älter sein als mein kleiner Bruder!

„Klappe, Silas“, schnappte Josh und der junge Mann schloss lachend das Fenster wieder. „So“, sagte der Holländer und wandte sich abermals an uns. Er musterte kurz Liam, anschließend mich und strich sich mit seinen schlanken Fingern über den Bart, „ich wünsche euch viel Glück bei eurer Suche. Tut mir leid, dass ich nicht helfen konnte. Also, dann sag ich mal ciao, wie es Vice tun würde, wenn er sich wie ein Italiener verhalten würde.“ Er grinste und verabschiedete sich von uns, indem er mit zwei Fingern an seiner Stirn salutierte, vergrub seine Hände tief in seinen Hosentaschen und steuerte auf die Haustür zu. Ich atmete tief ein und seufzte laut und frustriert aus. Erneut waren wir vollkommen leer ausgegangen. Wir hatten nach wie vor nicht die leiseste Ahnung, wo wir unsere Suche beginnen könnten. Und selbst die Person, der Vice wohl am meisten vertraute, wusste von nichts, falls er denn die Wahrheit gesagt hatte.

„Shit“, fluchte Liam und ich war mir sicher, dass er gegen irgendwas geschlagen hätte, wäre etwas in greifbarer Nähe gewesen.

Selbst ich war kurz davor, irgendwo gegenzutreten.

„Es ist spät, lass uns nach Hause fahren. So kommen wir nicht weiter. Wir sollten das Handy zu Caleb bringen, hoffen, dass er etwas rausfindet und morgen ausgeschlafen und mit neuen Ideen an die Sache rangehen“, murmelte Liam. Der Vorschlag, die Suche nun einfach abzubrechen, passte mir nicht. Wenn nötig, würde ich eine Woche wach bleiben, nur um Anna zu finden! Doch wahrscheinlich hatte er recht. Unsere einzige Hoffnung war noch das Handy und Caleb.

„Okay“, gab ich klein bei und wir kehrten niedergeschlagen zum Auto zurück.

71

Wir lieferten Vices Handy bei Caleb ab, jedoch nicht, ohne das Foto von Vice und Anna auf dem Sperrbildschirm abzufotografieren. Wer wusste schon, wozu wir es noch einmal brauchen würden. Da mein Vater ja im Glauben war, dass ich den Abend mit seinem Lieblingsnachbarn auf einer Hochzeit verbrachte, schien er schon zu schlafen, als wir daheim ankamen, denn alle Lichter waren aus und im ganzen Gebäude war außer unserem Schleichen nichts zu hören. Liam und ich verkrochen uns schweigend ins Bett, nur ich warf noch einen Blick zu dem Fenster unseres Nachbarhauses hinüber, um zu schauen, ob dort vielleicht Licht brannte. Doch da die Rollladen heruntergelassen waren, konnte ich nichts erkennen. Bevor ich meine Augen schloss, schrieb ich Nero noch eine Nachricht.

„Es tut mir leid", mehr wollte mir nicht von den Fingern kommen, egal wie oft ich versuchte, einen langen Text zu verfassen.

Als ich mich schließlich zu Liam in den Arm legte, war dieser bereits eingeschlafen und ich beneidete ihn dafür, in dieser Situation so schnell abschalten zu können. Vielleicht lag es aber auch daran, dass das Koks seine Wirkung verloren hatte und er danach in ein Müdigkeitstief gesunken war.

Ich wälzte mich herum und zum ersten Mal kam mir unser Bett tatsächlich zu klein vor. Es war zu warm und Liam zuckte ständig und gab leise Laute von sich. Aber es war kein Wunder, dass er nach diesem Tag von Alpträumen heimgesucht wurde. Nicht, dass sein ganzes Leben nicht Grund genug gewesen wäre …

„HELENA!", riss mich die Stimme meines Vaters aus meinem unruhigen Schlaf, in den ich irgendwann doch noch gesunken sein musste. Verschlafen blinzelte ich und sah mich um. Ich strich mir durch das Gesicht und warf einen Blick zu Liam, der auch aus seinen Träumen hochgeschreckt war und sich erst mal orientieren musste, wo er überhaupt war.

„JA?", rief ich zurück. Doch wie üblich hatte mein Vater meine Antwort nicht verstanden und rief mich erneut. Augenrollend wühlte ich mich aus dem Bett und riss wütend meine Zimmertür auf.

„WAS IST DENN?"

Der Kopf meines Vaters erschien unten am Treppenanfang und sah zu mir herauf.

„Hier ist ein Herr, der mit euch reden will", erklärte er nun in etwas gemäßigter Lautstärke. Ich stutzte und legte irritiert meine Stirn in Falten. Zunächst hatte ich keine Ahnung, wer es sein könnte, doch dann wurde mir klar, dass es nur die Polizei sein konnte, die unsere Aussagen aufnehmen wollte.

„Zieht euch etwas an und kommt dann runter. Er ist im Wohnzimmer. Ich bringe ihm schon mal einen Kaffee."

Mit hämmerndem Herzen ging ich zurück in mein Zimmer. Liam saß inzwischen auf der Bettkante und sah mich aus müden Augen und mit zotteligen Haaren an.

„Wer ist denn da?", fragte er.

„Die Polizei, denke ich. Wir müssen uns anziehen und schnell runter!", erklärte ich, während ich bereits mein Nachthemd über dem Kopf hatte und mit den Beinen meine Unterhose von mir strampelte. Als ich mich aus meiner Kleidung gekämpft hatte, sah mich Liam mit hochgezogener Augenbraue an. Er hatte sich noch keinen Zentimeter gerührt.

„Was ist?", fragte ich.

„Habe noch nie jemanden sich so sexy ausziehen sehen", antwortete er sarkastisch.

Ich schnalzte mit der Zunge und machte eine scheuchende Bewegung in seine Richtung. „Weniger meckern, mehr fertig machen, Kokskopf!"

Liam zeigte mir den Mittelfinger, stand auf und ließ mit provokantem Grinsen seine Shorts zu Boden gleiten. „Ich bin schon wieder angezogen, bevor du dir die Haare gekämmt hast!", behauptete er, woraufhin ich ihn herausfordernd anfunkelte. Dann spurteten wir beide los, weil jeder diesen Wettkampf gewinnen wollte. Tatsächlich stand Liam schon nach kurzer Zeit mit demonstrativ verschränkten Armen im Türrahmen zum Bad und trommelte ungeduldig mit den Fingern auf seinen Oberarmen herum, während ich damit zugange war, meine störrischen Haare mit einem Haargummi zu bändigen.

„Sag nichts", blaffte ich ihn an, musste aber grinsen. Jedoch blieb es mir nahezu im Hals steckten, als ich daran dachte, dass wir hier herumblödelten, während wir nicht einmal wussten, ob Daniel die Nacht überlebt hatte oder ob es Anna gut ging.

„Lass uns runtergehen", sagte Liam, als ich endlich fertig war. Gemeinsam gingen wir die Treppe hinunter und traten ins Wohnzimmer. Durch die große Terrassentür fielen die Sonnenstrahlen tief in den Raum und hatten ihn bereits ziemlich aufgeheizt. Mein Vater bekam es einfach nie geregelt, die Rollläden rechtzeitig herunterzumachen, um die Hitze draußen zu halten.

Von der Wohnecke mit unserem alten Sofa und dem niedrigen Holztisch, drang leises Klimpern an unsere Ohren. Jemand schien mit einem kleinen Löffel in einer Porzellantasse zu rühren. Als wir zu dem Besuch blickten, fiel nicht nur mir, sondern auch Liam alles aus dem Gesicht. Wie vom Donner gerührt verharrten wir in unserer Bewegung und hielten den Atem an, denn entgegen meiner Vermutung, dass es sich um die Polizei handeln müsste, saß dort ein anderer, bekannter Mann. Er hatte schwarzes Haar, trug ein weißes Hemd, das sich über die breite Brust spannte, obwohl die obersten zwei Knöpfe bereits geöffnet waren und sein Gesicht war nicht nur stellenweise getackert worden, sondern auch über und über mit Blutergüssen bedeckt. Doch trotz alledem waren die blauen Augen das herausstechendste Merkmal und sie blickten uns über den Rand der Tasse hinweg an.

„Balthasar", flüsterte ich.

„Vater", flüsterte Liam.

72

Eine erdrückende Stille herrschte in unserem kleinen Wohnzimmer, als wir Balthasar einfach nur anstarrten und uns nicht trauten, uns zu rühren, als sei er ein gefährliches Tier, das uns angreifen würde, wenn wir uns zu schnell bewegten. Mein Blick flatterte zu Liam, um seinen Gemütszustand abzuschätzen. Würde er gleich wieder auf seinen Vater losgehen? Die zugetackerten Wunden in blinder Wut wieder aufschlagen? Und würde Balthasar es erneut einfach über sich ergehen lassen? Ich schluckte. Liam knetete knackend seine Finger, sein Brustkorb hob und senkte sich auffällig, als er tiefe Atemzüge nahm. Dann nahm ich einfach seine Hand und hielt sie fest. Diese Berührung ließ ihn aus seiner Trance erwachen, denn er entspannte sich ein wenig. Balthasar sah zu unseren Händen und der Anflug eines Lächelns umspielte seine Mundwinkel.

Wie sollte ich jetzt reagieren? Was tat er hier? Diverse Ablaufmöglichkeiten der nächsten Sekunden spielten sich vor meinem inneren Auge ab.

„Guten Morgen", war es nun der ehemalige Polizist, der als Erstes das Wort ergriff und sich auf dem Sofa etwas zurücklehnte.

„Was willst du hier?", platzte es schroff aus Liam hervor. Sein Vater schloss für einen Moment die Augen. Dass sein Sohn ihn so unhöflich und hasserfüllt behandelte, schien ihn entweder zu verletzen oder zu nerven. So ganz konnte ich das in seinem Gesicht nicht ablesen.

„Ich will euch meine Hilfe anbieten."

„Hilfe wobei?", sagte Liam kurz angebunden.

„Anna zu finden."

Balthasar zuckte kurz mit seinen Schultern und sah uns ernst an.

„Woher wissen Sie davon?", schaltete ich mich nun ein, als ich Liam neben mir zucken spürte, „stört es Sie, dass nicht Sie der Entführer sind?"

Ich kniff meine Augen leicht zusammen und sah ihn giftig an. Balthasar seufzte jedoch nur und deutete auf den ausgeschalteten Fernseher.

„Macht ihn an und seht selbst“, schlug er vor.

Misstrauisch griff ich nach der Fernbedienung. Ich warf Liam einen irritierten Blick zu, den er jedoch nur mit einem Achselzucken erwidern konnte. Dann schaltete ich das Gerät ein. Sofort fiel mir der rote Balken der Eilmeldung ins Auge, der ununterbrochen am unteren Bildschirmrand entlanglief. Darüber sah man eine Liveübertragung vor Daniels und Annas Haus. Sich immer wiederholende News wanderten wie in Endlosschleife durch das Bild und berichteten von dem kaltblütig niedergeschossenen Sohn des Polizeidirektors Daniel S. und seiner spurlos verschwundenen Verlobten Anna F. Es war einfach schrecklich, die Geschehnisse noch einmal vor Augen geführt zu bekommen. Die Spurensicherung, die Polizisten, die Aufnahmen der geöffneten Haustür mit dem Blick auf den dunklen Fleck auf dem Läufer im Flur. Dann sahen wir Daniels Vater im Interview, der mit Sorge und Zorn im Blick versprach, Anna um jeden Preis zu finden. Das alles ließ mir nochmals bewusst werden, dass es Realität war und kein böser Traum. Nur die Meldung darüber, dass Daniel auf der Intensivstation weiterhin um sein Leben kämpfte, ließ etwas Hoffnung in mir aufkeimen. Zumindest diese Nacht hatte er geschafft.

„Und warum willst du uns helfen? Wäre es dir vor zwei Jahren nicht am liebsten gewesen, wenn sie von deinem besten Kumpel mit den anderen Kindern ins Ausland verschleppt worden wäre?“, warf Liam ihm zornig vor, was Balthasar erneut dazu brachte, tief einzuatmen und die Luft mit einem Seufzer wieder auszustoßen.

„Wäre das so gewesen, hätte ich Markus nicht erschossen“, offenbarte er uns, ließ Liam jedoch keine Möglichkeit, etwas zu erwidern, als er auch schon weitersprach. „kann ich euch nun helfen oder nicht?“, fragte er energischer und setzte sich ungeduldig aufrechter hin. Es schien ihm mindestens genauso unangenehm zu sein, mit uns zu reden, wie Liam und mir. Mein Herz setzte einen Schlag aus, als Liam sich plötzlich schnell auf seinen Vater zubewegte. Balthasar hingegen blieb ruhig sitzen und sah ihm fest in die Augen. Nicht einmal sein Atem schien sich zu beschleunigen. Doch anstatt ihn anzugreifen, wie ich es befürchtete, knallte er sein Handy vor ihn auf den Tisch.

„Wenn du uns sagen kannst, wohin dieser Hurensohn Anna entführt hat?“, knurrte er dabei. Der ehemalige Polizist warf einen neugierigen Blick auf das Display, auf dem das Bild von Anna und Vice geöffnet war. Als sich Balthasar sehr genau ansah, wie die bewusstlose Anna in den Armen dieses Psychopathen lag, reagierte er genauso, wie auch Liam es getan hätte. Er neigte den Kopf zur Seite und hob die Schulter leicht an, als würde er seinen Nacken knacken lassen, ebenso wie seine Hände, die er auf seinem Schoß zu Fäusten ballte. Wie war diese Reaktion bei ihm zu deuten?

„Ich habe in der Tat eine Idee, wo er sie hingebracht haben könnte“, sagte er plötzlich, woraufhin Liam und ich einen erstaunten Blick austauschten. „Dieser Typ hat mir vor etwas mehr als einem Monat die alte Ferienhütte im Wald abgekauft. Ich habe mich die ganze Zeit schon gefragt, was er damit vorhat. Sie ist ja nun schon ziemlich in die Jahre gekommen.“

„HA!“, rief Liam plötzlich und schlug mit der flachen Hand donnernd auf den Tisch, so dass sein Vater und ich zusammenzuckten und ihn verständnislos ansahen.

„Hütte im Wald! Ich habs doch gesagt!“, triumphierte Liam.

73

„Wusste Vice, was dir und Anna dort angetan worden ist?", fragte ich, an Liam gewandt, warf dessen Vater allerdings einen grimmigen Blick zu. Liam zuckte ahnungslos mit den Schultern, seufzte und schüttelte den Kopf.

„Ich habe ihm erzählt, was uns angetan wurde, doch nicht wo. Aber da Anna ja lange Zeit mit ihm zusammen war, ist die Wahrscheinlichkeit nicht gering, dass sie mit ihm darüber geredet hat."

„Die beiden waren ein Paar?", fragte Balthasar und hob seine Augenbrauen verwundert an.

„Ja", antwortete ich und mein grimmiger Blick wurde noch düsterer, „sie ist zu diesem Irren geflüchtet, als niemand mehr da war, der sie vor dir und Markus schützen konnte", mein Verstand schlug sich die Hände vor den Mund, als ich diesen Mann plötzlich duzte, doch mein Herz schnaubte wütend Dampfschwaden aus und gab gerade einen Scheiß auf Höflichkeit. Ich bemerkte, wie Balthasar für einen Moment mit dem Kiefer mahlte und den Blick senkte.

„Ja, das war wohl meine Schuld", sagte er leise.

„Natürlich war es deine Schuld! Sie ist ja auch vor dir geflohen! Also sag, warum willst du sie retten? Was schert sie dich? Für dich ist sie doch nur ein Mädchen von vielen, die du missbraucht hast!", warf ich ihm wütend vor.

„Anna ist nicht vor mir geflohen, sondern vor ihrem Vater. Und für mich war sie mehr als nur irgendein Mädchen. Sie ist mir sehr wichtig und ich habe sie im Gegensatz zu ihrem Vater nie angefasst. So wie ich kein Mädchen je angefasst habe", erklärte Balthasar ruhig und schloss seine Augen.

„Ja genau", lachte ich, „dann ist ja alles nur halb so wild."

„Das habe ich nicht gesagt", seufzte Balthasar.

„*Ich* musste sie ja auch für dich anfassen", presste Liam hervor, der seine Hände zu kneten begonnen hatte. Mein Herz hämmerte wild und hektisch in meiner Brust, tobte wie ein Berserker im Blutrausch. Welchen Grund hatte ich, mich zurückzuhalten? Ich war hier zu Hause, Liam war hier und mein Vater im Zimmer nebenan. Balthasar konnte mir gar nichts! Und noch nie hatte ich die Chance gehabt, ihm die Meinung zu geigen. Allerdings schien er das geduldig und mit geschlossenen Augen hinzunehmen. Er faltete seine Hände und wartete einfach ab, was mich nur noch wütender machte.

„Willst du jetzt dein Gewissen beruhigen, indem du uns Hilfe anbietest? Ach nein – so was besitzt du ja nicht! Genauso wenig wie Reue, Mitleid und Liebe zu deinem Sohn“, ich deutete mit dem Kinn in Liams Richtung, der wie versteinert dastand und mich ebenso wie sein Vater einfach reden ließ, „hast du eine Ahnung, was deine Taten mit ihm und auch mit Anna gemacht haben?! Dass du ihr Leben zerstört hast und du, du heiratest und schaffst dir eine neue Familie, einen besseren Sohn, weil dir dein anderer nicht passt?!“ Ich trat einen Schritt auf ihn zu. Am liebsten hätte ich Säure gespuckt und ihm dieses elende Gesicht verätzt, das dem von Liam so erschreckend ähnlich war.

„Ich liebe Liam“, sagte Balthasar plötzlich leise und ich verstummte jäh. Diese Worte kamen so unerwartet, dass sie mich vollkommen aus dem Konzept brachten und ich erst einmal schlucken musste. Wie konnte er das jetzt einfach so leichtfertig sagen? Ich war mir sicher, dass Liam diese Worte noch nie gehört hatte. Nicht von ihm. Ängstlich sah ich zu meinem Freund hinüber, der inzwischen meine Hand hielt und mit weit geöffneten Augen seinen Vater anstarrte. Ich erwartete, dass er nun ausrastete. Dass er seinen Vater anschrie und ihn einen Lügner nannte. In welcher Welt hätte Liam ihm diese Worte nun einfach glauben können? Doch es geschah nichts dergleichen. Nichts außer einem leichten Glanz in Liams Augen, während er die Lippen fest zusammenpresste.

„Und das sagst du“, begann er mit tonloser, heiserer Stimme, „obwohl die einzigen Male, in denen ich deine Anerkennung und so etwas wie Liebe bekommen habe, die waren, nachdem ich Anna zum Bluten gebracht habe? Dann hast du mir zur Belohnung Spielzeug gekauft, erinnerst du dich?“

Ich spürte, wie Liam am ganzen Körper zitterte. Ob vor Wut oder Enttäuschung, das konnte ich nicht beurteilen. Ein schmerzlicher

Ausdruck fand sich auf Balthasars Gesicht wieder, ehe er bitter lächelte.

„Das war keine Belohnung“, antwortete Balthasar, während er seinem Sohn in die Augen sah. Dann geschah etwas, von dem ich nie geglaubt hätte, dass es möglich war: Balthasars feste, dominante Stimme brach wie Glas zu tausend Scherben, „es war eine Entschuldigung. Ich wollte dich so trösten. Es tat mir leid.“

Sowohl Liam als auch ich standen erneut wie vom Donner gerührt da. Es war so unendlich falsch und kaputt. Und gleichzeitig genau deswegen so traurig. War das sein Ernst? War er emotional so verkrüppelt, dass er geglaubt hatte, dass das irgendetwas gutmachen konnte?

„Liebe ist mehr als drei leere Worte, Balthasar, und Trost mehr als ein gekauftes Spielzeug“, hauchte ich und hob meinen Kopf, um von oben auf ihn herabzusehen, „nach all dem, was du ihm angetan hast, wie kannst du das behaupten?“ Ich kniff meine Augen leicht zusammen und sah ihn kopfschüttelnd an.

„Würdest du deinem Vater alles verzeihen, wenn er so etwas plötzlich zu dir sagen würde? Glaubst du, dass dein Vater dich liebt?“, giftete ich weiter. Liam sah mich nun von der Seite an und zog verständnislos die Augenbrauen zusammen.

„Was hat das alles jetzt mit meinem Opa zu tun?“, fragte er.

„Gar nichts hat es damit zu tun. Ich bin ein vollkommen anderer Mann als er“, warf Balthasar mit einem Anflug von Zorn in der Stimme ein. Doch auch das machte mir keine Angst. Er hatte hier keine Macht.

„Stimmt“, lenkte ich ein und warf ihm noch einen weiteren tödlichen Blick zu, „er hat dich wenigstens nur geschlagen und nicht sexuell missbraucht.“

„Was hat er?“

Liam sah fragend zu Balthasar.

„Wovon spricht sie?“

Balthasar senkte seinen Kopf und atmete tief ein. Er knetete die Hände und ließ sich viel Zeit, bevor er antwortete, als müsste er seinen Mut sammeln, um weiter zu sprechen.

„Ich habe dir erzählt, dass die vielen Narben an meinem Körper von meinen Einsätzen bei der Polizei sind. Aber das war größtenteils gelogen. Dein Großvater ist ein sehr gewalttätiger Mann. Er ist Intolerant und voller Hass und Vorurteilen. Er akzeptiert nichts, dass gegen seine Vorstellung ist. Nicht einmal sich selbst. Er hat sich immer dafür gehasst, dass er sich zu Männern hingezogen fühlt. Dabei ist er ein Nazi durch und durch. Darum hasst er auch meine jüdisch-rumänische Freundin. Für ihn war es eine Schande, wie ich mein „reines deutsches Blut“ mit so einem Dreck vermischen konnte. Immerhin verleugnet und verheimlicht er auch seine eigene Sexualität für das gute Ansehen und seine eigenen, kranken Ideale . Um meine Mutter und auch mich selbst vor seiner Gewalt zu schützen, tat ich, was er verlangte und heiratete deine Mutter. So wie er es wollte. Doch ich habe immer Amalia geliebt. Ich habe all die Zeit ein Doppelleben geführt, unter dem auch du gelitten hast. Ich habe sie und Nero so gut wie möglich unterstützt. Finanziell und auch all die freie Zeit, die ich hatte. Ich habe dich nicht nur vernachlässigt, sondern auch schlimme Fehler gemacht. Ich habe das, was er mir angetan hat, an dir ausgelassen, Liam. Ich habe dir lange Zeit die Schuld für meine Situation gegeben. Ich habe in dir meinen Zwang gesehen. Meine Machtlosigkeit. Ich weiß jetzt, dass es falsch war. Später wollte ich nicht, dass du genauso hilflos und ausgeliefert bist, wie ich es immer war. Ich wollte dir die Macht über andere geben und das, obwohl ich alles dafür getan habe, dass du mir unterlegen bist. Ich muss ja nicht erwähnen, warum du ausgerechnet kleinen Mädchen etwas antun musstest. Ich habe Anna und dich ausgenutzt und wollte gleichzeitig, dass du stärker wirst und war dann wütend auf dich, weil es nicht so funktioniert hat, wie ich mir das vorgestellt habe. Ich wollte dich zum Täter machen, aber am Ende warst du doch nur ein weiteres Opfer. Eines, das von mir zu einem gemacht wurde. Genau wie Anna. Es war dumm von mir. Und grausam“, er atmete tief ein und sah seinen Sohn an. „Aber jetzt bist du erwachsen“, sein Mundwinkel hob sich zaghaft und tatsächlich glaubte ich, einen Funken Stolz in seinen Augen aufflackern zu sehen, „du hast lange Zeit im Gefängnis verbracht und du hast es überstanden. Du gehst deinen Weg. Du hast jemanden gefunden, der ihn mit dir zusammen beschreitet und der dich liebt und kennt. Wenn ich dich heute anblicke, dann sehe ich nicht mehr den kleinen, schwachen Jungen, der Angst vor mir hat. Der Junge, der mir so verdammt ähnlich war, das ich ihn dafür gehasst habe. Der Junge, der Beweis für meine erzwungene Ehe war. Für meine Schwäche. Nein, jetzt sehe ich einen jungen Mann, der so ist, wie ich immer sein wollte. Der sich von den Ketten seines Vaters befreit hat, bevor es zu spät ist. Du hast den Kreislauf durchbrochen, in den mein Vater mich und in den ich dich gezogen habe. Und das wahrscheinlich nur dank ihr." Er deutete mit dem Kinn zu mir. „Dank Helena."

Liam senkte seinen Kopf, starrte einfach auf den Boden vor sich und mahlte nachdenklich mit dem Kiefer. Konnte er seine Worte glauben? Konnte ich sie glauben? Aber selbst wenn, gab es nichts, was das Geschehene wieder gutmachen oder entschuldigen konnte. Vor zwei Jahren wollte Liam ihn noch umbringen. Dachte er jetzt, er könnte hierherkommen, sich entschuldigen und alles sei vergessen, nur weil er Angst um seine neue Familie hatte? Wollte er Anna helfen, um sich bei uns einzuschmeicheln, oder gar in eine Falle zu locken? Ich hatte nichts als tiefe Verachtung für diesen Mann übrig. Doch was in diesem Moment zählte, war nicht meine Abscheu oder mein Zorn, sondern nur, dass wir seine Hilfe tatsächlich gebrauchen konnten, um Anna zu befreien. Ich sah noch einmal zu meinem Freund hinüber, doch sein Gesicht war wie eine eiserne Maske. Er hatte sich immer einen Vater gewünscht. Er hatte sich immer Liebe gewünscht und ganz sicher hatte er Balthasar immer nur in der Rolle des Täters gesehen. Nun zu erfahren, dass dieser fast ähnliche Qualen wegen seines eigenen Vaters hatte durchmachen müssen, entschuldigte zwar nicht, was er getan hatte, doch es erklärte es zumindest und es nahm Liam den Glauben, dass er selbst schuld an der fehlenden Liebe seines Vaters gewesen war. Er hatte erfahren, dass all der Schrecken in den Taten seines Großvaters begründet war und nicht in seiner eigenen, verachtenswerten Existenz. Änderten diese Erkenntnisse etwas an seinen Ansichten gegenüber Balthasar? Das vermochte ich nicht zu sagen und vermutlich vermochte er das auch selbst nicht zu sagen. Nicht so kurz, nachdem das alles ans Licht gekommen war.

„Aber ich bin hier, um Anna zu helfen und nicht, um mich für meine Taten zu rechtfertigen. Also, wann fahren wir zur Hütte?", fragte Balthasar und sah uns auffordernd an. Er leerte den Rest seiner Kaffeetasse mit einem Schluck und stellte sie dann ab. Als er anschließend aufstand, machte ich unwillkürlich einen Schritt zurück. Er war so groß und muskulös, dass ich das Gefühl hatte, vor mir hätte sich ein Berg aufgebaut. Dennoch kräuselte er kurz die Lippen und fasste sich an den Steiß, woraufhin Liam schadenfroh lachte.

„Alter Mann", ärgerte er ihn, so wie es Nero auch schon getan hatte. Ob er so die mehr als angespannte Situation etwas auflockern wollte? Balthasar warf seinem Sohn einen triumphierenden Blick zu.

„Warten wir mal ab, ob du in meinem Alter auch noch so gut in Form bist wie ich. Der Rücken zeugt nur von der vielen, harten Arbeit, die ich schon gemacht habe. Außerdem habe ich ein paar Kilo Muskeln mehr mit mir zu tragen als du Hänfling."

Liam blieb stumm und blickte seinen Vater mit hochgehobener Braue an. Liam war ja viel, aber kein Hänfling. Liam schien sich wieder gefangen zu haben, aber er hatte anscheinend nicht die Absicht, irgendetwas zu den Worten seines Vaters zu sagen, sondern überging diese vollkommen. Ich hingegen war noch nicht fertig mit meinem Verhör.

„Und wirst du uns nun sagen, warum du uns hilfst?", fragte ich noch einmal und Balthasar schnaubte nur.

„Weil ich es will", war seine klare und das Thema beendende Antwort.

Schweigen legte sich für einen Moment über uns, ehe ich an Liams Ärmel zupfte und ihm mit einem Kopfnicken nach oben zu verstehen gab, dass wir uns kurz zurückziehen und darüber beraten sollten, wie es jetzt weiterging. Wollten wir die Hilfe dieses Mannes wirklich annehmen? Konnten wir ihm zumindest für diesen Zweck vertrauen?

Liam verstand meine stumme Aufforderung und sah seinen Vater wieder an. „Helena und ich werden besprechen, ob wir dein Angebot annehmen oder nicht. Warte so lange hier", sprach er auch mit Balthasar in seinem üblichen Befehlston. Dieser nickte schweigend und während Liam und ich zurück in mein Zimmer gingen, blieb er mit verschränkten Armen im Wohnzimmer zurück.

Als wir oben ankamen, schloss ich die Tür hinter meinem Rücken und lehnte mich gegen sie, während mein Freund auf dem Bett Platz nahm. Er knetete nachdenklich seine Hände und sah mit zusammengezogenen Brauen zu Boden.

„Wie geht es dir jetzt, nachdem du so vieles über deinen Vater erfahren hast?", fragte ich vorsichtig.

Liam zuckte kurz mit den Schultern.

„Ich bin ja nicht dumm. Ich dachte mir schon, dass die Narben nicht alle von den Einsätzen kommen können. Dafür waren einige schon viel zu alt und stammten eindeutig von Misshandlungen.

Früher, wenn ich ihn angefleht habe, mit den Schlägen aufzuhören, hat er oft gesagt, dass es ihm auch nie geschadet hat."

Liam hob seinen Mundwinkel zu einem ausdruckslosen Lächeln, das seine Augen vollkommen kalt ließ.

„Natürlich ist es dennoch etwas anderes, tatsächlich solche Reue von ihm zu hören. Ich hätte niemals gedacht, dass er überhaupt jemals einsehen würde, dass er ein beschissener Vater war", schnaubte Liam verächtlich.

„Also wirst du ihm jetzt nicht verzeihen?", hakte ich vorsichtig nach.

„Verzeihen?", fragte er scharf und verengte seine Augen leicht, als sein Blick mich plötzlich durchbohrte, „er hat ja nicht mal um Verzeihung gebeten. Warum sollte ich ihm also vergeben?"

Ich presste meine Lippen aufeinander und senkte meinen Blick. Dann nickte ich. „Und was sagst du zu seinem Angebot, dass er uns helfen kann, Anna zu befreien? Denkst du, wir können ihm vertrauen?", fragte ich weiter und entschied, dass es besser war, nun nicht weiter in den offenen Wunden herumzubohren.

Liam atmete tief ein, doch seine Antwort kam schneller als erwartet. „Ja", sagte er, „Anna war schon immer sein Lieblingsmädchen. Selbst wenn er sie nur aus Eifersucht vor Vice retten will oder seine Gründe ganz andere sind, mein Vater war noch nie ein Lügner, wenigstens das muss ich ihm lassen. Er ist brutal, rücksichtslos und ein krankes Schwein, aber kein hinterhältiges. Wir könnten auch zu zweit ohne ihn zu der Hütte fahren, aber wer sagt, dass er uns nicht einfach folgt? Wenn er mit uns kommt, haben wir ihn wenigstens im Blick. Und sollte Vice wirklich dort sein, können du und ich wenig ausrichten. Er könnte uns wirklich eine Hilfe sein."

„Und du kannst das? Jetzt mit ihm zusammenarbeiten?", fragte ich und sah ihn unsicher an. Liam war verletzt. Es war doch sicher eine Tortur, neben dem Mann zu stehen, der nicht nur seine Kindheit zerstört, sondern auch seine Liebe nie erwidert hatte.

„Um ehrlich zu sein ...", begann Liam und plötzlich musste er doch grinsen, „... heitert mich sein zerschlagenes Gesicht sogar etwas auf."

Ich lächelte doof und rollte die Augen.

„Und wenn es für Anna ist", fuhr Liam fort und zuckte erneut die Schultern, „ist es etwas Leid wert."

„Was ist denn, wenn es eine Falle ist, und er uns in den Wald bringt und dann tötet? Er könnte uns erschießen und dort irgendwo verscharren!“, gab ich paranoid zu bedenken und weitete meine Augen.

Liam sah mich an, als zweifele er an meinem Verstand. „Warum zum Teufel sollte er das tun?“, fragte mein Freund.

„Weil er genau das ist! Der Teufel!“, belehrte ich ihn.

Liam musste kurz lachen und schüttelte den Kopf über mich. Dann stand er auf, kam auf mich zu und umfasste mein Gesicht mit seinen großen Händen. „Du bist so süß“, hauchte er und küsste mich, „darum liebe ich dich.“

Ich erwiderte den Kuss und als wir uns lösten, senkte ich meinen Blick, um ein verlegenes „ich liebe dich auch“ zu murmeln.

„Wenn er uns etwas antun will, werde ich endlich mein Versprechen einlösen und ihn umlegen. Aber um ehrlich zu sein, glaube ich das nicht. Ich denke, er will einfach nur noch ein ruhiges Leben mit seiner tollen, neuen Familie und nicht noch mehr Ärger. Wenn die Sache rum ist, wird er sicher froh sein, nie wieder von mir oder dir zu hören“, sagte Liam. Er hielt mein Gesicht noch einen Moment gefangen, dann gab er es frei.

Ob das wirklich so war? Oder würde Balthasar vielleicht sogar tatsächlich darum kämpfen, dass sein ungewollter Sohn nun Teil seiner geliebten, neuen Familie werden würde, so wie Nero es gesagt hatte?

„Was sagst *du* denn dazu? Sollen wir ihm vertrauen?“, fragte er mich und ich atmete tief ein. Eigentlich sträubte sich alles in mir davor, mit diesem Mann zusammenzuarbeiten, doch als ich an die Verzweiflung in seinen Augen zurückdachte, als ich ihm im Kühlraum am Tag seiner Hochzeit begegnet war, als ich an sein glückliches Lachen dachte, als er Marly auf seinen Arm hob, wurde mir klar, dass Balthasar dieses Glück niemals aufs Spiel setzen würde. Er würde uns nichts tun. Für Amalia. Für Marly. Für Nero.

„Geben wir ihm die Chance, einmal in seinem Leben etwas richtig zu machen“, sagte ich mit einem entschlossenen Lächeln. Liam sah mir einen Moment tief in die Augen und seine sonst so harten Züge nahmen etwas Weiches an, das ihn plötzlich Jahre jünger erscheinen ließ.

„Gut", sagte er schließlich, „dann sollten wir keine Zeit mehr verlieren."

Hand in Hand kehrten wir ins Wohnzimmer zurück, wo Balthasar mit noch immer verschränkten Armen vor dem Wohnzimmerfenster stand und nach draußen in den Garten sah. Seine kräftige Gestalt wurde von dem Sonnenlicht eingerahmt und wirkte wie ein riesiger Schatten. Als er uns hörte, drehte er sich zu uns um.

„Hast du eine Waffe?", fragte Liam, als sei es das Normalste auf der Welt.

Balthasar nickte stumm. „Gut. Dann los", begann der ehemalige Polizist, der sofort verstand, wie unsere Entscheidung ausgefallen war, „wir fahren hin, Helena wartet im Wagen und wir finden heraus, ob er tatsächlich dort ist. Wenn ja, rufen wir die Polizei. Wenn ich mit ihnen rede, werden sie die Sache sensibel angehen. Wir werden Anna so lange beschützen, bis sie da sind und diesen Luca Bianco festnehmen. Zur Not werde ich ihn erschießen und die Männer, die auf ihn aufpassen auch. Aber wir werden versuchen, das die Polizei machen zu lassen. Also keine Alleingänge und keine waghalsigen Aktionen, klar?", sprach Balthasar, der sich irgendwie selbst zu unserem Gruppenführer ernannt hatte. Liam schien das jedoch zu dulden, denn er nickte zustimmend. Er hatte sich schneller als erwartet mit einer Allianz mit Balthasar abgefunden. Vielleicht, weil er wusste, dass wir jede Hilfe dringend gebrauchen konnten. Vielleicht auch, weil er tatsächlich glaubte, dass Balthasar all das Unrecht und die Gewalt wieder gutmachen wollte, die er ihm angetan hatte. Und die er Anna angetan hatte.

„Klingt gut, die Sache hat nur einen Haken. Helena wird garantiert nicht im Auto warten. Sie wird uns sowieso nachlaufen und Schwierigkeiten machen", erklärte Liam.

„Dann sollte sie besser ganz hierbleiben?", Balthasar blickte mich an. Ich erwiderte seinen Blick und kräuselte die Stirn.

„Luca Bianco?", fragte ich.

74

Während wir gemeinsam durch den Flur gingen, warf mir Liam einen kritischen Blick zu, der mich glauben ließ, dass er an meinem Verstand zweifelte.

„Was?", fragte ich.

„Luca Bianco ist der Name, unter dem der Kerl mit den weißen Haaren mir das Haus abgekauft hat. Er hat erstaunlich viel Geld für die Hütte geboten. Ich war schon misstrauisch. Ich hatte nicht mal damit gerechnet, dass ich sie überhaupt so schnell loswerde. Ich hatte die Anzeige nur eine Woche in der Zeitung", erklärte Balthasar etwas auskunftsfreudiger als sein miesepetriger Sohn.

„Luca Bianco", wiederholte ich, „also stimmt es, dass er Italiener ist?" Nachdenklich tippte ich mir mit dem Zeigefinger gegen das Kinn, bis Liam plötzlich vor mir stehen blieb und mir streng in die Augen blickte.

„Helena", begann er gereizt, „ist das nicht scheißegal?"

„Welcher Italiener hat denn so blonde Haare? Findest du das nicht komisch?", erwiderte ich provokant und kniff die Augen leicht zusammen.

„Keine Ahnung, vielleicht hat er nicht nur einen Defekt im Gehirn, sondern auch in den Genen", sagte Liam und zuckte gleichgültig mit den Schultern, „wir haben jetzt Wichtigeres zu tun, als uns Gedanken darüber zu machen, aus welchem verfickten Land der Spinner kommt."

Ich folgte den beiden Winterfelds bis zur Haustür, als ich dort jedoch noch mal stehen blieb und zögerte.

„Ich muss noch mal kurz mit meiner Familie reden. Wartet bitte draußen auf mich. Und wehe, ihr fahrt ohne mich!" Ich sah vor allem Liam eindringlich an und versuchte, dabei so drohend auszusehen, dass er es sich zweimal überlegen würde, mich hier zurückzulassen. Ohne eine Antwort abzuwarten, machte ich dann jedoch kehrt und lief zurück in die Küche, wo ich meinen Vater vermutete.

Er saß am Küchentisch, hatte eine dampfende Tasse Kaffee vor sich stehen und tippte auf seinem Handy herum. Als ich den Raum betrat, blickte er auf und sah mich mit zusammengepressten Lippen an.

„Hast du uns zugehört?“, fragte ich geradeheraus und nach kurzem Zögern nickte er.

„Helena“, sagte er dann und stand auf. Sein Gesicht war kreidebleich und voller Sorge, „ich habe ein paar sehr beunruhigende Sachen mitbekommen. Wo seid ihr da hineingeraten? Warum hast du mir nie erzählt, was Liam passiert ist und wo wollt ihr jetzt hin? Wenn deiner Freundin Anna etwas zugestoßen ist, dann müsst ihr das der Polizei überlassen!“

Er fasste mich an meinen Schultern und seine schokobraunen Augen waren flehend geweitet.

„Papa“, begann ich sanft und versuchte, ihm mit einem lässigen Lächeln zu beruhigen. „Liams Vater war Polizist. Wir bringen uns nicht in Gefahr, versprochen. Aber untätig zusehen und warten können wir nicht“, erklärte ich. Dann senkte ich meinen Blick und atmete tief ein.

„Ich wollte dir von den Dingen erzählen, die Liam passiert sind. Aber du hast ihn von Anfang an so abgelehnt und verteufelt, dass ich eigentlich jedes Gespräch über ihn vermieden habe.“

Daraufhin senkte auch mein Vater seinen Kopf und presste seine Lippen abermals aufeinander. „Es tut mir leid, dass ich es euch so schwer gemacht habe. Ich wollte nur das Beste für dich. Du bist meine Tochter, ich habe mir Sorgen gemacht und wollte dich beschützen. Aber ich habe eingesehen, dass du alt genug bist, um selbst zu entscheiden, mit wem du dein Leben teilen möchtest. Ich war ein Idiot. Liam hatte es offenbar wirklich nicht leicht. Du hast hinter sein kriminelles Erscheinungsbild geblickt. Ich habe nur die Tattoos gesehen, die Narben und seine schreckliche Straftat“, erklärte er leise und ich hörte den Schmerz und die Reue in seiner Stimme.

„Ja. Du hast aber nicht gesehen, dass die Tattoos zum Teil um Gottes Gnade und Vergebung bitten, dass die Narben von seinem Vater stammen, der ihn misshandelt hat und nicht von kriminellen Streifzügen und auch nicht, dass derjenige, den er im Zorn umgebracht hat, Kinder als Prostituierte verkauft hat.“ Ich hob einen Mundwinkel zu einem schiefen Lächeln an. „Aber solange du jetzt hinter seine Fassade siehst und ihn nicht wegen Vorurteilen verstößt, bin ich zufrieden. Sein Vater war angeklagt, aber man konnte ihm nichts nachweisen. Alles, was an Beweisen vorlag, war bereits verjährt. Er ist übrigens auch der Vater von unserem neuen Nachbar. Liam und Nero sind Halbbrüder. Aber sie kannten sich nicht. Sein Vater hat ein Doppelleben geführt und wir sind selbst überrascht, dass er jetzt hier ist, um uns zu helfen. Aber keine Sorge. Ich bringe mich nicht in Gefahr und Liam wird uns beschützen."

„Nein, Helena! Ich verstehe, dass du deiner Freundin helfen willst, aber ich möchte nicht, dass du dort hinfährst! Erst recht nicht mit diesem Mann! Ich will dich nicht auch verlieren!", sagte mein Vater und wollte nach meinem Handgelenk greifen. Ich wich jedoch nach hinten zurück und schüttelte den Kopf.

„Das wirst du nicht. Du wirst mich nicht verlieren. Aber ich werde gehen!", bestimmte ich und sah ihn entschlossen an. Mein Vater öffnete gerade den Mund, um etwas zu erwidern, als wir plötzlich von einer dominanten Stimme unterbrochen wurden.

„Helena, komm."

Als ich mich umdrehte, sah ich jedoch nicht in Liams blaue Augen, sondern in die seines Vaters. Obwohl er sich unerwartet inzwischen auf unsere Seite geschlagen hatte, sollte das alles denn wirklich keine schreckliche Falle sein, setzte mein Herz instinktiv einen Schlag aus, als ich ihn sah. Erst als mein Verstand einsetzte und mir sagte, dass er mir nichts tun würde, legte sich der Schreck. Ich nickte. Mein eigener Vater jedoch warf dem anderen Mann einen angewiderten Blick zu. „Schämen Sie sich", spuckte er ihm regelrecht entgegen.

Balthasar hob seinen Kopf ein wenig und hielt dem gefährlichen Blickkontakt stand. „Jeden Tag", erwiderte er nur, ehe er eine seiner riesigen Hände nach mir ausstreckte und mich am Rücken aus dem Raum schob. Mein alter Herr setzte uns nach.

„Helena!", rief er, doch er konnte uns nicht aufhalten. Wir verließen mein Elternhaus und hielten auf den monströsen, schwarzen Pick-up zu. Balthasar schob mich vor sich her und griff an mir vorbei, um mir die Tür zum Rücksitz zu öffnen. Als ich hineinkletterte und mich noch einmal nach hinten umsah, erblickte ich meinen Vater in der geöffneten Haustür stehen. Sein ergrautes Haar stand wild von seinem Kopf ab, als habe er sich vor Frust alles zerwühlt und in seinen Augen las ich sein letztes Flehen: Bitte tu das nicht!

Ich verstand ihn. Wäre ich eine Mutter, würde ich auch nicht wollen, dass mein Kind sich in solche Gefahren begab. Doch ich schloss die Tür des Autos, schnallte mich an und wartete, dass Balthasar den Wagen startete.

„Entschuldigung, Papa", flüsterte ich leise. Aber es ging hier um meine beste Freundin und für sie war mir kein Preis zu hoch, kein Weg zu riskant und keine Hilfe zu gefährlich.

75

Als ich den Blick letztlich von meinem Vater abwendete und über unsere Hecke hinweg auf das Nachbargrundstück sah, an dem wir nun vorbeifuhren, blieb mein Blick an einer anderen tragischen Gestalt hängen – Nero. Der hochgewachsene, junge Arzt stand in seiner Tür und sah zu uns. Zu seinem Bruder, zu seinem Vater und zu mir. Ebenso wie meinen alten Herrn ließen wir ihn einfach zurück, schenkten ihm keine Beachtung, denn so sehr mir mein Herz auch bei seinem Anblick schmerzte, Annas Sicherheit hatte einfach größte Priorität. Es tat mir so leid. Er tat mir wirklich leid. Liam und ich hatten in wenigen Augenblicken sein ganzes bisheriges Leben infrage gestellt, wenn nicht sogar vollkommen zerschlagen und ich hatte keine Zeit, um ihm beim Aufsammeln der Scherben zu helfen.

„Da ist dein liebster Vorzeigesohn", sagte Liam abfällig von dem Sitz vor mir und ich beugte mich etwas nach vorn, um zwischen den beiden Lehnen hindurch zu Balthasar zu sehen. Dieser sah nicht zu seinem Erstgeborenen, sondern konzentrierte sich weiter auf die Straße. Liam konnte es allerdings nicht bei diesen herablassenden Worten belassen und sprach weiter. „Mal sehen, wie lange er noch dein größter Fan ist."

„Liam", ermahnte ich meinen aggressiven Freund. Natürlich hatte Balthasar keine Samthandschuhe verdient, aber das war der falsche Zeitpunkt. Jetzt hatten wir Waffenstillstand und waren temporär verbündet, um Anna zu retten. Hoffentlich.

„Lass ihn, Helena. Ich habe ihn schließlich nicht zu einem Weichei erzogen. Es ist verständlich, dass er eifersüchtig auf Nero ist", meldete sich zu meinem Erstaunen Balthasar mit ruhiger Stimme zu Wort.

„Ich bin nicht eifersüchtig. Worauf denn?", wehrte Liam bissig ab und sah dann schweigend aus dem Fenster. Froh darüber, dass jetzt alle still waren und ihren eigenen Gedanken über unser Vorhaben nachhingen, sah auch ich aus dem Auto.

Was würde uns gleich erwarten? War Vice uns wieder einen Schritt voraus und wartete schon auf uns? Würden wir direkt in eine Falle laufen? Wir hatten es hier immerhin nicht mit irgendeinem Typen zu tun, sondern mit einem Psychopathen, der bereit war, jeden von uns ohne mit der Wimper zu zucken zu töten, nur um Anna nicht zu verlieren. Vielleicht sogar einfach nur, weil es ihm Spaß machte! Balthasar hatte zwar gesagt, dass wir keine waghalsigen Aktionen machen sollten, aber wir redeten hier immerhin über Liam Winterfeld. Mister Groß, Gewalttätig und Impulsiv. Vor zwei Jahren, als wir Anna aus den Händen von Markus befreien wollten, hatte er sein Leben dafür riskiert und beinahe auch verloren und ich war mir sicher, dass er es heute genauso machen würde. Ich löste meinen Blick von den vorbeisausenden Autos und Bäumen und ließ meine Hand an der Kopflehne des Vordersitzes vorbeigleiten, legte sie sanft auf Liams Schulter. Ich drückte sie sachte und spürte, wie er sich unter meiner Berührung erst an-, dann aber entspannte. Kurz darauf legte er seine auf meine und ich genoss die beruhigende Wärme seiner Haut. Sie war wie ein Versprechen. Ein Versprechen, dass alles gut werden würde, dass wir es schaffen würden. Gemeinsam.

Meinen dreiwöchigen Urlaub hatte ich mir wahrlich anders vorgestellt. Ich hatte gedacht, dass Liam und ich unser Leben genießen würden, dass wir viele wunderschöne Sachen zusammen machen würden. Essen gehen, ins Kino gehen, vielleicht einen Freizeitpark besuchen und habe ich Essen gehen schon erwähnt? Ich hatte geglaubt, dass wir uns zusammen eine Zukunft aufbauen würden, dass wir all die verlorene Zeit, die er im Gefängnis saß, nachholen würden. Doch letztendlich waren die letzten Wochen voller Streit, Enttäuschungen, Gefahren und Schmerzen gewesen. Es war ein für alle Mal Zeit, dass wir Liams Vergangenheit den Rücken kehrten, dass wir sie endgültig hinter uns lassen konnten, dass sich unsere Blicke nach vorne richten würden. Doch nach all den Torturen, nach all den Rückschlägen war ich mir nun sicher, dass wir es schaffen würden. Dass Vice die letzte Hürde war, die es auf diesem Weg zu bewältigen galt.

„Wir sind bald da“, sagte Balthasar und riss uns damit aus unseren Gedanken. „Wir werden etwas abseits parken, sodass er das Auto nicht hört. Dann werden wir uns vorsichtig heranschleichen. Wir müssen davon ausgehen, dass er Leute um die Hütte postiert hat. Die müssen wir entweder umgehen oder leise ausschalten."

Ich legte meine Stirn in Falten und fragte mich, was er wohl mit „ausschalten" meinte?

„Helena, du wirst dich immer hinter Liam aufhalten. Ich werde vorgehen und gebe euch entsprechende Zeichen, was wir als Nächstes tun, und wohin wir gehen. Wenn wir es bis zur Hütte geschafft haben, werden wir zunächst nur lauschen. Wenn wir durch ein Fenster blicken und die Möglichkeit haben, ihn zu sehen, kann er uns auch sehen. Das werden wir nur im Notfall riskieren. Sobald wir sicher sind, dass er und Anna dort sind, werde ich die Polizei rufen. Dann werden wir ausharren, bis meine ehemaligen Kollegen da sind. Verstanden?"

Er sah uns nicht an, sein Blick war fest auf die Straße gerichtet, denn seine Worte duldeten ohnehin keine Widerrede. Man merkte die vielen Jahre, die er als Polizist im Dienst gewesen war. Wie viele gefährliche Einsätze er wohl mitgemacht hatte? Wie viele Leben er gerettet hatte? Wie viele Kollegen? Wie viele Kinder? Konnte man diese Taten in die Waagschale neben all die werfen, die er zerstört hatte?

Wir fuhren inzwischen auf unwegsamerem Gelände und dann passierten wir die ersten Bäume des Waldes. Sofort wurde es schattig und gefühlt um ein paar Grad kühler. Es war zwar einige Zeit her, doch ich erkannte die Strecke wieder und sie löste gemischte Gefühle in mir aus. Am stärksten in diesem Moment war jedoch die Angst. Angst um mich, Angst um Anna und Angst um Liam.

Balthasar bog jedoch nicht in den Pfad ab, der zu der Hütte führte, sondern fuhr weiter. Irritiert blickte ich zurück.

„Ähm", begann ich zögerlich, „hätten wir da nicht abbiegen müssen?"

„Doch, theoretisch schon", antwortete Balthasar ruhig, „aber wir werden nicht riskieren, dass er gerade einen Ausflug machen will und uns auf der Strecke entgegenkommt. Wir werden beim Schwimmbad parken und den Weg von dort aus zu Fuß gehen. Die Wahrscheinlichkeit, dass er mit einer entführten, gesuchten Person dort planschen gehen möchte, ist ziemlich gering. Außerdem gibt es keinen offiziellen Weg von dort aus zur Hütte, man muss quer durch das Unterholz. Das hat den Nachteil, dass wir Geräusche verursachen, aber den Vorteil, dass es uns Deckung bietet und ‚ungebetene Gäste' wird er – wenn – eher vom Haupteingang erwarten. Wenn überhaupt."

Ich formte meine Lippen zu einem stummen „Ah" und nickte dabei. Das klang einleuchtend. Gott sei Dank hatte Balthasar doch nicht vor, mit uns mitten in den Wald zu fahren und uns zu erschießen. Man wusste ja nie. So fuhren wir bald auf den Parkplatz des Waldschwimmbades, auf dem sich zu so früher Stunde erst wenige Autos befanden. Balthasar stellte den Pick-up auf einen der hinteren Plätze, die nahe am Waldrand lagen und die vom Schwimmbad aus kaum einsehbar waren. Der dröhnende Motor verstummte und für einen Moment herrschte eine erdrückende Stille im Innenraum, bevor Liam als Erster die Tür öffnete und ausstieg. Balthasar und ich folgten seinem Beispiel und sowie meine Füße den erdigen, grasbewachsenen Untergrund berührten, stieg die Nervosität und Angst erneut in mir hoch. Meine Handflächen waren schweißnass und das Blut rauschte schon jetzt in meinen Ohren. Mein Mund war wie ausgetrocknet und eigentlich sträubte sich mein Überlebensinstinkt vollkommen dagegen, jetzt zu der Hütte zu gehen. Die Morgenluft kühlte meine Haut, die regelrecht zu glühen schien, und ich schloss meine Augen für einen Moment, um die Sonnenstrahlen zu genießen, die die Lichtung erhellten. Es roch herrlich nach nasser Erde, Moos und einer kleinen Brise Chlor vom nahen Schwimmbad. Die Schritte der beiden Männer knirschten um mich herum und ich hörte, wie sie eine Tür am Auto aufmachten. Ich öffnete meine Augen und sah, wie Balthasar auf die Ladefläche des Pick-ups kletterte und dort auf eine gesicherte Metallkiste zusteuerte. Er öffnete sie und zog ein großes, schwarzes Dings heraus, das verdächtig nach einem Brustpanzer aussah und anschließend einen kleinen Koffer, den er ebenfalls öffnete, um daraus eine Pistole zu nehmen. Mit geübten Handgriffen überprüfte und lud er sie und versteckte sie im Hosenbund hinter seinem Rücken. Ich schluckte. Die Sache war verdammt ernst. Todernst.

„Hier, Liam. Zieh das an", sagte der ehemalige Polizist und warf seinem Sohn das schwarze Ding entgegen, das ich nun als schusssichere Weste identifizierte. Liam betrachtete sie einen Augenblick, hielt sie dann jedoch mir entgegen.

„Helena wird sie anziehen", sagte er dann. Ich weitete meine Augen und tippte mit dem Zeigefinger auf meine Brust.

„Warum ich?“, fragte ich irritiert. Ich war von uns wohl das kleinste Ziel und sicher nicht diejenige, die am meisten Gefahr ausstrahlte. Wenn tatsächlich jemand auf uns schießen sollte, dann wäre ich wohl nicht die erste Wahl. Glaubte ich.

„Weil ich nicht die ganze Zeit auf dich aufpassen kann. Es wird jetzt nicht diskutiert, Helena. Zieh sie an, oder ich binde dich im Wagen fest und du bleibst hier“, knurrte Liam und seine Augen funkelten mich so ernst an, dass ich nicht zu widersprechen wagte. Wie mechanisch griff ich nach der Weste und legte sie mir mit seiner Hilfe an. Sie war viel zu groß, viel zu schwer und viel zu unbequem. Dennoch gab sie mir ein Gefühl von Sicherheit, sodass die Angst um mein eigenes Leben etwas sank, die um das von Liam jedoch in unermessliche Höhen schoss.

Balthasar beobachtete uns und während er mit großen, ruhigen Schritten an uns vorbeiging, klopfte er seinem Sohn zweimal kräftig auf die Schulter.

„Du lässt deine Waffe hier“, sagte er und Liam sah ihn verständnislos an.

„Warum sollte ich?“, gab sein Sohn zurück.

„Weil wir die Polizei rufen, du keinen Waffenschein hast, vorbestraft bist und sicher nicht wieder zurück ins Gefängnis willst.“

Dieses Argument war überzeugend. Sogar für den starrköpfigen Liam. Seufzend verstaute er seine Pistole im Handschuhfach des Wagens und kam mit schlecht gelaunter Miene zurück. Es passte ihm nicht, jemandem wie Vice wehrlos begegnen zu müssen. Denn im Gegensatz zu ihm würde dieser sicher nicht unbewaffnet sein.

„Los“, knurrte er dann und wir setzten uns in Bewegung.

76

Wie nicht anders zu erwarten, hatte ich Probleme, mit den beiden Schritt zu halten und das, obwohl sie den Anschein erweckten, dass sie ruhig und mühelos den unwegsamen Pfad durch den Wald beschritten. Sicher war es nur wegen dieser schweren, unbequemen Schussweste so anstrengend für mich. Sonst wäre ich genauso leichtfüßig wie eine Elfe zwischen den Bäumen hindurchgetänzelt. Schweißtropfen bildeten sich auf meiner Stirn. Ich hatte das Gefühl, dass es heute ein besonders heißer und schwüler Tag werden würde. Liam blieb einige Meter vor mir stehen und drehte sich mit ungeduldigem Blick zu mir um.

„Muss ich dich wie das letzte Mal tragen?“, fragte er mit verengten Augen. Ich erwiderte diesen Blick giftig und er wartete, bis ich zu ihm aufgeschlossen hatte, bevor er sich wieder in Bewegung setzte. Der erdige Waldboden lag voll mit altem Laub und Ästen, was es nahezu unmöglich machte, leise zu sein. Dazu wurden wir oft von hohen Farnen oder Büschen aufgehalten, durch die wir uns kämpfen oder die wir umgehen mussten. Manche von ihnen hatten Dornen, die uns die Beine aufrissen oder in denen wir uns mit unserer Kleidung verfingen. Nach einigen Minuten blieb Liam plötzlich stehen und starrte einen Baum an. Ich näherte mich ihm und sah ihn mit gerunzelter Stirn an. Was tat er da? Hatte er einen Schlaganfall? Sah er Geister?

Auch Balthasar blieb irgendwann stehen und sah sich irritiert nach uns um.

„Erinnerst du dich an diese Stelle, Helena?“, fragte Liam plötzlich. Sein Gesicht war ungewöhnlich sanft, und obwohl er diesen Baum ansah, schien sein Blick in weite Ferne zu sehen. Ich sah mich um und versuchte etwas zu finden, an das ich mich erinnern konnte. Doch für mich sah es hier aus wie an jeder anderen Stelle im Wald auch.

„Sollte ich?“, fragte ich dann unsicher.

„Hier haben wir uns vor zwei Jahren das erste Mal geküsst. Direkt an diesem Baum", sagte er leise und legte seine flache Hand an den Stamm vor ihm. Ein leichtes Lächeln flatterte um seine Lippen. Wer hätte gedacht, dass Liam Winterfeld so romantisch war und sich diesen Ort genau eingeprägt hatte? Es musste ihn sehr berührt haben.

„Ja", seufzte ich rührselig und süßlich, „und danach hast du mich von dir gestoßen und mich behandelt wie den letzten Arsch, weil du nicht zulassen konntest, dass deine Gefühle zu mir deine Pläne, deinen Vater zu ermorden, vereiteln würden. Ich habe meine Sandalen nach dir geworfen."

Balthasar hob eine Augenbraue und bedachte Liam mit einem belustigten Blick.

„Hat ja gut geklappt, dein Plan", sagte er und sein Sohn sah ihn mordlustig an.

„Wer sagt, dass ich den Plan verworfen habe?", raunte er zurück.

„Dann musst du es aber aussehen lassen, als wäre es ein Unfall gewesen oder jemand anderes", warf ich ein und sah dann noch einmal zu dem Baum, „ich will nämlich nicht, dass du noch einmal ins Gefängnis musst", murmelte ich leise. Ich hatte es damals so genossen zu sehen, wie er sich zusammen mit Fly frei bewegte, wie er lachte und unbeschwert war. Genau diesen Liam wollte ich wieder hervorlocken und an meiner Seite haben. Ein warmes Gefühl durchströmte mich bei den Einnerungen und nun konnte ich verstehen, warum Liam eben so plötzlich stehen geblieben war. Auch wenn die Situation damals schlimm gewesen war und ich an meiner Entführung und er an seiner Vergangenheit stark zu knabbern gehabt hatten, war es im Gegensatz zu den aktuellen Geschehnissen eine fast entspannte Situation gewesen. Zumindest ich hatte zu dem Zeitpunkt nicht um mein Leben gebangt und war felsenfest entschlossen gewesen, seines zu retten. Doch nun sah das alles ganz anders aus. Daniel kämpfte bereits ums Überleben und wir waren dabei, unseres aufs Spiel zu setzen, um Anna zu retten.

„Wie lange wollt ihr noch da rumstehen und Löcher in die Luft starren?", riss uns Balthasars grollende Stimme aus unseren Gedanken. Blinzelnd hob ich meinen Kopf.

„Weiter", befahl er dann und marschierte bereits los. Eilig setzte auch ich mich wieder in Bewegung. Liam würde mich schnell genug wieder eingeholt haben.

So stiefelten wir weiter durch den Wald, geführt vom Teufel persönlich, von dem wir nur hoffen konnten, dass er diesmal wirklich auf unserer Seite spielte und wir nicht blindlings in unser Verderben liefen.

Nachdem wir bereits einige Zeit unterwegs gewesen waren, war ich mir sicher, dass es nicht mehr weit bis zur Hütte sein konnte. Unsere Schritte wurden langsamer. Leiser. Immer wieder sahen wir uns um und Balthasar hielt hinter großen Bäumen an, um sich erst ein Bild über die Umgebung zu machen, bevor wir uns weiterbewegten. Gerade wollten wir zum nächsten Baum huschen, als der Hüne vor mir plötzlich stehen blieb und ich direkt in seinen Rücken donnerte, wie gegen eine Betonwand. Zu spät hatte ich gesehen, dass er uns mit der angehobenen Hand zu verstehen gegeben hatte, zu warten. Stumm fluchend rieb ich mir meine schmerzende Nase und konnte Liams Kopfschütteln hinter mir eindeutig spüren. Balthasar drehte sich zu uns um, legte einen Finger auf seine vollen Lippen und deutete uns mit einem Handzeichen zu warten. Dann ging er geduckt los und erst jetzt sah ich den Mann, der einige Meter vor uns halb verdeckt hinter einem Gebüsch stand. Ich sah nicht viel von ihm, nur dass er ein Handy in der Hand hielt, groß, kräftig und dunkelhaarig war. Er stand seitlich zu uns und hatte uns noch nicht bemerkt. Liam legte mir eine Hand auf die Schulter, als er merkte, wie ich mich anspannte. Seine Berührung beruhigte mich ein wenig, doch fassungslos beobachtete ich, wie Balthasar lautlos seine Pistole zog und sie mit beiden Händen festhielt, während er gebückt weiter auf ihn zuschlich.

Wollte er ihn wirklich erschießen? Das allein war schrecklich genug, doch würde uns ein ungedämpfter Schuss nicht kilometerweit noch verraten? Ich zuckte und Liams Hand hielt mich zurück.

„Ruhig", zischte er mir ins Ohr. Im Gegensatz zu mir schien er Vertrauen in das Vorhaben seines Vaters zu haben.

Der ehemalige Polizist hatte den Wachposten fast erreicht und war weiterhin unbemerkt. Doch als er nur noch eine Armlänge hinter ihm war, hob der Mann den Kopf alarmiert an. Aber es war bereits zu spät.

Balthasars gigantische Hand legte sich über den Mund des anderen und zog ihn mit einem Ruck zu sich heran, sodass der Körper gegen seine Brust stieß. Dann hob er die Hand mit der Waffe.

Ich weitete erschrocken meine Augen.

Doch er schoss nicht. Mit dem Griff der Waffe schlug er dem Mann gezielt gegen die Schläfe. Der Mann taumelte, verlor das Bewusstsein jedoch nicht direkt, sondern er griff nach Balthasars Unterarm. Liams Vater legte diesen jedoch unbarmherzig um den Hals des Wachmanns, während er die andere Hand auf seinen Mund presste, um jeden Schrei im Keim zu ersticken. Der Mann zappelte noch ein paar Sekunden und versuchte sich aus dem stählernen Griff zu befreien. Doch dann wurden die Bewegungen weniger, bis sie schließlich ganz verebbten. Erst dann lockerte Balthasar seine Arme und zog ihn unter den Schultern weiter in das Gebüsch hinein, sodass der schlaffe Körper von dem dicken Unterholz verschluckt wurde. Er lehnte sich noch einmal zu dem Mann hinunter und kontrollierte den Puls und die Atmung. Balthasar nickte. Hieß dies, dass er tot war, oder dass er lebte? Ich wandte mich um und sah Liam hilfesuchend an. Doch dieser nickte mit dem Kinn nur in Richtung seines Vaters.

„Weiter“, sagte er.

77

Balthasar wartete, bis wir zu ihm aufgeschlossen hatten, und bewegte sich von nun an mit noch größerer Vorsicht weiter.

„Hast du ihn umgebracht?“, flüsterte ich zu ihm. Diese Frage brannte mir auf der Zunge. Ich konnte nicht so tun, als wäre nichts gewesen. Ich musste es wissen! Ich musste wissen, ob ich einen Menschen hatte sterben sehen, der uns noch gar nichts getan hatte.

„Nein“, war Balthasars schlichte Antwort. Mehr wollte er dazu offensichtlich nicht sagen und ich gab mich damit zufrieden.

„Wenn er ihn umgebracht hätte, hätte das anders ausgesehen“, flüsterte Liam hinter mir. Ich kräuselte die Stirn und sah fragend über die Schulter zurück.

Liam hob seine Hände und tat so, als würde er etwas in der Luft mit ihnen umfassen und dann ruckartig drehen.

„Krrk!“, machte er das Geräusch von brechenden Knochen nach. Ich rümpfte meine Nase und rollte kopfschüttelnd die Augen. Männer. Wir waren doch in keinem Actionfilm, bei dem man anderen einfach das Genick brach! Andererseits ... mein Blick bohrte sich in Balthasars Rücken und musterte die breiten Schultern und die kräftigen Oberarme. Gekonnt hätte er es bestimmt.

„Wir sind da“, flüsterte Liam nach einigen weiteren Metern. Nun konnte auch ich hinter den nächsten Bäumen und Gebüschen die Holzhütte erkennen.

„Wir müssen davon ausgehen, dass noch mehr Wachen um das Haus aufgestellt sind. Zumindest beim Vordereingang“, murmelte Balthasar. Wir hockten uns alle hinter einen dichten Strauch und warfen dann einen vorsichtigen Blick auf die Terrasse. Verstohlen sahen wir uns um und tatsächlich befand sich dort jemand.

Wir sahen, wie zwei Personen draußen an einem gedeckten Tisch saßen und frühstückten. Sie unterhielten sich miteinander. Tatsächlich erkannte ich Anna, die mit dem Gesicht zu uns gedreht saß. Die andere Person saß mit dem Rücken zu uns, aber es bestand kein Zweifel, dass es Vice war. Das platinblonde Haar und die schwarze, zu weite Kleidung waren unverkennbar.

Balthasar zog sein Handy aus der Hosentasche und sendete eine Nachricht an einen ehemaligen Kollegen. Was genau er schrieb, konnte ich nicht erkennen, doch er sendete auf jeden Fall den Standort mit. Nachdem er das Smartphone weggesteckt hatte, drehte er sich wieder zu uns.

„Sie sind unterwegs. Wir müssen einfach warten", flüsterte er und wir nickten. Es tat gut zu sehen, dass Anna wohlauf war und ohne Fesseln und Knebel bei ihm am Tisch saß. So lange es ihr gut ging, gab es für uns keinen Grund einzugreifen. Ob sie überhaupt Ahnung von dem hatte, was Daniel passiert war? Denn anders konnte ich mir nicht erklären, warum sie mit dem Mann an einem Tisch saß, der ihrem Verlobten in den Kopf geschossen hatte. Tatsächlich sah ich sie sogar lächeln, auch wenn es schmerzlich und bitter aussah. Doch es zeugte nicht von einem körperlichen Leid, sondern von einem emotionalen. Vice lehnte sich über den Tisch näher zu ihr, wollte ihre Hände halten, hielt jedoch in seiner Bewegung inne, als Anna vor ihm zurückwich und ihre Hände an sich zog und sie gegen ihre Brust drückte. Was die beiden miteinander sprachen, konnten wir nicht verstehen, dazu waren wir noch zu weit entfernt.

„Ich wünschte, ich könnte diesem Bastard auch einfach in den Kopf schießen", presste Balthasar zähneknirschend hervor und ich sah ihn mit angehobenen Augenbrauen an.

Ach ja, dachte ich mir, wer ist hier ein Bastard? Vice hatte sie wenigstens nicht missbraucht! Doch ich verkniff mir jeden bissigen Kommentar und sah zu Liam, der mit grimmiger Miene zustimmend nickte.

„Ihr seid definitiv verwandt", flüsterte ich, was Balthasar dazu brachte, leicht zu schmunzeln und Liam dazu, abfällig zu schnauben.

Eine ganze Weile saßen wir einfach da und beobachteten die beiden. Mir schlief mein Fuß ein und ich versuchte verzweifelt, eine Position zu finden, in der das Kribbeln mich nicht beinahe um den Verstand brachte.

„Runter!", befahl Balthasar, und noch bevor wir seinen Worten Folge leisten konnten, spürte ich seine Pranke an meinem Kopf, die mich weiter herabdrückte. Durch die dichten Äste des Gebüschs konnte ich nur erkennen, wie sich eine weitere Person zu den beiden auf der Terrasse gesellte. Sie lehnte sich zu Vice hinab und flüsterte ihm etwas zu, dann verschwand sie wieder und wir atmeten alle drei erleichtert aus. Vice schien kurz darauf etwas zu Anna zu sagen, dann nickte er in Richtung der Hütte und Anna stand auf. Sie sah ihn noch einmal an und er griff erneut nach ihrer Hand. Diesmal zog sie diese nicht fort, sondern nickte nur. Die beiden sahen sich lange einfach nur an, dann ließ er sie los und sie verschwand durch die Terrassentür in die Hütte. Nun war Vice allein. Eigentlich war es die Chance, ihn zu überwältigen. Sogar mir kribbelte es in den Fingern.

Vice legte seinen Kopf in den Nacken und sah zum blauen Himmel hinauf, an dem heute keine einzige Wolke stand.

„Ihr solltet zu mir kommen und aus eurem Versteck rauskriechen, oder muss ich erst meine Waffe holen und auf gut Glück ins Gebüsch schießen?“, zeriss seine messerscharfe Stimme die mittlerweile herrschende Stille des Waldes. Balthasar stieß die Luft geräuschvoll aus und Liam schloss frustriert seine Augen. Ich sah zwischen den beiden hin und her. Was sollten wir jetzt tun? Sollten wir uns ihm zeigen und versuchen, ihn hinzuhalten, bis Verstärkung eintreffen würde? So wie Liam es vor zwei Jahren getan hatte, als er sich einfach vor den Transporter gestellt hatte, mit dem die Kinder abtransportiert werden sollten? Damals hatte er Markus in ein Gespräch verwickelt und Zeit geschunden. Am Ende war er dabei allerdings selbst schwer verletzt worden. Vielleicht war es sogar sinnvoller zu fliehen. Wenn Balthasar wirklich seinen ehemaligen Kollegen Bescheid gegeben hatte, wussten sie nun, wo sie hin mussten. Da mussten wir doch nicht im Weg stehen und uns in Gefahr bringen, oder? Ich wollte gerade nach Liams Hand greifen und ihm sagen, dass wir uns zurückziehen sollten, als Vice weitersprach.

„Muss ich es wirklich machen, wie bei kleinen Kindern und bis drei zählen?“, fragte er genervt.

78

Auf diese Worte hin standen die beiden Männer neben mir auf und traten aus dem Gebüsch hervor. Ich blieb allerdings weiterhin versteckt. Vice richtete sich von seinem Stuhl auf, schob diesen wieder an den Tisch heran, ehe er sich zu meinem Freund und dessen Vater drehte. Als er die beiden erblickte, hoben sich seine Augenbrauen überrascht an und seine schmalen Lippen formten ein amüsiertes Lächeln.

„Also ich hab ja mit vielem gerechnet, aber dass ihr zwei euch zusammentut, überrascht sogar mich. Vater und Sohn, nach Jahren wiedervereint, gegen den gemeinsamen Feind. Wie niedlich. Was ist denn mit deinem Gesicht passiert, Daddy, war die Hochzeitsnacht so wild?", giftete er herablassend wegen Balthasars Blessuren und sah an den beiden vorbei zu dem Gebüsch, aus dem sie gekommen waren. „Und was ist mit Helena? Will sie nicht auch herauskommen?", fragte er und ich hätte schwören können, dass er mir durch das Gestrüpp hindurch einen Moment lang direkt in die Augen sah. Es konnte kein Zufall sein. Er hatte mich entdeckt!

„Die haben wir im Wagen gelassen", antwortete Liam, noch bevor ich auf die Idee kam, mich aufzurichten.

„Das war eine kluge Entscheidung", lobte Vice und wandte den Blick mit einem Lächeln von mir ab, um ihn wieder auf Liam und Balthasar zu richten. Entweder ich war paranoid und er hatte mich doch nicht gesehen, oder es war okay für ihn, dass ich weiter im Gebüsch hocken blieb. Vielleicht hatte er auch Angst, es mit uns zu dritt aufzunehmen. Immerhin war ich gefährlich wie ein Löwe. Ein Löwenbaby. „Das wird Anna sicher sehr freuen, ihr Schänder und der Mann, den sie viel lieber als ihren Daddy gehabt hätte, vereint, um die holde Jungfrau in Nöten zu retten. Aber ihr zwei wisst besser als jeder andere, dass sie keine Jungfrau mehr ist", sagte er mit einem Augenzwinkern und ich erkannte, wie Liam angespannt seine Fäuste ballte. Vice bemerkte Liams aufkeimenden Zorn, was ihn zu erheitern und nur noch mehr anzuspornen schien. „Wobei du ja nie Mann genug warst, um sie richtig zu ficken", setzte er mit einem Blick in Liams Richtung nach, ehe sich sein Augenmerk auf Balthasar richtete. „Und in den Genuss von deinem Schwanz ist sie ja auch nie gekommen, Daddy. Dabei hätte sie sich das sicher so sehr gewünscht." Das süffisante Lächeln wollte einfach nicht aus Vices Gesicht verschwinden. Warum sagte er diese Dinge? Warum provozierte er die beiden? Wollte er, dass die Situation eskalierte? Wollte er, dass sie auf ihn losgingen? Ich presste meine Lippen angestrengt aufeinander und fragte mich, welchen verrückten Plan er verfolgte.

„Ich dachte, du liebst sie? Wie kannst du dann so über sie sprechen?", knurrte Liam, während Balthasar einfach schwieg. Doch seine Körperhaltung war genau wie die seines Sohnes, aufrecht, die Hände zu Fäusten geballt, den Kopf selbstbewusst angehoben.

„Oh, das tu ich auch. Aber es bringt ja nichts, die Realität zu leugnen. Eine Realität, vor der ICH sie gerettet und beschützt habe. Weil ihr beide nicht in der Lage dazu gewesen seid." Diese schneidenden Worte von Vice ließen nun auch Balthasar einen Schritt auf ihn zumachen und das Wort ergreifen.

„Weiß Anna, dass du ihrem Verlobten in den Kopf geschossen hast?", lenkte er nun auf ein anderes Thema ab. Ob ihn die Worte der Schlange trafen? Oder ob es ihn einfach nervte. Nach wie vor konnte ich Balthasar nicht einschätzen. Er hatte gesagt, dass er sich jeden Tag schämte. War das auf diese Dinge bezogen? Oder nur auf seine eigene Schwäche seinem Vater gegenüber. Es erleichterte mich jedoch, dass er nach wie vor auf unserer Seite war und uns in keine Falle gelockt hatte.

„Lenk doch nicht ab", konterte Vice daraufhin nur. „Oder ist es dir so unangenehm, noch mal vor Augen geführt zu bekommen, was du Anna und Liam angetan hast? Macht es dich vielleicht sogar geil? Balthasar? Bist du aus schlechtem Gewissen hier? Warum tust du das? Du musst dir doch im Klaren sein, dass du dich in Lebensgefahr begibst." Doch auch durch diese Worte ließ sich Balthasar nicht provozieren, sondern hob nur die Schultern an.

„Ich bin Polizist. Es ist mein Job, Menschen zu helfen", erwiderte er.

„Du meinst, du warst Polizist, es war dein Job. Dank Liam und seiner kleinen Helena durftest du ja deinen Dienst quittieren", belehrte ihn Vice und der selbstgefällige Ausdruck wollte einfach nicht von seinen Zügen weichen. Was bezweckte er hiermit? Die Provokationen nahmen kein Ende. Meine Hände waren klatschnass und mir taten die Beine vom Hocken so schrecklich weh. Allerdings waren die Schmerzen sicher nichts gegen die, die Vice mit seinen Worten in Liam und vielleicht auch in seinem Vater auslöste. Er war so fies und herablassend. Redete über all diese schrecklichen Dinge, als würden sie ihn amüsieren. Als würde Annas Leid ihn amüsieren. Als wäre das ganze Leben wertlos und nur ein Scherz. Wie konnte er nur so achtlos auf den Gefühlen anderer herumtreten? Hoffentlich würde die Verstärkung bald eintreffen. Es war mir ein Rätsel, dass Vice seine Schergen nicht zu sich rief, um ihn zu beschützen. War er sich so sicher? Fühlte er sich so überlegen? Er musste doch damit rechnen, dass Balthasar und Liam bewaffnet waren. Hatte er keine Angst? Vice war mir nach wie vor ein Rätsel und ich hatte keine Ahnung, was in seinem kranken Kopf vorging. Doch anscheinend war ich nicht in seinem Fokus, denn er kümmerte sich nicht weiter darum, dass ich mich im Gebüsch versteckte. Ob er mich tatsächlich als so was wie eine Freundin sah und deshalb nicht wollte, dass ich zwischen die Fronten geriet? Ich hatte immerhin eine sehr verletzliche Seite an ihm kennengelernt. Ich wusste, dass mehr Gefühl in ihm steckte, als er jetzt preisgab. Warum also war alles so weit gekommen? Letztendlich steckte Anna bei Vice genau in der selben Situation wie ich bei Liam vor zwei Jahren. Waren wir womöglich zu früh hergekommen und verhinderten so, dass Anna in dieser Schlange das Gute hervorlocken konnte? Verhinderten wir, dass sie ihm zeigte, was es bedeutete, geliebt zu werden und zu lieben? Doch vielleicht waren Vice und Liam auch nicht miteinander zu vergleichen und Vice handelte aus Selbstsucht, während Liam immer versucht hatte, Gerechtigkeit zu schaffen und andere zu rächen oder zu schützen.

„Vice, was hast du dir dabei gedacht, Anna hierherzubringen?", durchbrach Liams Stimme meine Gedanken.

„Och, ich dachte, es ist ein Ort, den sie kennt?", erwiderte Vice schulterzuckend. „Außerdem wollte ich auch schon immer mal hierherkommen. Zu der Kulisse der vielen netten Filmchen, die dein Daddy von euch gedreht hat", fuhr er fort und fixierte Liam mit seinen stahlgrauen Augen. „Besonders gut hat mir der gefallen, als sie dir zu deinem zwölften Geburtstag einen runterholen sollte. Sie war so süß.

Auch wenn ich zugeben muss, dass es mich wahnsinnig eifersüchtig gemacht hat. Aber es hat ja sowieso nicht geklappt."

Ich konnte nicht fassen, was Vice da von sich gab und auch Liam sog die Luft tief in seine Lungen und knackte unentwegt mit seinen Fingern. Es musste ihn wahnsinnig viel Beherrschung kosten, nicht sofort auf Vice loszugehen.

„Woher hat er die Aufnahmen?", zischte Liam an seinen Vater gewandt. Dieser schüttelte lediglich den Kopf und wandte nun auch zum ersten Mal den Blick von Vice ab und richtete ihn auf seinen Sohn.

„Ich weiß es nicht. Vielleicht von Markus?", erwiderte Balthasar und schüttelte dann den Kopf „ist das jetzt nicht völlig egal?"

„Nein!", sagte Liam bestimmend. „Ist es nicht! Es ist eine Sache, dass du und Markus euch diese Sachen angesehen habt, aber eine andere, wenn noch andere sie gesehen haben. Habt ihr sie verkauft? Habt ihr die Videos von Anna und mir an andere Perverse verkauft?"

„Sie waren zumindest nicht billig", schaltete sich Vice nun wieder ein und dieser Mistkerl lachte auch noch fies.

„Du hältst dich da raus!", wandte sich Balthasar erst knurrend an Annas Entführer, ehe er wieder zu seinem Sohn sah. Wo blieb nur die verdammte Polizei? „Ich weiß nicht, was Markus noch mit seinen Videos gemacht hat. Wir haben uns oft darüber gestritten. Ich habe meine Videos schon vor langer Zeit zerstört", erklärte sich Balthasar, doch ich glaubte ihm nicht. Woher kam sonst die VHS-Kassette, die wir vor zwei Jahren in der Hütte gefunden hatten? Nach wie vor konnte ich ihm einfach nicht vertrauen. Genauso wie ich noch immer Zweifel daran hatte, dass er etwas von alledem bereute oder uns vollkommen uneigennützig half. Vielleicht wollte er vor seinen ehemaligen Kollegen als Held dastehen, der sich gebessert hat und so irgendwie zurück in seinen Beruf kommen. Oder vielleicht wollte er seiner neuen Familie beweisen, dass er sich geändert hat, da sie inzwischen wahrscheinlich von all den Dingen wusste, die er getan hatte. Es gab unzählige Gründe für ihn, jetzt den Guten zu spielen.

„Glaub mir, Liam. Bitte", flehte Balthasar eindringlich, ehe er den Blick wieder auf die Schlange richtete. „Was hast du jetzt mit ihr vor? Ihr könnt nicht ewig hier bleiben." Vice öffnete den Mund, um etwas zu antworten, als plötzlich einer seiner Schläger um das Haus herumgerannt kam. Er hatte aschblonde, lange Haare, die zu einem

Pferdeschwanz zusammengebunden waren. Er trug ein graues Tanktop und eine blaue verwaschene Jeans. Im Hosenbund steckte eine Pistole. „Boss, Stefan hat zwei schwarze Wagen entdeckt, die hierher unterwegs sind. Vielleicht sind es die Bullen.“

Endlich, dachte ich und atmete erleichtert auf. Vice hingegen schloss kurz die Augen und presste die Lippen aufeinander, während er den Kopf leicht schüttelte, als würde er etwas bedauern.

„Das war dumm“, hauchte er.

79

„Fahr den Wagen vor, ich hole Anna", sagte Vice zu seinem Lakaien, der daraufhin nickte und eiligen Schrittes durch die geöffnete Terrassentür ins Innere der Hütte verschwand. Der weißblonde Mann drehte sich daraufhin ebenfalls um und wirkte dabei so ruhig und selbstsicher, als wären Liam und Balthasar keine Gefahr. Als wäre es selbstverständlich, dass sie ihn nicht aufhalten konnten. Dass er wie immer überlegen war.

Er drehte ihnen seinen Rücken zu und wollte in die Hütte zurückgehen. Ich hatte keine Ahnung, wie lange die Polizei noch brauchen würde, um hier einzutreffen. War es möglich, dass Vice bis dahin mit Anna längst über alle Berge war? Würde die Polizei sie jagen und einholen können? Wenn Vice jetzt ging und Anna mit sich nahm, war vielleicht alles verloren! Ich hatte den Gedanken kaum zu Ende gebracht, da riss Liam der Geduldsfaden und er griff plötzlich an die Waffe seines Vaters, die nach wie vor am Rücken in seinem Hosenbund steckte. Balthasar schnappte mit seinen großen Händen nach Liams, doch dieser entzog sich ihm mit einer raschen Bewegung.

„Bleib stehen, du Psychopath, oder ich jage dir eine Kugel in den Rücken!", rief Liam, der den Lauf der schwarzen Waffe mit ausgestrecktem Arm auf Vice richtete. Ich japste nach Luft.

Vice blieb daraufhin stehen und legte den Kopf leicht in den Nacken. Noch immer wirkte er vollkommen ruhig und gefasst. In seiner Haltung lag keine Anspannung, keine seiner Bewegungen war schnell oder hektisch. Ich konnte nur erahnen, wie genervt sein schmales, bleiches Gesicht nun aussehen musste, wie er seine stahlgrauen Augen rollte. Ich konnte nicht fassen, dass ich für diesen Mann vor einiger Zeit tatsächlich etwas wie Sympathie oder Mitleid empfunden hatte, dass ich gedacht hatte, dass etwas Gutes in ihm sei. Er liebte Anna. Er vermisste sie. Aber er wollte sie auch besitzen und ging dafür sogar über Leichen. Es war eine kranke, ungesunde Liebe.

Genau, wie Anna es mir bereits gebeichtet hatte. Liam hatte in allem recht gehabt. Vice war ein kranker Psychopath. Er war gefährlich.

„Liam, nicht!", rief Balthasar, der wohl nicht fassen konnte, was sein Sohn tat. Keine waghalsigen Aktionen, keine Alleingänge, keine Eskalation. Einfach nur warten, bis die Polizei kam, das war der Plan gewesen. Doch Liams impulsive Art war wie immer unberechenbar.

„Willst du noch mal für ein paar Jährchen ins Gefängnis?", fragte die Schlange, dessen provokantes Grinsen man quasi hören konnte. Er neigte den Kopf leicht zur Seite, „Hat es dir im Knast so gut gefallen? Das bezweifle ich. Du willst deine kleine Helena nicht allein lassen. Sie nicht ihrem heißen, neuen Nachbarn überlassen. Sie hat dich verändert, alter Freund, und aus diesem Grund wirst du mich nicht erschießen", es war eine Feststellung. Berechnung. Sogar eine Belehrung.

Liams Hand schloss sich fest um den Griff der Waffe. Seine Sehnen und Muskeln waren zum Bersten gespannt. Er rang mit sich. Vice hatte recht, er wollte nicht zurück ins Gefängnis, aber er wollte auch Anna nicht ein weiteres Mal ihrem grausamen Schicksal überlassen. Er wollte endlich etwas richtig machen.

„Er hat recht. Gib mir die Waffe zurück, Liam. Du darfst deine, du darfst eure Zukunft nicht aufs Spiel setzen", forderte Balthasar, dessen Stimme ganz ruhig und weich war, als würde er versuchen, einen Selbstmordgefährdeten vom Springen abzuhalten. Er versuchte, die Situation zu deeskalieren, doch dazu war es schon zu spät.

„Ich habe Anna versprochen, dass ich sie beschütze", zischte mein Freund angestrengt. Ich wusste, wie sehr er darunter litt, Anna nie aus ihrer Hölle befreit zu haben, wie sehr er sich dafür hasste, dass er sie nie gerettet hatte, wie er es ihr in Kindertagen versprochen hatte. Es war ein wunder Punkt. Liams Achillesferse. Der Wille, Anna zu schützen, der Wille, Gerechtigkeit zu bringen und seine Verachtung sich selbst gegenüber, machten sein Wesen unstet und wankend. Liam spuckte gerne große Töne, doch mir war klar, dass es oftmals nur über den misshandelten, gebrochenen Jungen hinwegtäuschen sollte, der er im Inneren noch immer war

Vice lachte schallend auf, als hätte Liam einen urkomischen Scherz gemacht. Er nahm ihn nicht ernst, so wie Vice nichts ernst zu nehmen schien.

„Es wäre ja fast niedlich, wenn es nicht so erbärmlich wäre", zischte er scharf und drehte sich dabei endlich um. In einer fließenden Bewegung glitt seine lange, sehnige Hand an den eigenen Hosenbund und zog seinerseits eine Waffe unter dem schwarzen Pulli hervor.

Die ganze Situation eskalierte binnen Sekunden.

Ich sprang auf und stieß dabei einen spitzen, panischen Schrei aus.

Während Liam noch mit zitternden Händen mit sich kämpfte, hatte Vice den Lauf bereits auf ihn gerichtet. Ich wusste, dass er nicht zögern würde.

Ich wusste, dass er keine Skrupel hatte.

Dass er schießen würde.

Balthasar sprang plötzlich los. Drehte sich zu seinem Sohn.

Zwei Schüsse zerschnitten gleichzeitig die Luft.

Ihr Knall peitschte wie ein Donnern durch den Wald.

Verlief sich in hallendem Echo.

Vice wurde einen halben Schritt zurückgeworfen, fasste sich an die Schulter und fluchte zischend.

Liam verkrampfte sich und ließ die Waffe fallen.

Schleuderte sie regelrecht von sich weg.

Seine Hand zitterte.

Mein Atem stockte.

Mein Herz setzte aus.

Mein Körper bebte. Schweiß trat mir aus den Poren und kalte Angst erfüllte meinen Bauch wie ein Klumpen Eis. Zerfraß mein Innerstes so schmerzhaft, dass ich mich beinahe übergeben musste. Ich blickte direkt in erschrocken geweitete, blaue Augen.

Und dann sank Balthasar auf seine Knie.

80

„Vater!“, schrie Liam, der den zusammenbrechenden Körper Balthasars auffing. Er sank mit ihm zusammen langsam zu Boden. Dickes, rotes Blut quoll unaufhörlich unter dem ehemaligen Polizisten hervor. Unter dem Rücken, der nicht von der schusssicheren Weste geschützt war, weil er sie seinem Sohn geben wollte und dieser sie mir aufgezwungen hatte. Und das, obwohl ich die ganze Zeit sinnlos und sicher hinter einem Gebüsch gehockt hatte.

Balthasar fasste haltsuchend in das Shirt seines Sohnes und sah ihm ins Gesicht, während nun auch Blut über seine Lippen sickerte.

„Liam ...“

Ich konnte es nicht fassen. Obwohl dieser Mann vielen Kindern schreckliche Dinge angetan hatte, obwohl er der größte Alptraum meines Freundes und von mir war, erfüllte es mich mit unsagbarer Panik, ihn nun zu sehen.

Ihn sterben zu sehen.

Egal, was ein Mensch getan hatte, egal, was für schlimme Sachen man ihm zeit seines Lebens an den Hals wünschte, man begann das alles anders zu sehen, wenn der Tod plötzlich wahrhaftig wurde. Ein Leben würde enden. Eine Familie würde ihren Vater verlieren. Liam würde zum Waisen werden.

Tränen traten in mein Sichtfeld und ließen alles verschwimmen.

Aber plötzlich zerriss schallendes Gelächter den Moment und mein Blick richtete sich irritiert auf Vice. Dieser hielt noch immer die Waffe in der Hand, schien aber keine Absicht zu haben, noch mal auf Liam zu schießen.

„Ich fasse es nicht“, lachte die Schlange auf, „wer hätte gedacht, dass der Kinderschänder am Ende einen Heldentod stirbt und sich dramatisch vor seinen verachteten Sohn wirft?!“

„Halt die Fresse, du krankes Schwein“, presste Liam zitternd hervor.

Vice schüttelte seinen Kopf, als könne er nicht glauben, was er sah. „Das ist besser als im Kino! Tut mir leid, Liam. Du wolltest deinen Vater jahrelang unbedingt töten und nun habe ich es getan." Unbekümmert zuckte er mit den Schultern. „So gerne ich zusehen würde, wie der große, böse Daddy dramatisch in deinen Armen stirbt und seine letzten Worte hören, die sicher herzzerreißend sind, habe ich leider etwas Wichtigeres zu tun. Meine Anna wartet auf mich." Vices schmale, blasse Lippen zierte ein wölfisches Grinsen, ehe er seine stahlgrauen Augen noch einmal auf mich richtete. Er zwinkerte mir zu und drehte sich um.

Doch noch in seiner Bewegung weitete er seine Augen, als ihn plötzlich etwas Großes, Schwarzes mit Wucht am Kopf traf. Er taumelte einige Schritte und sackte dann erst auf die Knie, ehe er regungslos nach vorne umfiel. Anna stand in der Tür, in ihren zitternden Händen die Thermoskanne vom Frühstück. Ihr Brustkorb hob und senkte sich schnell, als sie mit vor Schreck geweiteten Augen die Kanne fallen ließ und auf die beiden Winterfelds zulief. Auch ich stolperte nun aus meinem Gebüsch und rannte über den unebenen Waldboden zu der Terrasse, auf der Liam seinen Vater noch immer im Arm hielt. Er hob seinen Oberkörper an und drückte seine Hand verzweifelt auf die Wunde am Rücken, in der Hoffnung, die starke Blutung zu stoppen.

Nun war das Quietschen von Reifen zu hören, die immer näherkamen. Doch selbst wenn sie rechtzeitig hier sein würden, war es nur die Polizei und kein Notarzt.

Anna kam vor mir bei den beiden an und ließ sich sofort bei ihnen auf die Knie sinken. Zu meiner Überraschung nahm sie ohne zu zögern Balthasars Hand und drückte diese.

„Halt durch!", flehte sie, was dem ehemaligen Polizisten ein schwaches Lächeln entlockte. Ein bedauerndes Lächeln, das zeigte, dass er wusste, dass er es nicht schaffen würde. Dass er nicht durchhalten würde.

„Meine kleine Anna", brachte Balthasar mühsam hervor. In seinen blauen Augen lag eine Wärme, die ich so gar nicht von ihm kannte. Sie waren mir sonst immer so kalt und gefühllos vorgekommen. Hatte er keine Angst?

Anna schluchzte plötzlich los, was mich bis ins Mark erschütterte. Ich hatte sie durch die Hölle gehen sehen. Ich hatte gesehen, wie sie missbraucht wurde, wie sie völlig entkräftet in Liams Armen gelegen hatte, wie sie um ihren eigenen Vater geweint hatte, doch dass sie so ehrlich um diesen Mann weinen würde, hatte ich niemals erwartet. Liam hatte seine Lippen fest aufeinandergepresst und starrte verzweifelt auf seinen Vater. Ich hatte keine Ahnung, wie er nun empfand. Er hatte ihn lange Zeit umbringen wollen. Er hatte sich an ihm rächen wollen und nun, wo er sterbend vor ihm lag – was fühlte er da?

„Ich bin bei dir, Vater", flüsterte er mit rauer, belegter Stimme dasselbe, was Balthasar vor zwei Jahren zu ihm gesagt hatte, als er angeschossen wurde.

Meine Schritte verlangsamten sich, als ich auf der Terrasse ankam. Mit schnellem Atem und hämmerndem Herzen blieb ich einige Schritt vor den Dreien stehen. Der Moment schien mir zu intim. Ich war kein Teil ihrer schrecklichen, gemeinsamen Vergangenheit.

„Warum hast du das getan?", hauchte Liam fassungslos.

Balthasars schmales Lächeln blieb. Er sah seinem Sohn ins Gesicht. „Weil du mein Sohn bist, du Idiot. Ich bin es dir schuldig", presste er kraftlos hervor.

Heiße Tränen liefen über meine Wangen und ich wischte sie schnell mit meinen Ärmeln fort.

Liam stieß die Luft halb amüsiert, halb verzweifelt aus.

Dann fasste Balthasar erneut nach Liams Shirt und zog ihn mit letzter Kraft leicht zu sich heran.

„Sag meiner Familie ...", er zog die Luft rasselnd ein. Das Atmen schien ihm zunehmend schwerer zu fallen, alles schien ihm schwerer zu fallen, „dass ich...sie liebe."

Mit der anderen Hand drückte er nun auch die von Anna noch einmal. Seine blauen Augen huschten zwischen der blonden Frau und seinem Sohn hin und her.

„Und ich liebe euch beide. Bitte vergebt mir", hauchte er schwach.

Es waren die letzten Worte, die er sagte. Die letzten, die er jemals sagen würde. Denn kaum hatte er sie ausgesprochen, lösten sich seine Finger von dem Stoff, der Liams Brust bedeckte und seine Hände fielen schlaff und reglos zu Boden. Sein verkrampfter Körper entspannte sich und ein letzter Atemzug entwich seiner Lunge.

„Oh Gott, nein", schluchzte Anna und sank zitternd hinab auf die blutverschmierte, regungslose Brust des Toten. Ihre Stimme war nur noch ein kaum vernehmbares Hauchen.

„Ich liebe dich auch", sagte sie und hielt seine Hand immer noch fest umklammert, als könnte sie ihn so bei sich behalten – oder zumindest auf dem langen Weg beistehen, den er nun gehen würde. Zumindest, wenn man Liams Glauben folgte.

Ich konnte es nicht fassen. Mit weiten Augen starrte ich auf den reglosen Balthasar herab und alles um mich herum schien nur noch in Zeitlupe zu laufen. Alles wurde still. Kein Rascheln der Blätter im Wald, kein Rauschen des Windes und auch nicht das verzweifelte Weinen von Anna drangen noch an mich heran. Sieben Jahre hatte Liam den Tod seines Vaters geplant, zwei Jahre hatte ich in Angst vor ihm gelebt und diesen Mann verteufelt, doch innerhalb weniger Sekunden war er gestorben. Für immer von dieser Welt getilgt. Weil er das Leben seines Sohnes beschützt hatte. Das Leben, das er vor Jahren zerstört hatte. All meine Angst, meine Wut, mein Zorn wichen mit meinem Atem aus meinem Körper und zurück blieb ein kalter Schmerz und die Gewissheit, dass Marly und Nero ihren geliebten Vater verloren hatten und dass Liam nach allem niemals die Chance bekommen würde, einen solchen in ihm zu sehen. Nie die Risse zu kitten, die Balthasar auf seiner Seele hinterlassen hatte, die Wunden seiner Kindheit zu nähen. Die Narben aus Liams, Annas und Balthasars Vergangenheit würden bleiben. Doch vielleicht würden sie mit der Zeit blasser werden, bis sie letztendlich kaum mehr zu sehen sein würden. Balthasar jedoch würde das niemals erleben. Er war mit blutendem Körper gestorben, mit blutender Seele und blutendem Herzen.

81

Das Quietschen der Reifen und das Dröhnen der Motoren war plötzlich so laut und nah. Nun waren auch die blinkenden, blauen Lichter bei der Hütte zu erkennen. Die Polizei hatte am Eingang gehalten. Ich hörte Rufe und Schritte, doch die Welt schien für uns plötzlich angehalten zu haben. Anna weinte bitterlich über Balthasar, während Liam geistesabwesend und fassungslos auf den leblosen Körper hinabstarrte.

Ich wusste nicht, zu wem von beiden ich zuerst gehen sollte. Zögerlich machte ich einen Schritt auf Anna zu, als fünf Männer plötzlich um die Hütte herumkamen. Sie trugen keine Uniform, doch es musste die Polizei sein.

Es dauerte nur wenige Momente, bis sie die Situation erfasst hatten. Sofort liefen zwei der Männer auf Liam zu und fassten ihn an den Armen. Sie rissen ihn regelrecht von seinem Vater fort, zogen ihn auf die Beine.

Ein weiterer beugte sich zu diesem hinab und fühlte nach seinem Puls, dann schüttelte er den Kopf. „Er ist tot", stellte er nur fest, was Anna erneut dazu brachte zu schluchzen. Ich lief schnell zu meiner Freundin und legte ihr einen Arm um den Körper. Mit sanfter Gewalt zog ich sie endlich von dem Toten fort.

„Nein", wimmerte Anna, die Balthasars Hand nicht loslassen wollte. Ich verstand zwar nicht, warum sie derart um ihn trauerte, doch das war in dem Moment egal. Ich nahm sie einfach fest in den Arm und wiegte sie mit mir hin und her.

„Liam Winterfeld, Sie sind verhaftet", sagte einer der beiden, die ihn festhielten, und legte ihm Handschellen an.

„Warum hast du ihn umgebracht?", fragte der andere fassungslos, „Er war ein guter Polizist! Er war ein Freund! Er hat immer nur gut über dich geredet, als du im Gefängnis warst."

Hatten diese Männer nicht mitbekommen, weswegen Balthasar angeklagt gewesen war? Dass seine Taten nur verjährt waren, aber nicht ungeschehen? Glaubten sie es nicht, oder war es ihnen egal? Oder hatte man die ganze Sache unter Verschluss gehalten, um das Ansehen der Polizei nicht zu beschmutzen? Wussten sie eigentlich gar nicht, weshalb er seinen Dienst quittiert hatte?

„Er war es doch nicht!“, rief ich, als Liam den Männern nicht antwortete. Er starrte nur apathisch weiter auf den reglosen Balthasar, unter dessen Körper sich inzwischen eine große, dunkle Blutlache ausgebreitet hatte.

„Er war es!“, ergänzte ich und zeigte auf Vice – oder zumindest wollte ich das, denn die Stelle, an der eben noch sein bewusstloser Körper gelegen hatte, war leer. Mein Mund öffnete sich in Ungläubigkeit. Wo zum Teufel war er hin? Dieser verfluchte Mistkerl.

„Ich schwöre, gerade eben war da noch jemand. Anna hat ihn niedergeschlagen. Er hat Balthasar erschossen und Anna entführt und hat Herrn Schuhmacher angegriffen“, stammelte ich vor mich hin. Einer der Polizisten kam auf mich zu. Er war schon etwas älter, seine kurzen Haare waren größtenteils ergraut und seine Bartstoppeln im wettergegerbten Gesicht waren kurz geschoren. Er kratzte sich über das Kinn, ehe er mir seine Hand reichte.

„Ich bin Kommissar Langer. Wie ist Ihr Name?“, fragte er mich ruhig und freundlich und warf auch einen besorgten Blick zu der weinenden Anna in meinen Armen.

„Helena Weiß“, stellte ich mich mit schwacher Stimme vor und gab ihm die Hand.

„Frau Weiß, Sie haben alles beobachtet?“, fragte er und sah kurz auf meine schusssichere Weste.

„Ja“, bestätigte ich zögerlich und streichelte Anna dabei immer weiter beruhigend über den Rücken.

„Dann erzählen Sie mir bitte von Anfang an alles, wie es sich zugetragen hat“, bat er mich und zog aus seiner Hemdtasche einen Notizblock und einen Kugelschreiber.

„Als wir hier ankamen, bin ich hinter Büschen versteckt geblieben“, begann ich.

„Wer ist wir?“, unterbrach mich der Kommissar, ohne von seinem Block aufzusehen.

Im Hintergrund hörte ich, wie ein anderer Polizist Notarzt und Leichenwagen rief. „Balthasar Winterfeld, Liam Winterfeld und ich. Wir vermuteten, dass Anna ...“, fuhr ich mit einem Nicken auf diese fort, „... hierher entführt worden war. Tatsächlich fanden wir sie hier bei ihrem Entführer. Er nennt sich selbst Vice, oder Luca Bianco, er ist ein großer, dünner Typ mit auffällig weißblondem Haar und einem Schlangentattoo am Hals. Er entdeckte uns und Liam und Balthasar haben mit ihm geredet. Als er erfuhr, dass die Polizei auf dem Weg ist, wollte er fliehen. Liam hat versucht, ihn aufzuhalten, aber dann hat Vice auf ihn geschossen. Balthasar hat ihn beschützt und ist dabei getroffen worden. Als Vice erneut abhauen wollte, hat Anna ihn mit dieser Thermoskanne zu Boden geschlagen“, erklärte ich und deutete auf die schwarze Kanne, die einige Meter entfernt auf der Terrasse lag. „Wir waren danach auf Balthasar konzentriert und haben nicht mehr auf Vice geachtet. Jetzt ist er weg. Wahrscheinlich ist er wieder zu Bewusstsein gekommen und geflohen.“

Der Polizist nickte und notierte sich noch etwas. Dann steckte er Stift und Block wieder ein.

„Wenn es Ihnen nichts ausmacht, würde ich sie Drei bitten, mit uns auf die Wache zu kommen, damit wir ihre Aussagen aufnehmen können. Danach können Sie wieder nach Hause gehen. Es tut mir leid, dass ich Sie in dieser Situation darum bitten muss. Aber jeder Hinweis, der uns zu dem Mörder bringen kann, ist wichtig. In der Zwischenzeit werden wir Unterstützung aus der Luft anfordern. Ein Hubschrauber wird mit einer Wärmebildkamera nach dem Flüchtigen suchen.“

Ich nickte und blickte an dem Mann vorbei zu Liam.

„Er ist unschuldig. Wir werden mit auf die Wache kommen, aber bitte machen Sie ihn wieder los. Er hat gerade seinen Vater verloren“, bat ich leise und Herr Langer drehte sich zu Liam um. Er stemmte seine Hände in die Hüften und nickte dann.

„Jungs, nehmt die Handschellen wieder ab. Bringt ihn in den Wagen. Wir werden auf dem Revier seine Aussage aufnehmen“, sagte er zu seinen jüngeren Kollegen. Diese nickten nur und lösten die Handschellen meines Freundes.

Die drei Beamten brachten uns um die Hütte herum zu ihren Wagen. Die anderen mussten das Haus und die Umgebung noch durchsuchen. Einige weitere Autos rückten an, unter anderem die Spurensicherung und der Notarzt.

Annas Tränen waren inzwischen versiegt und der Kommissar öffnete für sie eine der Wagentüren. Liam nahm auf der anderen Seite Platz, während ich in ein zweites Auto gebracht wurde.

Kommissar Langer schloss die Tür und nickte seinem Kollegen zu, dann fuhren wir los.

Ich blickte aus dem Seitenfenster zu der einsamen Holzhütte inmitten des Waldes. Zu dem Ort, an dem für mich vor zwei Jahren alles begonnen und nun alles geendet hatte. Eine Gänsehaut fuhr über meine Arme und die feinen Härchen stellten sich auf. Ich fühlte mich taub und kraftlos. So viel war an diesem Ort geschehen. Es war ein Ort der Albträume, des Missbrauchs und der Entführung. Am besten sollten wir in der Nacht wiederkommen und diese Hütte in Brand stecken, alles zerstören und alle schrecklichen Erinnerungen von dem läuternden Feuer tilgen lassen.

Lange Zeit starrte ich noch hinaus, auch als wir den Wald und die Hütte längst hinter uns gelassen hatten. Dann sah ich hinab auf meine Hände und krümmte meine Finger in Gedanken immer wieder leicht. Wie gerne würde ich jetzt Liams Hand halten. Letztendlich zog ich das Handy aus meiner Tasche und schrieb meinem Vater eine Nachricht.

„Liam und mir geht es gut, Anna ist befreit. Ich hab dich lieb, Paps“

82

Auf der Wache wurden unsere Personalien aufgenommen und wir mussten in getrennten Räumen unsere Aussagen machen. Liam wirkte nach wie vor vollkommen neben sich und Anna fing immer wieder an zu weinen. Ich musste mich noch in einer Art Schockzustand befinden, denn ich fühlte mich weiterhin wie unter Wasser getaucht. Das Geschehene wollte einfach nicht vollkommen zu mir durchdringen. Vielleicht weigerte sich aber auch einfach nur mein Verstand dagegen, glauben zu wollen, dass Balthasar nun wirklich tot war. Und Vice geflohen. Nun hatte Liam beide Eltern verloren, wobei er von dem Tod seiner Mutter noch immer nichts wusste, doch ich empfand es einfach nicht als richtig, ihm dieses Wissen nun auch noch aufzubürden. Ich würde ihm zu einem späteren Zeitpunkt davon erzählen. Auch wenn ich das Gefühl hatte, dass er es bereits wusste. Oder zumindest ahnte.

Als wir am Nachmittag von meinem Vater und meinem Bruder mit unserem Auto abgeholt wurden, hatte er nicht nur mich, sondern auch Liam fest umarmt. Ich konnte sogar hören, wie er Liam ein „Entschuldigung“ zuflüsterte. Er hatte jetzt akzeptiert, dass Liam nun Teil von unserer Familie war und das erleichterte mich nicht nur, sondern machte mich sehr glücklich.

Auch die immer noch völlig aufgelöste Anna wurde von ihrem Schwiegervater in spe mit zu sich nach Hause genommen. Ich war mir sicher, dass sie dort auf dem Sofa nichts weiter tun würde, als zu weinen und sich von Fly trösten zu lassen. Es war ein gutes Gefühl zu wissen, dass sie bei der Pitbull-Dame in besten Pfoten war.

Wir verbrachten zwei Tage zu Hause, denn ich hatte mich für meine erste Arbeitswoche krankschreiben lassen. Zum einen konnte ich an vieles denken, aber nicht an die Arbeit, zum anderen wollte ich Liam nicht allein lassen. Dieser war sehr schweigsam und in sich gekehrt. Die Tatsache, dass sein Vater sein Leben für ihn gegeben hatte, schien seine ganzen bisherigen Gefühle ihm und sich selbst gegenüber vollkommen

durcheinandergebracht zu haben. Der Mann, den er sein halbes Leben lang gehasst hatte, den er hatte töten wollen, der schuld daran war, dass sein Leben die reinste Hölle gewesen war, der ihm in all den Jahren keinen Funken Liebe hatte zuteilwerden lassen, hatte sein größtes Gut für ihn geopfert. Balthasar hatte sein Leben für ihn gegeben. Dieser Akt der selbstlosen Liebe bewies, dass seine Worte zuletzt doch nicht gelogen waren, dass er tatsächlich bereute, was er getan hatte und wirklich vorgehabt hatte, mit Liam neu zu beginnen, ihn Teil einer richtigen Familie werden zu lassen. Dass er ihn wirklich geliebt hatte. Vor der Tür dieser Familie standen wir nun, um genauer zu sein, vor Neros Tür. Ein fremdes Auto stand hinter dem weißen Mercedes in der Einfahrt. Ich hielt Liams Hand fest gedrückt, während wir darauf warteten, dass uns der Arzt die Tür öffnete. Anhand der eingesunkenen Körperhaltung meines Freundes konnte ich nur erahnen, wie unangenehm es ihm sein musste, gleich seinem Bruder gegenüberzustehen und vermutlich auch dem Rest von Balthasars anderer Familie. Der große Schatten des jungen Arztes erschien hinter dem Sichtfenster der Tür und als er die Tür vor uns öffnete, blickten wir in ein blasses, ausgezehrtes Gesicht mit glasigen, rotunterlaufenen Augen. Erst sah er uns nur mit zusammengepressten Lippen abwechselnd an, ehe er über seine Schulter zurück ins Haus blickte.

„Ich komm gleich wieder, Mama“, rief er in den Wohnbereich hinein, ehe er aus der Tür heraustrat, den kleinen Hebel im Schloss verstellte und die Tür hinter sich wieder zuzog.

„Was tut ihr hier?“, flüsterte er, als hätte er Angst, dass ihn seine Mutter hören könnte. Ich drückte Liams Hand fester, suchte seinen Beistand, bevor ich ihm antwortete.

„Wir sind hier, weil wir uns Sorgen machen, weil wir wissen wollen, ob ihr Hilfe braucht. Wir wären schon früher gekommen, aber wollten euch etwas Zeit geben.“ Ich stockte kurz und sah zu Liam hinauf. „Und die haben wir auch gebraucht.“ Liam schwieg noch immer, sah seinen Halbbruder direkt an, diesmal jedoch ohne Zorn, ohne Eifersucht oder Neid in den Augen. Seit dem schrecklichen Geschehen bei der Hütte hatte Liam kaum gesprochen, nicht geweint, war nicht wütend und zeigte auch sonst keine Emotionen. Ich streichelte mit dem Daumen über seinen Handrücken, ehe ich den

Blick wieder auf seinen Bruder richtete. „Hast du es ihnen schon gesagt?“, fragte ich vorsichtig und presste anschließend selbst die Lippen fest zusammen, als könnte ich ihm so zeigen, wie schwer es mir fiel, das zu fragen. Nero schüttelte jedoch den Kopf und sah uns nun eindringlich an.

„Nein, das habe ich nicht und das werde ich auch nicht“, begann er und sah nun Liam direkt in die Augen. „Und ich bitte euch, ich bitte euch inständig, es auch nicht zu tun. Es tut mir leid, Liam. Das, was er mit dir und anscheinend auch anderen gemacht hat, ist unverzeihlich, aber für uns war er immer ein guter Vater und ein fürsorglicher Mann. Ich möchte, dass ihn meine Familie als diesen im Gedächtnis behält. Er ist tot. Warum sollen wir ihr Bild von ihm jetzt noch zerstören? Also bitte, Liam, lass sie sich an den guten Balthasar, den liebevollen Vater und Mann erinnern.“

Ich verstand Neros Bitte und gleichzeitig beeindruckte mich seine Stärke, die Bürde dieses Wissens allein tragen zu wollen. Wie dachte er nun über seinen Vater? Konnte er ihm verzeihen? Verachtete er ihn?

„Okay“, antwortete ich und nickte, um mein Einverständnis, zu schweigen, zu unterstreichen. „Wir werden nichts sagen, nicht wahr, Liam?“, fragte ich meinen Freund, der wie ein Geist schweigend neben mir stand und nur kaum merklich in mein Nicken einstimmte. Das schien Nero zu beruhigen, denn er stieß die Luft erleichtert aus und strich sich durch sein schwarzes Haar. „Möchtet ihr kurz reinkommen? Einen Kaffee trinken oder so? Meine Mutter und ich besprechen gerade die Beerdigung“, lud er uns tatsächlich ein und ich nickte erneut.

Liams Halbbruder drehte sich wieder zur Tür, öffnete sie für uns und trat beiseite, um uns hineinzulassen. Liam ging wie ferngesteuert vor und ich folgte ihm, blieb jedoch vor dem Halbrumänen stehen und legte meine Arme um seinen Oberkörper.

„Nero. Ich...es...ich wünschte, ich könnte etwas Tröstendes sagen, aber ...“, stotterte ich. Doch ich wusste, dass es keinen Trost gab. Es gab nichts, was ich tun konnte, um ihm diesen Schmerz zu nehmen. Es gab keinen Weg, seinen Verlust aufzuwiegen. „Es tut mir unendlich leid“, fügte ich noch an, auch wenn es kaum ausdrückte, was ich empfand. Den Wunsch, das Geschehene ungeschehen zu machen. Dennoch wollte ich, dass er wusste, dass ich mit ihm fühlte. Tränen sammelten sich in meinen Augen. Er legte einen Arm um meinen Körper und drückte mich einen Moment gegen sich.

„Danke, Helena“, drang an mein Ohr der tiefe Bass, den er von seinem Vater geerbt hatte. Die Stimme, von der ich zu Anfang nicht verstanden hatte, warum sie mir eine Gänsehaut bereitete. Wir lösten uns voneinander und folgten Liam, der schon das Wohnzimmer betreten hatte. Dort saßen Amalia und Marly. Die Mutter war über Unterlagen gebeugt, die ich nicht identifizieren konnte, und putzte sich die Nase. Auch ihr Gesicht war gezeichnet von den letzten zwei Tagen. Sie war blass und ihre Augen dunkel unterlaufen und vom vielen Weinen rot und geschwollen. Marly saß auf dem Teppich vor einem Schrank, hatte ein Tablet auf dem Schoß und schaute eine Kindersendung. Auch sie hatte ein rot geflecktes Gesicht und glasige Augen. Mir standen nach wie vor die Tränen in den Augen, doch ich hielt sie mit aller Kraft zurück.

„Mama, Liam und Helena sind da“, informierte Nero seine abgelenkte Mutter, die daraufhin den Kopf anhob und zu uns sah. Was dachte sie von uns? War sie wütend? Schließlich starb ihr Mann bei dem Versuch, uns zu helfen und Liam war auf ihrer Hochzeit auf ihren Mann losgegangen. Doch in ihrem Blick lag kein Zorn, keinerlei Vorwürfe. Vor allem Liam sah sie lange an und ich glaubte, in ihrem Blick Mitleid zu erkennen. Ich trat einen Schritt auf meinen Freund zu, wollte nach seiner Hand greifen, als dieser ohne Vorwarnung das Wort ergriff.

„Bitte, vergebt mir“, begann er mit erstaunlich fester Stimme. Vergeben? Diese Frage stand wohl in den Gesichtern aller Anwesenden geschrieben, sogar Marly sah von ihrem Tablet auf. Nur Nero wurde neben mir nervös und als ich in sein Gesicht blickte, erkannte ich die Angst in seinen dunklen Augen. Er musste denken, dass Liam es sich anders überlegt hatte. „Dein Mann, euer Vater …“, fuhr er fort und sah erst zu Amalia, dann zu Marly und schließlich zu seinem Bruder, der die Hände aufgeregt zu kneten begann, „… ist gestorben, um mein Leben zu beschützen. Wir haben gemeinsam den Entführer unserer Freundin gestellt. Als er fliehen wollte, habe ich versucht, ihn aufzuhalten, doch er hat auf mich geschossen. Balthasar …“, er sog die Luft zitternd in seine Lunge und seine Stimme verlor an Kraft. „… Vater, hat sich vor mich geworfen. Er hat sich für mich geopfert. Es …“, ich umfasste Liams zur Faust geballte Hand mit meiner und sah, wie nun zum ersten Mal, seitdem er das Gefängnis verlassen hatte, Tränen seine Wangen herabliefen. Unaufhörlich tropften sie von seinem Kinn, während er sprach. „... ist meine Schuld, dass er erschossen wurde", brachte er mit letzter Kraft hervor, ehe er den Kopf sinken ließ und man nur noch sah, wie seine Schultern bebten. Ich wollte meine Arme um seinen Körper schließen, als Amalia ruckartig aufstand, den Wohnzimmertisch dabei nach vorn schob und schnellen Schrittes auf Liam zulief. Sie legte ihre Arme um ihn und zog ihn dicht an sich heran. Sie begann nun ebenfalls wieder zu weinen und streichelte Liam liebevoll über seinen Hinterkopf.

„Alles ist gut. Du bist nicht schuld daran. Er war ein Vater, Liam. Jeder Vater, genauso wie jede Mutter, würde sich für seine Kinder opfern. Er hat dich geliebt. Ich weiß, dass er dir gegenüber gewalttätig gewesen war. Ich weiß auch, was in seiner eigenen Kindheit und Jugend passiert ist. Vor allem auch wegen seiner Liebe zu mir und Nero. Aber dein Vater hat seit zwei jahren eine Therapie gemacht. Er wollte das alles verarbeiten und damit abschließen. Damit er dir auch endlich ein guter Vater sein konnte."

Die kleine, schwarzhaarige Frau wiegte sich mit ihm leicht hin und her und nach kurzem Zögern hob auch Liam seine Arme an und legte sie um seine Stiefmutter. Er vergrub weinend sein Gesicht in ihrem Haar und ich senkte meinen Blick, als auch mir Tränen über die Wangen rollten und ich sie glitzernd zu Boden fallen sah, wo sie auf dem Laminat zersprangen. Der Raum war erfüllt von Trauer und Stille, als Nero zu seiner Schwester ging, die ebenfalls wieder zu weinen begonnen hatte. Er hob sie hoch und hielt sie fest. Dann sah ich wieder zu Liam und Amalia, die gerade sanft ihre Hände um sein Gesicht legte. Ihre Daumen strichen dabei behutsam seine Tränen fort, während sie ihm in die blauen Augen blickte. „Liam, hör mir zu. Auch wenn du deinen Vater verloren hast, hast du eine Familie gewonnen, Marly und Nero einen Bruder und ich einen weiteren Sohn. Wenn du denn Teil dieser Familie werden willst, wie es Balthasar sich gewünscht hat."

Liam erwiderte ihren Blick mit geweiteten Augen, als könne er nicht fassen, dass sie das wirklich wollte. Er hob seine zitternden Hände an und legte sie an die Handgelenke Amalias, hielt sich an ihr fest. Dann nickte er schweigend und sein Mundwinkel zuckte zu einem schüchternen Lächeln. Da rannen erneut Tränen über das Gesicht der Witwe.

„Du siehst aus wie dein Vater."

83

In den letzten Wochen hatten wir alle viel zu verdauen gehabt. Die Beerdigung war für jeden von uns ein sehr schwerer Gang gewesen. Ich fühlte sehr mit den Hinterbliebenen mit. Mit Amalia, Marly und Nero. Vor allem aber mit Liam, der sich immer noch die Schuld für den Tod seines Vaters gab und mit Anna, die davon mehr als nur mitgenommen war. Warum sie derart um Balthasar weinte, hatte ich noch immer nicht verstanden. Ich hatte immer geglaubt, dass sie ihn verachten würde, so wie Liam es tat, oder zumindest Angst vor ihm hatte.

Es waren viele Freunde Balthasars dort gewesen und vor allem viele uniformierte, ehemalige Kollegen erwiesen ihm die letzte Ehre. Ich hatte auch Liams Großmutter kennengelernt, die am Grab ihres Sohnes bittere Tränen vergossen hatte. Sie hatte graues, schulterlanges, gewelltes Haar und war von kleiner, zierlicher Gestalt. Sie hatte helle Augen, doch wirkten sie deutlich eingetrübt. Sie hatte den vollkommen aufgelösten Liam in den Arm genommen, ihm tröstende Worte zugeflüstert und sich immer und immer wieder entschuldigt. Wofür sie um Verzeihung bat, konnte ich nicht sagen. Liam hatte das Ganze größtenteils schweigend aufgenommen, war aber zu einer wirklichen Auseinandersetzung mit seiner Großmutter nicht in der Lage gewesen. Seinem Großvater, erzählte uns seine Oma, war es gesundheitlich nicht möglich, zu der Beerdigung seines Sohnes zu kommen. Die Nachricht über seinen unerwarteten Tod habe den an Krebs erkrankten, alten Mann so stark getroffen, dass er das Bett nicht mehr verlassen konnte. Ob das stimmte oder Balthasars Vater aus anderen Gründen nicht dort erschienen war, würden wir wohl nie erfahren. Vielleicht schämte er sich ebenfalls, wie Balthasar, für die Dinge, die er seinem Sohn angetan hatte. Nach allem, was wir erfahren hatten, war nun auch für Liam besser zu verstehen, warum der Kontakt mit seinen Großeltern nur so selten gewesen war.

Nach der Beerdigung fanden wir uns alle im Gemeindehaus ein, um dort zusammen bei Kaffee und Kuchen zu trauern. Es wurde viel über Balthasars Leben erzählt, vor allem über seine Arbeit als Polizist und seinen jahrelangen, wohltätigen Einsatz und seine großzügigen Spenden für Kinderhilfen. Vielleicht, dachte ich, als ich das hörte, hatte er es wirklich bereut und wiedergutzumachen versucht. Ich fragte mich, ob es Fehler gab, die nie wieder auszugleichen waren oder ob genug Reue und gute Taten die Waage wieder ins Gleichgewicht bringen konnten? Wie lange musste jemand büßen, bis er eine Schuld, wie die von Balthasar, beglichen hatte? War sie nach seinem selbstlosen Tod jetzt getilgt? „Helena", riss mich Liams Stimme aus meinen ethischen Überlegungen, „geh mal hinter Anna her. Sie sollte jetzt nicht allein sein."

Ich hob den Blick von meinem Krümelkuchen und sah erst zur Tür und dann zum Fenster hinaus, wo ich Anna sah. Sie saß auf einem Stein neben dem Parkplatz und zündete sich eine Zigarette an. Seit wann rauchte sie? Und warum war sie überhaupt gegangen?

„Ja, okay", sagte ich, faltete meine Serviette und schob sie unter den Rand des Tellers. Dann stand ich auf und ging nach draußen. Es war ein warmer, sonniger Tag, der absolut nicht zu unserer trüben Stimmung passen wollte. Ich schlenderte auf meine Freundin zu, die gedankenverloren Rauchschwaden in die Luft pustete und ihnen hinterhersah.

„Du rauchst?", fragte ich und versuchte nicht vorwurfsvoll zu klingen.

„Wieder", antwortete Anna und blickte nun mit verzogenen Lippen auf das Ende der Zigarette, „in meiner Jugend habe ich viel geraucht. Mein Vater hat es gehasst und Vice auch. Aufgehört habe ich aber erst bei Daniel."

Ich setzte mich neben sie und blickte sie von der Seite her an. Ihr Gesicht war vollkommen ausgemergelt. Dunkle Schatten lagen unter ihren glasigen Augen und ihren eingefallenen Wangen.

„Ich habe dich das noch gar nicht gefragt: Als du bei Vice warst, hat er dir da etwas angetan? Hat er dir weh getan?", begann ich vorsichtig.

„Nein."

Sie schüttelte den Kopf und machte einen weiteren tiefen Zug an ihrer Zigarette, ehe sie sie ausdrückte und den Stummel in die

Verpackung zurücksteckte. Anna rückte etwas zu mir herüber und lehnte sich seufzend gegen mich.

„Hast du Angst, weil er noch da draußen irgendwo ist?“, wollte ich wissen und begann, ihren Rücken zu streicheln. Mir jedenfalls bereitete die Vorstellung ein unwohles Gefühl. Egal, wo ich hinging, immer sah ich mich um, ob er vielleicht irgendwo war und mich hasserfüllt beobachtete.

„Er wird untertauchen müssen, wenn er nicht von der Polizei gefasst werden will. Ich denke nicht, dass wir uns seinetwegen noch Sorgen machen müssen“, erklärte Anna mit einem aufmunternden Lächeln, das ich ihr nicht abkaufte, denn es fiel zu schnell wieder in sich zusammen und war von einem harten Schlucken begleitet.

„Mhm“, machte ich, musterte sie für einen Moment eindringlich, sah dann aber in den Himmel. Ich musste meine Augen zusammenkneifen, weil das Licht in ihnen brannte.

Eine Weile lang saßen wir einfach schweigend da, lauschten dem Geklapper der Teller und dem Gemurmel von drinnen und dem Zirpen der Insekten in den Gebüschen hinter uns. Zum Glück befanden wir uns unter einem großen, alten Baum, dessen dichtes Laub einen angenehmen Schatten spendete, andernfalls wären wir längst von der Sonne gebraten worden.

Noch immer brannte mir die Frage auf der Zunge, warum Balthasars Tod sie so getroffen hatte. So, dass sie jetzt mehr wie ein Geist als wie ein Mensch wirkte. Vermutlich lag das aber auch an ihrer Entführung und an Daniels nach wie vor kritischem Zustand. Dennoch wollte ich jetzt wissen, was in ihr vorging.

„Du, Anna“, begann ich also zögerlich.

„Ja?“, fragte sie.

Ich leckte mir über die Lippen und kaute auf ihnen herum, auf der Suche nach einem guten Anfang. „Du hast zu Balthasar gesagt, dass du ihn liebst. Ist das wahr?“, begann ich schließlich und sah sie unsicher an. Ich hoffte, dass ich ihr nicht zu nahe trat oder Wunden aufriss. Tatsächlich füllten sich ihre Augen sofort mit Tränen, die sie aber mit aller Macht zurückhielt.

„Ja“, gab sie mit gebrochener Stimme zu, „er ist ... er war nicht das Monster, das du in ihm siehst. Nicht für mich. Nicht nur jedenfalls.“ Anna sah nach unten und begann nervös an ihren Fingern zu spielen. Mein Blick blieb einen Moment an den unzähligen Narben an ihren

Unterarmen hängen, die sie sich früher selbst zugefügt haben musste. Ich konnte wahrscheinlich nicht einmal erahnen, welche Qualen sie schon durchgestanden hatte.

„Warum denkst du das?", fuhr ich fort, „er hat Liam und dir Fürchterliches angetan."

Anna lächelte schwach und abwesend. Dann nickte sie.

„Ja, vor allem Liam hat unter ihm gelitten. Während er ihn gehasst hat, habe ich mir oft gewünscht, dass er mein Vater gewesen wäre, denn er hätte mich wenigstens nicht vergewaltigt." Da war sie wieder, diese Abgeklärtheit, mit der Anna über solche Dinge sprach. Als wären sie völlig normal und würden nichts bedeuten.

„Bist du dir da sicher, dass er das nicht hätte? Er stand doch auf…auf…" ich wagte es nicht, das Wort „Kinder" in diesem Zusammenhang zu benutzen.

„Ja, aber er hat mich nie auf diese Weise berührt. Ganz im Gegenteil, manchmal ist er nahezu vor mir geflüchtet. Klar, er hat Liam dazu missbraucht und ihn gezwungen, auch mir manchmal sehr, sehr wehzutun. Doch irgendwie wusste ich schon als kleines Mädchen, dass er in diesen Situationen nicht bei sich war. Als hätte er zwei Gesichter. Auch wenn es nach außen hin oft anders wirkte, war mein Vater die treibende Kraft hinter allem. Doch er hat Balthasar gebraucht, um seine fehlende Autorität auszugleichen. Er brauchte eine dominante Persönlichkeit wie ihn, der nicht nur half, all seine perversen Fantasien umzusetzen, sondern den er auch noch erpressen konnte, um Schutz vor der Polizei zu haben. Balthasar war sein Verbündeter, aber auch sein Werkzeug. Doch wenn die Kamera aus war und er Liam aus dem Raum geschickt hatte, dann hat er sich um mich gekümmert. Ich weiß, dass er es gehasst hat, mich zurück zu meinem Vater schicken zu müssen. Balthasar wusste, was Markus mit mir machte. Doch er saß mit ihm in einem Boot. Egal wie sehr sich mein Vater vor ihm fürchtete, er wusste, dass er ihn damit in der Hand hatte. So sehr, dass Balthasar auch nicht den Kinderhandel auffliegen ließ, den mein Vater betrieb. Dass Balthasar damit nichts zu tun hatte, erfuhr ich selbst erst vor zwei Jahren, nachdem er aus der Untersuchungshaft entlassen worden war. Er kam mich in dem Café besuchen, in dem ich gearbeitet habe und wir redeten lange über alles, was passiert war. Dabei erzählte er mir auch, dass er nach Liam und mir nie wieder so etwas getan hat. Ich weiß, dass es noch zwei, drei andere Mädchen gab, die mein Vater von kranken Eltern extra zu diesem Zweck bekommen hatte und ich weiß, dass Liam auch ihnen diese Dinge antun musste. Aber ich glaube ihm, dass er nach uns versucht hat, mit allem abzuschließen. Ich will nicht rechtfertigen, nicht entschuldigen und nicht verharmlosen, was er getan hat. Aber ich kenne eben auch die andere Seite dieses Mannes. Die Seite, die mich nachts fest im Arm hielt, wenn ich von Alpträumen geschüttelt wurde und lieber zu ihm ging, als zu meinem eigenen Vater. Die Seite, die weinte und mich tausendmal um Verzeihung bat, wenn er dachte, ich sei eingeschlafen. Als ich vor vielen Jahren vor meinem Vater floh, bin ich nicht direkt zu Vice gerannt. In Wahrheit ging ich zuerst zu Balthasar und hoffte, dass er mich aufnehmen und nie wieder zu meinem Vater lassen würde. Doch damals konnte er das noch nicht. Mein Vater hatte ihn noch zu sehr in der Hand und er hätte es nicht vor Eva erklären können. Er sagte mir jedoch, dass er es bereut und mich gesucht hat. Allerdings konnte er mich nicht wiederfinden. So wie Vice war ich zu einem Geist geworden. Vielleicht sollte ich ihn hassen, aber ich kann es nicht. Genauso wenig, wie ich meinen Vater hassen konnte. Ich habe Balthasar geliebt, weil ich immer gehofft habe, dass er eines Tages aufhören und mich vor meinem Vater retten würde. Ich habe ihn geliebt, weil es mir Hoffnung gegeben hat. Hoffnung, dass es eines Tages enden würde. Ich habe ihn geliebt, weil es sich besser angefühlt hat, als ihn zu hassen."

Ich hörte ihr zu und nickte dabei. Für mich war das alles nur schwer zu verstehen oder nachzuvollziehen, doch ich wagte es nicht, ein Urteil zu fällen. Ich hatte nicht erlebt, was Anna erlebt hatte. Vielleicht war es ihre Art, mit allem umzugehen. Vielleicht brauchte sie den Gedanken, dass Balthasar ihr sogar etwas Gutes wollte, um sich über Wasser zu halten. Möglicherweise verleugnete sie die Realität und lebte damit in einer Traumwelt, möglicherweise war es aber auch wahr. Ich wusste es nicht, aber das musste ich auch nicht. Es reichte zu wissen, dass es ihr half. Vorsichtig griff ich nach Annas Hand und drückte diese leicht, während ich ihr ein aufmunterndes Lächeln schenkte, denn sie ließ die Schultern hängen und in ihren Augen standen wieder Tränen.

„Ich wünschte bloß, dass er endlich glücklich geworden wäre", hauchte Anna, ehe sie nach oben in den Himmel sah und sich ein nasser, glitzernder Tropfen aus ihrem Augenwinkel löste.

„Wenn du und Liam ihm vergeben habt, dann wird er glücklich sein, egal, wo er jetzt ist“, versuchte ich sie zu trösten. Sie presste ihre Lippen aufeinander und atmete tief ein.

„Das hoffe ich sehr“, sagte sie leise.

84

Vor einigen Tagen hatten wir die Nachricht erhalten, dass Daniel endlich über den Berg war. Den fast aussichtslosen Kampf gegen den Tod hatte er tatsächlich gewonnen. Er hatte es geschafft, war ihm von der Schippe gesprungen oder hatte ihn im Schnick-Schnack-Schnuck besiegt. Die Ärzte sagten, dass er unglaubliches Glück gehabt habe. Der Schuss war auf sein Gesicht gezielt gewesen, doch er hatte sich im letzten Moment weggedreht, sodass die Kugel seinen Kopf zwar getroffen, aber keine lebenswichtigen Teile des Gehirns zerstört hatte. Nach einiger Zeit im künstlichen Koma hatte man ihn wieder aufgeweckt und heute war der erste Tag, an dem er wieder Besuch empfangen durfte, der nicht zu seiner Familie gehörte. Von seinem Vater wussten wir, dass sein Langzeitgedächtnis wohl intakt war. Er erinnerte sich an seine Eltern, seine Freunde, seinen Beruf, alles. Nur nicht mehr an den Moment, in dem es passiert war. Was aber wahrscheinlich auch besser so war. Nur motorisch würde er noch einen langen Weg der Genesung vor sich haben, denn seine linke Körperhälfte wollte noch nicht so wie er. Das Bein war gelähmt und der Arm war taub und hatte Missempfindungen. Aber die Ärzte hofften, dass sich diese Defizite mit viel Training und Zeit wieder bessern würden.

Von Vice hatten wir seit den Geschehnissen vor der Hütte nichts mehr gehört. Die Polizei hatte lange nach ihm gesucht, den ganzen Wald durchforstet und stundenlang mit Wärmebildkameras gesucht. Doch letztendlich waren alle Bemühungen erfolglos geblieben. Sicher ermittelte sie noch weiter, doch Daniels Vater hatte uns klar gemacht, dass es keine großen Hoffnungen gab, ihn zu finden. Er hatte uns, vor allem Liam, ausdrücklich verboten, ihn auf eigene Faust zu suchen und bisher hatte niemand von uns das Bedürfnis, dieses Verbot zu brechen. Vielleicht blieb uns einfach die Hoffnung, dass er für immer aus unseren Leben verschwunden war. Er war nun erstmals in seinem Leben ein gejagter Verbrecher und für Vice gab es wohl kaum eine

Möglichkeit, sich noch einmal öffentlich zu zeigen und dann ungeschoren davonzukommen.

„Na ihr", begrüßte uns Anna mit einem breiten, freudestrahlenden Grinsen, als sie die Autotür zuzog. Sie nahm auf der Rückbank Platz und Liam und ich drehten uns kurz zu ihr nach hinten um. Ihre feinen, blonden Haare trug sie zu einem hohen Pferdeschwanz gebunden und einzelne Strähnen hatten sich aus dem Haargummi gelöst, umrahmten ihr puppenhaftes Gesicht.

„Na du", erwiderte ich. Sie so unbeschwert und fröhlich zu sehen, ließ mir mein Herz hüpfen. Liam konnte es da nicht anders gehen, denn auch seine Lippen formten sich zu einem Lächeln.

„Bist du schon aufgeregt?", fragte ich und sie zuckte kaum merklich ihre Schultern.

„Ein bisschen", antwortete sie, „wir dürfen uns einfach keine zu großen Hoffnungen machen. Er ist ja vor nicht allzu langer Zeit erst aus dem Koma geholt worden. Er ist sicher noch sehr neben sich. Aber ich bin einfach so froh, dass wir ihn wiedersehen können. Dass ich meinen Daniel zurückbekomme!"

Obwohl das Strahlen auf ihrem Gesicht blieb, erkannte ich bei diesen Worten einen feuchten Glanz in ihren großen, blaugrauen Augen.

Liam parkte meinen Wagen auf dem Parkplatz des Krankenhauses, in dem ich vor über drei Jahren meinen Bruder besuchen wollte, aber nie bei ihm angekommen war. Es war dasselbe Krankenhaus, in dem auch Liam und ich nach der schicksalhaften Nacht im Industriegebiet aufgewacht waren.

Als wir ausstiegen, sahen wir bereits Caleb, der am Eingang auf uns wartete. Wie immer hatte der hagere Hacker seine Hände in den Taschen seines viel zu weiten Pullovers vergraben, den er trotz der heißen Temperaturen trug.

Als wir auf ihn zugingen, warf er uns ein schüchternes Lächeln zu und nickte. „Schön, euch zu sehen", meinte er. Als wir bei ihm ankamen, ging Anna sofort auf ihn zu und nahm ihn ohne Vorwarnung in den Arm, was ihn wieder mal dazu brachte, sich vollkommen zu verkrampfen.

„Entspann dich doch mal", sagte Anna grinsend, löste sich von ihm und sah ihm ins Gesicht. Er konnte ihren Blick jedoch nicht erwidern und sah seitlich weg. „Lässt du dich beim Sex auch nicht anfassen?“

Diese Worte machten es natürlich auch nicht besser und Caleb lief augenblicklich rot an. Er erwiderte nichts, sondern starrte die Blondine nur mit offenem Mund an. Liam dagegen begann, dreckig zu lachen.

„Ja, Caleb“, sagte er, „wie machst du es dann? Ziehst du deinem Kleinen auch eine Kapuze über den Kopf?“

Er deutete mit dem Blick in Richtung seines Hosenstalls, woraufhin der Hacker seinen Blick auf Liam richtete.

„Glaub mir, der ist alles andere als klein“, flüsterte Caleb kaum hörbar, ehe er sich von uns wegdrehte und uns mit entgleisten Gesichtern zurückließ.

„Was hat er gesagt?“, flüsterte Liam.

„Also ich glaube ihm“, sagte Anna mit einem frechen Grinsen.

Dann folgten wir dem gebürtigen Engländer nach drinnen.

Den Weg zur Intensivstation kannten wir dank Liam alle bereits und so steuerten wir zielstrebig den Aufzug an, um nach oben zu fahren.

Hier begrüßte uns eine ältere Dame mit grauen Haaren, die in kurzen Wellen ihren Kopf bedeckten. Die erfahrene Krankenschwester wusste schon, ohne uns zu fragen, zu welchem Patienten wir wollten.

„Sie haben Glück! Herr Schuhmacher ist gerade wach und bekommt sein Essen. Er hat heute große Fortschritte gemacht“, begann sie sogleich auskunftsfreudig zu erzählen, „die letzten Tage hat er sich ja aufgeführt wie ein Kleinkind. Aber das ist normal, wenn man aus dem Koma aufwacht. Da werden alle erst aggressiv und sind ganz verwirrt. Wir sind ja froh, dass er nicht versucht hat, sich die Kanüle aus dem Arm zu ziehen. Das mit dem Essen ist noch etwas schwer, aber ... oh. Da sind wir schon.“

Sie blieb lächelnd vor einer Tür stehen und öffnete sie für uns.

„Aber seien Sie rücksichtsvoll und passen Sie auf, ihn nicht zu überfordern“, sagte sie, noch ehe wir an ihr vorbei das Patientenzimmer betraten. Natürlich war er der einzige Patient im Raum. Sicher hatte er sogar Chefarztbehandlung genossen.

Daniel saß im Bett und betrachtete das dampfende Essen auf dem Tablett. Seine dunkelblonden Haare waren abrasiert, dagegen war sein

Bart lang geworden und musste dringend gestutzt werden. Mit bleicher Haut und verbundenem Kopf sah er wirklich fertig aus. Direkt vor seinem Bett stand ein Rollstuhl.

„Daniel!", rief Anna als Erstes. Sie lief mit schnellen Schritten auf ihn zu und er hob seinen Blick zu uns an. Seine Pupillen wirkten riesig und zunächst sah er sehr verwirrt aus, denn zwischen seinen Brauen bildete sich eine Furche. Doch als Anna bei ihm ankam und ihn ohne zu zögern küsste, schien es ihm klar zu werden, wer wir waren.

„Anna, mein Schatz", sagte er mit kratziger Stimme, als sie sich wieder von ihm löste. Ein breites Lächeln erschien auf seinen Lippen.

„Ihr seid hier!", stellte er fest, woraufhin wir alle den Kopf schüttelten.

„DU bist hier!", sagte Anna und umfasste sein Gesicht vorsichtig mit ihren Händen. Sie sah ihm in die Augen und begann es dann mit Küssen zu überdecken, „ich bin so dankbar, dass du noch lebst! Es ist furchtbar. Das alles ist nur wegen mir passiert."

„Quatsch", wandte Liam ein, „hätte ich dich von Anfang an besser schützen können, wäre es nie so weit gekommen."

„Das hier ist doch kein Wettbewerb, wer die meiste Schuld trägt!", ging ich dazwischen und haute Liam zur Strafe auf den Po.

„Wir sind alle hier und leben. Das ist das, was zählt. Wir können Fehler nicht rückgängig machen und verstrichene Chancen nicht zurückholen. Wir können die Zeit nicht zurückdrehen und die Vergangenheit nicht ändern! Wichtig ist, dass wir die Gegenwart genießen und uns die Zukunft frei und nach unseren Wünschen und Träumen gestalten!"

Liam sah mich mit angehobener Augenbraue an, dann zupfte ein Grinsen an seinem Mundwinkel. „Du bist so süß, meine oberschlaue Superautorin. Wie lange hast du an dieser Ansprache gefeilt?", neckte er mich und ich rümpfte die Nase, während ich ihm einen giftigen Blick zuwarf.

Nun war es Caleb, der auf Daniel zuging und bei ihm am Bett stehen blieb. Wären wir alle in den Raum gelaufen und hätten uns regelrecht vor Freude bei Daniel aufs Bett geworfen, hätte ich mich wie in Herr der Ringe gefühlt, als Frodo in Elronds Haus aufwachte. Aber wir waren nicht in Mittelerde und Daniel war so was von nicht Frodo.

Der Hacker legte seine Hand auf die Schulter des noch immer Schwerverletzten und klopfte diese leicht. Nichts im Vergleich zu den harten, freundschaftlichen Schlägen, die er von den beiden Männern sonst immer ertragen musste. „Wir sind alle froh, dass du es geschafft hast. Deine errechneten Chancen standen ja nicht sehr gut. Aber du hast der Statistik in den Arsch getreten", sagte der Hacker.

„Götter sind halt unsterblich", grinste Daniel.

Während wir alle verwirrte Blicke austauschten, lächelte Anna ihn warm an. „Da hast du recht, mein bescheidener Donnergott."

EPILOG

Die Türklingel läutete. „Schatz, gehst du bitte? Ich muss beim Essen bleiben!“, rief Liam, der in der kleinen Einbauküche am Herd stand. Helena hatte ihn gezwungen, diese fürchterliche Rüschenschürze anzuziehen, nur um sich über ihn lustig zu machen. Aber weil er ein guter, braver Verlobter war, hatte er sich ergeben.

„Ja, bin schon unterwegs!“, antwortete Helena laut, um den Lärm der Dunstabzugshaube zu übertönen. Sie lief mit eiligen Schritten durch den schmalen Flur der kleinen Wohnung und drückte auf den Türöffner. Noch bevor ihre Gäste oben angekommen waren, öffnete sie die Eingangstür und sah ungeduldig in das Treppenhaus. Kurz darauf hörte sie schon die Schritte.

„Hallo!“, begrüßte Nero sie mit seiner tiefen, rauen Stimme, die selbst nach den zwei Jahren, die sie sich inzwischen kannten, eine Gänsehaut über ihre Arme jagte. Sein markantes Gesicht mit der auffälligen Narbe, den obsidianschwarzen, funkelnden Augen und dem dunklen Haar tauchte am Treppenabsatz auf.

„Wo hast du denn Julia gelassen?“, fragte sie und stellte sich neugierig auf die Zehenspitzen, um mehr sehen zu können.

„Bin hier! Ich kann doch nicht mehr so schnell!“, rief die junge Frau, die kurz darauf ihren Babybauch die Treppen hochhievte. Obwohl sie schon hochschwanger war, war sie nach wie vor klein und zierlich und es sah aus, als habe sie einen Basketball verschluckt. Nero blieb stehen und wartete auf seine Freundin. Als sie in Reichweite kam, legte er ihr einen seiner muskulösen Arme um die Taille und half ihr den Rest der Treppe hinauf.

Julia begrüßte Helena wie immer mit einem strahlenden Lächeln, das ihre weiße Zahnreihe entblößte. Die kleinen Lachfältchen um ihre grünen Augen ließen sie dabei unheimlich sympathisch aussehen. Dann umarmten sie sich.

„Sind die Schuhmachers schon da?“, fragte Nero. Helena bat die beiden einzutreten und schüttelte den Kopf.

„Sie haben für heute leider abgesagt. Ein Kollege von Daniel ist krank geworden und er musste spontan den Dienst übernehmen. Aber ich soll euch ganz lieb grüßen und sie wünschen uns viel Spaß", erklärte Helena, die mit den Gästen zum Esstisch ging. Die kleine, weiße Tafel hatte sie mit viel Liebe geschmückt, Kerzen angezündet und bereits für das Essen gedeckt. Caleb war natürlich auch eingeladen gewesen, doch er hatte sich mit Händen und Füßen dagegen gewehrt, allein zu einem „Pärchenabend" zu gehen.

„Mehr Fisch für uns, Bruder!", rief Liam aus der Küche. Er hatte inzwischen sogar Gefallen an seiner Rolle als kleiner Bruder gefunden und mit der Zeit hatte sich ein enges Band zwischen ihm und Nero entwickelt. Genauso wie er als großer Bruder für Marly aufblühte und die Kleine fast wie eine Tochter behandelte.

„Ich glaube, es hackt!", beschwerte sich Helena sofort, „Wenn, dann bekommt Julia mehr. Die muss immerhin für zwei essen."

Auf diese Worte hin senkte Helena mit roten Wangen den Blick und sah auf ihre Füße.

„Nun ja, vielleicht muss ich das jetzt auch", murmelte sie.

Nero und Julia rissen ihre Augen auf und wechselten einen erstaunten Blick. „Ihr seid schwanger?", quietschte Neros Freundin und lief sofort auf die Gastgeberin zu, um diese erneut in die Arme zu nehmen.

„Herzlichen Glückwunsch! Das ist ja toll! Vielleicht wird es ja ein Mädchen, dann kann sie unseren Kleinen heiraten!"

„Jetzt mach mal langsam, Schatz", sagte Nero, legte einen Arm um seine Freundin und gab ihr einen Kuss auf das braune Haar, „immerhin sind sie Cousin und Cousine."

„Na und?", Julia zuckte die Schultern, „erstens nur halb und zweitens darf man das."

Nero ließ seine Freundin los und zog stattdessen Helena zu sich, um sie fest zu umarmen.

„Ich freue mich für euch", flüsterte er ins Ohr und Helena lächelte glücktrunken.

Als sie sich wieder voneinander lösten, kam auch Liam ins Wohnzimmer. „So, der Lachs braucht noch fünf Minuten, dann kann es losgehen!", verkündete er, „wollt ihr was trinken? Nero, ein Bier? Julia, du kriegst nur Wasser oder Saft, sorry." Ein leichtes Schmunzeln umspielte seine Mundwinkel. „Habt ihr jetzt eigentlich einen Namen für den Kleinen? Es dauert ja nicht mehr lang. In einem Monat ist doch der Termin für die Entbindung, oder?"

Nero und Julia setzten sich an den Tisch und tauschten abermals einen kurzen Blick.

„Ja", antwortete die Brünette schließlich sanft und ein warmes Lächeln erschien auf ihren Lippen, „wir werden ihn nach seinem Großvater benennen", sie legte sich eine ihrer kleinen Hände auf den kugelrunden Bauch, „Balthasar."

Helena warf einen verblüfften Blick zu Liam, dessen Schmunzeln bei diesem Namen erst erfror und dann in sich zusammenfiel. Schmerz und Trauer spiegelten sich für einen Moment in seinen blauen Augen.

„Ich finde die Bedeutung auch sehr schön. Gott beschütze sein Leben", fügte sie an und sah lächelnd zwischen allen Anwesenden hin und her, „so wie sein Namensgeber deines beschützt hat, Liam."

„Ein wirklich schöner Name", sagte Liam leise. Er räusperte sich und versuchte, so seine belegte Stimme zu klären, „sein Großvater wäre stolz und glücklich." Dann sah er zu seinem Bruder und nickte ihm zu. „Finde ich gut, Nero." Mit diesen Worten und einem traurigen Lächeln verschwand er wieder in der Küche, um das Essen fertigzumachen.

Kurz darauf kam er mit dampfenden Tellern zurück und bediente zunächst die Gäste. Jeder bekam ein Stück Lachsfilet auf einem Nest aus Bandnudeln und Spinat. Liam war wirklich ein vorzüglicher Koch und das bewies er nicht nur zu Hause, sondern auch in dem Restaurant, in dem er seit über einem Jahr arbeitete. Als er auch sich und Helena einen Teller geholt hatte, setzte er sich zu allen anderen an den Tisch.

„Na dann, guten Hunger!", sagte der Koch und eröffnete mit diesen Worten offiziell das Essen.

„Guten Appetit!", stimmten alle anderen im Chor ein. Dann klapperte das Besteck.

Als Helena und Liam kurz von ihrem Essen aufsahen, einen Blick und ein Lächeln tauschten, wurde ihnen bewusst, dass jetzt wirklich alles gut war. Mehr als zwei Jahre nach Liams Freilassung und nach Balthasars Tod hatten sie die Vergangenheit endlich hinter sich gelassen. Sie hatten sich ein gemeinsames Leben aufgebaut, in einer eigenen Wohnung und nun mit ihrem neuen Glück als baldige Eltern. Liam legte seine Hand auf Helenas und streichelte mit dem Daumen über den funkelnden Verlobungsring, den er ihr gekauft hatte. Von seinem eigenen, ehrlich verdienten, sauberen Geld. Und Helena schenkte ihm ihr schönstes und fröhlichstes Lächeln, ehe sie zu einer Kommode sah, die direkt neben dem Wohnzimmerschrank stand. Auf ihr war ein schmales Deckchen und auf diesem stand eine kleine, filigran geschnitzte Holzfigur in Form einer griechischen Schönheit. Liams erstes Geschenk an Helena. Direkt daneben stand ihr erster, veröffentlichter Roman. Die Geschichte ihres Lebens. Die Geschichte von Liam, dem Narbensohn.

Du willst mehr über die Autorinnen erfahren?

Abonniere den D.Mon Newsletter:

www.MikaDMon.de

facebook.com/MikaDMon
twitter.com/MikaDMon
instagram.com/MikaDMon

Printed in Poland
by Amazon Fulfillment
Poland Sp. z o.o., Wrocław

58948417R00437